Piranha

Stefanie Mohr, geboren 1972, liebt ihre Heimatstadt Nürnberg, in der sie (fast) jeden Winkel kennt. Sie wohnt und arbeitet als freiberufliche Autorin und Fotodesignerin im Nürnberger Norden. Nähere Informationen: www.stefanie-mohr.com.

Stefanie Mohr

Piranha

Thriller

Edition Gelbes Sofa

Originalausgabe
1. Auflage Oktober 2014

Verlag: Edition Gelbes Sofa,
Inh. Stefanie Mohr, Nordring 125, 90409 Nürnberg
www.edition-gelbes-sofa.de

Umschlaggrafik: Dietmar Höpfl/shockfactor.de
Umschlaggestaltung: Stefanie Mohr
Druck & Bindung: Interpress GmbH, Budapest
Printed in Hungary

ISBN: 978-3-9816768-2-2

Für
Rudi, Jürgen und Rainer

May your soul arrive in heaven
half an hour before the devil knows you're dead

Mono Inc., »Forgiven«

1
São Paulo, Brasilien

Zweiundfünfzig Jahre Gefängnis. Renata Teixeiras Bleistift flog in ihrer notorisch eigenwilligen Kurzschrift über den Schreibblock. Je länger sich die Urteilsbegründung hinzog, desto labyrinthischer wurde ihr Kunstwerk. Wahrscheinlich würde sie in der Redaktion Schwierigkeiten bekommen, die Notizen wieder zu entziffern.

Erst allmählich sanken die Worte des Richters in ihr Gehirn. Zweiundfünfzig Jahre Gefängnis. Renata strich sich ihre langen schwarzen Locken zurück und sah quer durch den Gerichtssaal zum Angeklagten hinüber. Tiago da Moura Brandãos Gesicht war eine starre Maske, keine Gefühlsregung erkennbar. Der Tumult, der bei der Nennung des Strafmaßes ausgebrochen war, hielt die Menge um Renata noch immer auf den Beinen.

Plötzlich wandte da Moura Brandão sich ihr zu. Für einen kurzen Augenblick bohrten sich seine Augen in ihre. Er gehörte zum Primeiro Comando da Capital – dem PCC; einer berühmt-berüchtigten kriminellen Organisation mit Hauptsitz in São Paulo. Der Mann war einer der acht Bereichsbosse, die direkt den beiden Führern unterstellt waren und geschätzte viertausend Favela-Bosse befehligten.

Renata spürte keinerlei Mitleid wegen des hohen Strafmaßes, aber auch keine Genugtuung für die Opfer, deren Ermordung er angeordnet hatte. Das PCC würde die Gefängniswärter wie immer gut schmieren, sodass da Moura Brandão mit einem Mobiltelefon vom Knast aus seinen Geschäften nachgehen konnte – oder er wurde von einem anderen Kerl abgelöst, der schon bereitstand, um seinen Platz einzunehmen.

Renata war früh in ihrer Journalistenkarriere mit dem PCC konfrontiert worden. Die erste ihr übertragene große Berichterstattung drehte sich um den Fall des ermordeten Richters Antônio José Machado Dias. Er war für die Gefängnisaufsicht im Bundesstaat São Paulo zuständig gewesen und wurde auf dem

Heimweg in Presidente Prudente auf offener Straße getötet. Im Fahrwasser ihrer Recherchen stieß Renata auf den Mord an einer dreiundzwanzigjährigen Kulturredakteurin, die ebenfalls in Presidente Prudente aus nächster Nähe erschossen worden war. Wie Renata vom Herausgeber der Tageszeitung erfuhr, berichtete die Kollegin eine Woche vor ihrem Tod über einen Werbeevent in einem Supermarkt, der einem Mitglied des PCC gehörte. Noch am selben Abend durchsuchte die Polizei den Laden und schloss ihn. Mutmaßungen wurden laut, das PCC könne geglaubt haben, die junge Frau hätte den Event als Vorwand benutzt, um Informationen zu beschaffen und Aktivitäten auszuspähen, die sie an die Polizei weitergab. Schließlich meldete sich ein Zeuge, den der mutmaßliche Mörder gezwungen hatte, ihn in seinem Auto in den Nachbarstaat Mato Grosso du Sul zu bringen. Auf der Flucht gestand er ihm, er sei vom PCC beauftragt worden, die junge Journalistin umzubringen. Auch der Mörder des Richters sei ein Auftragskiller gewesen.

Über ihre Gedanken an die Anfänge ihrer Karriere verließ Renata das Gericht und trat auf die Straße.

Das Tribunal de Alçada Criminal lag im zentralsten Innenstadtviertel von São Paulo. Wirtschaftszentrum und größte Stadt Brasiliens, zwanzig Millionen Einwohner. In der Nähe eine fünfspurige Hauptstraße, Höchstgeschwindigkeit: siebzig Stundenkilometer – die Taxis fuhren über hundert, fürchterlicher Verkehrslärm, der Smog greifbar in der Luft.

Ein Auto wartete mit laufendem Motor am Bordstein, ein weißer VW, mit Beulen und Rostflecken, ein Privatwagen, kein Dienstwagen der Redaktion. Der Fahrer rauchte einen Zigarillo und hielt Ausschau nach Parkwächtern. Das Kennzeichen hatte eine Sechs als letzte Ziffer. Renata grinste: Zé hätte an dem Tag gar nicht mit dem Auto fahren dürfen.

Er sah sie kommen, beugte sich herüber und öffnete ihr die Tür von innen.

»Was tust du hier?« Renata stieg ein.

»Wir müssen nach São Roque.«

»Jetzt?«

»Die Frau des Winzers hat angerufen.«

»Moema Parzercs?«

Zé nickte. »Sie sagt, wenn wir Fotos machen wollen, müssen wir heute Nachmittag kommen. Morgen haben sie alle Rebstöcke abgeerntet.«

»Dann fahren wir eben.«

»Es wird uns nichts anderes übrigbleiben.« Zé, eigentlich José Antônio Corrêa dos Santos Leite, entdeckte eine Lücke im Verkehr und trat aufs Gaspedal.

Das Weingut Casa Garibaldina lag rund fünfundsechzig Kilometer westlich von São Paulo im gleichnamigen Bundesstaat. Die Fahrt würde eine gute Stunde dauern. Renata zog ihren Schreibblock aus der Handtasche und verfasste konzentriert einen Kommentar über das Gerichtsverfahren. Dann rief sie in der Redaktion an und diktierte ihn der Sekretärin.

»Kommst du heute nicht mehr her?«, fragte Adriana.

»Wenn, dann erst spät. Ich bin mit Zé unterwegs. Eine freie Sache. Das Weingut, ich habe dir davon erzählt.«

»Okay. Wir sehen uns morgen. Sag Zé, er soll nicht so viel rauchen.«

Renata lachte und legte auf. Sie hatten die Innenstadt hinter sich gelassen. Im dichten Verkehr fuhren sie durch die Außenbezirke.

»Wie bist du eigentlich an den Job gekommen?«, fragte Zé, während er sich einen weiteren Zigarillo ansteckte.

»Erinnerst du dich an den EU-LAK-Gipfel, bei dem ich letztes Jahr war? Ich habe dort Journalisten aus London kennengelernt. Einer von ihnen hat mir eine E-Mail geschrieben und gefragt, ob ich für sein Magazin einen Beitrag über brasilianische Rotweine schreiben könnte.«

»Und du hast zugesagt? Lifestyle ist doch überhaupt nicht dein Ressort.«

»Ich will den Kontakt halten. Netzwerke sind wichtig. Man weiß nie, wozu man die Kollegen mal braucht.« Sie machte eine Pause. »Du musst dort vorn rechts abbiegen. Es ist nicht mehr weit. Bald kannst du die ersten Weinberge sehen. Ich war letzte Woche schon einmal hier.«

»Warum ausgerechnet Casa Garibaldina?«

»Der Kollege in London hat es in seiner Mail genannt, er hat schon davon gehört.«

»Und die Winzer?«

»Moema Parzeres und ihr Mann Edmundo haben den Betrieb vor einigen Jahren von Moemas Eltern übernommen. Es gibt zwei kleine Töchter. Die Alten leben auch auf dem Hof und packen bei der täglichen Arbeit mit an. Wenn sie gerade bei der Weinernte sind, wird es nur so von Erntehelfern wimmeln. Fang mit deiner Kamera die Stimmung ein.«

Sie folgten einer schmalen, staubigen Straße zu einer Anhöhe hinauf. Vor ihnen erstreckte sich ein langgezogenes Tal. Die Hänge zu beiden Seiten waren voller Rebstöcke. Zé stellte den Wagen an den Straßenrand und stieg aus, um ein paar Panoramaaufnahmen zu machen.

Renatas Augen glitten über die Berghänge, folgten der sich windenden Straße hinab zu dem imposanten Anwesen. Sie hatte erwartet, dass die Straße zu beiden Seiten von Autos gesäumt wäre und Traktoren mit Anhängern voller Weintrauben sich hindurchschlängelten, doch das Tal lag still und verlassen vor ihr. Keine Menschenseele war zu sehen. Hoffentlich hatte die Winzerin sie nicht falsch verstanden. Sie wollte brasilianische Betriebsamkeit und Lebensfreude in ihrem Artikel vermitteln – nicht die abgeschiedene Idylle des Weinguts.

»Eine himmlische Ruhe, findest du nicht?« Zé packte seine Kamera weg und stieg wieder ins Auto. Die letzten zwei Kilometer fuhren sie schweigend.

Das Anwesen wurde von einer drei Meter hohen Mauer umgeben, an welcher der Putz großflächig abgefallen war und das darunterliegende nackte Mauerwerk zum Vorschein kam. Der ärmliche Eindruck wurde von dem in der Sonne blitzenden Natodraht konterkariert, der in Doppelreihen auf der Mauer angebracht war.

Das grüne Metalltor mit den großen Rostflecken stand offen, Zé fuhr auf den Hof. Vor ihnen lag das Haupthaus, ein flacher, im brasilianischen Kolonialstil gehaltener Bau, gestrichen mit der typisch weißen Kalkverdünnung. Die weithin sichtbaren Dächer aus roten Lehmziegeln erstreckten sich weit über die Wände und liefen in Traufen aus. Von den Kindern vergessenes Spielzeug lag verstreut im rötlichen Staub. Renata stieg aus und sah sich stirnrunzelnd um. Die harte Mittagssonne warf kurze Schatten. Kein lebendes Wesen weit und breit. Nicht einmal eine Katze.

Das Zuschlagen der Autotür in ihrem Rücken klang in der Stille wie eine kleine Explosion. Renata zuckte zusammen und fuhr herum. Mit lautem Krächzen erhob sich ein Riesentukan vom Dachfirst eines Nebengebäudes, sein glänzendes schwarzes Gefieder und der lange gelbe Schnabel gut sichtbar. Zé hob entschuldigend die Hände. Er hatte seine Kameratasche und das Stativ geschultert. Renata wandte sich ab.

»Hallo?«, rief sie. »Jemand zu Hause?«

Keine Antwort.

»Schau mal!« Zé stand vor einem kniehohen gemauerten Becken, von dem der Winzer bei ihrem ersten Besuch erklärt hatte, dass darin die Trauben gewaschen würden. »Sind das Piranhas?«

Renata ging hinüber. Zé hatte recht: Die unscheinbaren silbrig glänzenden Fische waren Piranhas. Es schwamm aber noch etwas anderes in dem Wasser. Fell. Eine tote Katze.

Ein Schauder lief Renata über den Rücken. Trotz der Hitze bekam sie eine Gänsehaut. Irgendetwas stimmte hier nicht. Ihr Instinkt befahl ihr, zum Auto zurückzugehen und wegzufahren.

Ein leises Quietschen in ihrem Rücken. Erneut fuhr Renata herum. Die Haustür stand offen. Im Inneren war es dunkel, auf dem Hof gleißender Sonnenschein. Der Umriss einer Gestalt zeichnete sich im Rahmen ab. Renata konnte sie nicht richtig erkennen.

»Moema?«

»Kommen Sie herein.« Eine schleppende Frauenstimme.

»Wo ist Moema?«

Die Gestalt drehte sich um und verschwand. Zé sah Renata fragend an. Sie zuckte mit den Schultern.

»Vielleicht die Mutter.«

Gemeinsam überquerten sie den Hof, traten ins Dunkel. Die schmalen Ritzen in den geschlossenen Fensterläden gaben kaum Licht. Ein süßlicher Geruch hing in der Luft. Sofort krampfte sich Renatas Magen zusammen. Der Gestank erinnerte sie an ihre Kindheit, an die Besuche im Schlachthaus, wo ihre Tante gearbeitet hatte, bevor sie ihrer Liebe zum Segeln nachgab. Jetzt glaubte Renata, das panische Blöken der Tiere wieder zu hören.

Ein Stöhnen drang aus einem Zimmer zu ihrer Rechten. Renata erstarrte, Zé drängte sich an ihr vorbei, griff nach der Türklinke. Renata packte ihn am Arm, wollte ihn zurückhalten.

Zu spät.

Im selben Moment, in dem Zé die Tür aufstieß, ertönten Schüsse. Drei Stück, getrennt nur von einer minimalen Pause. Zés schwerer Körper wurde gegen Renatas geworfen, warme, klebrige Flüssigkeit spritzte ihr ins Gesicht, in den Mund, in die Augen. Sie taumelte, fiel gegen die Wand, sank auf ein Knie, würgte, spuckte, rappelte sich hoch, sah die Hälfte von Zés Kopf an der Tapete kleben, rutschte mit dem linken Fuß in einer Lache aus, strauchelte gegen eine angelehnte Tür, drückte sie auf, fiel zu Boden.

Ein einzelner Schuss.

Sie schrie, kam auf die Füße, lief auf ein helleres Viereck im Dunkeln zu. Ein Durchgang. Vor ihr die Küche. Ein Mann auf einen Stuhl gefesselt, die Kehle durchgeschnitten. Auf dem Boden vor dem Herd drei Körper, ein großer und zwei kleine, Moema und ihre beiden Töchter.

Renata erreichte das Fenster, riss es auf. Ihr Herz raste. Hinter ihr absolute Stille. Grabesstille. Sie sah hinaus. Drei Meter bis zu einem schmalen Grat neben den Grundmauern, dann ein steiler Abhang zum Weinberg hinunter.

Springen oder erschossen werden?

Sie sprang, kam auf den Füßen auf, verlor die Balance. Eine Dreiersalve ertönte. Sand spritzte auf, ein brennender Schmerz am Oberarm, sie fiel auf die Knie, kippte vornüber, rollte den felsigen Abhang hinunter, schlug sich die Stirn auf, schlitterte über lose Steinchen, blieb mit einem Fuß in einem Rebstock hängen, ein Ruck, Schmerzen im Knöchel. Sie strampelte sich frei, kroch eng gegen den Boden gepresst weiter.

Nichts war zu hören außer dem Hämmern ihres Herzschlags in ihren Ohren. Blut rann ihr in die Augen. Diesmal ihr eigenes. Sie robbte weiter. Wagte nicht, sich umzudrehen und zurückzuschauen. Minute um Minute verstrich.

Ein paar hundert Meter von ihr entfernt stand eine kleine Hütte mitten in den Weinbergen. Moema hatte sie ihr bei ihrem ersten Besuch gezeigt. Sollte sie dort Schutz suchen? Was, wenn der Mann, der Zé erschossen hatte, sie ebenfalls kannte?

Renata entschied sich dagegen, kroch nach Westen, kam nur langsam voran, alle paar Meter versperrten ihr Weinstöcke und Drähte den Weg.

Plötzlich hörte sie einen Motor, ein schwarzer Fiat rollte aus dem Weingut. Sofort drückte sie sich wieder dicht auf den Boden.

Der Mann fuhr unendlich langsam, suchte sie, verschwand hinter einer Serpentine.

Renata sprang auf und riss sich die fleckenübersäte weiße Bluse vom Leib. Ihre karamellfarbene Haut war unauffälliger, ähnelte der staubtrockenen Erde. Gebückt lief sie, so schnell sie konnte, den Weinberg hinauf. Sie keuchte vor Anstrengung. Die Zunge klebte ihr am Gaumen, sie hatte Durst.

Wieder hörte sie den Motor, warf sich flach auf den Boden, halb in eine Mulde, wagte nicht, sich zu bewegen. Horchte, blinzelte mit einem Auge.

Der Wagen hielt neben der kleinen Hütte.

Zum Glück hatte sie die entgegengesetzte Richtung gewählt, sonst säße sie nun in der Falle.

Sie schloss die Augen, sah Zé vor sich, ohne Kopf. Tränen drückten gegen ihre Augenlider, quollen unter ihren Wimpern hervor, liefen ihr über die Wange. Ihr ganzer Körper zitterte.

Nach einer Weile sprang der Motor wieder an, kam näher, rollte einen schmalen Feldweg entlang, der nur hundert Meter unter ihr vorüberführte.

Sie drückte sich noch tiefer in die Mulde, hielt den Atem an, betete.

Endlich entfernte sich das Motorengeräusch. Ihre Muskeln entspannten sich allmählich, dennoch: Sie traute sich nicht, sich zu bewegen. Er könnte zurückkommen; über ihr gab es einen weiteren Weg.

Die Schatten wurden allmählich länger. Nichts war zu hören außer dem Ruf des Riesentukans – und ihrem eigenen erstickten

Schluchzen. Vorsichtig stand sie auf. Ihr Knöchel schmerzte mehr als vorher. Dafür war jetzt keine Zeit. Sie biss die Zähne zusammen und humpelte den steilen Weinberg hinauf, ihre Hände umklammerten die langen Reben, suchten Halt.

Während sie in der Mulde lag, hatte sie sich die Karte ins Gedächtnis gerufen, die sie vor ihrem ersten Besuch studiert hatte. Sie marschierte los, in Richtung Zivilisation, so schnell es ihr Knöchel erlaubte.

Noch bevor sie ein nordwestlich des Weinguts gelegenes kleines Dorf erreichte, kam sie zu einem einsamen Gehöft. Ein Geländewagen stand vor dem Haus, von einem schwarzen Fiat war weit und breit nichts zu sehen. Dennoch versteckte sie sich in einem Gebüsch und beobachtete das Anwesen eine Weile. Niemand kam, niemand ging.

Als die Dämmerung hereinbrach, fasste sie Mut und schlich in großem Bogen um den Bauernhof. Auch auf der Rückseite stand kein schwarzer Fiat.

Mit zitternden Knien wagte sie sich auf das Grundstück. Sie war nicht weit gekommen, als sie plötzlich ein Knurren erschreckte. Im nächsten Moment sah sie die Silhouette eines großen Hundes. Er rannte direkt auf sie zu, bellte, fletschte die Zähne. Renata blieb wie angewurzelt stehen. Dann wurde der Hund mitten im Sprung zurückgerissen. Ein metallenes Klirren, die Kette, an der er lag, war bis zum Äußersten gespannt.

Renata rannte zum Eingang und hämmerte gegen das verwitterte Holz. Eine Frau öffnete. Sobald sie Renatas blutverschmiertes Gesicht und die zerrissenen Kleider sah, wollte sie die Tür wieder zuschlagen. Panisch stemmte Renata ihre Hände gegen das spröde Holz und lehnte sich mit ihrem ganzen Gewicht dagegen.

»Es hat einen Überfall auf Casa Garibaldina gegeben. Die Parzeres sind tot«, schrie sie.

»Damit wollen wir nichts zu tun haben. Gehen Sie weg!« Die Frau keuchte vor Anstrengung, während sie versuchte, die Haustür zuzudrücken.

»Bitte! Sie müssen mir helfen.« Renatas Stimme stand kurz davor zu kippen. Die erhoffte Sicherheit, so greifbar nah und doch so fern.

»Gehen Sie weg!«

»Ich bin Journalistin. Ich habe nichts mit der Sache zu tun!« Noch einmal warf sie sich mit aller Kraft dagegen, aber die andere Frau war stärker. Die Tür fiel ins Schloss, ein Schlüssel knirschte. Renatas Brust entfuhr ein verzweifeltes Heulen. Sie schlug mit den Fäusten gegen das Holz. »Rufen Sie die Polizei. Bitte. Rufen Sie die Polizei!« Rasch rannte sie zum Fenster, klopfte an die Scheibe.

»Keine Polizei! Gehen Sie weg, oder ich schieße!«

Zu ihrem Entsetzen sah Renata durch das schmutzige Glas, dass die Frau eine Schrotflinte in der Hand hielt. Tränen rannen ihr über das Gesicht, als sie sich abwandte und zurück auf die staubige Straße lief.

Sie war erst wenige hundert Meter gegangen, als sie plötzlich von zwei grellen Lichtkegeln erfasst wurde. Warum hatte sie das Auto nicht kommen hören? Sie blieb stehen, paralysiert, ihr Herz hämmerte, ihr Hirn schrie »Renn!«, und doch setzten sich ihre Beine nicht in Bewegung. Nur ihre Hand hob sich langsam, spreizte die Finger, um ihre Augen vor den blendenden Scheinwerfern zu schützen.

»Was ist passiert?« Eine Männerstimme. »Brauchen Sie Hilfe?«

Renata kniff die Augen zusammen und versuchte, den Sprecher zu erkennen, aber er verbarg sich hinter der offenen Fahrertür des Wagens. Ein Jeep. Kein schwarzer Fiat. Ein Jeep!

»Was ist Ihnen zugestoßen?«

Renata sah an sich hinab. Ihre Brust wurde nur zum Teil von ihrem verdreckten BH verborgen, die Bluse lag in den Weinbergen, ihre Hose war voller Flecke und hatte Risse. Schützend hob sie die andere Hand vor ihren Oberkörper.

»Polizei«, stieß sie hervor. »Rufen Sie die Polizei. Bitte!« Noch während sie sprach, sah sie, wie der Mann langsam auf sie zukam. Panik ergriff sie, sie wusste, dass sie nicht genug Kraft hatte, um vor ihm davonzurennen. »Bleiben Sie, wo Sie sind!«

»Mein Name ist Aurelio Buarque. Ich bin Polizist.« Er blieb stehen, hob die Hände leicht zur Seite, so, als wolle er ihr signalisieren, dass er ihr nichts tun werde. »Ich habe einen Ausweis.« Langsam glitt seine Hand zur Hosentasche, entnahm ihr den

Geldbeutel und zog eine schmale Plastikkarte heraus. Wieder machte er ein paar Schritte auf sie zu, bis sie das Dokument sehen konnte.

Grenzenlose Erleichterung. Renatas Körper begann unkontrolliert zu zittern, als die Anspannung von ihr abfiel. »Ich bin überfallen worden. Es war … schrecklich.« Ihre Stimme versagte, Tränen rannen über das Gesicht.

Der *comissário* griff sie behutsam am Ellbogen und führte sie zu seinem Auto. »Beruhigen Sie sich. Ich bringe Sie jetzt zu meiner Dienststelle. Dann erzählen Sie, was passiert ist.«

2
Erlangen, Deutschland

Eine Hand kroch Millimeter für Millimeter über den Verband. Tastete von der Stirn über die pochende Schläfe hinab zum bartstoppeligen Kiefer. Ein leises, raspelndes Geräusch war zu hören.

Es dauerte eine Weile, bis sein Gehirn die Verbindung zwischen dem herstellte, was sein Kinn spürte und was seine Fingerspitzen fühlten. Dann erkannte er, dass die Finger, die sein Gesicht betasteten, seine eigenen waren. Langsam ließ er die Hand sinken und noch langsamer schlug er die Augen auf.

Minutenlang starrte er an eine weiß getünchte Zimmerdecke mit verwaschenen grauen Schlieren. Schließlich drang ein penetrantes Piepen ganz in seiner Nähe in sein Bewusstsein. In Zeitlupe drehte er den Kopf zur Seite. Ein greller grüner Punkt sprang neben ihm auf und ab.

Wieder lag er minutenlang bewegungslos da, starrte auf seinen sichtbar gemachten Herzschlag.

Eine Erkenntnis schob sich durch das vernebelte Labyrinth seiner Gehirnwindungen. Nach einer Weile verlor sie die Orientierung, verweilte bei lang verloren geglaubten Gedanken. Dann irrte sie weiter und gelangte endlich in die Zentrale.

Kran-ken-haus!

Das Wort verursachte Panik.

Warum? Warum bin ich in einem Krankenhaus?

Irgendwo in der Nebelwelt, die ihn umgab, musste die Antwort liegen.

Er sandte Kundschafter aus in die unendlichen Weiten seines Gehirns, befahl ihnen, nicht ohne brauchbare Resultate zurückzukehren. Vor Anstrengung presste er die Augen zusammen. Doch alle Puzzleteile, die sie aus entlegenen Ecken hervorlockten, passten nicht.

Sein Kopf fühlte sich an, als werde er jeden Moment explodieren. Er wollte aufgeben, sich einfach zurücksinken lassen in die weichen weißen Wolken.

Nein! Er hatte noch nie aufgegeben. Er erlaubte sich keine Schwächen. Er suchte weiter, tastete sich durch Monate, Wochen, Tage, Stunden, Minuten.

Nach einer Unendlichkeit bekam er ein verschwommenes Bild zu fassen: Er hielt eine Waffe in seinen Händen. Zielte. Schoss.

Und dann?

Ein Zittern lief durch ihn hindurch, ihm wurde heiß und kalt. Langsam glitt er in ein gähnend weißes Loch.

3
Erlangen, Deutschland

Wieder schlug er die Augen auf. Weiße Decke, chemischer Geruch, regelmäßiges Piepen neben seinem Ohr. Kein Traum – er war im Krankenhaus. Der Nebel in seinem Gehirn lichtete sich ein wenig.

Sein Körper. Was war mit seinem Körper?

Nach einer gefühlten Ewigkeit gelang es ihm, die Hand davon zu überzeugen, tiefer zu gleiten, sich unter das dünne Laken zu schieben und seinen Leib zu betasten. Feststand: Er war nackt. Weder trug er Pyjama noch Unterhosen.

Plötzlich ertönte ein lautes Geräusch, dem Heulen einer amerikanischen Polizeisirene nicht unähnlich. Er zuckte zusammen. Tausend kleine Nadelstiche rannten seine Wirbelsäule entlang vom Nacken bis zum Steißbein. Die Härchen auf seinen Armen stellten sich auf. Im selben Moment flog die Zimmertür auf. Ein kühler Luftzug traf ihn an seiner schweißnassen Stirn.

Menschen in grüner Kleidung stürzten in den Raum. Ein Gesicht beugte sich über ihn. Zitternd und unendlich langsam zog er die Hand wieder unter der Leinendecke hervor. Ein Kabel hatte sich in der Kanüle auf seinem Handrücken verfangen.

Mit einem Mal wich die Anspannung aus den ernsten Gesichtszügen. Behandschuhte Finger griffen nach dem losen Ende des Kabels, eine zweite Hand schob das Laken ein Stück zur Seite. Langsam folgten seine Augen den Bewegungen, beobachteten, wie der Druckknopf wieder an der Elektrode auf seiner Brust befestigt wurde. Die Sirene verstummte, das rhythmische Piepen seines Herzens setzte ein.

Er hob den Blick, sah in helle, graublaue Augen mit einem dunklen Rand um die Iris. Ein schwacher Duft nach Honig lag in der Luft.

»Ich bin Dr. Susanne Schirmer. Sie sind in der Uni-Klinik Erlangen.« Die Frau sprach langsam und überdeutlich. »Können Sie mich verstehen?«

Er nickte.

»Gut. Das ist sehr gut.« Behutsam tupfte sie ihm den Schweiß vom Gesicht. »Wie heißen Sie?«

Seine Zunge klebte an seinem ausgetrockneten Gaumen. Angestrengt versuchte er, ein wenig Spucke in den Mund zu bekommen. Die Frau bemerkte seine fruchtlosen Bemühungen, griff nach einem Feuchtigkeitsstäbchen und benetzte damit seine spröden Lippen, drang sanft in die Mundhöhle, fuhr über seine Zunge.

»Besser?«

Er nickte, schluckte, dann konnte er endlich antworten. »Maxwell ... Charles ... Schmidbauer.« Die Stimme, die seinen Namen flüsterte, klang rau und brüchig – und so gedehnt, als spreche er in Zeitlupe.

»Sehr gut.« Aufmunternd berührte Dr. Schirmer seine Schulter. »Können Sie mir auch Ihr Geburtsdatum nennen?«

Hätte seine ausgetrocknete Kehle es zugelassen, hätte Maxwell gelacht. So zuckten nur seine Bauchmuskeln ein paarmal krampfartig. Wie sollte er das je vergessen? »*The day ... the music ... died.*«

Die sanft geschwungenen Augenbrauen der Ärztin wanderten nach oben.

»3. Februar 1959. Der Tag ... an dem ... Buddy Holly ... starb. Meine Mutter ... war ein großer Fan.«

»Es ist ein gutes Zeichen, dass Sie sich an all das erinnern.« Die zwei Grübchen neben ihren Mundwinkeln vertieften sich. »Können Sie mir die Hand drücken?«

Sie hielt ihm ihre Finger ein kurzes Stück von seinen entfernt entgegen. Millimeterweise schaffte er es, seine Hand hochzuheben. Als sich ihre Fingerspitzen schließlich berührten, war sein Händedruck so schlaff, dass er sich schämte. Sie lobte ihn trotzdem überschwänglich.

»Was ist ... passiert?« Endlich wagte er die Frage zu stellen, die ihm schier den Verstand raubte.

»Der Rettungshubschrauber hat Sie am Samstag mit einer Kopfschussverletzung zu uns gebracht. Sie hatten ein schweres Schädel-Hirn-Trauma und wurden sofort operiert. Seither lagen Sie im Koma. Sechs Tage. Wir haben uns große Sorgen um Sie gemacht.«

Ein Kopfschuss? Erneut bemühte er sich, seinem Gehirn Bilder abzuringen, aber da war nichts. Kein Knall. Kein Schmerz. Er wusste nicht einmal, wo er Samstag gewesen war.

»Ich kann mich ... an nichts ... erinnern.«

»Das wird schon wieder.« Eine Floskel. Dr. Schirmer hielt einen Augenblick inne. »Versuchen Sie jetzt zu schlafen. Es ist mitten in der Nacht.«

4
São Paulo, Brasilien

Renata drückte die Klingel und wartete ungeduldig auf das Knacken in der Sprechanlage. Immer wieder sah sie sich über die Schulter, bemerkte jedoch nichts Verdächtiges. Das Taxi, das sie nach Hause gebracht hatte, war schon längst verschwunden. Mit einem leisen Klack schaltete sich die Außenbeleuchtung über der Pforte ein. Renata wusste, dass der Sicherheitsdienst des Hochhauses, in dem sie wohnte, sie nun auf seinem Bildschirm sehen konnte.

»Mein Name ist Renata Teixeira.« Sie hielt ihren Ausweis direkt in die Kamera. Zum Glück hatte sie wie immer ihren Geldbeutel in der vorderen rechten Hosentasche bei sich gehabt, um ihn vor Diebstahl zu schützen – daher war er nicht verschwunden wie all die anderen Dinge, die in Zés Auto gelegen hatten. »Ich bin die Mieterin von Appartement elf-fünf. Sie müssen mir helfen. Ich wurde überfallen, meine Handtasche und meine Schlüssel sind weg.«

»*Santo Deus!* Senhora Renata, kommen Sie herein«, rief einer der beiden Wachmänner durch die Sprechanlage. Renata erkannte seine Stimme. Carlos. Mitte zwanzig, spitz zulaufendes Ziegenbärtchen, gedrungen, ansehnliche Armmuskeln, eine lange Narbe auf der linken Wange, über deren Herkunft er eisern schwieg. Aufgewachsen in einem Armenviertel, hatte er ein feines Gespür für Menschen und Situationen entwickelt. Er hatte sie – gegen großzügige Bezahlung – schon das eine oder andere Mal als Personenschützer begleitet, wenn sie für ihre Recherchen in unsichere Stadtteile musste.

Der Türsummer ertönte, Renata stieß die schwere metallene Gartenpforte auf.

Die Männer des Sicherheitsdienstes saßen in der mit Panzerglas verkleideten Kanzel.

»Was kann ich für Sie tun, Senhora?«, fragte Carlos durch ein Mikrofon. Renata fühlte, wie sein Blick über ihr blutverschmiertes Gesicht, den schmutzigen BH und die zerrissene fleckige Hose glitt. »Soll ich einen Krankenwagen rufen? Oder die Polizei?«

»Ich möchte etwas aus meiner Wohnung holen – können Sie mir mit dem Generalschlüssel aufsperren?«

Carlos schien erleichtert. Er stand auf und ging zu einem Panzerschrank, den er nur gemeinsam mit der Berechtigungskarte seines Kollegen öffnen konnte, und entnahm ihm den Schlüssel zu Appartement fünf im elften Stock.

»Was ist passiert?«, fragte er, während sie in den Fahrstuhl stiegen.

»Ich habe mit einem Kollegen das Weingut besucht, über das ich eine Reportage schreiben wollte. Ich hatte Ihnen von dem Auftrag erzählt, erinnern Sie sich?«

Carlos nickte.

»Als wir ankamen, war dort ein Mann, er hat auf uns geschossen. Ich konnte fliehen, mein Kollege … nicht.« Tränen quollen aus ihren Augen. Unwirsch wischte sie sie weg. Sie durfte nicht zusammenbrechen. Nicht jetzt. Zeit, um Zé zu trauern, würde sie später haben.

»Waren Sie bei der Polizei?«

»Ja, in São Roque.«

Carlos fragte nicht weiter. Renata wusste, dass er ein gespaltenes Verhältnis zur Obrigkeit hatte.

Die Aufzugtür glitt zurück. Nervös sah sie den schmalen Flur entlang. Fast erwartete sie, der Mann, der auf sie geschossen hatte, werde hinter einer Abmauerung hervorspringen und wieder auf sie feuern. Ein Zittern lief durch ihren Körper.

Carlos berührte sie am Ellbogen und führte sie aus der Kabine. »Alles ist gut. Kein Fremder befindet sich im Haus.« Dennoch sperrte er ihr Appartement auf, ging hinein und durchsuchte es rasch. »Niemand da.«

»Können Sie warten? Ich brauche nur fünf Minuten.«

»Kein Problem.«

Hastig holte sie ihren Hartschalenkoffer aus dem Schrank und warf wahllos Kleidungsstücke hinein, bis er fast voll war. Dann ging sie ins Wohnzimmer, holte ihren Laptop und stopfte die Dokumente, die auf ihrem Schreibtisch verstreut lagen, in ein großes Kuvert. Beides packte sie ebenfalls in ihren Koffer, bevor sie ihn schloss und zu Carlos zurückkehrte.

»Haben Sie kein Verbandszeug?« Sein Blick streifte ihren Arm und ihr Gesicht.

Sie schüttelte den Kopf.

»So können Sie nicht auf die Straße gehen.« Er führte sie ins Bad, befeuchtete ein Handtuch und wusch ihre Wunden behutsam aus. »Gibt es hier irgendwo Alkohol?«

Renata wies zu einer kleinen Bar im Wohnzimmer. Carlos ging hinüber und inspizierte die Flaschen.

»Beißen Sie die Zähne zusammen. Es wird brennen wie Feuer – aber wir müssen Ihre Verletzungen desinfizieren, sonst entzünden sie sich.«

Trotz der Warnung zuckte Renata reflexartig zurück, als der erste Tropfen ihre geschundene Haut berührte, und schrie erschrocken auf. Ohne zu zögern, legte Carlos ihr seine Hand über Mund und Kinn und hielt ihren Kopf gegen seinen Körper gepresst, während er vorsichtig noch mehr Rum in die Wunde träufelte. Sie schrie gegen seinen Handballen. Der Schmerz war kaum auszuhalten. Tränen sickerten unter ihren geschlossenen Augenlidern hervor.

»Gleich haben Sie es überstanden.« Carlos ließ ihren Kopf los und griff nach ihrem Arm. »Versuchen Sie die Zähne zusammenzubeißen, bevor Ihre Nachbarn meinen Kollegen rufen!«

Wieder ein Gefühl, als stoße er eine heiße Klinge in ihren Körper. Sie sog scharf die Luft ein, wimmerte, stöhnte, dann ließ er sie los.

»Das ist nicht optimal, aber besser als nichts.« Er musterte sie besorgt. »Wo wollen Sie hin?«

»Ich weiß nicht«, murmelte sie. »Untertauchen, nur zur Sicherheit, für ein paar Tage.«

»Achten Sie bei dem Hotel darauf, dass es eine ordentliche Feuertreppe gibt – und dass von außen niemand hereinkommen kann, Sie aber die Möglichkeit haben, jederzeit zu fliehen. Das Capitania ist zum Beispiel so gebaut und das Porto Do Sol oder das Jardins.«

Renata nickte.

»Haben Sie eine Waffe?«

Renata schüttelte den Kopf.

»Wenn Sie Hilfe brauchen, rufen Sie mich an. Ich habe noch ein paar Tage Urlaub, die ich nehmen kann.«

5
Erlangen, Deutschland

»Hi! Alles klar? Wie geht's dir?« Die Stimme klang hoch, fast piepsig, wie aus einem Walt-Disney-Film und wollte so gar nicht zu dem großen, breitschultrigen Mann passen.

»Mickey … Mouse«, murmelte Maxwell. Der Nebel ließ ihn nicht los.

»Hey! So ganz können sie dir das Gehirn nicht weggepustet haben, wenn du mich trotz der Verkleidung wiedererkennst.« Der Hüne deutete auf den grünen Kittel, den er über seiner Straßenkleidung trug.

Maxwell musste sich darauf konzentrieren, dass ihm die Augen nicht zufielen.

»Mensch, hast du uns allen einen Schrecken eingejagt.« Mickey beugte sich über das Bett, boxte ihn sanft gegen die Schulter. »Aber jetzt wird alles wieder gut, sagen die Ärzte.«

»Was … tust du hier?«

»Dich beschützen.«

»Warum? Was … ist … passiert?« Ein verwaschenes Lallen.

»Oh Mann, du klingst wie damals, als du auf Bum-Bums Ausstand einen über den Durst getrunken hast und uns danach das Surfen auf der Motorhaube bei Tempo siebzig beibringen wolltest. Erinnerst du dich?«

In dem Augenblick kam eine Krankenschwester herein, blieb abrupt an der Tür stehen. »Was ist hier los? Sie wissen doch, dass Herr Schmidbauer nach wie vor unter starken Medikamenten steht und Ruhe braucht. Heute können Sie ihn noch nicht vernehmen!«

»*Yes, Ma'am.*« Breit grinsend salutierte Mickey zackig. Danach drehte er sich zu Maxwell um und zwinkerte ihm zu. »Die tut nur so. Ich schätze, bis zum Schichtende habe ich sie flachgelegt.«

Doch Maxwell war schon zurück in die Nebelwelt geglitten.

6
Erlangen, Deutschland

»Herr Schmidbauer?« Eine Hand berührte ihn sanft an der Schulter.

Maxwell stöhnte, öffnete die Augen und kniff sie sofort wieder zusammen. Ein Blitz explodierte mitten in seinem Gehirn.

»Haben Sie Schmerzen?«

»Es ... ist ... zu ... hell.« Er hatte das Gefühl, als würden die Worte tropfenweise aus ihm perlen.

Schritte entfernten sich vom Bett, ein leises Summen ertönte, dann wurde es vor seinen geschlossenen Lidern dunkler. Langsam öffnete er erneut die Augen.

»Ich habe Ihnen eine Tasse frischen Pfefferminztee mitgebracht.« Der Pfleger hob Maxwells Kopf leicht an und flößte ihm ein paar Schlucke aus einer Schnabeltasse ein.

»Ich ... hasse ... Pfefferminztee«, murmelte er anstelle eines Danks. Gequält versuchte er zu lachen, stattdessen musste er husten. Es klang wie nach zwei Schachteln filterloser Zigaretten.

»Wollen wir mal testen, wie die Welt im Sitzen aussieht?« Der Krankenpfleger hielt ihm das Bedienteil für die Elektrik des Krankenbetts hin. »Probieren Sie es selbst, Sie müssen hier drücken.«

Maxwells Hand zitterte vor Anstrengung, als er sie hob und einen Finger auf den Knopf presste. Das Kopfteil bewegte sich mit einem leisen Surren nach oben.

»Und stopp.«

Die Hand fiel kraftlos aufs Bett zurück.

»Wunderbar. Dann wollen wir Sie mal tageslichttauglich machen.«

»Kann das ... nicht eine ... der jungen Damen ... übernehmen?«

»Ihnen scheint es ja schon ziemlich gut zu gehen«, bemerkte der Pfleger trocken. »Was sagt Ihre Frau zu solchen Machosprüchen, kaum dass Sie wieder unter den Lebenden weilen? Oder ist das bei SEK-Beamten üblich?«

Maxwell runzelte die Stirn. Grübelte. War sich schließlich sicher. »Ich bin ... nicht mehr ... verheiratet.«

»Na dann. Möchten Sie sich das Gesicht selbst waschen?« Ohne eine Antwort abzuwarten, drückte ihm der Mann ein feuchtes Etwas in die Hand.

Maxwell versuchte, seinen Fingern die Anweisung zu geben, den Waschlappen festzuhalten und damit über seine Wangen zu fahren. Sie taten es nur zögerlich, zitternd, kraftlos. Der Krankenpfleger schlug das Laken zurück und begann den durchtrainierten nackten Körper mit distanzierter Professionalität zu waschen.

»Soll ich Sie rasieren?«

»Dann ... hätte ich mich ... mit dem Waschlappen ... nicht so ... plagen müssen!« Maxwell war am Ende seiner Kraft angelangt.

»Das war ein gutes Training für die Feinmotorik.«

Er schloss die Augen.

»Ich werte das als ein ›Nein, danke‹. Mit Verlaub, ich finde auch, dass Ihnen der Bart gut steht.«

»Zum Teufel ... rasieren Sie mich!«

»Was ist mit den Koteletten?«

»Die ... nicht.«

»Meinen Sie nicht, dass die ohne Bart etwas verloren wirken?«

Anstatt einer Antwort presste Maxwell die Lippen, so fest er konnte, zusammen.

Kaum war der Pfleger gegangen, trat die Frau mit den hellen, graublauen Augen an sein Bett.

»Wie geht es Ihnen?«

»Ging ... schon mal ... besser.«

»Haben Sie Schmerzen?«

»Ich ... fühle mich wie ... in Watte gepackt.«

»Wir können Ihre Medikation testweise reduzieren, allerdings kann es sein, dass Sie Kopfschmerzen bekommen.« Sie machte sich an einem der Geräte zu schaffen. »Wenn es zu schlimm wird, sagen Sie Bescheid, dann erhöhen wir die Dosis.«

»Werde ich ... wieder gesund?«

»Sie hatten unvorstellbares Glück.«

»Was ... heißt das?«

»Die Kugel hat links auf Höhe der Schläfe den Schädelknochen durchschlagen und ist durch die Dura mater und Arachnoidea encephali hindurch in den Subarachnoidalraum gedrungen. Und hier ist etwas Bemerkenswertes passiert, worüber ich bislang nur in der Fachliteratur gelesen habe: Die Kugel hat die Flugrichtung gewechselt, Ihren Hinterkopf durch den Subarachnoidalspalt umrundet und ist dann auf der anderen Seite ausgetreten. Wie es im Moment aussieht, ohne größere Schäden an den Großhirnlappen anzurichten.«

»Was?« Er hatte kein Wort verstanden. »Werde ich … wieder gesund?«

»Sie bringen die besten Voraussetzungen dafür mit.«

7
Nürnberg, Deutschland

Ein verschwommenes Bild quälte sich durch seine Gehirnwindungen.

Er stand neben Mickey im Schießstand, hielt seine Glock in beiden Händen, zielte, drückte ab, traf den Umriss der Schulter anstatt den Kopf.

Maxwell: *Scheiße!*

Mickey: *Willst wohl in allen Disziplinen Schützenkönig werden? Gönn uns anderen doch auch mal was.*

Maxwell: *Mit der Glock habe ich immer Probleme.*

Mickey: *Versuch, die Arme etwas anzuwinkeln! Dann geht es leichter.*

Maxwell: *Ich habe es mit durchgestreckten gelernt.*

Mickey: *War nur ein Vorschlag. Bei mir funktioniert es so besser.*

Danach gab es wieder nur ein weißes Loch.

8
São Paulo, Brasilien

Tack! Tack! Tack! Drei kurze, harte Schläge – wie die Salven auf dem Weingut. Renata zuckte zusammen, sprang vom Bett auf, sah sich panisch in ihrem Hotelzimmer um. Ihr Herz raste. Dann merkte sie, dass es nur Fingerknöchel auf Holz gewesen waren. Ein energisches Klopfen. Sie schloss die Augen, atmete tief durch und versuchte, sich zu beruhigen.

»Wer ist da?«

»*Housekeeping.*«

Ein Blick auf den Radiowecker: neun Uhr einundfünfzig. Das Mädchen war eine halbe Stunde später dran als gestern. Renata ging zur Tür, öffnete.

»Alles in Ordnung, Senhora?«

»Ja, danke. Ich habe starke Kopfschmerzen.« Für morgen musste sie sich eine andere Ausrede einfallen lassen. Die Angestellte würde misstrauisch werden, wenn sie noch einen weiteren Tag nicht das Zimmer verließ. Am besten ging sie in den Frühstücksraum.

»Brauchen Sie Tabletten? Soll ich Ihnen etwas aus der Apotheke besorgen?«

»Nein, nein. Ich ... äh ... machen Sie morgen sauber, ja?« Morgen würde sie auschecken und in ein anderes Hotel ziehen.

Verwundert sah das Mädchen sie an, nickte und verschwand.

Renata setzte sich zurück aufs Bett und zog die Decke bis zum Kinn. Ihr war kalt – und schlecht. Sie hatte in ihren gut dreißig Lebensjahren schon viele Opfer von Gewaltverbrechen gesehen – aber noch nie war ein Freund, ein Mensch, den sie sehr mochte, in ihrer unmittelbaren Nähe gewaltsam zu Tode gekommen. Hätte sich Zé nicht an ihr vorbeigedrängt, wäre sie es, die nun tot wäre. Oder beide. Beide wäre gerechter. Der Überlebende wurde unter Schuldgefühlen begraben.

Die vertraute Übelkeit stieg wieder in ihr hoch. Seit dem Morgen der Gerichtsverhandlung hatte sie nichts mehr gegessen. Nur getrunken, Wasser aus der Leitung, im Zahnputzbecher. So lange hatte ihr Magen noch nie rebelliert, nachdem sie ein Gewaltopfer gesehen hatte. Aber Zé war ja nicht irgendein Fremder gewesen.

Renata blickte zu ihrem unausgepackten Koffer hinüber. Sollte sie morgen in ihre Wohnung zurückkehren? Dann müsste sie jetzt einen Spaziergang machen, eine neue Telefonkarte kaufen, ein neues Handy, Carlos anrufen und ihn bitten, die Schließzylinder ihrer Wohnung auszutauschen. Stattdessen schaltete sie den Fernseher ein.

Sie zappte durch die verschiedenen Programme. Frühstücksfernsehen, Shoppingsender, Daily Soaps, auf Globo TV kamen Nachrichten. Eine Reporterin stand auf einer Straße und berichtete live aus der Stadt. Renata starrte auf den Bildschirm. Das Redaktionsgebäude. Rauchschwaden quollen aus dem fünften Stock, ihrem Stockwerk. Sie schaltete den Ton lauter, hörte, dass es in der Nacht mehrere Explosionen in den Redaktionsräumen gegeben hatte. Die Reporterin berichtete, dass die Polizei einen Zusammenhang vermutete mit einem Anschlag auf einen Fotografen und eine Redakteurin der Zeitung sowie mit Bränden, die annähernd zeitgleich in deren Wohnungen ausgebrochen waren. Ein Foto wurde eingeblendet. Es zeigte Zé, lächelnd, mit intaktem Kopf.

Renata schaltete den Fernseher aus, froh, das Hotelzimmer nicht verlassen zu haben, griff zum Telefon, wählte Carlos' Handynummer. Die Mailbox. Sie biss sich auf die Unterlippe, hinterließ keine Nachricht. Wahrscheinlich schlief er nach der Nachtschicht.

Es klopfte.

»*Roomservice!*« Eine Männerstimme.

Renata gefror, wagte nicht zu atmen. Sie hatte nichts bestellt.

Erneutes Klopfen.

»Ich ...« Ihre Stimme kippte. »Ich bin im Bad. Lassen Sie es einfach stehen«, rief sie auf Englisch mit einem dicken amerikanischen Akzent, den sie einmal auf einem Kongress gehört hatte.

»*Sim*, Senhora.« Ja.

Die Schritte entfernten sich, laut, demonstrativ. Renata drückte sich an die Wand, atmete stoßweise durch den geöffneten Mund. Kamen die Schritte zurück? Zumindest hörte sie sie nicht. Sie schlich ins Badezimmer und drehte das Wasser der Dusche auf. Dann öffnete sie behutsam das Fenster und wuchtete ihren Hartschalenkoffer auf die schmale Feuertreppe. Sie führte zickzackförmig an der Rückseite des Hotels hinab. Ein Stockwerk nach links, eins nach rechts. Alter grauer Waschbeton, kein quietschendes Gitter. Fünf Stockwerke. Die ganze Zeit wartete Renata auf schnelle Schritte, einen Schuss, wütendes Rufen, eine empörte Angestellte.

Nichts.

Von der letzten Etage musste sie eine marode Metallleiter hinabklettern. Keine leichte Sache mit dem Koffer. Sie schaffte es.

Ohne sich umzublicken, überquerte sie den Hinterhof, drückte sich an einer Palme vorbei durch einen schmalen Durchgang. Auf der Hauptstraße wandte sie sich in die dem Hotel entgegengesetzte Richtung und suchte nach einem Taxi.

Zwei Mal musste sie winken, bis einer der vorüberfahrenden schneeweißen Wagen mit dem grünen Karomuster neben ihr am Bordstein hielt.

»Senhora?«

»Perdizes, 1142 Rua Ministro Godói.«

Der Fahrer nickte und fädelte sich in den dichten Verkehr ein. Zumindest war die *obstipação* vorüber – die Verstopfung, der kollektive Stillstand in den Straßenschluchten, an dem São Paulo morgens wie abends mehrere Stunden lang zugrunde zu gehen drohte, obwohl an Werktagen ohnehin nur einem Teil der fünf Millionen Autos das Fahren erlaubt war.

Das Taxi hielt vor ihrem Haus. Sie bat den Fahrer zu warten, stieg aus, hob den Blick zur elften Etage, blieb wie angewurzelt stehen. Verkohlte Fassade, geborstene Fensterscheiben.

Als Nächstes ließ sie sich zu Zés Wohnblock fahren und schließlich zum Hochhaus, in dem die Redaktion untergebracht war. Überall bot sich ihr dasselbe Bild.

»Und jetzt?«, fragte der Fahrer.

»São Paulo-Guarulhos.«

»Zum Flughafen. Wie Sie wünschen.«

9
Erlangen, Deutschland

Die hellen, graublauen Augen mit dem dunklen Rand um die Iris starrten ihn an.

»Sie haben tolle Augen.«

»Es stimmt also, was mir über Sie berichtet wurde: Sie sind auf dem Weg der Besserung.« Sofort vertieften sich die beiden Grübchen links und rechts neben ihren Mundwinkeln. Sie hatte eine etwas zu exponierte Nase, dafür aber schön geschwungene Lippen, wobei die untere ein wenig voller war als die obere. »Wie fühlen Sie sich?«

»Ich kann nicht einmal die Tasse festhalten.« Immerhin, das Sprechen fiel ihm inzwischen leichter.

»Sie müssen Geduld haben. In ein paar Tagen werden Sie Ihre Hände wieder wie gewohnt einsetzen können.« Sie griff nach der Schnabeltasse. Ihre blonden Haare waren zu einem Pferdeschwanz zusammengebunden, nur der Pony fiel ihr in die Stirn.

Zum ersten Mal nahm er bewusst ihre hochgewachsene Gestalt wahr. Sie musste annähernd einen Meter achtzig groß sein. Er mochte große Frauen, vor allem wenn ihre femininen Rundungen an den richtigen Stellen saßen. Deshalb konnte er ihr nachsehen, dass sie schätzungsweise bereits Mitte vierzig war – und damit ein bisschen zu alt für seinen Geschmack.

Als sie sich zu ihm herabbeugte, schloss er die Augen und atmete tief ein. Auch heute umhüllte sie ein schwacher Duft nach Honig. Er spürte die weiche Haut ihrer Fingerspitzen, während sich ihre Hand in seinen Nacken schob und mit sanftem Griff seinen Kopf ein Stück anhob, um ihm Schluck für Schluck den lauwarmen Tee einzuflößen.

»Werden Sie mir jedes Mal behilflich sein, bis ich es wieder selbst kann?«

Anstelle einer Antwort tupfte sie ihm mit einem kleinen Stofflappen über die Mundwinkel.

»Ihre Haare riechen übrigens sehr gut. Nach Honig.«

Als sie sich abwandte, krampften sich seine Bauchmuskeln reflexartig zusammen. War er mit seiner letzten Bemerkung zu weit gegangen? Doch dann sah er, dass sie sich einen Stuhl holte und neben ihn setzte. Langsam entspannte er sich wieder.

»Ich musste heute Nachmittag an Sie denken, als ich meinen Vater besucht habe: Auf einem seiner alten Tonbänder waren ein paar Lieder von Buddy Holly.«

Sein Herz schlug schneller. Offenbar hatte er sie beeindruckt. Sehr gut. Diese Wirkung hatte er auf viele Frauen – allerdings nicht wegen der Assoziation seines Geburtsdatums; das ließ er geflissentlich unter den Tisch fallen. Normalerweise punktete er mit seinem Aussehen: mit seinen dunkelbraunen Augen, seinem kurzen schwarzen, an den Schläfen allmählich ergrauenden, aber dennoch nach wie vor vollen Haar. Den langen, schmalen Koteletten. Dem markanten Kinn mit dem Grübchen und natürlich seinem muskulösen Körper, auf den er neben dem regulären Training sehr viel Zeit verwendete.

Allein zwei kleine, entgegengesetzt gedrehte Haarwirbel direkt oberhalb der Stirn ließen einen Teil seiner Haare zu seinem heimlichen Leidwesen oftmals herzförmig ins Gesicht stehen, wenn sie zu lang wurden. In seiner Jugend hatte er einmal alle von den Wirbeln betroffenen Strähnen abrasiert – mit der Folge, dass es ausgesehen hatte, als leide er unter einem kreisrunden Haarausfall. Seither beschränkte er sich darauf, die Stelle alle paar Tage mit der Nagelschere in Form zu schneiden. Mit Herzchen auf der Stirn konnte er definitiv nicht herumlaufen; der Spott seiner Kollegen wäre vernichtend gewesen.

Unwillkürlich tastete seine rechte Hand zu seiner Stirn, fühlte den Verband. Erleichtert atmete er aus. Die Haarwirbel waren verborgen, er musste sich keine Sorgen machen, nicht gut auszusehen.

»Ist Ihr Vater auch Buddy-Holly-Fan?«

»Zumindest früher war er es.« Sie wich seinem fragenden Blick aus, griff nach seiner linken Hand und begann sie fachmännisch zu massieren.

»Mein Vater«, murmelte sie schließlich, »lebt in einem Pflegeheim – er hat Alzheimer. Im Grunde genommen erkennt er mich nicht einmal mehr an guten Tagen. Meistens glaubt er, ich wäre seine Schwester.«

»Das tut mir leid.«

»Immerhin: Die alten Lieder bedeuten ihm noch etwas; zumindest beruhigen sie ihn.«

Sie schwiegen.

»Warum hat Ihre Mutter Sie nicht nach Buddy Holly benannt, wenn sie so ein großer Fan war?«, fragte sie nach einer Weile.

»Das hat sie.« Maxwell räusperte sich. Die Wärme, die ihre kräftigen Fingerbewegungen in seiner Hand erzeugte, verteilte sich in seinem gesamten Körper. »Er hieß mit bürgerlichem Namen Charles Hardin Holley. Maxwell war der Vorname meines Vaters. Meine Mutter hat sich wohl verpflichtet gefühlt, mich nach ihm zu nennen, aber ihr Herz hing an meinem zweiten Vornamen: Sie hat mich immer Charly gerufen.«

»Ihre Eltern leben nicht mehr?« Sie musterte ihn mit einem raschen Blick. Dann drückte sie seine Finger für ein paar Sekunden zur Faust, strich sie flach aus, presste sie erneut zusammen.

»Maxwell King war ein blutjunger amerikanischer GI, als ihm meine Mutter eröffnet hat, dass sie von ihm schwanger war.« Maxwell starrte auf seine Hand. »Sie war fast zwanzig Jahre älter als er. Wahrscheinlich hat er Panik bekommen und sich umgehend in die USA zurückversetzen lassen. Ich habe keine Ahnung, was aus ihm wurde; meine Mutter ist jedenfalls 1989 gestorben.«

»Und trotzdem hat sie Sie nach ihm benannt?«

»Ihrer Liebe zu ihm und allem Amerikanischen hat das keinen Abbruch getan. Sie hat nie auch nur ein einziges böses Wort über meinen Vater verloren, obwohl sie nicht wie gehofft Mrs. King wurde, sondern weiterhin Schmidbauer hieß und plötzlich mit einem unehelichen Kind dastand.«

Wie immer, wenn er an seine Mutter dachte, breitete sich ein Gefühl der Zuneigung in ihm aus. Sie war bereits achtunddreißig Jahre alt gewesen, als sie ihn auf die Welt brachte. Für damalige Verhältnisse ein kleines Wunder. Anstatt ihn heimlich auf einem Küchentisch irgendeines Quacksalbers abzutreiben, machte sie ihn zu ihrem persönlichen Sonnenschein.

»Haben Sie denn nie versucht, Kontakt zu Ihrem Vater zu bekommen?«

»Meine Mutter war in alles vernarrt, was über den großen Teich zu uns herübergeschwappt kam«, erzählte Maxwell, anstatt auf ihre Frage einzugehen. »Bei uns zu Hause liefen den ganzen Tag Buddy-Holly-Platten rauf und runter. Sie hat alle seine Alben gekauft und noch so einige andere. Manchmal war nur noch Geld für Milch und Brot da, aber auf dem Plattenspieler drehte sich eine nagelneue Scheibe. Musik gehört seit meiner Kindheit zu meinem Leben. Ohne Musik würde mir etwas fehlen. In den unmöglichsten Situationen gehen mir Songtexte durch den Kopf.« Er hielt inne. »Warum kann ich mich an all das erinnern, aber nicht daran, dass jemand auf mich geschossen hat?«

»Geht Ihnen jetzt auch ein Lied durch den Kopf?«, stellte sie ihm eine Gegenfrage.

»*Bob Marley – I shot the sheriff.*«

»Ich musste gerade an *Nancy Sinatra – Bang Bang* denken.«

Er starrte sie an, für Sekundenbruchteile stockte sein Atem. Bislang war er nur sehr wenigen Menschen begegnet, die seinen »Musikfimmel« teilten.

»Erzählen Sie mir von Ihrer Arbeit«, lenkte Dr. Schirmer das Gespräch in eine andere Richtung.

»Ich bin beim SEK.«

»Das weiß ich von Ihren Kollegen, und das sieht man Ihnen auch an. Ich habe selten derart gut trainierte Patienten in Ihrem Alter. Aber irgendwie habe ich gedacht, beim SEK würden nur jüngere Männer arbeiten.«

Maxwells wohlgefälliges Grinsen gefror, unbewusst spannte er seine Muskeln an.

»Nur weil ich einundfünfzig bin, heißt das noch lange nicht, dass ich zum alten Eisen gehöre«, stieß er gepresst hervor. »Ich kann nach wie vor über fünfzig Liegestütze am Stück machen, schaffe beim Bankdrücken problemlos hundertzwanzig Kilo und laufe dreimal die Woche fünfzehn Kilometer. Wenn ich mich ein bisschen vorbereite, sprinte ich bei unseren Leistungstests vierhundert Meter in –«

»Hoppla, da scheine ich wohl einen wunden Punkt getroffen

zu haben. Ich wollte Ihnen nicht zu nahe treten«, unterbrach sie ihn mit einem Lächeln.

Einen Augenblick lang war er irritiert. Er hatte ihr nur beweisen wollen, was alles in ihm steckte. Offenbar hatte er es übertrieben. Brummig lenkte er ein.

»Meine Tage als Gruppenführer beim SEK sind gezählt. Ich bin der älteste Einsatzbeamte hier in Nordbayern. Wir haben nicht genügend Nachwuchs.«

»Und was möchten Sie dann jetzt machen? Mit den Verletzungen können Sie nicht zu Ihrer Einheit zurück.«

Mit einem Ruck entzog er ihr schroff seine Hand und starrte auf seine Finger. Eine schlimmere Frage hätte sie ihm nicht stellen können.

10
Nürnberg, Deutschland

Er stand neben Mickey im Schießstand, lud seine Waffe nach, zielte, winkelte die Arme leicht an, zielte erneut, schoss, traf mitten ins Schwarze. Er ließ die Waffe sinken. Vielleicht hatte Mickey doch recht: Auf diese Weise traf er besser. Sein Handy klingelte. Die Einsatzzentrale. In der Kölner Straße drohte jemand, aus dem Fenster zu springen.

Sie fuhren hin. Im siebten Stock hockte eine Gestalt auf dem Fenstersims. Ein Bein innen, eins außen. Der Einsatzleiter wusste vom Wohnungsinhaber, der die Beamten verständigt hatte, dass der Mann bis vor kurzem in Ansbach in der Psychiatrie gewesen war.

Maxwell legte alles ab, woran man ihn als Polizeibeamten hätte erkennen können. Als er eintrat, hielt der Mann ein Brotmesser in der rechten Hand, mit der anderen umklammerte er das Fensterbrett.

Maxwell: *Servus, ich bin ein Kumpel vom Thomas. Ich heiße Max.*

Mann: *Bleib, wo du bist, sonst stech ich dich ab.*

Maxwell: *Thomas hat gesagt, du kommst aus Ansbach? Da wohn ich auch.*

Mann: *Bleib stehen!*

Maxwell: *Sag mal, bist du mit dem Auto da? Könntest du mich heute Abend mit nach Hause nehmen?*

Maxwell benahm sich, als sei es die natürlichste Sache der Welt, sich mit einem auf dem Fensterbrett kauernden Suizidenten mit einem Messer zu unterhalten.

Mann: *Ich geh da nicht wieder hin zurück.*

Maxwell durchwühlte einen Küchenschrank: *Weißt du, wo hier der Kaffee ist?*

Der andere schüttelte den Kopf.

Maxwell: *Ich brauch jetzt erst mal was zu trinken.*

Er öffnete den Kühlschrank und holte eine kleine Flasche Beck's heraus, hielt sie in die Luft, sah zu dem Mann hinüber: *Du auch?*

Mann: *Klar, Alter. Super Idee.*

Maxwell holte eine zweite Flasche aus dem Kühlschrank und ging damit auf ihn zu.

Mann: *Bleib stehen, ey!*

Maxwell: *Wie soll ich dir denn dann das Bier geben?*

Dennoch ging er nicht näher. Der Abstand betrug noch knapp drei Meter. Zu viel.

Mann: *Wirf's her.*

Das Messer wechselte von der rechten in die linke Hand. Er hielt sich nicht mehr am Fensterbrett fest.

Maxwell: *Das gibt doch eine Riesensauerei, wenn du's aufmachst.*

Mann: *Tu her!*

Maxwell zuckte mit den Schultern, zielte und warf so knapp, dass sich der andere weit nach innen lehnen musste, um die Flasche zu erwischen. Er schaffte es, richtete sich wieder auf.

Mann: *Und jetzt den Öffner.*

Das Bier wechselte zum Messer in die linke Hand. Maxwell warf erneut – diesmal aber viel zu kurz. Mit einem Klirren landete der Flaschenöffner etwa einen Meter vom Fenster entfernt auf dem Boden.

Mann: *Scheiße! Und jetzt, du Idiot?*

Maxwell: *Hol ihn dir doch einfach.*

Keine Reaktion.

Maxwell setzte sein Bier an und trank die halbe Flasche leer, rülpste: *Das tut gut.*

Keine Reaktion.

Maxwell wandte sich ab, ging zwei Schritte in Richtung Tür, betrachtete scheinbar einen Kalender: *Wenn du deins nicht magst, gib es mir.*

Aus den Augenwinkeln sah er, dass der Mann das Bein zum Fenster hereinzog und Anstalten machte, zum Öffner zu gehen. Das war der Augenblick, auf den er gewartet hatte. Er schnellte herum und sprang. Noch im Flug schlug er dem Kerl mit der Faust Flasche und Messer aus der Hand. Dann landeten sie beide auf dem Boden. Maxwell relativ weich auf dem Unbekannten. Mickey kam ins Zimmer und half ihm, ihn zu fesseln.

Danach war wieder nur ein weißes Loch.

11
Erlangen, Deutschland

»Aufwachen, Herr Schmidbauer.« Eine Hand berührte ihn an der Schulter. »Sie haben Besuch.«

Maxwell schlug die Augen auf. Eine rothaarige Krankenschwester stand über ihn gebeugt und lächelte ihn an. Dann traten zwei Männer in grünen Übermänteln in sein Gesichtsfeld. Er drehte den Kopf.

»Hallo Max, wie geht es dir?« Maxwells Chef, der Leiter der Abteilung Spezialeinheiten. Ohne eine Antwort abzuwarten, schob er gleich die Frage hinterher, die ihn eigentlich interessierte. »Was ist am Samstag passiert?«

Maxwell ließ den Kopf zurück aufs Kissen sinken. »Ich kann mich nicht einmal daran erinnern, dass ich Bereitschaft hatte, geschweige denn, zu welchem Einsatz ich gefahren bin.«

»Zu gar keinem – du hattest frei.«

Die Antwort traf ihn wie ein Schlag. Es fühlte sich an, als habe ihn jemand gegen das Brustbein getreten und die Luft aus seiner Lunge gepresst. Sein Magen krampfte sich zusammen, sein Herzschlag beschleunigte sich, mühsam rang er nach Atem. Bislang war er davon ausgegangen, dass er einen Arbeitsunfall gehabt hatte und in Ausübung seines Dienstes verletzt worden war. Wer sonst sollte ihn in den Kopf schießen?

»Du bist gegen dreizehn Uhr von Passanten in einer Autowerkstatt in der Industriestraße gefunden worden. Ein kleiner Ein-Mann-Betrieb, der sich auf exklusives Cartuning und Autozubehör spezialisiert hat«, hörte Maxwell den zweiten Mann wie aus dem Off sagen. Mit einem Mal wurde das große weiße Loch, das ihn gerade noch hatte verschlucken wollen, von einem Karussell verschwommener Bilder abgelöst, die zwar alle mit Autos, aber nichts mit jenem Tag zu tun hatten.

»Was habe ich dort gemacht?«

»Das hätten wir gern von dir erfahren.«

Endlich gelang es Maxwell, das Karussell in seinem Kopf anzuhalten und seinen Blick auf den Sprecher zu fokussieren.

»Kennen wir uns?«

»Wächter, Thomas, MK2.«

Ein Kollege von der Mordkommission. Ein Sesselfurzer. Einer, der seinen Arsch nur im Notfall aus dem Büro bewegte.

»Ich habe keine Ahnung. Ich fahre mit meinem Wagen seit Jahren immer in dieselbe Vertragswerkstatt.« Plötzlich klickte sich Maxwells Gehirn wieder in den Denkmodus. »Außer mir muss zumindest noch jemand von der Firma anwesend gewesen sein. Was hat er ausgesagt? War es ein Raubüberfall? Konnte er Hinweise auf den Täter geben?«

Die beiden Besucher tauschten einen Blick, Maxwells Chef räusperte sich.

»Der Inhaber ist tot.« Er machte eine kurze Pause. »Das Ganze ist allerdings wesentlich komplizierter: Die Waffe, aus der geschossen wurde, ist vorher schon bei einem anderen Mord verwendet worden. In London wurde damit der Besitzer eines Obst- und Gemüseladens umgebracht, regelrecht hingerichtet. Ein achtundvierzigjähriger Portugiese.«

»Wir können das Geschehen vom Samstag noch nicht vollständig rekonstruieren. Aber wir wissen immerhin, dass du unmittelbar zuvor bei dem thailändischen Lebensmittelhändler nebenan eingekauft hast.«

Maxwell kniff die Augen zusammen, um das Karussell zur Ruhe zu zwingen, das sich in seinem Kopf erneut zu drehen drohte. »Was habe ich mitgenommen?«

»Take-away-Food: Scampi mit Bambus, Paprika, Kokossoße, rotem Curry und Reis. Die Plastiktüte mit der Portion lag neben dir.«

Langsam atmete er aus, nun ergab das alles schon viel mehr Sinn. Zu dem Thai in der Industriestraße fuhr er manchmal, wenn er keine Lust zum Kochen hatte.

»Danach musst du hinüber in die Werkstatt gegangen sein«, fuhr der Kriminaler fort.

»Wir gehen davon aus, dass der Täter bereits vor dir dort war. Als man dich gefunden hat, hast du gleich neben dem Eingang gelegen, der Inhaber jedoch auf der entgegengesetzten Seite nahe der Tür, die zum Lager führt.«

Plötzlich war es wieder da: das große weiße Loch. Maxwell fühlte sich, als habe jemand Watte in seinen Kopf gestopft. Er konnte kein zu der geschilderten Szene passendes Bild abrufen.

»Da ist noch etwas anderes«, sein Chef räusperte sich. »Jetzt, wo du aus dem Koma aufgewacht bist und klar ist, dass du keine sachdienlichen Hinweise geben kannst, muss ich den Personenschutz für dich leider abziehen. Das verstehst du doch, oder? Du weißt ja, wie personalintensiv das ist. Ich kann diese enorme Ausgabe einfach nicht länger in unserem Etat rechtfertigen. Alle Dienststellen müssen den Gürtel enger schnallen. Ich muss genau abwägen, was wir uns leisten können und was nicht. Später lasse ich eine Pressemeldung herausgeben, dass du dich an nichts erinnern kannst und in eine Spezialeinrichtung gebracht wurdest. Damit verliert der Täter mit Sicherheit das letzte bisschen Interesse an dir.« Er räusperte sich erneut. »Aber seien wir mal ehrlich: Wenn er sich bis dato nicht hat blicken lassen, wird er es auch nicht mehr versuchen.« Es klang, als wolle er seine Entscheidung vor sich selbst rechtfertigen.

12
Flughafen Guarulhos, São Paulo, Brasilien

Renata stieg aus dem Taxi und betrat Terminal 1. Sie brauchte einen Augenblick, um sich in der riesigen Halle zu orientieren. Kinder sprangen kreischend auf und ab, Menschen hasteten hin und her, Rollkoffer ratterten über den Boden, Gelächter lag in der Luft, hektische Betriebsamkeit, Rolltreppen, lange Menschenschlangen, blaue Abflugtafeln, die sich ständig aktualisierten, rote Schalter, eine kaum zu verstehende Durchsage.

Endlich entdeckte sie, was sie suchte: die Schalter von GOL. Sie stelle sich an und wartete. Es dauerte gefühlte Ewigkeiten, bis sie an die Reihe kam.

»Wohin geht das nächste Flugzeug?«

»Haben Sie Gepäck?«

Renata nickte und wies auf ihren pinkfarbenen Hartschalenkoffer.

»In zweieinhalb Stunden startet eine Maschine nach Salvador da Bahia.«

Salvador da Bahia. Traumhafte Strände. Sie war einmal dort im Urlaub gewesen – als Kind, als ihre Eltern noch lebten.

»Gibt es keinen früheren Flug?«

Die Stewardess schüttelte den Kopf. »Den Flieger nach João Pessoa schaffen Sie nicht mehr. Die Gepäckbänder sind schon geschlossen.«

»Gut, dann nach Salvador.«

»Handgepäck?«

»Ja.«

Während die Stewardess das Ticket ausdruckte, öffnete Renata rasch ihren Koffer, holte die Laptoptasche und das große braune Kuvert heraus. Dann stellte sie das Gepäckstück auf das Förderband.

Sobald sie die Bordkarte in Händen hielt, atmete sie tief durch, drehte sich um und lief ein paar Schritte in Richtung der Rolltreppen. Plötzlich prallte etwas gegen sie. Sie zuckte zusammen, blickte von ihrem Flugschein auf, fuhr herum. Ein Kind hatte mit seiner Schwester Fangen gespielt. Es hatte sie nicht gesehen. Renata wandte sich ab, erstarrte, das Ticket fiel ihr aus der Hand.

Keine fünfzig Meter von ihr entfernt stand ein Mann in der Wartehalle. Der Mann, der Zé den Kopf weggeschossen und sie in den Weinbergen gesucht hatte. Bei der Polizei konnte sie ihn nicht beschreiben. In ihrer Erinnerung hatte sie ihn überhaupt nicht richtig zu Gesicht bekommen. Doch offenbar hatte ihr Unterbewusstsein mehr gespeichert, als ihr Gehirn preisgeben wollte.

Zitternd bückte sie sich nach dem Flugschein, hob ihn auf. Ihre Gedanken rotierten. Der Kerl würde ihr hier inmitten all der Menschen doch bestimmt nichts antun? Noch einmal blickte sie in seine Richtung. Er stand nicht mehr da, wo sie ihn gesehen hatte. Wie eine der an der Ostküste so häufig anzutreffenden Giftschlangen glitt er ruhig und unauffällig zwischen den herumstehenden Menschengruppen auf sie zu.

Renata drehte sich weg – und entdeckte einen zweiten Mann, der sie einkreiste.

Einen Moment fühlte es sich an, als sei ihr Herz stehen geblieben, dann begann es zu rasen, pumpte heißes Adrenalin in ihren Magen, Übelkeit stieg in ihr hoch. Die Härchen an ihren Armen stellten sich auf. Sie drehte sich um und rannte los.

Vor ihr lagen Bars, Restaurants, Autovermietungen, Telefonläden, Kleidershops, eine Wechselstube, ein Wickelraum, Toiletten. Sie wählte den einzigen Ort, an den ihr die beiden Männer nicht ohne Weiteres folgen konnten: die Damentoilette. Ein fensterloser Raum, zwei Waschbeckenreihen, eine ältere Dame, die sich die Hände trocknete. Dahinter ein zweiter Raum mit grünen Toilettenkabinen, ebenfalls fensterlos.

Renata drückte die Abteiltür hinter sich zu, ihre Knie gaben nach, sie sank auf den Boden. Wie sollte sie hier unbemerkt herauskommen? Ohne Fenster, ohne Notausgang? Sie saß in der Falle. Es war aussichtslos. Lautes Schluchzen. Ihr Magen zog sich zusammen, sie konnte nicht mehr, erbrach das bisschen Leitungswasser, das sie am Morgen getrunken hatte, würgte, als würde sie ihre Eingeweide auch noch loswerden wollen.

So hilflos hatte sie sich zuletzt gefühlt, als der Krebs ihre Mutter dahingerafft hatte, bevor ihre Tante Adélia der damals Fünfzehnjährigen versprach, sich um sie zu kümmern.

Sie hatte nichts bei sich außer den Kleidern, die sie trug, ihrem Geldbeutel, der Laptoptasche, dem Kuvert. Keine Schminksachen, keine Kleider, sie konnte sich nicht umziehen, nicht verkleiden.

Es gab eine Zeit zum Leben und eine zum Sterben. Alle, die in ihrem Leben eine Rolle gespielt hatten, waren tot. Ihre Großeltern, ihr Vater, ihre Mutter, Tante Adélia, Zé. Und keiner von ihnen war alt geworden; ihre Großeltern hatte sie gar nicht erst kennengelernt.

Vielleicht war nun ihre Zeit gekommen.

Ein sanftes Klopfen an der Kabinentür. »*Do you need help, darling?*«

Es musste die ältere Dame sein, die am Waschbecken gestanden hatte. Renata konnte sich nicht erinnern, wie sie aussah. Ihrem Akzent nach stammte sie aus dem Süden der USA. Texas vielleicht.

Renata rührte sich nicht.

»Schauen Sie, meine Liebe, ich habe Mineralwasser und Taschentücher.« Im nächsten Moment erschienen weinrot lackierte Fingernägel in dem Schlitz zwischen Boden und Tür, dann dicke Fingergelenke, vier Finger mit auffälligen Goldringen, runzelige Haut, Altersflecken, drei goldene Armkettchen. Definitiv eine Ausländerin. Brasilianer trugen aus Angst vor Entführungen und Lösegelderpressungen praktisch keinen Schmuck außerhalb der eigenen vier Wände. Die Hand schob eine Packung Taschentücher zu ihr und dann eine kleine Flasche Mineralwasser.

Die Hilfsbereitschaft der Fremden rührte Renata. Sie war wie ihre Mutter. Sofort hatte sie wieder Tränen in den Augen. Wütend wischte sie sie weg.

»Trinken Sie einen Schluck Wasser. Das hilft.«

Zögerlich griff Renata nach der Flasche und nahm sie ihr aus der Hand.

»So ist es gut. Trinken Sie. Danach feuchten Sie ein Taschentuch an und legen es sich in den Nacken. Und wenn Sie sich besser fühlen, öffnen Sie die Tür. Ich bleibe hier und warte. Sie müssen keine Angst haben. Ich lasse Sie nicht allein.«

Renata lächelte. Die Frau war wirklich wie ihre Mutter. Doch dann dachte sie an den Kerl mit der Waffe, sah Zés Gehirn an der Tapete kleben, und ihr Lächeln erstarb.

»Ich stecke in großen Schwierigkeiten«, flüsterte sie. »Sie müssen weggehen, sonst geschieht Ihnen ein Unglück.«

Vor der Tür war es mucksmäuschenstill.

»Haben Sie mich verstanden? Hauen Sie ab!«

»Ich bin in meinem Leben kein einziges Mal vor Problemen davongelaufen. Da werde ich in meinem Alter sicher nicht damit anfangen.« Die Stimme klang resolut. »Es gibt immer einen Weg. Machen Sie auf!«

Im selben Moment hörte Renata, wie die äußere Tür zum Waschraum aufgestoßen wurde. Sie zuckte zusammen, drückte sich gegen die Wand. Aber es erklang nur helles Mädchenlachen. Eine Tür klapperte, ein Reißverschluss wurde aufgezogen, Urin plätscherte.

Zögerlich entriegelte Renata die Tür.

Die Amerikanerin war ungefähr so groß wie sie, trug ein makelloses, weißes Chanel-Kostüm mit schwarzer Bordüre, dazu je eine Gold- und eine Perlenkette um den Hals. Die Lippen waren in derselben Farbe geschminkt wie die Nägel lackiert, die Haare weißblond gefärbt und toupiert – allein die fragile Dünne der Strähnen verriet, dass sie wesentlich älter war als die chirurgische Jugend, die das Gesicht suggerierte.

Ohne viel Federlesens kam sie zu Renata in die Kabine und drückte die Tür hinter sich zu.

»Ich denke, es ist am besten, wenn Sie mir ganz offen sagen, wo der Hase im Pfeffer liegt.«

Renata hob den Blick und sah die Frau fest an. »Dort draußen steht ein Mann, der mich entführen und umbringen will.«

Die Amerikanerin widersprach nicht, versuchte nicht, den Gedanken als abwegig abzutun, sie wollte nicht einmal wissen, warum sie das glaubte. Sie nickte einfach und fragte, ob sie sicher sei, dass der Mann allein war.

»Nein, es sind zwei. Das heißt, ich habe zwei gesehen – es könnten auch noch mehr sein.«

»Zumindest scheinen sie keine Frau dabei zu haben, denn die wäre jetzt schon hier.« Die Amerikanerin schürzte die Lippen. »Als Erstes müssen Sie Ihr Aussehen radikal verändern. Ich hole meinen Koffer.« Ohne eine Antwort abzuwarten, verschwand sie.

Renata setzte sich auf den geschlossenen Toilettendeckel und stützte den Kopf in beide Hände. Was sie tat, war unverzeihlich: Sie stand im Begriff, eine unschuldige Touristin mit in ihre Angelegenheit hineinzuziehen.

»Schneiden Sie sich die Haare ab und spülen Sie Strähne für Strähne in der Toilette runter. Danach rasieren Sie sich den Kopf und die Augenbrauen.« Die Amerikanerin öffnete ihren Koffer und holte ein Necessaire heraus. In der Kabine war es nun so eng, dass sich niemand mehr rühren konnte. »Übrigens, ich heiße Rachel. Rachel Sherman.«

Renata sah auf. »Warum tun Sie das für mich?«

»Lange Geschichte.« Rachel winkte ab. »Wir müssen uns beeilen. Früher oder später werden sie hereinkommen, und dann müssen Sie ein anderer Mensch sein.«

»Ich kann nicht.« Renatas Körper zitterte.

Die Amerikanerin nahm eine Schere aus dem Kulturbeutel und schnitt Renatas Haare knapp über der Kopfhaut ab. Sie arbeitete schnell und konzentriert. Sobald sie mit einem kleinen Einwegrasierer die Stoppeln entfernt hatte, ging sie dazu über, Renata auffällig zu schminken.

»Ziehen Sie das an.« Sie nahm eines ihrer Chanel-Kostüme aus dem Koffer, hochhackige Schuhe, ein Halstuch, eine Sonnenbrille. Schließlich betrachtete sie Renata mit einem wohlwollenden Blick. »Die Schuhe sind zu klein, aber da müssen Sie jetzt durch.«

»Sie werden mich trotzdem erkennen.«

»Nein. Sie suchen nach einer einzelnen Frau in Jeans und Turnschuhen, mit langen schwarzen Locken, ohne Gepäck. Wir präsentieren ihnen jemand völlig anderes.«

Fünfundzwanzig Minuten nachdem Renata in den Toilettenraum geflüchtet war, kam eine Gruppe ausgelassen lachender Brasilianerinnen herein. Renata kniete neben der keuchenden

Amerikanerin auf dem Boden im Vorraum, stützte sie und hielt ihre Hand.

»Wir brauchen einen Arzt! Jemand muss einen Arzt rufen. Sie hat es mit dem Herz. Sie stirbt, sie stirbt!«

Rachel gab ein Stöhnen von sich, ihre Augenlider flatterten kurz, dann hing sie wieder schlaff in Renatas Armen. Eine der Frauen holte sofort ihr Handy aus der Tasche und telefonierte, eine andere kauerte sich auf den Boden und hielt die Füße der Amerikanerin hoch. Die restlichen standen um sie herum, tuschelten miteinander. Renata wiegte sich mit Rachel in den Armen sanft vor und zurück, als versuche sie, ein Kind zu trösten, dabei war es sie selbst, der Tränen über das Gesicht rannen.

Wieder ging die Tür auf. Zwei weitere Frauen.

»Bitte helfen Sie uns. Ich brauche feuchte Tücher.« Je mehr Personen um sie herumstanden, desto besser.

»Was ist passiert?«

»Sie hat einen Herzanfall.«

»Es gibt einen Arztposten im Abflugbereich. Ich kann rasch hinlaufen.«

»Nein, nein. Bitte bleiben Sie hier und helfen Sie mir, falls es ihr schlechter geht. Jemand hat schon einen Krankenwagen gerufen«, widersprach Renata hastig.

»Er wird sicher gleich da sein«, sagte das Mädchen mit dem Handy. »Ich schau mal nach.«

Während sie hinauslief, neigte sich Renata zur Seite und warf einen kurzen Blick durch die offene Tür. Der Mann lehnte an einem Pfeiler und versuchte seinerseits zu erspähen, was in der Toilette vor sich ging. Rasch drehte Renata den Kopf weg und beugte sich über Rachel.

»Einer ist draußen direkt vor der Tür.« Es war kaum mehr als ein Wispern.

Die Amerikanerin drückte ihre Hand zum Zeichen, dass sie verstanden hatte.

Die Minuten zogen sich dahin. Konnte es wirklich so lange dauern, bis die *ambulância* kam? Renata wurde von Minute zu Minute nervöser, schwitzte. Jedes Mal, wenn die Tür aufging, krampfte sich ihr Magen zusammen.

Endlich kehrte das Mädchen mit zwei Sanitätern im Schlepptau zurück.

»Was ist passiert?«

»Ein Herzanfall. Sie hatte schon mal einen.«

»Sind Sie eine Angehörige?«

»Die Nichte.«

Die beiden Männer hoben Rachel auf eine Trage.

»Kommen Sie, wir bringen sie ins Krankenhaus.«

Renata erhob sich, zitterte. Es wurde ernst. Noch immer hielt die Amerikanerin ihre Hand fest umklammert.

»Vergessen Sie Ihren Koffer nicht.«

Rachel ließ sie nicht los. Sie wandte sich an das Mädchen mit dem Handy. »Könnten Sie uns bis zum Krankenwagen begleiten? Der Koffer? Er ist schwer, aber er hat Rollen. Wenn Sie ihn zu zweit ziehen?«

Die junge Brasilianerin nickte, packte resolut den Griff, eine ihrer Freundinnen hielt ihnen die Tür auf. Rachel gab einen gurgelnden Laut von sich. Ihre Augenlider flatterten, öffneten sich jedoch nicht. Der Griff um Renatas Hand wurde fester. Der Sanitäter machte ein besorgtes Gesicht.

»*Vamos!*«

Im Laufschritt ging es aus der Toilette. Im letzten Augenblick dachte Renata daran, die Sonnenbrille aufzusetzen. Der Sanitäter am Fußende der Trage machte durch lautes Rufen auf sich aufmerksam. Die Abflughalle war voller Menschen. Brasilianer, Chilenen, Argentinier, Amerikaner, Spanier, Deutsche, Geschäftsleute, Urlauber, Prostituierte, Taschendiebe, ein Killer. Oder zwei.

Mehrere Leute blieben stehen, bildeten ein Spalier, gafften.

Renata beugte sich über die Trage, ließ die Hand nicht los. Aus den Augenwinkeln sah sie, wie sich der Mann vor der Säule zu seiner vollen Größe aufrichtete, ein paar Schritte zu ihnen herüberkam, die Gruppe musterte. Sein Blick blieb an den Mädchen haften, die eine schob einen Gepäckwagen, die andere kämpfte mit Rachels Koffer. Einzige Ähnlichkeit mit Renata: Jeans und lange dunkle Locken. Der Mann wandte sich ab, lief zur Toilette. Offenbar hatte er seine Chance erkannt und wollte das Chaos nutzen. Empörte Rufe hinter ihnen.

Wenn er wieder herauskam, wusste er, dass sie sich in keiner der Kabinen versteckte, dass all das nur ein Ablenkungsmanöver war. Er würde die Gruppe verfolgen. Dann mussten sie schon in der *ambulância* sein, am besten schon einen halben Kilometer entfernt. Warum hatte sie nicht daran gedacht, dass er sie in einem Taxi zum Krankenhaus verfolgen könnte?

Noch zweihundert Meter bis zu den Schiebetüren am Ausgang. Es würde knapp werden.

Renata begann zu rennen. Die anderen ließen sich anstecken. Ihre Füße scheuerten in den zu engen Schuhen. Die Tür glitt zurück. Wieder ein rascher Blick über die Schulter. Nichts. Sie waren draußen.

Renata riss der jungen Brasilianerin den Koffer aus der Hand, schob ihn in den Rettungswagen.

»Danke, haben Sie vielen, vielen Dank.« Sie drückte dem Mädchen ein paar Geldscheine in die Hand. Stieg neben der Trage ins Innere, schlug die Tür hinter sich zu. »Bitte beeilen Sie sich, es geht ihr sehr schlecht.« Der Motor lief noch nicht. Wo war der Fahrer?

Sie stand am Fußende der Trage, sah durch den schmalen Spalt oberhalb der mattierten Scheibe hinaus. Die Schiebetür hinter ihnen hatte sich geschlossen, sie konnte nicht sehen, was in der Abflughalle vor sich ging. Die Mädchen standen noch da. Warteten. Eine Tür wurde aufgerissen, der Fahrer ließ sich in seinen Sitz fallen. Der Motor brummte, Sirenen heulten auf.

Renata sank auf einen Klappsitz.

13
Nürnberg, Deutschland

Maxwell stand im Duschraum seiner Dienststelle und seifte sich ein. Mickey kam herein, stellte sich neben ihn, drehte das Wasser auf.

Mickey: *Gehen wir heute Abend noch was trinken?*

Maxwell schüttelte den Kopf. Eine seiner goldenen Regeln

besagte, nie zwei Wochenenden hintereinander mit demselben Kollegen auf die Piste zu gehen. Er war erst vergangenen Samstag mit Mickey in der Disco gewesen.

Maxwell: *Ich mach mir einen gemütlichen DVD-Abend.*

Mickey: *Hast du was am Laufen?*

Maxwell: *Ein Gentleman genießt und schweigt.*

Das stimmte nicht, er wollte einfach nur seine Ruhe haben. Aber das würde der über zwanzig Jahre jüngere Kollege nicht verstehen.

Auf dem Heimweg hielt er bei einem DVD-Verleih, lieh sich einen Film aus, Vin Diesel: xXx – Triple X. Maxwell mochte den Schauspieler, und er mochte Actionfilme.

Er erinnerte sich, dass er zu Hause Pizza gegessen und Rotwein getrunken hatte und während des Films auf dem Sofa eingeschlafen war. Aber: Was war aus der DVD geworden? Hatte er sie am Samstag zurückgegeben?

14
Erlangen, Deutschland

Maxwell öffnete die Augen. Die Zeiger der Wanduhr waren im fahlen Licht der Nachtbeleuchtung kaum zu erkennen.

»Na? Hast du auch mal wieder ausgeschlafen?«

Mit einem Ruck wandte er den Kopf zur anderen Seite. Mickey saß auf einem Stuhl an der Wand.

»Was tust du hier?«

»Ich habe mit deinem Schutzengel Dienst getauscht. Irgendwie hatte ich den Eindruck, dass er mal ein paar Stunden Pause braucht.«

»Der Chef wollte den Personenschutz abziehen.«

»Mann, Mann, Mann, deine Kopfverletzung scheint wohl doch schwerer zu sein als gedacht. Seit wann tun wir, was der Alte sagt? Einen Kameraden haben wir noch nie hängen lassen. Wir haben hinter seinem Rücken die Schichten untereinander aufgeteilt.«

»Aber –«

»*No worries!* Das kriegt er nicht mit. Dieses Wochenende hat Gruppe drei Rufbereitschaft, da können wir in unserer Freizeit hier sein. Und ab morgen Abend haben wir Nachtdienst, da fällt es nicht auf, ob einer mehr oder weniger im Auto sitzt. Außerdem hat die kleine blonde Krankenschwester heute Nachtschicht, wenn sie mich nicht angeschwindelt hat. Ich brauch noch zwei, drei Striche auf der Liste. Seit du ausgefallen bist, liegt der Kurze vorn und das geht gar nicht.«

»Es gibt also tatsächlich eine Strichliste?«, fragte eine belustigt klingende Frauenstimme.

Beide Männer zuckten zusammen, als wären sie bei etwas Verbotenem erwischt worden. Dr. Schirmer trat ins Zimmer.

»Es ging darum, welcher meiner Kollegen wie viele Dienste freiwillig übernommen hat«, versuchte Maxwell die Situation zu retten. Hoffentlich hatte die Ärztin nicht schon länger an der Tür gestanden und ihre Unterhaltung belauscht.

»Soso.« Sie warf ihm einen langen Blick zu, bevor sie sich an Mickey wandte. »Was tun Sie hier? Ihr Chef hat die Bewachung beendet.«

»Sie müssen ihn missverstanden haben.«

»Ganz sicher nicht.« Sie schüttelte entschieden den Kopf.

»Es ist wichtig, den Personenschutz weiterhin aufrechtzuerhalten. Was wollen Sie tun, wenn plötzlich ein Fremder mit gezogener Waffe durch den Gang läuft? Sie können die Sicherheit unseres Kollegen nicht garantieren.«

»Wir sind eine Intensivstation. Hier hat niemand Zutritt, dessen Anwesenheit nicht absolut erforderlich ist.«

»Aber –«

»Kein Aber! Es ehrt Sie und Ihre Kollegen, dass Sie sogar in Ihrer Freizeit Dienste übernehmen. Als verantwortliche Oberärztin darf ich das jedoch aufgrund unserer Hygienevorschriften nicht zulassen. Sie können Herrn Schmidbauer jederzeit besuchen, sobald er auf der normalen Krankenstation ist.«

»Sie übernehmen also die volle Verantwortung?«

»Wir sind sehr wohl im Stande, uns um Herrn Schmidbauers Wohlergehen zu kümmern. Bitte gehen Sie jetzt, bevor ich Ihren

Vorgesetzten informieren muss.« Ihre Stimme klang mit einem Mal sehr autoritär und gar nicht mehr nach der sanften Ärztin, die Maxwell kannte. Diese hier würde nicht zögern, ihre Drohung in die Tat umzusetzen.

»Ich glaube, es ist besser, wenn du tust, was sie sagt«, schaltete er sich ein. »Wenn der Alte davon erfährt, gibt es Ärger. Außerdem hast du ja gehört, dass die Frau Doktor heute die ganze Nacht keinen Schritt von meiner Seite weichen wird. Das ist sogar für mich eine Premiere.«

Nachdem sich Mickey zähneknirschend verabschiedet hatte, trat die Ärztin an Maxwells Bett. Auffordernd hielt sie ihm einen Becher Tee hin. Er griff danach, führte ihn mit zitternder Hand zum Mund und schaffte es sogar zu trinken, ohne etwas zu verschütten.

»Sie machen großartige Fortschritte.« Ihr Stimme war wieder so sanft wie üblich. Fast bewundernd. »Alle Werte sind konstant, kein erhöhter Hirndruck, keine Herzrhythmusstörungen, der Blutdruck ist vorbildlich, und aus der Drainage kommt auch nichts mehr. Wenn Sie möchten, kann ich Ihnen den Verband abnehmen und die Drainage entfernen – dann können Sie sich in Ruhe an den Anblick gewöhnen.«

Maxwell musterte sie aus zusammengekniffenen Augen. »Was meinen Sie damit?«

»Haben Sie schon einmal eine Schussverletzung gesehen?« Der behutsame Tonfall, den sie nun anschlug, ließ bei Maxwell alle Alarmglocken schrillen.

»Garantiert öfter als Sie!« Die Worte sollten herausfordernd klingen, zeigten jedoch nur seine Verunsicherung.

»Dann wissen Sie, dass die Austrittsstelle ein großes klaffendes Loch reißt.«

Maxwells Herzschlag beschleunigte sich. Schweiß bildete sich auf seiner Stirn. »Das kommt auf das Kaliber und die verwendete Munition an«, stieß er gepresst hervor.

»Nun, bei Ihnen wurde jedenfalls der Schädelknochen zertrümmert. Nachdem wir sämtliche Splitter entfernt hatten, hat ein ordentliches Stück gefehlt. Deswegen wurde Ihnen eine Metallplatte eingesetzt.«

Maxwell presste die Lippen aufeinander, seine Hände zitterten.

»Aufgrund der Größe des Austrittslochs mussten wir natürlich mehrere Nähte anlegen.«

Warum hatte ihm bislang keiner der Weißkittel etwas davon gesagt? Sein Atem ging flach und schnell. Mit einem Mal drang das Piepen des EKG wieder in sein Bewusstsein. Hämmerte sein Herz wirklich so wild in seiner Brust?

»Soll ich Ihnen einfach mal den Verband abnehmen? Dann kann ich es Ihnen zeigen.«

Sie schlüpfte in ein Paar Einweghandschuhe und griff nach einer Schere, die sie in einer metallenen Nierenschale mitgebracht hatte. Es klapperte leise, bevor Maxwell das kühle Metall an seiner Schläfe fühlte. Ein knirschendes Geräusch und die Ärztin streifte die Mullbinden behutsam ab.

Die plötzliche Kälte an seinem Kopf ließ ihn erschaudern. Er sog scharf die Luft ein. Die Haare an seinen Unterarmen stellten sich auf.

»Wir mussten Sie vor der OP rasieren.« Es klang fast entschuldigend.

Sein ganzer Körper verkrampfte sich. Sie hatten ihm eine Glatze geschoren! Unwillkürlich presste er die Augen noch fester zusammen, biss sich auf die Unterlippe.

»Sie müssen keine Angst haben, es tut nicht weh, wenn ich die Drainage herausziehe.«

Verdammt! Verstand sie denn nicht, dass es ihm nicht um so etwas Läppisches wie Schmerzen ging?

»Jetzt mal tief einatmen und langsam wieder ausatmen.«

Während Maxwell ihren Anweisungen zu folgen versuchte, zog sie mit einer schnellen Bewegung den schmalen Schlauch heraus und drückte sofort eine zusammengefaltete sterile Kompresse auf die kleine Wunde.

»Ich habe Ihnen einen Handspiegel mitgebracht.«

Er musste sich zwingen, die Augen zu öffnen. Was er erblickte, übertraf seine schlimmsten Befürchtungen.

Seine rechte Schädelhälfte war von sechs langen Nähten durchzogen. Ein wenig sahen die dicken, geröteten Narben wie die Tentakel eines Tintenfischs aus. Seine linke Seite war dagegen nicht ganz so entstellt. Zwar hatte auch die Eintrittswunde mit mehreren Nähten geschlossen werden müssen, es waren allerdings weniger und kürzere.

»Hier an dieser Stelle wurde Ihnen eine Metallplatte eingesetzt. Man erkennt die leichte Abflachung aber nur, wenn man genau hinschaut.« Behutsam fuhr sie mit der Fingerspitze über Maxwells Kopf.

Die sanfte Berührung auf seinem nackten Schädel war zu viel. Seine Augen brannten. Ruckartig drehte er den Kopf zur Seite. Sein Atem ging stoßweise.

»Sie hatten wirklich sehr, sehr großes Glück, dass Sie überlebt haben.« Beruhigend legte sie ihm die Hand auf die Schulter und drückte sie kurz. »Stellen Sie sich vor, die Kugel hätte ihre Flugrichtung nicht geändert, sondern die Abkürzung durchs Gehirn genommen.«

Maxwell konzentrierte sich ganz darauf, regelmäßig ein- und auszuatmen. Verzweifelt versuchte er, sich zusammenzureißen.

»Wie lang wird es dauern, bis man das alles nicht mehr sieht? Bis meine Haare wieder so lang sind, dass sie das da verdecken?«, fragte er nach ein paar Minuten. Seine Stimme klang rau.

»Das Problem ist: Auf den Narben werden nie wieder Haare wachsen.«

Entsetzt wandte Maxwell ihr den Kopf zu. »Was ...?« Seine Stimme zitterte. »Was genau heißt das?«

»Um die Narben zu verdecken, müssen Sie Ihre Haare mindestens fünf bis sechs Zentimeter lang wachsen lassen, vielleicht sogar noch länger. Das wird grob gerechnet ein halbes Jahr dauern. Und auch dann kann es passieren, dass sie sich nicht über die Narben legen, sondern einfach abstehen.«

»Fünf bis sechs Zentimeter lange Haare? Aber ich trage sie über den Ohren immer genau auf sieben Millimeter rasiert und oben maximal zwei Zentimeter lang.« Seine Stimme drohte sich zu überschlagen. »Ich werde für immer entstellt sein!«

»Man wird Ihnen die Verletzung für den Rest Ihres Lebens ansehen – aber entstellt sind Sie deswegen noch lange nicht. Ich bin mir sicher, Ihr Kollege würde sagen: ›Narben machen aus einem Mann erst einen richtigen Kerl.‹«

Maxwell musste den Kopf abwenden. Er wollte nicht, dass sie in seinen Augen sah, wie nahe ihm das alles ging.

»Warten Sie mal einen Augenblick, vielleicht gibt es eine Möglichkeit, womit wir das Ganze ein bisschen abmildern können.« Sie legte den Spiegel auf die Bettdecke und verließ das Zimmer.

Zitternd tastete Maxwells Hand nach dem Spiegel. Wieder starrte er ungläubig sein Ebenbild an. Plötzlich war er froh, dass die Ärztin Mickey hinausgeworfen hatte. Niemand, absolut niemand sollte ihn so sehen.

Schritte. Dr. Schirmer kam zurück.

»Was halten Sie davon, wenn wir die Narben unter einer Bandana verstecken?« Triumphierend hielt sie ein schwarz gemustertes Tuch in die Luft, das sie ihm um den Kopf band. Einen Moment lang blickte sie ihn prüfend an, dann sagte sie sichtlich zufrieden: »Steht Ihnen richtig gut.« Sie nahm ihm den Spiegel aus der Hand und hielt ihn ihm vors Gesicht. »Was meinen Sie?«

Maxwell musterte sich. Sie hatte nicht völlig unrecht. Er sah anders aus. Besser als mit nacktem Schädel. Aber nicht annähernd so gut, wie er mit seinem vollen dunklen Haar ausgesehen hatte.

»Kennen Sie Rea Garvey? Wenn Sie sich so einen Bart stehen lassen, wie er ihn trägt, sieht das mit Sicherheit sehr männlich an Ihnen aus. Es macht Sie ein bisschen verwegener, draufgängerischer. Nicht mehr so aalglatt. Auf diese Weise bekommen Sie optisch die Ecken und Kanten, die auch Ihre Persönlichkeit hat. Schön kann jeder – ausdrucksstark nicht.«

Sein Blick bohrte sich hart in ihre Augen. Meinte sie das tatsächlich, oder wollte sie ihn nur aufmuntern? Sich womöglich sogar über ihn lustig machen?

Als könne sie seine Gedanken lesen, schüttelte sie den Kopf. »Das ist mein absoluter Ernst!« Sie wandte sich ab und zog einen Stuhl zu seinem Bett. Dann ergriff sie seine Hand und begann sie wie schon am Vortag mit ihren kräftigen Fingern zu massieren.

»Morgen Vormittag werden die Kollegen die zentralen Katheter ziehen. Danach spricht nichts mehr dagegen, Sie auf Station zu verlegen.« Sie machte eine kurze Pause. »Heute ist also Ihre voraussichtlich letzte Nacht auf der Intensivstation.« Es klang, als bedauere sie es.

»Besuchen Sie mich mal?« So schroff, wie er die Frage stellte, hätte sie fast ein Befehl sein können.

»Auf Station?«

Er nickte.

»Bei dem Andrang, der da herrschen wird?«

»Wie kommen Sie darauf?«

»Allein schon Ihr Kollegenkreis.«

»Sie haben doch vorhin sehr eindrücklich unter Beweis gestellt, dass es ein Leichtes für Sie ist, ein Zimmer ohne viel Federlesens zu räumen.«

»Das war etwas anderes.«

»Ach ja?«

»Erzählen Sie mir von der Strichliste. Ich dachte bisher immer, derlei sei frei erfunden. Ein Mythos, um die Eintönigkeit des Alltags nach außen hin aufzupeppen.«

Maxwell wurde plötzlich heiß. Sie hatte also doch schon länger gehorcht. »Es gibt durchaus den einen oder anderen Kollegen, der alles anbaggert, was bei drei nicht auf dem Baum ist«, gab er schließlich zu.

»Und notfalls wird der Baum geschüttelt, bis die Dame runterfällt?« Sie legte den Kopf zur Seite und musterte ihn.

»Das habe ich nicht nötig.« Maxwells Magen krampfte sich zusammen. »Zumindest bisher nicht. Wie das in Zukunft aussieht ...« Seine Stimme verlor sich.

»Das werden Sie auch weiterhin nicht nötig haben. Wichtig ist allein Ihre Einstellung, Ihre Art, wie Sie auf andere Menschen zugehen. Und daran hat sich doch nichts geändert, oder?« Sie lächelte ihn an. Wie immer vertieften sich die zwei kleinen Grübchen neben ihren Mundwinkeln. »An die optische Veränderung werden Sie sich in ein paar Tagen gewöhnt haben.«

»Kommen Sie mich also mal besuchen? Ich lade Sie dann auch zu einem fabelhaften Pfefferminztee ein.«

»Ob ich dem Angebot widerstehen kann?« Die Grübchen vertieften sich weiter. »Schauen wir mal. Im Moment gibt es etwas Dringlicheres zu klären: Wenn wir Sie auf eine allgemeine Krankenstation verlegen, brauchen Sie etwas zum Anziehen. Bademantel, Jogginganzug, Unterwäsche, Handtücher, Waschzeug.

Wen sollen wir anrufen und bitten, ein paar Sachen für Sie zusammenzupacken?«

»Keine Ahnung.« Maxwell zuckte mit den Schultern.

»Sie müssen doch Verwandte haben.«

»Meine Cousine habe ich seit über zwei Jahrzehnten nicht mehr gesehen.«

»Dann eben einen Freund, der das für Sie tun würde.«

»Den Einzigen, den ich hätte fragen können, haben Sie gerade eben hochkant rausgeschmissen. Der kommt so schnell nicht zurück.«

»Es gibt bestimmt noch jemand anderes.«

Maxwell dachte nach: Ihm fielen zwei, drei Personen ein, die er hätte bitten können, aber er wollte nicht. Ihm stand der Sinn nach etwas anderem, er schüttelte den Kopf.

»Aber Sie brauchen etwas zum Anziehen.«

Maxwell legte den Kopf schief, sein Atem beschleunigte sich, genau wie sein Herzschlag. »Können Sie das nicht übernehmen?«

»Ich?« Die Ärztin klang ehrlich erstaunt.

»Ihnen würde ich meinen Wohnungsschlüssel anvertrauen.«

»Sie kennen mich doch gar nicht.«

»Sie haben tolle Augen.« Er grinste. »Und tolle Hupen.« Noch breiteres Grinsen.

Sie schnappte hörbar nach Luft. »Sie sind absolut unmöglich!«

»Tun Sie's als Wiedergutmachung.«

»Was?«

»Weil Sie Mickey rausgeschmissen haben. Er hätte das liebend gern für mich gemacht.«

Sie schüttelte den Kopf.

»Bitte.« Er drückte ihre Fingerspitzen. »Tun Sie's für einen Mann, der für den Rest seines Lebens entstellt sein wird. Ich lade Sie auch zum Essen ein, sobald ich hier raus bin und wieder etwas anderes als Grießbrei zu mir nehmen kann. Das heißt, falls Sie sich mit so einem Monster, wie ich es fortan sein werde, in der Öffentlichkeit sehen lassen wollen. Aber zur Not kann ich ja eine Sturmhaube überziehen, dann erkennt man mich nicht.«

»Mann, Sie haben es echt drauf, nicht wahr?«

»Ist das ein Ja?«

Sie schnitt eine Grimasse, schüttelte erneut den Kopf – und nickte dann. »Unter einer Bedingung.«

»Welche?« Sofort war Maxwell auf der Hut.

»Eine Schussverletzung wie Ihre zu überleben ist eine absolute Seltenheit. Ich würde gern einen Artikel darüber in einem Fachmagazin für Neurochirurgie veröffentlichen, dafür brauche ich Ihre Zustimmung. Und noch ein paar Nachuntersuchungen während der Rekonvaleszenz.«

»Wenn es weiter nichts ist, das lässt sich einrichten.« Plötzlich grinste er sie an.

15
São Paulo, Brasilien

Die Amerikanerin öffnete die Augen und sah Renata an. »Wo bin ich, Liebling?«

»In einem Krankenwagen mitten in São Paulo, auf dem Weg zum Krankenhaus. Du hattest einen Herzanfall am Flughafen, Tante Rachel.«

»So? Na, jetzt geht es mir wieder gut.« Sie richtete sich auf. »Sind sie noch hinter uns her?«, fragte sie leise.

»Ich habe niemanden bemerkt.«

»Dann sollten wir jetzt verschwinden«, murmelte sie, strampelte die Decke von den Beinen, schwang sie von der Trage, stand auf.

Der Sanitäter fuhr protestierend hoch.

»Anhalten! Und zwar ein bisschen dalli! Oder soll ich aus dem fahrenden Fahrzeug springen?«

Renata übersetzte. Der Sanitäter schüttelte den Kopf. Rachel machte einen Schritt in Richtung Seitentür, tastete nach dem Griff, sah den Mann herausfordernd an. Ein Schwall auf Portugiesisch, der Fahrer bremste scharf.

»Na also, geht doch!«

Der Wagen war noch nicht richtig zum Stehen gekommen, da hatte die Amerikanerin schon die Tür aufgestoßen. Mit graziösen

Schritten stieg sie die Stufen hinunter, drehte sich um. »Geben Sie mir meinen Koffer.«

Der Fahrer kam um das Auto herumgelaufen, fragte, was los sei. Rachel kramte in ihrer Handtasche, zog ein Bündel Dollarnoten heraus und drückte es ihm in die Hand.

»*No hospital. I'm fine. Thank you*«, sagte sie in übertrieben deutlichem Englisch, wie man nur zu Ausländern sprach.

Renata sah ihn mit einem ergebenen Blick an und zuckte hilflos mit den Schultern. Was soll ich tun, wenn die Tante ihren eigenen Willen hat?, schien sie zu fragen.

Der Sanitäter schüttelte noch einmal den Kopf, dann krächzte eine Stimme im Funkgerät, und der Fahrer sprang zurück in den Wagen.

»Kommen Sie.« Renata berührte die Amerikanerin am Ellbogen. »Wir sollten hier nicht stehen bleiben.«

Sie drängten sich nah an die Gebäudefassade gedrückt durch die Menschenmassen. Renata drehte sich immer wieder zu der Amerikanerin um, ihr war nicht wohl wegen des so öffentlich zur Schau gestellten Goldschmucks. Aber niemand machte Anstalten, sie zu überfallen. Nach fünf Minuten kamen sie an eine vierspurige Straße. Renata sah sich suchend um, hob den Arm, winkte, das Taxi fuhr vorbei. Sie schimpfte, laut und vulgär. Beim zweiten Versuch hatte sie mehr Glück. Ein klappriger Fiat hielt.

»Nehmen Sie dieses Taxi und ich das nächste.«

»Kommt überhaupt nicht infrage, Schätzchen.«

»Hier in São Paulo ist es nicht so schwer, eins anzuhalten, wie bei Ihnen in den Staaten.«

»Das meine ich nicht. Wir werden uns hier und jetzt nicht trennen. Sie sind noch lange nicht in Sicherheit.«

»Ich weiß.«

»Was haben Sie vor?«

»Ich fahre nach Santos.«

»Lassen Sie mich mitkommen.«

»Und Ihr Flug?«

Die Amerikanerin winkte ab.

Renata verhandelte mit dem Fahrer. In São Paulo war es üblich, einen fünfzigprozentigen Aufschlag auf den gesamten Fahrpreis zu verlangen, sobald man das Stadtgebiet verließ. Nach Santos würde es ein kleines Vermögen kosten. Schließlich einigten sie sich, der Taxifahrer lud das Gepäck in den Kofferraum, die zwei Frauen rutschten auf den Rücksitz. Als das Taxi losfuhr, blieb der Taxameter ausgeschaltet.

»Warum?«, fragte Renata nach einer Weile, während sie noch immer aus dem Fenster starrte, auf die Stadt, den Moloch aus Beton, Asphalt und Gittern, die unzähligen Rohbauten, die Straßen mit Schlaglöchern und Kopfsteinpflaster.

»Das haben Sie schon einmal gefragt.«

»Und keine Antwort erhalten.«

»Ich kenne mich aus mit Todesangst.« Wie in der Damentoilette schaute ihr die Amerikanerin in die Augen. »Ich habe gesehen, dass Sie nicht geschauspielert haben.«

Renata merkte an ihrem Tonfall, dass sie im Augenblick nicht bereit war, mehr von sich preiszugeben. Plötzlich quietschten die Bremsen des Taxis, Renata wurde nach vorn geschleudert. Ein dunkler Fiat hatte sich in eine viel zu schmale Lücke vor ihnen gezwängt. Renatas Augen weiteten sich vor Entsetzen.

Nicht schon wieder!

Doch der Wagen bog in die nächste Querstraße ein und verschwand. Renata schloss die Augen, versuchte, ihr trommelndes Herz zu beruhigen.

»Was haben Sie in Santos vor?«, fragte Rachel nach einer Weile.

»Santos ist die bedeutendste Hafenstadt Lateinamerikas.«

»Ich weiß, ich komme gerade von dort. Ich habe eine Kreuzfahrt gemacht.«

»Das tue ich jetzt auch – allerdings mit einem Frachtschiff.«

»Brauchen die nicht eine Ewigkeit, um ans Ziel zu kommen?«

»Genau deswegen. Wenn man abhauen will, nimmt man üblicherweise nicht die langsamste Möglichkeit. Sie werden die Flughäfen checken und bei den Fluglinien nachfragen. Natürlich werden sie früher oder später auch die Schiffe überprüfen, aber vielleicht nicht die Containerschiffe. Und womöglich gelingt es mir, dass mein Name nicht auf der Passagierliste auftaucht.«

»Wer sind ›die‹ eigentlich?« Rachel stellte die Frage beiläufig, so, als interessiere es sie im Grunde genommen gar nicht.

»Wenn ich das wüsste. Ich muss in ein Wespennest gestochen haben, ohne es zu merken. Aber auf dem Schiff werde ich viel Zeit zum Nachdenken haben.«

Sie schwiegen eine Weile.

»Wenn Sie wollen, könnte mein Name auf der Passagierliste stehen – und Sie geben sich wieder als meine Nichte aus.«

16
Erlangen, Deutschland

»Und nachdem Sie mir die Besenkammer nun so ausführlich gezeigt haben, was halten Sie davon, wenn Sie mich endlich in mein neues Zimmer bringen, Pfefferminztee-Mann?«

»Zumindest stört Sie hier nachts kein anderer Patient mit seinem Schnarchen.« Der Krankenpfleger hatte es sich nicht nehmen lassen, Maxwell persönlich in einem Rollstuhl auf die Allgemeinstation zu fahren.

»Wo sollte der denn auch hin? Hier ist ja nicht mal mehr Platz zum Umdrehen.«

»Meckern Sie nicht schon wieder, sonst gebe ich der Oberschwester einen Tipp, was Ihr Lieblingsgetränk ist.«

»Vergessen Sie bloß nicht zu erwähnen, dass ich auf Grießbrei zu allen Mahlzeiten bestehe.«

»Ich werde Sie vermissen. So zynische Patienten haben wir auf der Intensiv nicht oft – die überwältigende Mehrheit weiß es zu schätzen, wenn sie überlebt.«

»Das ist das beste Kompliment, das Sie mir bislang gemacht haben: Mainstream wollte ich noch nie sein. Ich war schon immer anders.«

Der Physiotherapeut kam und setzte dem Geplänkel ein Ende. Während er Maxwells Arme und Beine massierte, erläuterte er ihm die weitere Vorgehensweise und zeigte auf einen Gehwagen neben dem Schrank.

Als er fertig war, setzte sich Maxwell im Bett auf und machte Anstalten aufzustehen.

»Was haben Sie vor?«

»Ich dachte, wir könnten gleich eine Runde auf dem Flur drehen.«

Der Therapeut sah ihn mit gerunzelter Stirn an. »Das halte ich für keine sonderlich gute Idee. Sie haben ja noch nicht einmal einen Bademan–«

Maxwell unterbrach ihn mit einer unwirschen Handbewegung und ließ sich vom Bett auf die Füße gleiten.

Wieder befiel ihn dasselbe unwirkliche Gefühl, das er erlebt hatte, als er zum ersten Mal aufgestanden war, um sich in den Rollstuhl zu setzen: Ein feines Bitzeln lief durch seine Beine, ganz so als stünden sie unter Strom.

»Hier. Halten Sie sich fest.« Der Therapeut schob ihm eilig den Rollator vor die Füße.

»Ich bin doch kein alter Mann!« Trotzdem packte er nach zwei winzigen Schritten unwirsch die plastikummantelten Griffe und stützte sich ab. Sofort fühlte er sich sicherer. Seine Knie wollten ihm dennoch nicht gehorchen; sie ließen sich nicht abwinkeln. Stattdessen schlurften seine nackten Füße zentimeterweise über das Linoleum in Richtung Zimmertür. Die Rückseite seines Krankenhauskittels klaffte weit offen.

Ein kühler Luftzug drang durch das gekippte Fenster und ließ ihn plötzlich erschaudern. Er merkte, dass er am ganzen Körper schwitzte. Wütend biss er die Zähne zusammen. Er durfte nicht auf halbem Weg schlappmachen.

»Ich glaube, es ist besser, wenn Sie jetzt umdrehen. Fürs erste Mal Aufstehen genügt das vollauf.«

Mit vorgerecktem Kinn zwang sich Maxwell weiterzuschlurfen. Seine Arme schmerzten und hatten zu zittern begonnen. Den Beinen ging es nicht anders. Sein Blick fixierte den Türgriff. Er musste es schaffen, aufgeben kam nicht infrage.

Ein Schweißtropfen perlte von seiner Stirn, glitt über die Augenbraue, tropfte ihm ins Auge. Es brannte. Er kniff das Auge zusammen, schüttelte wie ein Hund den Kopf, um die Schweißtropfen aus seinem Gesicht zu schleudern. Den Gehwagen traute er sich nicht loszulassen.

Nach einer gefühlten Ewigkeit schaffte er es endlich an sein

Ziel. Erschöpft lehnte er sich mit dem ganzen Körper gegen die Tür. Sein Atem ging schnell, sein Herz hämmerte, er konnte das Blut durch seine Adern pulsieren spüren. Die Muskeln in seinen Armen und Beinen zuckten und schmerzten. Aber er hatte es geschafft. Er wandte sich um: Ganze vier Meter trennten ihn von seinem Bett.

Plötzlich stand der Therapeut neben ihm, hakte ihn unter und zerrte ihn zurück. Was genau er sagte, während er pausenlos auf ihn einredete, bekam Maxwell nicht mit. Zu sehr musste er sich darauf konzentrieren, dass seine Beine nicht nachgaben und er der Länge nach hinschlug.

Als er wieder im Bett lag, war er völlig verausgabt. Das Krankenhaushemd und seine Bandana waren so feucht, dass man beide hätte auswringen können.

17
Nürnberg, Deutschland

Maxwell war auf dem Sofa eingeschlafen. Als er im Morgengrauen erwachte, lief der Fernseher noch. Er nahm den Vin-Diesel-Film aus dem DVD-Player und legte ihn zurück in die Hülle des Videoverleihs. Anschließend kochte er Kaffee, trank ihn stark und schwarz, schlüpfte in seine Joggingsachen und fuhr in den Wald.

Der Himmel war bedeckt, in der Nacht hatte es geregnet. Der Waldboden war schlammig und schwer. Er brauchte etwas mehr als die üblichen anderthalb Stunden für seine zwei Runden. Kurz bevor er das Auto erreichte, rutschte er auf einer nassen Wurzel aus, geriet ins Straucheln. Während er versuchte, sich abzufangen, riss er sich die Haut des rechten Handballens an einer Baumrinde auf und schlug der Länge lang in den Schlamm. Die Feuchtigkeit durchweichte im Nu seine Schuhe, Socken, Hose. Fluchend rappelte er sich hoch und humpelte zum Auto. Er hatte sich das Knie gestoßen. Nicht schlimm, aber es tat trotzdem weh.

Zu Hause wusch er die Wunde aus, desinfizierte sie. Dann entschied er sich gegen sein obligatorisches Hanteltraining, er würde es am Nachmittag nachholen, und stellte sich stattdessen lang unter die Dusche, bis seine verspannten Muskeln sich allmählich wieder lockerten.

Als er frühstücken wollte, merkte er, dass sein Kühlschrank leer war. Einkaufen an einem Samstagvormittag – der Horror pur. Also zog er sich an und lief zur Bäckerei zwei Straßen von seiner Wohnung entfernt. Das Letzte, woran er sich erinnerte, war, wie er in den Laden trat und zwei belegte Brötchen kaufte.

18
Erlangen, Deutschland

Ein leises, kaum zu vernehmendes Klopfen. Die Tür ging auf, ins Zimmer trat eine Frau, mit der Maxwell überhaupt nicht gerechnet hatte.

»Woher weißt du, dass ich hier bin, Pat?«

Anstelle einer Antwort lief sie rasch zu seinem Bett, schlang die Arme um seinen Hals, drückte sich fest an ihn.

»Mein Gott, bin ich froh.« Sie schluchzte auf. »Als mir der Mann von der Mordkommission erzählt hat, was passiert ist ...« Minutenlang konnte sie nicht weitersprechen. »Es hat sich genauso angefühlt wie letztes Jahr bei Magic«, flüsterte sie schließlich mit tränenerstickter Stimme. »Ich war überzeugt, dass du sterben wirst – und sie wollten mich nicht zu dir lassen. Ich bin fast verrückt geworden vor Angst.«

Maxwell konnte nicht anders, er tätschelte ihren Rücken, bis sein Arm so stark zitterte, dass er ihn kraftlos aufs Bett zurücksinken lassen musste. Nach einer Weile spürte er die Nässe ihrer Tränen durch sein Krankenhaushemd dringen. Sie musste in den letzten Tagen einiges durchgemacht haben. Er hatte ihr damals die Nachricht vom Tod ihres Mannes überbracht; ein Freund und Kollege – und Maxwells Trauzeuge. Noch immer hatte er die Bilder ihres Zusammenbruchs vor Augen.

Wie sollte er sie nun trösten? Gern hätte er die Situation mit einem seiner dummen Sprüche entschärft. Aber ihm fiel nichts

Passendes ein, was sie nicht verletzt hätte. Also rettete er sich in Gemeinplätze.

Langsam ebbte ihr Schluchzen ab, und sie hob den Kopf. Von der ursprünglich sorgsam aufgetragenen Wimperntusche war nicht mehr viel übrig. Das meiste klebte auf seinem Krankenhauskittel, der Rest hatte ihr Gesicht entstellt.

»Jetzt siehst du aus wie ein kleiner Pandabär«, versuchte er sich doch noch an einem lockeren Spruch und hatte Glück: Ihr gelang ein Lächeln.

»Eigentlich sollte ich in den vergangenen Monaten gelernt haben, dass ich nur noch wasserfeste Wimperntusche verwenden darf.«

»Mach dir nichts draus, ich hätte in den zwanzig Jahren, die ich beim SEK bin, lernen müssen, dass man sich nicht in den Kopf schießen lässt, wenn man danach kein totales Wrack sein will.« Er hielt inne und versuchte die Bitterkeit, die ihn ergriffen hatte, gegen einen leichteren Ton einzutauschen. »Da bist du im Vorteil: Du kannst schnell ins Bad springen und dich frischmachen.« Er gab ihr einen aufmunternden Klaps.

Sie erhob sich und lief eilig aus dem Zimmer. Als sie zurückkam, hatte sie sich die Farbe aus dem Gesicht gewaschen.

»Warum hat dich der Kollege von der Mordkommission kontaktiert?«

»Mickey hat mir erzählt, dass du dich nicht an den Tag erinnern kannst. Stimmt das?« Sie setzte sich wieder zu ihm auf den Rand seines Bettes.

»Das Letzte, was ich weiß, ist, dass ich am Morgen nach dem Joggen beim Bäcker Brötchen gekauft habe. Danach ist alles weg.«

»Wir hatten ausgemacht, am Samstagabend um halb acht zusammen essen zu gehen.«

Maxwell runzelte die Stirn.

»Ich habe dir am Mittag eine SMS geschrieben und dich gefragt, ob du Zeit hast, und du hast zugesagt.«

Mit einem Kopfschütteln signalisierte er ihr, dass er es nicht mehr wusste.

»Ich habe mich gewundert, weil du nicht zur vereinbarten Zeit erschienen bist. Es ist ja sonst nicht deine Art, dich zu verspäten und nicht Bescheid zu geben. Ich habe dir eine SMS geschickt, aber du hast nicht geantwortet. Also habe ich dich nach einer halben Stunde angerufen. Ein Mann hat sich an deinem Handy mit ›Kriminalpolizei Nürnberg‹ gemeldet. Ich habe nach dir gefragt, und er hat mir geantwortet, du könntest gerade nicht ans Telefon. Stattdessen wollte er wissen, worum es geht. Als ich ihm erklärt habe, dass wir verabredet waren, hat er mich gebeten, sofort ins Präsidium zu kommen. Mir ist speiübel geworden, trotzdem wollte er mir am Telefon nicht sagen, was passiert ist.«

»Wann hast du mir die erste SMS geschickt?«

»Am Mittag, gegen Viertel nach zwölf, und kurz darauf muss es passiert sein.« Wieder bekamen ihre Augen einen feuchten Glanz. »Ich mache mir solche Vorwürfe. Vielleicht wäre all das nicht geschehen, wenn ich dich angerufen hätte, anstatt dir zu schreiben.«

»Blödsinn«, murmelte Maxwell und drückte aufmunternd ihre Hand. Mit seiner Reaktion erreichte er jedoch genau das Gegenteil von dem, was er beabsichtigt hatte: Sie schlang die Arme um ihn und begann erneut hemmungslos zu schluchzen.

»Der Einzige, der an all dem schuld ist, ist der Täter, Patricia. Hörst du?«

19
Erlangen, Deutschland

Er saß auf der Bettkante, ließ die Beine baumeln und löffelte missmutig seine Nudelsuppe. Anstatt sich zu freuen, dass er die Hälfte gegessen hatte, bevor seine Hand zu zittern begann, wallte grenzenlose Wut darüber in ihm auf.

»Wie ich sehe, machen Sie fleißig weiter Fortschritte.«

Die leise Stimme in seinem Rücken ließ ihn zusammenfahren. Er hatte nicht gehört, dass jemand ins Zimmer gekommen war.

»Entschuldigung, ich wollte Sie nicht erschrecken.« Dr. Schirmer ging um das Bett herum und zog sich den Besucherstuhl zurecht, der zwischen Nachtkästchen und Wand eingeklemmt stand. »Wie fühlen Sie sich?«

»Jetzt, wo ich weiß, dass ich anstelle von diesem Hemdchen mit einer Gratisansicht auf meinen nackten Arsch bald etwas Gescheites anhaben werde: besser.« Er wies mit dem Kinn zur Reisetasche. »Haben Sie alles gefunden?«

Sie nickte, öffnete den Reißverschluss und nahm seinen Bademantel heraus.

»Wollen Sie fürs Erste in den hier schlüpfen?«

Maxwell ließ sich aus seiner sitzenden Position vom Bett auf die Füße gleiten.

»So war das nicht gemeint.« Dr. Schirmer stand mit zwei Schritten neben ihm.

Ein Kribbeln durchlief ihn, als sich ihr linker Arm um seine Hüfte legte. Haut auf Haut. Knapp über der Wölbung seiner Pobacken. Ihm wurde heiß. So ein Krankenhaushemd hatte offenbar auch einen Vorteil. Der ihm mittlerweile vertraute Duft nach Honig stieg ihm in die Nase, während sie sich seinen rechten Arm um den Hals schlang und seinen Körper damit an ihren presste, um ihn zu stützen.

»Bei der Zimmergröße kann man praktisch nicht umfallen. Und außerdem bin ich heute schon mal ein paar Schritte gelaufen«, murmelte er. Trotzdem rückte er keinen Millimeter von ihr ab, nachdem sie so unerwartet auf Tuchfühlung gegangen war.

»Wirklich? Wunderbar!« Dessen ungeachtet nötigte sie ihn zurück ins Bett.

»Nichts ist wunderbar! Nichts funktioniert. Am liebsten würde ich mich in einem Erdloch verkriechen und mir die Decke über den Kopf ziehen. Fehlt nur noch, dass ich Panikattacken bekomme.«

Sie nahm wieder auf dem Stuhl neben seinem Bett Platz und griff fast schon gewohnheitsmäßig nach seiner Hand, um sie zu massieren. »Hatten Sie schon mal welche?«

»Ja.«

»Wollen Sie mir davon erzählen?«

»Nein.«

Es entstand eine Pause, dann fragte sie: »Warum haben Sie eigentlich nie versucht, Kontakt zu Ihrem Vater in den USA aufzunehmen?«

»Warum hätte ich das tun sollen?«

»Viele Menschen haben ein großes Bedürfnis zu erkunden, woher sie stammen. Sie könnten zum Beispiel Halbgeschwister haben.«

Sofort krampfte sich sein Magen zusammen. »Meine Mutter hat ihr Leben lang in ein und derselben Wohnung gelebt. Er hätte sie jederzeit kontaktieren können, wenn er gewollt hätte.«

»Vielleicht hat er sich nicht getraut zurückzukommen, nachdem er so sang- und klanglos verschwunden ist?«

»Das Thema ist durch.« Seit Bosnien. Aber das sagte er ihr nicht.

»Haben Ihre Panikattacken damit zu tun?«

»Nein.«

»Womit dann?«

»Ein Auslandseinsatz.«

»Erzählen Sie mir davon.«

»Warum wollen Sie das hören?«

»Als Ihre Ärztin muss ich die Vorgeschichte kennen, um Ihre Reaktionen richtig interpretieren zu können.«

Maxwell schloss die Augen. Die Zeit in Bosnien war das Letzte, woran er denken wollte. »Ich möchte nicht darüber sprechen. Nicht hier. Nicht jetzt.«

Sie bohrte nicht weiter nach, sondern wechselte das Thema. »Als ich Ihre Sachen bei Ihnen zu Hause geholt habe, ist mir aufgefallen, dass Sie ausschließlich schwarze Kleidung haben. Sogar Ihr Bademantel ist schwarz. Warum?«

Maxwell lächelte. »Anfänglich habe ich es getan, weil ich Johnny Cash nacheifern wollte, aber über die Jahre ist es zu meinem ganz persönlichen Stil geworden. Ein Tick, wenn Sie so wollen.«

»Etwas in der Richtung habe ich mir gedacht.« Sie lächelte, dann ließ sie seine Hand los. »Ich muss gehen, ich habe noch viel zu tun. Morgen früh fliege ich nach Barcelona in den Urlaub.«

»Allein?« Die Frage rutschte ihm heraus, bevor er es verhindern konnte.

»Mit ... einer Bekannten. Sie ist ebenfalls Ärztin.«

»Warum haben Sie keinen Mann? Oder zumindest einen Freund?« Er wollte nicht, dass sie ihn schon wieder verließ.

»Paul, mein Mann, kam vor anderthalb Jahren bei einem Flugzeugabsturz im Bodensee ums Leben.«

»Das tut mir leid.«

»Und mir erst.« Sie lächelte traurig. »Aber damit hat er sich in eine Reihe mit berühmten Vorgängern eingereiht, nicht wahr? Patsy Cline, John Denver, Ricky Nelson oder auch Buddy Holly.«

»War er Musiker?«

Sie schüttelte den Kopf. »Anlageberater, aber ein großer Teil in ihm war Abenteurer. Wann immer er konnte, flog er nicht mit einer Linienmaschine zu seinen Meetings, sondern lieh sich eine kleine Cessna. Es war purer Zufall, dass ich nicht mit in dem Flugzeug saß. Eigentlich wollten wir nach seinem Termin nach Italien weiterfliegen und ein paar Tage Urlaub machen, aber dann ist ihm eine andere Verabredung dazwischengekommen.« Sie schluckte und zwinkerte schnell die Tränen weg.

»Und was wird aus unserem gemeinsamen Abendessen nächste Woche, wenn Sie sich jetzt aus dem Staub machen?«, versuchte er, ihr Gespräch mit seiner gewohnten Flapsigkeit in eine andere Richtung zu lenken.

Sie schluckte, straffte ihre Schultern. »Nächste Woche werden Sie definitiv mit niemandem essen gehen, es sei denn hier in diesem Zimmer.«

»Okay, dann eben übernächste Woche.«

»Da werden Sie wahrscheinlich auch keine Möglichkeit haben: Wenn alles so klappt, wie es soll, sind Sie zu der Zeit in der Reha.«

»Dann machen Sie eben einen anderen Terminvorschlag.«

Sie musterte ihn gründlich. »Wenn ich eine wissenschaftliche Abhandlung über Ihre Verletzung schreibe, muss ich viel Zeit und Arbeit in Sie investieren. Darauf kann ich mich nur einlassen, wenn Sie sich erstens dazu durchringen, offen von Ihrer Vergangenheit zu erzählen, und zweitens, wenn Sie mir versprechen, nicht mittendrin aussteigen zu wollen, weil Sie die Nase voll haben. Es geht für mich um etwas völlig anderes als um Ihre Strichliste.«

»Für ein einfaches Essengehen gibt es keinen Strich, Sie können also ganz unbesorgt sein.«

»Ich melde mich nach meinem Urlaub und Ihrer Reha bei Ihnen. Überlegen Sie es sich in Ruhe.«

20
Containerschiff Jorge Amado, Atlantischer Ozean

Erst jetzt, eine Stunde nachdem das Containerschiff Jorge Amado seinen Anker gelichtet und Kurs auf Australien genommen hatte, traute sich Renata, die in aller Eile in Santos gekauften Kleider aus ihrer neuen Reisetasche zu nehmen und in den Schrank ihrer Kajüte zu hängen. Bei einem Tempo von knapp zehn Knoten pro Stunde würde es fast einen Monat dauern, bis sie Adelaide erreichten.

Tack! Tack! Tack!

Ein Klopfen an der Kabinentür. Es klang wie im Hotel. Renata zuckte zusammen, fuhr herum und hielt die Luft an.

Stille.

Dann eine raue Männerstimme: »Ich bringe Ihre Bettwäsche, Senhora.«

Renata wagte sich nicht zu rühren. Eine Tür klapperte.

»Geben Sie sie mir. Ich kümmere mich darum.« Die Stimme der Amerikanerin.

Renata atmete aus und ließ sich erschöpft auf das Bett sinken. Es folgte ein viel sanfteres Klopfen an der Kabinentür.

»Kann ich hereinkommen?«

»Ja, ja, treten Sie ein.« Die Erleichterung war ihr noch immer anzuhören.

Rachel musterte sie. »Haben Sie geglaubt –« Rasch unterbrach sie sich und setzte ein beruhigendes Lächeln auf. »Ich denke, jetzt müssen Sie keine Angst mehr haben. Ich habe mit dem Kapitän gesprochen: Es gibt keine Bootsmänner an Bord, die nicht zur üblichen Crew gehören. Niemand hat uns aufs Schiff gehen sehen, niemand weiß, wo wir sind.« Sie hielt einen Augenblick inne. »Hätten Sie nicht zumindest Ihrer Familie Bescheid sagen sollen?«

Renata schloss für einen Sekundenbruchteil die Augen, dann reckte sie das Kinn hoch. »Ich habe keine Angehörigen mehr.« Der Tonfall war abschließend. Sie wollte jetzt nicht über ihre verstorbenen Eltern sprechen.

»Aber Sie haben Freunde. Oder Kollegen. Man wird sich sicher große Sorgen um Sie machen.«

Wieder sah sie Zés zerschossenen Kopf vor sich. »Je weniger meine Freunde wissen, desto gesünder ist es für sie.« Um das Thema zu wechseln, erhob sie sich von der schmalen Matratze. »Ich sollte wohl besser das Bett beziehen.« Rasch nahm sie Rachel die Bettwäsche aus dem Arm. Die Amerikanerin schien den Themenwechsel zu akzeptieren, denn sie ging zur Koje und hob hilfsbereit Kopfkissen und Bettdecke hoch, sodass Renata das Bettlaken überziehen konnte.

»Sie sagten, Sie wüssten nicht, wer hinter Ihnen her ist und dass Sie offenbar in ein Wespennest gestochen haben. Haben Sie Lust, mir zu erzählen, was passiert ist, bevor wir uns im Flughafen begegnet sind?«

Renata spannte das Laken und nestelte es über die untere Hälfte der Matratze. Die Arbeit verschaffte ihr einen Augenblick Zeit, um nachzudenken. Eigentlich wollte sie nicht schon wieder an Zés Tod denken müssen, an die Angst, die sie bis jetzt verfolgte. Doch dann überwog ihr schlechtes Gewissen. Ohne die Amerikanerin hätte sie es niemals bis auf das Containerschiff geschafft. Rachel hatte sogar dafür gesorgt, dass sie nicht ihren Namen angeben musste. Sie schuldete ihr etwas. Das Mindeste, was sie tun konnte, war eine Erklärung. Bedächtig setzte sie sich auf die frischbezogene Matratze und faltete die Hände in ihrem Schoß. Mit dem Blick fixierte sie eins der Bullaugen.

»Vor ein paar Tagen ist in São Paulo ein großer Prozess zu Ende gegangen. Tiago da Moura Brandão, einer der führenden Köpfe des PCC, wurde zu zweiundfünfzig Jahren Gefängnis verurteilt. Ich war jeden Verhandlungstag im Gericht und habe für die Zeitung über die Gräueltaten berichtet, die er in Auftrag gegeben hat. Das PCC ist nicht gerade dafür bekannt, eine derartige Berichterstattung zu schätzen. Also wollten sie offenbar der Zeitung einen Denkzettel verpassen und an mir ein Exempel statuieren.

Das haben sie früher schon bei anderen getan. Ein Menschenleben zählt für sie nichts.« Sie hielt inne, dachte zurück an den Tag, sah Zé einen Zigarillo rauchend in seinem weißen VW sitzen, hörte den Straßenlärm.

»Ein Kollege ... ein Freund«, verbesserte sie sich rasch, denn alles andere wäre ihrem Verhältnis nicht gerecht geworden, »hat mich vor dem Gericht abgeholt. Die Eigentümerin des Weinguts, über das ich für ein englisches Magazin eine Reportage schreiben wollte, hatte Zé angerufen und gesagt, wir sollten wegen der Fotos noch am selben Nachmittag zu ihr kommen, sie wären gerade dabei, den Wein zu ernten. Also haben wir uns auf den Weg gemacht.«

Renatas Hände krampften sich zusammen, als sie Rachel detailliert von den weiteren Erlebnissen des Tages berichtete.

»Habe ich Sie richtig verstanden? Der Kerl will Sie umbringen, um kritische Zeitungsartikel über diese Verbrecherorganisation zu verhindern?«

Renata nickte. »Er ist ein Auftragskiller, da bin ich mir absolut sicher. Es ist das übliche Vorgehen des PCC.« Sie dachte an ihre erste große Berichterstattung zurück, den Tod des Richters und den der jungen Kollegin. Zehn Jahre waren seither vergangen. Und nichts war besser geworden. Rein gar nichts.

21

Containerschiff Jorge Amado, Pazifischer Ozean

Renata atmete tief die frische Meeresluft ein, ihre Hände umschlossen das vom Salzwasser spröde gewordene Holz der Reling. Vor ihr erstreckte sich ein langer, golden glitzernder Teppich bis zum Horizont, bis zu der Stelle, an der die Sonne gerade Zentimeter für Zentimeter in den Himmel stieg.

Im Gegensatz zu ihrem Appartement in São Paulo, in dem Renata nicht einmal nachts bei geöffnetem Fenster schlafen konnte, umgab sie hier grenzenlose Stille. Kein Hupen, kein Autoverkehr, keine grölenden Menschen, nicht einmal das Kreischen eines Vogels oder das Stampfen der Schiffsmaschine war zu hören. Allein das rhythmische Schlagen der Wellen, die sich am Bug brachen, zeigte, dass die Geräusche dieser Welt nicht über Nacht verschwunden waren.

Die friedliche Stimmung hatte Renatas innere Anspannung in den vergangenen Tagen abflauen lassen. Niemand hatte sie seit ihrer Flucht aus dem Flughafen angegriffen. Sie sah sich auf der Suche nach Verfolgern nicht mehr ständig über die Schulter. Geriet nicht in Panik, wenn jemand ein unerwartetes Stakkato an ihre Kabinentür klopfte. Befürchtete nicht mehr, jeden Moment über Bord geworfen zu werden, wenn sich einer der Matrosen zu ihr an die Reling stellte und eine Zigarette mit ihr rauchte.

Sie hatte es geschafft – sie war entkommen.

Ein Lufthauch zupfte an ihrer Bluse. Wind war aufgekommen. Sie fröstelte, vor allem am Kopf. Der wenige Millimeter lange Flaum ihrer nachwachsenden Haare schützte sie kaum.

Unendliche Weite. Wohin sie sah, nichts als Wasser bis zum Horizont.

Das war also die Freiheit, die ihre Tante so sehr am Segeln geliebt hatte. Der Grund, warum sie nach dem Tod von Renatas Mutter ihren Job im Schlachthaus aufgegeben und sich von einem Teil von Renatas Erbe ein Boot gekauft hatte. Der Grund, warum sie an Hochseeregatten teilnahm und von einem Erdteil zum anderen segelte – bis sie fünf Jahre später in einen Sturm geriet und Monsterwellen ihr Schiff verschluckten. Ihre Leiche war nie gefunden worden.

Hinter Renata tutete das mächtige Schiffshorn drei Mal.

»Kap Horn.« Die Amerikanerin gesellte sich zu ihr an die Reling. »Nie im Leben hätte ich gedacht, dass ich einmal auf einem Containerschiff hier herumschippern würde.«

»Bereuen Sie es?«

»Nicht im Geringsten. Hätte ich gewusst, was das für eine wundervolle Art zu reisen ist, hätte ich es schon viel früher getan.« Sie schwieg einen Moment, dann sagte sie: »Erzählen Sie mir von dieser Verbrecherorganisation. Was sind das für Leute?«

»Sie meinen das PCC?«

Rachel nickte.

»Alles begann in Carandiru, dem damals größten Gefängnis Lateinamerikas, der Hölle auf Erden. Es war fest in der Hand von Gangsterfamilien und korrupten Gefängniswärtern. Die Bosse herrschten aus Einzelzellen heraus, das Fußvolk dagegen musste jeden Tag neu ums Überleben kämpfen. Die Zustände waren so chaotisch, dass das Verschwinden eines Häftlings oftmals erst nach Wochen festgestellt wurde. 1992 kam es zu einer Revolte, die von der Militärpolizei brutal niedergeschlagen wurde; über einhundert Häftlinge starben bei der Erstürmung – obwohl sie unbewaffnet waren und eine weiße Fahne gehisst hatten.«

»Woher wissen Sie das? Sie waren zu dem Zeitpunkt doch allenfalls ein Teenager.«

»Ich war dreizehn, als mein Vater –« Abrupt hielt sie inne. Dann senkte sie den Kopf und sprach leise weiter. »Mein Vater saß in Carandiru ein.« Ihr Blick glitt zum Horizont. »Er war kein schlechter Mensch. Professor der Geschichte und Kulturwissenschaften. Manchmal wurde er ein wenig jähzornig. Nach einem Besuch in seiner Stammkneipe ist er mit jemandem aneinandergeraten, sie haben sich geprügelt, der andere ist unglücklich gestürzt und starb an den Kopfverletzungen. In Carandiru hat mein Vater dafür teuer bezahlt. Er war einer der Fledermausmänner.«

»Was ist das?«

»In den überbelegten Zellen konnte nur in Schichten geschlafen werden; daher banden sich manche Männer mit den Füßen an die Gitter, um kopfüber zu schlafen. Er starb eines nachts an einer Gehirnblutung.« Nach einer langen Pause fügte sie hinzu: »Zumindest hat die Gefängnisleitung das meiner Mutter erzählt. Was sich tatsächlich in Carandiru abgespielt hat, werde ich wohl nie erfahren.« Wieder hielt sie einen Augenblick inne, bevor sie auf Rachels ursprüngliche Frage zurückkam.

»Als Reaktion auf das Massaker von Carandiru gründeten ein knappes Jahr später acht Gefangene das PCC. Sie saßen zu dem Zeitpunkt in der Haftanstalt von Taubaté, dem damals sichersten Gefängnis des Bundesstaats São Paulo. In den folgenden Jahren bildete sich im Verborgenen ein Netzwerk aus Kriminellen und

Polizisten, Häftlingen und Wärtern, das sich im ganzen Land ausbreitete. Die ersten Morde wurden in Auftrag gegeben, die ersten kleineren Gefängnisaufstände organisiert. Ein Statut entstand, auf dessen Missachtung bis heute die Todesstrafe steht. 2001 kam es dann zur ersten spektakulären Aktion: der größten Gefängnisrevolte Südamerikas, die sich über mehrere Tage erstreckte und an der über drei Viertel der Haftanstalten im Staat São Paulo beteiligt waren. Die meisten Aufständischen und Geiseln gab es auch diesmal wieder in Carandiru, wo die Drahtzieher saßen. Sie hatten ein größeres Blutbad einkalkuliert – um die Verlegung einzelner Paten zu verhindern. Danach schwappten die Gewaltaktionen nach außen. Hier ein Mord, dort ein Bombenanschlag, bis es vier Jahre später eine richtige Welle der Gewalt gab, die 2006 ihren Höhepunkt erreichte und bei der Hunderte von Menschen starben. Morde, Bombenanschläge und Revolten waren an der Tagesordnung. Es wurden sogar Journalisten eines Fernsehsenders entführt, um die Ausstrahlung der PCC-Statuten zu erreichen. Schließlich gab es während der sogenannten dritten Welle der Gewalt innerhalb von vier Tagen über einhundert Attacken gegen Tankstellen, öffentliche Gebäude, Sicherheitsbeamte und Busse. Inzwischen hat das PCC rund dreizehntausend Mitglieder. Alle bezahlen einen Beitrag und werden im Gegenzug beschützt.«

22

Adelaide, Australien

»*Oi?*« Es war mehr ein Murmeln als ein freundlicher Gruß. Dennoch erkannte Renata die Stimme der Redaktionssekretärin.

»Hallo, Adriana, hier spricht Renata … Renata Teixeira.«

Stille am anderen Ende, dann ein Schrei. Renata zuckte zusammen, reflexartig hielt sie den Telefonhörer ein Stück von ihrem Ohr weg. Aufgeregtes Getuschel, ein Knacken in der Leitung, danach vernahm sie die Stimme des Chefredakteurs, Nicolás Ronaldo Barreto.

»Renata? Bist du es wirklich?«

»Ja. Was ist –«

»Wie geht es dir? Wo bist du?«

»Es ist alles in Ordnung, ich bin in Australien.«

»In Australien?« Der Chefredakteur klang verwundert. »Was tust du denn da? Wir haben gedacht, du wärst entführt worden.«

»Nicolás, kannst du mir sagen, was passiert ist? Wer hat die Redaktion in Brand gesteckt?«

»Wir wissen es nicht. Aber dieselben Täter haben sich auch deine und Zés Wohnung vorgenommen.«

»Ich habe im Fernsehen davon gehört.«

»Es müssen Spezialisten gewesen sein. Sie haben das gesamte Alarmsystem lahmgelegt. Der Schaden hier war immens.«

»Was sagt die Polizei?«

»Nichts. Du weißt, wie es ist.«

»Denkst du, das alles hat mit meiner Berichterstattung über den PCC-Prozess und Tiago da Moura Brandãos Verurteilung zu tun?«

»Davon sind wir ausgegangen – deswegen haben wir auch geglaubt, du wärst entführt worden. Das PCC ist eine mächtige Organisation. Aber dann haben sie keine Forderungen gestellt. Je mehr Zeit verstrichen ist, desto sicherer waren wir ...« Er ließ den Satz in der Schwebe.

»Dass sie mich umgebracht haben?«

»*Sim.*« Es war ein leises, fast unhörbares Ja.

»Kannst du mir sämtliche Artikel, die über die Sache erschienen sind, an mein privates E-Mail-Postfach schicken? Auch über das, was auf Casa Garibaldina passiert ist? Und versuch, der Polizei deswegen noch einmal vorsichtig auf den Zahn zu fühlen.«

»Wann kommst du zurück?«

»Ich weiß es nicht. Rechne bis auf Weiteres nicht mit mir, aber ich melde mich, sobald ich kann. In ein, zwei Wochen.«

Sie legte auf und ging zum Tresen des kleinen Telefonshops, um ihr Gespräch zu bezahlen.

Auf dem Weg zurück zur Jorge Amado schaute sie sich mehrfach um, niemand folgte ihr. Dennoch hatte sie Herzklopfen, als sie wieder an Bord des Containerschiffs ging. In einer Stunde würde es in Richtung Malaysia auslaufen.

23
Containerschiff Jorge Amado, Indischer Ozean

Ein sanftes Klopfen. Rachel. Renata ging zur Tür und öffnete. Die Freundin hielt eine große Tüte in der Hand.

»Es ist an der Zeit, dass wir uns Gedanken um Ihr Aussehen machen.«

Renata zog die Augenbrauen hoch. Das letzte Mal, als Rachel sich um ihr Aussehen gekümmert hatte, war sie mit einer Glatze auf dem Flughafen gestanden. Auch wenn ihr das wahrscheinlich das Leben gerettet hatte, trauerte sie doch immer noch ihren langen schwarzen Locken nach.

»Ich war in Adelaide shoppen – hoffentlich habe ich nichts vergessen.«

Rachel klang enthusiastisch, sodass Renata es nicht übers Herz brachte, sie zu stoppen. Dennoch schien die Amerikanerin ihre Ressentiments zu spüren, denn sie lachte übermütig auf.

»Sie brauchen keine Angst zu haben, meine Liebe. Extreme Situationen erfordern extreme Reaktionen – aber diese Phase haben wir überstanden. Mir geht es jetzt darum, Ihr Aussehen mit kleinen Dingen zu verändern, damit Sie auch in Zukunft nicht erkannt werden.«

Schwungvoll leerte sie den Inhalt der Einkaufstasche auf dem Tisch aus. Zum Vorschein kam Haarfärbemittel, Bleichcreme für Körperhaare, zwei Perücken, zwei Brillen mit Fensterglas, drei Sonnenbrillen, verschiedene temporäre Tattoos und jede Menge Make-up.

»Was haben Sie eigentlich an Land getrieben?«, fragte Rachel im Konversationston, während sie die verschiedenen Dinge auf dem Tisch ausbreitete. Renata sah sie erstaunt an. Sie hatte ihr nicht von ihren Plänen berichtet, von Bord zu gehen.

Rachel lächelte entschuldigend. »Ich habe den Kapitän gebeten, in meiner Abwesenheit ein Auge auf Sie zu halten und Ihnen einen seiner Jungs hinterherzuschicken, falls Sie sich entschließen sollten, einen Spaziergang zu unternehmen. Natürlich nur zu Ihrem eigenen Schutz. Also, was haben Sie im Telefonshop gemacht? Haben Sie endlich Ihre Freunde verständigt? Findet man Ihr Konterfei schon zusammen mit einer Vermisstenmeldung auf sämtlichen Milchtüten Brasiliens?«

»Solche Suchaktionen gibt es nur bei Ihnen in Amerika.« Renata lächelte. »Ich habe in der Redaktion angerufen. Und: Nein, man sucht mich nicht, man hat geglaubt, das PCC hätte mich entführt. Da keine Forderungen eintrafen, hielten mich alle für tot.«

»Reizend.« Rachel schnalzte missbilligend mit der Zunge. Dann griff sie nach einer blonden Perücke, stülpte sie Renata auf den Kopf und zupfte sie zurecht. »Was ich allerdings interessant finde, ist, dass sich das PCC bislang nicht zu den Anschlägen bekannt hat.« Sie nahm eine schmale rote Brille, setzte sie Renata auf und betrachtete ihr Werk. »Wissen Sie, je länger ich über das nachdenke, was Sie mir über den Überfall auf dem Weingut und das PCC erzählt haben, desto mehr Ungereimtheiten fallen mir auf.«

Renata sah sie aufmerksam an.

»Sie sagten, an dem Tag wären Sie nach der Gerichtsverhandlung spontan zum Weingut gefahren.«

»Moema hat Zé auf dem Handy angerufen und gebeten, unbedingt an diesem Nachmittag zu kommen. Es kann allerdings auch eine Fremde gewesen sein, denn Zé hatte noch nie mit ihr gesprochen.«

»Woher sollte eine Fremde Zés Handynummer haben?«

»Ein Anruf in der Redaktion genügt. Dort geht man mit den Nummern nicht vertraulich um.«

»Und woher hatte Moema sie?«

»Ich habe sie ihr gegeben, damit die beiden einen Termin wegen der Fotos vereinbaren können.« Sie hielt inne, während Rachel ihr eine täuschend echt aussehende kleine Warze neben das rechte Augenlid klebte. »Der Anruf war eine Falle. Jemand hat uns an Moemas Stelle auf das Weingut gelockt.«

»Das würde voraussetzen, dass dieser Jemand von Ihrer Reportage über das Weingut wusste.« Rachel schürzte abwesend die Lippen. »Selbst wenn eine Komplizin Zé angerufen hätte, warum sollte der Täter dann zum Weingut fahren und alle dort umbringen, wenn es nur darum ging, Sie auszuschalten? Sie haben mir den Weg zum Weingut als relativ einsame Strecke beschrieben, mit vielen Versteckmöglichkeiten. Der Täter hätte einen Autounfall vortäuschen und Sie in dieser abgelegenen Gegend erschießen können, ohne dass er andere Menschen hätte töten müssen.«

»Und was heißt das?«

»Ich bin nicht davon überzeugt, dass wirklich das PCC hinter den Anschlägen auf Sie steckt. Das Weingut muss etwas mit der Sache zu tun haben.«

»Sie haben mir nie erzählt, was Sie von Beruf waren. Sie denken sehr analytisch, so als hätten Sie derlei Dinge schon öfter erörtert.«

Rachel lachte verlegen auf. »Oh nein, Kindchen. Ich bin nur eine alte, einsame Frau, die zu viele Kriminalromane gelesen hat und nun darauf brennt, ein bisschen Miss Marple zu spielen.« Ihre Augen glitzerten. Mit einem Mal glaubte Renata, einen Hauch der Frau zu erkennen, die Rachel einmal gewesen war.

Renata schloss die Augen, damit die Amerikanerin Eyeliner und Lidschatten auftragen konnte, und dachte nach.

Ursprünglich hatte sie selbst geglaubt, der Mann hätte auf sie geschossen, weil Zé und sie Zeugen der Gräueltaten auf dem Weingut geworden waren. Er konnte sie für Angestellte gehalten haben, die bei der Ernte helfen wollten. Aber damit ließen sich die Anschläge auf die Wohnungen und die Redaktion nicht erklären.

Natürlich hatte er in Zés Auto ihre Handtasche gefunden, war in den Besitz ihres Schreibblocks, ihrer Schlüssel, ihres Handys gekommen – genauso wie er Zés persönliche Sachen gefunden haben musste, denn als die Polizei das Weingut durchsuchte, war das Auto leer gewesen. Aber warum sollte er sich die Mühe machen, an allen drei Orten Feuer zu legen, wenn es nur darum ging, die Winzer zu töten? Außerdem hatte der Chefredakteur gesagt, dass es professionelle Brandsätze waren. Sie nannte Rachel ihre Bedenken.

»Es gibt tatsächlich Aspekte, die für das PCC sprechen«, gab die Amerikanerin zu. »Dennoch: Meiner Meinung nach spielt das Weingut in dem Ganzen eine zentrale Rolle.«

»Aber …«, widersprach Renata sofort. Sie musste an Moema Parzeres denken. Sie hatte sie als warmherzige Frau kennengelernt. Hart arbeitend und trotzdem immer zu einem Spaß mit den Kindern aufgelegt.

»Von wem haben Sie den Auftrag für diese Reportage bekommen?«, unterbrach Rachel Renatas Gedanken.

»Ein Kollege aus London hat mir eine E-Mail geschrieben und gefragt, ob ich einen Artikel über das Weingut schreiben könnte. Wir haben uns auf dem EU-LAK-Gipfel kennengelernt. Er arbeitet inzwischen für ein Lifestylejournal und wollte ein paar Beiträge über Brasilien bringen, wegen der Olympiade.«

»Und er hat Sie ganz explizit nach Casa Garibaldina geschickt?«

»Ja.«

»Warum?«

»Ich weiß nicht.«

»Denken Sie nicht, man sollte diesem Herrn mal auf den Zahn fühlen?«

»Ich könnte ihn bei unserem nächsten Stopp anrufen.«

»Vielleicht wäre es besser, ihn mit einem Besuch zu überraschen.« Rachels Blick schweifte zum Bullauge. Renata sah ihr an, wie ihr Gehirn die verschiedenen Möglichkeiten durchging. »Wie lief eigentlich Ihr erster Besuch auf dem Weingut ab?«, fragte sie schließlich.

»Ich habe angerufen und einen Termin vereinbart. Moema hat mich herumgeführt und mir alles sehr ausführlich erklärt. Sie hat mir sogar einen ganzen Stapel Unterlagen und Referenzen mitgegeben.«

»Wann war das?«

»Fünf Tage bevor …«

»Und wo befinden sich diese Dinge jetzt?«

Renata stand auf, ging zum Schrank und holte ihre Reisetasche heraus. Darin lag nicht nur ihr Laptop, sondern auch der dicke braune Umschlag, in den sie am Abend nach dem Überfall alle Unterlagen gestopft hatte.

Hastig schob Rachel die auf dem Tisch ausgebreiteten Accessoires beiseite und breitete die Kopien und Broschüren aus. Es handelte sich um Adresslisten von Abnehmern in der ganzen Welt. Weinimporteure, Großhändler, aber auch Restaurants und Lebensmittelgeschäfte. Referenzen, die jede Firma angab, die etwas auf sich hielt. Die Broschüren waren schon älter, Moemas Eltern hatten sie drucken lassen. Es waren ausführliche Beschreibungen zu der Geschichte der brasilianischen Weingebiete, den auf Casa Garibaldina angebauten Rebsorten, den diversen Arbeitsschritten, die vonnöten waren, bis man eine trinkbare Flasche Wein in Händen hielt.

»Kann ich das mit in meine Kajüte nehmen und mir in Ruhe ansehen?«, bat Rachel.

Renata nickte. »Glauben Sie wirklich, dass die Parzeres etwas mit der Sache zu tun haben?«

»Ich denke, es wäre wichtig herauszufinden, ob Sie im Hotel überreagiert haben oder ob man Sie dort tatsächlich aufgespürt hat. Und wenn ja: wie«, antwortete Rachel ernst. »Sind Sie sich ganz sicher, dass Sie niemandem verraten haben, wo Sie sich verstecken wollten?«

Renata schloss die Augen. Carlos hatte ihr nach dem kurzen Besuch in ihrer Wohnung ein Taxi gerufen und sie zum Ausgang begleitet. Sie verabschiedete sich, nannte dem Fahrer die erstbeste Adresse, die ihr einfiel: Rua da Consolação, Hotel Porto Do Sol.

»Nur ich wusste es.«

»Und es hat Sie auch niemand angerufen?«

»Nein.«

»Dann müssen sie sämtliche Hotels nach Ihnen abgeklappert haben – oder Sie wurden über Ihre Kreditkarte ausfindig gemacht. Zu schade, dass Sie Ihren echten Namen verwendet haben.«

»In São Paulo gibt es mehrere Hundert Hotels – sie können nicht in allen angerufen und nachgefragt haben. Insbesondere da das Porto Do Sol zu den kleineren, unbekannteren zählt.«

»Könnten sie Ihnen von Ihrer Wohnung aus gefolgt sein?«

»Warum haben sie mich dann nicht schon viel früher angegriffen? Es wäre ein Leichtes gewesen, in mein Zimmer einzudringen, nachts, während ich schlief.«

»Sie haben recht. Das wäre wahrscheinlicher.«

»Aber wie sind sie mir zum Flughafen gefolgt?«

»Sie sagten, Sie hätten das Hotel über die Feuertreppe verlassen, als dieser Mann mit dem Frühstück geklopft hat. Wenn er ein Profi war, wird er Ihre Zimmertür aufgebrochen und Sie flüchten gesehen haben. Alternativ könnte er sich auch an Ihre Fersen geheftet haben, als Sie auf dem Weg zum Flughafen bei Ihrer Wohnung ausgestiegen sind und sich den Schaden besehen haben.« Sie schürzte abwesend die Lippen. »Alles steht und fällt mit Ihrer Flucht aus dem Hotel.« Mit einem Ruck hob sie den Kopf. »Haben Sie jemand, der für Sie dort hingehen und unauffällig Nachforschungen anstellen könnte?«

Renata dachte einen Augenblick lang nach. Adriana, die Redaktionssekretärin, würde das sicher für sie erledigen und auch Nicolás Ronaldo Barreto, der Chefredakteur – aber beiden merkte man sofort an, dass sie Journalisten waren. Plötzlich fiel ihr jemand anderes ein, der viel besser dafür geeignet war. Sie nickte.

24
Singapur, Malaysia

»Carlos?«

»Senhora Renata?« Carlos' Stimme klang atemlos. »Wo sind Sie?«

»Im Augenblick in Singapur.«

»Was tun Sie da?«

»Mich verstecken. Hören Sie, Carlos, Sie haben gesagt, dass Sie mir helfen. Steht das Angebot noch?«

»Sie stecken in Schwierigkeiten, nicht wahr?«

»Ja.«

»Der Mann, der auf dem Weingut auf Sie und Ihren Kollegen geschossen hat?«

»Ja.«

»Ist er ... vom PCC?«

»Ich weiß es nicht.«

»Es würde die Sache mit Ihrer Wohnung erklären.«

»Können Sie mir etwas darüber sagen?«

»Ich war in der Nacht, in der es passiert ist, nicht im Dienst. Wir haben aber auf Videoaufzeichnungen einen Mann gefunden, den niemand zuordnen konnte. Er kam am Vormittag und hatte einen Schlüssel, verhielt sich, als würde er zum Haus gehören. Alles ganz offen und unauffällig. Niemand hat Verdacht geschöpft.«

»Können Sie ihn beschreiben?«

»Nur schlecht. Er trug eine Sonnenbrille und hatte eine Schirmmütze auf, die sein Gesicht verdeckt hat. Außerdem hatte er einen Rucksack dabei, in dem sich vermutlich die Sprengsätze befunden haben. Mit Zeitzündern.«

»Ich muss die Videoaufnahmen sehen. Können Sie mir die Dateien an meine E-Mail-Adresse schicken?«

»Wenn Ihr Postfach so groß ist.«

Sie diktierte ihm die Adresse.

»Warum wollte er Sie töten, Senhora Renata?«

»Ich weiß es nicht.«

»Wollen Sie, dass ich etwas über ihn herausfinde?«

»Das wäre sehr gefährlich.«

»Ich weiß damit umzugehen.«

»Nein, Carlos, das kann ich nicht von Ihnen verlangen. Aber es gibt etwas anderes, worum ich Sie bitten wollte.«

»Ja?«

»Ich habe ein paar Tage im Hotel Porto Do Sol gewohnt. Dort ist etwas Merkwürdiges passiert. Ich bin mir inzwischen nicht mehr sicher, ob ich überreagiert habe oder nicht.« Sie erzählte ihm von dem Zimmermädchen und dem Mann, der an ihre Tür geklopft hatte. »Können Sie mit den beiden sprechen? Ich muss wissen, ob –«

»Ich habe verstanden, Senhora. Gab es noch einen weiteren Anschlag?«

Sie erzählte ihm von der Begegnung am Flughafen.

»*Santo Deus!* Da scheint es jemand ganz explizit auf Sie abgesehen zu haben.«

Renatas Unterlippe begann zu zittern. Erst ganz leicht, dann immer stärker.

»Ich werde für Sie tun, was ich kann«, sagte Carlos in die Stille hinein. »Halten Sie sich einstweilen von Brasilien fern.«

»Ich melde mich wieder, sobald ich kann.« Sie räusperte sich. »Mein Schiff geht gleich, ich reise weiter.«

25
Containerschiff Jorge Amado, Atlantischer Ozean

»Ich habe mir überlegt, dass ich in Lagos von Bord gehen und nach São Paulo zurückfliegen werde«, sagte Rachel aus heiterem Himmel, während sie ihren Fisch sezierte.

Renata verschluckte sich und musste husten. Die Amerikanerin beugte sich zu ihr hinüber und klopfte ihr energisch zwischen die Schulterblätter.

»So besser?«

Renata nickte. Sie saßen wie häufig allein in der Offiziersmesse und aßen zu Abend.

»Ich wollte Sie nicht erschrecken, meine Liebe. Aber Sie wissen ja, welche Gedanken ich mir in den vergangenen Wochen gemacht habe. Wir sind seit fast zwei Monaten unterwegs. Eine lange Zeit. Wir können nicht für den Rest unseres Lebens auf einem Containerschiff durch die Welt schippern. Das heißt: Ich könnte das schon – Sie aber nicht. Sie sind zu jung, um hier zu versauern. Andererseits können Sie erst nach Brasilien zurückkehren, wenn klar ist, dass man Sie nicht mehr jagt.« Sie schob sich ein Stück Fisch in den Mund, kaute und schluckte. »Ihre Anrufe zu Hause haben ergeben, dass bislang überhaupt nichts bei den polizeilichen Ermittlungen herausgekommen ist. Und auch in Ihrer Redaktion scheint man überfragt und alles auf die Reportagen über das Gerichtsverfahren dieses PCC-Mitglieds zu schieben. Ich tue mich immer noch schwer, das zu glauben – es spricht einfach zu viel dagegen.«

Renata legte ihr Besteck zur Seite, der Appetit war ihr vergangen. »Ich möchte nicht, dass Sie noch tiefer in die Sache hineingezogen werden.«

Rachel winkte ab. »Was habe ich zu befürchten?«

»Den Tod zum Beispiel«, entgegnete Renata eisig. Irgendetwas irritierte sie heute Abend an der Art, wie die Amerikanerin versuchte, für sie einen Ausweg aus der Misere zu finden.

»Den fürchte ich nicht mehr.«

»Gibt es niemanden, der Sie zu Hause erwartet?«

»Nein. Mein Levi ist vor sieben Jahren an einem Herzinfarkt gestorben. Kinder haben wir keine.«

»Was ist mit anderen Verwandten?«

Rachel schüttelte den Kopf. »Es gibt nur mich.«

»Deswegen müssen Sie sich noch lange nicht in Gefahr bringen!«

Endlich legte auch Rachel ihr Besteck hin, tupfte sich mit der Serviette den Mund ab und schob den Teller beiseite.

»Wie ich Ihnen gerade gesagt habe, habe ich in den vergangenen Wochen viel und intensiv nachgedacht. Schon als ich Sie zum ersten Mal im Toilettenraum auf dem Flughafen in São Paulo getroffen habe, wurde mir klar, dass Sie mein Schicksal sind.« Sie hob den Kopf und sah Renata wie damals unverwandt in die Augen. »Ich bin am Ende meines Lebens angekommen – es ist an der Zeit, alte Schulden zu begleichen.«

Als Renata widersprechen wollte, hob sie unwirsch die Hand. »Sie wollten die ganze Zeit meine Geschichte hören, dann unterbrechen Sie mich jetzt bitte nicht, wenn ich endlich bereit bin, sie Ihnen anzuvertrauen. Aber ich muss Sie warnen, es ist keine schöne Geschichte. Sie beginnt, Jahrzehnte bevor Sie auf die Welt gekommen sind, in Nazi-Deutschland.«

Sie stand auf und ging zu einem der Bullaugen, sah hinaus. »Ich wurde 1934 in Berlin unter dem Namen Rachel Krayzelburg geboren.« Zum ersten Mal sprach sie ihren Namen mit deutscher Betonung aus. »Meine Eltern waren Juden; meine Mutter stammte aus einer Rabbinerfamilie, mein Vater kam aus der Provinz und arbeitete zunächst als selbstständiger Galanteriewarenhändler, dann in dem berühmten Kaufhaus Nathan Israel am Molkenmarkt in Berlin.«

Ruhelos begann sie in der Offiziersmesse auf und ab zu gehen. »Sie werden sich in deutscher Geschichte wahrscheinlich nicht so gut auskennen: Nach der Reichskristallnacht 1938 gab es für die Juden in Deutschland keinerlei Hoffnung mehr. Fast alle hatten ihren Arbeitsplatz verloren, die Kinder durften nicht länger zur Schule gehen, die Firmen waren arisiert worden, der Besitz konfisziert, die Häuser enteignet. Deportationen ins KZ waren an der Tagesordnung.«

Rachels Stimme bebte. »An einem Donnerstagabend kurz nach meinem fünften Geburtstag setzte mich meine Mutter in den großen Waschzuber. Für damalige Zeiten eine Ungeheuerlichkeit, denn normalerweise wurde nur samstags gebadet. Dann sollte ich mein schönstes Kleid anziehen.« Sie hielt inne. Renata spürte, dass sie mit den Tränen kämpfte.

»Gegen acht Uhr abends hielt ein Wagen vor unserer Haustür. Ein Mann und eine Frau kamen herein, sprachen mit meinen Eltern, ließen sie Papiere unterzeichnen. Danach nahmen mich mein Vater und meine Mutter in die Arme und sagten mir, dass sie mich immer lieben würden und dass ich mit der Frau gehen sollte, sie würde mich zu einem Urlaub am Meer mitnehmen.«

Rachel verlor die bislang mühsam bewahrte Fassung und schluchzte laut auf. Es klang wie das Klagen eines wilden Tieres. Sofort fühlte Renata einen glühend heißen Klumpen in ihrem Magen, auch ihr stiegen Tränen in die Augen. »Sie hat mich zusammen mit zehn anderen Kindern nach Tel Aviv gebracht, wo ich Jahre später meinen Mann kennengelernt habe. Zusammen sind wir nach Amerika gegangen.«

Ihre Stimme war nur noch ein Flüstern. »Natürlich habe ich nach dem Krieg versucht, meine Eltern wiederzufinden. Jahrzehntelang habe ich nach ihnen suchen lassen. Das Einzige, was ich herausgefunden habe, war, dass meine Mutter im KZ Sachsenhausen ermordet worden ist. Von meinem Vater fehlte jede Spur. Ich weiß bis heute nicht, was aus ihm wurde. Er könnte wie meine Mutter im KZ umgekommen sein – viele der Deportierten wurden nicht registriert. Ihm könnte aber auch die Flucht gelungen sein – es hieß, dass einige Juden, die in Israels Kaufhaus gearbeitet hatten, aus Konzentrationslagern freigekauft und in sogenannte *Transit Camps* in England gebracht worden wären.« Sie wandte sich zu Renata um, die aufgestanden war, jedoch nicht gewagt hatte, die Amerikanerin tröstend zu umarmen. Nun gingen die beiden Frauen aufeinander zu. Rachel drückte Renata an sich.

»Ich bin sechsundsiebzig Jahre alt geworden, weil mich in Zeiten höchster Not Fremde unter Einsatz ihres Lebens aus Deutschland gerettet haben. Es ist an der Zeit, dass ich diese Schuld begleiche. Ich werde dir helfen.«

»Das haben Sie längst getan.« Erst nachdem sie den Satz ausgesprochen hatte, bemerkte sie, dass Rachel sie soeben zum ersten Mal geduzt hatte. »Das hast du längst getan«, wiederholte sie bekräftigend.

Rachel schüttelte den Kopf. »Ich habe mich entschieden. Wenn du nicht allein an Bord bleiben möchtest, solltest du nach London fliegen und deinem Journalistenkollegen auf den Zahn fühlen. Warum hat er dich ausgerechnet nach Casa Garibaldina geschickt? Außerdem habe ich in den Unterlagen gesehen, dass es in Europa mehrere Abnehmer für Wein von dem Gut gab. Drei sind in London. Wenn du vor Ort bist, könntest du mit ihnen sprechen. Nach Brasilien darfst du im Augenblick nicht zurückkehren. Das wäre zu gefährlich.«

26

Nürnberg, Deutschland

Regen prasselte auf das kupferne Flachdach hoch über Maxwells Kopf. Seit über zwanzig Jahren lebte er im oberen Stock eines zweigeschossigen Hinterhofgebäudes aus der Zeit der Jahrhundertwende.

Das Loft umfasste nur einen einzigen riesigen Raum, an dessen Längsseite sich neun zwei mal drei Meter hohe Sprossenfenster erstreckten. Alle sieben Meter teilte ein gusseiserner Stützpfeiler den Raum. Neben dem dritten stand ein blauer Putzeimer. Seit dem Frühjahr tropfte bei heftigen Regenschauern Wasser herab.

Das Geld für die Wohnung hatte Maxwell von seiner Mutter

geerbt. Wie es ihr gelungen war, eine für damalige Zeiten derart hohe Summe zusammenzusparen, konnte er sich bis heute nicht erklären. Offensichtlich hatte sie in seiner Kindheit doch nicht nur Schallplatten gekauft, sondern regelmäßig ein paar Groschen zurückgelegt: Damit er es in seinem Leben einmal besser habe als sie, hatte sie in ihrem Testament geschrieben. Gleichzeitig machte sie ihm zur Auflage, das Geld nicht einfach für ein Auto oder Motorrad auszugeben, sondern den Grundstock für eine eigene Familie zu legen. Vier Jahre bevor er geheiratet hatte, war sie gestorben; zumindest hatte sie so seine Scheidung nicht miterleben müssen.

Maxwell lag auf seinem Bett und krümmte sich vor Schmerz. Er hielt beide Hände an den Kopf gepresst, damit er nicht zersprang. Solche Kopfschmerzen hatte er nicht einmal nach dem schlimmsten Saufgelage gehabt.

Schließlich quälte er sich auf die Beine und taumelte in den Küchenbereich, wo er noch einmal zwei Tabletten mit einem Glas Wasser hinunterspülte, obwohl er die verordnete Höchstdosis schon am Mittag überschritten hatte. Es ärgerte ihn maßlos, dass er sich auch heute Abend so beschissen fühlte, wo er endlich mal wieder mit Mickey einen draufmachen wollte.

Sein Handy piepte. Er sah aufs Display, doch die angezeigte Nummer sagte ihm nichts. Kurz bevor sich die Mailbox einschaltete, rang er sich dazu durch, das Gespräch anzunehmen.

»Wobei störe ich Sie gerade?«, fragte eine sanfte Frauenstimme.

»Wer spricht da bitte?«, parierte er die Frage irritiert.

»Susanne Schirmer.«

Maxwells Herz setzte einen Schlag aus, bevor es schneller zu schlagen begann. Die Ärztin. Ein Grinsen breitete sich auf seinem Gesicht aus. Endlich meldete sie sich bei ihm.

Dr. Schirmer räusperte sich. »Eigentlich hätte ich mir denken können, dass Sie meinen Namen schon längst vergessen haben. Wahrscheinlich halten Sie mich jetzt für die hübsche junge Physiotherapeutin, die Sie gestern Vormittag massiert hat.«

»Gestern Vormittag hat sich leider niemand um mich gekümmert, Frau Doktor. Die Stelle einer persönlichen Physiotherapeutin ist derzeit vakant. Möchten Sie sich bewerben?«

»Lassen Sie mich raten: Schriftliche Unterlagen und bisherige Referenzen sind absolut überflüssig. Sie lassen die Bewerberinnen Hand anlegen und entscheiden dann nach Gefühl?«

Er konnte sich ein leises Lachen nicht verkneifen. »Ich sehe gerade in meinem Kalender, dass ich morgen Abend noch einen Termin frei habe. Wie schaut es denn da bei Ihnen aus?«

»Nachmittags wäre mir lieber.«

»Da haben Restaurants üblicherweise geschlossen.«

»Ich möchte nicht mit Ihnen essen gehen, sondern mit der Anamnese beginnen.«

»Was auch immer das ist.«

»Fragen bezüglich Ihres Gesundheitszustands.«

»Und die können Sie mir nicht stellen, während wir essen?«

»Sie geben nie auf, nicht wahr?«

»Genau so ist es.«

»Ich nehme an, dass Sie nach wie vor nicht Auto fahren dürfen?«

»Eigentlich nicht.«

»Dann hole ich Sie ab. Neunzehn Uhr?«

»Gern. Meine Adresse kennen Sie ja.« Das Schrillen der Türglocke ließ ihn zusammenfahren.

»Ah, wie ich höre, tun Sie mal wieder etwas für Ihre Strichliste. Da will ich nicht weiter stören.«

»Es ist ein Kollege. Mickey. Sie erinnern sich? Der, den Sie hinausgeworfen haben.«

»Wenn das so ist: viele Grüße!«

»Werde ich ihm ausrichten. Bis morgen.« Er wollte schon auflegen, als er das Handy noch einmal ans Ohr drückte. »Hallo? Sind Sie noch dran, schöne Frau?«

»Bin ich damit gemeint?«

»Wer denn sonst? Wenn Sie mir einen riesengroßen Gefallen tun wollen, dann bringen Sie mir ein paar anständige Tabletten gegen meine Kopfschmerzen mit. Die bringen mich nämlich noch um.« Er legte auf und ging an die Tür.

»Wie das blühende Leben siehst du nicht gerade aus, was?« Mickey musterte Maxwells blutunterlaufene Augen und die dunklen Augenringe.

Die schwarzen Kleider unterstrichen seine fahle Hautfarbe und betonten seine eingefallen wirkenden Wangen. Auch das Hemd saß nicht mehr so eng, wie es einmal Brust und Oberarme umspannt hatte.

»Die Reha scheint dir nicht sonderlich gut bekommen zu sein. Was ist los mit dir?«

Mickeys Worte wirkten auf Maxwell wie eine kalte Dusche. »Der Reha-Arzt hat mir so Scheißtabletten verpasst, die absolut nichts taugen«, zischte er. »Ich komme mir vor wie nach einer Geschlechtsumwandlung: Ständig habe ich Migräne – wie ein Mädchen.«

»Und was sagt dein Hausarzt dazu?«

»Ich soll froh sein, dass ich noch am Leben bin.« Maxwells Gesicht verzerrte sich vor Wut. Der aufgestaute Frust brach sich eine Bahn. »Irgendwie ist das sowieso das Einzige, was ich zu hören bekomme: Ich soll froh sein.« Zornig riss er sich die Bandana vom Kopf. »Kannst du mir sagen, worüber?«

Mickeys Augen weiteten sich, als sein Blick über Maxwells blankrasierten Schädel glitt und an den noch immer exponiert hervortretenden Narben hängen blieb.

»Ich wusste nicht ...«

»Als wäre es nicht schon schlimm genug, wie ich aussehe. Aber nein, ich kann kaum was machen. Mein übliches Fitnesstraining hat mir der Idiot von einem Reha-Arzt verboten, weil es die Gefäße im Gehirn zu sehr belastet. Joggen darf ich nur im Schneckentempo. Und sogar Auto fahren soll ich nicht, weil die Medikamente möglicherweise meine Reaktionsfähigkeit beeinflussen. Es kotzt mich so an. Ich bin doch kein Rentner! Ständig heißt es, ich soll mich schonen. Kannst du dir das vorstellen? Mit den Aussichten kann ich mir gleich die Kugel geben! Wozu haben die mich überhaupt zusammengeflickt?«

»Wie lange soll das denn gehen?«

»Keine Ahnung.« Maxwells Schultern sanken mit einem Mal kraftlos nach unten. »Krankgeschrieben bin ich für die nächsten sechs Wochen. Aber der Arzt hat durchblicken lassen, dass er davon ausgeht, dass ich mindestens ein Vierteljahr dienstunfähig sein werde. Und dann ...« Er winkte ab.

»Ich wusste nicht, dass es derart schlimm um dich steht.« Mickey starrte auf die Narben. »Hast du auch heute so heftige Kopfschmerzen?«

Maxwell nickte.

»Kann man da gar nichts machen?«

»Das Einzige, was nach einer Weile hilft, ist Whiskey. Wenn man ihn hoch genug dosiert.«

»Dann wissen wir doch, was wir heute Abend tun, oder?«

»Zusaufen, bis der Arzt kommt?«

»Exakt.«

Maxwell ging in die Küche, holte eine Flasche und zwei Gläser.

»Erinnerst du dich noch an Bum-Bums Geburtstagsfeier?«, rief Mickey ihm hinterher.

»Du meinst die Geschichte, als er so besoffen war, dass er dem Chef ein Bild von seinem nackten Arsch auf den Schreibtisch legen wollte?«

»Nie werde ich das Geschrei vergessen, das er veranstaltet hat, als die Glasplatte des Kopierers gesprungen ist und ihm den Hintern zerschnitten hat.«

»Und ich das Gesicht vom Chef, als er am nächsten Morgen etwas kopieren wollte und ihm beim Herunterklappen des Deckels das Glas zersprungen ist«, grinste Maxwell. Denn während ein Kollege den Verletzten zum Nähen ins Krankenhaus fuhr, hatten Mickey und Maxwell einen Bilderrahmen abgehängt und dessen Glasscheibe mithilfe eines Glasschneiders so zurechtgeschnitten, dass sie sie in den Kopierer einsetzen konnten, damit niemand das nächtliche Malheur bemerkte. Dass es dann ausgerechnet der Chef war, der glaubte, das Gerät kaputt gemacht zu haben, war pure Ironie.

27
Nürnberg, Deutschland

Die Kopfschmerzen, mit denen Maxwell am frühen Nachmittag aufwachte, waren mörderisch. Er schaffte es gerade noch zur Toilette, bevor er sich erbrach. Nachdem sich die Magenkrämpfe gelegt hatten, richtete er sich auf und spülte seinen Mund aus.

Ein Blick in den Spiegel ließ ihn zusammenfahren. Der Mann, der ihm entgegenstarrte, sah um einiges schlechter aus als der, dem er gestern den Kopf rasiert hatte. Einen Moment erwog er, das Treffen mit der Ärztin abzusagen und auf direktem Weg ins Bett zurückzugehen. Aber dann verwarf er den Gedanken.

Nachdem er geduscht und sich rasiert hatte, ging er in den Essbereich, drückte zwei Tabletten aus der Folienverpackung und griff nach einer der beiden Whiskeyflaschen, die auf dem für zwölf Personen ausgelegten Eichentisch standen. Erst nachdem er sie angesetzt hatte, merkte er, dass sie leer war. Ohne hinzusehen stellte er sie zurück. Sie kam halb auf der leeren Pizzaverpackung zum Stehen, kippte und stieß Mickeys Glas um. Es rollte über den Tisch, fiel über die Kante und zerbarst mit einem hellen Klirren in messerscharfe Splitter.

Missmutig griff Maxwell nach der zweiten Flasche und spülte die Tabletten mit einem großen Schluck hinunter. Dann wandte er sich ab, um in die Küche zu schlurfen. Er musste die Scherben auffegen, bevor er hineintrat. Im selben Augenblick durchfuhr ihn ein stechender Schmerz. Er zuckte zusammen, seine Muskeln spannten sich an, reflexartig zog er das Bein hoch, die Kopfschmerzen waren vergessen. Blut quoll in dicken Tropfen aus seiner großen Zehe, tropfte auf den Boden, formte eine Lache.

»Scheiße!«

Er ließ sich in den Rattansessel am Kopfende des Tischs fallen. Vorsichtig fuhr er über die Wunde. Ein neuerlicher Schmerzimpuls raste durch seine Nervenbahnen, als er gegen einen kleinen Splitter in seinem Fleisch stieß.

Er fluchte noch einmal.

Mit zusammengebissenen Zähnen versuchte er, die Scherbe mit zwei Fingern zu fassen, aber sie entglitt ihm immer wieder. Die Adern auf seinem Handrücken traten hervor, begannen zu pulsieren. Immer mehr Blut tropfte auf den Boden. Je länger er brauchte, desto fahriger wurden seine Bewegungen. Jede neue Schmerzwelle trieb ihm den Schweiß auf die Stirn. So ging es nicht. Er brauchte eine Pinzette.

Nur auf der Ferse auftretend humpelte er ins Badezimmer, holte das Instrument und ließ sich aufs Bett fallen. Er biss die Zähne zusammen. Wischte das Blut mit dem Laken weg. Dann packte er die verletzte Zehe und stocherte mit der Pinzette in der Wunde.

Endlich erwischte er die winzige Scherbe und zog sie heraus. Schweißnass ließ er sich auf der Matratze zurücksinken. Das Laken sah aus, als habe er ein Schwein geschlachtet.

28
Nürnberg, Deutschland

Die Türglocke schrillte. Maxwell schreckte hoch. Die Ärztin. Er war eingeschlafen. Scheiße!

»Moment!«

Hektisch befreite er sich von der Bettdecke. Zu spät merkte er, dass sich die Wunde mit dem Bezug verklebt hatte. Sie riss sofort wieder auf. Er fluchte leise vor sich hin, während er in seinen Bademantel schlüpfte. Für mehr reichte die Zeit nicht.

Dr. Schirmers Augen weiteten sich, als er sie hereinließ und ihr Blick über den langen Esstisch glitt. Maxwell fühlte sich unbehaglich. Er hätte den Stapel Pizzakartons wegräumen sollen, genauso wie die Sammlung leerer Rotwein-, Cola- und Whiskeyflaschen. Und das schmutzige Besteck. Das zerbrochene Glas hatte er auch nicht aufgefegt. Er hätte nicht einschlafen dürfen!

Alles, was sie sagte, war jedoch: »Sie bluten.«

»Ich bin in eine Scherbe getreten.« Maxwell schnitt eine Grimasse.

»Lassen Sie mal sehen.«

Wie im Krankenhaus ging sie für ihn völlig unerwartet auf Tuchfühlung: Ihre linke Hand glitt um seine Hüfte, während ihre andere seine rechte ergriff und sie sich um den Hals schlang, um ihn zu stützen und ihm zum Bett zurückzuhelfen. Nachdem er sich hingelegt hatte, ergriff sie seinen Fuß. Behutsam strich sie mit den Fingern über die Wunde und untersuchte sie. Maxwells Bein zuckte. Sie sah auf.

»Tut das weh?«

Er schüttelte den Kopf. Die sanfte Berührung hatte ihn wie ein Blitz getroffen. Eine elektromagnetische Welle war von der Zehe in seinen Unterleib gerast. Sein Puls beschleunigte sich. Ihm wurde heiß und kalt. Schnell zog er die Bettdecke über seine Hüften, um zu verbergen, wo sich alles verfügbare Blut sammelte. Sein Bein zitterte leicht. Er konnte es nicht unterdrücken. Solange sie seinen Fuß in Händen hielt und immer wieder mit der Fingerspitze darüberstrich, stand er unter Strom.

»Es wäre kein Schaden gewesen, den Schnitt nähen zu lassen, so tief wie er ist.«

»Das wird schon wieder.« Seine Stimme klang rau.

»Haben Sie irgendwo steriles Verbandsmaterial?«

»Auf dem Regal neben dem Waschtisch.«

Sie legte seinen Fuß zurück auf die Matratze, stand auf und machte sich auf die Suche. Maxwell ließ den Kopf ins Kissen sinken, schloss die Augen, atmete tief durch. Allmählich entspannten sich seine verkrampften Muskeln.

Als sie zurückkam, säuberte sie den Zeh mit einem angefeuchteten Tuch, desinfizierte die Wunde und verband sie. Fachmännisch, routiniert – dennoch erregte ihn jede ihrer sanften Berührungen. Endlich hob sie den Kopf und musterte ihn eingehend: sein hageres Gesicht mit den bleichen eingefallenen Wangen, aus denen die Jochbeinknochen hervorstanden. Die tief in den Höhlen liegenden blutunterlaufenen Augen, die dunklen Tränensäcke, den kahlrasierten Schädel, die Narben.

»Wenn Ihre Kopfschmerzen auch nur annähernd so schlimm sind, wie Sie aussehen, müssen sie mörderisch sein.« Plötzlich breitete sich ein Lächeln auf ihrem Gesicht aus und formte die ihm vertrauten Grübchen neben ihren Mundwinkeln. »Aber der Henriquatre-Bart steht Ihnen ganz ausgezeichnet. Außerdem finde ich es großartig, dass Sie sich für eine Glatze entschieden haben und nicht für eine Langhaarfrisur.«

»Ich habe Ihnen doch gestern schon gesagt, dass mich mein Kopf umbringt«, brummte er.

»Auf welches Medikament hat man Sie während der Reha eingestellt?«

Wortlos deutete er auf eine Schachtel, die auf seinem Nachtkästchen lag.

Dr. Schirmer erhob sich, kam ums Bett herum und warf einen kurzen Blick darauf. »Wie viele Tabletten nehmen Sie pro Tag?«

»Gestern waren es zehn.«

»Was?!« Blankes Entsetzen. »Bei der Stärke dürfen Sie maximal vier nehmen! Hat Ihnen der Arzt das nicht gesagt?«

Maxwell zog es vor, sie nicht darüber aufzuklären, dass es auch Tage gab, an denen er vierzehn schluckte.

»Da ist in den letzten sechs Wochen während der Reha wohl einiges gewaltig schiefgelaufen.« Sie sah ihn vielsagend an.

»Ich war nur vier.«

»Warum?«

»Weil es nichts gebracht hat.«

»Sie müssen Geduld haben.« Mit einem Mal klang ihre Stimme wieder sehr sanft. Sie nahm auf der Bettkante Platz und beugte sich zu ihm. Der vertraute Duft von Honig stieg ihm in die Nase. Er schloss die Augen, atmete tief ein. Unmittelbar danach fühlte er ihre Hände, die sich auf seinen kahlen Schädel legten. Ihre Daumen begannen mit sanftem Druck seine Schläfen zu massieren.

Nach einigen Minuten ließ das Ziehen nach, das er die ganze Zeit hinter seinen Augen gespürt hatte.

»Besser?«

»Nicht aufhören!«

Langsam wanderten ihre Finger über jeden Millimeter seines Kopfes. Wo auch immer sie diese Handgriffe gelernt haben mochte, sie taten ihm unendlich gut. Von Zeit zu Zeit entwich ihm ein leises Stöhnen.

Eine leichte Berührung an seiner Wange ließ ihn die Augen öffnen. Er starrte direkt auf ihre Brüste, die sich voll und rund unter ihrem eng sitzenden T-Shirt abzeichneten. Ihre harten Knospen drückten sich durch den dünnen Stoff, formten kleine, spitze Hügel.

Sie war die erste Frau, die ihm so nahe kam, seit er verletzt worden war. Und: Sie war eine verdammt attraktive Vertreterin ihres Geschlechts. Einen Moment kämpfte er mit sich, dann obsiegte das Testosteron. Seine Hände bebten, als er mit den Fingerspitzen ganz sachte die deutlich sichtbaren Konturen nachfuhr.

»Nein.« Ihre Stimme klang so ruhig wie immer, trug aber die Bestimmtheit, mit der sie Mickey aus seinem Krankenzimmer geworfen hatte.

»Mögen Sie es nicht, wenn ein Mann Sie begehrt?«

»Nicht, wenn er Strichlisten führt.« Sie rückte ein Stück von ihm ab, griff nach ihrer Handtasche und holte ein Notizbuch daraus hervor. »Ich denke, es ist an der Zeit, dass wir uns Ihren Untersuchungen widmen. Ich brauche eine ausführliche Anamnese hinsichtlich Ihrer Vorerkrankungen und dann natürlich aktuelle Computertomographien. Wie wäre es mit nächster Woche, Mittwochmittag in der Klinik?«

»Geht nicht, da habe ich eine Tatortbegehung mit dem Kollegen von der Mordkommission.«

»Wirklich?« Sie dachte einen Augenblick nach. »Stört es Sie, wenn ich mitkomme?«

Maxwell zuckte mit den Schultern. Mickey hatte dieselbe Frage gestellt. Maxwell wäre am liebsten ganz allein hingegangen. Der Kollege von der Mordkommission hatte das abgelehnt. Auf einen Gaffer mehr kam es nun auch nicht mehr an. »Tun Sie, was Sie nicht lassen können.«

29
Lagos, Nigeria

Sie standen auf einer sechsspurigen Autobahn, die keine mehr war. Um ihr Taxi herum liefen Hunderte von Menschen, wie sie in São Paulo die Bürgersteige bevölkerten. Hier bevölkerten sie alles, auch die Autobahn, auf der die Fahrzeuge nicht einmal mehr in Schrittgeschwindigkeit vorwärts kamen. Nichts bewegte sich, alles bewegte sich. Eine Welt der Superlative. Die Fahrer der gelben Stadtbusse hupten, die Autofahrer hupten, die Rollerfahrer hupten, die Menschen schrien sich unverständliches Zeug durch die offenen Fenster zu. Eine infernalische Geräuschkulisse.

So schlimm hatte sich Renata die ehemalige Hauptstadt Nigerias nicht vorgestellt – obwohl der Kapitän der Jorge Amado sie gewarnt hatte.

Ihr Fahrer quetschte das Taxi in eine Lücke, Renata presste die Augen zu, wartete auf den dumpfen Knall, wenn Metall auf Metall trifft. Er kam nicht. Als sie die Augen wieder öffnete, sah sie einen Mann, der sich zwischen den zwei Wagen hindurchdrückte. Hinter ihm eine Frau, die einen roten Plastiksack auf dem Kopf trug.

Für zehn Kilometer brauchte das Taxi über zwei Stunden. Schließlich hielt es vor einem Haus, der Fahrer drehte sich zu ihnen um.

»Wir sind da: das Internetcafé.« Er sprach mit einem eigentümlichen Singsang in der Stimme.

Hinter ihnen ein Hupkonzert. Renata blickte aus dem Fenster. Das Gebäude sah wenig vertrauenerweckend aus. Sie schüttelte den Kopf.

»Bringen Sie uns in die Innenstadt.«

»Das ist ein sehr gutes Internetcafé. Das beste in Lagos.«

Renata hielt die Aussage für maßlos übertrieben.

Rachel berührte sie am Arm. »Lass uns das hier nehmen und danach direkt zum Flughafen fahren. Sich in dieser Stadt fortbewegen zu wollen ist der reinste Wahnsinn.« Sie drückte dem Fahrer ein paar Dollarnoten in die Hand – seinem Gesichtsausdruck zufolge viel zu viele – und stieg aus.

Renata war nicht wohl bei dem Gedanken, sich als erkennbar Fremde mit Koffer und Reisetasche durch die Menge schieben zu müssen, aber ihr blieb keine andere Wahl. Sie folgte Rachel, so dicht sie nur konnte.

In dem niedrigen Gebäude war es heiß und stickig. Ein gutgelaunter Afrikaner schob ihnen einen zweiten Stuhl an einen Arbeitsplatz, der aussah, als stamme er aus den neunziger Jahren. Klobige Vierzehn-Zoll-Röhrenbildschirme, sperrige Rechner mit wenigen RAM und veralteten Diskettenlaufwerken.

Renata wartete, bis der Mann gegangen war, dann loggte sie sich in ihr E-Mail-Postfach ein.

Carlos hatte Wort gehalten und ihr die Sequenzen der Überwachungskamera geschickt. Die Dateien ließen sich jedoch nicht öffnen. Der Computer verfügte nicht über den erforderlichen Flashplayer. Renata wandte sich an den Nigerianer. Der schüttelte nur den Kopf.

Und das sollte das beste Internetcafé von ganz Lagos sein? Renata fluchte auf Portugiesisch.

»Ich muss in Brasilien anrufen. Geht das?«

Der Mann deutete auf ein Headset und klickte auf ein Telefonprogramm.

»Brauchen Sie Hilfe beim Wählen?«

Renata schüttelte den Kopf.

Carlos meldete sich nach dem vierten Klingelzeichen.

»Wo sind Sie, Senhora Renata?«

»In Lagos. Danke für die E-Mails. Leider kann ich sie hier nicht ansehen. Technische Probleme. Sobald ich in London bin, wird das sicher besser werden.«

»Sie wollen nach England?«

»Ich muss mit dem Kollegen sprechen, der mir den Auftrag gegeben hat, einen Artikel über Casa Garibaldina zu schreiben. Aber was ich Sie eigentlich fragen wollte: Haben Sie etwas herausbekommen? In dem Hotel, meine ich.«

»Alle waren sehr erschrocken, weil Sie so plötzlich verschwunden waren.« Er räusperte sich. »Sie meinten wohl: ohne zu bezahlen.« Wieder machte er eine Pause. »Ich habe mit dem Zimmermädchen gesprochen. Die Frau sagte, sie hätte Ihnen kein Frühstück geschickt, aber der Zimmerkellner hat behauptet, Sie selbst hätten es bei ihm bestellt.«

»Wie kommt er darauf?«

»Ich weiß es nicht. Vielleicht hat er sich einfach in der Zimmernummer geirrt.«

Renata runzelte die Stirn. Das kam ihr wenig plausibel vor.

»Welchen Eindruck hat er auf Sie gemacht?«

»Schwer zu sagen. Man merkt es den Leuten nicht unbedingt an, wenn sie lügen. Es war nur ein kurzes Gespräch. Er hatte viel zu tun.«

»Carlos, da ist noch etwas: Eine Freundin von mir wird nach São Paulo kommen. Können Sie sich um sie kümmern?«

»Wie meinen Sie das?«

»Sie ist schon älter und will sich ein bisschen in der Stadt umsehen. Ich möchte nicht, dass ihr etwas zustößt. Sie müssten vielleicht zwei, drei Tage Urlaub nehmen und sie begleiten. Gegen Bezahlung natürlich.«

»Ich werde tun, was ich kann.«

»Gut, sie wird sich bei Ihnen melden, sobald sie in São Paulo eintrifft. Ich nenne ihr Ihre Telefonnummer.«

Renata gab auch noch kurz in der Redaktion Bescheid, dass eine Freundin in den kommenden Tagen vorbeischauen würde. Danach bezahlte sie die Rechnung und bat den Inhaber, ihnen ein Taxi zu rufen.

»Eins von den gelben Taxis oder einen privaten Minibus?«

»Was schneller geht.« Rachel drückte ihm mehrere Dollarnoten in die Hand, um die Dringlichkeit zu unterstreichen.

Der Nigerianer nickte und verschwand draußen auf der Straße. Ein paar Minuten später kam er zurück.

»Ihr Taxi wartet.«

Rachel packte ihren Koffer und ging hinaus. Renata hinterher. Sofort umfing sie wieder die apokalyptische Geräuschkulisse, sie hielt inne, orientierte sich. Wenige Meter entfernt hielt ein Taxi am Straßenrand. Menschen drängten sich daran vorbei. Zum ersten Mal fiel ihr auf, wie schnell sich die Menschen bewegten. Die langsamsten unter ihnen schlugen einen scharfen Schritt an, andere rannten, was in der Menge völlig unmöglich erschien. Kinder in Schuluniformen, Landarbeiter mit Harke und Machete in der Hand, Müllsammler, die ihre Karren vor sich herschoben.

Eine Lastenträgerin zog Renatas Aufmerksamkeit auf sich. Die Frau hatte ein hellblaues Kleid an und trug ein Kleinkind mit einem gelben Tuch vor die Brust gebunden. Auf dem Kopf balancierte sie eine geflochtene Schale, auf der sich Ananas und Papayas türmten. Die Last musste unglaublich schwer sein. Und doch bewegte sich die Frau hoch aufgerichtet und mit grazilen Bewegungen durch die Menge.

Renata ging die erste Stufe hinunter zur Straße, wandte sich Rachel zu. Sie war noch ungefähr fünf Meter vom Taxi entfernt, hielt den Kopf gesenkt, eine Frau in Gedanken, die sich nicht für das Geschehen und die Menschen um sie herum interessierte. Ein Mann in einem Kleid und mit einer eigentümlichen Kopfbedeckung wich ihr aus. Ohne aus dem Tritt zu geraten, lief sie zielstrebig weiter auf den gelben Wagen zu, den Koffer hinter sich herziehend. Die Landarbeiter hatten aufgeholt, waren nun fast unmittelbar hinter ihr.

Aus dem Nichts tauchten zwei Motorradfahrer auf, bewegten sich beinahe elegant durch die Staukolonne. Eine alte, schäbige Maschine und eine dunkelgrüne Vespa. Sie hielten direkt auf Rachel zu, wurden langsamer, teilten sich, nahmen sie in die Mitte. Das Motorrad wurde noch langsamer. Der Sozius beugte sich leicht zu Rachel, bekam den Träger ihrer Handtasche zu fassen, zog mit einem Ruck daran.

Renata schrie, warf sich in die Menschenmenge, rannte in Richtung ihrer Freundin.

Rachel ließ den Koffer los, konzentrierte sich ganz auf ihre Handtasche, hielt sie mit beiden Händen fest. Die Faust des Fahrers traf sie an der Schläfe, sie taumelte, hielt jedoch noch immer die Tasche fest. Wieder holte der Mann aus, die Faust schoss vor, Rachel brach zusammen, das Motorrad beschleunigte, schleifte sie über den Boden. Die Vespa hielt. Der Beifahrer beugte sich hinab, packte den Griff des auf dem Boden liegenden Koffers und riss ihn hoch, der Fahrer gab Gas, verschwand rasch in dem Strom langsam rollenden Blechs.

Renata rief Rachels Namen. Sie lag mit dem Gesicht nach unten im Straßenstaub und rührte sich nicht. Der Mann mit der Machete beugte sich über sie. Renata schrie gellend auf. Der Mann umfasste Rachel, drehte sie behutsam um, hielt ihren Kopf. Renata ging neben dem Mann mit der Machete in die Knie. Rachel schlug die Augen auf. Erleichterung.

»Die haben meine Handtasche geklaut!« Empörung lag in der schwachen Stimme.

Und deinen Koffer – aber das würde sie Rachel später sagen. Der Mann mit der Machete half ihr auf, stützte sie.

»Das da ist unser Taxi.« Renata deutete zu dem gelben Wagen. Der Mann mit der Machete führte Rachel und setzte sie behutsam in den Fond.

»Bringen Sie uns in ein Krankenhaus.«

»Nein«, widersprach Rachel schwach. Sie zitterte am ganzen Körper. »Fahren wir zur amerikanischen Botschaft. Dort wird man sich um alles kümmern. Auch um einen Arzt.«

30
Nürnberg, Deutschland

Unruhig trat Maxwell von einem Fuß auf den anderen, während er kurz nach Mittag vor der Werkstatt auf den Kollegen von der Mordkommission wartete. Immer wieder glitt seine Hand über die Bandana.

»Haben Sie Schmerzen?« Dr. Schirmer warf ihm einen fragenden Blick zu.

Mit einem Ruck senkte er die Hand und schob sie in die Hosentasche, bevor er den Kopf schüttelte und sich abwandte, um fortan den Gehsteig auf und ab zu tigern.

»Wie war eigentlich dein Date mit dem Amtsarzt vorgestern?« Mickey sah ihn fragend an.

»Sobald er die Narben auf meinem Schädel gesehen hat, hat er mir gesagt, dass eine Rückkehr in den aktiven Dienst beim SEK ausgeschlossen ist.«

»Weiß der Alte schon Bescheid?«

»Ich hatte gestern ein Gespräch mit ihm.«

»Und?«

»Er will mich so schnell wie möglich loshaben. Ein Beamter, der nicht einsatzfähig ist, belastet seinen Haushalt zu sehr.«

So locker Maxwell äußerlich wirken mochte, so verkrampft war er innerlich, sobald er an das Gespräch mit seinem Chef zurückdachte. Der hatte ihm eine Liste mit Stellenausschreibungen in die Hand gedrückt und gesagt, er solle sich sofort für eine entscheiden. Da er ein Unterbringungsfall sei, würde er die Stelle auf alle Fälle bekommen, egal, welcher Kollege sich sonst noch darauf bewarb.

Zur Auswahl hatten unter anderem die Verkehrspolizei, das

Betrugsdezernat und mehrere Streifendienstposten in der Pampa gestanden. Noch während Maxwell die Liste überflog, war eine nur schwer zu kontrollierende Wut in ihm hochgestiegen. Er hatte seinen Chef gefragt, ob er ihn verarschen wolle. Er, der er nunmehr seit zwanzig Jahren beim SEK arbeitete, sollte sich fortan um derartigen Kleinkram kümmern?

»Kannst du nicht zumindest als Schießtrainer bleiben?« Mickey klang wehmütig.

»Bloß nicht! Mir würde jedes Mal das Herz bluten, wenn eine Alarmierung reinkommt, ihr eure Sachen zusammenpackt und ich zurückbleiben müsste. Nein, Mickey, das werde ich mir nicht antun. Es ist so schon schlimm genug, aufs Abstellgleis geschoben zu werden.«

»Was willst du dann tun?«

Maxwell zuckte mit den Schultern. »Erst mal bin ich noch acht Wochen lang krankgeschrieben. Außerdem habe ich dreihundertsechzig Überstunden, die ich abfeiern muss. Vom letzten Jahr stehen mir noch neun Urlaubstage zu, dazu der gesamte Urlaub von diesem. Wenn das so weitergeht, brauche ich heuer keinen einzigen Tag mehr zu arbeiten. Vielleicht fliege ich ein paar Wochen nach Amerika, sobald ich wieder hundertprozentig fit bin. Ich könnte mir eine Harley leihen und die Route 66 entlangfahren. Wollte ich schon immer mal tun.«

Ein Räuspern in seinem Rücken. Erschrocken fuhr er herum. Der Kollege von der Mordkommission war eingetroffen.

Sofort war die Unruhe zurück.

Zunächst ging die kleine Gruppe an die Stelle, an der Maxwells Auto gefunden worden war. Gehetzt schweifte Maxwells Blick über den asphaltierten Parkplatz. Seine Augen jagten von ihrem Standort hinüber zum Eingang des Thailadens, dann weiter zur Werkstatt. Es war ein dunkler Tag gewesen, in der Nacht hatte es geregnet. Beim morgendlichen Joggen im Wald fiel er hin, riss sich den Handballen auf und stieß sich das Knie. Als er frühstücken wollte, stellte er fest, dass er nichts mehr zu essen zu Hause hatte. Er ging in die Bäckerei.

Was hatte er danach getan?

Loch.

Wo die Erinnerung versagte, musste die Logik helfen: Das Mädchen im DVD-Verleih teilte ihm vor ein paar Tagen verwundert mit, dass er die entliehene DVD am Samstagvormittag um elf Uhr fünfunddreißig zurückgegeben hatte.

Danach?

Leere.

Seine Muskeln spannten sich. Wie er es vorausgesagt hatte, konnte er sich nicht erinnern, sein Auto an jenem Samstag hier abgestellt zu haben.

Es war sinnlos.

Er zog die Schultern hoch und ballte die Hände in den Hosentaschen.

»Lassen Sie sich Zeit und schauen Sie sich in Ruhe um.« Dr. Schirmer war neben ihn getreten und legte ihm leicht die Hand auf den Arm.

Er musste all seine Willenskraft aufbringen, um sie nicht abzuschütteln. Merkte sie nicht, dass sie ihn noch mehr unter Druck setzte? Warum hatte er ihr erlaubt mitzukommen? Wütend presste er die Kiefer aufeinander. Sein Mund wurde zu einem schmalen, harten Strich.

»Beruhigen Sie sich! Was wir hier tun, ist nichts weiter als ein Versuch. Vielleicht kommt die Erinnerung zurück, vielleicht auch nicht, okay?« Ihr Blick suchte seinen. »Das ist nichts, was Sie steuern können. Lassen Sie uns einfach sehen, wo es hinführt.«

Mit einem tiefen Seufzen stieß er die Luft aus, die sich in seiner Lunge gestaut hatte. Er atmete tief ein. »Können Sie mir noch einmal ein oder zwei Packungen von diesen Tabletten von neulich besorgen?«

»Sie haben also doch Schmerzen?«

Er nickte.

»Ist die letzte Packung schon leer?«

Er nickte.

»Was Sie gerade machen, ist ein klassischer Tablettenabusus.« Ein strenger Blick.

»Ich kann mich auch mit Whiskey bewusstlos saufen, wenn Sie denken, dass das gesünder ist.«

Sie musterte seine angespannte Haltung. »Darüber reden wir

ein andermal.« Rasch griff sie in ihre Tasche und zog ein Blister mit zehn Tabletten heraus. »Reicht das fürs Erste? Ich bringe Ihnen nächstes Mal wieder welche mit.«

»Danke.«

Seine Muskeln lockerten sich. Endlich hob er den Kopf und sah sich um.

Er kannte die Gegend. Bei dem Thai hatte er oft eingekauft, in der Werkstatt jedoch noch nie einen Menschen gesehen. Eigentlich war er sogar davon ausgegangen, die Halle stünde leer, so alt und baufällig, wie sie aussah.

Was hatte er an jenem Tag gemacht, nachdem er aus dem Auto ausgestiegen war?

Normalerweise wäre er auf kürzestem Weg zum Laden des Thai gegangen. Also tat er es nun ebenfalls.

»Du hast Scampi mit Bambus, Paprika, Kokossoße, rotem Curry und Reis gekauft. Eine Portion«, murmelte der Ermittler, der ihm auf Schritt und Tritt folgte.

Maxwell sah sich das gegenüberliegende Gebäude an, hörte in sich hinein, konzentrierte sich. Nichts geschah. Sein Herz pumpte das Blut gleichmäßig und ruhig durch seine Adern.

Erneut ballte er die Hände zu Fäusten. Dann lief er mit schnellen Schritten zur Werkstatthalle, griff nach der Tür und stieß sie auf. Über ihm ertönte ein schepperndes Klingeln. Überrascht schaute er hinauf und sah eine Glocke, die so angebracht war, dass sie das Türblatt streifte, wenn es geöffnet wurde.

Vor ihm erstreckte sich eine leere Halle mit zwei Gruben und einer Hebebühne. Daneben stand ein blauer Servicewagen mit Werkzeugen. Zu seiner Linken lag ein Satz Reifen, zu einem Turm gestapelt, zu seiner Rechten ging die Halle in einen fensterlosen Raum über, an dessen Ende ein Bedientresen mit einer altmodischen orangefarbenen Kasse zu erkennen war. Sein Atem ging noch immer völlig regelmäßig. Sein Puls hatte sich nicht beschleunigt.

Er betrat das Gebäude. Es roch nach Wagenschmiere und Getriebeöl – wie in jeder Werkstatt. Langsam ging er durch die Halle, vorbei an der Hebebühne, sah hinab in eine Grube, schob mit dem Fuß einen verrosteten Akkuschrauber zu Seite. In der daneben lag ein umgestürzter Werkzeugwagen. Schließlich kam er an das Ende der Werkstatt. Langsam schritt er auf der anderen Seite zurück, blieb vor der Tür mit der Aufschrift »Lager« stehen, stieß sie mit dem Fuß auf. Doch auch dahinter entdeckte er nichts, was eine Erinnerung heraufbeschwor.

Als er wieder bei den Wartenden ankam, schüttelte er den Kopf. »Es tut sich nichts. Ich könnte guten Gewissens schwören, dass ich noch nie hier war.« Seine Stimme klang gepresst. Er merkte, dass er die Hände in den Hosentaschen wieder zu Fäusten geballt hatte. Mit einer bewussten Willensanstrengung zwang er sich, sie zu lockern.

»Du hast hier gelegen.« Der Mordermittler deutete auf eine Stelle gleich neben dem Eingang. »Der Eigentümer ist dort drüben neben der Tür zum Lager gefunden worden. Es wurden sieben Schüsse aus rund drei Meter Entfernung auf ihn abgegeben. Alle in den Körper, keine in den Kopf. Der Täter dürfte ungefähr hier gestanden haben. Damit wärst du schräg hinter ihm gewesen. Daraus haben wir die Theorie entwickelt, dass der Inhaber als Erster erschossen wurde. Als du die Tür geöffnet hast, muss der Täter durch die Glocke gewarnt worden sein.«

»Was für eine Waffe hat er verwendet?«, fragte Mickey.

»Anhand der sichergestellten Hülsen und Geschosse haben wir eine alte Heckler & Koch identifiziert, eine neun Millimeter kurz, acht Schuss.«

»Kann es sein, dass du in die Werkstatt hineingegangen bist, weil du die Schüsse gehört hast?« Mickey sah ihn fragend an.

»Von den Nachbarn hat niemand etwas wahrgenommen. Außerdem haben wir Gummiabrieb an den Geschossen gefunden – die Pistole war schallgedämpft«, erklärte der Kriminaler, bevor er sich an Maxwell wandte. »Es könnte aber natürlich ein anderes Geräusch gewesen sein, das dich auf den Plan gerufen hat. Das Scheppern von auf den Boden fallendem Werkzeug? Ein Schrei?«

Maxwell kniff die Augen zu, konzentrierte sich. Er kämpfte gegen das weiße Loch, versuchte, es mit Bildern und Farben, Gerüchen und Geräuschen zu füllen. Doch dann sackten mit einem Mal seine Schultern nach unten. »Es tut sich nichts in meinem Kopf.«

»Dann brechen wir an der Stelle ab«, entschied der Ermittler.

Maxwell nickte dankbar, verabschiedete sich und ging auf kürzestem Weg zu seinem Auto zurück. Kaum war er eingestiegen, sah er, dass Dr. Schirmer ihm hinterhergelaufen kam. Er stählte sich für eine Diskussion wegen seines Tablettenkonsums und ließ das Seitenfenster herunter.

»Ich dachte, wir wären fertig?«

»Ja, ich ...« Sie zögerte. »Ich wollte Sie eigentlich noch etwas fragen.«

»Ja?«

»Haben Sie Lust, mich morgen Abend zu einer Lichtbildershow über Portugal zu begleiten? Ich habe zwei Karten, aber die Freundin, mit der ich gehen wollte, ist krank geworden.«

»Ich ... also, eigentlich ...«, murmelte Maxwell. Einerseits freute er sich, dass sie trotz seines fehlgeschlagenen Annäherungsversuchs privat etwas mit ihm unternehmen wollte. Andererseits war er sich sicher, dass er bei einem Lichtbildervortrag spätestens nach einer halben Stunde einschlafen würde; wer ging heutzutage eigentlich noch zu so etwas? Er zuckte mit den Schultern, er hatte schon ganz andere Dinge über sich ergehen lassen. »Wann und wo treffen wir uns?«

»Ich hole Sie ab. Neunzehn Uhr?«

»Einverstanden.«

31
Lagos, Nigeria

Rachel stützte sich schwer auf den Arm einer Botschaftsmitarbeiterin, die sie zu Renata in den Vorraum führte. Um den Kopf trug sie einen Verband. Einen Großteil ihres Gesichts verbarg sie hinter einer Sonnenbrille, die Renata noch nie an ihr gesehen hatte.

»Es sieht schlimmer aus, als es ist.« Rachel blieb stehen, sichtlich am Ende ihrer Kräfte.

»Sollten wir nicht besser in ein Krankenhaus fahren?«

»Wir haben einen Arzt zu uns in die Botschaft gerufen. Er

hat mit einem mobilen Röntgengerät den Kopf untersucht. Frau Sherman hatte immenses Glück. Sie hat keine Schädelverletzungen davongetragen. Dennoch braucht sie jetzt viel Ruhe, ihre Platzwunde musste mit acht Stichen genäht werden.«

»Wir werden zwei, drei Tage lang in Lagos festsitzen, bis ich einen neuen Pass und neue Kreditkarten bekomme. Der Herr Botschafter war so freundlich, uns zwei Zimmer im Radisson Blu Anchorage Hotel hier auf Victoria Island zu reservieren. Von dort soll man einen fantastischen Blick über die Lagune haben und superschnelles Wi-Fi auf den Zimmern. Wir brauchen also nie mehr in ein nigerianisches Internetcafé zu gehen.«

Renata lächelte.

»Unser Fahrer wartet draußen. Er wird Sie sicher ins Hotel bringen. Sobald wir Ihre Unterlagen beisammen haben, werden wir uns bei Ihnen melden. Sollten Sie in der Zwischenzeit Fragen haben oder etwas benötigen, zögern Sie nicht, mich zu kontaktieren. Meine Karte haben Sie?«

Rachel nickte und löste sich vom Arm der Botschaftsmitarbeiterin. »Vielen Dank für Ihre exzellente Hilfe.«

32
Nürnberg, Deutschland

Maxwells Befürchtungen bewahrheiteten sich, eine halbe Stunde nachdem das Licht erloschen war: Die monotone Stimme des Fotografen vermischte sich mit der nichtssagenden Instrumentalmusik in seinen Ohren zu einem einzigen dahinplätschernden Hintergrundgeräusch.

Er unterdrückte ein Gähnen, verschränkte die Arme vor dem Körper, kniff sich unauffällig in die Nasenscheidewand, bis es wehtat, riss die Augen so weit wie möglich auf, konzentrierte sich auf die sich langsam ein- und ausblendenden Fotografien. Sie ließen sich nicht fixieren. Die Farben vor seinen Augen verschwammen. Sein Puls wurde von Minute zu Minute langsamer, der Atem ruhiger und tiefer. Millimeterweise senkten sich seine

Augenlider und gaben schließlich der Schwerkraft vollends nach. Sein Kopf sank auf die Brust.

Eine Hand berührte seinen Oberschenkel. Er schreckte hoch, fasste reflexartig nach den Fingern, um sie zu umschließen und festzuhalten. Sein Griff ging ins Leere, Dr. Schirmer hatte ihre Hand schon wieder zurückgezogen.

Um wach zu bleiben, begann Maxwell von hundert rückwärts zu zählen.

Die virtuelle Reise war inzwischen in Lissabon angekommen, der Perle Portugals. Besonders angetan schien der Fotograf vom Bairro Alto, einem rustikalen Kneipenviertel in der Oberstadt, und der Alfama, der Altstadt, die durch die große Anzahl ursprünglicher Bauten bestach. Viele Fotos zeigten Gebäude, an denen noch die original Azulejos-Kacheln zu bewundern waren.

Maxwell hatte bis siebenundvierzig hinuntergezählt und stand kurz davor, erneut einzunicken, als der Fotograf von seinen Ausflügen durch die schmalen, steilen Gassen und den dort versteckten Läden zu berichten begann.

Eine Fotografie zeigte ein Tattoo-Studio im Bairro Alto. Angeblich ein ganz besonderes, da dort ausschließlich selbst entworfene, außergewöhnliche Tattoos gestochen wurden. Für den Träger speziell angefertigt und damit einzigartig.

Es folgten Bilder verschiedener Tätowierungen, die in der Tat weit außerhalb der Norm lagen. Maxwell wurde aufmerksamer. Tattoos interessierten ihn, da er selbst eins trug: Von seinem Rücken schlängelte sich ein rot-schwarzer Drache über die Schulter, den linken Oberarm bis zur Brust. Er hatte ihn sich nach den Erlebnissen in Bosnien stechen lassen. Schmerz gegen den Schmerz.

Plötzlich zuckte er zusammen, ein Zittern durchlief ihn, vom Kopf aus kroch ihm ein eiskalter Schauder den Rücken hinunter. Nicht schmerzhaft, aber furchtbar heftig. Gleichzeitig zog es ihm vom Magen her in Richtung Herzgegend die Eingeweide zusammen. Ein panisches Angstgefühl ergriff ihn. Sein Herz raste, Schweiß trat ihm auf die Stirn, ihm wurde heiß. Alles geschah aus heiterem Himmel, ohne Vorankündigung. Er registrierte, dass ihm nichts passieren konnte, dass er in einem Vortragssaal umringt von harmlosen Menschen saß. Trotzdem brauchte er mehrere Minuten, um die Todesangst wieder abzuschütteln, die ihn ergriffen hatte.

Mit geschlossenen Augen lehnte er den Kopf zurück und konzentrierte sich darauf, ruhig zu atmen. Er kannte dieses Gefühl, hatte es mehr als einmal erlebt, nachdem er von seinem Einsatz in Bosnien zurückgekehrt war. Doch was er gerade durchmachte, hatte nichts mit damals zu tun. Als es vorüber war, stellte er überrascht fest, dass Dr. Schirmer seine Hand hielt und ihn besorgt ansah.

»Was ist los?«, flüsterte sie leise.

»Nichts. Warum? Ich muss wohl wieder eingenickt sein.«

»Ihnen geht es nicht gut.«

»Quatsch! Ich bin nur ein bisschen müde.« Er entzog ihr seine Hand.

»Dann lassen Sie uns gehen.«

»Nicht nötig. Den Rest halte ich schon noch durch.«

Ohne auf ihn zu hören, stand sie auf und verließ den Saal.

Die warme Luft des Sommerabends vertrieb die letzten Nachwehen aus seinem Kopf. Bis sie bei Dr. Schirmers Mercedes angekommen waren, fühlte er sich wieder fit.

»Sie hatten eine Panikattacke!«

»Es war nichts. Nur ein kurzes Unwohlsein.«

»Ich bin weder blind noch blöd. Ihnen ging es minutenlang hundsmiserabel schlecht! Sie haben gezittert wie ein Parkinsonpatient.«

Wortlos setzte sich Maxwell auf den Beifahrersitz und starrte aus dem Fenster auf die schwach beleuchtete Straße. Er wusste selbst nicht, was ihn so schroff reagieren und das, was passiert war, so rigoros abstreiten ließ. Irgendetwas hielt ihn davon zurück, mit ihr über das Erlebte zu sprechen.

Über die Tätowierung, bei deren Anblick sein Unterbewusstsein alle Alarmglocken hatte schrillen lassen.

Das außergewöhnliche Tattoo, das angeblich nur ein einziger Mensch auf der Welt trug.

Der Fisch, von dem er plötzlich zu wissen glaubte, dass er ihn am Hals des Mannes gesehen hatte, der in der Werkstatt auf ihn schoss.

33
Nürnberg, Deutschland

Stunde um Stunde wälzte sich Maxwell im Bett hin und her. Sein Pyjama klebte schweißnass an seiner Haut. Bilder in seinem Kopf hielten ihn wach. Mitten in der Nacht stand er auf, duschte und legte sich auf die Couch im Wohnbereich.

Die Büchse der Pandora hatte sich geöffnet. Erinnerungen fluteten sein Hirn. Erinnerungen, die er seit Jahren verdrängt und begraben glaubte. Die Panikattacke hatte sie wie eine Granate aus der Tiefe heraufgesprengt.

Im Morgengrauen schlief er doch noch ein, aber die Bilder verfolgten ihn. Er glaubte Schreie zu hören, sah Blut, Handgranaten, einen abgerissenen Arm im Straßenstaub. Und immer wieder tauchte die Fassade der Autowerkstatt auf.

Als er aufwachte, war es später Vormittag, die Sonne schien. Er fühlte sich todmüde, fuhr sich mit der Hand über das Gesicht, es war schweißnass. Erschöpft ließ er sich auf das Sofa zurückfallen und dachte nach.

Die Erinnerung an das Bild mit dem Tattoo ließ ihn nicht los.

Er rappelte sich auf, recherchierte den Namen des Fotografen und dessen Handynummer.

»Hallo?«, rief eine atemlose Stimme nach dem achten Klingelzeichen in den Hörer.

»Einen wunderschönen guten Tag«, begrüßte Maxwell den Mann mit aufgesetzter Heiterkeit. »Ich habe gestern Abend Ihren Diavortrag über Lissabon gesehen und interessiere mich für dieses Tattoo-Studio im Bairro Alto, von dem Sie ein Foto gezeigt haben. Ich bin nämlich seit langem auf der Suche nach einem Laden, der wirklich einzigartige Tätowierungen sticht und nicht so einen Quatsch, den man an jeder Ecke bekommt.«

»Warten Sie mal einen Moment.« Die Stimme murmelte ein paar Anweisungen, dann wurde es am anderen Ende der Leitung ruhiger. Ein leises Reißen drang an Maxwells Ohr, gefolgt von einem etwas lauteren Zischen. Einen Augenblick später hörte er den Mann tief inhalieren.

»Der Inhaber heißt Pedro Ferreira. Ich habe drei Monate in Lissabon ganz in der Nähe seines Studios gelebt und mich mit ihm im Lauf der Zeit angefreundet.«

Ein tiefes Ausatmen.

»Er verwendet die Skizzen definitiv nur ein einziges Mal. Wenn das Tattoo fertig ist, bekommt jeder Kunde die Entwürfe von ihm geschenkt.«

»Sie haben gestern Abend ein Bild von einem Mann mit einer Tätowierung am Hals gezeigt. Ein Fisch. Der war erstklassig. Haben Sie den Kunden kennengelernt?«

»Nein, das war ein Foto von einem Foto. Der Fisch ist ein Piranha.« Der Fotograf hustete. »Pedro macht immer ein Polaroid von den Tätowierungen, wenn sie fertig sind. Als Referenz, weil er die Skizzen nicht behält.«

»Ich würde mir den Piranha gern noch einmal ansehen. Er war faszinierend. Können Sie mir das Bild mailen?«

»Tut mir leid, ich versende keine Fotos, aber Sie können sich das Tattoo auf meiner Homepage anschauen. Ich habe eine Vielzahl von Pedros Arbeiten eingestellt, weil sie mir so gut gefallen.«

Maxwell notierte Name und Anschrift des Studios in Lissabon, dann ging er zurück an den Computer, rief die Website des Fotografen auf und klickte sich durch die Bildergalerie.

Diesmal war er auf den Anblick vorbereitet. Dennoch zog sich sein Magen schmerzhaft zusammen, sein Körper begann zu zittern und seine Gesichtshaut spannte sich. Er zwang sich, ein paarmal tief durchzuatmen, bevor er sich den Piranha genau ansah. Dann schloss er die Augen und versuchte, sich in die Autowerkstatt zurückzuversetzen.

Er lief über den Hof zur Fahrzeughalle, öffnete die Tür, die Glocke schlug an, er ging hinein.

Alles, was sich vor seinem inneren Auge abspielte, war die Szene, die er bei der Tatortbegehung erlebt hatte. Er machte die Augen wieder auf und betrachtete noch einmal das Tattoo auf dem Bildschirm.

Irgendetwas in ihm war sich sicher, es in der Tuningwerkstatt gesehen zu haben. Konnte es sein, dass sich der Mann über ihn gebeugt hatte, bevor er die Halle verließ? Er wusste es nicht. Er sah lediglich einen sehnigen Hals mit der Tätowierung vor sich. Andere Bilder, die im Zusammenhang mit dem Mann standen, konnte er nicht heraufbeschwören. Kein Gesicht, keine Statur, keine Kleidung, und auch keinen Geruch, keine Stimme.

Maxwell ballte die Faust und schlug sie hart auf den Schreibtisch. Der Löffel in der leeren Kaffeetasse klirrte. Schmerz durchzuckte seine Finger. Er knirschte mit den Zähnen. Plötzlich griff er nach der Tasse und schleuderte sie mit aller Kraft gegen die Wand. Sekundenbruchteile später stand sein Entschluss fest. Er würde nach Lissabon fliegen und mit dem Besitzer des Tattoo-Studios sprechen, um mehr über den Piranha und seinen Träger herauszubekommen. Er musste wissen, ob ihn sein Unterbewusstsein narrte oder ob sein Gedächtnis ein winziges Fragment der verschütteten Erinnerung preisgegeben hatte, das ihn zum Täter führen konnte.

Er machte vom Piranha-Tattoo einen Screenshot, dann auch noch von ein paar anderen Tätowierungen und von einem Foto, auf dem das Tattoo-Studio zu sehen war. Während der Drucker ratterte, drückte er die Kurzwahlnummer seines Reisebüros. Er brauchte einen Flug. Sofort meldete sich eine Warteschleifenstimme und bat ihn um einen Augenblick Geduld. Im selben Moment klingelte es an der Tür.

Das Telefon zwischen Ohr und Schulter geklemmt, öffnete er. Die Stimme der Warteschleifendame flötete ihm nach wie vor betont freundlich ins Ohr, dass er mit dem nächsten freien Platz verbunden werde, als er in Dr. Schirmers blitzende Augen blickte. Sie erinnerten ihn an Stahl.

»Kann es sein, dass Sie heute etwas vergessen haben?« Ihre Stimme bebte.

Er überlegte. Eine vage Erinnerung an einen Termin spukte ihm durch den Kopf. Hatte sie sich gestern Abend mit »Bis morgen« verabschiedet? Scheiße! Die Kernspinuntersuchung. Heute, zehn Uhr dreißig. Für einen Augenblick schien die Welt stillzustehen. Sein Herz setzte einen Schlag lang aus, bevor es zu rasen begann und heiße Scham durch seine Adern pumpte, die ihn zwang, zu Boden zu sehen. Er hatte die Untersuchung völlig vergessen. Zu viel im Kopf.

»Hier, ich dachte, die bräuchten Sie so dringend.« Wütend schleuderte die Ärztin ihm eine Packung Tabletten, um die er sie gebeten hatte, gegen die Brust. Er war wie gelähmt, konnte nicht danach greifen, sie fiel zu Boden.

»Danke.« Sein Murmeln war so leise, dass es fast nicht zu hören war. Seine Gedanken kreisten mit Höchstgeschwindigkeit, sein Atem beschleunigte sich. Was sollte er ihr sagen? Sein Mund war trocken. Er schluckte hart. »Frau Doktor –«

»Das ist aber nicht der wirkliche Grund, warum ich hergekommen bin«, unterbrach sie ihn mit rauer Stimme. »Ich wollte Ihnen gern ins Gesicht sagen, wie beschissen ich es finde, dass Sie wegen unseres Streits gestern Abend heute einfach nicht zur Untersuchung erschienen sind. Ich habe Ihnen mehr als einmal gesagt, dass ich mich auf Sie verlassen können muss. Aber ich hätte ja gewarnt sein müssen: Ein Mann, der Strichlisten führt!« Ihre Stimme war viel zu hoch. Sie rang nach Atem, wandte sich mit einem Ruck ab und machte einen Schritt in Richtung Tür.

Endlich löste er sich aus seiner Starre. Mit zwei Schritten war er bei ihr, schlang seine Arme um ihren Körper und zog sie an sich, bis ihr Rücken seine Brust berührte, während er der Tür mit dem Fuß einen groben Tritt versetzte. Dr. Schirmer versteifte sich unter seiner Berührung. Dennoch umfasste er sie noch fester, bis sie kaum noch Luft holen konnte.

»Hör mir zu, Prinzessin. Es ist nicht so, wie du denkst«, wisperte er beschwörend. Seine Lippen waren so nah an ihrem Ohr, dass sie es fast berührten. Der feine Honigduft, den ihre Haare verströmten, umschmeichelte seine Nase. Für einen Augenblick sog er ihn gierig ein. Er fühlte die Hitze, die ihr Körper abstrahlte. Sein Herz trommelte.

»Ich habe die Untersuchung heute schlicht und ergreifend vergessen. Es tut mir leid. Mir ist etwas wirklich Wichtiges dazwischengekommen.« Ihr verkrampfter Körper entspannte sich etwas. Er fühlte, wie ihn ihre Nähe zu erregen begann. Ganz leicht glitt seine Zunge über ihr Ohr, sie zuckte zusammen, als habe sie ein elektrischer Schlag getroffen.

»Ich habe es vergessen. War keine Absicht und wird nie wieder vorkommen. Versprochen.«

Seine Linke hielt sie noch immer in einem Klammergriff gegen seinen Körper gepresst, aber seine Rechte wanderte langsam über ihren Bauch zu ihren Brüsten. Ihre Brustwarzen stellten sich auf. Er begann sie zu streicheln, bis sie ihren Körper an ihn lehnte. Vorsichtig lockerte er seinen Griff.

»Ich drücke mich nicht vor den Untersuchungen. Ich verreise morgen früh, wenn ich noch einen Flug bekomme.«

»Das ist völlig ausgeschlossen.« Wieder begann sie in seinen Armen zu zappeln. »Kommt überhaupt nicht infrage.«

»Beruhige dich, Prinzessin. Ich bleibe nicht lange weg. Zwei, drei Tage. Ich muss etwas erledigen, was mir sonst keine Ruhe lässt. Danach komme ich wieder und dann ...«

Noch einmal lockerte er seinen Griff. Sofort drehte sie sich zu ihm um und sah ihn an. Ihre Lippen waren leicht geöffnet, so, als wolle sie etwas erwidern. Er erschauderte. Unwillkürlich fuhr seine Hand zu ihrem Nacken. Als seine Fingerspitzen ihre zarte Haut unterhalb des Haaransatzes berührten, schloss sie die Augen. Auf ihren Armen bildete sich eine Gänsehaut.

Einen Wimpernschlag später glitten seine Lippen über ihren Hals, biss er ihr sanft in den Nacken. Sie seufzte leise auf, zitterte. Maxwells Zunge hinterließ eine feuchte Spur, während er sich ihren Hals hinaufarbeitete. Gierig saugte er ihre Unterlippe in seinen Mund.

Abrupt trat Dr. Schirmer einen Schritt zurück und fuhr sich mit den Fingerspitzen über die Lippen.

»Wir sollten das nicht tun.«

Maxwell zuckte zusammen, als habe sie ihn ins Gesicht geschlagen. »Was?«

»Wir sollten das nicht tun. Sie sind mein Patient. Es ist besser, professionelle Distanz zu wahren.«

»Das ist jetzt nicht dein Ernst.«

»Doch.«

»Bist du noch nie mit einem Patienten ins Bett gegangen?«

»Nein.«

»Dann wird es Zeit, dass du das änderst.« Wieder griff er nach ihr, versuchte, sie an sich zu ziehen, diesmal wehrte sie sich, schlug nach ihm. Er ließ sie los und drehte sich weg.

»Ich kann nicht. Es tut mir leid.« Ein leises Murmeln in seinem Rücken, kaum zu hören.

Maxwell ging zum Esstisch, goss sich ein Glas Whiskey ein, trank einen Schluck. »Ich fliege morgen nach Lissabon. Wenn ich zurück bin, können wir einen neuen Termin vereinbaren, sofern Sie das dann noch wollen.« Er bemühte sich um Förmlichkeit. Seine Stimme klang hart, er versuchte, die Verletzung zu überspielen.

»Sie dürfen unter gar keinen Umständen in ein Flugzeug steigen. Der Druck bei Starts und Landungen überschreitet das kritische Maß, dem Sie sich mit Ihrer Verletzung aussetzen dürfen. Außerdem besteht noch immer eine erhöhte Emboliegefahr.«

»Scheiße.« Daran hatte er nicht gedacht. »Dann muss ich den Zug nehmen.«

»Warum wollen Sie auf einmal nach Lissabon?«

Er antwortete nicht.

»Hat es etwas mit Ihrer Panikattacke gestern Abend zu tun?«

Maxwell schloss die Augen. Seine Finger strichen über den Rand des Whiskeyglases, suchten Halt.

»Erinnern Sie sich an die Bilder mit den Tätowierungen und an das, was der Fotograf über das Tattoo-Studio erzählt hat?«

»Ja.«

»Eine Aufnahme hat einen Piranha an einem Hals gezeigt.«

»Und?«

»Ich möchte wissen, wer der Mann ist. Ich glaube, er hat sich nach dem Schuss in der Werkstatt über mich gebeugt.«

Sie sog scharf die Luft ein. »Ein Teil Ihrer verlorenen Erinnerung ist zurückgekommen?« Er hörte ein rasches Klacken auf dem alten Fußboden. Schritte. Sie musste hochhackige Schuhe tragen. Hatte er sie schon einmal in Heels gesehen? Ihre Hand berührte seinen Ellbogen. »Dann wäre das CT heute umso wichtiger gewesen! Sie haben keine Vorstellung, was man auf den Bildern alles sehen kann. Ich prüfe nachher gleich den Belegplan, vielleicht lässt sich kurzfristig ein Termin einschieben.«

»Ich nehme den nächsten Zug, jetzt, heute Nachmittag.«

»Aber …« Es war ein lautes, vehementes Aber, das ihren frustrierten Protest widerspiegelte. Daher überraschte es ihn umso mehr, als ihre Stimme plötzlich wesentlich leiser, bittend und eindringlich weitersprach. »Wenn Sie jetzt gehen, ohne dass ich in Sie hineinschauen darf, ist meine Veröffentlichung zum Teufel. Ich muss sehen, was in Ihrem Kopf vorgeht.«

»Ich bleibe nicht lang, dann ist immer noch genug Zeit für Ihre Untersuchungen.«

»Bis dahin können neue Erinnerungen dazugekommen sein, sodass der heutige Stand verfälscht ist. Warum überlassen Sie die Ermittlungen nicht diesem Beamten von der Mordkommission?«

»Ich muss das selbst tun. So lange ich mir nicht sicher bin, will ich nicht, dass jemand anderes davon erfährt.«

»Dann verschieben Sie Ihre Reise, um einen Tag. Bitte! Ich sehe Ihnen doch an, dass in Ihrem Kopf ein grenzenloses Chaos herrscht. Diese Panikattacke hat Sie völlig aus der Bahn geworfen. Ich muss wissen, was dahintersteckt.«

Er zögerte, kniff die Augen zusammen, trank noch einen Schluck Whiskey, rang mit sich, trank das Glas aus, stellte es ab. Schließlich ging er zu dem großen alten Stahlschrank, der ihm als Plattenschrank diente, und kniete sich hin. Im untersten Fach, ganz hinten, hinter den alten Vinylplatten seiner Mutter, lag ein Schuhkarton. Er zog ihn heraus, pustete, Staub stob in alle Richtungen. Langsam wandte er sich um, ging zu Dr. Schirmer zurück. Zögerte erneut. Dann gab er sich einen Ruck.

»Hier drin finden Sie alles, was es über mich und meine Panikattacken zu wissen gibt.«

Sie wollte den Deckel von der Schachtel nehmen, aber seine linke Hand schoss vor, schloss sich um ihr Handgelenk. Fest. Zu fest. Er keuchte.

»Öffnen Sie das erst, wenn ich weg bin.«

Sie starrte ihm in die Augen, schluckte und nickte zögerlich.

34
Vilar Formoso, Portugal

Ein lautes Knacken zerriss die Stille des Schlafwagenabteils. Maxwell zuckte zusammen. Der unmittelbar darauf folgende Wortschwall aus dem Lautsprecher wurde immer wieder von quietschenden Rückkopplungen unterbrochen und war kaum zu verstehen. Als es wieder still war, runzelte Maxwell die Stirn. Neben der spanischen Version musste es auch eine englische gegeben haben, denn in seinem Kopf hallten zwei Informationsfetzen nach: *on strike* und *train ends here.* Nichts Gutes ahnend verließ er sein Abteil.

Niemand lag mehr im Bett. Die Türen der Schlafwagenabteile links und rechts von ihm flogen auf, Menschen strömten in den Flur, Fenster wurden aufgeschoben und Köpfe nach draußen gesteckt. Ein Mann schrie einem vorbeieilenden Schaffner etwas hinterher. Die ebenfalls gebrüllte Antwort löste noch mehr hektische Betriebsamkeit aus.

Auf einmal zupfte jemand Maxwell am Hemdärmel. Neben ihm stand ein verloren wirkendes Pärchen. Sie sprachen Englisch mit holländischem Akzent und fragten ihn, ob er wisse, was los sei. Maxwell schüttelte den Kopf.

Schließlich gelang es ihnen herauszufinden, dass sie unmittelbar hinter der Grenze zu Spanien gestrandet waren: Seit dem Vortag brachte ein groß angelegter Streik von Eisenbahnern und Busfahrern den öffentlichen Verkehr in Portugal zum Erliegen. Züge fuhren nicht mehr, Fähren blieben in den Häfen und Busse in ihren Depots.

Maxwell fluchte. Und dafür hatte er nun doppelt so viel wie für einen Flug bezahlt? Über den sechsfachen Zeitaufwand wollte er gar nicht erst nachdenken. Mürrisch drehte er sich um, ging in sein Abteil zurück und schulterte seine Reisetasche.

Er verließ den kleinen Bahnhof mit den zwei Bahnsteigen. Vor einem gegenüberliegenden Gebäude hatte sich eine lange Menschenschlange gebildet. Seine Augen glitten über die neonfarbene Leuchttafel, auf der ein Auto im Comicstil dargestellt wurde: eine Autovermietung.

Sämtliche Mitreisenden schienen sich davor versammelt zu haben. Er blickte in müde Gesichter. Mehrere Frauen saßen auf ihren Koffern, ein paar hatten sich auf den schmalen Gehweg gesetzt. Kinder rannten jauchzend und schreiend um sie herum und spielten Fangen. Krachend fiel ein Koffer um, eine Plastiktüte wurde zu Boden gerissen, Glas klirrte, eine rote Pfütze bildete sich. Ein Mann packte einen kleinen Jungen am Arm, schüttelte ihn und schrie ihn an. Die Mutter stürzte herbei, zerrte das heulende Kind an sich und beschimpfte ihrerseits den Mann, bis er eine derbe Handbewegung machte und sich abwandte.

Maxwell schätzte die Menschenmenge auf weit über siebzig Personen. Die Kinder nicht mitgerechnet. Über wie viele Mietwagen mochte die kleine Agentur verfügen? Zehn? Zwanzig? Anstatt sich ebenfalls anzustellen, wandte er sich in die entgegengesetzte Richtung.

Die Stadt schlief noch, Menschen waren so gut wie keine unterwegs. Vor einem Supermarkt war gerade ein Lastwagenfahrer dabei, die Laderampe seines Fahrzeugs hochzuklappen. Maxwell rannte über die Straße.

»Können Sie mich mitnehmen? Ich muss nach Lissabon.«

Sein Gegenüber sah ihn mit gerunzelter Stirn an; offenbar verstand er kein Englisch.

Maxwell zeigte mit dem Daumen auf sich, sagte »*Lisboa*«, dann deutete er auf die Brust des Mannes und machte mit den Händen eine Geste, als würde er ein Auto lenken.

Der Portugiese schüttelte den Kopf. »Castelo Branco.«

Als er merkte, dass Maxwell ihn ebenfalls nicht verstand, holte er eine Straßenkarte aus dem Handschuhfach und zeigte auf eine Stadt. Maxwell nickte mehrfach nachdrücklich, und der Mann machte eine Handbewegung zur Fahrzeugkabine.

Während der Fahrt redete der Portugiese unentwegt. Mal deutete er nach links aus dem Seitenfenster, mal nach rechts, mal geradeaus. Maxwell hatte den Eindruck, dass er in den Genuss einer Sightseeingtour auf der Autobahn kam, ohne verstehen zu können, was der andere ihm erklärte. Er zog das Wörterbuch aus seiner Tasche und schlug nach, was »Ich verstehe Sie nicht« hieß.

»*Não compreendo.*«

Der Fahrer lachte – und redete weiter.

Maxwell suchte das Wort »Mietwagen« heraus: »*Carro alugado.*« Dabei zeigte er mit dem Daumen auf sich und sagte »*Lisboa*«.

Der Portugiese schüttelte den Kopf. »*Não carro. Greve.*«

Maxwell blätterte im Wörterbuch: Kein Auto. Streik.

»*Viajar à boleia.*«

Maxwell zuckte mit den Schultern, was immer das heißen mochte. Der Mann griff nach dem Wörterbuch und blätterte während des Fahrens darin herum. Endlich fand er, was er suchte und wies auf eine Spalte. »Per Anhalter fahren.«

Maxwell nickte.

35
Castelo Branco, Portugal

Die Geschäfte öffneten gerade, Gitter wurden hochgeschoben, Tische und Stühle auf die Straße gestellt. Maxwell ging in einen Buchladen und kaufte eine Straßenkarte. Danach suchte er eine Kaffeebar, bestellte einen *galão*, einen Milchkaffee aus dem Glas, und ein süßes Teilchen – ein für Portugal typisches Frühstück.

Beim Bezahlen fragte er den Wirt nach der Adresse einer Autovermietung, doch der Mann schüttelte nur den Kopf und fragte ihn, wohin er wolle.

»Lissabon.«

Der Wirt bedeutete ihm zu warten und verschwand.

Nach einer Weile stellte sich eine junge Frau am Tresen neben ihn. Das Erste, was Maxwell wahrnahm, war der frische Duft nach Zitronen, der sie umgab, ganz so als sei sie gerade erst aus der Dusche gestiegen. Ein beiläufiger Blick zur Seite streifte lange graziöse Finger, die in einen schlanken Unterarm übergingen, dessen zarte Haut von unendlich vielen samtenen Härchen überzogen war. Seine Augen wanderten den Arm entlang zur Schulter und dann zu ihrem Kopf. Sie hatte ein Engelsgesicht, das von langen schwarzen Haaren eingerahmt wurde. Eine Schönheit.

Maxwell merkte erst, dass er die junge Portugiesin anstarrte, als sie sich ihm zuwandte und ihn musterte. Ihre walnussbraunen Augen funkelten vor Lebensfreude. Zu seinem Glück erschien in dem Moment der Barmann, der die Schönheit mit einer Umarmung begrüßte. Maxwell atmete aus. Er hatte nicht gemerkt, dass er die Luft angehalten hatte. Plötzlich drehte sich der Wirt zu ihm um.

»Darf ich vorstellen: Das ist Teresa, die Nichte meiner Frau. Sie fährt heute mit ihren Kindern zurück nach Lissabon. Sie wird Sie mitnehmen. Sie müssen nur das Benzin bezahlen.«

Maxwells Gehirn hatte vergessen, wie man portugiesische Worte formte. Er versuchte sich an einem »*Obrigado*«, Danke, aber er brachte nur ein Grunzen zustande. Teresa lächelte ihn an.

»Bist du Amerikaner?« Ihre Stimme war samtig und ihr Englisch fast akzentfrei. Rasch huschten ihre Augen über seine Gestalt, bevor sie sie wieder auf die Straße heftete.

»Wie kommst du darauf?«

»Du siehst so aus. Bei uns tragen allenfalls Harleyfahrer eine Bandana und solch einen Bart. Die sind dann aber anders angezogen.« Noch einmal glitt ihr Blick über sein schwarzes Hemd und die schwarze Jeans. »Außerdem klingt dein Akzent amerikanisch.«

»Du bist eine gute Beobachterin. Ich komme von der Westküste, aus Santa Ana, Orange County.« Maxwell hatte sich während der langen Zugreise eine plausibel klingende Legende ausgedacht, die auf früheren Urlauben aufbaute.

»Machst du in Europa Urlaub?«

»Nein, ich bin Fotograf und plane für nächstes Jahr eine große Ausstellung in L.A. zum Thema europäische Körperkunst.«

»Was?«, fragte sie ungläubig. »Du bist den ganzen Weg aus den USA gekommen, nur um Tätowierungen und Piercings zu knipsen? Dabei gibt es bei euch doch so viele bekannte Studios. Du bist wirklich ein verrückter Vogel!« Sie lachte.

Maxwell zuckte mit den Schultern und grinste. »Vielleicht mache ich auch ein Buch über die Tattoos und nicht nur eine

Ausstellung. Mal sehen. Je nachdem, wie viel Material ich zusammenbekomme.«

»Ah, dann willst du sicher zum Pavilhão Atlântico.«

Maxwell zog die Stirn in Falten. »Ein Fotograf, den ich in Deutschland getroffen habe, hat mir eine Adresse in Lissabon gegeben, im Bairro Alto. Da werden angeblich absolut einmalige Kunstwerke gestochen. Er hat letztes Jahr drei Monate dort gelebt und mir ein paar Tipps gegeben.«

»Und dein Freund hat dir nichts über das große Tattoo- und Rock-Festival erzählt, das kommendes Wochenende im Pavilhão Atlântico stattfindet?« Sie schüttelte verwundert den Kopf. »Dort treffen sich jedes Jahr Tattoo-Künstler aus ganz Portugal. Und Tätowierte gibt es ohne Ende.«

»Wie kommt es, dass du dich so gut in der Szene auskennst?« Bislang hatte er lediglich in Erfahrung gebracht, dass sie mit ihren beiden Töchtern Nelina und Luisa einen Teil ihrer Sommerferien auf dem Weingut einer Cousine in Castelo Branco verbracht hatte.

Sie schwieg einen Augenblick, dann sagte sie leise: »Mein Mann war Tätowierer. Ich meine, das ist er natürlich auch heute noch, aber es gibt ihn nicht mehr in unserem Leben.« Schnell warf sie einen Blick in den Rückspiegel zu ihren Töchtern.

»Erzähl mir etwas über die Tattoo-Szene in Lissabon«, bat Maxwell. »Ist sie wirklich so einzigartig?«

»Im Vergleich zu anderen Ländern ist sie noch recht jung; eine kleine, eingeschworene Gemeinde. Aber es sind fantastische Künstler darunter: Bruno Nunes, João Gonçalves und Miguel Almeida zum Beispiel.«

Pedro Ferreira, den Mann, von dem der Fotograf gesprochen hatte, zählte sie nicht auf. Dennoch unterließ Maxwell es nachzuhaken; er wollte nicht neugierig erscheinen.

»Warum sprichst du so gut Englisch?«

»Ich bin Fado-Sängerin. Wir gehen häufig auf Tour.«

Er nickte, weil ihm nichts Passendes einfiel. Fado war eine Richtung, von der er zwar schon gehört hatte, die ihn aber bei aller Liebe zur Musik nicht sonderlich interessierte.

»In welchem Hotel wohnst du?« Ihre Frage klang beiläufig.

Maxwell zuckte mit den Schultern. »Darum habe ich mich noch nicht gekümmert. Ich bin kein großer Planer, ich lasse mich lieber treiben. Irgendetwas ergibt sich immer. Kannst du mir eine Unterkunft empfehlen? Irgendetwas Einfaches wäre gut.«

»Kleines Reisebudget?«

»So etwas in der Art.«

»Wie lange willst du bleiben?«

»Das weiß ich noch nicht.«

»Sind zwanzig Euro pro Nacht zu viel?«

Er schüttelte den Kopf.

»Dann kannst du bei uns unterkommen. Wir wohnen in einem großen, alten Haus mitten in der Altstadt. Meine Eltern, meine Töchter, fünf Katzen und ich. Ich vermiete öfter Zimmer im zweiten Stock, meistens an andere Künstler, manchmal auch an Touristen. Das Schulgeld für meine Mädchen ist teuer und die Schuluniformen auch.«

36
Lissabon, Portugal

Die Klimaanlage in Teresas Wagen funktionierte nicht. Maxwell klebte das Hemd am Körper, Schweißtropfen rannen ihm von der Stirn. Teresa und ihre Mädchen schienen es leichter zu nehmen. Dennoch hatten sie in der Hoffnung, der Fahrtwind würde ein kleines bisschen Abkühlung bringen, alle vier Seitenscheiben heruntergelassen. Der Gestank nach Abgasen, der nun ebenfalls zu ihnen hereindrang, und das immer wieder aufbrandende Hupkonzert der gigantischen Blechlawine, die sich durch die verstopften Straßen schob, wurden von Minute zu Minute unerträglicher. Maxwell fühlte ein beharrliches Pochen in seiner Schläfe, das seine Kopfschmerzen ankündigte.

Sie brauchten über eine Stunde von den Vororten bis zu Teresas Haus mitten im Herzen der Alfama. Die Rua de São Pedro war eine schmale, für den Verkehr gesperrte Gasse. Teresa stellte ihr Auto auf einem Privatparkplatz ab.

Maxwell war froh, aus dem engen kleinen Fahrzeug steigen und seine Glieder strecken zu können. Das Klappern von Tassen drang aus einem nahe gelegenen Straßencafé zu ihnen herüber. Der Duft nach gebratenem Fisch erinnerte ihn daran, dass es Mittagszeit war. Er schulterte sein Gepäck und ging Teresa hinterher.

Eine Horde schreiender und tobender Kinder kam auf sie zugestürmt, umringte Nelina, Teresas ältere Tochter. An Weitergehen war nicht zu denken. Alle redeten aufgeregt durcheinander.

Maxwells Augen glitten über die pastellfarbenen Fassaden, die schon bessere Zeiten gesehen hatten. An manchen bröckelte der Putz. Andere waren mit Graffiti-Tags verschmiert. Allen gemein war ein Wirrwarr aus Kabeln, das an ihnen entlanglief. Viele der Fenster und Türen im Erdgeschoss waren vergittert. Maxwell hob den Kopf. Eigentlich hatte er erwartet, Leinen mit frischgewaschener Wäsche über die *rua* gespannt zu sehen – stattdessen erblickte er Fensterbänke und winzige Balkone, auf denen ein paar Pflanzentröge standen.

Sie gingen weiter. Durch einen alten, steinernen Torbogen gelangten sie in eine Art Vorhof, von dem rechter Hand ein großes zweiflügeliges Holztor ins Haus führte. Innen war es schummrig, der unebene Boden mit abgetretenen rötlich braunen Fliesen belegt. Teresa blieb mit dem Absatz in einem Loch hängen und stolperte. Maxwells Hand glitt vor, um sie aufzufangen, aber sie hatte sich schon an der Treppenbrüstung abgestützt und stieß einen Fluch aus.

»Entschuldige. Ich sage meinem Vater seit Wochen, er soll die Fliese auswechseln lassen.« Sie machte eine unwirsche Handbewegung. »Meine Eltern wohnen im Erdgeschoss.« Ihr rechter Zeigefinger mit dem langen, gelb lackierten Nagel wies zu einer Tür, hinter der es absolut still war. Offensichtlich war niemand zu Hause.

Sie stiegen die Stufen hinauf, das dunkle alte Holz knarrte.

»Ich wohne mit den Mädchen in der ersten Etage. Du kannst dir eins der Zimmer im zweiten Stock aussuchen.« Teresa stellte ihre Taschen ab und lief ihm voran die Treppe weiter hoch, bis sie vor einer auf Hochglanz polierten Wohnungstür ankamen.

Die Räume waren weiß gestrichen und sauber, jedoch nur

spartanisch eingerichtet. Maxwell war zufrieden. Er brauchte nicht mehr als ein Bett und ein Badezimmer.

»Fühl dich wie zu Hause.«

Nachdem Teresa gegangen war, holte er sich im Bad ein Glas Leitungswasser und spülte eine Kopfschmerztablette hinunter. Dann trat er an die Fenstertür. Er musste kräftig rütteln, bis sie mit einem durchdringenden Quietschen aufschwang. Davor war ein hüfthohes Balkongitter, von dem die Farbe abblätterte. Maxwell lehnte sich hinaus, sah blinzelnd in den strahlend blauen Himmel.

Nach einer Weile trat er zurück, setzte sich aufs Bett. Die Matratze war sehr weich. Er fühlte, wie er darin versank. Die Metallpfosten quietschten. Seine Augen glitten rhythmisch über das Licht-und-Schatten-Spiel an der Decke. Er gähnte. In Zeitlupe rutschten seine Augenlider herab.

37
Lissabon, Portugal

Ausgerüstet mit Fototasche und Sonnenbrille machte sich Maxwell am späten Nachmittag auf zu einer ersten Erkundung der Stadt. Um ihn herum summte es wie in einem Bienenstock. Hellhäutige Touristen vermischten sich mit braungebrannten Lisboetas, Männer in Anzug und Krawatte mit Frauen in knappen Shorts, Spaghettiträger-Shirt und Espadrilles, Alte mit Jungen.

An vielen Gebäuden erblickte er die typischen alten Azulejos, die Kacheln, die auch auf den Bildern des Fotografen zu sehen gewesen waren. An noch mehr Häusern waren sie jedoch zum Teil heruntergebrochen, die Lücken achtlos mit Zement aufgefüllt.

Immer wieder blieb Maxwell an Aussichtspunkten stehen. Ein Meer roter Dächer lag vor ihm, das Wasser des Tejo glitzerte so sehr, dass er die Augen zusammenkneifen musste, Möwen kreischten, Schweiß lief ihm über den Rücken.

Eine Stunde lang ließ er sich ziellos quer durch die Stadt treiben, dann stieß er auf das, was er suchte: Pedro Ferreiras Tattoo-Studio. Es befand sich im Erdgeschoss eines schmalen Hauses, dessen schmutzig gelber Verputz stellenweise herabbröckelte. Direkt neben dem Eingang hatte jemand mehrere grelle Plakate für ein Rockkonzert auf das Mauerwerk geklebt. Zwei waren mit Graffiti verschmiert, die sich am Nachbarhaus fortsetzten. Im Schaufenster saß eine Puppe, Frankenstein in Lebensgröße, auf dem Kopf ein Sombrero, die Arme tattooähnlich bemalt. Die Glastür des Ladens stand offen.

Pedro Ferreira saß an einem kleinen Tisch, rauchte eine Zigarette und arbeitete konzentriert an einer Skizze. Er war wie die Schaufensterpuppe von den Handgelenken bis zur Schulter über und über tätowiert. Mit einem betont gelangweilten Blick sah er auf, als der Besucher eintrat, und sprach ihn sofort auf Englisch an.

Maxwell schaute sich um. Vor ihm stand eine Reihe Stühle, die Sitzflächen mit Plüschtigerfell überzogen, an einer Wand hingen unzählige Polaroids von Tattoos. Er ging hinüber und sah sie sich an. Der Piranha war nicht darunter.

»Hast du die gestochen?«

Ferreira nickte.

»Sind das alle oder gibt es noch andere?«

»Hab Hunderte gemacht.«

Da in dem Raum keine Tattoo-Liege stand, nahm Maxwell an, dass der Tätowierer in einem anderen Zimmer arbeitete.

»Hast du noch mehr Fotos?«

Der Portugiese schüttelte den Kopf. Er schien zur schweigsamen Sorte Mensch zu gehören. Maxwell setzte sich auf einen der Plüschtigerfellstühle. Dann stellte er demonstrativ seine Kameratasche vor sich auf den Boden und erzählte von seinem Vorhaben, eine große Ausstellung über tätowierte Körperkunst zu machen und der Empfehlung des deutschen Fotografen. Zur Untermauerung zog er den Ausdruck eines Fotos aus der Tasche, das der vermeintliche Kollege gemacht hatte. Es zeigte den Laden und seinen davor an einem Bistrotischchen in der Sonne sitzenden Inhaber. Ferreira warf ihm einen durchdringenden Blick zu.

»Komischer Kauz, der Typ. Wollte ihn tätowieren, aber er war bloß scharf auf Bilder. Bist du auch so?«

Wortlos knöpfte Maxwell sein Hemd auf, bis der Drache auf seiner Brust zum Vorschein kam.

Der Portugiese nickte anerkennend, zog wieder an seiner Zigarette und kniff die Augen gegen den aufsteigenden Rauch zusammen. »Schon besser!«

»Tattoos sind meine Leidenschaft. Ich will eine Ausstellung in L.A. machen und einen Bildband. In dem Buch ist Platz für eine ausführliche Story. Vom ersten Besuch eines Kunden, den Besprechungen, den Skizzen, dann die Sessions, die verschiedenen Stadien und am Ende das fertige Kunstwerk – alles in Fotografien festgehalten. Aber dazu brauche ich ein ausgefallenes Tattoo, nichts, was jeder hat. Deswegen bist du mir empfohlen worden.« Maxwell zog ein paar andere zusammengefaltete Ausdrucke aus der Tasche. »Deine Motive haben mir gut gefallen. Kannst du dir vorstellen, dass ich dich und deine Arbeit mit der Kamera begleite?«

Ferreira schien dem Ganzen nicht abgeneigt zu sein.

»Ich wollte aus jeder europäischen Hauptstadt einen Künstler vorstellen«, legte Maxwell nach. »Für Portugal könntest du das sein. Das wäre eine erstklassige und vor allem kostenlose Werbung für dich. Damit würdest du international bekannt werden. Vielleicht kann ich auch mit ein paar deiner Kunden sprechen. Ich will zeigen, dass deine Arbeiten wirklich so einzigartig sind, wie es mir mein Kollege erzählt hat.«

»Geht klar.« Der Portugiese stand auf und ging nach nebenan, pinkelte.

Während Maxwell wartete, kam ein junger, gut gekleideter Mann in weißem Hemd und dunklem Anzug von der Straße herein. Er sah sich mit einem hektischen Blick um und fragte Maxwell etwas auf Portugiesisch. Bevor er erwidern konnte, dass er ihn nicht verstand, brüllte Ferreira eine Antwort aus dem anderen Raum. Der Besucher trat von einem Fuß auf den anderen, wartete. Als Ferreira zurückkam, sah er ihn scharf an und nickte leicht in Maxwells Richtung.

»*Mais tarde!*«

Der Besucher machte auf den Hacken kehrt und verließ den Laden. Maxwell hätte gern gewusst, worum es bei dem Auftritt gegangen war, hütete sich jedoch, eine entsprechende Bemerkung zu machen. Stattdessen tat er, als messe er dem Mann keinerlei Bedeutung bei. Nach einer Weile verabschiedete auch er sich.

Zu Hause empfing ihn Teresas klagende Stimme, die von einer Gitarre begleitet wurde. Fasziniert blieb er auf dem Treppenabsatz vor ihrer Wohnung stehen, dann gab er sich einen Ruck, öffnete sachte die Tür und folgte dem Klang, der aus einem der hinteren Zimmer kam.

Teresa nickte ihm lächelnd zu. Sie trug ein schlichtes schwarzes Kleid und stand mitten im Raum, umringt von drei Männern, die auf hochlehnigen Stühlen saßen. Der Älteste von ihnen hielt eine dickbauchige *guitarra portuguesa* umschlungen, die Augen geschlossen, als sei sie seine Geliebte.

Maxwell setzte sich in eine Ecke, wo er sich unbeobachtet fühlte. Teresa rang die Hände, ihre Augenlieder zuckten und die Lippen bebten, bevor sie ihre Finger in die Luft streckte und schließlich auf ihr Herz legte. Ihre ausdrucksstarke Stimme klang sehnsüchtig, traurig, verzweifelt, als versuche sie mit aller Macht an etwas festzuhalten, das sich sonst verflüchtigte. Obwohl Maxwell den Text nicht verstand, war ihm sofort klar, dass er nur von Verlust und unglücklicher Liebe handeln konnte. Es jagte ihm einen Schauder über den Rücken.

Er wollte gerade wieder gehen, als das Lied zu Ende war und Teresa zu ihm herüberkam.

»Unsere Gruppe hat morgen Abend einen Auftritt im Casino von Estoril. Hast du Lust, uns zu begleiten?«

»Sehr gern.« Ein Besuch reizte ihn allein schon wegen des Rufs, den das Casino genoss: Ein Ort, an dem sich während des Zweiten Weltkriegs Spionageagenten, enteignete Adelige und Kriegsabenteurer die Klinke in die Hand gegeben hatten.

38
Flughafen Heathrow, London, Grossbritannien

Renata war müde und hungrig, als das Flugzeug endlich landete. Sie hätte Business Class buchen sollen, so hatte sie knapp sieben Stunden eingepfercht zwischen einer stark übergewichtigen Afrikanerin und einem zunehmend betrunkeneren Schotten verbracht, neben denen sie keinen Bissen hinuntergebracht hatte.

In der Schlange zur Passkontrolle musste sie lange warten. Nur zwei Schalter waren geöffnet und vor ihrem Flugzeug schienen noch mindestens zwei andere angekommen zu sein.

Als sie endlich an der Reihe war, warf ihr der Beamte einen gleichgültigen Blick zu, scannte ihren Pass und drückte einen Einreisestempel hinein, bevor er ihn ihr zurückgab, ihr zunickte und auffordernd die Hand dem nächsten Passagier entgegenstreckte.

An der Gepäckausgabe ging es dagegen sehr schnell, das schwarze Band drehte sich bereits, nach fünf Minuten kamen die ersten Koffer. Erleichtert drängte sich Renata durch die Menschen, griff nach ihrer Reisetasche und suchte nach dem Ausgang. Sie hatte schon fast die gläsernen Schiebetüren erreicht, als jemand hinter ihr »*Excuse me!*« rief. Einen Moment verkrampfte sie sich, doch dann ging sie weiter, ignorierte die Männerstimme. Niemand kannte sie hier, keine Verfolger.

Plötzlich legte sich eine Hand auf ihre Schulter und hielt sie fest.

Blitzschnell beugte sie sich vornüber, schüttelte die Hand ab, fuhr herum, wollte den Angreifer sehen, bereit, ihm ihre Tasche entgegenzuschleudern, bereit, zu schreien.

»Madam?« Ein Mann in Uniform.

Für Sekundenbruchteile schloss Renata erleichtert die Augen.

»Ja?«

»Haben Sie mich nicht gehört?«

»Nein, Entschuldigung, ich muss in Gedanken gewesen sein.«
»Bitte folgen Sie mir.«
»Ist etwas nicht in Ordnung?«
»Reine Routine.«
Verdammt! Natürlich war der Mann durch ihr Verhalten misstrauisch geworden.
»Darf ich bitte Ihr Ticket und Ihren Pass sehen?«
Wortlos reichte sie ihm beides.
»Sie sind Brasilianerin?«
»Ja.«
»Warum reisen Sie über Lagos nach Großbritannien ein? Es gibt Direktflüge aus Brasilien.«
»Ich habe eine zweimonatige Schiffstour gemacht und bin in Lagos von Bord gegangen.«
»Mit dem Gepäck?« Er warf einen demonstrativen Blick auf die kleine Reisetasche.
»Ich ...«, setzt sie schon an, änderte dann aber ihre Meinung. Es brachte nichts, ihm zu erzählen, dass sie in São Paulo überfallen worden war und flüchten musste. Die Wahrheit klang viel zu unwahrscheinlich. »Es war eine Reise mit einem Containerschiff.«
Seine Augenbrauen wanderten fast unter die Dienstmütze. »Haben Sie etwas dagegen, wenn wir uns den Inhalt Ihrer Tasche ansehen?«
»Nur zu.« Sie konnte es sowieso nicht verhindern. Resignation machte sich breit.
Er öffnete den Reißverschluss und nahm jedes Kleidungsstück und jeden Gegenstand einzeln heraus. Als er das Chanel-Kostüm erblickte, das Rachel ihr nach der Flucht vom Flughafen geschenkt hatte, runzelte er wieder die Stirn. Die zwei Perücken, die Brillen mit Fensterglas und das viele Make-up machten die Sache nicht besser.
»Ihre Schiffsreise ging von wo nach wo?«
»Von Santos über Adelaide und Singapur nach Lagos.«
»Und dann fliegen Sie nicht nach Hause, sondern nach London?«
Eine Tatsache, sie wusste nicht, was sie darauf erwidern sollte.
»Wie lange möchten Sie in unserem Land bleiben?«

»Ich weiß nicht. Vielleicht eine Woche.«

»Und was haben Sie hier vor?«

»Mich mit Kollegen treffen. Ich bin Journalistin.«

»Wo werden Sie wohnen?«

»Ich habe noch kein Hotel.«

Plötzlich knurrte ihr Magen. Der Zöllner blickte sie an.

»Haben Sie im Flugzeug etwas gegessen?«

»Nein.«

»Wann haben Sie zum letzten Mal etwas zu sich genommen?«

»Gestern Abend.« Noch bevor sie ausgesprochen hatte, sah sie ihm an, dass es die falsche Antwort gewesen war.

»Warum haben Sie aufs Frühstück verzichtet?«

»Ich trinke morgens immer nur einen Kaffee.«

»Und im Flugzeug?«

»Die Frau neben mir hat geschmatzt.«

»Wenn Sie mir bitte folgen?« Er nickte einer Beamtin zu, die die ganze Zeit schräg hinter Renata gestanden hatte.

»Warum?«

»Meine Kollegin wird Sie durchsuchen.«

»Was? Aber ...« Endlich verstand sie, worauf der Beamte hinauswollte. »Ich bin keine Drogenschmugglerin.«

»Sie sind nicht stehen geblieben, als ich Sie angesprochen habe, Sie haben viel zu wenig Kleidung bei sich für eine zweimonatige Schiffsreise, Sie haben keine Zieladresse in London, Sie haben keinen plausiblen Einreisegrund, Sie haben seit fast vierundzwanzig Stunden nichts gegessen und Sie reisen auf einer der bekanntesten Schmuggelrouten«, zählte er sämtliche Verdachtsmomente gegen sie auf. »In den letzten Jahren sind hier viele Menschen angekommen, die ähnlich unschlüssige Antworten auf unsere Fragen gegeben haben und die Dutzende kleine Päckchen mit Kokain im Körper trugen.«

39
Erlangen, Deutschland

Obwohl Dr. Schirmer von Natur aus ein neugieriger Mensch war, hatte sie die schuhkartonähnliche Schachtel, die Maxwell Schmidbauer ihr nach einigem Zögern in seiner Wohnung in die Hand gedrückt hatte, ungeöffnet in den Kofferraum ihres Mercedes gestellt und mit in die Klinik genommen. Ursprünglich wollte sie gleich nachsehen, was sich darin befand, aber dann löste während ihrer Nachtdienste ein Notfall den nächsten ab; sie kam nicht dazu.

An diesem Tag sah es besser aus. Gegen zwei Uhr nachts wurde es ruhig auf der Intensivstation. Susanne Schirmer ging in ihr Arztzimmer und knipste die Schreibtischlampe an.

Die Schachtel lag noch genauso da, wie sie sie zurückgelassen hatte. Eine einfache graue Kartonage, Recyclingmaterial ohne Aufdruck. Dr. Schirmer hob den Deckel ab. Zum Vorschein kam ein beigefarbenes Diktiergerät mit Netzstecker und angeschlossenem Handmikrofon. Alt und klobig; kein so schickes kleines Ding, wie sie selbst es verwendete, um OP-Berichte zu diktieren. Dieses sah mehr wie ein analoger Kassettenrekorder aus, mit Tasten und einer Klappabdeckung über den Spulen. Darunter lagen mehrere kleine Kassetten, beschriftet von eins bis elf.

Eilig zog Dr. Schirmer den Netzstecker ihres Handys aus der Dose und steckte das Diktiergerät ein. Dann legte sie Kassette Nummer eins ein und drückte die Play-Taste.

Rauschen erfüllte den Raum. Über eine Minute lang nur Rauschen. Dann begann die ihr inzwischen vertraute Männerstimme zu erzählen.

10. Oktober 1994

Gegen acht Uhr werde ich von einem Kollegen nach München zum Innenministerium gefahren. Ab elf Uhr treffen nach und nach die anderen drei Kollegen aus Bayern ein. Wir werden dem Herrn

Innenminister vorgestellt und im Rahmen einer Pressekonferenz offiziell verabschiedet.

Anschließend haben wir ein Gespräch mit einem Verantwortlichen des Ministeriums. Als er uns fragt, ob wir noch etwas benötigten, sage ich, es wäre wünschenswert, wenn jeder von uns eine Unterziehschutzweste der Schutzklasse II bekommen würde. Ich erkläre die Vor- und Nachteile der Weste und erwähne, dass ich eine von meiner Dienststelle mitbekommen hätte. Die anderen drei wenden ein, dass sie schon jahrelang Streife fahren würden und so etwas nicht bräuchten. Irgendwie stehe ich ganz schön dumm da mit meinem Vorschlag. Auch die Frage nach eventueller Betreuung durch einen Psychologen für uns und unsere Angehörigen, wie ich es von meiner Dienststelle her kenne, wird belächelt und verhallt im Nichts.

Später werden wir mit einem Fahrzeug der Bereitschaftspolizei nach Rosenheim zum Bundesgrenzschutz gefahren, wo uns Zimmer zur Übernachtung zur Verfügung stehen. Nacheinander treffen auch die Kollegen aus den anderen Bundesländern ein. Henning aus Hamburg und Jörn aus Bremen machen von allen den besten Eindruck. Wir verbringen den Rest des Tages in der Kantine. Alles in allem ist es ein ganz lustiger Abend. Gegen dreiundzwanzig Uhr gehen wir ins Bett.

Knacken. Die Aufnahme brach ab. Rauschen.

11. Oktober 1994

Nach dem Frühstück in der Kantine fahren wir in einem Bus des Bundesgrenzschutzes von Rosenheim los. Gegen neun Uhr erreichen wir Österreich, um zwölf Uhr dreißig die Grenze zu Slowenien. Nach einer halben Stunde wird uns endlich eine Polizeieskorte zugeteilt und innerhalb von fünf Minuten wieder abgezogen. Die slowenischen Behörden stellen sich quer, alle Verhandlungen verlaufen im Sand. Um fünfzehn Uhr ruft schließlich ein Vorgesetzter aus Nordrhein-Westfalen beim Außenminister in Bonn an. Eine Viertelstunde später dürfen wir weiterfahren, müssen allerdings unsere Waffen in einem Behälter verschließen.

Die Polizeieskorte der Slowenen begleitet uns bis an die Grenze zu Kroatien, die wir gegen achtzehn Uhr erreichen. Auch die Kroaten stellen uns eine Eskorte zur Verfügung und begleiten uns bis Opatija, wo wir im gleichnamigen Hotel untergebracht werden. Ein sehr schönes, nobles Hotel. Jeder hat ein Einzelzimmer mit Fernseher.

Wieder eine Pause. Rauschen.

12. Oktober 1994

Nach einer kurzen Nacht geht es um sieben Uhr fünfzehn weiter die Küstenstraße entlang. Sehr schönes Wetter, fünfundzwanzig Grad warm. Im Bus herrscht eine Stimmung wie bei einem Betriebsausflug. Jeder tauscht mit jedem Erfahrungen aus, wir lernen uns kennen. Während der Fahrt unterhalte ich mich viel mit Jörn und erfahre, dass er als Personenschützer zum EU-Administrator nach Mostar soll.

Gegen dreizehn Uhr sehen wir das erste Mal Kriegsschauplätze: beschossene Häuser, eine zerstörte Brücke. Wir fahren hinunter zum Meer und über eine militärische Behelfsbrücke auf die andere Seite. Die Felder rechts und links der Straße sind abgebrannt. Die Serben sollen hier an dieser Stelle nur wenige Hundert Meter entfernt sein – eine komische Vorstellung.

In Zadar machen wir Mittagspause. Danach geht es die Küstenstraße weiter, bis wir gegen siebzehn Uhr Split erreichen. Hier ist wieder alles normal, keinerlei Kriegsgeschehen.

Gegen zwanzig Uhr dreißig erreichen wir bei Metkovic die Grenze zu Bosnien-Herzegowina. Neben der Straße ist der erste MG-Kampfstand zu sehen. Primitiv gebaut aus Sandsäcken. Nach dreißigminütiger Wartezeit werden wir von WEU-Kollegen abgeholt und bis Medjugorje begleitet.

Seit der Grenze ist es seltsam still im Bus. Wir fahren ohne Licht, und draußen sind alle Fenster in den Häusern verdunkelt. Im Mondschein sind Ruinen zu sehen, die Straße ist in einem sehr schlechten Zustand.

In Medjugorje werden wir von einem Polizeioberrat vom Bundesgrenzschutz empfangen. Beim gemeinsamen Abendessen erfahren wir zum ersten Mal etwas über die tatsächliche Lage vor Ort. Er erzählt uns, dass die Orte nördlich und südlich von Mostar in der gleichnamigen Gemeinde unter ständigem Granatbeschuss der Serben liegen.

Wir sollen die Sache ruhig angehen, da wir noch oft genug in die Rohre von einheimischen Kalaschnikows sehen werden, wenn Betrunkene ausfällig werden. Außerdem schießen die Einheimischen immer wieder einfach so in der Gegend herum. Dabei hat es wiederholt Verletzte gegeben. Hier hat jeder wehrfähige Mann eine Waffe bei sich.

Die Aufgabe von uns WEU-Polizisten wird sein, aus zirka viertausend selbsternannten einheimischen Polizisten die echten herauszufiltern und auf sechshundert Mann zu reduzieren. Da die meisten dieser selbsternannten Beschützer ihren Lebensunterhalt durch Wegelagerei verdienen, wird dies eine sehr heikle Angelegenheit werden.

Manche Kollegen scheinen erst jetzt zu bemerken, auf was sie sich eingelassen haben. In vielen Gesichtern steht Angst geschrieben. Irgendwie ist mir auch mulmig. Dabei habe ich eigentlich mit so etwas gerechnet.

Das Band schaltete sich ab. Dr. Schirmer schürzte die Lippen. Oktober 1994 lag sechzehn Jahre zurück. Sie war damals Ende zwanzig gewesen und hatte kaum etwas anderes als ihr berufliches Fortkommen im Kopf gehabt.

Das Einzige, womit sie den Balkankrieg assoziierte, waren Flüchtlinge. Jede Menge Flüchtlinge, die versucht hatten, sich vor den Gräueltaten in Sicherheit zu bringen. Die Belagerung Sarajevos fiel ihr ein. Aber mit Mostar konnte sie nichts verbinden, und von Medjugorje hatte sie noch nie gehört. Sie sollte die genannten Orte auf einer Karte suchen und auf Wikipedia Details nachlesen.

Rasch verstaute sie den Rekorder und die Kassetten wieder in dem Karton, stellte ihn in die Schreibtischschublade und verschloss sie. Dann knipste sie ihre Lampe aus und ging zurück auf die Intensivstation.

40
Estoril, Portugal

Kurz vor Teresas Auftritt verließ Maxwell den Bereich hinter der Bühne und ging in den Saal, der bis auf den letzten Platz gefüllt war. Erst als er sah, wie viele Menschen gekommen waren, um die Fado-Gruppe zu hören, wurde ihm bewusst, dass sie sehr bekannt sein musste.

Das Licht erlosch, dann ertönte von allen Seiten ein lautes »Schschschschttttt«. Die Musiker betraten die Bühne. Applaus brandete auf, um ebenso schnell wieder zu verebben, als die ersten klagenden Töne erklangen.

Maxwell lauschte fast eine Stunde lang Teresas Stimme, den melancholischen Melodien, den unbekannten Worten – dann wurde ihm das Ganze zu drückend. Leise ging er hinaus.

Im Casino piepte und blinkte es überall. Plötzlich erschallte unmittelbar neben ihm eine Fanfare, auf die das Klirren von Münzgeld folgte. Der Mann vor dem Automaten riss die Arme in die Luft und stieß einen Jubelschrei aus. Einen Augenblick lang hörte das Stimmengemurmel auf, viele Blicke richteten sich auf ihn. Dann wandten sich alle hastig wieder ihren eigenen Slotmaschinen und ihrem noch ausstehenden Glück zu. Das verruchte und exklusive Flair, das Ian Fleming in »Casino Royale« heraufbeschworen hatte, wollte sich bei Maxwell nicht einstellen.

An einer Bar holte er sich einen Whiskey. Vielleicht konnte er so seine Wahrnehmung beeinflussen? Mit dem Glas in der Hand schlenderte er durch die Räume der Spielhölle, bis er vor der Glastür stand, die das traditionelle Spielcasino vom Rest trennte.

Kaum hatte sich die Tür hinter ihm geschlossen, wusste er, dass er angekommen war. Die Hektik und die nervtötende Geräuschkulisse waren auf einen Schlag einer gediegenen Ruhe gewichen. Damen in stilvollen Abendkleidern und sündhaft teuren Diamantcolliers flanierten hoch erhobenen Hauptes in kleinen Grüppchen über den dicken roten Teppichboden. Immer wieder steckten sie die Köpfe zusammen und wisperten leise. Herren in Smokings saßen an den Spieltischen und rauchten Zigarren, während sie ihre Einsätze machten. Jetons wurden mit einem leisen Klicken gestapelt und geräuschlos über die Spieltische geschoben.

Plötzlich berührte jemand Maxwell am Ellbogen. Erschrocken fuhr er herum. Eine Blondine stand neben ihm. Zwischen ihren geschminkten Lippen steckte eine antike Zigarettenspitze aus Silber und Bakelit. Sie legte den Kopf schief und musterte ihn kokett, bevor sie ihn mit tiefer, rauchiger Stimme um Feuer bat. Obwohl Maxwell wusste, dass er ihr nicht helfen konnte, klopfte er die Taschen seines Jacketts ab, dann hob er bedauernd die Hände. Sofort wandte sich die Dame einem anderen Herrn in Smoking zu.

Maxwell ging zu einem der Roulettetische.

»*Faites vos jeux!*«

Mit großer Lässigkeit verteilten die Spieler ein paar Tausend Euro auf den einzelnen Feldern.

»*Rien ne va plus.*«

Der Croupier ließ die kleine elfenbeinerne Kugel in den Roulettekessel gleiten. Obwohl Maxwell die Regeln nur in groben Zügen kannte, faszinierte ihn das Spiel.

Nach einer Weile ging er weiter, schaute an anderen Tischen bei Black Jack und Baccara zu. Auf einmal zerriss eine laut schimpfende Frauenstimme die ruhige Atmosphäre. Auf der Suche nach der Urheberin der unangenehmen Störung blieb Maxwells Blick an einem Croupier haften. Langsam schlenderte er näher, um eine bessere Sicht auf ihn zu bekommen.

Kein Zweifel, es war der junge Mann, der in Pedro Ferreiras Studio gekommen war, als er den Tätowierer besucht hatte. Mit routinierten Bewegungen teilte der Portugiese Karten aus. Maxwell beobachtete ihn fast eine Stunde lang, bis der Mann einem Kollegen ein Zeichen machte, damit er abgelöst wurde. Kaum hatte er den Tisch verlassen, gesellte sich ein Kerl im Smoking zu ihm.

Maxwell zuckte zusammen, sein Herzschlag beschleunigte sich, sein Mund wurde trocken, Schweiß trat ihm auf die Stirn.

Der große, schlanke Fremde hatte eine Tätowierung am Hals:

Zwischen Kehlkopf und Ohrläppchen schwamm ein Piranha. Seine Flossen waren flammengleich gezackt, das Auge glotzte den Betrachter böse an. Den Unterkiefer angriffslustig hervorgereckt, stachen aus dem weit aufgerissenen Maul messerscharfe, spitz zulaufende Zähne hervor.

Es war die Tätowierung, die Maxwell zu der Reise nach Portugal veranlasst hatte. Instinktiv wich er zurück, sodass einige andere Gäste zwischen ihm und den zwei Männern waren. Unter keinen Umständen wollte er gesehen werden, während er die beiden beobachtete.

Sie standen eng beisammen, unterhielten sich, lachten. Dann griff der Tätowierte in die Hosentasche und zog eine Zigarettenschachtel hervor. Anstatt seinem Gegenüber eine Kippe anzubieten, drückte er ihm die ganze Packung in die Hand. Die Übergabe dauerte nur den Bruchteil einer Sekunde. Danach legte der Tätowierte dem Croupier die Hand auf die Schulter und wandte sich ab. Er ging zu einem der Roulettetische, an dem gerade ein Platz frei geworden war, setzte sich und legte ein kleines Häufchen Jetons vor sich auf das grüne Tuch. Als Maxwell aufblickte, sah er den Croupier hinter einer Tür verschwinden, die zu den Toiletten führte.

Er musste sich in Sekundenbruchteilen entscheiden: den Piranha-Mann beobachten oder dem Mitarbeiter der Spielbank folgen. Er entschied sich für Letzteres. Es war wichtiger herauszufinden, was sich in der Zigarettenschachtel befand. Außerdem würde der Tätowierte sicher eine Weile am Roulettetisch verbringen.

Maxwell betrat den Toilettenraum und lief mit eiligen Schritten die Reihe von Kabinen entlang. Nur eine Tür war verschlossen. Er ging bis zur hintersten Zelle, sperrte sich ebenfalls ein, lauschte. Um sich nicht zu verraten, öffnete er geräuschvoll seinen Reißverschluss und pinkelte.

Plötzlich vernahm er ein langgezogenes Geräusch. Einen Augenblick war es still, dann ertönte dasselbe Schniefen erneut. Zu lang, um einfach nur den Rotz in der Nase hochzuziehen. Es klang eher wie das Ziehen einer Linie Koks. Maxwell hatte es schon öfter in Diskotheken gehört.

In dem Verschlag neben ihm blieb es still. Der Mann machte

keine Anstalten herauszukommen. Maxwell drückte die Spülung, öffnete die Tür und wusch seine Hände. Noch immer drangen keine neuen Geräusche aus der anderen Kabine. Er konnte nicht noch länger herumtrödeln, ohne dass es auffiel.

Zurück im Casinoraum glitt sein Blick zum Roulettetisch. Der Stuhl, auf den sich der Kerl mit der Tätowierung niedergelassen hatte, war leer.

Scheiße!

Hektisch streiften Maxwells Augen durch den Raum. Grüppchen für Grüppchen, Tisch für Tisch musterte er die anwesenden Personen, aber der Gesuchte blieb verschwunden. Maxwell fluchte in sich hinein.

So rasch wie möglich, jedoch ohne die Blicke der anderen Besucher auf sich zu ziehen, lief er aus dem Casinobereich, suchte erst die restliche Etage und dann das ganze Gebäude ab. Schließlich machte er sogar einen Abstecher auf den Parkplatz vor dem Haupteingang, doch auch dort war nichts von dem Tätowierten zu sehen.

41
Lissabon, Portugal

In der Nacht schreckte Maxwell aus einem Traum auf. Sein T-Shirt und seine Unterhose klebten schweißnass an seinem Körper. Sein Herz raste.

Er war wieder im Casino gewesen, hatte es auf der Suche nach dem Mann mit dem Tattoo durchstreift. Endlich entdeckte er ihn an einer Bar. Vor ihm aufgereiht standen zehn Schnapsgläser. Maxwell trat zu ihm, sprach ihn an, wettete mit ihm, dass er schneller trinken könne. Der Tätowierte lachte, machte eine wegwerfende Handbewegung.

Auf einmal standen auch vor Maxwell zehn Gläser. Mit einem Ruck begannen beide sie hinunterzustürzen. Maxwell gewann, der andere stänkerte herum. Plötzlich kam Teresa zu ihnen, fasste den Kerl am Arm und brachte ihn zur Tür. Als sie hinausging, sah Maxwell den Bügel einer Handgranate aus einer Tasche am Gürtel des Tätowierten herausschauen. Er wollte schreien, aber er bekam keinen Ton heraus.

Dann gab es einen furchtbaren Knall. Tische und Stühle flogen durch die Luft. Maxwell wurde zu Boden geworfen, die Luft aus ihm herausgepresst. Als er sich endlich aufrappeln konnte, war überall Blut. Teresa lag schreiend in einer Blutlache in der Werkstatt, um sie herum waren Autoreifen verteilt.

Maxwell kämpfte gegen die Eiseskälte, die ihm von den Füßen her in die Glieder kroch. Er zitterte am ganzen Körper und brauchte lange, bis er sich wieder beruhigte.

Von draußen drangen heisere Möwenschreie zu ihm ins Zimmer. Es war kurz nach Sonnenaufgang. In seinem Kopf schlug ein Dutzend Schmiede unermüdlich auf sein Gehirn ein. Erschöpft torkelte er ins Bad und schluckte eine von Dr. Schirmers Tabletten.

Als die Kopfschmerzen endlich nachließen, schlüpfte er in seinen Trainingsanzug und ging hinunter an den Tejo. Zwischen der Anlegestelle Santa Apolónia und den Marinha Docks kam ihm ein Kreuzfahrtschiff von den Ausmaßen eines liegenden Wolkenkratzers entgegen. Erst bei seinem Anblick wurde ihm bewusst, wie breit der Fluss war.

Vom Terreiro do Paço, dem östlichsten der drei Fährstationen, lief er zum Cais do Sodré. Das Wasser glitzerte. Schweiß rann ihm in dichten Strömen über den Körper, aber er fühlte sich wunderbar. Immer weiter lief er am Fluss entlang, bis er schließlich den Park vor dem Torre de Bélem erreichte.

An einem Kiosk kaufte er eine Flasche Mineralwasser und ein belegtes Brötchen, mit dem er sich auf eine Bank setzte. Kaum hatte er hineingebissen, kam eine Möwe angeflogen und gesellte sich in einigem Abstand zu ihm auf die Bank. Wie auf ein geheimes Zeichen hin folgten sogleich zwei weitere. Auch wenn Maxwell Menschen verachtete, die Tauben fütterten, brach er ein Stück Weißbrot ab und warf es in die Luft. Mit einem Mal flatterten fünf Flügelpaare um ihn herum. Noch bevor das Brötchen den höchsten Punkt seiner Flugkurve erreicht hatte, fing es eine Möwe im Flug elegant mit dem Schnabel auf.

Auf dem Rückweg machte Maxwell einen Abstecher ins Bairro Alto, obwohl er nicht davon ausging, Pedro Ferreira um diese Zeit in seinem Studio anzutreffen. Doch er hatte sich getäuscht. Der Portugiese saß vor seinem Laden, trank Kaffee und rauchte. Auf dem kleinen Tischchen vor ihm lagen einige Skizzen ausgebreitet. Überrascht sah er auf.

»Frühaufsteher?«

Maxwell nickte knapp. »Sind das Zeichnungen für einen Kunden?«

»Nein, fürs Festival.« Mit einer Handbewegung lud er Maxwell ein, sich zu ihm zu setzen, dann stand er auf und holte ihm eine Tasse Kaffee.

»Du hast einen Stand im Pavilhão Atlântico?«

»Klar! Ist mein Baby. Hab ich mit zwei Kumpels angekurbelt.«

Maxwell machte ein entsprechend beeindrucktes Gesicht. Nach einem Moment sagte er beiläufig: »Gestern in Estoril habe ich den Kerl mit deinem Piranha-Tattoo gesehen. Bei dem Fisch könnte ich wirklich ins Grübeln kommen, ob ich mir den nicht auch von dir stechen lasse.«

»Geht nicht.«

»Warum nicht?«

»Ist vergeben.«

»Schade«, brummte Maxwell. »Meinst du, ich kann den Typ zumindest mal fotografieren? Gestern hatte ich dummerweise keine Kamera dabei.«

Ferreira schüttelte den Kopf.

»Wenn du mir sagst, wo ich ihn finden kann, frage ich ihn selbst.«

»Vergiss es.«

Maxwell zuckte mit den Schultern und besah sich die Skizzen auf dem Tisch. Keinesfalls sollte der andere glauben, er sei nur an der einen Tätowierung interessiert.

»Komm heute Abend her. Ich hab um zehn eine Session, vielleicht kannst du Bilder machen.« Plötzlich tropfte Blut aus Ferreiras Nase auf den Tisch. Fluchend stand er auf. Mit einer Hand nahm er die Blätter, mit der anderen presste er sich ein Taschentuch ins Gesicht. »*Tchau!*«, Tschüs.

42
London, Grossbritannien

Renata verließ das Hotel. Feiner Sprühregen wehte ihr ins Gesicht. In diesem Moment kam sie wirklich in London an. Regen. Wind. Kälte. Sie fröstelte – und erinnerte sich an ihre erste Begegnung mit dem englischen Klima.

Ein halbes Jahr nach dem Krebstod ihrer Mutter hatte ihre Tante sie zu einer Reise eingeladen – bezahlt von Renatas Erbe, aber das wusste sie damals nicht. Adélia dachte, es würde sie von ihrer Trauer ablenken. Gemeinsam hatten sie zwei Wochen in London verbracht, die Stadt erkundet, sich die Tate Gallery und das British Museum angesehen, den Tower und das Parlamentsgebäude besichtigt, waren in Musicals gegangen und durch den Regen gestapft.

Dann hatte Renata ihre Tante nach Plymouth begleitet, wo sie zum ersten Mal in ihrem Leben an einem Rennen teilnehmen wollte: dem Single-Handed Transatlantic Race, einer Einhandregatta von Plymouth in die USA. Renata war erleichtert gewesen, als sie in das warme, sonnige Klima Brasiliens zurückgeflogen war – obwohl sie die Wochen bis zur Rückkehr ihrer Tante allein verbringen musste. Aber sie hatte schon in den zwei Jahren nach dem Tod ihres Vaters mehr Verpflichtungen übernommen, als es eine Jugendliche tun sollte. Die Krankheit ihrer Mutter hatte sie gezwungen, rasch erwachsen zu werden.

Nun war sie wieder hier. Und das Wetter hatte sich seit ihrem letzten Besuch nicht verbessert.

An einem Bankautomaten hob sie zweihundert Pfund ab, dann ging sie in einen Telefonshop und kaufte sich ein Handy mit Prepaidkarte. Als das erledigt war, nahm sie die *Tube* zur High Street Kensington.

Wallace' Redaktion befand sich in einem großen Backsteingebäude am Ende der Derry Street. Die Fassade wurde von mehreren Videokameras überwacht. Renata stieß die Glastür auf und betrat das Foyer. Die Empfangsdame musterte sie mit einem professionellen Lächeln, ihr Blick blieb an ihren kaum zwei Zentimeter langen Haaren hängen. Renata fühlte sich unwohl.

»Ich möchte zu Wallace.« Sie zückte ihren Journalistenausweis. »Mein Name ist Renata Teixeira, ich bin eine Kollegin aus Brasilien.«

»Einen Moment bitte.« Die Dame wandte sich ab, telefonierte, drehte sich wieder halb zu ihr um. »Sie haben keinen Termin?«

»Nein, ich war gerade in der Gegend und dachte, ich schau spontan vorbei.« Die Lüge kam ihr leicht über die Lippen.

Wieder wurde am Telefon getuschelt. Schließlich legte die Rezeptionistin auf.

»Wenn Sie ein paar Minuten Platz nehmen wollen?« Sie wies zu einer Sitzecke in der Lounge. »Er befindet sich in einer Besprechung und wird Sie empfangen, sobald er frei ist.«

Renata nickte und schlenderte zu den Ledersesseln. Auf einem Glastisch lagen ordentlich gestapelt mehrere Ausgaben des Lifestylemagazins. Neugierig nahm sie eine, setzte sich und begann darin zu blättern.

Der Schwerpunkt lag auf Lifestyleberichten aus London, aber es gab auch eine Rubrik »Reisen« sowie »Essen & Trinken«, in die Renatas Artikel über Casa Garibaldina gepasst hätte.

Im Hintergrund klingelte ein Telefon. Renata legte das Magazin zurück auf den Tisch und griff nach einem anderen.

»Kann ich Ihnen eine Tasse Kaffee bringen?« Die Empfangsdame stand neben ihr. »Ich fürchte, Wallace wird noch einen Augenblick brauchen.«

»Danke, einen Kaffee nehme ich gern.« Wieder vergrub sie den Kopf in der Zeitschrift, fand einen Bericht, der mit dem Namenskürzel WAL gekennzeichnet war, und las ihn, in der Annahme, ihr Kollege sei der Verfasser. Es ging um eine Party, die ein englischer Schauspieler anlässlich seines siebzigsten Geburtstags in einem Londoner Hotel gegeben hatte.

Ein leises Quietschen ließ sie schließlich aufblicken. Die Tür des rechten Aufzugs glitt zurück. Ein untersetzter Mann mit schütterem dunkelblondem Haar trat heraus. Die Krawatte hing schief über einem Hemd, dessen Ärmel bis zu den Ellbogen hochgekrempelt waren. Wallace – genau so hatte sie ihn in Erinnerung. Renata erhob sich und ging auf ihn zu. Den Bruchteil einer Sekunde zögerte er, starrte sie an, die fehlenden Haare.

»Haut wie karamellisierter Zucker, Augen wie frischgeröstete Kaffeebohnen. Du bist es wirklich. Welch schöne Überraschung.« Er beugte sich vor und küsste sie auf die Wange. »Was bringt dich nach London, Renata?«

»Ich mache eine Reportage über Containerreisen. Und nachdem ich schon mal in der Gegend bin, dachte ich, ich schau bei dir vorbei.«

»Containerreisen? Von Brasilien nach Großbritannien?« Wallace zog die Augenbrauen hoch. »Ein interessantes Thema.«

»Ich hatte gehofft, du würdest das sagen. Magst du die Story für euer Blatt kaufen?«

»Eigentlich warte ich immer noch auf deinen Artikel über das Weingut.« Er musterte sie erneut. »Lass uns in mein Büro gehen. Ein paar Minuten habe ich, dann muss ich leider in die nächste Besprechung.«

Renata nickte und folgte ihm in den Aufzug.

»Du bist sehr dünn geworden. Gibt es auf Containerschiffen nichts Anständiges zu essen?«

Renata entschied sich spontan für eine Lüge. »Ich kann erst seit ein paar Wochen wieder arbeiten – davor war ich sehr krank.«

»Das hättest du sagen sollen, dann hätte ich jemand anderes wegen der Reportage über den brasilianischen Rotwein gefragt.«

Sie gingen durch ein Großraumbüro, in dem viele kleine Verschläge abgetrennt waren, und kamen zu einem verglasten Büro. Wallace öffnete die Tür und ließ Renata den Vortritt.

»Ich fürchte, es ist nicht sonderlich aufgeräumt.« Mit einem entschuldigenden Grinsen nahm er einen Stapel Zeitschriften von einem Stuhl und stopfte ihn in ein überquellendes Regal.

»Deinen Artikel über Casa Garibaldina habe ich fix und fertig im Kopf, ich muss ihn nur noch heruntertippen – aber du hattest geschrieben, dass du passende Bilder willst. Dafür ist im Augenblick nicht der richtige Zeitpunkt.« Durfte man so oft in einem Satz lügen?

Er sah sie fragend an.

»In Brasilien wird bis zu drei Mal im Jahr Wein geerntet. Als ich mit Moema Parzeres gesprochen habe, meinte sie, für Fotos müsste ich noch eine Weile warten, die Rebstöcke wären nicht so weit.«

»Ah, das wusste ich nicht.«

»Hast du Moema persönlich kennengelernt?«

»Äh ... nein, leider nicht. Ist das die Winzerin?«

»Ja. Ihren Eltern hat das Weingut gehört, bevor sie und ihr Mann es übernommen haben. Eine reizende Person. Wie bist du ausgerechnet auf Casa Garibaldina gekommen?«

»Ich habe einmal hier in einem Restaurant einen wundervollen brasilianischen Rotwein getrunken. Der Sommelier sagte mir, der Wein stamme von dort und sei ein absoluter Geheimtipp. Ich habe mir daraufhin ein paar Flaschen gekauft. Sündhaft teuer. Aber sie waren ihren Preis wert.«

»Ah, so wird ein Schuh daraus«, lachte Renata. »Ich muss gestehen, ich habe mich ziemlich gewundert, wie du von dem Weingut erfahren hast, denn es ist auch bei uns ein Geheimtipp.«

Wallace sah auf seine Armbanduhr. »Renata, ich muss leider zu einer Konferenz. Es war schön, dich wiederzusehen. Was hältst du davon, wenn wir zusammen essen gehen?« Er beugte sich vor und blätterte in einem großen Tischkalender. »Die kommenden Abende bin ich ausgebucht, aber wie wäre es mit Mittwoch? Bist du so lange in London?«

Renata nickte.

»Gib mir die Adresse von deinem Hotel, dann hole ich dich ab.«

»Black Oak, Whitechapel Road.« Renata erhob sich. »Eine letzte Frage, Wallace: In welchem Restaurant hast du den Wein getrunken? Ich würde es mir gern ansehen. Du weißt schon: Brasilianischer Wein erobert die Welt. Möglicherweise wäre es ein guter Aufhänger für meine Reportage. Ich habe vorhin in eurem Magazin geblättert. Der Schwerpunkt liegt auf Lokalereignissen – da wäre es doch nicht schlecht zu erwähnen, wo man den Wein in London erhält.«

»Eine ausgezeichnete Idee. Wenn du möchtest, gehen wir am Mittwoch zusammen in das Restaurant. Jetzt entschuldige mich,

ich muss wirklich los. Darcey wird dich hinunterbegleiten.« Er winkte eine grauhaarige Frau zu sich, die im nächstgelegenen Abteil arbeitete.

43
Lissabon, Portugal

Auf Teresas Terrasse hinter dem Haus hatten sich einige Freunde zum Essen versammelt.

»Setz dich zu uns«, lud die junge Portugiesin Maxwell mit einem Lächeln ein. »Es ist genug für alle da.«

Neben den Musikern, die er schon kannte, hatte sie João Gonçalves eingeladen, einen Tattoo-Künstler. Offenbar hatte sie ihm von Maxwells Ausstellungsprojekt in L.A. erzählt, denn der Portugiese eröffnete das Gespräch mit einer Einladung.

»Wenn du magst, kannst du mich mal in meinem Studio besuchen. Bring deine Kamera mit, ich habe kommende Woche ein paar schöne Sessions, und am Wochenende gehe ich zum Festival.«

»Wo hast du deinen Laden?«

»Rua da Barroca. Im Bairro Alto.«

»Ist das nicht da, wo auch Pedro Ferreira sein Studio hat?«

Gonçales blickte rasch zu Teresa hinüber, aber sie unterhielt sich angeregt mit einer Freundin. »Seine Kaschemme ist zum Glück ein ganzes Stück von meinem Laden entfernt. Von dem solltest du dich nicht nur Teresa zuliebe fernhalten.«

Maxwell sah ihn mit hochgezogenen Augenbrauen an.

»Er verkehrt mit den falschen Leuten.« Gonçalves winkte ab. »Wenn du wirklich etwas Cooles sehen willst, dann komm zu mir. Ich habe nächste Woche eine Thai, die sich ihren ganzen Rücken tätowieren lassen will. Vom Nacken bis zu ihrem kleinen Knackarsch. Wird dir gefallen.« Er grinste anzüglich.

»Wann?«

»Sobald das Festival vorbei ist. Montag fange ich an. Immer um fünf, eine Stunde lang.«

»Ich schaue gern vorbei. Was hast du sonst noch an Kunden?« Maxwell übte sich in Small Talk, fragte das, wovon er glaubte, dass es zu seiner Rolle als Fotograf passte und von ihm erwartet wurde. Doch obwohl er noch einmal Pedro Ferreiras Namen fallen ließ, bekam er keine weiteren Informationen über den Mann – außer dem Hinweis, er sei Abschaum.

Als die Sonne unterzugehen begann, verließ Maxwell die Runde, die inzwischen dazu übergegangen war, gemeinsam zu musizieren. Insgeheim fragte er sich, ob Portugiesen nicht vielleicht gerade wegen des Fados überhaupt erst so schwermütig wurden.

In der Alfama waren viele Menschen unterwegs. Er nahm nicht den direkten Weg, sondern lief im Zickzack durch die Straßen, sodass aus den knappen zwei Kilometern das Doppelte wurde und er fast eine Stunde bis in die Oberstadt brauchte. Mittlerweile war es dunkel geworden, und die schnörkeligen gusseisernen Laternen an den Häuserfassaden verströmten ihr sanftes gelbliches Licht.

Im Bairro Alto herrschte noch mal deutlich mehr Betrieb als in der Alfama. Maxwell schob sich durch die belebten Hauptstraßen, bevor er in eine Seitenstraße abbog, von der wiederum die schmale Gasse abzweigte, in der Ferreiras Laden lag.

Er ging um die Ecke und sah eine Gestalt aus dem Tattoo-Studio kommen. Für Sekundenbruchteile blieb sie auf der Schwelle stehen und schaute sich mit einem raschen Blick um. Augenblicklich krampfte sich Maxwells Magen zusammen, er sog scharf die Luft ein, drückte sich in den nächsten Hauseingang. Sein Herz trommelte: der Piranha-Mann.

Er horchte auf Schritte. Nichts war zu hören. Lautlos zählte er bis zehn, dann schob er seinen Kopf millimeterweise hinter dem Mauervorsprung hervor. Der Mann hatte ihm den Rücken zugekehrt und lief die *rua* in die entgegengesetzte Richtung entlang. An der Straßenecke bog er rechts in die Seitenstraße ab und verschwand.

Maxwell löste sich aus der Dunkelheit, sein Atem ging stoßweise. Hatte er sich getäuscht? Der Mann war ihm kleiner und drahtiger vorgekommen als im Casino. Konnte das an der größeren Entfernung und der legereren Kleidung liegen? Aber die

Tätowierung war für Sekundenbruchteile im Licht der Straßenlaterne sichtbar gewesen, als der Fremde aus dem Laden getreten war. Definitiv.

Maxwell lief schneller, rannte fast, musste dem Mann hinterher, ihn verfolgen, herausfinden, wer er war und wo er wohnte. Aber was, wenn Ferreira ihn am Schaufenster vorbeistürmen sah? So schwer von Begriff konnte der Tätowierer gar nicht sein, um nicht zu kapieren, was er tat. Maxwell wechselte die Straßenseite, was in der engen *rua* nicht viel brachte, wurde langsamer, drückte sich eng an die Hausmauern, zog die Schultern hoch, senkte den Kopf.

Aus den Augenwinkeln warf er einen schnellen Blick in Ferreiras Geschäft. Es war hell erleuchtet. Plötzlich blieb er wie angewurzelt stehen. Der Tätowierer saß genau gegenüber der Tür an eine Schrankwand gelehnt auf dem Boden. Das weiß lackierte Holz über ihm war mit einem breiten roten Streifen verschmiert, der erst hinter seinem Rücken endete. Seine Augen starrten blicklos geradeaus.

»Scheiße!« Ein Zittern durchlief Maxwell. Sekundenlang drohte die Eiseskälte, die ihm in die Füße kroch, seinen ganzen Körper zu lähmen. Wäre er nur eine halbe Minute früher erschienen, hätte sich die Situation in der Autowerkstatt wiederholt – dann wäre er genau in dem Moment in einen Laden gelaufen, in dem ein Mensch erschossen wurde, dann hätte der Piranha-Mann mit Sicherheit wieder auf ihn gefeuert.

Ein klappernder Fensterladen über ihm holte Maxwell ins Hier und Jetzt zurück. Hastig wandte er sich ab, rannte los, dem Kerl hinterher ans Ende der Gasse, nach rechts in die nächste. Doch bereits an der Straßenecke wusste er, wie aussichtslos sein Unterfangen war. Die *rua* vor ihm war voller Menschen, die auf Stühlen vor Kneipen saßen, in Gruppen herumstanden und Kirschlikör aus mitgebrachten Flaschen tranken oder einfach durch das Sträßchen flanierten. Sollte er die Gasse entlanglaufen und hoffen, dass er an deren Ende den Typ in eine andere Straße abbiegen sah? Oder war es besser, einen Blick in jede Kneipe zu werfen, um sicherzugehen, dass sich der Tätowierte nicht darin versteckte? Ihm blieben nur Sekundenbruchteile, um sich zu entscheiden.

Er lief weiter.

Das Vorankommen in der Gasse war mühselig. Ständig kamen ihm Menschen entgegen oder ganze Gruppen standen ihm im Weg. An vielen drängte er sich grob vorbei, manchmal schubste er sogar jemanden beiseite. Plötzlich sah er den Mann in einer Seitenstraße. Er folgte ihm, versuchte aufzuholen. Gerade als er an der Straßenecke ankam, betrat der Kerl einen großen Platz. Eine Frau kam ihm entgegen. Maxwells Herz pumpte. Sollte er ihr eine Warnung zurufen? Was, wenn sie kein Englisch verstand? Dann würde er den anderen unnötig warnen.

Der Typ beschleunigte seinen Schritt. Maxwell spurtete los. Ihn trennten nur noch wenige Meter von dem Mann, als der die Frau erreichte. Maxwell holte Luft und öffnete den Mund, um einen Schrei auszustoßen, da riss der Kerl sie von den Füßen, umschlang sie mit beiden Armen und presste sie an seinen Körper. Irgendetwas an der Haltung der Frau ließ Maxwell innehalten.

Sie lachte.

Ungläubig starrte er auf das sich umarmende Paar. Sie küssten sich. Sekundenbruchteile später erkannte er, dass der Mann keine Tätowierung am Hals trug.

Er hatte den Falschen verfolgt!

Maxwell fluchte, drehte sich um und lief den Weg zurück, den er gekommen war. Es war aussichtslos. Der Mann konnte überall sein. Dennoch suchte er weiter.

Erst als die Kneipen schlossen, gestand er sich die Niederlage ein. Auf dem Heimweg kam er an der *rua* vorüber, in der Ferreiras Geschäft lag. Sie war zwischenzeitlich abgesperrt worden. Vor dem Studio standen Polizeifahrzeuge, hinter dem Trassierband wartete eine Menschenansammlung. Nachbarn, die es nicht in ihren Betten gehalten hatte; sie trugen Bademäntel und Schlafanzüge.

Maxwell ging vorüber. Nicht einen Moment lang zögerte er. Mit den Beamten wollte er nicht sprechen. Was hätte er ihnen sagen können? Dass er einen Kerl aus dem Laden hatte kommen sehen, von dem er glaubte, er sei der Mörder? Er hatte keine Schüsse gehört. Der Mann musste also nicht zwingend der Täter gewesen sein. Da war es auch wenig hilfreich, ohne konkrete Erinnerung zu vermuten, dass ebendieser Kerl ihn im über zweitausendfünfhundert Kilometer entfernten Nürnberg niedergeschossen hatte.

In Teresas Haus war es mucksmäuschenstill. So leise wie möglich stieg er die knarrenden Stufen in den zweiten Stock hinauf und legte sich angezogen aufs Bett.

Wen hatte Ferreira heute Abend tätowieren wollen? Den Piranha-Mann? Einen anderen Kunden hatte er weit und breit nicht gesehen. Oder war der erst später erschienen, hatte den Toten gefunden und die Polizei verständigt? Warum war Ferreira umgebracht worden? Hatte es etwas zu bedeuten, dass er ausgerechnet jetzt getötet worden war, nachdem Maxwell nach Lissabon gekommen war und sich bei ihm nach dem Mann mit dem Piranha am Hals erkundigt hatte?

Maxwell hatte kein gutes Gefühl bei der Sache.

44
Erlangen, Deutschland

Dr. Schirmer setzte sich an ihren Schreibtisch und holte das klobige Diktiergerät aus dem Karton. Der Nachtdienst war bislang wieder einmal völlig chaotisch verlaufen. Sie hatte in den vergangenen Tagen auch noch keine Zeit gehabt, auf Google die Orte nachzusehen, die Maxwell Schmidbauer auf der ersten Kassette genannt hatte. Im Augenblick musste es so gehen, sonst würde sie es gar nicht schaffen.

Eilig biss sie in ihr Brötchen, leckte sich den Finger ab, an dem ein Klecks Butter klebte. Dann legte sie die zweite Kassette ein und drückte den Abspielknopf. Die kleinen Spulen begannen sich langsam zu drehen.

Wieder ertönte lange Zeit nur Rauschen, dann setzte die vertraute tiefe Stimme ein.

13. Oktober 1994

Sechs Uhr aufstehen, neun Uhr Einweisung durch Sir Martin, den ehemaligen Oberbefehlshaber der britischen Streitkräfte im Falk-

landkrieg, und weitere WEU-Angehörige. Alles wird in Englisch abgehalten: politische und militärische Lage sowie dienstliche Belange. Für mich kein Problem, aber die schlechte Aussprache der Spanier und der Dialekt der Franzosen machen die Vorträge für viele zu einem unverständlichen Kauderwelsch. Um mich herum sehe ich einige ratlose Gesichter.

Medjugorje, wo wir WEU-Polizisten in einem Hotel untergebracht sind, ist ein Pilgerort. Hier leben kroatische Bosnier. Alles ist ruhig, fast so, als hätte es keinen Krieg gegeben.

Am Nachmittag machen wir eine Erkundungsfahrt durch die Region. Mostar ist etwa fünfzehn Kilometer lang und zwei bis fünf Kilometer breit und wird durch einen Fluss, die Neretva, geteilt.

Die Trennungslinie ist nicht nur geographisch, sondern auch ethnisch: Der Osten der Stadt gehört den Muslimen, der Westen den Kroaten. Über den Fluss führt nur noch eine Behelfsbrücke; die »Stari Most«, das ehemalige Wahrzeichen der Stadt, wurde einige Monate zuvor durch den massiven Beschuss von kroatischer Seite zerstört.

Zwischen den Frontlinien sind noch immer Schutzwälle aus gestapelten Sandsäcken und Autobussen errichtet, obwohl der Krieg eigentlich vorbei sein soll.

Die ganze Stadt ist von den Kämpfen gezeichnet, überall sieht man Trümmer und Ruinen, wobei es im kroatischen Teil nicht so schlimm ist wie in Ost-Mostar. Hier ist nichts Substanzielles mehr vorhanden, achtzig Prozent der Häuser wurden dem Erdboden gleichgemacht. Wir kommen am ehemaligen öffentlichen Park vorbei – er ist mit Gräbern übersät. Ein Soldatenfriedhof.

Nicht alle Teile der Stadt werden mit Trinkwasser und Elektrizität versorgt, und alles versinkt im Dreck, die Müllabfuhr funktioniert nicht mehr.

Die Straßen hier sind wie ausgestorben. Die wenigen Menschen, die wir sehen, gehen nicht, sondern rennen. Sie sind ausgemergelt, sehen müde und gehetzt aus. Im Hintergrund hören wir mindestens fünf Granateinschläge, alle sehr laut. Ein Kollege, der schon länger vor Ort ist, erklärt, dass der Schall im Tal sehr weit trägt und die Einschläge ein bis zwei Kilometer entfernt sind.

Wir fahren Richtung Potoci in den Norden, zum Checkpoint 3. Ein Posten hält uns an, sagt, dass wenige hundert Meter vor uns eine

Granate eingeschlagen hat. Wir drehen um und fahren in den Süden. Dort liegt Blagaj und Checkpoint 5.

Pause.

14. Oktober 1994

Ich habe schichtfrei. Das ständige Rauchen der anderen ist übel. Alles stinkt. Um neun Uhr gehe ich mit Henning den Pilgerberg in Medjugorje hinauf. Wir kommen ganz schön ins Schwitzen. Einige Leute gehen den Berg barfuß rauf. Von oben hat man einen schönen Überblick über das gesamte Tal.

Am Nachmittag fahren wir nach Mostar. Überall in der Stadt sind Einzelschüsse und Salven zu hören, einige sehr nahe am Hotel Ero, wo der EU-Administrator untergebracht ist. Wir wollen Jörn besuchen, aber er ist nicht da.

Von Kollegen erfahren wir, dass der Checkpoint 3 in Potoci den ganzen Tag unter Beschuss lag. Ein bosnischer Polizist soll getötet worden sein.

Rauschen.

15. Oktober 1994

Frühdienst. Ich bin ab jetzt mit Franzosen zusammen. Nach dem Briefing um neun Uhr fahren wir zu Checkpoint 1. Es gibt keinen genauen Auftrag: Wir WEU-Polizisten sollen die Kontrollen überwachen. Wir haben kaum etwas zu tun, sitzen nur dumm herum. Die Stunden ziehen sich endlos. Mir ist langweilig. Ich laufe ein bisschen herum, schaue mir die Umgebung an. Die beiden kroatischen Polizisten tun nichts. Wenn es sie nicht gäbe, käme es auf dasselbe heraus.

Nach unserer Rückkehr nach Medjugorje erfahre ich, dass sich ein Kollege aus NRW geweigert hat, den Checkpoint 3 zu besetzen. Der für uns zuständige Polizeioberrat ist ausgerastet und will ein Verfahren wegen Befehlsausführungsverweigerung einleiten. Die Kollegen aus der Gruppe organisieren ein paar Schreiben an ihr Innenministerium. Ich melde mich freiwillig für den Checkpoint 3. Auf einmal ist die Welt wieder in Ordnung.

Langes Rauschen.

16. Oktober 1994

Checkpoint 3 liegt in Potoci, im Norden von Mostar, zirka drei Kilometer entfernt. Hier sollen sich viele Moslem-Soldaten aufhalten. Deshalb wird von den Bergen im Osten aus von den Serben ständig mit Panzergranaten auf Potoci geschossen.

Während wir noch eingewiesen werden, schlägt die erste Granate ein. Mit einem Pfeifen durchschneidet sie die Luft, explodiert ganz nah. Die Kollegen, die den Checkpoint schon länger besetzen, schicken uns hinter das Haus, da uns sonst die Serben sehen können und dann eventuell auf den Checkpoint zielen.

In der nächsten Stunde zähle ich dreißig Granaten. An Arbeiten ist nicht zu denken. Mit dem Fernglas beobachten wir einen Panzer oben auf dem Berg und können das Mündungsfeuer beim Abschuss sehen. Auf einmal gibt es ganz nah einen Einschlag. Jemand packt mich am Arm und zieht mich in den Laden gegenüber. Dort quetsche ich mich mit drei anderen Männern in einen winzigen fensterlosen Abstellraum. Die Einschläge kommen in immer kürzeren Abständen immer näher. Meine Gedanken rasen. Eine Granate trifft ein Nachbarhaus, Staub und Steinsplitter dringen durch die offene Ladentür. Ich muss husten. Pfeifen. Bumm. Pfeifen. Bumm. Drei, vier, fünf Granaten schlagen keine zwanzig Meter von uns entfernt ein. Die Wände zittern, meine Knie auch. Nachdem ich mich vorher gefreut hatte, mitten in der Action zu sein, wird mir jetzt bewusst, dass es mich auch jederzeit treffen könnte. Ich habe keine Ahnung, was wir tun sollen: wegrennen? Bleiben? Ist es dort sicherer, wo schon ein Geschoss einschlug? Oder kommt die nächste Granate an derselben Stelle runter? Nach einer Stunde herrscht plötzlich Stille. Wir wagen uns aus dem Laden, sehen die zerstörten Häuser. Dann werden verstümmelte, blutende Schwerverletzte und Tote vorbeigetragen.

Am Abend rufe ich Doris an, sie weint am Telefon, das tut weh, ich schlafe schlecht.

45
Lissabon, Portugal

Lautes Gepolter. Maxwell schreckte hoch, er war eingenickt. Nun durchzuckten grelle Lichtreflexe die Fensterscheiben und spiegelten sich an der Decke. Eine tiefe Männerstimme brüllte etwas auf Portugiesisch, während eine Faust gegen die Tür hämmerte. Maxwell sprang aus dem Bett und schlich im Dunkeln ans Fenster. Obwohl die *rua* für Autos gesperrt war, standen zwei Polizeifahrzeuge mit blinkendem Blaulicht unmittelbar vor dem Hauseingang.

Maxwells Puls beschleunigte sich. Das Szenario konnte nur eins bedeuten: Jemand hatte ihn angeschwärzt. Jemand, der ihn kannte und wusste, wo er wohnte. Denn selbst wenn ihn ein Nachbar in der Gasse vor Ferreiras Studio gesehen hatte und sein Aussehen beschreiben konnte, woher sollte die Polizei wissen, wo er zu finden war?

Sein Blick schweifte rasch durchs Zimmer. Was er brauchte, hatte er bei sich: sein Portemonnaie mit Geld, Karten und Ausweis. Alles andere war nebensächlich. Unten wurde die Tür geöffnet, Teresas Vater trat, in einen Bademantel gehüllt, hinaus. Die Zeit wurde knapp. Maxwells einzige Chance, sich ungesehen davonzumachen, war, über die Terrasse hinter dem Haus zu flüchten.

Leise öffnete er das Badezimmerfenster im rückwärtigen Teil des Hauses und beugte sich in die Dunkelheit hinaus. Das Fallrohr der Dachrinne war einen halben Meter von ihm entfernt. Er rüttelte daran. Es machte einen soliden Eindruck. Also stieg er auf den Fenstersims. Noch einmal atmete er tief durch. Die Konzentration und ruhige Gelassenheit, die er von Einsätzen her gewohnt war, breitete sich in ihm aus. Mit einem Ruck schwang er sich hinaus und klammerte sich an der Rinne fest, während seine Fußsohlen mehrfach abrutschten, bis sie endlich Halt fanden. Dann kletterte er zügig hinunter. Auf Höhe von Teresas Stockwerk quietschte das Fallrohr plötzlich. Die Verankerung hatte sich gelockert. Blitzschnell ließ er sich einen Meter hinabgleiten, um die Stelle zu entlasten. Das Rohr hielt seinem Gewicht stand. Trotzdem entschied er, die letzten Meter zu springen.

Seine Knie federten den Fall ab. Mit einem leisen Geräusch kam er auf den Füßen auf. Einen Moment blieb er eng an die Hauswand gedrückt im Dunkeln stehen und horchte, während er sich den Dreck von den Händen an der Jeans abwischte. Auf einmal hörte er Teresas Stimme. Sie schien mit den Polizisten zu sprechen.

Mit wenigen Schritten war er an der Terrassenbrüstung. Unter ihm ging es mindestens sechs Meter in die Tiefe – zu weit, um einfach so hinabzuspringen, zumal er nicht sehen konnte, wo er landete. Die Betonmauer war glatt und bot keinerlei Risse oder Spalten zum Klettern. Am anderen Ende der Terrasse rankte sich jedoch wilder Wein herauf. Dort könnte es gehen.

Maxwell hatte zwei Schritte in die Richtung gemacht, als die Außenbeleuchtung des Hauses eingeschaltet und die Terrasse in gleißend helles Licht getaucht wurde. Er erstarrte. Im Torbogen standen Teresa und drei Männer, zwei waren Polizisten in Uniform, einer in Zivil.

»Was tust du hier?« Verwirrt zog Teresa die Stirn kraus.

»Ich konnte nicht schlafen und wollte eine Zigarette rauchen. Leider liegen hier keine mehr herum.« Er deutete auf den Tisch.

»Du rauchst doch gar nicht.«

»Ich habe vor ein paar Monaten aufgehört, aber heute Abend hatte ich auf einmal Lust auf eine«, improvisierte er.

Der zivil gekleidete Beamte, der deutlich älter war als die beiden Uniformierten, fuhr ihn auf Portugiesisch an. Maxwell verstand nichts. Teresa mischte sich ein und erklärte dem Mann etwas in ebenso schnellem Portugiesisch. Maxwell identifizierte nur die Worte *americano* und *fotógrafo*. Der Ermittler antwortete mit einem weiteren unverständlichen Wortschwall.

»Er will wissen, wer du bist«, übersetzte Teresa.

»Maxwell Charles Schmidbauer.« Maxwell sprach seinen Nachnamen wie »Smiedboar« aus.

»Er fragt, ob wir ein Liebespaar sind«, machte Teresa weiter.

Maxwell schüttelte den Kopf. »Wie heißt er, und welchen Dienstgrad hat er?«

»Er ist *comissário* und heißt Morais.«

»Worum geht es hier?«

Nachdem Teresa übersetzt hatte, machte Morais eine Handbewegung nach oben in Richtung von Teresas Wohnung und murmelte etwas Unverständliches.

»Wir sollen hinaufgehen. Dort wird er uns erklären, warum er gekommen ist.« Sie wandte sich zur Treppe und schritt voran, gefolgt von ihrem Vater und Maxwell. Die Beamten bildeten den Abschluss der kleinen Prozession.

Während sie hineingingen, sah Maxwell, dass vor dem Haus noch bedeutend mehr Einsatzkräfte warteten. Er verstand die Taktik der portugiesischen Polizei nicht. Würden sie ihn wegen eines Tötungsdelikts suchen, müsste er schon längst mit von sich gestreckten Armen und Beinen auf dem Boden liegen. Vielleicht ging es gar nicht um ihn?

Teresas Töchter drückten sich ängstlich gegen den Türrahmen. Sie waren barfuß. Luisa lutschte am Daumen. Mit der anderen Hand knüllte sie ihr Nachthemd zusammen. Sobald ihre Mutter den Treppenabsatz erreichte, flog sie ihr in die Arme und presste das kleine Gesicht gegen ihren Bauch. Maxwell hörte ein lautes Schluchzen. Nelina klammerte sich dagegen weiter tapfer am Türrahmen fest und fixierte die Polizisten. Der Großvater trat vor, strich ihr über den Kopf, bevor er etwas zu ihr sagte. Wie der Blitz sauste die Kleine los, drückte sich eng an die Wand und rannte die Treppen hinab ins Erdgeschoss. Dann nahm er Teresas jüngere Tochter auf den Arm und brachte auch sie zur Großmutter hinunter.

Maxwell deutete zur nächsten Etage hinauf und fragte, ob er in seine Wohnung gehen solle, doch der *comissário* schüttelte den Kopf. Teresa erklärte ihm, dass Maxwell nicht bei ihr wohne, sondern ein Zimmer im zweiten Stock gemietet habe. Der Beamte schüttelte trotzdem den Kopf und gestikulierte weiterhin zu Teresas Wohnung.

Erst als sie sich im Esszimmer an den Tisch gesetzt hatten, erklärte Morais den Grund seines Besuchs.

Maxwell verstand nur zwei der Schlüsselbegriffe: Pedro Ferreira und *assassinado*. Warum sie deswegen zu Teresa gekommen waren, erschloss sich ihm nicht.

Irgendeinen Zusammenhang zwischen ihr und dem Tätowierer musste es jedoch geben, denn kaum waren die beiden Worte gefallen, schoss ihre Hand zum Mund. Die Farbe wich aus ihrem Gesicht. Ihre Augen weiteten sich, bevor sie zu schimmern begannen und Tränen über ihre Wangen liefen.

Maxwell ließ ein paar Minuten verstreichen, dann fragte er: »Was ist hier los?«

Niemand antwortete.

»Was ist passiert?« Diesmal schlug er einen scharfen Tonfall an, während er von einem zum anderen sah.

Endlich wandte sich Teresa ihm zu. »Mein Ma...ann ist heute Na...acht ermordet worden.« Ein Schluckauf, der sie alle paar Wörter unterbrach, verlieh dem Satz etwas Groteskes.

Maxwell hatte das Gefühl, als habe ihm jemand mit voller Wucht gegen das Brustbein getreten. Sämtliche Luft wurde aus seinen Lungen gepresst.

»Du bist mit Pedro Ferreira verheiratet?«, stieß er atemlos hervor.

Teresa nickte. Morais beobachtete den Wortwechsel aus zusammengekniffenen Augen, sagte etwas. Teresa schüttelte den Kopf. Er richtete seinen Blick auf Maxwell und sagte erneut etwas.

»Er will wissen, wa...as du am Abend gemacht ha...ast«, übersetzte sie noch immer hicksend.

»Ich bin spazieren gegangen, in der Alfama, und habe das Lissabonner Nachtleben genossen.«

»Wann bis...t du zurückgekommen?«

Maxwell zuckte mit den Schultern. »Als die Kneipen dichtgemacht haben. Keine Ahnung, wie spät das war.«

Teresa dolmetschte.

Morais verlangte, seinen Ausweis zu sehen. Maxwells Magen verkrampfte sich. Um Zeit zu gewinnen, schenkte er Teresa ein Glas Wasser aus einer Karaffe auf dem Tisch ein. Als er sich wieder aufrichtete, sah er, dass Morais ihn mit gerunzelter Stirn eindringlich musterte. Dem Polizisten war nicht entgangen, dass er etwas verbergen wollte. Mit zusammengebissenen Zähnen griff er schließlich nach seinem Geldbeutel und zog den Personalausweis heraus. Er versuchte, trotz seiner Anspannung möglichst gleichgültig zu wirken. Der *comissário* warf einen Blick auf die Plastikkarte und zog die Stirn in noch tiefere Falten.

»Ich denke, Sie sind Amerikaner?« Er hatte in die ihm nur mäßig vertraute Fremdsprache gewechselt.

»Mein Vater ist Amerikaner, aber meine Mutter Deutsche.« Maxwell sprach langsam und deutlich.

Teresas Kopf fuhr herum, er fühlte ihren Blick.

»Soso.« Morais gab den Ausweis an einen Uniformierten weiter, der ihn gewissenhaft abschrieb. Dann wandte er sich wieder an Teresa, stellte ihr eine Frage nach der anderen, auf die sie immer heftiger antwortete, bis er plötzlich ein dünnes gelbes Blatt Papier mit mehreren Stempeln aus der Tasche zog und es ihr reichte. Sie wurde bleich.

»Was ist das?«, fragte Maxwell auf das Dokument deutend, doch er erhielt keine Antwort. Wieder begann Teresa heftig mit dem *comissário* zu debattieren, es klang nach einem handfesten Streit. Schließlich stand Morais auf.

»Was geht hier eigentlich vor?«, rief Maxwell wütend und erhob sich ebenfalls.

»Die Mann von Senhora Ferreira wurde erschossen. Wir denken, er hat Drogen gebracht. Vielleicht eine Streit unter Dealern? Er ... ähm ... es gab zwei Schüsse. Aus große Nähe. Wir durchsuchen diese Haus. Er hat hier gelebt. Vielleicht wir finden ... ähm ... Ideen. Oder Sie und Senhora Ferreira sind eine Liebespaar? Vielleicht Sie haben geschossen auf ihre Mann?«

Einer der Beamten trat ins Zimmer und übergab dem *comissário* das Apothekentütchen mit Maxwells Medikamenten samt einer gemurmelten Erklärung.

»Sie wohnen in die andere Wohnung?«, fragte Morais.

Maxwell nickte.

»Ist das hier Ihre?«

Maxwell nickte erneut.

»Was ist das?«

Maxwell wollte schon »*drugs*« antworten, als ihm klar wurde, dass das englische Wort nicht nur für Medikamente, sondern auch für Rauschgift stand. Im letzten Moment sagte er: »*Medication.*«

Der Beamte sah ihn durchdringend an. »Sie essen viele Tabletten? Sie sind eine Abhängige?«

»Das sind Medikamente, die mir von einer Ärztin im Krankenhaus verschrieben wurden.«

»Warum?«

»Kopfschmerzen.«

»Nein, nein!« Morais lachte auf. »Das ist eine Märchen. Diese Wirkstoff sehr hart.«

»Ich habe ein Rezept.«

»Sie zeigen mir.«

»Es ist oben bei meinen Sachen.« Maxwell machte eine Geste zur Decke.

»Wir gehen.«

Gemeinsam stiegen sie in den zweiten Stock. Ein Beamter war gerade dabei, den Spiegel im Badezimmer von der Wand zu nehmen, als sie eintraten. Maxwell ging in sein Zimmer. Seine Reisetasche stand geöffnet auf dem Tisch. Er fasste in die Seitentasche und entnahm ihr ein Kuvert, in dem sich seine Rezepte befanden. Der *comissário* sah sie sich genau an, dann rief er den jungen Uniformierten aus dem Badezimmer zu sich. Sie flüsterten miteinander, was in Maxwells Augen völlig übertrieben war, denn Morais musste inzwischen wissen, dass er ihn sowieso nicht verstand.

»Ist das der Name der Ärztin?«, fragte der junge Beamte, während er auf den Stempel neben der Unterschrift deutete.

Maxwell nickte.

»Wir werden Fragen stellen, ob Sie diese Papier haben dürfen«, entschied der *comissário.*

»Sie werden sich doch wohl nicht in der Klinik erkundigen?«

»Warum nicht? Wird man uns sagen, es gibt keine Arzt mit diese Namen? Haben Sie diese Papier selbst geschrieben? Ist es eine ... ähm ... Fälschung?«

Maxwells Augen verengten sich zu Schlitzen, aber er gab keine Antwort.

»Ich habe ein Idee. Wir werden telefonieren mit die Polizei. In Deutschland. Vielleicht sind Sie eine Bekannter?«

Maxwell presste die Lippen aufeinander, dann griff er langsam zu seiner Gesäßtasche, holte abermals seinen Geldbeutel hervor, entnahm ihm seinen Dienstausweis und hielt ihn dem portugiesischen Kollegen hin.

»Ich bin Polizeibeamter. Spezialeinheit. Vor ein paar Monaten wurde ich durch einen Kopfschuss verletzt.« Um seine Worte zu unterstreichen, streifte er sich die Bandana ab, sodass die Narben zum Vorschein kamen. »Rufen Sie an, wen immer Sie wollen. Man wird Ihnen bestätigen, was ich Ihnen gesagt habe.«

Morais musterte ihn mit undurchschaubarem Gesichtsausdruck. Dann sah er wieder auf Maxwells Ausweis in seiner Hand.

»Warum Sie sind in diese Haus?«

»Ich mache Urlaub.«

»In *Lisboa*? Bei eine Frau, wo ihre Mann getötet wird? Mit zwei Schüsse? In die Kopf?«

»Ich bin hier, weil ich einen Tapetenwechsel gebraucht habe. Ich versuche gesund zu werden und die Kraft für meine Arbeit wiederzufinden. Wegen der Verletzung musste ich mit dem Zug fahren und bin an der Grenze gestrandet. Der Streik. Ich bin getrampt, dabei habe ich Teresa getroffen. Bis heute Abend wusste ich nicht einmal ihren Nachnamen.«

»Warum Sie sagen, Sie sind eine Fotograf?«

»Binden Sie jedem auf die Nase, dass Sie Bulle sind? Da, wo ich herkomme, ist es mittlerweile eher ein Grund für Anfeindungen als für Hochachtung. Teresa war nett zu mir, sie hat mir ein Zimmer angeboten. Ich wollte nicht, dass sie dieses Angebot zurückzieht, nur weil ich Polizist bin.«

»Wer Sie hat geschossen?«

»Ich weiß es nicht, ich kann mich nicht erinnern.«

»Bei eine Einsatz?«

Maxwell schüttelte den Kopf.

»Ich werde die Kollege in Deutschland telefonieren.«

»Tun Sie, was Sie nicht lassen können.« Maxwell zuckte scheinbar gleichgültig mit den Schultern.

Eine Stunde später beendeten die Polizisten ihre Arbeit, ohne etwas mitzunehmen, und verließen das Haus. Sobald sie gegangen waren, kam Teresa zu ihm ins Zimmer.

»Warum hast du mich angelogen?« Sie starrte ihn an, ihr Ton war schneidend.

Er starrte zurück.

»Wer bist du?«

»Du kennst meinen Namen.«

»Aber du bist kein Amerikaner.«

»Ich heiße trotzdem Maxwell. Mein Vater ist Amerikaner.«

»Du bist kein Fotograf.«

Maxwell antwortete nicht.

»Der *comissário* hat gesagt, dass du Polizeibeamter bist.«

Maxwell rang mit sich. Konnte er ihr vertrauen? Nun, da seine Legende aufgeflogen war, durfte er ihr sagen, warum er nach Lissabon gekommen war und was er vermutete? Sie war die Einzige, die ihm weiterhelfen konnte. Als das Schweigen drückend wurde, gab er sich einen Ruck. »Ja, ich bin ein Bulle.«

»Warum hast du mich angelogen?«

Maxwell kramte aus einer der vielen Taschen seiner Hose die mittlerweile mitgenommen aussehenden Ausdrucke hervor, die er von den Bildern der Homepage des deutschen Fotografen gemacht hatte, und zeigte ihr das Foto mit der Piranha-Tätowierung.

Teresas Augen weiteten sich vor Schreck.

»Du kennst den Mann?«

»Was hast du mit ihm zu schaffen?« Ihre Stimme zitterte.

Einmal mehr nahm Maxwell die Bandana ab und deutete auf die Narben. »Er hat mir in den Kopf geschossen. Ich habe überlebt, aber ein anderer Mann hatte nicht so viel Glück.«

»Oh mein Gott! In was bin ich da nur hineingeraten?« Teresa ließ sich langsam auf einen Stuhl sinken und schlug die Hände vors Gesicht. Erst als ihr Rücken zu zucken begann, merkte Maxwell, dass sie weinte. Er trat neben sie und legte eine Hand auf ihre Schulter, drückte sie.

Nach einer Weile bat er eindringlich: »Teresa, wenn du etwas weißt, was mir weiterhilft, dann sag es mir bitte. Ich glaube, dieser Kerl hat auch bei dem Mord an deinem Mann die Finger im Spiel.«

Sie rang eine Weile mit sich, schließlich begann sie zu erzählen.

»Als ich Pedro kennengelernt habe, war er gerade erst aus dem Gefängnis entlassen worden, doch das erfuhr ich erst viel später. Er wurde mir bei einem Konzert vom Veranstalter vorgestellt. Er sah gut aus und war voller Leben. Ausgehungert, wenn du verstehst, was ich meine.« Teresa hielt einen Moment inne. Ihre Gesichtszüge wurden sanft, die Augen sprühten. »Seine draufgängerische Art hat mir gefallen. Kurze Zeit später war ich schwanger – dann waren wir auch schon verheiratet. Alles ging sehr schnell. Zu dem Zeitpunkt hatte Pedro gerade in einem Tattoo- und Piercing-Studio einen Job gefunden. Zeichnen konnte er wohl schon immer sehr gut. Er hat mir ein paar Comics gezeigt, die er als Jugendlicher entworfen hatte. Im Gefängnis kam dann die Leidenschaft fürs Tätowieren dazu.«

»Warum war er im Knast?«, fragte Maxwell.

»Das hat er mir nie gesagt, und ich wollte es auch gar nicht wissen. Meine Freunde hatten mir die wildesten Gerüchte erzählt von Ausrastern, Prügeleien, Betrügereien, aber auch davon, dass er betrunken einen Menschen totgefahren haben soll. Ich habe alles ignoriert. Mir gegenüber war Pedro lammfromm. Er hat sich rührend um Nelina gekümmert. Einen besseren Vater hätte man sich nicht vorstellen können. Meine Freunde waren zwar immer noch misstrauisch, verstummten aber mit der Zeit. Nach Luisas Geburt hat sich jedoch alles geändert.«

Teresa machte eine lange Pause, Maxwell wartete.

»Er hat von einem Tag auf den anderen seinen Job gekündigt und das Studio im Bairro Alto eröffnet. Ich habe ihn gefragt, woher er das Geld für den Laden hat, aber er hat sich nie in die Karten schauen lassen. Von da an ging es bei uns ziemlich verrückt zu. Es gab Zeiten, da wollte er mehrere Tage am Stück im Studio schlafen, weil er so viel zu tun hatte. Und dann wieder hat er sich wochenlang gelangweilt, weil kein einziger Kunde vorbeikam. In der Zeit war er schlecht gelaunt und unausgeglichen, hat mich und die Kinder angemault. Er wurde immer launischer und oft aggressiv.

Auch seine Finanzen waren chaotisch: Wir konnten nie fest mit seinem Einkommen rechnen. Manchmal hatte er so viel Geld, dass er mit den aberwitzigsten Geschenken für Nelina und

Luisa nach Hause gekommen ist, und dann wieder hatte er nicht einmal genug, um Zigaretten zu kaufen. Letzteres kam jedoch immer häufiger vor. Ich habe es nicht kapiert und hätte es vielleicht nie gemerkt, wenn nicht Salomão eines Abends bei einer Probe eine Drogenbroschüre auf den Tisch geknallt und mich gefragt hätte, wie lang ich noch wegschauen will.« In Teresas Augen standen Tränen, sie sah Maxwell hilflos an.

»Dein Mann hat Kokain konsumiert?«

Teresa nickte, ohne ihn zu fragen, woher er das wusste.

»Das ist kein Grund, ihn umzubringen, da muss mehr dahinterstecken!«

Teresa biss sich auf die Unterlippe. »Vor einem halben Jahr hämmerte eines Abends jemand wie wild gegen die Tür. Pedro war gerade erst von der Reise zu einer internationalen Tattoo-Convention in der Schweiz nach Hause gekommen. Wir saßen beim Essen. Pedro wurde absolut panisch und schrie, dass sie gekommen waren, um ihn umzubringen. Ich bin zu Tode erschrocken. Gott sei Dank waren meine Eltern mit den Kindern übers Wochenende bei Verwandten in Porto.

Sie waren zu dritt. Einer hat mir sofort ein Messer an den Hals gehalten und gedroht, mich zu vergewaltigen und umzubringen, wenn Pedro ihnen nicht sagen würde, wo er ›es‹ versteckt hatte. Ich habe am Anfang nicht einmal kapiert, worum es ging, was ›es‹ sein sollte. Dem Gespräch entnahm ich, dass es um Flaschen ging. Weinflaschen.«

Maxwell ging langsam im Zimmer auf und ab, während sie fortfuhr.

»Pedro hat immer wieder erklärt, eine wäre auf der Reise kaputtgegangen und ausgelaufen, und dass er nichts dafür konnte. Er hätte sogar versucht, ›es‹ mit seinem Pullover aufzuwischen. Ich habe das gar nicht richtig verstanden, denn warum sollte jemand wegen einer zerbrochenen Weinflasche einen solchen Aufstand bauen?

Als der Mann mit seiner Drohung Ernst machen wollte, bettelte Pedro, dass sie mir nichts antun sollten. Schließlich holte er den Koffer. Darin waren noch seine Kleider und die Gerätschaften, mit denen er auf die Convention gefahren war. Alles war verfärbt und roch ganz komisch. Sie haben sich die Sachen genau angesehen und beratschlagt. Dann haben sie den Koffer mitgenommen und gedroht wiederzukommen, wenn Pedro sie verarscht hätte.«

Maxwell sah sie mit gerunzelter Stirn an. »Ich bin mir nicht sicher, ob ich verstehe, was du meinst. Wenn in der Weinflasche Drogen versteckt waren, dann kann es nicht so schlimm gewesen sein, wenn sie zerbrochen ist. Das Rauschgift muss doch gut verpackt gewesen sein, damit es keinen Schaden nimmt.«

»Das Kokain war nicht in Beuteln abgepackt in der Flasche, sondern im Wein aufgelöst. Und als die Flasche zerbrach, ist alles in seine Kleider gelaufen.«

»Woher weißt du das?«

»Er hat es mir schließlich erzählt.«

»Und von wem hatte er das Zeug?«

»Von den Typen, die zu uns kamen und ihn zur Rede gestellt haben.«

»Hat er regelmäßig für sie als Drogenkurier gearbeitet, wenn er zu Conventions gefahren ist?«

»Ich nehme es an. Er ist der Frage immer ausgewichen.«

»Hast du dich deswegen von ihm getrennt?«

Teresa schüttelte den Kopf. »Er hatte mir versprochen, sich nicht mehr mit seinen Kumpels aus dem Gefängnis zu treffen, sondern sich nur noch um sein Studio zu kümmern. Aber ein paar Wochen später hat er in einem Wutanfall die Kinder geschlagen. Luisa ist das Trommelfell geplatzt, so sehr hat er sie geohrfeigt. Das konnte ich ihm nicht verzeihen. In dem Augenblick wurde mir klar, dass er mit seinen Drogen meine Familie kaputt macht. Deshalb habe ich ihn vor die Tür gesetzt.«

»Und der Mann mit der Piranha-Tätowierung? Wo kommt der ins Spiel?«

»Er war einer der drei Männer. Der, der mir das Messer an den Hals gehalten und gedroht hat, mich zu vergewaltigen und umzubringen. Ich habe ihm geglaubt. Er war eiskalt. Ich hatte Todesangst, während er mich festhielt.«

»Woher kannte dein Mann ihn?«

»Ich nehme an, aus dem Gefängnis. Der Piranha war das erste Tattoo, das Pedro in seinem eigenen Laden gestochen hat. Er war so stolz darauf, dass er jedem das Foto gezeigt hat. ›Jetzt sind wir auf der sicheren Seite, jetzt kann uns nichts mehr passieren‹, hat er immer wieder gesagt. Aber an dem Abend, als die Kerle zu uns kamen, hat es ganz anders geklungen.«

»Weißt du, wie der Typ heißt?«

Sie schüttelte den Kopf.

»Ich muss mehr über ihn herausfinden.« Er dachte eine Weile nach, dann hatte er sich entschieden. »Ich werde in ein Hotel ziehen, um dich und deine Familie nicht zu gefährden.«

46
London, Grossbritannien

Der Weingroßhandel, der auf Moema Parzeres' Referenzliste genannt wurde, befand sich in Richmond, im Südwesten von London. Renata ging über den weitläufigen Hof zu einer Laderampe, an die ein junger Mann gelehnt stand und eine Zigarette rauchte.

»Guten Morgen. Wo finde ich jemanden, der sich mit brasilianischem Rotwein auskennt?«

»Haben Sie einen Laden oder ein Restaurant?«

»Ich bin Journalistin und mache eine Reportage über brasilianische Weingüter und darüber, wie die Weine in aller Herren Länder wahrgenommen werden. Sie wurden mir wegen Ihrer großen Auswahl empfohlen.« Diesmal hatte sich Renata im Vorfeld eine Geschichte ausgedacht, mit der sie hoffte, Informationen über das Weingut der Parzeres zu erhalten.

»Da kann Ihnen sicher Mr. Wright weiterhelfen. Kommen Sie.« Er schnippte den Zigarettenstummel in eine Pfütze und führte sie die Treppe hinauf in eine riesige Lagerhalle. Überall standen Paletten mit Weinkartons. In einem der Gänge arbeitete ein Mann in einem blauen Kittel, ein Klemmbrett gegen den Bauch gepresst, zählte er mit ausgestrecktem Finger die Paletten ab.

»Mr. Wright? Die Dame kommt auf Empfehlung wegen einer Reportage über brasilianischen Rotwein.«

Der Mann ließ den Arm sinken und drehte sich um. Seine buschigen Augenbrauen waren in der Mitte über der Nase zusammengewachsen. Er machte keinen sonderlich erfreuten Eindruck, in seiner Arbeit gestört zu werden.

»Um genau zu sein, interessiere ich mich für den Rotwein eines ganz bestimmten Weinguts: Casa Garibaldina.«

»Führen wir nicht mehr.«

»Sind Sie sicher? Sie stehen auf der Referenzliste des Weinguts.«

»Unser Sortiment wechselt von Saison zu Saison. Je nachdem, wie Ernte und Qualität der Weine ausfallen.«

»Könnten Sie nachsehen, wann Sie zuletzt Wein von dort verkauft haben?«, bat Renata.

Wortlos drehte sich der Mann im blauen Kittel um und schritt ihr voran zu einem kleinen Büro.

»Setzen Sie sich.« Er wies auf einen marode wirkenden Holzstuhl voller eingetrockneter Farbkleckse. Während er mürrisch auf der Tastatur eines alten Computers herumhackte, sah sich Renata um. Der Drucker arbeitete mit Endlospapier, das trotz des grellen Lichts einer einsamen Neonröhre verblichen wirkte. Der abgetretene, ehemals dunkelbraune Teppichboden war mit Flecken übersät, und an manchen Stellen blätterte die Farbe von der Wand, als habe es einmal einen Wasserschaden gegeben.

»Vor zweieinhalb Jahren.« Der Mann sah auf und musterte Renata. »Die Ware war kaum zu verkaufen. Ein deutlicher Qualitätsabfall im Vergleich zu vorher. Wir bekamen viele Reklamationen.«

Renata war die Überraschung anzusehen.

»Warum wundert Sie das?«

»Ich habe gehört, dass der Wein von Casa Garibaldina sehr gut sein soll.«

»Das war er einmal.«

»Wie kam es, dass Sie das Weingut in Ihr Sortiment aufgenommen haben?«

»Ich halte meine Augen und Ohren offen und reise viel. Nur vor Ort kann man Geschäfte machen.«

Das mochte den Zustand des Büros erklären, dachte Renata. »Sie waren in Brasilien?«

Er nickte.

»Auf Casa Garibaldina?«

»Vor acht Jahren.«

»Welchen Eindruck hatten Sie?«

»Einen hervorragenden, sonst hätte ich dort nicht eingekauft.« Er erhob sich und signalisierte ihr damit das Ende des Gesprächs.

Renata ging zurück zur U-Bahn. Während sie auf den nächsten Zug wartete, machte sie sich Notizen über das, was sie soeben erfahren hatte, dann holte sie die Adressliste heraus. Es gab noch zwei weitere Geschäfte, in denen sie es versuchen konnte. Einen Gemüseladen in Islington und eine Weinhandlung in Bexley. Sie entschied sich für Erstere und stieg am Bahnhof Victoria in die gleichnamige Linie um.

Mithilfe eines Stadtplans fand sie schließlich die gesuchte Straße. Sie sah sich um. Kein Lebensmittelladen weit und breit. Sicherheitshalber überprüfte sie die Adresse auf der Liste: Sie hatte sich nicht geirrt. Rasch stieß sie die Tür der Bäckerei auf, die sich nun in den Räumen befand, und wandte sich an die Verkäuferin hinter dem Tresen.

»Entschuldigen Sie, ich suche den Gemüseladen, der hier einmal war.«

»Tut mir leid, Liebes, den gibt es schon seit über einem halben Jahr nicht mehr.«

»Wissen Sie, was daraus geworden ist? Ist er in eine andere Gegend gezogen?«

»Sie sind nicht von hier, was?«

Renata schüttelte den Kopf.

»Der Besitzer wurde erschossen. Hier, mitten in seinem Laden. Am helllichten Tag. Den Täter hat man bis heute nicht gefasst. Die Polizei tappt völlig im Dunkeln.« Die Stimme der Verkäuferin zeigte deutlich, für wie skandalös sie dies hielt.

»Oh, nichts für ungut.« Renata drehte sich um und verließ die Bäckerei.

Mit wenig Hoffnung machte sie sich auf den Weg zum dritten und letzten Geschäft, das auf der Liste genannt wurde, die sie von Moema Parzeres erhalten hatte.

Der Inhaber der kleinen Weinhandlung in Bexley trug einen

orangefarbenen Dastar. Sofern sich Renata nicht täuschte, war der Turban ein Zeichen, dass der Inder ein Sikh war. Er hatte strahlend weiße Zähne, ebenmäßig, und zeigte sie bei jeder sich ihm bietenden Gelegenheit.

»Was kann ich für Sie tun, mein Fräulein?«

»Ich suche brasilianischen Rotwein. Haben Sie welchen?« Renata sah sich um. Es war unwahrscheinlich, dass ausgerechnet ein kleiner indischer Laden in Bexley Moema Parzeres' Wein verkaufen sollte, wenn schon der Großhändler ihn nicht mehr vertrieb.

»Natürlich.« Der Mann stieg in seinem fast knielangen Hemd eine Leiter hinauf, die bis ans oberste Fach des deckenhohen Regals reichte. »Möchten Sie einen bestimmten?«

»Haben Sie welchen vom Weingut Casa Garibaldina?«

Leises Flaschenklirren war zu hören. »Nein, tut mir leid.«

»Haben Sie nur im Moment keinen oder führen sie ihn generell nicht?«

»Wir warten auf eine Nachlieferung.«

»Kaufen Sie die Weine beim Großhändler oder beim Erzeuger?«

»Immer direkt.« Der Mann kam die Leiter langsam herunter. Erneut zeigte er seine strahlend weißen Zähne. »Warum fragen Sie?«

»Ich habe überlegt, wie lange es wohl dauern wird, bis Sie wieder welchen haben werden.«

»Das kann ich leider nicht sagen, das variiert von Weingut zu Weingut. Manche sind schnelle Versender, bei anderen dauert es eine Weile. Geben Sie mir Ihre Telefonnummer, ich werde Sie anrufen, sobald die neue Lieferung eingetroffen ist.« Er griff nach einem Kugelschreiber. »Wie lautet Ihr Name?«

»Renata ... Tei– Tamika ... Rodriguez.« Sie kramte in ihrer Handtasche nach dem neuen Handy, da sie die Nummer noch nicht auswendig wusste.

47
Lissabon, Portugal

Das Hemd klebte Maxwell am Körper, als er endlich in die klimatisierte Kühle von Lissabons größtem Cybercafé im Pavilhão do Conhecimento trat. An einem Rechner in der hintersten Ecke fühlte er sich ungestört, niemand konnte hinter ihm sitzen und ihn beobachten. Er öffnete einen Internetbrowser, rief eine Suchmaschine auf und gab »Kokain« ein. Fast fünf Millionen Treffer. Er wechselte das Schlagwort. Aus »Kokain« wurde »Kokain-HCl«, später suchte er nach »Kokain« und »Wein« und dann nach »aufgelöstes Kokain«.

Zwei Stunden später machte sich ein leises Ziehen in seinem Kopf bemerkbar. Je mehr er las, desto stärker wurde es: Im Hafen von Lissabon hatte die portugiesische Polizei in einem aus Venezuela stammenden Containerschiff die Rekordmenge von neun Tonnen gelöstem und dann tiefgefrorenem Kokain beschlagnahmt, das zur Tarnung mit Tintenfischabfall vermengt worden war.

In einer anderen Meldung las er, dass spanische Drogenfahnder in einer Ladung Tiefkühlobst eine Tonne Flüssigkokain im Wert von dreißig Millionen Euro entdeckt hatten. Auch hier war das Rauschgift mit dem Fruchtfleisch gemischt und dann eingefroren worden. Noch dreister waren peruanische Schmuggler gewesen: Sie hatten Artischocken in achttausend Konservendosen statt in reinem Wasser in aufgelöstem Kokain eingelegt. Die Schiffsladung war für Spanien bestimmt gewesen.

Aus dem anfänglich leichten Ziehen in seinem Kopf wurden die Vorboten seiner pochenden Schmerzen.

Bulgarische Zöllner hatten siebenhundertvierzehn Liter hochkonzentriertes gelöstes Kokain beschlagnahmt, das in einer Schiffsladung mit Wein aus Bolivien versteckt gewesen war.

Ohne es zu merken, rieb Maxwells linke Hand massierend über seine Schläfe. Wie sollte es ihm gelingen, eine manipulierte

Flasche zu erkennen, wenn er eine fand? In keinem der Artikel war er über einen Hinweis gestolpert. Er musste jemanden fragen.

Wen?

Henning Hansen in Hamburg. Er war der einzige Polizist außerhalb seiner Einheit, dem er blindlings vertraute. Die Erlebnisse in Bosnien hatten sie zusammengeschweißt.

Hansen hatte vor seiner Pensionierung in einer Abteilung für organisierte Kriminalität gearbeitet und kannte sich mit Drogen aus. Er würde ihm sicher die benötigten Informationen beschaffen können. Dennoch war es ihm unangenehm, sich jetzt mit der Bitte zu melden. Hansen hatte ihm zuletzt eine Woche vor der Sache in der Werkstatt gemailt, und er hatte ihm seither nicht geantwortet. Anfänglich weil er im Krankenhaus und auf Reha gewesen war, dann weil er sich schämte, Hansen einzugestehen, dass er sich im friedlichen Nürnberg an seinem freien Wochenende in einer Autowerkstatt hatte niederschießen lassen.

Es war zwar auch in den vergangenen Jahren immer wieder vorgekommen, dass sie über zwei, drei Monate nichts voneinander gehört hatten, aber diesmal standen die Dinge anders: Er hatte Hansen etwas verschwiegen, obwohl er sein Freund war. Nun musste er wohl oder übel die Hosen runterlassen und von seinem Kopfschuss berichten.

Es dauerte lange, bis er eine halbwegs passable Mail geschrieben hatte.

Auf dem Rückweg ins Hotel vibrierte sein Handy. Der Anrufer hatte die Nummernübertragung unterdrückt. Ein Grinsen breitete sich auf Maxwells Gesicht aus. Es musste Hansen sein, der seine Nachricht bereits erhalten und gelesen hatte; auf den Freund war eben Verlass. Schnell bog er in eine ruhigere Seitenstraße und nahm das Gespräch an.

»Wo zum Teufel steckst du?«, brüllte ihn die cholerische Stimme seines Chefs an.

Maxwell zuckte mitten im Schritt zusammen. Die Spitze seines Turnschuhs blieb an der Bordsteinkante hängen. Er geriet ins Straucheln und musste sich an einem Auto abstützen.

»Sag, dass das nicht wahr ist, Max!«

Freigesetztes Adrenalin kreiste durch Maxwells Adern und ließ eine lang aufgestaute Wut aus seinem tiefsten Inneren aufsteigen. Bevor sie seinen Mund erreichte, presste er die Lippen fest aufeinander. Er tat sich keinen Gefallen, wenn er jetzt ausfällig wurde.

»Was treibst du in Portugal? Du bist krankgeschrieben! Ich warte hier jede Woche darauf, dass du dich endlich meldest und mitteilst, für welche Dienststelle du in Zukunft zu arbeiten gedenkst, und dann bekomme ich über Interpol und das LKA München eine Anfrage von einem Kommissar aus Lissabon.«

Morais hatte seine Drohung also wahrgemacht und die deutschen Behörden kontaktiert. Scheiße! Maxwell atmete mehrmals tief durch. »Was will er denn wissen?«

»Stimmt es, dass du in einen Mordfall verwickelt bist?«

»Natürlich nicht. Das ist völliger Blödsinn!«, zischte Maxwell. Noch einmal atmete er tief ein und aus. »Peter, hör zu, das ist lediglich eine Verkettung unglücklicher Umstände. Der getrennt lebende Ehemann meiner Zimmerwirtin ist erschossen worden. Bei einer Durchsuchung haben die Kollegen meine Medikamente gefunden und geglaubt, ich wäre ein Junkie.«

»Und warum interessieren sie sich dann dafür, mit welcher Waffe auf dich geschossen wurde?«

»Keine Ahnung. Dieser Morais will sich bestimmt nur wichtigmachen. Du weißt doch, wie die Südländer sind.«

»Was zum Teufel treibst du überhaupt in Lissabon? Du bist krankgeschrieben!«

»Meine Ärztin hat mir Sonne, Wärme und Ruhe verordnet, wenn ich wieder gesund werden und nicht mit schweren Depressionen aus dem Dienst ausscheiden will«, knurrte Maxwell. Mit einem Mal konnte er die Wut nicht länger unterdrücken.

»Du und Depressionen, dass ich nicht lache!«

»Solche Kopfschmerzen, wie ich sie habe, wünscht man nicht einmal seinem Todfeind! Falls du ein entsprechendes Attest möchtest, wird Dr. Schirmer es dir sicher gern übersenden. Ansonsten kannst du ja den Amtsarzt einschalten.«

»Dann pass bloß auf, dass es nicht versehentlich noch mehr Tote in deiner Umgebung gibt!«, konterte der Chef in schneidendem Tonfall, bevor er grußlos das Gespräch beendete.

Maxwell steckte das Handy zurück in die Tasche, danach trat er mit aller Kraft gegen eine auf dem Boden liegende halb volle Plastikflasche. Sie schoss in die Luft, prallte gegen den Ast eines Baumes und klatschte in den Brunnen einer kleinen Grünanlage. Wasser spritzte.

Eine Frau, die auf der Umrandung saß, sprang auf und begann sich hektisch die Tropfen abzuwischen. Ihre Freundin griff nach der Flasche und schleuderte sie in Maxwells Richtung zurück, während sie ihrer Empörung in lautem Portugiesisch Luft machte.

48
Lissabon, Portugal

»Ist das ein Hilferuf, Herr Schmidbauer?«, meldete sich Dr. Schirmer nach dem zweiten Klingelzeichen. »Oder wollten Sie nur anrufen, um mich zu fragen, wie es mir geht?«, setzte sie nach einer kleinen Pause hinzu.

Warum musste sie immer so direkt sein? »Letzteres«, brummte er verhalten.

»*I just called to say I love you?*« Ihre Stimme hatte einen ironischen Unterton.

»Ganz so auf den Hund gekommen bin ich dann doch noch nicht!«

Vom anderen Ende schlug ihm eisiges Schweigen entgegen.

»Das war auf Stevie Wonder bezogen!«

Noch immer sagte sie nichts.

Maxwell wurde heiß. Mit einem Mal merkte er, dass er feuchte Hände hatte. »Frau Dr. Schirmer, ich –« Er hielt inne, schluckte so laut, dass es bis nach Deutschland zu hören sein musste, verfluchte sich innerlich.

»Ja?«

»Sie bringen mich ganz durcheinander. Eigentlich wollte ich fragen, wie Sie mit den Kassetten zurechtkommen«, log er.

»Und ich dachte, Ihr Anruf hätte etwas damit zu tun, dass mir das LKA heute Mittag per Fax eine Anfrage der portugiesischen Polizei geschickt hat.«

Diesmal war es Maxwell, der nichts antwortete.

»Was ist passiert?« Endlich klang ihre Stimme so sanft, wie er sie gewohnt war.

Nach kurzem Zögern erzählte er ihr alles, was sich zugetragen hatte.

»Wenn es um Drogen geht, können Sie das nicht allein durchziehen! Dafür gibt es die Polizei. Und zwar den ganzen Apparat – nicht nur einen einzelnen Beamten.«

Er presste die Lippen aufeinander. Genau das wollte er nicht hören.

Sie seufzte. »Wie kann ich Ihnen helfen?«

»Ich wollte Sie bitten, mir ein Attest zu schreiben, dass ich die Tabletten aufgrund meiner Verletzung nehmen muss.«

»Ist das alles?«

»Ja.«

»Haben Sie noch genügend Schmerzmittel?«

»Ich versuche, sparsam damit umzugehen.«

»Sehr vernünftig. Geben Sie mir Ihre Adresse in Portugal, damit ich Ihnen das Attest zuschicken kann.«

Er griff nach einem Briefbogen des Hotels, diktierte ihr die Angaben. »Und machen Sie sich keine Sorgen. Ich habe hier alles im Griff.«

»Genau das tue ich aber«, antwortete sie plötzlich wieder gereizt. »Ich brauche Sie lebendig.«

49
Erlangen, Deutschland

Dr. Schirmer ließ sich in einen der beiden Besuchersessel in ihrem Arztzimmer fallen. Noch immer hatte sie Maxwell Schmidbauers Stimme im Ohr. Sein unerwarteter Anruf hatte sie überrascht, sie hatte sich gefreut, seine Stimme zu hören – nicht nur von einem Tonband.

Irgendetwas faszinierte sie an dem Mann. Sie konnte den Finger noch nicht darauflegen. Er war ein Draufgänger – vielleicht musste man das bei seinem Beruf sein. Aber da war noch etwas anderes. Er war ein Schlitzohr. Ein Charmeur.

Rasch stöpselte sie den Netzstecker in das Gerät, legte die dritte Kassette ein und drückte den Abspielknopf.

21. Oktober 1994

Wir fahren die ganze Nacht Streife. Im Osten entdecken wir eine Munitionsfabrik. Nachdem ich es gemeldet habe, wird sie von der WEU-Polizei umstellt, aber wir dürfen sie nicht durchsuchen. Erst vier Stunden später, nachdem viele Laster herausgefahren sind, erhalten wir grünes Licht: Alles ist leer, nichts mehr da. Ich bin frustriert. Vielleicht war es keine so gute Idee hierherzukommen.

Wegen Arbeiten im Hotel kann ich nicht schlafen.

22. Oktober 1994

Versuche, am Vormittag zu trainieren, aber ich habe Kopfschmerzen.

Fünfzehn Uhr, Schichtbeginn: Wir fahren Streife. Es gibt viele Soldaten im Osten der Stadt. Ich kontrolliere immer wieder welche, die Dolmetscherin hat jedes Mal Angst, wenn sie die Männer nach ihrem Weg fragen soll. Auch die einheimischen Polizisten haben Angst, Fahrzeuge zu kontrollieren. Verständlich, denn sie müssen an sich und ihre Familien denken. Repressalien durch die Stella, eine mafiaähnliche kroatische Organisation, sind offenbar an der Tagesordnung. Aber dadurch ist es nicht möglich, richtige Polizeiarbeit zu leisten.

Nach ein paar Stunden habe ich keine Lust mehr: Man muss die Leute ständig antreiben, damit sie etwas tun. Ich bin mir nicht sicher, was die EU hier eigentlich ausrichten will.

Im Hintergrund sind immer wieder Salven und Einzelschüsse zu hören. In Blagaj gab es tagsüber heftige Kämpfe mit vielen Verletzten.

23. Oktober 1994

Heute geht es mir wieder besser, die Kopfschmerzen sind weg. Ich treffe mich mit Henning, zusammen machen wir einen Waldlauf. Er ist ein sehr guter Sportler. Wir sind bis zu den Wasserfällen gejoggt. Dort gibt es in den Teichen keine Fische mehr, da mit Handgranaten alles abgefischt wurde. Der absolute Wahnsinn.

Am Abend ist eine Hochzeit im Hotel. Die Bodyguards vom EU-Administrator sind auch gekommen. Wir haben einen lockeren Abend. Ich berichte Jörn, wie sinnlos unsere Arbeit ist. Er sagt, dass gerade zwei von den Personenschützern nach Hause gefahren sind und neue gesucht werden. Henning und ich melden uns sofort.

24. Oktober 1994

Frühschicht. Gegen sieben Uhr kontrolliere ich eine Gruppe Soldaten im Osten der Stadt. Die einheimischen Polizisten sind im Auto sitzen geblieben, haben Angst. Plötzlich kommt eine Frau schreiend aus einer Ruine gelaufen. Sofort bildet sich ein Menschenauflauf – da, wo sonst kaum jemand unterwegs ist. Ich versuche, die Frau mithilfe der Dolmetscherin zu beruhigen und herauszufinden, was passiert ist. Ein Mädchen soll sich erhängt haben. Jetzt steigen die kroatischen Polizisten doch noch aus unserem Auto aus. Ich sage ihnen, dass ich nachsehen will. Sie lehnen es ab, mich zu begleiten, es könnte ein Hinterhalt sein. Also gehe ich allein.

Das Gebäude liegt in Trümmern, nur der Keller ist noch intakt. Es ist dunkel und schmutzig und riecht nach Exkrementen. Im Schein der Taschenlampe wirkt der schmale Körper irgendwie unheimlich, wie er an dem Seil von der Decke hängt. Ein Mädchen, um die vierzehn. Sie trägt ein knöchellanges Kleid, vielleicht war es einmal weiß, jetzt ist es grau und voller dunkler Flecken. Vielleicht Blut. Man sieht deutlich den gewölbten Bauch unter dem dünnen Stoff. Sie war hochschwanger. Dem Gesicht sieht man das qualvolle Ersticken an.

Später im Auto erzählt mir die Dolmetscherin, die Leute hätten getuschelt, dass das Mädchen erst am Tag zuvor nach Ost-Mostar geflüchtet war. Es soll vergewaltigt und gefangen gehalten worden sein, bis es für eine Abtreibung zu spät war.

Dr. Schirmers Hand zitterte, als sie den Stopp-Button drückte. Erinnerungen an eine lang zurückliegende Nacht, in der sie für einen Kollegen den Notarztdienst übernommen hatte, brachen über sie herein.

Eine Frau hatte von allen unbemerkt in einer Notunterkunft einen gesunden, kräftigen Jungen zur Welt gebracht. Danach versuchte die Mutter, ihrem Sohn mit einer Schere ins Herz zu stechen. Als ihr das nicht gelang, schnitt sie ihm in den Hals. Jemand fand das blutige Bündel und alarmierte den Notarzt. Susanne Schirmer hatte die Notfallversorgung übernommen und das Baby in die Klinik gebracht.

Tage später erfuhr sie, dass die Frau aus Bosnien stammte und vor ihrer Flucht vergewaltigt worden war. Dennoch hatte sie nicht verstanden, warum sie nicht versucht hatte, das Kind abzutreiben, wenn sie es partout nicht wollte; notfalls mithilfe einer Stricknadel. Erst jetzt wurde ihr klar, dass es wahrscheinlich keine gegeben hatte.

Das Telefon auf dem Schreibtisch klingelte. Dr. Schirmer schrak zusammen, Adrenalin formte einen heißen Ball in ihrem Bauch. Auf ihren Armen bildete sich eine Gänsehaut. Sie brauchte einen Augenblick, um ihr wild klopfendes Herz zu beruhigen. Als sie den Telefonhörer schließlich abhob, hatte der Anrufer schon wieder aufgelegt.

Plötzlich hatte sie es eilig, nach Hause zu kommen. Sie stellte den Rekorder in den Karton zurück, zögerte, dann legte sie ihn in ihren Korb. Es war besser, die Bänder in Zukunft zu Hause und nicht mehr im Büro abzuhören, denn das Gesagte ging ihr näher als erwartet.

50
Lissabon, Portugal

Durch das Rauschen des Wassers hindurch vernahm Maxwell plötzlich das Klingeln seines Handys. Er griff nach einem Handtuch und lief ins Zimmer. Ein Blick aufs Display: anonymer Anrufer. Sofort legte er das Telefon auf den Tisch zurück. Mit seinem Chef wollte er nicht schon wieder sprechen. Nicht am frühen Morgen.

Auf dem Rückweg ins Bad versuchte er, in seine nassen Fußabdrücke zu treten. Während er seinen Körper einseifte, hörte er den SMS-Ton. Die Mailbox; offenbar hatte der Chef eine Nachricht hinterlassen. Maxwell ignorierte den Gedanken so gut es ging, dass er sich nun trotz allem mit Peter würde auseinandersetzen müssen. Erst nachdem er sich abgetrocknet und angezogen hatte, sah er nach. Er hatte eine Kurznachricht von einer ihm unbekannten Handynummer erhalten.

Was tust du in Lissabon, Charly?

Maxwells Augen weiteten sich für einen Herzschlag. Er starrte auf den Text. Der einzige Mensch, der ihn außer seiner Mutter je Charly genannt hatte, war Hansen. Woher wusste der Hamburger Kollege, dass er in Portugal war? Er hatte diese Information absichtlich nicht in seiner Mail erwähnt. Rasch drückte er die Ruftaste.

»Seit wann hast du eine neue Handynummer, Henning?«, war seine ganze Begrüßung.

»Das habe ich dir doch in meiner letzten Mail geschrieben: Es gab einen Providerwechsel.« Hansen hielt einen Moment inne, bevor er verlegen murmelte: »Mir hat so ein junger Rotzbüddel das Handy aus der Jackentasche geklaut! Das ist jetzt aber nicht so wichtig. Erzähl lieber du: Was treibst du in Lissabon?«

»Woher weißt du, wo ich bin?«

»Charly!« In dem einen Wort lag all die Freundschaft, die sie im Lauf der Jahre zueinander aufgebaut hatten. »So eine kuriose Mail hast du mir noch nie geschrieben. Ich wollte hören, ob mit dir alles okay ist. Also habe ich gestern ein paarmal bei dir zu Hause angerufen, du bist aber nie rangegangen. Da bin ich stutzig geworden und habe mir die IP-Adresse im Header deiner Mail angeschaut. Sie stammt von einem Internetcafé in Lissabon.«

»Erwischt!« An die Rückverfolgbarkeit seiner E-Mail hatte Maxwell nicht gedacht.

»Was tust du in Portugal, Charly?« Hansen war hartnäckig.

»Das ist eine lange Geschichte.«

»Ich habe den ganzen Tag Zeit.« Hansens Stimme klang amüsiert. »Gib mir eine Festnetztelefonnummer, dann wird es nicht so teuer wie mit dem Handy.«

Bis der Rückruf kam, hatte sich Maxwell einen Stuhl ans offene

Fenster gezogen. Während sein Blick hinunter zum Tejo glitt, erzählte er Hansen die ausführliche Fassung dessen, was er in seiner gestrigen Mail nur angedeutet hatte.

»Warum hast du dich nicht gemeldet? Du hättest nach Hamburg kommen und dich hier bei uns erholen können.«

»Danke, Henning, aber ... Es war gut, so wie alles gekommen ist. Ich habe eine nette Ärztin kennengelernt, die sich ein bisschen um mich kümmert.« Maxwell merkte, dass seine Stimme mit einem Mal eine andere Nuance angenommen hatte. Warum zum Teufel erzählte er von Dr. Schirmer?

Hansen lachte. »Na, wenn das so ist, bist du ja in guten Händen. Etwas anderes hätte ich mir bei dir auch nicht vorstellen können.« Dann fuhr er mit ernster Stimme fort. »Brauchst du in Lissabon jemanden zur Unterstützung? Ich kann mich ins nächste Flugzeug setzen.«

»Im Augenblick komme ich hier ganz gut klar.«

»Mir ist nicht wohl bei dem Gedanken, dass du allein einem Mörder hinterherjagst, der Verbindungen zum Drogenmilieu hat.« Hansen war die Sorge anzuhören.

»*No worries!* Ich pass auf mich auf. Wann kannst du mir die Informationen über das aufgelöste Kokain schicken?«

»Spätestens morgen. Ich habe deine Fragen schon an den Chemiker weitergeleitet, der für mich früher immer die Gerichtsgutachten geschrieben hat.«

»Prima, dann melde ich mich wieder bei dir, sobald ich deine Mail gelesen habe. Danke, Henning.«

51
São Paulo, Brasilien

»Guten Tag, hier spricht Rachel Sherman. Sie wissen, wer ich bin?«

»Natürlich.«

»Ich befinde mich im Augenblick in São Paulo und benötige Hilfe.«

»Welche Art von Hilfe?«

»Ich möchte, dass Sie einen Kerl für mich überprüfen. Sein Name ist Carlos Guimarães. Er arbeitet als Sicherheitsmann in einem Anwesen in Perdizes, 1142 Rua Ministro Godói.«

»Ich werde mich darum kümmern.«

»Außerdem brauche ich eine Schusswaffe.«

»Befinden Sie sich in Schwierigkeiten?«

»Das kann ich nicht ausschließen.«

»Sie sollten besser in mein Büro kommen.«

»Heute Nachmittag?«

»Fünfzehn Uhr. Ich schicke Ihnen einen Wagen.«

»Einverstanden.« Rachels Handy klingelte. Eine unbekannte Nummer mit britischer Länderkennung. »Ich muss Schluss machen. Alles Weitere später.« Sie legte den Hörer auf die Gabel und griff zum Mobiltelefon.

»Bist du gut in São Paulo angekommen?« Renatas Stimme. Sie klang müde.

»Ja, danke. Alles hat wunderbar geklappt. Carlos hat mich abgeholt. Sehr zuvorkommend. Er hat mir auch angeboten, mich in den nächsten Tagen zu begleiten.«

»Er ist wirklich ein feiner Kerl. Ich habe mich immer voll und ganz auf ihn verlassen können.«

»Hast du dir ein neues Handy gekauft?«, wechselte Rachel das Thema.

»Schreib dir die Nummer auf, zumindest so lange ich in London bin, kannst du mich darüber erreichen.«

»Wie kommst du voran? Hast du schon mit deinem Kollegen gesprochen?«

»Leider nur kurz. Aber wir wollen morgen Abend zusammen essen gehen. Mal sehen, was er mir dabei erzählt. Aber ich glaube, du hattest recht: Mit dem Wein stimmt etwas nicht.«

»Wie kommst du darauf?«

»Die Reaktionen der Abnehmer, an die Moema Parzeres geliefert haben will.« Sie grübelte einen Moment, aber der Gedanke war noch zu frisch, um ausgesprochen zu werden. »Tu mir einen Gefallen und halte dich von dem Weingut fern.«

»Das hatte ich sowieso vor.«

»Was hast du sonst geplant? Gehst du in meine Redaktion?«

»Gönn mir ein, zwei Tage Pause, ich bin eine alte Frau. Ich muss mich erst an das Klima gewöhnen.«

»Warum lässt du dir dann nicht von Carlos São Paulo zeigen? Er könnte dich im Auto herumfahren.«

»Ja, vielleicht tue ich das.«

52
Lissabon, Portugal

Nach dem Frühstück machte sich Maxwell auf den Weg nach Casal Ventoso. Das auf einem der sieben Hügel Lissabons gelegene Stadtviertel beherbergte bis zur Jahrtausendwende Europas schlimmstes Drogengetto, wie Maxwell am Vortag bei seinen Recherchen im Internet gelesen hatte.

Bei seinem ausgedehnten Streifzug stellte er fest, dass das ehemalige Problemviertel ganz offensichtlich teilweise noch immer mit den über eine Dekade zurückliegenden Relikten kämpfte. Ein Teil der Häuser wirkte nicht nur heruntergekommen, sondern richtiggehend einsturzgefährdet. An anderen prangten Anbauten, die kein Bauordnungsamt genehmigt haben konnte. Graffitis waren oftmals die einzigen Farbkleckse im monotonen Grau, Schutt und Dreck allgegenwärtig. Dennoch fand Maxwell keine Hinweise auf eine noch immer florierende Drogenszene.

Schließlich fuhr er mit der Metro nach Intendente, wohin sich die Szene angeblich verlagert haben sollte.

Die ins Kopfsteinpflaster der gepflegten Bürgersteige eingelassenen Muster entlang der vierspurigen Hauptstraße wirkten überraschend freundlich. Doch dann bog er rechts in eine schmale Seitenstraße, die schon wesentlich weniger vertrauenerweckend aussah. Verdreckte Fassaden, schief herabhängende Rollläden.

Nach ein paar Minuten kam er zum Largo do Intendente Pina Manique. Die Bäume auf dem Platz schienen frisch gepflanzt, streichholzdünn, kaum größer als er. Auch die um sie herum zum Schutz angebrachten Gitter glänzten noch jungfräulich. Endlich fand Maxwell, wonach er die ganze Zeit Ausschau gehalten hatte: Fixerbesteck auf dem Boden und zwei Prostituierte, die die Bürgersteige auf und ab flanierten. Mit gezückter Kamera ging er auf die beiden zu.

»Hi! Ich bin Fotograf. Kennt ihr ein paar Typen mit coolen Tattoos? Ich möchte einen Bildband über die Lissabonner Szene machen.«

»Für nen Fuffi nehm ich dich mit aufs Zimmer und zeig dir meins.« Die Frau hatte wasserstoffperoxidgebleichte Haare, eine Strähne zusätzlich in auffälligem Pink gefärbt.

Anstatt auf das Angebot einzugehen, zog Maxwell die Kopien der Ausdrucke des echten Fotografen aus der Hosentasche. »Kennt ihr einen von denen? Die finde ich nämlich klasse.«

Er ließ die Huren die Bilder durchblättern. Doch so genau er sie auch beobachtete, er konnte keinerlei Reaktion erkennen. Unverrichteter Dinge ging er zur U-Bahn zurück und fuhr zum Internetcafé.

Hansen hatte ihm die Antwort des Chemikers weitergeleitet. Lars Peters schrieb, dass Kokain ein Hauptalkaloid der Kokapflanze war und aus den Blättern des Kokastrauches als sehr reine Paste extrahiert wurde. Daraus gewann man wiederum Kokain-Salz, das sich völlig unproblematisch sowohl in Wasser als auch Wein lösen ließ. Der Spezialist ging dabei von einem Gramm pro Milliliter aus. Gab man zu viel Kokain-Hydrochlorid zu, bildete sich ein Bodensatz in den Flaschen. Ein erstes Merkmal, woran man erkennen konnte, dass der Wein manipuliert worden war – jedoch kein sicheres, denn der Bodensatz konnte auch Weinstein sein.

Öffnete man allerdings eine mit dem Rauschgift versetzte Weinflasche, so stieg einem der typisch chemische Geruch von Kokain in die Nase, der von dem Wein nicht völlig überdeckt wurde. Außerdem hatte das Gemisch eine höhere Viskosität als reiner Wein – es war ein wenig dickflüssiger. Auch das Gewicht des Flascheninhalts war höher. Kannte man das Gewicht einer nicht präparierten Vergleichsflasche, konnte man schnell auswiegen, ob der Inhalt der fraglichen Flasche mit Kokain versetzt war, da je nach Konzentration der Lösung mehr als hundertfünfzig

Gramm Aufgewicht dazukamen. Ein sicheres Zeichen, dass es sich um Kokain und keine andere Substanz handele, sei neben einem chemischen Schnelltest auch seine Wirkung als Lokalanästhetikum: Tupfte man etwas von der mit Rauschgift versetzten Flüssigkeit auf eine Schleimhaut, wurde die Stelle relativ schnell gefühllos.

Nachdem Maxwell alles gelesen und Hansen für die Informationen gedankt hatte, schlenderte er zu einem Kiosk neben dem Pavilhão Atlântico, um sich ein Brötchen und ein Mineralwasser zu kaufen, mit dem er sich an die Kaimauer zu den Möwen setzen wollte. Neben der kleinen Bude stand eine Handvoll Männer, sie rauchten Zigaretten und tranken einen *galão*. Alle trugen auffällige Tätowierungen. Plötzlich löste sich einer aus der Gruppe und kam auf Maxwell zu. Es war der Tätowierer, den er bei Teresa kennengelernt hatte.

»Hi!«

Maxwell erwiderte den Gruß.

»Hast du gehört, was mit Pedro Ferreira passiert ist?« João Gonçalves war dicht vor ihm stehen geblieben.

Maxwell musterte sein Gegenüber und nickte.

»Ist schon komisch, dass Teresa ausgerechnet an dem Tag so viele Freunde zu Besuch hatte. Findest du nicht?« Er trat noch einen Schritt näher heran. Ihre Schuhspitzen berührten sich fast. »Ich habe nicht vergessen, dass du erst versucht hast, mich über ihn auszufragen und dann spazieren gegangen bist. Genau als es passiert sein soll.« Seine funkelnden Augen glitten über Maxwells Bandana. »Hast du was mit seinem Tod zu tun?«

»Sehe ich so aus?« Maxwell hielt dem fixierenden Blick stand, ohne zu blinzeln. Er konnte Knoblauch in der Atemluft des anderen riechen. Am liebsten hätte er sich angeekelt weggedreht, doch er wich keinen Millimeter zurück.

Plötzlich wandte sich der Tattoo-Künstler ab. »Teresa hat mich angerufen und gebeten, mich während des Festivals um dich zu kümmern. Ich soll dir Kontakte zu den anderen Tätowierern und in die Szene verschaffen. Zwar glaube ich keine Sekunde lang, dass du Fotograf bist, aber ich werde tun, worum sie mich gebeten hat. Sie ist eine gute Freundin und hat mit Ferreira genug Schlechtes erlebt. Deswegen will ich nicht, dass man ihre Gutgläubigkeit und Hilfsbereitschaft ausnutzt. Ist das klar?« Mit einem Ruck fuhr er wieder herum.

Maxwell starrte ihn nur ausdruckslos an. Er wusste nicht, was er von dem jungen Mann halten sollte. War der Kerl in Teresa verknallt und wollte seine Ansprüche klarstellen?

Gemeinsam gingen sie zum Festivalgelände hinüber. Gonçalves besorgte Maxwell ein hellblaues Armband, das ihn als Aussteller auswies und ihm auf dem gesamten Gelände Zutritt verschaffte.

Mithilfe von Metallstangen und schwarzen Plastikplanen waren im Ausstellungssaal Stände abgetrennt worden. Gonçalves führte ihn zu einem, an dessen Wänden Ausdrucke von sehr eigenwilligen Tätowierungen hingen. Gonçalves hatte eine Vorliebe für Monsterköpfe. Ferreiras Skizzen hingegen hatten etwas Comichaftes an sich gehabt.

»Das hier ist Arnaldo Inácio, der Organisator. Er sitzt auch in der Jury«, machte Gonçalves Maxwell mit einem Mann um die sechzig bekannt.

Maxwell setzte ein unverbindliches Lächeln auf und schüttelte die entgegengestreckte Hand. »Es gibt eine Jury?«

»Die besten Tattoos, die im Verlauf des Festivals gestochen werden, gewinnen einen Preis. Ich habe Arnaldo vorgeschlagen, dass er dich zum offiziellen Fotografen der Convention ernennt. Wir hatten noch nie einen.« Ein spöttisches Grinsen umspielte Gonçalves' Mund. »Er ist begeistert von deiner Idee, einen Bildband über das Festival zu machen.«

Maxwell hob abwehrend die Hände, doch Gonçalves boxte ihn in gespielter Freundschaft gegen die Schulter. »Sei nicht immer so bescheiden.« Während er das sagte, warf er ihm einen eindringlichen Blick zu, der so viel besagte wie: Du musst mitmachen, wenn ich dir Zutritt zur Szene verschaffen soll!

Maxwell ließ sich darauf ein. Er zog die Schultern hoch und tat, als sehe er peinlich berührt zu Boden.

Inácio lud ihn ein, mit ihm eine Tour durch die Halle zu machen. So gut wie jedes Studio, das sich auf dem Festival präsentierte, hatte die Wände seiner Behelfsbehausung bereits mit Farbausdrucken seiner besten Tattoos geschmückt. Auf den Tischen lagen Flyer neben kleinen Farbflaschen, Desinfektionsmittel und Pappboxen mit den obligatorischen schwarzen Latexhandschuhen. Drei Studios hatten eine Tattoo-Liege mitgebracht. Die meisten verwendeten die vom Veranstalter bereitgestellten einfachen blauen Plastikstühle.

Während sie von einem Stand zum nächsten gingen, kamen sie an einer Ecke vorbei, in der eine chromblitzende Harley stand.

»Ist es nicht ein bisschen leichtsinnig, seine Klamotten hier so rumliegen zu lassen?« Maxwell nickte zum Lenker, an dem eine Rockerkutte hing. »Ich dachte immer, die Dinger wären heißbegehrte Trophäen.«

Inácio lachte trocken. »Es gibt niemanden, der es wagen würde, ihr zu nahe zu kommen.«

»Was hat der Motorradclub mit dem Festival zu tun?«, fragte Maxwell so unbedarft wie möglich.

»Zwei unserer besten Tätowierer sind dort Mitglieder. Sie machen immer wieder ein paar Euro locker, damit das Festival überhaupt stattfinden kann. Du hast sicher keine Vorstellung, wie teuer es ist, das alles zu organisieren.« Inácio ratterte eine Litanei an Zahlen herunter, die Maxwell nicht interessierte.

Nach einer Weile kamen sie an einem leeren Stand vorbei, in dem auf einem Tisch lediglich eine brennende Stumpenkerze in einem Aschenbecher stand. »Was hat das zu bedeuten?«

»Da sollte jetzt eigentlich Pedro Ferreira sitzen. Ebenfalls ein ganz ausgezeichneter Tätowierer. Er wurde letzte Woche in seinem Studio erschossen. Wir sind alle noch total entsetzt.«

»Ich habe davon gehört. Er hat sehr ausdrucksstarke Tattoos mit einer ganz eigenen Note entworfen, finde ich.«

Inácios Augenbrauen schossen nach oben.

»Ich habe Ferreira leider nur kurz kennengelernt, als ich ihn einmal in seinem Laden besucht habe.« Maxwell klang bedauernd. »Ein Kollege in Deutschland hat mir Bilder von Tattoos gezeigt, die er bei ihm fotografiert hat.« Er zog die Ausdrucke aus seiner Hosentasche, dann improvisierte er: »Glaubst du, es gibt eine Möglichkeit, eine Art *tribute* für ihn zu organisieren? Ich finde, er sollte in meinem Buch nicht fehlen.«

»Wie stellst du dir das vor?«

»Wir könnten eine Liste auslegen, in die sich jeder einträgt, der Leute kennt, die Ferreira tätowiert hat. Dann gehe ich nächste Woche zu ihnen und fotografiere sie.«

»Willst du dir wirklich so viel Arbeit machen?«, fragte Inácio erstaunt.

»Klar. Wie gesagt, ich war vom ersten Moment an von seinen Tattoos begeistert.«

»Dann komm mit. Ich mache dich mit den Mitgliedern unseres Orgateams bekannt. Sie werden dir helfen.«

Zusammen gingen sie in ein Büro im ersten Stock, in dem vier Männer und zwei Frauen saßen. Inácio stellte Maxwell als amerikanischen Fotografen vor, der ein Buch über das Festival machen wollte. Anschließend erklärte er Maxwells Wunsch nach einem *tribute* für Pedro Ferreira. Carla, eine junge Frau, deren lange Haare zu Maxwells Freude mit einer rot-weiß karierten Bandana zurückgebunden waren, stand auf und klatschte Beifall.

»Das ist eine wunderbare Idee«, sagte sie. »Wir werden dich in der Eröffnungsrede als offiziellen Festivalfotografen vorstellen und dabei auch sagen, dass du Menschen suchst, die ein Tattoo von Pedro tragen. Sofia ändert schnell den Text.« Carla nickte zu ihrer Kollegin, deren Finger schon über die Tastatur flogen. »Und wir beide kümmern uns um die Liste, in die sie sich eintragen können.«

Eine halbe Stunde später beklebten sie die Wände von Pedro Ferreiras Verschlag. Sie hatten die Ausdrucke der Fotografien, die Maxwell bei sich trug, so oft vervielfältigt, dass nun jeweils eine halbe Wand von ein und demselben Foto verziert wurde. Das machte viel her. Auch der Piranha blickte den Besuchern böse in die Augen.

»Worum geht es dir eigentlich?« Erneut musterte Gonçalves Maxwell misstrauisch.

»Ich will Personen finden, die Ferreira tätowiert hat.«

»Warum?«

Maxwell antwortete nicht.

»Es werden Hunderte sein.«

»Mir geht es nur um einen Einzigen.« Maxwell lancierte die Information ganz bewusst.

»Welchen?«

»Den Kerl mit dem Piranha.«

Gonçalves' Gesichtszüge gefroren für Sekundenbruchteile, bevor er sich wieder unter Kontrolle hatte, doch Maxwell war es nicht entgangen.

53
London, Grossbritannien

»Ich bin wirklich froh, dass wir uns heute Abend sehen können.« Wallace lächelte Renata an, klappte die Speisekarte zu und lehnte sich in seinem Stuhl zurück.

»Du bist froh?«

»Ja. Ich meine: Es ist großartig, dass du in London bist.«

Ihre Augen wanderten über die Themse und die vielen kleinen Boote, die sich nur durch eine hölzerne Brüstung getrennt unmittelbar vor ihnen auf dem Fluss tummelten.

»Es ist wunderschön hier, nicht? Einer meiner Lieblingsplätze. Ich liebe es, so nah am Wasser zu sitzen und die Leute zu beobachten. Manchmal wünschte ich, ich hätte auch ein Schiff, mit dem ich herumschippern könnte.«

Sofort musste Renata an ihre Tante denken. Sah Bilder vor sich, die sie immer wieder verfolgten: ein einsames Boot, das in schwerer See von meterhohen Wellen hin und her geworfen wurde, bis der Mast brach, bis es kenterte, bis die Skipperin über Bord gespült wurde. Sie schluckte. Aber vielleicht war es ja auch besser gewesen – Adélia hätte sonst womöglich Renatas gesamtes Erbe durchgebracht.

»Hast du dich schon entschieden? Die Steaks vom schottischen Hochlandrind sind hervorragend«, schwärmte Wallace.

»Ich glaube, ich halte mich lieber an die Seezunge.«

»Wollten wir nicht den brasilianischen Rotwein trinken?«

»Ja, unbedingt.«

»Der passt nicht zu Fisch.«

»In Brasilien schon.« Renata legte die Karte beiseite.

Ein dunkel livrierter Kellner schlängelte sich durch die auf der Terrasse verteilt sitzenden Grüppchen auf sie zu und nahm ihre Bestellung auf.

»Was möchten Sie trinken? Oder darf ich den Herrschaften unseren Sommelier schicken?«

»Nicht nötig, bringen Sie uns eine Flasche von Ihrem wundervollen brasilianischen Rotwein«, antwortete Wallace. »Casa Garibaldina.«

»Bedaure, mein Herr. Wir führen keine Weine aus Brasilien.«

Wallace sah den Kellner überrascht an. »Ich habe ihn hier bei Ihnen gekauft.«

»Einen Augenblick, ich rufe den Sommelier.« Der Mann entfernte sich.

»Das wäre die Enttäuschung schlechthin, wenn sie diesen fantastischen Wein nicht mehr im Angebot hätten!«

Renata war weniger überrascht als Wallace, dennoch pflichtete sie ihm bei. Kurz darauf erschien der Sommelier.

»Welch eine Freude, Sie wieder einmal bei uns begrüßen zu dürfen.« Er reichte dem Journalisten die Hand und nickte Renata lächelnd zu.

»Erinnern Sie sich noch an den fabelhaften brasilianischen Rotwein, von dem ich zwei Kisten bei Ihnen gekauft habe? Casa Garibaldina.«

»Natürlich.«

»Ihr Kellner behauptet, Sie führen ihn nicht mehr!«

»Es tut mir sehr leid, die Flaschen, die Sie seinerzeit mitgenommen haben, waren die letzten, die wir von dem Weingut hatten.«

»Wieso denn das? Der Wein war doch hervorragend.«

»Ich bin ganz Ihrer Meinung. Wir hätten gern noch mehr davon ausgeschenkt, aber das Weingut ist Konkurs gegangen.«

»Blödsinn! Meine Kollegin war erst vor ein paar Tagen dort, und da wurde normal gearbeitet.«

Der Sommelier machte ein überraschtes Gesicht. »Wenn das so ist, werde ich sofort bei unserem Großhändler nachfragen. Darf ich Ihnen für heute einen österreichischen Burgunder zum Steak empfehlen? Und der Dame einen Laroche Chablis Saint Martin 2003?«

Wallace nickte ungnädig. Sobald der Sommelier außer Hörweite war, wandte er sich an Renata, die dem Gespräch ohne erkennbare Regung gelauscht hatte.

»Tut mir schrecklich leid, dass ich dich um den Genuss bringen muss, aber sicher hast du den Wein schon auf dem Gut verkostet.«

»Nein, leider nicht.« Erst jetzt fiel Renata auf, dass Moema Parzeres sie kein einziges Mal gefragt hatte, ob sie eine der Sorten probieren wolle.

»Das solltest du nachholen, sobald du wieder in Brasilien bist.« Wallace lächelte.

Renata zögerte einen Augenblick. »Ich glaube, das wird nicht klappen. Weißt du, als ich –«

Ein Motor heulte auf, Renata wandte den Kopf zum Fluss, sah ein weißes Motorboot durch das Wasser pflügen, Gischt spritzte in hohen Wasserfontänen nach links und rechts, die Passagiere eines Ausflugsboots wurden nass gespritzt und schrien auf. Ein entgegenkommendes Schnellboot geriet ins Schlingern, der Kapitän schüttelte erbost eine Faust in der Luft. Das Motorboot hielt jedoch stoisch seinen Kurs, war mittlerweile fast auf der Höhe der Terrasse des Restaurants. Im selben Moment, in dem es langsamer wurde, entdeckte Renata den Mann im Heck. Er hielt einen länglichen Gegenstand in der Hand.

»Runter, Wallace, runter!« Mit einem Schrei duckte sich Renata unter den Tisch. Im nächsten Augenblick krachte eine Salve in das Holz der Brüstung, dann noch eine. Holzsplitter flogen durch die Luft, Glas klirrte, ein Tablett fiel zu Boden, der Kellner, der gerade ihre Weine servieren wollte, wurde rücklings auf die Terrasse geschleudert. Blut quoll aus seiner Brust, seinem Bauch, seinem Mundwinkel. Panik brach aus, Menschen schrien, rannten durcheinander, Tische stürzten um.

Renata konnte den Blick nicht von den zuckenden Augenlidern des sterbenden Mannes abwenden. Zumindest ist der Kopf intakt, zumindest das, dachte sie. Ihre Hand glitt zu seiner, fasste seine Finger, drückte sie.

Die Zeit schien stillzustehen. Sie nahm nichts mehr wahr, hörte nichts, war wie in Watte gepackt, alles geschah in Superzeitlupe.

Sie fühlte, dass jemand sie wegschubste. Ein Mann kniete sich zwischen sie und den Toten, verdeckte ihr die Sicht, rief Anweisungen, er klang autoritär. Erst jetzt fiel ihr Wallace ein. Mit vor Schreck geweiteten Augen drehte sie sich um. Ihr Kollege kniete auf dem Boden, hielt sich den rechten Oberarm. Blut quoll zwischen seinen Fingern hervor.

»Oh Gott, Wallace, du bist verletzt.«

Mit einem ungläubigen Blick sah er sie an. »Es tut viel weniger weh, als ich es mir immer vorgestellt habe.«

Dann sank er in sich zusammen. Renata war zu überrascht, um zu schreien, sie packte ihn und hielt ihn an sich gedrückt, bis jemand kam und ihn energisch rüttelte. Ein Sanitäter. Wallace schlug die Augen auf, sah sich um, entdeckte sein verfärbtes Jackett.

»Ich ... kann kein Blut sehen.«

»Und Sie, Madam? Sind Sie auch verletzt?«

Renata schüttelte den Kopf.

54
London, Grossbritannien

»Rachel?«

»Was ist passiert?«

»Ich ... Ein Mann ...« Renatas Stimme kippte.

»Du musst dich beruhigen. Atme tief durch. Lass dir Zeit. Tief einatmen, Luft anhalten und langsam wieder ausatmen.«

Es blieb eine Weile still in der Leitung.

»Ein Mann hat auf mich geschossen«, flüsterte Renata schließlich.

»Wo bist du?«

»Im Krankenhaus.«

»Hat er dich getroffen?«

»Nein, meinen Kollegen. Er ist nicht schlimm verletzt, nur am Arm.«

»Erzähl mir genau, was sich zugetragen hat.«

Renata berichtete ihr alles, woran sie sich erinnern konnte.

»Was ist mit der Polizei? Hast du eine Aussage gemacht?«

»Ja, aber ich habe nicht erwähnt, dass der Mann schon mal versucht hat ... ich meine ... wie kommt er hierher? Woher weiß er, wo ich bin?«

»Bist du dir sicher, dass du dich nicht täuschst?«

»Absolut.«

»Wem hast du außer mir noch die neue Handynummer gegeben?«

»Ein paar Leuten. Ich weiß nicht mehr so genau.«

»Deiner Redaktion? Carlos? Jemandem in England?«

»Ja.«

Rachel seufzte. »Pass auf: Du musst sofort das Handy wegwerfen. Dann gehst du zum nächsten Bankautomaten und hebst so viel Geld ab, wie du bekommen kannst. Du darfst nichts mehr mit Karte bezahlen und auch niemandem deinen Ausweis zeigen. Geh nicht ins Hotel zurück. Versuch irgendwie außer Landes zu kom–«

»Ich kann nicht, ich muss noch etwas recherchieren.«

»Was?«

»Mit dem Weingut stimmt etwas nicht. Keiner der Abnehmer, die auf Moema Parzeres' Liste stehen, will im letzten Jahr Wein von Casa Garibaldina gekauft haben. Einer wurde sogar in seinem Laden erschossen. Ich muss mehr über den Vorfall herausfinden.«

»Sei vorsichtig. Übernachte immer woanders, bleib anonym. Verändere dein Aussehen, wie ich es dir auf dem Schiff gezeigt habe. Achte darauf, dass dir niemand folgt. Fahre nirgendwo direkt hin, wechsle immer mehrmals das Verkehrsmittel. Telefoniere nur noch aus Pubs – nie aus ein und demselben zweimal. Und versprich mir, dass du mich jeden Tag anrufst, damit ich weiß, dass es dir gut geht.«

»Einverstanden.«

Eine Tür klappte, Renata fuhr herum und sah eine Krankenschwester, die Wallace in einem Rollstuhl aus dem Behandlungszimmer schob.

»Ich muss Schluss machen, ich melde mich morgen wieder.« Sie legte auf und ging zu ihrem Kollegen.

»Du hättest nicht auf mich warten –«

»Bist du fertig?«, unterbrach sie Wallace rasch.

Er nickte.

»Dann lass uns ein Taxi nehmen.« Sie half ihm aus dem Rollstuhl und hakte ihn unter.

»Ich bringe dich in dein Hotel und fahre dann zu mir weiter«, murmelte er erschöpft.

»Das geht nicht.«

»Was?«

»Kennst du ein einfaches Bed & Breakfast?«

»Schon, aber –«

»Außerdem brauche ich einen Geldautomaten.«

»Renata, was zum Teufel ist los?«

»Der Anschlag galt mir.«

»Wie bitte?«

»Ich werde dir alles erzählen, Wallace, aber jetzt lass uns Geld abheben und dann zu der Frühstückspension fahren.«

»Hast du mit der Polizei gesprochen?«

»Ich muss erst meine Gedanken ordnen. Komm jetzt.«

Sie hatten Glück, vor dem Krankenhaus warteten mehrere Taxis. Obwohl Renata fühlte, wie Wallace' Blick die ganze Fahrt über auf ihr lastete, sagte sie kein Wort, sondern überließ es ihm, den Fahrer zu instruieren.

Auf dem Weg spielte sie einmal kurz mit dem Gedanken, den Fahrer an einem Pub halten zu lassen, um im Black Oak Hotel anzurufen und den Portier zu bitten, ihre Sachen aus dem Zimmer zu räumen, aber dann entschied sie sich dagegen. Sie würde überhaupt nicht mehr in die Nähe des Hotels gehen. Sollten sie glauben, sie sei abgehauen oder spurlos verschwunden. Was sie brauchte, trug sie bei sich: Ihren Rucksack mit Moema Parzeres' Unterlagen sowie ihren Laptop und den Geldbeutel mit Kreditkarten und Reisepass. Auf alles andere konnte sie verzichten.

Das Taxi hielt, Renatas Augen suchten die Umgebung ab. Nichts. Die schmale Seitenstraße lag verlassen vor ihnen, und dem Taxi war auch kein anderer Wagen gefolgt. Rasch bezahlte sie den Fahrpreis, dann half sie Wallace auf den Bürgersteig.

»Kennst du die Betreiberin?«

»Nicht persönlich. Darcey bucht manchmal Zimmer für Kollegen bei ihr.«

»Dann lass uns einen anderen Namen verwenden und so tun, als wären wir ein Ehepaar.«

»Was wird dein Freund dazu sagen, wenn du dich hier so kuschelig mit mir einmietest?«

Renata schloss die Augen, atmete tief durch. »Zé ist tot. Der Mann, der heute Abend auf uns geschossen hat, hat ihn auf Casa Garibaldina getötet.« Sie stockte. »Und die gesamte Familie Parzeres.«

»Der Mann ist dir von Brasilien gefolgt?«

»Nicht auf dem Containerschiff – ich habe keine Ahnung, woher er weiß, dass ich hier bin.« Sie wandte sich in Richtung Tür.

»Du musst zur Polizei gehen.«

Renata fuhr mit einem Ruck herum und sah Wallace in die Augen. »Und dann?«

»Sie werden ihn verhaften.«

»Als ob das so leicht wäre.« Renata lachte bitter. »Und was glaubst du, was danach passiert?«

Wallace sah sie verständnislos an.

»Sie schicken einen neuen Killer. Und falls es der Polizei gelingen sollte, ihn zu fassen, wieder einen neuen.« Ihre Stimme wurde lauter und drängender, sie warf die Hände in die Luft. »Ich habe in Brasilien in ein Wespennest gestochen. Du hast mich mit der Recherche über Casa Garibaldina in ein Wespennest stechen lassen. Die einzige Möglichkeit, dem Ganzen ein Ende zu bereiten, ist, herauszufinden, was auf diesem Weingut getrieben wurde: Warum uns dein Sommelier sagt, das Weingut sei Pleite gegangen. Warum der Großhändler behauptet, der Wein habe an Qualität verloren. Warum ein Weinhändler in Bexley ihn ausgerechnet diese Woche nicht mehr im Sortiment hat. Und warum ein Gemüsehändler, der den Wein verkauft hat, vor einem halben Jahr in Islington in seinem Laden erschossen wurde.«

55
Lissabon, Portugal

Zerschlagen quälte sich Maxwell aus dem Bett und schluckte zwei von Dr. Schirmers Tabletten. Sie würde ihn dafür hassen, sollte sie je davon erfahren, aber sein Schädel dröhnte. Das Heavy-Metal-Konzert am Abend auf dem Festival war genauso abgelaufen, wie er es befürchtet hatte: laut und hart.

Er verließ das Hotel und bog in eine kleine Seitenstraße, um in einer Bar zu frühstücken. Aus dem Nichts legte sich eine Hand auf seine Schulter. Finger bohrten sich durch den dünnen Hemdstoff, versuchten ihn festzuhalten.

Maxwells Kopf flog zur Seite, er gewahrte eine einzelne Gestalt hinter sich. Seine Hände ballten sich, der Oberkörper glitt nach schräg unten, eine schnelle Drehung, das rechte Bein schoss nach oben. Traf. Streckte sich. Trat hart zu.

Der Körper wurde zu Boden geschleudert.

Maxwells Füße federten ein paar Schritte zurück. Er ging in Angriffsstellung. Seine Augen glitten über den Mann im Anzug. Erst jetzt bemerkte er, dass es der *comissário* war, der vor ihm auf dem Pflaster lag. Maxwell ließ die Fäuste sinken, die Muskeln entspannten sich.

»Sie begrüßen … alle Menschen … mit Fußtritt? Wenn sie möchten … sprechen … mit Ihnen?« Morais rang nach Luft.

»Zumindest jeden, der mir dieses Anliegen mit einem wortlosen Angriff von hinten mitteilt.«

»Ich habe Sie nicht angreifen, nur anfassen.« Morais rieb sich die Brust. »Das war eine gute Tritt. Schade, Sie sind nicht eine meine Männer.«

Maxwell bückte sich und hob die Bandana auf, die ihm beim Herumwirbeln vom Kopf gefallen war, dann streckte er Morais die Hand entgegen und half ihm auf die Füße.

»Ich möchte unterhalten«, begann Morais noch einmal und klopfte den Straßenstaub von seinem Anzug.

»Woher wissen Sie, wo ich wohne?«

»In *Lisboa* die Polizei können am Computer sehen, wer wohnt in die Hotel.«

»Ich wollte gerade frühstücken gehen. Wenn Sie möchten, können Sie mich begleiten.«

Der *comissário* nickte und schlug mit schnellem Schritt den Weg zu einer kleinen Eckkneipe ein. Während Maxwell ihm folgte und sich sein Tuch wieder sorgfältig um den Kopf band, ließ er seinen Blick über die Nachbarhäuser schweifen. Hinter den Gardinen regte sich nichts. Offenbar war ihr kleiner Zusammenstoß unbeobachtet geblieben.

Er bestellte einen *galão*, Morais einen *café duplo*. Außerdem nahmen sich beide ein frisches *pastel de nata*, ein Puddingtörtchen, und setzten sich damit an einen kleinen Tisch so weit wie möglich vom Tresen entfernt.

Morais rührte Zucker in seinen doppelten Espresso, anschließend nippte er vorsichtig an der Tasse. Er schien mit dem Ergebnis zufrieden zu sein, nahm noch einen zweiten Schluck. »Ich habe mit Deutschland telefoniert.«

Maxwell starrte auf den schwarzen Abdruck, den sein Turnschuh auf Morais' weißem Hemd hinterlassen hatte.

»Ich jetzt weiß, die Pistole, die geschossen hat auf Sie, ist eine Heckler & Koch. Neun Millimeter kurz. Pedro Ferreira wurde auch mit diese Munition geschossen.«

»Das Kaliber ist bei älteren Modellen weit verbreitet.« Maxwells Stimme war absolut ruhig.

Morais nickte mehrmals, ganz so, als sei er in Gedanken. »Trotzdem. Ich glaube nicht an eine Zufall«, sagte er schließlich und sah seinem Gegenüber in die Augen. Maxwell hielt dem Blick stand. »Warum Sie fragen die Menschen wegen Tattoos?«

»Das ist eins meiner Hobbys. Schon seit Jahren.« Während Maxwell sein Hemd aufknöpfte, bis der Drache sichtbar wurde, fragte er sich, woher Morais die Information haben konnte.

Der *comissário* nickte verstehend.

»Als mir die behandelnde Ärztin riet, für eine Weile aus unserem verregneten Deutschland weg und in ein Land mit viel Sonne zu gehen, um auf andere Gedanken zu kommen, hat mir ein Bekannter von dem Festival hier in Lissabon erzählt. Und weil ich die Stadt schon immer mal sehen wollte, bin ich hergekommen.«

»Sie suchen also nicht nach eine Mann mit eine Piranha-Tattoo an die Hals?«

Maxwell schüttelte gleichgültig den Kopf.

»Warum Sie haben die Foto in Ihre Hose?«

Maxwell hatte geahnt, dass Morais diese Frage stellen würde. Irgendetwas stimmte nicht. Sein Gesicht glich einer Maske, als er den Stapel zusammengefalteter Ausdrucke aus der Seitentasche seiner Cargohose zog und ihn Morais hinüberschob. »Der Bekannte, der mir von dem Festival erzählt hat, ist Fotograf und hat eine Reisedokumentation über Portugal gemacht. In Lissabon hat er ein Tattoo-Studio besucht und dort fotografiert. Mir haben mehrere Tattoos sehr gut gefallen. Ich wollte mir noch eins stechen lassen.«

Morais sah die Ausdrucke durch und gab sie Maxwell zurück. Dann trank er seinen Espresso in einem Zug aus und stellte die Tasse mit einem leisen Klirren ab. »Wir werden uns wiedersehen, Herr Schmidbauer.«

Einige Minuten nachdem Morais gegangen war, verließ auch Maxwell die Kneipe und machte sich auf den Weg zu Teresas Haus. Je länger er das Gespräch im Kopf durchging, desto mehr biss er sich an einem Detail fest, das der *comissário* erwähnt hatte.

Unterwegs änderte er mehrere Male die Richtung und lief Umwege, um festzustellen, ob ihm jemand folgte. Erst als er sich sicher war, unbeobachtet zu sein, trat er durch den alten, steinernen Torbogen und drückte die Klingel.

Über ihm im ersten Stock wurde ein Fenster aufgestoßen, Teresa sah heraus. Sekundenbruchteile später ertönte der Türsummer.

»Ich habe eine Frage an dich, Teresa. Denk bitte ganz genau nach.« Er fasste sie an den Ellbogen und sah unverwandt in ihre weit aufgerissenen Augen. Einen Moment kam er sich vor wie die Schlange, die das Kaninchen hypnotisierte, das sie gleich fressen wollte. »Hast du irgendjemandem erzählt, dass ich mich für den Mann mit dem Piranha-Tattoo interessiere?«

Sie schüttelte den Kopf.

»Bist du dir sicher? Hast du mit deinem Vater darüber gesprochen? Oder mit Freunden?«

Wieder schüttelte sie den Kopf.

»Ist der *comissário* noch einmal hier gewesen?«

»Ja.«

»Hast du ihm etwas von der Sache mit der Weinflasche und dem Besuch von den Männern erzählt?«

»Nein, ich habe mit niemandem darüber geredet.«

»Und du hast den Kerl mit dem Piranha-Tattoo auch keinem deiner Freunde gegenüber erwähnt? Denk nach. Es ist verdammt wichtig, dass du dich nicht täuschst.«

»Niemand weiß davon. Nicht einmal mein Vater. Ich hatte viel zu viel Angst, es zu erzählen.«

»Okay. Dann noch eine andere Frage: Woher kennst du João Gonçalves?«

»Er ist ein Freund von Salomão.«

»Du hast ihn also schon vor Pedro gekannt?«

»Nein, João ist erst vor einem knappen Jahr dazugekommen.«

56
Lissabon, Portugal

»Wo bleibst du denn?«, begrüßte Gonçalves ihn jovial, als er die Festivalhalle betrat. »Wir wollten schon eine Vermisstenanzeige nach dir aufgeben.«

»Euer Bier bekommt mir nicht.«

»Wenn man in Portugal ist, muss man ja auch Wein trinken«, grinste Gonçalves breit.

Maxwell musterte ihn. Allmählich musste er aufpassen, nicht hinter jeder Bemerkung eine Anspielung zu sehen. »Hat dich eigentlich die Polizei verhört?«, fragte er beiläufig, während er seine Kamera auspackte.

»Warum sollte sie?« Gonçalves klang erstaunt.

»Wegen Ferreiras Tod.«

»Damit habe ich nichts zu tun. Ich war den ganzen Abend bei

Teresa – im Gegensatz zu dir. Außerdem rede ich nicht mit den Bullen. Prinzipiell nicht.«

»Schade, ich hatte gedacht, du hättest diesen *comissário* auch kennengelernt. Ich werde aus ihm nicht schlau.«

»Nein, den kenne ich nicht, aber erzähl doch mal von ihm.«

»Ich glaube, du hast Kundschaft.« Maxwell nickte zu Gonçalves' Stand, vor dem eine junge, hübsche Frau wartete.

Inácio trat zu ihm und fragte, wie viele Fotos er schon gemacht habe. Maxwell zuckte lachend mit den Schultern.

»Mehr als ich für mein Buch brauche.«

»Kannst du mir für die Homepage ein paar schöne Bilder geben?«

»Sobald ich zu Hause bin, maile ich dir welche.«

»Nein, ich meine hier und jetzt. Dann können wir sie gleich veröffentlichen.«

»Dazu brauche ich einen Computer.«

»Du kannst oben im Büro arbeiten.«

»Einverstanden.«

»Wenn du willst, schicke ich Carla, sie kann dir Kaffee kochen.«

Maxwell sah schnell zu der hübschen Portugiesin hinüber, die sich wieder einmal vor Ferreiras Stand mit zwei Männern unterhielt.

»Es ist besser, wenn sie hier bleibt und sich um Pedros Tattoos kümmert. Von ihm fehlt mir bisher noch so gut wie das komplette Material.«

Dennoch hallten eine Viertelstunde später Schritte auf dem Flur, an dem das Büro lag. Maxwell sichtete gerade sein bisheriges Bildmaterial, als unvermittelt die Tür aufging. Herein kam jedoch nicht Carla, sondern João Gonçalves.

»Darf ich zuschauen?«, fragte er neugierig und stellte sich hinter Maxwell.

»Musst du dich nicht um deine Kunden kümmern?«

»Ein paar Minuten Pause müssen auch mal sein.« Interessiert beugte er sich vor. Sein Kopf war ganz nah neben Maxwells, der sich zwang, nicht wegzurücken. »Kannst du mir deine Fotos auf DVD brennen?«

»Wozu?«

»Ich will Inácio überzeugen, einen besseren Internetauftritt zu gestalten.«

»Wenn ich die Bilder aussortiert habe, aber nur zum Gebrauch auf der Homepage. Und das brauche ich schriftlich, schließlich lebe ich vom Fotografieren.«

»Kannst du sie mir nicht brennen, bevor du sie aussortierst? Ob ein Bild gut oder schlecht ist, das liegt doch ganz im Blick des Betrachters.«

Maxwell brummte etwas Unverständliches. Seine Antennen waren auf die Geräusche der Umgebung gerichtet. Auf dem Flur war es völlig still. Offenbar war außer ihnen niemand im ersten Stock. Die Gelegenheit war günstig. Eine bessere würde sich nicht bieten.

Er spannte die Muskeln, atmete tief ein, stemmte die Füße fest gegen den Boden. Unvermittelt schnellte er vom Drehstuhl hoch. Mit aller Kraft stieß er seinen nach vorn gebeugten Oberkörper nach schräg oben und rammte dem Portugiesen den rechten Ellbogen gegen den Solarplexus. Eine Drehung, ein Schlag mit der flachen Hand gegen Nase und Stirn. Dem Tätowierer schossen Tränen in die Augen und Blut aus der Nase. Maxwell streckte den Arm, drückte seinem Gegner den Kopf in den Nacken. Gonçalves verlor das Gleichgewicht und fiel rücklings zu Boden wie eine gefällte Tanne. Keine Gegenwehr, kein Schrei, kein Poltern. Alles geräuschlos. Ein Hebel mit den Armen, und Gonçalves lag auf dem Bauch. Maxwell ging in die Hocke. Ein Knie im Kreuz, das andere auf einen Druckpunkt knapp unterhalb des rechten Ohrs seines Gegners.

»Du fängst an, Fehler zu machen, Gonçalves«, zischte er leise. »Du hättest nicht behaupten dürfen, dass du Morais nicht kennst.« Eine leichte Gewichtsverlagerung.

Der Mann unter ihm stöhnte.

»Ich habe nur zwei Menschen gesagt, dass ich den Typ mit dem Piranha-Tattoo suche: dir und Teresa. Sie hat es den Bullen nicht gesteckt. Bleibst nur du.« Ein bisschen mehr Druck auf den Kopf. »Warum hast du mich verpfiffen? Bekommst du Geld von den Bullen?«

Gonçalves röchelte. Blut lief ihm ungehemmt aus der Nase.

Noch ein bisschen mehr Druck auf den Kopf.

»Du ... bringst ... mich ... um!«

»Ich werde dir jetzt mal zeigen, was ich mit Leuten mache, die ihr Maul nicht halten können.«

Noch mehr Gewicht auf den Kopf.

Gonçalves stieß einen erstickten Schrei aus, schnappte verzweifelt nach Luft, Tränen quollen über sein schmerzverzerrtes Gesicht. Panik. »Ich ... bin ... ein ... Kollege.«

»Kein Tätowierer?«

Gonçalves begann zu würgen.

Maxwell reduzierte den Druck. »Wer bist du in Wirklichkeit?«

»Verdeckter ... Ermittler.«

Maxwell gab den Mann frei. Der Portugiese rappelte sich auf die Knie und erbrach sich in den Mülleimer. Minutenlang hing er keuchend über dem Behälter. Wortlos ging Maxwell aus dem Zimmer. Im Toilettenraum holte er ein paar Papierhandtücher, feuchtete sie an und legte sie dem anderen in den Nacken.

»Mein Gott, wo lernt man so was?« Gonçalves zitterte noch immer am ganzen Körper.

»Spezialeinheit. Und jetzt erzähl: Was weißt du über den Piranha-Mann? Warum hast du dich bei Teresa eingeschlichen? Und was ist auf meinen Fotos zu sehen, dass du sie unbedingt haben willst.«

»Das darf ich dir nicht sagen.«

In aller Ruhe zog Maxwell die Speicherkarte seiner Kamera aus dem Computer, stand dann aber unvermittelt auf. Gonçalves zuckte zusammen und riss die Arme schützend über den Kopf.

Maxwell hob die Hände. »Jetzt, wo ich weiß, dass du ein Kollege bist, werde ich dich nicht mehr anfassen.« Er ging zur Tür. »Aber in einer Minute bin ich da unten. Und dann wird jeder erfahren, dass du ein Bulle bist. Dann ist deine ganze mühevoll aufgebaute Legende im Arsch. Ich bin mir sicher, ein paar Leuten wird es ganz und gar nicht gefallen, wenn sie hören, wem sie aufgesessen sind.«

Er war noch fünf Schritte von der Tür entfernt.

»Teresa werde ich als Erste anrufen und davon erzählen.«

Noch vier Schritte.

»Du bluffst.«

Noch drei Schritte.

»Ganz und gar nicht.«

Noch zwei Schritte.

»Das kannst du nicht machen.«

Noch einer.

Maxwell streckte die Hand nach dem Türgriff aus. Seine Muskeln waren gespannt.

»Und wie ich das kann.«

Die Hand berührte die Klinke und drückte sie langsam herunter.

»Nein!« Gonçalves schrie das Wort.

Maxwell öffnete die Tür, Gonçalves warf sich gegen ihn. Beide taumelten nach vorn, drückten die Tür mit ihrem vereinten Gewicht wieder zu. Maxwell schnellte herum, eine Hand auf Gonçalves' Brust, ein Stoß. Der Portugiese stolperte zurück, riss Maxwells Bandana mit sich, schlug gegen einen Schrank. Erst mit den Schultern, dann der Kopf. Wieder sank er zu Boden.

»Morais röstet mich bei lebendigem Leib, wenn er erfährt, dass meine Legende aufgeflogen ist.« Mit einem Mal wirkte er wie ein geprügelter Hund.

»So weit muss es nicht kommen.«

»Woher weiß ich, dass ich dir vertrauen kann?«

»Du musst dich auf mein Wort verlassen.«

Gonçalves schnitt eine Grimasse, während er seinen Hinterkopf abtastete. »Also gut.«

»Wer ist der Piranha-Mann?« Maxwell begann mit der Frage, die ihn am meisten interessierte. Er hob seine Bandana vom Boden auf. Das Tuch war an einem Ende eingerissen. Er fluchte innerlich; es war ein Geschenk von Dr. Schirmer gewesen.

»Welchen meinst du?«

Ohne ein Wort zu sagen, drehte er sich um und ging wieder zur Tür.

»Es gibt mehrere«, rief Gonçalves schnell.

Maxwell fuhr herum und starrte ihn an.

»Ich will dich nicht verarschen.«

»Dann erzähl endlich!«

»Der Piranha ist das Abzeichen einer Bande Krimineller, die hier ansässig ist. Nicht jedes Mitglied hat denselben Fisch. Sie unterscheiden sich in der Anzahl der Zähne. Wir glauben, dass es sich um ein Rangabzeichen handelt. Je höher ein Bandenmitglied steht, desto mehr und größere Zähne hat der Piranha.«

»Scheiße!« Maxwell wandte sich zum Fenster, sah auf den Tejo hinunter. Deshalb hatte er den Eindruck gehabt, der Typ in Estoril hätte eine andere Statur, als der, der aus Ferreiras Studio gekommen war. Es waren verschiedene Personen.

Ohne es zu merken, trommelte er mit den ausgestreckten Fingern auf das Fensterbrett. Stakkato. Ein paar Sekunden lang machte sich Verzweiflung in ihm breit. Wie sollte er jemals herausfinden, wer auf ihn geschossen hatte, wenn es mehrere Typen mit derselben Tätowierung gab? An die Anzahl der Zähne konnte er sich definitiv nicht erinnern. Plötzlich gab er sich einen Ruck. Darüber musste er später nachdenken. Er wandte sich Gonçalves zu.

»Wie viele Männer habt ihr in der Kartei?«

»Fünf.«

Grenzenlose Erleichterung. Die konnte er nacheinander abarbeiten. »Wo finde ich sie?«

»Drei sitzen im Gefängnis.«

»Seit wann?«

»Unterschiedlich. Einer schon über drei Jahre, die anderen beiden seit ein paar Monaten.«

»Ich brauche die genauen Daten.« Maxwell starrte Gonçalves so lange an, bis der junge Mann den Blick senkte und nickte. »Und von den anderen zwei will ich Name und Adresse wissen.«

»Was, wenn Morais merkt, dass du dich im Dunstkreis dieser Männer aufhältst?«

»Sag deinem Chef, du hättest mitbekommen, dass ich hier auf dem Festival Infos über die zwei zusammengetragen habe.«

»Sind wir dann quitt?«

Maxwell nickte knapp.

Gonçalves griff zu Papier und Kuli und begann zu schreiben. »Von mir hast du das nicht!«

Maxwell las die knappen Informationen: Drei Männernamen mit dem Zusatz »im Gefängnis seit« und dem jeweiligen Datum. Sofort war klar, dass er sie außer Acht lassen konnte.

Darunter zwei weitere Männernamen samt Wohnanschrift. Er faltete das Blatt zusammen und steckte es ein.

»Worum geht es bei der Bande?«

»Drogen. Genauer gesagt: Kokain. Aber wir haben nichts Konkretes gegen sie in der Hand.«

»Was ist mit denen, die im Knast sitzen?«

»Körperverletzung, Vergewaltigung, Drogenhandel – Letzteres allerdings immer nur in moderaten Mengen.«

»Und keiner der drei wollte sein Gewissen erleichtern und die Hintermänner verpfeifen?«

Gonçalves schüttelte den Kopf.

Maxwell dachte einen Moment nach, doch er wusste nicht, was er den Portugiesen noch über die Männer fragen sollte. Zu viel ging ihm durch den Kopf, er wechselte das Thema. »Hast du einen USB-Stick einstecken?«

Gonçalves sah ihn verwirrt an, nickte.

»Gib ihn mir!« Maxwell setzte sich an den Computer, steckte die Speicherkarte seiner Kamera wieder in das Lesegerät und zog eine Dublette der Bilder auf den Stick. »Sag Morais, die hast du heimlich kopiert, während ich pinkeln war.«

57
London, Grossbritannien

Renata lag zusammengekauert unter einer Decke auf dem Rücksitz eines Wagens. Wallace sah sich immer wieder nach ihr um und versuchte, sie zu beruhigen – die wachsende Anspannung in seiner Stimme erzielte jedoch genau das Gegenteil. Der Fahrer war ein Mann vom Sicherheitsdienst, den der Verlag beschäftigte. Wallace hatte ihn am Morgen angerufen und gebeten, ihn und eine Informantin von der kleinen Frühstückspension abzuholen und in die Redaktion zu fahren. Der Mann hatte keinerlei Überraschung gezeigt, als ihm gesagt wurde, die Frau dürfe nicht im Wagen gesehen werden. Konspirative Touren waren beim Verlag keine Seltenheit – zu wichtig war der Schutz der Informanten, vor anderen Journalisten und manchmal sogar vor der Polizei.

»Noch fünfzig Meter, dann sind wir in der Tiefgarage«, murmelte Wallace.

Der Wagen wurde langsamer, hielt, der Motor erstarb. Renata atmete erleichtert aus, ihr Körper entspannte sich allmählich. Türen wurden geöffnet.

»Sie können jetzt rauskommen.« Der Fahrer wartete geduldig, bis sie sich unter der Decke hervorgewühlt hatte.

»Begleiten Sie uns bitte bis in mein Büro.« Wallace klang sehr bestimmt.

Der Sicherheitsmann nickte und suchte an seinem Bund einen Schlüssel heraus, der es ihnen erlaubte, den Aufzug ohne lästigen Zwischenstopp zu nutzen und direkt in die fünfte Etage zu fahren. Obwohl der große, breitschultrige Mann sie so gut wie möglich abschirmte, fühlte Renata, wie ihr die Blicke der Mitarbeiter aus den kleinen Verschlägen heraus folgten. In seinem Glaskasten angekommen, ließ Wallace sofort die Jalousien herunter. Sie hatten sich noch nicht gesetzt, als Darcey mit einem Tablett, auf dem zwei Kaffeehumpen standen, in der Tür erschien.

»Du sollst sofort in die sechste Etage kommen, Wallace.«

»Was will der Chef?«

»Das musst du noch fragen?« Sie legte den Kopf schief. »Er ist ziemlich angepisst, weil er heute Morgen aus Konkurrenzblättern von der Sache im Restaurant erfahren hat, obwohl du vor Ort warst.«

»Ich bin angeschossen worden!«

»Eben deswegen.« Sie lächelte. »Außerdem hat Scotland Yard angerufen. Ein Chief Inspector Williams.«

»Was will er?«

»Ich fürchte, dasselbe.«

»Ich habe gestern Abend im Krankenhaus bereits eine Aussage gemacht. Das genügt.« Wallace' Blick glitt zu Renata. »Ich bin nicht hier, falls er wieder anruft. Sag ihm, ich habe mich krankgemeldet.«

Darcey nickte und wandte sich zum Gehen.

»Warte noch einen Moment. Du musst etwas für mich recherchieren.«

Sie sah ihn aufmerksam an.

»Vor ungefähr einem halben Jahr wurde in Islington ein Gemüsehändler in seinem Laden erschossen. Sieh nach, was wir darüber haben. Wurde der Täter geschnappt? Welches Motiv hatte er? Was wurde aus dem Laden? Hat das Opfer Angehörige? Wo leben sie?«

»Vielleicht gab es auch Angestellte«, warf Renata ein.

»Ich werde mich darum kümmern.« Darcey lächelte sie an. »Hat das etwas mit gestern Abend zu tun?«

»Möglicherweise«, brummte Wallace. »Aber zu niemandem ein Wort!«

Darcey nickte und verließ das Büro. Im selben Augenblick klingelte das Telefon. Obwohl Renata auf der anderen Seite des Schreibtischs saß, konnte sie die aufgeregte Frauenstimme verstehen.

»Es tut mir schrecklich leid, aber Chief Inspector Williams ist auf dem Weg in den fünften Stock. Er hat sich nicht zurückhalten lassen – und ich konnte ja schlecht den Sicherheitsdienst rufen. Er hat versucht, mich über die Dame auszuhorchen, mit der Sie gestern Abend ausgegangen sind. Ich hatte den Eindruck, er wäre nicht sonderlich gut auf sie zu sprechen. Vielleicht sollten Sie –« Wallace knallte den Hörer auf die Gabel.

Im selben Moment erklang Darceys Stimme laut und deutlich durch die geschlossene Glastür. »Chief Inspector! Wie kommen Sie hier herauf?«

Renata sah sich fieberhaft suchend um. Wo konnte sie sich verstecken? Sie rannte zum Schrank, riss die Tür auf, er war voller Aktenordner. Wallace schnitt eine Grimasse, stemmte sich aus seinem Bürosessel und machte ihr ein Zeichen, sich unter seinem Schreibtisch zu verstecken.

»Meine Kaffeetasse«, flüsterte sie warnend.

Wallace nickte. Mit großen Schritten ging er zur Tür und riss sie abrupt auf.

»Darcey, wie oft habe ich dir schon gesagt, du sollst abends die alten Kaffeetassen von meinem Schreibtisch räumen! Ich –« Er hielt abrupt inne. »Oh, Chief Inspector, was kann ich für Sie tun?«

Eilig drückte sich Darcey an Wallace vorbei in sein Büro. Sie hatte begriffen, was ihr Chef meinte. Renata konnte ihre Beine sehen, als sie um den Schreibtisch herum kam und die Humpen einsammelte.

»Lassen Sie uns hinüber ins Besprechungszimmer gehen«, schlug Wallace vor.

»Warum nehmen wir nicht Ihr Büro?« Die Stimme gehörte dem Polizeibeamten. »Sie haben doch sicher nichts zu verbergen, oder?« Schritte näherten sich, Renatas Herz klopfte, sie fühlte, wie sie zu schwitzen begann.

Stuhlbeine scharrten über den Fußboden, dann ertönte ein Knarzen. Die Männer hatten sich an den Besuchertisch gesetzt.

»Worum geht es, Chief Inspector? Ich bin gerade erst ins Büro gekommen und müsste eigentlich schon in einer Besprechung sein.«

»Die Dame, mit der Sie gestern Abend diniert haben ...«

»Was ist mit ihr?«

»Kennen Sie sie schon lange?«

Ein Schweißtropfen perlte über Renatas Stirn, rann über die Augenbraue und tropfte ihr ins Auge. Es brannte.

»Warum fragen Sie?«

»Wissen Sie, wo sie sich im Augenblick aufhält?«

»Nein, tut mir leid.«

»Sie ist heute Nacht nicht in ihr Hotel zurückgekommen.«

»Heißt das, Sie befindet sich in Gefahr?«

Es entstand eine Pause. Wieder begab sich ein Schweißtropfen auf Talfahrt, Renata traute sich jedoch nicht, ihn abzuwischen, aus Angst, das Rascheln ihrer Kleidung könne ihre Anwesenheit verraten.

Der Beamte räusperte sich. »Wir haben Grund zu der Annahme, dass die Gefahr von ihr ausgeht.«

»Was soll das heißen?«

»Renata Teixeira stammt aus Brasilien.«

»Ja, und?«

»Sie ist dem Zoll bei der Einreise aufgefallen. Man hat vermutet, dass sie Drogen ins Land schmuggeln wollte.«

Renata fühlte, wie ihr rechts Bein langsam taub wurde. Behutsam versuchte sie, ihr Gewicht zu verlagern.

»Ihre Kollegen werden sie doch sicher durchsucht haben.«

»Das haben sie in der Tat.«

»Und?«

Das Taubheitsgefühl in Renatas Bein verstärkte sich.

»Sie haben keine Drogen bei ihr gefunden.«

»Dann verstehe ich nicht, warum Sie sie immer noch im Verdacht haben.«

»Die Dame hatte mehrere Perücken, Brillen mit Fensterglas und diverse Accessoires bei sich, mit deren Hilfe man sein Aussehen verändert. Warum sollte jemand, der nichts Böses im Schilde führt, derlei im Gepäck haben?«

»Frau Teixeira war sehr krank«, sagte Wallace im Brustton der Überzeugung. »Krebs. Zweifellos werden Sie gestern Abend ihre extrem kurzen Haare bemerkt haben. Ich finde es absolut verständlich, wenn sie mit ein paar Accessoires von ihrer Krankheit ablenken will.«

»Und kaum ist sie hier, schon ballert jemand mit einer Maschinenpistole herum?«

Plötzlich setzte ein Stechen in ihrem rechten Fuß ein. Es war, als würde ihn jemand mit einer glühenden Nadel malträtieren.

»Der Anschlag kann zig Personen gegolten haben. Die Terrasse war voller Menschen.«

»Ein Großteil der sichergestellten Geschosse befand sich im Holz der Balustrade – just auf der Höhe, wo Frau Teixeira saß.«

»Dazu kann ich nichts sagen.« Schweigen. Dann Wallace Stimme: »Wenn Sie keine weiteren Fragen haben, wäre ich Ihnen verbunden, wenn Sie mein Büro nun verlassen würden. Ich habe wirklich zu tun!«

Wieder schabten Stuhlbeine über den Fußboden. Renata presste die Augen fest zusammen und hielt den Atem an. Die Tür wurde geöffnet, Schritte entfernten sich. Renata atmete langsam aus, verlagerte erneut ihr Gewicht und begann behutsam, das eingeschlafene Bein auszustrecken und zu schütteln.

»Bleib, wo du bist.« Wallace' Stimme klang warnend. »Er ist noch nicht im Aufzug.«

Renata schloss erneut die Augen. Minuten dehnten sich zu einer gefühlten Ewigkeit. Das Telefon auf dem Schreibtisch klingelte, sie zuckte zusammen. Wallace meldete sich, sagte ein paar Worte, legte wieder auf, dann erschien sein Kopf unter dem Schreibtisch.

»Du kannst rauskommen, Williams hat das Gebäude verlassen.«

Auf allen vieren krabbelte Renata unter dem Schreibtisch hervor. Ein Klopfen an der Bürotür ließ sie auf halbem Weg innehalten. Darcey steckte den Kopf ins Zimmer.

»Darf ich stören? Ich habe etwas herausgefunden.«

»Komm rein.«

Renata ließ sich von Wallace aufhelfen und stützte sich am Schreibtisch ab, während sie zu einem der Besucherstühle humpelte, in den sie sich dankbar sinken ließ.

»Portugiesischer Ladenbesitzer erschossen«, las Darcey die Überschrift eines Zeitungsartikels vor. »London – Es waren herzzerreißende Szenen, als am Dienstag die Frau eines portugiesischen Ladeninhabers in aller Öffentlichkeit seinen Tod durch Profikiller betrauerte.

Ein unbekannter, mit einer Schusswaffe ausgerüsteter Mann betrat den Gemüseladen in Islington und zwang die Frau des Inhabers unter Waffengewalt, aus dem Laden zu gehen, sagte die Polizei. ›Dann gab der Verdächtige mehrere tödliche Schüsse auf ihren sechsundfünfzigjährigen Ehemann ab, bevor er zu Fuß vom Tatort flüchtete‹, erklärte ein Polizeisprecher. Er sagte, das Motiv für die Schießerei sei unbekannt: ›Nichts wurde aus dem Laden mitgenommen. Wir haben eine Mordermittlung in die Wege geleitet.‹

Der Vermieter des Pärchens, der ungenannt bleiben will, sagte: ›Ich vermute, das war ein Mord, weil ihnen nichts weggenommen wurde. Seine Frau hat uns erzählt, der Mörder ihres Ehemanns hätte sie gezwungen, hinauszugehen, bevor er die Schüsse auf ihn abgefeuert hat.‹ Der Mann beschreibt seine Mieter als ›freundliches Ehepaar‹. ›Sie wurden früher schon einmal überfallen und ein paar Dinge aus dem Laden entwendet‹, erklärte der Vermieter. ›Aber diesmal kamen sie, um zu töten, nichts anderes. Es war herzzerreißend, diesen Mann da liegen zu sehen, während seine Frau schluchzend neben ihm kniete.‹

Noch während die Polizei nach Hinweisen suchte, versammelten sich Freunde und Verwandte des Opfers am Tatort. Ein Zeuge sagte, ein Mann sei aus dem Laden gerannt und in ein wartendes Auto gesprungen, bevor es losraste. Ein zweiunddreißigjähriger Nachbar, der darum gebeten hat, anonym zu bleiben, erzählte, er schlief noch, als die Schießerei begann. ›Ich war gerade erst von der Nachtschicht nach Hause gekommen. Und ein paar Minuten später hörte ich Polizeisirenen und schreiende Menschen. Es ist traurig, weil dieser Mann jetzt in einem Sarg nach Portugal zurückkehren wird.‹

Die Familie des Opfers lehnte es ab, zu dem Vorfall Stellung zu nehmen.

Das portugiesische Konsulat bat die Polizei, den Mordermittlungen hohe Priorität einzuräumen. ›Als Konsulat ist es unsere Pflicht, für die Sicherheit unserer Landsleute einzutreten, die hier legalen Geschäften nachgehen oder andere Interessen verfolgen. Wir halten Verbindung zur Polizei und haben gebeten, die Täter schnellstmöglich ausfindig zu machen‹, sagte die Sprecherin. ›Dennoch möchten wir klarstellen, dass wir den Vorfall als Einzelfall betrachten und dass dies die Beziehungen zwischen Portugal und Großbritannien nicht belasten wird.‹«

Darcey sah von dem Zeitungsartikel in ihren Händen auf. »Der Portugiese hieß Eduardo Buinho und war mit einer Engländerin verheiratet, Tracey Buinho. Er wurde mit fünf Schüssen in die Brust getötet. Die Polizei tappt nach wie vor im Dunkeln. Sie glauben, es könnte um Schutzgelderpressung gegangen sein, oder die Sache hatte einen persönlichen Hintergrund. Alles deutet auf einen Auftragsmord hin.«

»Ich muss unbedingt mit der Witwe sprechen. Vielleicht weiß sie, was passiert ist«, entschied Renata.

»Und du glaubst, sie wird es dir sagen, obwohl sie es der Polizei verschwiegen hat?« Wallace musterte sie mit hochgezogenen Augenbrauen.

»Das wird sich zeigen, wenn sie mir gegenübersitzt.«

»Uns. Wenn sie uns gegenübersitzt. Irgendwie werde ich das Gefühl nicht los, dass ich bis zum Hals in der Sache mit drinstecke.«

»Wie können wir herausfinden, wo Frau Buinho wohnt? Gibt es bei euch so etwas wie ein Einwohnermeldeverzeichnis?«

Wallace schüttelte den Kopf.

»Ich könnte zu der Bäckerei gehen und nachfragen«, schlug Darcey vor. »Vielleicht weiß die neue Ladeninhaberin, was aus ihrer Vorgängerin wurde. Und wenn nicht, kontaktiere ich den Vermieter.«

»Tu das. Dann versuche ich in der Zwischenzeit herauszubekommen, ob sie Kinder und andere Familienangehörige hat. Vielleicht kommen wir ihr so auf die Spur.«

58
Lissabon, Portugal

Kurz nach Sonnenaufgang verließ Maxwell das Hotel. Er kannte Tomislav Boksics Lebensgewohnheiten nicht, daher musste er sich so früh auf die Lauer legen und warten, wann der Piranha-Mann zur Arbeit ging – falls er überhaupt eine geregelte Tätigkeit ausübte.

Noch am Abend hatte Maxwell sich entschieden, mit ihm anzufangen. Der Name rief Assoziationen mit einem kleinen, stämmig gebauten Kerl hervor, ganz der Typ, der aus Ferreiras Studio gekommen war.

Ein Stück die Rua Agostinho Neto hinunter gab es einen Häuserblock, dessen Erdgeschoss einen arkadenähnlichen Vorbau hatte, der mit Grünpflanzen als Sichtschutz von der Straße abgetrennt war. Maxwell zog sich in das Dunkel zwischen einer Säule und einem Rankgitter zurück und verschmolz mit seiner Umgebung.

Die Zeit verging schleppend. Männer, Frauen, Kinder verließen das observierte Haus, gingen in die Kaffeebar, zu ihren Autos, zur Bushaltestelle. Von Boksic war weit und breit nichts zu sehen.

Irgendwann kamen die ersten Mitarbeiter der Läden in die Arkaden. Wohl oder übel musste sich Maxwell nach einem anderen Versteck umsehen. Er entschied sich für die Kaffeebar.

Während er einen *galão* trank, fielen ihm die Anwohner der umliegenden Häuser auf, die hereinkamen, Kaffee und Zeitung kauften und sich damit draußen auf einer der Betonumrandungen niederließen, die die Bäume am Straßenrand umgaben. Sie waren als Sitzgelegenheiten gedacht.

Maxwell nahm sich ebenfalls eine Zeitung, zahlte und suchte einen für seine Zwecke günstig stehenden Baum.

Nichts geschah.

Zum Mittagessen setzte er sich in ein kleines Restaurant, vier Tische auf dem Bürgersteig, Blick direkt auf den Hauseingang. Eine alte Frau trug zwei vollgestopfte große Plastiktüten hinein, eine Mutter mit Baby kam heraus, eine Viertelstunde später ein Jugendlicher mit Skateboard. Maxwell zahlte das Essen, suchte sich einen schattigen Platz unter einem anderen Baum und las zum zehnten Mal eine Zeitung, die er nicht verstand.

Gegen fünfzehn Uhr ging die Haustür wieder auf.

Maxwell durchlief ein Kribbeln, seine Gesichtshaut spannte sich.

Wie an jenem Abend in Ferreiras Studio blieb Tomislav Boksic in der Tür stehen, schaute den Bürgersteig hinauf und hinunter, einen Augenblick war das Tattoo zu sehen, schließlich trat er hinaus. Er trug eine dunkelblaue Sporttasche über der Schulter. Eine große Schwarzhaarige in einem enganliegenden Kleid und knallroten High Heels folgte ihm. Er küsste sie auf die Wange, drehte sich um und lief zielstrebig zur nächstgelegenen Metro-Station.

Maxwell folgte.

Mit der *linha amarela*, der gelben Linie, fuhren sie eine Station und wechselten am Campo Grande in die *linha verde* Richtung Cais do Sodré. Boksic setzte sich und starrte gelangweilt aus dem Fenster. Maxwell nahm ebenfalls Platz, zog seine Zeitung aus der Tasche, las. An der Haltestelle Intendente stiegen sie wieder aus.

Boksic lief zielbewusst durch die Straßen, bis er schließlich ein mehrstöckiges Haus mit einer hochmodernen Glasfassade betrat. Über der Tür prangte das Banner eines Fitnessclubs. Maxwell wechselte auf die gegenüberliegende Straßenseite, doch die Verglasung reflektierte die pralle Sonne; nichts war zu sehen.

Die Hände in den Hosentaschen, ging er die Straße ein Stück hinunter und setzte sich auf die Betonstufen im Schatten eines Wohnhauses. Seine Augen waren auf den Eingang des Studios gerichtet.

Anderthalb Stunden später erschien Boksic wieder in der Tür des Fitnessstudios, blieb stehen, ließ seine Augen die Straße hinauf und hinunter wandern, trat heraus, ging zur Metro und fuhr zur Endstation Cais do Sodré.

Keine hundert Meter nach dem Fähranleger standen mehrere aneinandergebaute Backsteinhallen. Der größte Teil der zur Straße gerichteten Fassade war mit Plakaten zugeklebt, andere mit Graffiti beschmiert, Fenster gab es nur in Form von Dachgauben. Die Leuchtreklame über der Tür besagte: »Club Cais do Sodré«. Boksic ging hinein.

Maxwell lief weiter, überquerte die Straße. Neben ihm glitzerte der Tejo, zwei Möwen saßen auf der Kaimauer, er gesellte sich zu ihnen. Es war früher Abend geworden, die Sonne brannte nicht mehr so heiß, trotzdem war er von dem langen Tag voller Nichtstun erschöpft. Sein Kopf pochte. Kein scharfer, stechender Schmerz, sondern ein unterschwelliger, regelmäßiger. Wie Wassertropfen, die einen Stein höhlen, marternd. Aber Maxwell hatte keine Tabletten einstecken.

Wie lang würde er nun wieder warten müssen? Was machte Boksic um diese Uhrzeit in dem Club? Zum Abendessen war es viel zu früh, für einen Besuch in einem Table-Dance-Etablissement erst recht.

Nach zwei Stunden zog eine Gruppe johlender Jugendlicher die Straße entlang, versammelte sich vor dem Gebäude, grölte, rangelte miteinander, eine Bierflasche flog auf die Straße. Endlich ging die Tür zum Club auf. Boksic und ein anderer Mann bezogen links und rechts ihren Posten. Der Piranha-Mann war ein Türsteher.

59
Erlangen, Deutschland

Viertel nach elf. Dr. Schirmer saß in ihrer Küche. Durch das Fenster fiel das orangefarbene Licht der Straßenlaterne herein und warf sich bewegende Schatten an die Wände. Der Wind zauste an den großen Hibiskusbüschen. Einen Augenblick überlegte sie, ob sie die Jalousie herunterlassen und Licht einschalten sollte, doch dann entschied sie sich dagegen. Stattdessen legte sie eine neue Kassette in den Rekorder und schaltete das Tonband an.

Maxwell Schmidbauers körperlose Stimme erfüllte den Raum.

30. Oktober 1994

Die Versetzung zum Personenschutz hat geklappt, heute bin ich von Medjugorje ins Hotel Ero in Mostar umgezogen. Henning ist schon da. Wir werden KK, dem EU-Administrator, vorgestellt. Jörn weist mich in dessen persönliche Belange ein.

Wir haben hier eine feste Dolmetscherin: Ljilia. Sie wird morgens von uns zu Hause abgeholt und abends wieder zurückgebracht.

In der Nacht zum 11. September 1994 hat es einen Anschlag gegeben. Kroatische Extremisten schossen mit einer Panzerfaust auf das Ero und verwüsteten dabei KKs Zimmer, das ihm bislang als Büro und Schlafraum diente. Er blieb jedoch unverletzt, weil er zu dem Zeitpunkt noch im Hotelrestaurant saß. Jörn sagt, die kroatischen Nationalisten würden es sicher wieder versuchen. Wir müssen wachsam sein.

Am Nachmittag trifft sich KK mit Isetbegovic; unsere erste Aufgabe als Bodyguards. Der Raum ist voller Menschen. Mir wird klar, was es in einer solchen Menge heißt, Personenschützer zu sein. Man braucht hundert Augen und Ohren. Wir müssen uns als Team erst noch einspielen, aber alles geht gut. Ich sehe niemanden, der eine Waffe trägt.

Am Abend fallen wieder viele Schüsse, teilweise in unmittelbarer Nähe.

Muss einen Schnaps mit KK trinken. Schmeckt scheußlich. Ich hasse Schnaps. Eigentlich trinke ich als Leistungssportler überhaupt keinen Alkohol.

In der Nacht wache ich gegen zwei Uhr fünfzehn auf, unter meinem Fenster hat jemand eine Salve abgefeuert. Als ich ans Fenster trete, ist niemand mehr zu sehen.

31. Oktober 1994

Wir bringen Holz vom THW zu einer alten Lehrerin in den Osten. Ljilia fährt mit und übersetzt. Es ist wichtig, das Vertrauen der Menschen zu gewinnen – im Osten wie im Westen. Nur wenn die Bevölkerung bereit ist, die Stadt gemeinsam wiederaufzubauen, kann es gelingen. Eine Versöhnung der Einwohner untereinander stellt jedoch eine enorme Herausforderung dar. Zudem sind die Leute von den westlichen Ländern enttäuscht. Sie haben das Gefühl, ständig würden Beschlüsse gefasst, aber nicht umgesetzt.

Mittagessen mit KK in Medjugorje mit zwei Pressevertretern, danach fahre ich mit Jörn einen Geldtransport. Wir holen zweihunderttausend Mark aus Metković.

Henning will mir eine Klimmzugstange basteln.

Am Abend sitze ich auf meinem Balkon, man hört Kinder in der Ferne spielen und vereinzelte Schüsse krachen. Die Dämmerung bricht langsam herein. Gegen zwanzig Uhr fallen zwei Schüsse in fünfzig Meter Entfernung. Ich sehe die Feuerblitze in der Grube des Stadions und höre Kindergeschrei. Mit dem Nachtfernglas sehe ich die Kinder, zirka zehn bis zwölf Jahre alt, sie spielen mit einer Waffe.

Rufe Doris an, sie hat heute Geburtstag. Sie weint wieder.

1. November 1994

Gestern gab es sechs Tote in Potoci.

Es regnet, überall stinkt es nach Gully.

Elf Uhr dreißig, ein Menschenauflauf vor dem Ero. Zirka einhundertfünfzig Personen. Die Leute dürfen nicht auf die Friedhöfe in den Osten. Die Stimmung ist sehr aufgeheizt. Wenn sie Waffen dabei hätten, würden sie schießen. Vierzig kommen ins Hotel vor das Konferenzzimmer. Wir sind zu Beginn nur zu viert, um den Durchgang zu versperren. Wollen KK durch den Keller in den fünften Stock bringen, aber er geht einfach durch die Leute. Die Demo vor dem Ero geht noch stundenlang weiter. Die Kroaten stellen Kerzen auf. Der Grund, dass sie nicht an die Gräber können, ist, dass ein Friedhof vom spanischen Bataillon entmint wird. Danach dürfen sie wieder hin. In ihren Augen sind jedoch die Muslime schuld. Es ist zum Aus-der-Haut-Fahren; immer sind die anderen schuld.

Am Abend fallen viele Schüsse. Zwei Detonationen sind in unmittelbarer Nähe. Henning geht auf die Straße, um nachzusehen, zirka drei Meter hinter ihm schießt einer in den Boden und grinst.

Muss Schnaps trinken und lerne Doppelkopf spielen. Der Strom fällt immer wieder aus.

4. November 1994

Bereitschaftstag. Vormittag: Training.

Am Nachmittag laufe ich allein durch West-Mostar. Die Leute werfen einem abweisende Blicke zu. Auf den Straßen fahren alle wie sie wollen, es gibt keine Regeln mehr. Halbstarke rasen wie die Verrückten. Auf der Avenue spielen Kinder mit Krachern, sie wollen mich erschrecken und werfen sie hinter mir her.

Ich bin gerade beim Essen, als ich ein Einsatzhorn und Krach unmittelbar vor dem Eingang des Ero höre. Ich laufe vors Haus. Dort steht eine WEU-Streife, deren Wagen ganz offensichtlich gerammt wurde. Ein kroatischer Spezialpolizist im Trainingsanzug steigt aus dem anderen Auto und schießt mit abgesägter Schrotflinte in die Luft. Danach kommt er auf mich zu, die Waffe in der Hand, stößt wütende Schreie aus. Ich versuche, ihn zu beruhigen. Mittlerweile sind mehrere Kollegen aus dem Hotel gekommen. Mithilfe von Ljilia versuche ich, auf den Mann einzuwirken, dass er die Waffe in sein Auto legt. Das tut er schließlich auch.

In der Zeit haben sich immer mehr WEU-Streifen und die kroatische Polizei vor dem Hotel versammelt. Wieder ist alles ein einziges Chaos. Jeder richtet gegen jeden seine Waffe. Es läuft alles durcheinander, ein deutscher Kollege wird auf einmal von einem kroatischen Polizisten bedroht, er will den Deutschen erschießen. Die anderen kroatischen Polizisten halten ihren Mann zurück und bringen ihn weg. Nach einigem Hin und Her geht der Spezialpolizist mit ins Hotel, um den Vorfall zu klären.

Es kommen immer mehr kroatische Einsatzkräfte zum Ero und verteilen sich in den Ruinen. Ljilia sagt, dass sie das Hotel stürmen wollen, wenn der Spezialpolizist nicht binnen einer halben Stunde freigelassen wird. Der absolute Wahnsinn – eigentlich ist die kroatische Polizei dazu verpflichtet, den EU-Administrator zu unterstützen und zu seinem Wohl einzugreifen. Wir rüsten auf, machen uns für die Verteidigung des fünften Stocks bereit. Der Chef der Spezialpolizei kommt und vermittelt. Schließlich geht er mit dem durchgedrehten Spezialpolizisten aus dem Ero. Ljilia ist vom vielen Übersetzen erschöpft. Die Lage entschärft sich. Nach eineinhalb Stunden kommt das angeforderte spanische Bataillon zur Verstärkung; zu spät.

5. November 1994

Fahrt nach Split Flughafen mit KK. Wir haben ein Loch im Reifen des blauen Mercedes. Der Gummi ist bis auf den Stahlgürtel herausgestanzt. Die Luft bleibt aber im Reifen. Wahrscheinlich hat eine Patronenhülse das Loch beim Überfahren verursacht.

Auf dem Rückweg nach Mostar fahre ich mit Henning einen neuen Weg. In der Nähe von Blato werden wir plötzlich von Zivilpolizei angehalten. Erst als sie auf unseren ID-Cards deutsche Namen lesen, lassen sie uns weiterfahren, geben uns aber deutlich zu verstehen, dass wir hier nicht wieder herkommen sollen. Wahrscheinlich ist ein strategisches Objekt in der Nähe. Wir haben uns ruhig verhalten. Hilfe hätten wir ohnehin nicht holen können. Das war eine gute Taktik.

60
Lissabon, Portugal

Mitten in der Nacht schreckte Maxwell auf.

Jemand hatte geschrien.

Er.

T-Shirt und Unterhose klebten schweißnass an seinem Körper. Sein Herz raste.

Er war mit Dr. Schirmer in einem thailändischen Restaurant in Lissabon gesessen. Am Tresen stand der Piranha-Mann. Plötzlich stand die Ärztin auf, ging zu dem Tätowierten, sprach mit ihm und begleitete ihn hinaus. Dann hörte Maxwell einen Schrei, viel zu hoch, voller Panik. Er rannte zur Tür. Als er sie öffnete, schlug eine Glocke an. Im nächsten Moment hörte er einen Knall und wurde von den Füßen gerissen. Er stürzte auf den Rücken, die Luft wurde aus seinen Lungen gepresst. Sekundenlang war er wie gelähmt, nichts war zu hören. Dann begannen die Menschen um ihn herum zu kreischen. Er rappelte sich hoch. Blut. Überall war Blut. Dr. Schirmer lag in einer Lache. Ihre graublauen Augen starrten ihn blicklos an.

Zitternd erhob sich Maxwell, ging ins Bad, duschte, drückte die letzten zwei Schmerztabletten aus dem Blister. Eines hatte er noch. Er musste sich die restlichen von jetzt an gut einteilen, da er nicht wusste, wie lang er in Portugal bleiben würde.

Noch vor Sonnenaufgang fuhr er mit dem Taxi nach Benfica am nördlichen Ende von Lissabon, lief zum Haus des zweiten Piranha-Mannes in der Estrada dos Arneiros und versteckte sich.

Diesmal musste er nicht so lange warten wie am Vortag. Diogo Fonseca verließ um kurz nach acht das Haus, marschierte, ohne nach links oder rechts zu sehen, in die gegenüberliegende Kaffeebar, kam nach zehn Minuten wieder heraus, stieg in sein Auto und war in weniger als einer Minute verschwunden. Ein Taxi war weit und breit nicht in Sicht.

»Scheiße!«

Eins hatte Maxwell aber in der kurzen Zeit bemerkt, während er Fonseca beobachtete: Er war nicht der Mann, den er im Casino Estoril gesehen hatte. Fonseca hatte die Formate eines Weinfasses; breite Schultern, noch breitere Rettungsringe um die Hüften, breite Schenkel. Der Casino-Piranha war groß und schlank gewesen. Es musste also mehr als die fünf tätowierten Männer geben, von denen Gonçalves berichtet hatte.

»Scheiße!«

Ziellos stromerte Maxwell durch die Straßen, alles außer den Kaffeebars hatte noch geschlossen. Gut gekleidete Menschen hasteten zur Arbeit, Müllfahrzeuge verstopften die Straßen, Autos hupten, Abgase, Gestank. Endlich schaffte er es, ein leeres Taxi anzuhalten.

In der Alfama ging er in seine Stammbar, trank einen *galão* und aß ein süßes Teilchen. Anschließend machte er sich auf den Weg zu Teresa. Er bog in die *rua* und drückte sich abrupt in einen Hofeingang. Morais stand vor dem Haus und redete auf Teresa ein, die ihm den Rücken zuwandte und mit energischen Bewegungen den Gehweg vor dem Haus fegte. Maxwell wartete, bis der *comissário* wieder in den Streifenwagen gestiegen und davongefahren war. Langsam kam er näher. Teresa murmelte leise vor sich hin, der Tonfall war nicht sonderlich freundlich. Als er sie von hinten ansprach, wirbelte sie herum, den Besen mit beiden Händen fest umklammernd, bereit zum Angriff. Seine Oberarmmuskeln spannten sich, doch sie ließ das Werkzeug sinken.

»Entschuldige. Ich dachte, Morais wäre noch einmal zurückgekommen.« Sie versuchte zu lächeln.

»Was wollte er, dass du so böse bist?«

»Immer dasselbe. Pedro, Pedro, Pedro.«

»Können wir hineingehen? Ich habe auch Fragen.«

Sie zog die Augenbrauen hoch, wandte sich dann aber um und schritt ihm voran ins Haus.

»Wie ist es auf dem Festival gelaufen? Hast du Informationen bekommen?«, fragte sie im Gehen.

»Ja. Deswegen brauche ich deine Hilfe.«

Sie stiegen in den ersten Stock hinauf, Teresa setzte Wasser auf, kochte Kaffee. Maxwell wartete, bis sie fertig war, er brauchte ihre volle Aufmerksamkeit.

»Denk an den Abend zurück, als der Mann mit dem Piranha-Tattoo hier bei euch aufgetaucht ist und dich bedroht hat.«

Sofort stellten sich die feinen dunklen Härchen auf ihren Unterarmen auf.

»Wie hat er ausgesehen?«

»Ich dachte, er hat dir in den Kopf geschossen?« Ihre Augen verengten sich zu misstrauischen Schlitzen. »Dann musst du ihn gesehen haben.«

»Bitte, Teresa, es ist wichtig. Beschreibe ihn mir.«

Sie sah Maxwell noch immer unschlüssig an.

»Er ist auf dich zugegangen, hat dich gepackt und dir das Messer an den Hals gehalten. Wie groß war er?«

»Nicht viel größer als ich.« Ihre Stimme bebte.

»Dick? Dünn?«

»Kräftig. Muskulös, nicht dick.«

»Wie alt?«

»Mein Alter.«

»Was war mit seinen Haaren? Lang, kurz, glatt, gekräuselt?«

»Er hatte kurze, glatte, schwarze Haare.«

»Eine Stirnglatze?«

Sie schüttelte den Kopf.

»Und seine Arme?«

»Was meinst du?«

»Hatte er viele Haare auf den Armen? Sah er aus wie ein Affe?«

»Er hatte sehr kräftige Arme, muskulös, auf die Behaarung habe ich nicht geachtet, aber wenn er sehr stark behaart gewesen wäre, hätte ich es sicher bemerkt.«

»War er rasiert?«

Sie schüttelte den Kopf. »Dreitagebart. Und seine Augen waren schwarz.«

»Es gibt keine schwarzen Augen.«

»Doch, er hatte solche. Er hat mich so eiskalt angesehen, als wäre es ihm völlig egal, was er gleich mit mir tut.«

»Hatte er außer dem Piranha noch andere Tätowierungen?«

»Ich habe keine gesehen.«

»Wenn er sprach, hatte er einen Akzent?«

»Ja, er war nicht von hier. Ich glaube nicht einmal, dass er Portugiese ist, aber mehr weiß ich nicht.«

Maxwell nickte. Die Personenbeschreibung, die sie ihm gegeben hatte, passte zu hundert Prozent auf Tomislav Boksic. Diogo Fonseca hatte stark behaarte Arme. Außerdem war er Mitte fünfzig und trug sein schütteres Haar hinten zu einem Pferdeschwanz zusammengebunden – vorn hatte er eine Halbglatze. Trotzdem wollte Maxwell auf Nummer sicher gehen.

»Hast du Zeit, heute Abend einen kleinen Ausflug mit mir zu machen?« Er lächelte Teresa an. »Wir könnten gemeinsam essen gehen. Ich lade dich ein.«

Sie war überrascht, nickte.

»Ich hole dich um zwanzig Uhr ab.«

61
Lissabon, Portugal

»Ich nehme nicht an, dass du gekommen bist, weil du dir ein Tattoo stechen lassen willst?« João Gonçalves musterte Maxwell ohne Begeisterung.

»Ich habe es mir überlegt, als Ferreira es mir angeboten hat.«

»Was willst du?«

»Ich muss wissen, ob Ferreira und einer der Piranha-Männer jemals gleichzeitig im selben Knast eingesessen haben. Außerdem interessiert mich, was an Spuren in Ferreiras Laden gesichert wurde.«

Gonçalves schüttelte den Kopf.

»Denk daran, dass ich dich immer noch hochgehen lassen kann.«

»Wir sind quitt. Ich habe dir die Informationen gegeben, die du haben wolltest.«

»Du solltest wissen, dass man Erpressern nicht trauen kann.« Maxwells Augen blitzten.

Gonçalves kniff die Lippen zusammen.

»Mach es dir doch nicht schwerer, als es ist! Ich habe mit Ferreiras Tod nichts zu tun, sogar für Morais komme ich nicht als Täter in Betracht.«

»Wenn du dich da mal nicht täuschst«, zischte Gonçalves.

»Ich brauche für ein, zwei Tage ein Auto, kannst du mir deines borgen?«

»Mit meiner alten Kiste würdest du nur auffallen, die kennt jeder hier.«

Maxwell zuckte mit den Schultern, dann musste er sich eben einen Leihwagen nehmen. Der Streik war beendet, es sollte kein Ding der Unmöglichkeit mehr sein.

»Hast du einen Motorradführerschein?«, fragte Gonçalves in die anhaltende Stille.

Maxwell nickte.

»Mein Bruder hat eine Honda. Wenn du willst, frage ich ihn, ob er sie dir für ein paar Tage leiht.«

»Nur zu.«

Kurze Zeit später stieg Maxwell vor dem Haus, in dem Gonçalves' Bruder wohnte, aus dem Taxi. Der junge Portugiese erwartete ihn. Er hatte nicht nur sein Motorrad aus der Garage geholt, sondern auch Nierengurt, Handschuhe und Sturzhelm bereitgelegt.

Was Maxwell sah, hätte ihn fast den Boden küssen lassen. Den ganzen Weg hatte er gehofft, dass Gonçalves' Bruder ein halbwegs anständiges Modell fuhr und nicht gerade eine Honda Monkey. Nun strahlte in der Sonne vor ihm in Rot, Weiß und Blau die Königin unter den Modellen, eine Africa Twin. Sie reichte ihm an ihrer höchsten Stelle fast bis an die Brust.

Maxwells Augen glitten über die mächtige Reiseenduro wie über den Körper einer außergewöhnlich gutgebauten nackten Frau. Und wie bei einer solchen konnte er sich nicht aufs Ansehen beschränken. Seine Fingerspitzen berührten das blaue Leder der Sitzbank, fuhren über den breiten Tank hinauf zum Lenker. Seine Hand legte sich um den Gummi, packte zu. Der Oberkörper lehnte sich leicht vor, ein Bein schwang in die Luft, glitt über die Sitzbank, ein leichter Ruck nach vorn, der Standbügel unter ihm klappte ein. Maxwell richtete sich auf, ließ sich die wenigen Zentimeter auf das blaue Leder hinabsinken, die Maschine federte unter seinem Gewicht.

Was er zwischen seinen Schenkeln spürte, fühlte sich gut an.

62
Lissabon, Portugal

Teresa war verblüfft, als sie Maxwell am Abend auf der großen Maschine durch die schmale Gasse fahren sah, in der er gar nicht hätte fahren dürfen. Ohne ihr zu verraten, was er vorhatte, brachte er sie zum Cais do Sodré.

»Sag nicht, dass du hier essen gehen willst«, rief sie über das laute Motorengeräusch.

Maxwell schaltete die Maschine aus, drehte sich zu ihr um und sah sie mit gespielter Überraschung an. »Isst man hier denn nicht gut? So direkt am Fluss?«

Sie schüttelte entschieden den Kopf. »Lass uns woanders hinfahren.«

»Warte, ich möchte dir etwas zeigen.« Er dirigierte sie in Richtung des überdachten Übergangs, der den Kopfbahnhof mit dem Fähranleger verband, ging ihr voran in das Bahnhofsgebäude hinein, nahm ihre Hand und zog sie scharf nach rechts, direkt hinter die Glasfassade.

»Was siehst du?«, fragte er mit gesenkter Stimme. Nur Teresa sollte ihn hören.

Ratlos blickte sie hinaus. »Ich weiß nicht, was du meinst.«

»Beschreibe mir alles, was du siehst.«

»Menschen, die vom Fähranleger zum Bahnhof herübergehen.«

»Und links daneben?«

»Das Gebäude des Table-Dance-Clubs.«

»Was siehst du dort, wenn du genauer hinschaust?«

»Meinst du die Plakate an der Fassade für das Fado-Konzert?«

»Nein. Am Eingang.«

Sie sog scharf die Luft ein, wich vom Fenster zurück, prallte gegen seinen Körper, versteifte sich. Er legte seine Hände auf ihre Schultern, gab ihr Halt.

»Keine Angst. Er kann uns nicht sehen.«

»Woher weißt du, dass er dort arbeitet?« Ihre Gesicht war aschfahl, sie zitterte am ganzen Körper.

»Zufall. Es ist also der Mann, der ...?«, er ließ den Satz in der Schwebe.

Sie nickte. Eine Ader an ihrem Hals pulsierte. »Warum hast du ihn mir gezeigt?« Sie flüsterte so leise, dass es kaum zu verstehen war.

»Ich wollte, dass du ihn für mich identifizierst.« Wie ein Kind führte er sie aus dem Bahnhof, zurück zum Motorrad, schwang sich hinauf und half ihr dann auf den Platz hinter ihm.

63
Erlangen, Deutschland

Dr. Schirmer war müde. Ihre Dienste waren in letzter Zeit anstrengender als gewöhnlich. Zumindest hatte sie nun ein paar Tage am Stück frei und konnte sich erholen. Gern wäre sie ins Bett gegangen, aber ihr Pflichtbewusstsein siegte. Eine Kassette musste sie heute Abend abhören, sie war sowieso schon in Verzug. In der Küche holte sie sich ein Glas Rotwein, anschließend setzte sie sich aufs Sofa. Hätte sie sich hingelegt, wäre sie wahrscheinlich eingeschlafen, bevor Maxwell Schmidbauers Stimme erklang.

11. Dezember 1994

Der Morgen beginnt mit einer Detonation ganz in der Nähe des Ero. Ich habe Bereitschaft, mache einen Waldlauf und trainiere.

Zwischen fünfzehn Uhr fünfzehn und sechzehn Uhr vierzig gibt es drei Detonationen in Mostar, vier- bis siebenhundert Meter vom Hotel entfernt. Henning und ich fahren trotzdem Richtung Blagaj, weil Klaus vom THW mit seinem Auto liegengeblieben ist und uns um Hilfe gebeten hat.

Auf dem Rückweg hören wir plötzlich ein lautes Pfeifen, dann eine gewaltige Detonation. Henning schreit auf. Ich steige aufs Gas, will uns so schnell wie möglich ins Hotel zurückbringen. Als wir zur Kirche kommen, sehen wir, dass Rauch aus ihr aufsteigt. Die Granate hat dort eingeschlagen. Eine Frau kniet laut klagend vor dem Eingang und drückt ein Kind an sich. Um sie herum ist viel Blut. Wir halten an, sehen nach, ob wir helfen können. Das Kind ist tot. Henning kümmert sich um die Mutter, versucht, sie mit Gesten zu beruhigen, Ljilia haben wir nicht dabei. Ich renne in die Kirche, sehe mich um. Überall ist Staub und beißender Qualm und Geschrei. Es gibt noch sieben verletzte Kinder. Eins liegt da mit einem ungefähr DIN-A4 großen Glassplitter im Rücken. Es ist kaum auszuhalten. Wir holen Hilfe und bringen die Leichtverletzten in die Erste-Hilfe-Station.

Am Abend fahren wir mit KK ins Krankenhaus. Er kann natürlich nichts tun, nur Präsenz und Mitgefühl zeigen. Das Kind mit dem Glassplitter stirbt in der Nacht. Ich trinke Schnaps.

Blagaj und Potoci werden stark beschossen. Der Strom fällt aus.

12. Dezember 1994

Ich fahre mit Jörn nach Split, hole einen EU-Abgeordneten vom Flughafen ab. Es ist ein schöner Tag, wir nehmen die Küstenstraße.

Am Abend höre ich beim Essen einen Schuss und Schreie vor dem Hotel und laufe hinaus. Einem kroatischen Polizisten ist ins Gesicht geschossen worden. Angeblich von einem Sniper. Später stellt sich heraus, dass er mit seiner Waffe gespielt und geschossen hat. Ein Querschläger traf ihn ins Auge.

Immer noch kein Strom und keine Heizung. Es ist sehr kalt.

13. Dezember 1994

Zwölf Uhr: Fahrt nach Ljubuški, einen Kindergarten einweihen.

Auf dem Rückweg zum Hotel sehe ich eine Frau, sie läuft am äußersten Rand der Behelfsbrücke, bleibt immer wieder stehen, sieht in den Fluss. Irgendetwas an ihrem Verhalten macht mich stutzig, ich behalte sie im Auge. Henning hat sie ebenfalls gesehen und fährt langsamer. Plötzlich stürzt sich die Frau in die Neretva. Henning bremst scharf, ich springe aus dem Auto, der Frau hinterher. Das kalte Wasser nimmt mir den Atem, ich sehe kaum, wohin mich der Fluss treibt, versuche zu schwimmen, bekomme die Frau zu fassen. Sie wehrt sich. Ich muss sie grob packen, fast wie bei einem Kampf. Henning hilft uns ans Ufer, wir fahren sie ins Krankenhaus. Unterwegs weint sie nur, spricht kein Wort, obwohl Ljilia unentwegt auf sie einredet. Auf dem Weg zum Hotel sagt Ljilia plötzlich, dass die Frau vergewaltigt wurde. Man hätte es in ihren Augen gesehen.

Am Abend hören wir einen Schuss auf der Straße unter KKs Fenster. Kurz darauf ein weiterer Knall und Splittergeräusche. Henning und ich schauen nach. Wir entdecken eine kaputte Tasse und finden heraus, dass ein Azubi aus der Küche darin einen Kracher losgelassen hat. Zuvor hat ein kroatischer Polizist im Hotel beim Durchladen in die Wand neben der Rezeption geschossen.

14. Dezember 1994

Ich habe mich erkältet.

In der Nähe von Checkpoint 4 herrscht Granatenbeschuss, zirka zwanzig Stück. Wir sind gerade in der Gegend, als es beginnt, weil wir Rollstühle an ein Altenheim übergeben sollen.

Beim Mittagessen sehe ich eine Frau mit einem ungefähr fünfjährigen Mädchen auf dem Arm. Sie hat Schwierigkeiten mit der Tür. Niemand hilft ihr. Ich gehe hin, sehe, dass das Kind bewusstlos ist und eine Kopfplatzwunde hat. Ich trage es zur Erste-Hilfe-Station. Dort kommt es wieder zu sich. Es ist von einem Auto angefahren worden. Die Frau von der Rezeption organisiert einen Fahrer zum Krankenhaus. Die anderen Leute beachten den Vorfall nicht.

Ich telefoniere mit Doris, sie macht mir nur Vorwürfe.

15. Dezember 1994

Ich habe Fieber und liege im Bett. Henning kommt. Er hat über Funk gehört, dass eine Frauenleiche in der Neretva Nähe Tito-Bridge geborgen wurde, und ist hingefahren. Es war dieselbe Frau, die wir vorgestern aus dem Fluss gezogen haben. Henning sagt, Ljilia hatte recht, die Frau war in einem Lager gefangen gehalten worden. Ich will gar nicht mehr hören. Wir trinken Schnaps. Alles hier ist so unendlich sinnlos.

Dr. Schirmer saß, lange nachdem sich das Band abgeschaltet hatte, regungslos da. Tränen rannen ihr über das Gesicht. Sie machte sich nicht die Mühe, sie wegzuwischen. Die Szenen enthielten trotz ihrer nüchternen Beschreibung so viel Grausamkeit, so viel Menschenverachtung, sprachen von so unvorstellbarem Leid.

Aber da war noch mehr: Maxwell Schmidbauers Stimme hatte auf dieser fünften Kassette einen anderen Klang angenommen – sie erzählte von der beginnenden Verzweiflung des Sprechers.

Dr. Schirmer dachte an den Mann zurück, der auf ihrem OP-Tisch gelegen hatte, der, kaum aus dem Koma erwacht, mit ihr zu flirten begann, der voller Entsetzen sein Spiegelbild betrachtete, der zweimal versuchte, sie ins Bett zu bekommen, dem sie Oberflächlichkeit und Gefühllosigkeit unterstellt hatte.

Offensichtlich diente die Fassade des Casanovas nur dazu,

die Personen in seinem Umfeld auf Abstand zu halten, um den wahren Menschen zu verbergen. Und sie war auf die Fassade hereingefallen, hatte nicht gemerkt, dass sich dahinter eine Seele verbarg, die Unfassbares erlebt hatte.

64
London, Grossbritannien

Renata tigerte unruhig im Zimmer hin und her. Es war das vierte Bed & Breakfast, in das Wallace und sie sich eingemietet hatten. Drei Tage lagen hinter ihr, in denen der Fahrer sie morgens vom einen abgeholt und abends bei einem anderen abgeladen hatte. Drei Tage, die sie in der Redaktion verbrachte und Wallace und seinen Kollegen beim Arbeiten zusah. Drei Tage, an denen es niemandem gelungen war, die Adresse von Tracey Buinho herauszufinden, deren Mann in seinem Laden in Islington erschossen worden war. Sie hatten alles versucht: die Inhaberin der Bäckerei, den Vermieter des Ladens, die Nachbarn darüber, die Vermieterin ihrer Wohnung. Darcey rief bei ehemaligen Lieferanten an, bei der Steuerbehörde, beim Elektrizitätswerk, bei Versicherungen und Telefongesellschaften. Nirgendwo fanden sie eine Spur, die sie zum derzeitigen Aufenthaltsort der Frau führte. Es war, als sei sie vom Erdboden verschluckt.

Die Tür ging auf, Renata zuckte zusammen, aber es war nur Wallace, der ins Zimmer kam. In der Hand hielt er zwei in Zeitungspapier gewickelte Pakete. Fish & Chips. Trotz Verpackung roch Renata das Fett. Ihr wurde übel. Wortlos ging sie zum Fenster und öffnete es, dann füllte sie den Wasserkocher und machte Kaffee, löslichen Kaffee, nicht wie bei ihr zu Hause Kaffee aus frischgemahlenen Bohnen. Dennoch: besser als nichts.

»Du musst etwas essen, Renata. Man kann nicht von Kaffee und Keksen leben.«

»Wenn wir Frau Buinhos Adresse nicht bald finden, gehe ich zur Polizei und frage den Chief Inspector danach; er muss sie in den Akten haben.«

»Und du glaubst, er gibt sie dir?«

»Natürlich nicht einfach so, aber mit ein bisschen Glück schaffe ich es, ihn zu überzeugen.«

»Was willst du ihm erzählen? Dass der Überfall im Restaurant dir gegolten hat? Dass es einen Zusammenhang mit dem Mord an dem Gemüsehändler in Islington gibt? Er hat dich sowieso schon in Verdacht, Dreck am Stecken zu haben. Oder willst du ihm ein Bündel Geldscheine auf den Tisch legen? Das wird auch nichts helfen. Polizeibeamte in London lassen sich nicht so einfach bestechen wie bei euch in São Paulo.«

»Verkauf mich bitte nicht für blöd, nur weil ich aus einem südamerikanischen Land stamme. Jeder Journalist hat Kontakte bei der Polizei. Auch du.«

Wallace seufzte. »Natürlich habe ich Informanten, aber das sind jahrelang gewachsene Kontakte.«

»Kannst du nicht einen von denen bitten, im Computer nachzusehen?«

»Wenn wir bis morgen Abend keine Adresse ausfindig gemacht haben, bleibt mir nichts anderes übrig.«

»Versprochen?«

Wallace nickte. Dann öffnete er eines der beiden in Zeitungspapier gewickelten Pakete und ließ es sich schmecken.

65
São Roque, Brasilien

Aaron Tagger, der hochgewachsene junge Mann, der Rachel die Tür des Fahrzeugs aufhielt, trug die Uniform der Jugend: ein ungebügeltes T-Shirt, eine ausgewaschene Jeans, weiße Sneakers.

»Guten Morgen, Rachel. Wohin soll ich Sie heute bringen?« Er sprach Englisch mit einem amerikanischen Akzent. Seine ebenmäßigen Zähne strahlten im Sonnenschein. Er war lässig, gut gelaunt. Rachel fragte sich, wie er reagieren würde, wenn es hart auf hart kam. Aber dann: Bislang war jeder vom Dienst, mit dem sie zusammengearbeitet hatte, hoch qualifiziert gewesen.

»Ich möchte, dass Sie mich zum *Tribunal de Alçada Criminal* fahren und von dort aus weiter nach Casa Garibaldina.« Sie gab ihm einen Zettel, auf dem sie die genaue Adresse notiert hatte.

»Sie möchten sich das Weingut ansehen?« Aaron Tagger bedachte sie mit einem Stirnrunzeln.

»Nein, wir fahren nicht den ganzen Weg. Ein paar Kilometer vorher muss es eine Anhöhe geben, von der aus man das Tal überblicken kann.«

Tagger nickte.

»Anschließend geht's nach São Roque. Ich treffe mich mit dem Polizisten, der Renata Teixeira nach dem Überfall gefunden hat und die Ermittlungen in dem Fall leitet.«

»Aurelio Buarque.«

Rachel lächelte zufrieden. Der Junge hatte seine Hausaufgaben gemacht.

Die Fahrt dauerte wesentlich länger, als Rachel es erwartet hatte. Als sie endlich die Bergkuppe erreichten, stand die Sonne schon hoch am Himmel. Ohne es zu wissen, parkte Aaron Tagger das Auto an der Stelle, an der vor annähernd drei Monaten Zé gehalten hatte und ausgestiegen war, um die Ruhe des Tals zu bewundern. Grenzenlose Stille.

Rachel nahm ein Fernglas aus ihrer Tasche und stellte sich neben Tagger in den kargen Schatten eines verdorrten Baumes. Ihr Blick glitt die Straße entlang zum Weingut. Die Weinstöcke hatten gelitten; offenbar kümmerte sich niemand um sie. Die neuen Triebe waren nicht beschnitten, sodass die Hänge nun teilweise einem Dschungel glichen. Weintrauben gab es kaum. Rachel richtete das Fernglas wieder auf die Straße und folgte ihr über die Auffahrt zum Anwesen. Eine hohe Mauer, ungepflegt, renovierungsbedürftig, abweisend. Der Eindruck wurde auch nicht durch das offen stehende Tor geändert.

Plötzlich erschallte ein dumpfer Knall, gefolgt von einem lauten Krächzen. Rachel zuckte zusammen. Sekundenbruchteile später erhob sich ein Riesentukan vom Dachfirst eines Nebengebäudes.

»Ich glaube, wir sollten hier verschwinden, wenn wir nicht gesehen werden wollen.« Tagger klang alarmiert.

»Warte noch einen Augenblick. Ich will wissen, wer in dem Anwesen ist.«

Sie hatte kaum ausgesprochen, da rollte ein Jeep langsam aus dem Grundstück, hielt, die Fahrertür ging auf, ein Mann stieg aus, zog das Tor zu. Er trug schwarze Stiefel, eine khakifarbene Uniform und eine ebensolche Schirmmütze, ein Polizeibeamter.

Rachel sah aufs Kennzeichen. »Schnell, schreib auf.«

Tagger griff zu seinem Handy und drückte den Aufnahmeknopf für ein Sprachmemo. Rachel diktierte.

»Lass uns jetzt abhauen.«

Der Polizist war in seinen Wagen gestiegen und hatte den Motor angelassen. Obwohl er langsam fuhr, wirbelte er eine enorme Staubwolke auf.

Sie fuhren nach São Roque und hielten vor der Polizeistation.

»Soll ich mitkommen?« Aaron Tagger sah Rachel fragend an.

»Es wäre besser, ich spreche wenig Portugiesisch und das Englisch des *comissário* war am Telefon sehr holprig.«

In der Station führte sie ein junger Beamter in ein Zimmer und bot ihnen Kaffee an. »*Comissário* Buarque ist noch unterwegs.«

»Es ist unser Fehler, wir sind zu früh«, entschuldigte sich Tagger.

Rachel nahm Platz. Der karge Raum gab nicht viel her, dennoch begann sie keine Unterhaltung. Sie wusste nicht, was in dem Gebäude alles Ohren hatte. Stattdessen hing sie ihren Gedanken nach. Überlegte, warum ein Polizist auf Casa Gribaldina gewesen sein mochte und was sie unternehmen konnte, um Renata zu schützen.

Endlich ging die Tür auf.

Rachel hob den Kopf und musterte den Eintretenden. Es war derselbe Mann, der vor einer halben Stunde das Tor des Weinguts zugezogen hatte. Rachel fühlte ein nervöses Kribbeln. Ein korrupter Beamter, der auf der Gehaltsliste des PCC stand? Dann hätte Renata enormes Glück gehabt, dass sie den Abend überlebt hatte.

Der Mann kam auf sie zu, lächelte und bot ihr die Hand. »Senhora Sherman, nehme ich an?«

Rachel nickte.

»Ich bin Aurelio Buarque. Sie hatten mich wegen des Überfalls auf Casa Garibaldina angerufen. Was kann ich für Sie tun?«

»Wie ich Ihnen schon am Telefon erklärt habe, bin ich eine Freundin von Renata Teixeira.«

»Wissen Sie, wo sie sich im Augenblick aufhält?«

»Sie ist auf Reisen«, antwortete Rachel liebenswürdig. »Das Erlebte hat sie sehr mitgenommen.«

Buarque nickte.

»Sie ist sich auch nicht sicher, ob sie hier nicht in Gefahr wäre.« Rachel machte eine Pause, um dem Ermittler Gelegenheit zu geben, etwas zu erwidern, aber er ließ sie verstreichen. »Daher hätte ich gern gewusst, wie weit Ihre Nachforschungen gediehen sind.«

Der Beamte legte eine schmale Mappe auf den Tisch und schob sie einen Moment lang mit den Fingerspitzen hin und her, als müsse er sie exakt ausrichten. Plötzlich hob er den Kopf und sah Rachel eindringlich an.

»Darf ich offen sprechen?«

»Ich bitte darum.«

»Die Polizei tappt nach wie vor völlig im Dunkeln. Wir können rekonstruieren, wer wann wo und wie getötet wurde. Aber wir haben keinen Hinweis auf den Täter gefunden. Ein Profi, zumindest so viel ist klar. Keine Fingerabdrücke, keine DNA-Spuren, die Patronenhülsen und die Geschosse helfen uns nicht weiter, die Schusswaffe ist nicht registriert. Wir haben keinen Grund gefunden, warum jemand die Familie auslöschen wollte. Es gibt auch kein Bekennerschreiben. Die Menschen sind einfach tot.«

»Heißt das, das eigentliche Ziel der Morde waren gar nicht die Parzeres?«

»Ich fürchte, der Killer hatte es auf den Fotografen abgesehen – oder auf Frau Teixeira. Mehr kann ich Ihnen leider nicht sagen.« Buarque erhob sich. Die kurze Unterredung war beendet.

»Und wohin jetzt?«, fragte Aaron Tagger, als sie wieder vor der Polizeistation standen. »Zurück nach São Paulo?«

Rachel schürzte die Lippen. »Ja, wir werden an einem anderen Tag wieder herkommen. Wir müssen die Nachbarin aufspüren, die Renata nicht geholfen hat. Sie hat sinngemäß gesagt, dass sie nicht in die Sache mit hineingezogen werden will. Das heißt, sie muss etwas wissen oder zumindest eine Vermutung haben.« Rachels Blick schweifte über die zweistöckigen Häuser, die dicht an dicht gebaut worden waren, ohne Garten vor oder hinter dem Gebäude, ohne Bäume, nur Asphalt und jede Menge Stromkabel.

»Wir müssen uns etwas einfallen lassen, was sie davon überzeugt, mit uns zu sprechen.«

»Ich fürchte, allein mit guten Worten werden wir nicht weit kommen.«

66
Lissabon, Portugal

Als Diogo Fonseca am Morgen aus dem Haus trat, stand Maxwell mit dem Motorrad bereit. Er beobachtete, wie der Portugiese auch heute in die Kaffeebar ging, zehn Minuten blieb, sich anschließend in sein Auto quetschte und wegfuhr.

Nach zwei Kilometern endete die Fahrt in Venda Nova, einem Industriegebiet, das zu Lissabons Nachbarstadt Amadora gehört. Fonseca parkte vor einem langgestreckten, zweistöckigen Backsteinbau, stieg aus und verschwand durch eine massive Metalltür. Auf einem Schild daneben stand in geschwungenen Buchstaben:

Vinho António – Comerciantes de Vinho
Importação – Exportação

Darunter eine Weinrebe sowie die Öffnungszeiten. Maxwell pfiff lautlos durch die Zähne. Fonseca arbeitete für einen Weinhändler. Allmählich begannen sich die Puzzleteilchen zu einem groben Bild zusammenzufügen.

Das Grundstück war umzäunt, Doppelstabmatten-Sicherheitszaun, zwei Meter achtzig hoch, feuerverzinkt und mit Natodraht als Übersteigschutz bestückt. Der Blick auf das hallenförmige Gebäude wurde dadurch nicht behindert, Laderampen und Metalltore erstreckten sich an der gesamten Längsseite.

Maxwell fuhr weiter, erkundete das heruntergekommene Industriegebiet. Allem Anschein nach gab es hier nur noch wenige Betriebe. An den Wein-Import-Export grenzte ein Brachgelände, gegenüber stand ein Holzlager, daneben eine verfallende Fliesenfabrik, ein Stück weiter eine Schuhfabrik im selben Zustand, danach eine Spedition, eine Altglasfirma. Am Ende der Straße riss ein Bagger niedere Baracken aus Wellblech ab. Lastwagen standen bereit, eine Handvoll Männer mit gelben Schutzhelmen diskutierten gestikulierend in einer rötlich braunen Staubwolke.

Maxwell stellte das Motorrad am entgegengesetzten Ende des Grundstücksblocks ab. Aus einem der zwei Transportkoffer nahm er seine Kameratasche und ein Paar dünne, schwarze Lederhandschuhe.

Über eine Backsteinmauer kletterte er auf das Areal einer verlassenen Fabrik. Vor ihm erstreckte sich ein verwilderter Hof: Verrostete Gittercontainer lagen zwischen Baumschösslingen und Brombeerranken, die das Pflaster durchdrungen hatten, ebenso zerbrochene Glasflaschen, zerrissene Kleidungsstücke, Müllsäcke, alte Autoreifen. Er duckte sich und rannte über den freien Platz zum Gebäude. Eng an die Außenmauern gepresst ging er weiter.

Die Fenster und Türen im Erdgeschoss waren zugenagelt, im ersten Stock hingen die Fensterflügel windschief in den Angeln, die Dachrinnen waren zum größten Teil abgefallen. An einem Schornstein waren alle zwanzig Zentimeter gebogene Kletterhilfen angebracht. Maxwells Hände packten eine Strebe auf Brusthöhe, rüttelten und zerrten daran. Das Eisen war an-, aber nicht durchgerostet. Seine Augen glitten höher. Weiter oben fehlte eine Strebe, drei Tritte darüber zwei aufeinanderfolgende. Dennoch, es war der einzige Weg hinauf.

Auf dem Dach angekommen, hielt er sich eng an den Schornstein gedrückt, testete mit einem Fuß an, verlagerte sein Gewicht. Kein Stöhnen, kein Quietschen, kein Ächzen, die Dachkonstruktion machte einen erstaunlich sicheren Eindruck. Behutsam ließ er sich auf den Bauch gleiten, robbte Zentimeter für Zentimeter an die Kante heran. Vor ihm lag das Brachgelände, dahinter der Weinhändler, die Laderampen direkt im Blick.

Maxwell holte die Kamera samt Teleobjektiv aus der Tasche. Fonseca konnte er nirgendwo entdecken. Ein Lastwagen rangierte rückwärts an ein Rolltor, ließ seine Ladeklappe herunter, mehrere

Paletten Wein wurden hineingeschoben. Drei Plätze weiter beluden zwei Männer eine Wechselbrücke: Auf der Rampe standen zwei Paletten voller Kartons, die sie von Hand in den Container schlichteten. Sobald eine Palette leer war, wurde von einem Lagerarbeiter eine neue herangefahren. Plötzlich erschien Fonseca und redete mit den Arbeitern.

Während Maxwell das Geschehen beobachtete, ging er in Gedanken noch einmal die bislang gesammelten Fakten durch: Ferreira schmuggelte in Weinflaschen aufgelöstes Kokain, Boksic bedrohte Ferreira vor Teresas Augen, nachdem eine Flasche zerbrochen war, Fonseca arbeitete in einer großen Weinhandlung. Und: Beide Männer gehörten einer Vereinigung an, die im Verdacht stand, mit Kokain zu handeln.

Welchen Part übernahm Fonseca? Kamen bei ihm mit Kokain versetzte Flaschen an? Sortierte er sie heimlich aus und brachte sie nach Feierabend zu einem anderen Bandenmitglied?

Es war mit Sicherheit keine schlechte Idee, hier nachts einmal einzusteigen und nach Hinweisen für seine Theorie zu suchen. Tagsüber würde er wohl kaum etwas Spektakuläres herausfinden.

67
Lissabon, Portugal

Kurz vor halb ein Uhr nachts kam Boksic plötzlich aus dem Club am Cais do Sodré und rannte direkt auf das Bahnhofsgebäude zu. Maxwells Muskeln spannten sich, sein Herzschlag ging schneller. Er saß in einer dunklen Ecke hinter der Scheibe. Wie zum Teufel hatte der Kerl ihn sehen können?

Boksic erreichte den Eingang, die Glastür flog auf, knallte mit einem dumpfen Schlag hart gegen den Türstopper. Maxwell ging unbewusst in Verteidigungsstellung. Die Beine leicht gespreizt, die Füße voneinander versetzt, alle Muskeln im Körper gespannt.

Ohne nach links oder rechts zu sehen, lief Boksic weiter.

Maxwell atmete keuchend aus. Ein Geräusch ließ ihn aufhorchen, Metall auf Metall, ohrenbetäubendes Quietschen, dann ein

Zischen. Ein einfahrender Zug, der die Türen öffnete. Die letzte Metro.

Maxwell sprintete los.

Als er den Bahnsteig erreichte, sah er den Portugiesen in den vierten Wagen einsteigen. Er selbst erwischte gerade noch den ersten, dann schlossen sich die Türen. Sein Herz schlug schnell, das Erschrecken und der Sprint hatten ihn außer Atem kommen lassen. Er zwang sich zur Ruhe, schloss die Augen, holte ein paarmal tief Luft. Dann lief er so weit wie möglich nach hinten durch, stieg an der nächsten Haltestelle aus, rannte eine Tür weiter, stieg im zweiten Wagen wieder ein, wiederholte die Aktion, bis er sich im selben Abteil wie Boksic befand.

Der Zug war gerade wieder angefahren, als sich der Piranha-Mann erhob. Maxwell glitt auf einen freien Einzelplatz, wandte das Gesicht zur Scheibe, beobachtete in der Spiegelung, wie der andere zur Tür ging, sprang erst auf, nachdem sie in den nächsten Bahnhof gerollt waren.

Intendente.

Wollte Boksic ins Fitnessstudio? Um diese Uhrzeit?

Maxwell mischte sich unter einen Pulk junger Leute, die ebenfalls an der Haltestelle ausstiegen.

Boksic ging in die dem Studio entgegengesetzte Richtung. Maxwell folgte ihm mit einigem Abstand kreuz und quer durchs Viertel, beobachtete, wie er in unregelmäßigen Abständen in Hauseingängen verschwand und nach kurzer Zeit zurückkam. Boksic blieb keine fünf Minuten in den Wohnungen. Was tat er? Verteilte er Drogen? Oder Weinflaschen? Instruierte er Kuriere? Überbrachte er Adressen, wo sie ihre Ware abzuliefern hatten? Viele Dealer mieden das Telefon und trafen möglichst alle Absprachen persönlich. Es würde passen.

Maxwell musste näher an das Geschehen heran. Vielleicht konnte er etwas aufschnappen, was ihm weiterhalf. Das Klirren einer Weinflasche, ein Gesprächsfetzen, den er verstand.

Wieder ging Boksic in ein Haus. Maxwell wartete einen Augenblick, dann schob er vorsichtig die Haustür auf. Das Licht im Treppenhaus war schummrig. Geräuschlos schlüpfte er hinein, ließ die Tür hinter sich behutsam zugleiten. Er horchte, atmete durch den geöffneten Mund, schnell und flach, unhörbar. Irgendwo über ihm knarrten Stufen. Er hielt sich im Schatten, wartete, sah eine Hand im zweiten Stock auf dem Treppengeländer.

Schnell drückte er sich gegen die Wand, stieg die Stufen am äußersten Rand lautlos hinauf, immer zwei auf einmal. Als er den Treppenabsatz des zweiten Stocks fast erreicht hatte, verstummten die knarrenden Schritte. Sofort hielt er ebenfalls inne. Horchte. Eine Türglocke ertönte, ein schabendes Geräusch, Holz ächzte, zwei Männerstimmen sprachen Portugiesisch, ein Reißverschluss wurde aufgezogen, Rascheln, dann ein Knall, Holz auf Holz, Knarren.

Schritte näherten sich, sehr eilige Schritte.

Maxwell wurde von der Schnelligkeit überrumpelt. Seine Bauchmuskeln zogen sich zusammen. Ihm blieb keine Zeit, sich umzudrehen und die Treppe hinunterzustürmen. Er musste die Stufen weiter hinaufsteigen und so tun, als wohne er in diesem Haus. Rasch zerrte er die Bandana vom Kopf, stopfte sie in die Hosentasche. Dann ließ er seine Schultern nach vorn fallen, zog den Kopf ein, wandte das Gesicht ab, schrumpfte in sich zusammen, bekam einen vom Alter gebeugten Rücken, konnte die Füße kaum noch heben, schlurfte, stützte sich mit der linken Hand an der Wand ab, die andere schwer auf das Knie gelegt, keuchte, hustete.

Durch die Wimpern blinzelnd sah er Boksic auf sich zukommen. Der Piranha-Mann drückte sich eng an das Geländer, wollte den Alten auf der schmalen Treppe nicht berühren.

Kaum hörte Maxwell, dass der andere im Stockwerk unter ihm angekommen war, richtete er sich wieder zu seiner vollen Größe auf und band sich die Bandana um. Als die Haustür ins Schloss fiel, rannte er die Stufen hinab.

Vorsichtig öffnete er die Tür, schob Millimeter für Millimeter den Kopf hinaus.

Boksic war gute zwanzig Meter von ihm entfernt, bog um die Ecke. Maxwell sprintete los. An der Kreuzung hielt er sich ebenfalls rechts: Sie waren am Largo do Intendente Pina Manique angekommen.

War Maxwell der Bezirk tagsüber heruntergekommen erschienen, so verwandelte sich der langgestreckte, parkähnlich gestaltete Platz nachts in eine brodelnde Hexenküche. Junkies und Dealer, Nutten und Freier, Diebe und Touristen. Maxwell hielt abrupt inne.

Boksic stand knapp vier Meter von ihm entfernt, unterhielt sich, den Arm um die Hüfte einer Frau geschlungen, daneben zwei Männer, noch eine Frau, blondiert mit einer pinken Haarsträhne. Maxwell zuckte bei ihrem Anblick zusammen. Die Hure, die angeboten hatte, ihm ihr Tattoo gegen Bezahlung zu zeigen. Sie lachte affektiert, hob den Kopf, ihr Blick glitt über die Menschenmenge, blieb an ihm haften. Tausend kleine Nadelstiche arbeiteten sich an seiner Wirbelsäule hinunter.

»Scheiße!«

Er zwang sich, gelassen weiterzugehen, mitten in die Menschenmenge hinein, er musste mit ihr verschmelzen. Aus den Augenwinkeln beobachtete er die Prostituierte. Sie redete auf Boksic ein, hob die Hand, deutete auf Maxwell. Er hätte die Bandana nicht wieder aufsetzen dürfen, sie hatte ihn verraten. Boksic fuhr herum.

Maxwell wusste, dass er handeln musste, beschleunigte seinen Schritt, lief über den Platz, brachte Menschen, Bäume, Gitter und Autos zwischen sich und den Piranha-Mann, bog in die erstbeste Straße ab, hielt sich dicht an der Fassade, wo es am dunkelsten war, wo man ihn wegen seiner schwarzen Kleidung nur schlecht ausmachen konnte, bog wieder ab, horchte. Keine verdächtigen Geräusche, trotzdem stellten sich die Haare an seinen Unterarmen auf.

Plötzlich vernahm er das leise Klatschen von Schritten in der Stille der Gasse, nicht weit genug von ihm entfernt. Er bog erneut um eine Ecke, riskierte einen schnellen Blick, zwei Männer folgten ihm, einer davon Boksic. Maxwell rannte los. Lange Schritte, mit den Ballen abgefedert und dadurch kaum hörbar, bog ab, links, dann wieder rechts, kam in eine schmale Gasse, dann in eine noch schmalere. Er hatte keine Ahnung, wo er war, und merkte zu spät, dass er immer tiefer in das Viertel hineinlief anstatt zur Hauptstraße, zu Menschen, zu Taxis.

Schließlich fand er sich in einer Sackgasse wieder. Vor ihm ragte eine gut zwei Meter hohe Mauer auf. Er nahm Anlauf, sprang, die Hände fassten nach der Brüstung, klammerten sich fest, mit einem Klimmzug war er oben. Lautlos sprang er auf der anderen Seite hinab, drückte sich in den Schatten, hielt den Atem an, horchte, seine Lungen schrien nach Luft, wollten platzen. Die Schritte entfernten sich, er atmete stoßweise, es tat weh.

Wo war er? In einem Privatgarten?

Dann sah er die Straßenbeleuchtung und die Sitzbänke. Es war einer der kleinen öffentlichen Parks, in denen die Männer des Viertels ihre Gesellschaftsspiele spielten.

Die Schritte kamen die Straße heruntergelaufen. Maxwells Kiefer pressten sich aufeinander, Zähne knirschten. Er saß in der Falle. Ihm blieb nur, wieder über die Mauer zurückzuklettern. Was, wenn der zweite dort auf ihn wartete?

Wider besseres Wissen rannte Maxwell zu den Bänken, sprang hinauf, griff nach dem dicksten Ast, den er erreichen konnte, hangelte sich höher in die Baumkrone und kauerte sich zusammen.

Boksic und der andere Mann kamen um die Ecke. Sie blieben unter den Bäumen stehen und suchten den Platz mit ihren Blicken ab. Maxwell hielt den Atem an, sein Herz hämmerte. Boksic war ein Mörder, er würde mit Sicherheit nicht lange fackeln, bevor er ihn tötete.

Maxwells Lunge schmerzte, er musste atmen. Ein rasselndes Geräusch. Er hörte selbst, dass es wie bei einer Dampflok klang. Trotzdem wandten sich die beiden Männer ab und rannten aus der Grünanlage hinaus. Maxwells Körper durchlief ein Zittern.

Er sprang aus der Baumkrone, spurtete zurück zur Mauer, kletterte hinauf, ließ sich lautlos auf den Asphalt gleiten. Sein Hemd klebte ihm am Körper. Die ersten Meter joggte er, doch je weiter er sich entfernte, desto ruhiger zwang er sich zu gehen. Wo war die Hauptstraße?

Gerade als er aus dem Gewirr der kleinen *ruas* herauskam, hörte er rechts von sich einen Ruf. Er zuckte zusammen, wandte den Kopf. Boksic und der andere Kerl standen keine fünfzig Meter entfernt. Er rannte erneut los. Lange konnte er nicht mehr durchhalten, er war erschöpft. Ein tief hängender Ast streifte ihm die Bandana vom Kopf. Susanne Schirmers Geschenk. Er vergeudete

Zeit, als er sich umdrehte und sie aufhob. Dann stürmte er weiter, bog rechts ab und noch einmal.

Ein Taxi hielt wenige Meter von ihm entfernt, ein junges Pärchen stieg aus. Er sprang hinein und schrie den Fahrer an loszufahren.

68
Lissabon, Portugal

Maxwell sperrte die Zimmertür hinter sich ab und lehnte sich mit geschlossenen Augen dagegen. Sein Kopf pochte, seine Lunge schmerzte noch immer, die Knie zitterten leicht. Der Abend war ein Fiasko. Tomislav Boksic sollte er in nächster Zeit besser nicht begegnen. Es war verdammt knapp gewesen.

Leise fluchte er vor sich hin, während er das schweißnasse Hemd von seinen Schultern streifte. Er ging ins Bad, entledigte sich seiner restlichen Kleidung, stellte sich unter die Dusche. Das warme Wasser wirkte wie Balsam auf seinen verspannten Muskeln. Auch die Kopfschmerzen ließen ein wenig nach.

Nach einer Weile schlang er ein Handtuch um seine Hüften und legte sich aufs Bett. Wie sollte er nun weitermachen? Wie herausfinden, wer auf ihn geschossen hatte? War es Boksic gewesen?

Mit einem Ruck fuhr Maxwell hoch, horchte. Durch das offene Fenster drangen die üblichen Geräusche des nächtlichen Lissabon zu ihm: Hupen, Lachen, Singen, Kreischen. Nein, das Geräusch war nicht so weit weg gewesen. Er konzentrierte sich. Es war ein merkwürdiges Geräusch gewesen, etwas, das es in einem Hotel nicht gab, ein Schmirgeln an der Tapete auf dem Flur.

Lautlos stand er auf, schlich zur Tür, horchte.

Nichts.

Trotzdem war er sicher, dass jemand draußen war. Sich innerlich verfluchend, weil er nach dem Duschen nichts angezogen hatte, drückte er sich im toten Winkel der Türangeln gegen die Wand. Die kalte Holzvertäfelung jagte ihm einen Schauder den Rücken hinunter.

Plötzlich hörte er es wieder. Ein Schaben, als würden Fingernägel über die Tapete kratzen. Er hatte sich also nicht getäuscht, jemand stand im Flur vor seiner Tür.

Wer? Der Piranha-Mann? Sein Kumpel?

Er hatte aufgepasst, das Taxi Umwege fahren lassen, den nachfolgenden Verkehr beobachtet und niemanden gesehen, der ihm folgte. Wie hatten sie es geschafft, an ihm dranzubleiben?

Plötzlich klopfte es. Maxwell hielt den Atem an. Seine Gedanken rasten. Wer auch immer es war, konnte doch wohl nicht glauben, dass er einfach so öffnen und ihn hereinlassen würde?

Ein erneutes Klopfen.

Maxwell rührte sich noch immer nicht. Ob man von draußen sah, dass Licht im Zimmer brannte? Er hätte es ausschalten sollen! Zu spät.

Das Klopfen ertönte ein drittes Mal.

Maxwell musste sich entscheiden. Die Tür plötzlich aufreißen und das Überraschungsmoment auf seiner Seite haben oder doch warten, bis der andere sie aus den Angeln riss?

»Herr Schmidbauer?«, fragte unvermittelt eine Frauenstimme.

Maxwell ließ den Kopf gegen die Wand sinken, schloss die Augen, atmete tief durch. Grenzenlose Erleichterung.

»Ich weiß, dass Sie noch nicht schlafen.« Wieder die Frauenstimme.

Er rieb sich mit der Hand über das Gesicht. Sekundenlang wusste er nicht, ob er fluchen oder sich freuen sollte. Endlich gab er sich einen Ruck, öffnete die Tür, vorsichtig, es könnte trotz allem eine Falle sein. Aber sie stand allein im schummrigen Hotelflur, trug ein helles Sommerkleid, die Haare waren wie immer zu einem Pferdeschwanz zurückgebunden.

»Was tun Sie hier, Frau Dr. Schirmer?«

»Ich weiß, es ist mitten in der Nacht.« Verlegen saugte sie die Unterlippe ein kleines Stück ein. »Ich habe seit Stunden auf Sie gewartet, und als ich Sie zurückkommen hörte ...« Sie ließ den Satz in der Schwebe. Ihre Augen glitten über seinen Körper. »Darf ich hereinkommen?«

»Wenn es Sie nicht stört, dass ich praktisch nichts anhabe?« Er trat zur Seite.

»Das ist ja nicht das erste Mal.« Sie ging in sein Zimmer.

»Keine Angst vor meiner Strichliste?«

Sie senkte den Kopf.

»Setzen Sie sich.« Er bot ihr einen Stuhl an, aber sie ignorierte ihn. »Falls es Sie beruhigt: Ich friste seit meinem Krankenhausaufenthalt ein enthaltsames Dasein. Die zwei Körbe, die Sie mir gegeben haben, haben mir gezeigt, wo ich stehe. Sie müssen also keine Angst davor haben, dass ich über Sie herfalle.«

»Ich weiß, dass Sie eigentlich gar nicht so sind.«

»Wie?«

»Oberflächlich, gefühllos, sexbesessen. Es ist nur eine Schutzmauer, die Sie um sich aufgebaut haben. Sie wollen niemanden an sich heranlassen, damit Sie Ihr wahres Ich schützen. Ich habe erst die Hälfte der Kassetten gehört, die Sie mir gegeben haben, aber –«

Reflexartig legte er seine Hand über ihren Mund. »Ich möchte nicht darüber sprechen. Nicht jetzt. Nicht hier.« Sie hatte samtweiche Lippen. Er schloss die Augen. Sie roch nach Meer und Honig. Das Nächste, was er fühlte, waren ihre Fingerspitzen auf seiner nackten Brust. Ein Zittern lief durch seinen Körper.

Ihre Hand wanderte in seinen Nacken und zog seinen Kopf sanft zu sich. Seine Hand glitt von ihrem Mund. Sie lehnte sich vor, küsste ihn. Ganz sachte. Saugte an seinen Lippen und spielte mit ihrer Zunge an seiner. Je härter seine Erektion wurde, desto sehnsüchtiger presste er sich an sie. Sein Körper schrie hinaus, wie gierig er war, sie zu berühren. Er sehnte sich nach dem, was kommen würde, und wollte es doch so lang wie möglich hinauszögern. Bis die Begierde unerträglich wurde.

Auf einmal wich sie einen Schritt zurück.

Er hielt die Luft an. Nicht schon wieder! Sie durfte ihn nicht immer scharf machen und sich dann zurückziehen. Er griff nach ihr, sie entzog sich ihm nicht. Stattdessen wanderten ihre Hände tiefer, in Sekundenbruchteilen lag das seine Hüften verhüllende Handtuch auf dem Boden, sie kniete sich vor ihn, ihre Fingerspitzen strichen sanft über sein Glied.

Bei der ersten Berührung ihrer Zunge, hätte er am liebsten laut geschrien. Dann lehnte er sich mit den Schultern gegen die hölzerne Wandvertäfelung, streckte sein Becken vor, schloss die Augen, genoss jede ihrer Liebkosungen. Seine Finger wickelten sich um ihre Haare, bremsten ihre Bewegungen, wenn sie zu ungestüm wurde.

Schon häufig hatten ihn Frauen mit dem Mund befriedigt, aber noch nie hatte es ihn so sehr erregt wie jetzt.

Als sein Atem schwerer ging und er glaubte, nicht mehr viel länger durchhalten zu können, schob er ihren Kopf von sich, zog sie auf die Füße. Im nächsten Moment hatte er sie aufs Bett gelegt, ihr Kleid hoch und den Slip zur Seite geschoben und drang tief in sie.

Sie keuchte und grub ihre Fingernägel in seinen Rücken, ihre Beine schlangen sich um seine Hüften, umklammerten ihn. Ihr Becken presste sich rhythmisch gegen das seine.

69
Lissabon, Portugal

Das Kreischen der Möwen weckte Maxwell nach vielen Stunden tiefen Schlafes auf. Kein Albtraum, kein ruheloses Hin-und-her-Wälzen in dieser Nacht, keine Kopfschmerzen. Überrascht merkte er, dass er die Ärztin noch immer genau so in den Armen hielt, wie er mit ihr eingeschlafen war. Das war ihm bislang nur mit einer einzigen Frau passiert: Doris. Nach ihrer Trennung hatte sein Unterbewusstsein ihn bei jeder neuen Bekanntschaft gezwungen, nachts auf Abstand zu gehen. Er konnte nicht schlafen, wenn eine Frau an ihn gekuschelt in seinem Bett lag. Deswegen war er irgendwann dazu übergegangen, sie nach dem Sex wieder hinauszukomplimentieren.

Vorsichtig, um Susanne nicht zu wecken, löste er sich von ihr, stand auf, trank eine halbe Flasche Wasser aus der Minibar, ging ins Bad, duschte, rasierte sich, dachte nach.

Was sollte er mit ihr tun? Sie konnte nicht bei ihm im Hotel wohnen, durfte nicht einmal mit ihm gesehen werden, nicht nach dem, was in der Nacht passiert war. Er würde es sich nie verzeihen, wenn ihr etwas zustieß. Warum zum Teufel war sie überhaupt hergekommen? Das hätte doch alles Zeit gehabt, bis er wieder in Nürnberg war. Er hätte ihr nicht die Adresse seines Hotels geben sollen; das Attest hätte sie auch direkt an Morais schicken können.

Er ging zurück ins Zimmer. Sie hatte sich im Halbschlaf umgedreht, streckte nun ihren Arm in seine Betthälfte. Sie wirkte so verletzlich. Er ging hinüber, nahm ihre Hand, drückte sie gegen seine frischrasierte Wange, küsste die Handfläche und dann ihre Fingerspitzen. Sie blinzelte, murmelte etwas Unverständliches, kämpfte sich an die Oberfläche ihres Bewusstseins, öffnete die Augen.

»Was tust du hier in Lissabon, Prinzessin?«

»Ich wollte mich ... Ich hab dir ... das Attest für ...« Sie schloss die Augen, holte tief Luft. »Ich wollte dich sehen.«

»Um mich nach Hause zu holen, damit du endlich für deine Veröffentlichung ein CT von meinem Kopf machen kannst?«

»Nein. Ich wollte einfach ...« Sie stockte. »Die Kassetten zeigen einen ganz anderen Menschen als den, der in meinem Krankenhausbett lag.«

»Heißt das, du hast deinen Fachaufsatz ad acta gelegt, weil ich doch gar kein so interessanter Fall bin? Können wir uns die weiteren Untersuchungen sparen?«

»Nein! Den will ich natürlich immer noch schreiben, aber er ist nicht mehr so wichtig.« Sie hielt kurz inne. »Das ist falsch. Er ist mir nach wie vor wichtig. Punkt. Aber mich interessiert nicht mehr nur das Krankheitsbild, sondern auch immer mehr der Mensch dahinter.«

»Du bist manchmal wirklich ziemlich verrückt.« Mit einer nie für möglich gehaltenen Zärtlichkeit streichelte und küsste er ihr Gesicht.

Sie hatte einen Kurztrip gebucht. Weil sie sehen wollte, wie es ihm ging. Weil sie ihm das Attest für Morais persönlich geben wollte. Weil sie ihm sagen wollte, dass sie sich in ihm getäuscht hatte. Weil sie herausfinden wollte, was sich hinter der Fassade verbarg. Weil sie ihm plötzlich nahe sein wollte. Sie hatte vier Tage dienstfrei, der erste war schon vorüber. Die anderen würde er gemeinsam mit ihr verbringen – möglichst weit von Lissabon entfernt.

»Lass uns nach Estoril fahren, dort ist es sehr schön. Wir könnten uns ein kleines Hotel suchen und am Strand spazieren gehen.«

70
São Roque, Brasilien

Der Kettenhund begann sofort zu bellen, als sich Rachel und Aaron Tagger der Haustür des abgelegenen Gehöfts näherten. Einen Augenblick später schwang die Tür auf, und ein stämmiger Mann trat mit einem Gewehr in der Hand heraus.

»Was wollen Sie?« Seine Augen glitten über Rachel und blieben an Tagger hängen.

»Mit Ihnen sprechen.« Rachel antwortete, Tagger übersetzte.

»Worüber?«

»Über Ihre früheren Nachbarn.«

Der Mann schüttelte den Kopf und machte einen Schritt zurück.

»Bitte hören Sie mir zu, Senhor de Souza Mendes. Sie brauchen keine Angst zu haben. Ich bin Amerikanerin, ich arbeite weder für die Polizei noch für eine Organisation hier in Brasilien.« Rachel machte eine Pause. »Um Ihnen zu zeigen, dass wir mit friedlichen Absichten kommen, haben wir Ihnen ein kleines Geschenk mitgebracht.«

Tagger hielt eine Tüte vom Metzger hoch, dann griff er hinein und nahm einen Knochen heraus, an dem noch eine ordentliche Portion Fleisch hing. »Für Ihren Hund. Darf ich?«

Der Mann musterte ihn verblüfft, dann nickte er zögerlich.

Tagger fixierte das Tier, hob langsam den Arm und warf. Der Hund hörte auf zu bellen, duckte sich, ließ den Fremden nicht aus den Augen, schnellte in die Luft, biss zu. Mit einem durchdringenden Knacken bohrten sich seine Zähne in den Knochen und zerbrachen ihn.

Während die anderen auf den Hund achteten, ließ Rachel den

Farmer nicht aus den Augen. Die Überraschung, dass jemand dem Köter etwas mitbrachte, der sehnsüchtige Blick, mit dem er das Fleisch ansah. Sie hatte sich nicht getäuscht. Die Leute auf dem Einödhof fristeten ein karges Dasein. Rachel nahm Tagger die Tragetasche aus der Hand und ging damit humpelnd auf den Bauern zu.

»Hier, die sind auch noch für Ihren Hund. Er sieht so aus, als könnte er sie gebrauchen. Legen Sie sie in den Kühlschrank.«

Langsam stellte der Mann das Gewehr zur Seite und nahm die Tüte. Ein schneller Blick hinein. Sein Gesichtsausdruck verriet, dass der Hund das Nachsehen haben würde.

»Senhor de Souza Mendes, ich bin eine alte Frau, die ihren Lebensabend ganz für sich und in Ruhe verbringen möchte. Vor zweieinhalb Monaten erhielt ich jedoch einen Anruf von meiner Nichte. Sie hat den Überfall auf das Weingut Ihrer Nachbarn überlebt, fürchtet seither jedoch um ihr Leben. Deswegen bin ich nach Brasilien gereist. Sicher werden Sie verstehen, dass mir das in meinem Alter nicht leichtgefallen ist. Aber ich muss wissen, was passiert ist, wie ich meine Nichte schützen kann. Sie ist die einzige Angehörige, die mir geblieben ist.« Plötzlich schimmerten Tränen in Rachels Augen. »Sie müssen mir glauben: Ich berge keine Gefahr. Ich bin hier fremd, kenne niemanden. Mir geht es nur um das Wohl meiner Nichte.« Sie hielt inne. »Natürlich werde ich mich erkenntlich zeigen, wenn Sie und Ihre Frau mit mir sprechen. Ich bin gern bereit, für Ihre Zeit zu bezahlen.«

Rachel bemerkte eine Bewegung hinter dem Bauern. Seine Frau war zu ihm getreten und fasste nach der Tüte, die er in Händen hielt. Sie warf einen kurzen Blick hinein, sagte etwas, was Rachel nicht verstand. Der Mann antwortete. Die Frau widersprach heftig. Rachel stützte sich schwer auf den Gehstock.

»Bitte, ich muss mich setzen. Meine Hüfte. Ich kann nicht mehr lange stehen. Das Alter.«

Tagger eilte zu ihr, bot ihr hilfsbereit seinen Arm, an dem sie sich festklammerte.

Der Bauer musterte sie noch einmal, dann schweifte sein Blick in die Ferne, als suche er die Gegend nach möglichen Beobachtern ab. Schließlich trat er einen Schritt zurück.

»Kommen Sie herein.«

Die Frau führte sie in eine einfache Stube. Nackter Holzboden, kein Teppich, keine Bilder an der Wand, dafür hingen gebündelte Gewürze zum Trocknen von einem Balken an der Decke. Sie setzten sich an einen selbst gezimmerten Tisch.

»Sie dürfen niemandem erzählen, dass Sie mit uns gesprochen haben. Und Sie müssen uns bezahlen.«

Rachel griff in ihre Handtasche und nahm ihr Portemonnaie heraus, öffnete es, legte fünf Hundertdollarnoten in die Mitte des Tisches. Der Blick des Bauernpaars wanderte zu den Scheinen und weiter zu Rachels Händen, die sie über dem Geldbeutel verschränkte.

»Stellen Sie Ihre Fragen.«

»Meine Nichte sollte für eine Londoner Zeitschrift einen Artikel über das Weingut schreiben. Unglücklicherweise war sie ausgerechnet zu dem Zeitpunkt auf Casa Garibaldina, als es überfallen und Ihre Nachbarn getötet wurden. Meine Nichte hatte jedoch Glück und konnte leicht verletzt fliehen. Als sie an Ihre Tür klopfte, sagten Sie, Sie wollten nicht in die Sache hineingezogen werden. Ich glaube, Sie haben einen Verdacht, was auf dem Weingut vor sich gegangen ist.«

»Warum wollen Sie das wissen? Die Parzeres sind tot, die Gefahr für Ihre Nichte ist vorüber. Sie war zur falschen Zeit am falschen Ort.«

»Das habe ich ihr auch wieder und wieder gesagt, aber sie glaubt mir nicht. Sie hat schreckliche Angst, dass jemand sie umbringen wird, sobald sie nach São Paulo zurückkehrt. Deshalb habe ich ihr versprochen, Sie zu fragen. Sie sind die nächsten Nachbarn, Sie müssen etwas bemerkt haben.«

»Sie haben mit dem Wein gepanscht«, sagte die Frau plötzlich.

»Wie kommen Sie darauf?«

»Unsere Felder grenzen an das Gut der Parzeres. Wenn ich draußen arbeite, sehe ich, wer sie besucht«, erklärte der Bauer. »Es gab Zeiten, da kamen mehrmals pro Woche Tankwagen mit Wein.«

Rachel runzelte die Stirn. »Ich verstehe nicht. Die Parzeres haben doch selbst so viele Weinstöcke.«

»Die tragen aber kaum.«

»Warum nicht?«

»Hier ist kein gutes Weinanbaugebiet.« Die Bäuerin starrte auf Rachels Geldbeutel. »Moemas Eltern haben sich jahrelang mehr schlecht als recht über Wasser gehalten. Es gab Zeiten, da war der Wein gut und sie haben etwas verdient. Aber dann bekamen die Rebstöcke eine Krankheit, der Wein wurde immer saurer und es gab nur noch wenige Trauben. Einmal sind drei Ernten hintereinander ausgefallen. Die Familie wollte aufgeben und wegziehen. Es wäre besser gewesen, wenn sie es getan hätten. Stattdessen heiratete Moema den jungen Parzeres. Er war ehrgeizig und sie haben hart gearbeitet, aber sie hatten kein Geld. Eines Abends hat ein Tankwagen bei uns gehalten und nach dem Weg zum Weingut gefragt. Der Fahrer war sehr redselig und hat mir erzählt, er sollte Rotwein liefern. Von da an kamen ständig Tankwagen.«

»Hatten die Fahrzeuge eine Beschriftung?«, fragte Tagger, der sich bislang aufs reine Dolmetschen beschränkt hatte. »Oder haben Sie auf das Kennzeichen geachtet?«

Die Frau des Bauern rutschte auf ihrem Stuhl hin und her.

»Ich kann mich nicht mehr daran erinnern.« De Souza Mendes sah Rachel, ohne zu zwinkern, in die Augen.

Sie war sich sicher, dass sie soeben eine Lüge zu hören bekommen hatte. »Könnten die Parzeres den Wein nicht einfach nur für ein anderes Gut abgefüllt haben?«

»Damit hätten sie nicht so viel verdient. Nur zwei Wochen nach der ersten Lieferung hatte Moema Geld und musste im Dorf nicht mehr anschreiben lassen. Und kurze Zeit später fuhr sie ein neues Auto, keinen Gebrauchtwagen, sondern einen richtig neuen Fiat.«

Es waren immer die Kleinigkeiten, mit denen sich die Menschen verrieten, dachte Rachel.

»Außerdem haben sie diesen Stacheldraht auf der Mauer ihres Anwesens anbringen lassen. Das tut keiner, der nichts zu verbergen hat.«

»Lässt sich mit gepanschtem Wein so viel verdienen?«

Der Blick des Bauern wurde hart, er nickte zu dem Portemonnaie. »Legen Sie noch fünfhundert drauf.«

»Das ist viel Geld.«

»Nicht für Sie – für uns schon.«

»Was bekomme ich dafür?«

»Informationen.«

»Namen?«

Der Bauer schüttelte den Kopf.

Dennoch öffnete Rachel die Brieftasche, zog weitere fünf Noten heraus, legte sie zu den anderen in die Mitte des Tischs. Der Bauer hob die Hand, beugte sich vor. Einen Augenblick schwebten seine Finger über den Scheinen, er sah Rachel an, während sich seine Faust um das Geld schloss und es zu sich zog.

»Es ging um Drogen. Ich weiß nicht, was sie mit dem Wein gemacht haben, vielleicht war er nur Tarnung, aber sie haben mit Drogen gehandelt. Ich habe ein paarmal einen Kerl in einem Auto kommen sehen. Er ist ein Favela-Boss, ich habe es an seinem Tattoo erkannt, er hat es hier am Hals.« Der Bauer deutete auf eine Stelle unterhalb des Ohrläppchens. »Er kommt aus São Paulo.«

Stille.

Nur das Atmen der vier Menschen war zu hören.

Rachel ließ den Bauern nicht aus den Augen. »War das Tattoo ein Piranha?«

Der Mann nickte.

»Warum wurde die Familie ausgelöscht?«

»Es muss etwas Schwerwiegendes gewesen sein, sie haben eine Warnung erhalten.«

»Wie?«

»Ihre älteste Tochter. Man hat sie in einem Straßengraben gefunden. Erschossen. Ein halbes Jahr bevor die Familie umgebracht wurde. Das ist alles, was wir Ihnen sagen können.« Der Bauer erhob sich. »Für Ihre Nichte besteht keinerlei Gefahr. Sie hat mit den Geschäften nichts zu tun. Wäre sie eine Stunde später gekommen, würde der Fotograf, der bei ihr war, noch leben.«

71
Estoril, Portugal

»Du hattest recht, hier ist es wunderschön!«

Susannes Augen glitzerten. Sie ließ die Turnschuhe fallen und rannte durch den feinen weißen Sand zum Meer hinunter, der Sonne entgegen. Wasser schwappte über ihre Zehen. Sie jauchzte wie ein übermütiges Kind, reckte die Arme in die Luft, hüpfte über die sanft auslaufenden Reste einer Welle, drehte sich zu Maxwell um, winkte ihm ungeduldig, ihr zu folgen. Möwen kreisten über ihr, offenbar in der Hoffnung, sie möge ein paar Brotkrumen in die Luft werfen.

Er hob ihre Schuhe auf und steckte sie in ihren kleinen Rucksack, den er für sie trug. Dann lief er zu ihr, fasste im Rennen ihre Hand und zog sie hinter sich her. Nach ein paar hundert Metern schaute er zurück und musterte die Abdrücke, die ihre nackten Füße im nassen Sand hinterlassen hatten. Manche waren von hereinbrechenden Wellen überspült worden.

»Die Sache mit dem Schnaps ...«

Er sah sie abwartend an.

»Als ich bei dir war, standen da ziemlich viele Whiskeyflaschen herum.«

Noch immer sagte er nichts.

»Hast du dir schon mal überlegt, eine Therapie zu machen?«

»Ich habe alles im Griff.«

»Wie viel trinkst du?«

»Es ist nicht immer so viel, wie du zu glauben scheinst. Früher habe ich gar keinen Alkohol getrunken. Bier mag ich zum Beispiel bis heute nicht.«

»Du hast erst in Mostar angefangen, ich weiß«, sagte sie leise. »Aber –«

»Hör dir alle Kassetten an, danach ...«, er ließ den Satz in der Schwebe.

»Wird es noch schlimmer?«

Sein Kiefer verhärtete sich für einen Augenblick. Dann nickte er langsam. »Lass uns jetzt weitergehen.«

Erst am späten Nachmittag machten sie sich auf den Rückweg, schlenderten die Strandpromenade entlang und stiegen die steilen Gassen hinauf zu einem Aussichtspunkt.

Maxwell genoss es, händchenhaltend mit Susanne durch die engen Einbahnstraßen des Viertels zu flanieren, sich mit ihr die Auslagen verschiedener Geschäfte anzusehen, über ihre Bemerkungen zu lachen, ausgelassen und glücklich zu sein, sich viele Jahre jünger zu fühlen.

Plötzlich ertönte hinter ihnen ein langgezogenes Kreischen. Gummi auf Asphalt. Sie zuckten zusammen, fuhren erschrocken herum, warteten auf den Knall, wenn Blech auf Blech stößt. Er kam nicht. Stattdessen setzte wütendes Hupen ein. In der schmalen Straße wurde der Schall von Mauer zu Mauer geworfen, zu sehen war jedoch nichts. Susanne wandte sich wieder den Kacheln zu, die sie sich gerade in einem Schaufenster angeschaut hatte.

Einen Augenblick später bog ein großer Lastwagen ums Eck, nicht schnell, aber gefährlich nah rumpelte er an ihnen vorbei die schmale *rua* hinunter.

Unwillkürlich fasste Maxwell die Ärztin an der Schulter und zog sie näher an die Hauswand. Während er den aufflackernden Bremslichtern des Vierzigtonners hinterherblickte, fiel ihm ein, wo er den auf der Seite aufgemalten Namen *Vinho António* samt goldener Weinrebe schon einmal gesehen hatte. Ein feines Bitzeln lief an seiner Wirbelsäule hinab, wie ein leichter Stromstoß.

Hand in Hand gingen sie zum nächsten Laden. Schuhe. Susanne konnte nicht widerstehen.

Der Lastwagen parkte mitten auf der Fahrbahn, versperrte die gesamte Gasse. Der Fahrer stieg aus und verschwand mit einer Handvoll Lieferscheinen in einer Einfahrt, während der Beifahrer eine Zigarette rauchend vor dem Tor stehen blieb. Maxwell musterte die Backsteinmauer und das schlichte Firmenschild:

Locolinas – Negociante de vinhos.

Susanne trat wieder aus dem Schuhgeschäft.

Der Portugiese schnippte seinen Zigarettenstummel in den Rinnstein, ließ die Hebebühne herunter, fluchte laut, schob schließlich eine Palette voller Kartons heraus. Die Ladung war verrutscht und neigte sich bedenklich.

Susanne zog Maxwell zu einem Laden mit Porzellan.

Der Fahrer kam aus der Hofeinfahrt zurück und rief seinem Kollegen etwas zu, während sich die Hebebühne langsam auf Straßenniveau absenkte. Die Männer lachten. Schließlich zog der eine den Hubwagen mit der Palette auf die Straße, während der zweite schob. So, wie sie sich ins Zeug legten, hätten sie Zementsäcke und nicht Weinkisten transportieren müssen. Doch dann merkte Maxwell, dass der Hubwagen in der abgerundeten Regenrinne festhing. Er schüttelte den Kopf über so viel Unvermögen und wandte sich ab.

Susanne blickte auf, weil sie etwas sagen wollte, riss stattdessen jedoch die Augen auf.

»Vorsicht!«

Maxwell fuhr herum – und rannte los.

Die Palette war in Schieflage geraten, die sowieso schon verschobene Ladung drohte vollends umzustürzen. Die beiden Männer stemmten sich dagegen: zwei Paar Hände – fünf Reihen Kartons. Keine Chance.

Maxwell war noch vier Meter entfernt, als drei Kisten in der obersten Reihe in Bewegung gerieten. Wie ein Rugbyspieler drückte er sich mit dem Fuß vom Boden ab, stieg ein kleines Stück in die Luft, schnellte nach vorn, streckte seinen langen Körper, hob die Arme. Seine linke Hand landete mitten auf der Querseite eines Kartons, schob ihn wieder an seinen Platz zurück.

Die zweite Kiste prallte mit einer Ecke gegen seine Stirn, beschrieb eine Neunzig-Grad-Drehung, knallte gegen seine Schulter, balancierte für einen Wimpernschlag darauf und rutschte schließlich in Richtung Brust. Maxwell drückte sein Becken nach vorn, verkeilte den Karton zwischen sich und dem Stapel.

Die dritte Kiste erwischte er nur noch mit den Spitzen seines rechten Mittel- und Ringfingers. Sein Kopf fuhr herum, schnell versuchte er, noch einmal nachzugreifen, aber die Kiste befand sich im freien Fall. Keine rettende Hand in Sicht.

Ein Geräusch, als habe jemand mit Schwung sechs Flaschen gleichzeitig in einen Altglascontainer geworfen, ein lauter Fluch auf Portugiesisch, ein leises Gluckern. Der Karton verfärbte sich. Ein dünnes Rinnsal, eine kleine Pfütze, ein wachsender See. Das Kopfsteinpflaster wurde in Sekundenschnelle dunkelrot.

»Ich hab den Karton.« Susanne stand neben Maxwell, zog die festgeklemmte Kiste zwischen seinem Körper und dem Stapel heraus, stellte sie behutsam auf den Boden.

»Als Nächstes den links außen.« Maxwell lehnte mit weit gespreizten Armen und Beinen gegen den Stapel. Die beiden anderen Männer stemmten sich ebenfalls noch immer gegen die unteren Lagen, stützten sie, damit nicht die gesamte Palette kippte. Susanne griff nach dem Karton, hob ihn herab und stellte ihn zu dem anderen. Dann nahm sie den nächsten und noch einen.

Die oberste Reihe war fast abgetragen, als sie plötzlich schnelle Schritte hinter sich hörten, ein Schrei, Maxwells Kopf flog herum. Hände gestikulierten wild, ein Portugiese kam auf sie zugelaufen, stimmte eine wütende Schimpfkanonade an. Der Fahrer ließ den schiefen Stapel los, trat einen Schritt zurück, richtete sich auf, brüllte ebenso unfreundlich zurück. Maxwell musste sein Gewicht verlagern, damit die Kartons nicht ins Rutschen kamen, die der Fahrer bislang gestützt hatte. Ein großer Teil des Gewichts lastete nun auf ihm.

»Hey!« Maxwell hatte gute Lust, den Stapel ebenfalls loszulassen. Sollte er eben umkippen. Weder den Fahrer noch den anderen kümmerte sein empörter Ausruf, nur Susanne packte schnell den nächsten Karton und hob ihn herunter.

Aus den Augenwinkeln sah Maxwell einen weiteren Mann aus dem Tor kommen. Größer als die anderen drei Portugiesen und auch schlanker. Irgendetwas beunruhigte Maxwell. Die Art, wie er sich bewegte, die Mimik, die Gestik.

Maxwells Nackenhaare stellten sich auf.

Er ließ den Stapel los und fuhr herum. Der Beifahrer schrie etwas Unverständliches, der Fahrer drehte sich um und stemmte sich wieder gegen die Palette. Susanne stand nur vier Schritte von Maxwell entfernt, hielt noch immer den Karton in der Hand. Maxwell sprang vor, schlang seine Arme um ihr Becken, riss sie von den Füßen. Sie verlor das Gleichgewicht und prallte gegen seinen Körper. Im selben Moment riss ihr der Mann mit dem

Piranha-Tattoo, den Maxwell im Casino gesehen hatte, die Kiste grob aus den Armen.

Susanne hob die Hände. Maxwell dachte zunächst, dass sie versuchte, ihr Gleichgewicht wiederzufinden, doch dann merkte er, dass sie den anderen beschwichtigen wollte.

»Wir stehlen nichts, wir helfen nur«, wiederholte sie zwei Mal langsam und deutlich auf Englisch.

Ohne darauf einzugehen, fasste der Piranha-Mann nach einem zweiten Karton, der auf dem Boden stand, und lud ihn sich ebenfalls auf. Das schien den anderen Mann zur Besinnung zu bringen: Er schnappte sich Karton drei und vier und eilte damit in die Firma zurück.

Bis die beiden wieder auftauchten, um weitere Kisten hineinzutragen, hatten Maxwell und Susanne die nächste Lage heruntergehoben, sodass die beiden Lieferanten die restliche Ladung auf der Palette geraderücken konnten.

»Ich helfe den zwei, den Hubwagen hineinzuschieben. Warte hier.«

Susanne machte den Mund auf, als wolle sie etwas entgegnen, nickte dann jedoch.

Der Piranha-Mann kam zurück, packte den Karton mit den zerbrochenen Flaschen und hob ihn an. Mit einem Schmerzensschrei ließ er ihn wieder zu Boden fallen. Glas klirrte, rotes Wasser spritzte auf, Blut tropfte in die Lache, vermischte sich mit dem Wein.

Susanne streifte sich einen Einweghandschuh aus ihrem Rucksack über und presste ein halbes Päckchen Taschentücher auf den tiefen Schnitt, den die Scherbe in der Hand des Piranha-Mannes hinterlassen hatte. Sie drehte sich um, rief Maxwells Namen, gleichzeitig rutschte ihr der Rucksack vom Arm.

Wieder spritzte rotes Wasser auf, das weiße Segeltuch sog einen Teil der Pfütze auf.

Maxwell ließ beim Klang ihrer Stimme die Palette los und rannte zurück.

»Hilf mir!«

Der Piranha-Mann war beim Anblick seiner blutenden Hand kreidebleich geworden. Er schaffte noch ein paar Schritte in den

Hof, dann gaben seine Beine nach. Maxwell packte ihn und zog ihn auf eine Bank. Der andere Mann kam gelaufen, Susanne gab Anweisungen, einen Krankenwagen zu rufen. Maxwell wandte sich ab, ging hinaus, um Susannes Rucksack zu holen.

Als er sich danach bückte, stieg ihm ein komischer Geruch in die Nase, irgendetwas Chemisches, er stammte von der Weinlache. Sein Herzschlag beschleunigte sich. Die Worte des Hamburger Chemikers aus Hansens Antwortmail kamen ihm in den Sinn. Ein Blick über die Schulter – niemand beobachtete ihn. Rasch tauchte er seinen Zeigefinger in die allmählich versickernde rote Brühe und betupfte damit eine Stelle an seinem Zahnfleisch. Wartete. Sie wurde taub. Maxwells Herz raste.

Vorsichtig hob er den durchweichten Karton mit den Scherben hoch, prägte sich das Etikett des brasilianischen Rotweins ein und trug ihn zu einem von mehreren Müllcontainern, die vor einem Nachbarhaus in der kleinen Seitenstraße standen.

Susanne erschien in der Hofeinfahrt, fischte ihren Rucksack aus der Lache, musste niesen, ließ ihn erneut fallen. Nun war auch die andere Seite verdreckt.

»Sei so lieb und besorge mir in dem Laden bitte eine Plastiktüte, in die ich den Rucksack packen kann.« Sie deutete zu dem Porzellangeschäft hinüber.

»Werden wir verfolgt?« Susanne hielt die Augen starr geradeaus gerichtet, das Kinn energisch vorgereckt.

»Nicht, soweit ich es feststellen kann.«

»Woher wusstest du von der Weinlieferung?« Sie warf einen schnellen Blick zur Seite.

»Ich hatte nicht die geringste Ahnung, dass der Mann dort –«

»Das habe ich an deiner Reaktion gemerkt«, fiel sie ihm ins Wort. »Aber woher wusstest du, dass sie ausgerechnet heute eine Lieferung Koks-Wein bekommen? Bisher hast du mir nur erzählt, dass dieser Ferreira als Kurier tätig war. Wie hast du die Spur zu seinen Auftraggebern gefunden?«

Maxwell sah sie mit hochgezogener Augenbraue an. »Woher weißt *du*, dass der Wein einen illegalen Zusatz hat?«

»Ich stamme aus einer Apothekerfamilie, mein Vater hat mich

schon als Kind samstags immer mit in die Arbeit genommen und an seinen Kräutermischungen riechen lassen, bis ich alle Zutaten erkannt habe. Der Wein hat im wahrsten Sinne des Wortes zum Himmel gestunken.«

»Dann war es also Absicht, dass dir dein Rucksack in die Pfütze gefallen ist.« Eine Feststellung, keine Frage.

»Ich wollte, dass er so viel wie möglich von dem Zeug aufsaugt. Vielleicht können wir Rüdiger fragen, ob er es irgendwie extrahieren und analysieren kann.«

»Rüdiger?«

»Der Mann meiner Schwester. Er arbeitet für ein Pharmazieunternehmen. Er sollte sich mit solchen Dingen auskennen.«

»Es nutzt nichts, wenn dein Schwager damit unter der Hand rummacht. Ich brauche etwas Offizielles.«

»Wie wollen wir dann weitermachen?«

»*Wir?*« Er sah sie mit hochgezogenen Augenbrauen an. »*Wir* machen gar nicht weiter, Frau Doktor. *Wir* machen uns einen schönen Abend. Und wie *ich* weitermache, überlege *ich* mir, wenn *du* wieder im Flugzeug nach Deutschland sitzt.«

»Dann ist es zu spät.«

»Wofür?«

»Für den Karton mit den zerbrochenen Flaschen. Wir müssen ihn holen. Wo auch immer du ihn versteckt hast, du willst ihn mit Sicherheit nicht dort lassen. Außerdem habe ich mir nur einen Teil des Etiketts merken können. Es war ein brasilianischer Rotwein. In der Aufregung ist mir blöderweise nicht eingefallen, mit dem Handy ein Foto zu machen. Ich fürchte, ich tauge nicht so ganz als Spionin.« Sie grinste.

72
Estoril, Portugal

Maxwell stellte das Auto zwei Querstraßen von der kleinen Weinhandlung entfernt ab. Anders als in der Nähe des Casinos waren hier kaum noch Menschen auf der Straße unterwegs. Eine

Kirchturmuhr schlug, zwölf Mal, ein langsames, tiefes, beruhigendes Brummen, das durch den Körper vibrierte.

»Ich bin gleich zurück.« Maxwell nahm Susannes Hand und küsste die Fingerspitzen, seine linke tastete schon nach dem Türgriff.

»Ich komme mit!«

Er erstarrte, für einen Sekundenbruchteil drückte er die Augen zu, atmete tief durch. Warum hatte er gewusst, dass sie genau das sagen würde? Langsam drehte er den Kopf zu ihr, sah sie an.

»Kommt. Nicht. Infrage.« Er betonte jedes einzelne Wort, der Ton duldete keine Widerrede.

»Doch.« Die Beifahrertür schwang auf, das Licht im Wageninneren sprang an, Susanne glitt hinaus und drückte die Tür lautlos ins Schloss, das Licht erlosch.

Maxwell schlug mit der Faust gegen das Lenkrad. Er hätte darauf bestehen sollen, dass sie im Hotelzimmer auf ihn wartete, hier konnte er es sich nicht leisten, dass sie ihm eine Szene machte. Er war schneller aus dem Auto, als sie den Bürgersteig erreichte.

»Es ist unauffälliger, wenn ich allein gehe.«

»Nicht, wenn wir ein Liebespaar mimen.« Beherzt griff sie ihm in den Schritt.

»Pfoten weg!« Trotz seiner harschen Worte unterließ er es, ihre Hand wegzuschlagen. Sein Körper jubelte, sandte in Windeseile pulsierende Signale an alle beteiligten Regionen.

Susanne lachte auf, drückte sich an ihn, küsste ihn. »Wenn wir es so machen, wird niemand Verdacht schöpfen.«

»Es kann sein, dass ein schneller Abgang erforderlich ist.«

»*Wenn uns der Boden unter den Füßen brennt, machen wir uns aus dem Staub ...*« Sie sang ihm leise eine Strophe aus »Bonnie und Clyde« von den »Toten Hosen« vor. Dann griff sie nach seiner Hand, verschränkte ihre Finger in seinen, stemmte sich gegen sein Gewicht, zerrte ihn hinter sich her. Endlich lief er los.

An jeder Straßenecke blieb sie stehen, warf sich ihm in die Arme, küsste ihn stürmisch, kicherte, rannte weiter. Nach dem dritten Mal fragte sich Maxwell, wie eine erwachsene Frau in ihrem Alter es schaffte, sich wie ein dreißig Jahre jüngerer Teenager zu benehmen. Dennoch, es war eine gute Tarnung.

An der Kreuzung, an der die Weinhandlung lag, zog Maxwell sie in die schmale dunkle Seitenstraße. Wieder umarmte sie ihn stürmisch, anstatt ihn zu küssen, schaute sie jedoch über seine Schulter.

»Alles frei. Welche Tonne?« In ihrer Stimme schwang eine Nuance, die er vorher noch nicht darin gehört hatte.

»Die dritte.«

Sie schob eine Pobacke auf den zweiten Behälter, drückte sich rücklings mit den Armen hoch, spreizte die Schenkel, zog Maxwell dazwischen, schlang ihre Beine um seine Hüften, presste ihn an sich.

»Jetzt weiß ich, wie sich Kim Basinger in ›9½ Wochen‹ gefühlt haben muss«, gluckste sie leise, besann sich, öffnete die Mülltonne links neben sich, schaute hinein. »Ich sehe nichts, es ist zu dunkel. Hast du Streichhölzer?«

»Nimm dein Handy.«

»Kluges Kerlchen. Man könnte fast meinen, dass du so was öfter machst.« Ihr Kichern hatte wieder diesen komischen Unterton, der Maxwell nicht gefiel. Sie zog ihr Mobiltelefon aus der Hosentasche, schaltete das Kameralicht ein und leuchtete damit den Mülltonneninhalt aus. »Da ist nichts.«

»Schau unter den obersten Säcken.«

Sie schlüpfte in ein Paar mitgebrachte Einweghandschuhe, fasste mit beiden Händen in die Tonne und zog eine Lage Tüten heraus.

Maxwell hörte Schritte in seinem Rücken, seine Muskeln spannten sich.

»Licht aus!«

Das Handy verschwand in der Hosentasche, sie schlang die Arme um seinen Hals, küsste ihn, machte laute Kehl- und Nasenlaute. Ein Pärchen ging an ihnen vorbei, ohne sich auch nur ein einziges Mal nach ihnen umzudrehen. Sie ließ ihn los.

»Bist du sicher, dass es die dritte Tonne war?«

»Ja!«

»Da ist aber nichts.«

»Vielleicht hat jemand die Reihenfolge vertauscht.«

Sie glitt von dem Behälter herunter, auf dem sie gesessen hatte und klappte dessen Deckel hoch. Das Handy in der einen Hand, wühlte sie sich mit der anderen durch mehrere Lagen. Weiße, grüne, rote Supermarkttüten, Müllsäcke, Essensreste. Kein Weinkarton, keine Glasscherben. Dasselbe in Behälter eins und vier.

»Nichts.« Sie biss sich auf die Unterlippe, sah Maxwell an.

Warum nur hatte er die Kiste nicht gleich am Nachmittag mitgenommen, als er die Möglichkeit dazu gehabt hatte?! Er hätte den Karton einfach in eine zweite Plastiktüte aus dem Porzellangeschäft packen und damit das Weite suchen können. Andererseits: Wer auch immer den Karton aus dem Müll gezogen hatte, wäre mehr als nur misstrauisch geworden, wenn er ihn nirgendwo gefunden hätte. So musste er davon ausgehen, dass der Fremde einfach nur hilfsbereit gewesen war und aufgeräumt hatte. Maxwell hoffte, der hiesige Piranha-Mann würde dem Vorfall keine Bedeutung beimessen und ihn nicht ausgerechnet Tomislav Boksic gegenüber erwähnen.

»Stell dich an die Ecke und fang laut an zu husten, wenn jemand kommt!«

Bevor Susanne etwas erwidern konnte, war er auf die hinterste Mülltonne gestiegen, ein Klimmzug und er lag auf der Mauerbrüstung. Er hielt den Atem an, horchte, unter ihm rührte sich nichts. Schon tagsüber hatte er keine Anzeichen dafür gesehen, dass in dem Hof Hunde gehalten wurden. Geräuschlos ließ er sich an der Innenseite der Mauer in den Schatten hinabgleiten, sprang das letzte Stück, seine Knie federten sein Gewicht ab. Ruhe. Keine zähnefletschende Bestie schoss auf ihn zu, keine Alarmanlage heulte los.

Im fahlen Licht der Straßenlampe wirkte die scheunenähnliche Lagerhalle wie ein langgestreckter schwarzer Klotz. Am Nachmittag hatte das Tor offen gestanden und den Blick auf Paletten mit Weinkartons freigegeben.

Maxwell huschte hinüber, hielt den Atem an, kein Bewegungsmelder, kein Licht. Er bückte sich, suchte das Schloss, fand zwei. Ein großes, altes auf Hüfthöhe, für das andere musste er sich auf den Boden knien. Es war nachträglich eingebaut worden. Trotzdem war es nichts Besonderes, nichts, was er nicht schon mal geknackt hatte.

Er stand wieder auf, drehte sich um, ließ die Augen durch den schmalen Hof schweifen. In einer Nische auf der anderen Seite entdeckte er, was er suchte: eine Mülltonne. Er lief hinüber, öffnete sie, sah in ein schwarzes Loch. Leer.

Zurück über die Mauer.

Susanne saß auf der vordersten Mülltonne, die Beine eng an den Körper gezogen, schaukelte sanft vor und zurück. Eine sitzende Embryonalhaltung. Sie zuckte zusammen, als sie ihn hörte. »Hast du den Karton gefunden?«

Maxwell schüttelte den Kopf.

»Und was tun wir jetzt?«

»Du hattest vorhin eine ganz famose Idee.«

Sie runzelte die Stirn.

»Wir mimen ein Liebespaar – allerdings im Hotel, im Bett. Für heute Nacht hast du genug Pferde gestohlen, Bonnie. Und morgen fahren wir zurück nach Lissabon. Nach dem, was heute passiert ist, will ich nicht, dass dich hier noch einmal jemand mit mir sieht.«

73
London, Grossbritannien

Darcey riss die Tür zu Wallace' Büro schwungvoll auf. Renata fuhr zusammen.

»Ich hab die Adresse!« Sie wedelte mit einem Zettel in der Luft.

Wallace sprang von seinem Stuhl auf und kam hinter dem Schreibtisch hervor. »Wo wohnt sie?«

»Tracey Buinho hat wieder ihren Mädchennamen Newman angenommen und ist kurz nach dem Mord zurück nach Birmingham gezogen.«

»Wie hast du das herausgefunden?«, fragte Renata.

»Das mit dem Mädchennamen?«

»Ja.«

»Ich habe geraten – es war die logische Konsequenz, nachdem nirgendwo eine Tracey Buinho verzeichnet war. Dass sie weder ein eigenes Handy noch einen Festnetzanschluss haben soll, wollte mir nicht eingehen. Also habe ich beim Konsulat nachgefragt, wann und wo Eduardo Buinho geheiratet hat. Dann habe ich im Pfarramt angerufen und die Sekretärin im Gemeindebuch nachsehen lassen. Sie sagte mir, Frau Buinho hieß früher Tracey Newman. Der Rest war ein Kinderspiel: Ich habe die Datenbank der Telefongesellschaft angezapft und schon hatte ich die Adresse. Das Geburtsdatum stimmt überein. Es ist also die Richtige.«

»Darcey, du bist ein Schatz.« Wallace sah auf die Uhr. »Sei so gut und buche uns zwei Tickets für den Zug um zweiundzwanzig Uhr ab Euston.«

Die Sekretärin nickte.

»Und ein Zimmer in einem Hotel. Heute Abend können wir nicht mehr mit ihr sprechen.«

74
Lissabon, Portugal

»Es ist so wunderschön hier. Ich würde gern noch länger bei dir bleiben.« Susanne lehnte sich mit dem Rücken gegen Maxwells Brust, schloss genießerisch die Augen. Sie sog den Duft des Tejo ein. Gischt spritzte auf. Sie unternahmen eine Bootstour: Lissabon aus einer anderen Perspektive.

»Das würde ich mir auch wünschen.« Maxwell hielt sich mit einer Hand an der Reling fest, die andere lag auf Susannes Hüfte. Zwei Tage ohne Kopfschmerzen. Zwei Tage ohne Albträume. Zwei glückliche Tage – mit Sex. »Leider geht es im Moment nicht. Du musst wieder in die Klinik und ich habe hier noch etwas zu erledigen. Aber es wird eine andere, bessere Gelegenheit geben, wenn du möchtest.«

»Wirklich?«

Da war er wieder. Der merkwürdige Unterton. Maxwell runzelte die Stirn. »Versprochen!«

Plötzlich drehte sie sich um, schlang die Arme um seinen Körper und drückte ihn an sich, bis es wehtat.

»Was ist los, Prinzessin?«, murmelte er leise. Seine Lippen dicht an ihrem Ohr. Er wusste inzwischen, wie sehr sie das mochte.

»Paul, mein Mann, hat genau dasselbe gesagt, bevor er ins Flugzeug gestiegen ist und nicht mehr zurückkam. Dabei wusste er ganz genau, dass wir nie wieder …« Ihre Stimme brach.

»Er hätte mit Sicherheit gern noch viele schöne Urlaube mit dir verbracht.« Er hielt sie fest, strich ihr immer wieder beruhigend über den Rücken.

Trotzig wie ein Kind schüttelte sie den Kopf. »Es war kein Unfall«, brach es aus ihr heraus. Nackte Verzweiflung. »Er hat es nur so aussehen lassen. In Wirklichkeit hat er sich umgebracht.«

»Wie kommst du darauf?« Maxwell runzelte die Stirn. Susanne war bisher nie hysterisch geworden, hatte sich für eine Frau ungewöhnlich nüchtern verhalten.

»Einen Monat vor dem Unfall hat er seine Lebensversicherung astronomisch erhöht. Außerdem hat er auch seinen Kollegen nicht mitgenommen, obwohl es abgesprochen war.«

»Aber –«

»Er hatte Depressionen.« Ein Schluchzen tief aus ihrem Inneren. Jahrelang aufgestaute Gefühle. »Ich habe erst davon erfahren, als ich die Psychiaterrechnungen in seinen Unterlagen fand. Mir gegenüber hat er immer behauptet, er müsse noch etwas für die Firma erledigen, wenn er sich zurückgezogen hat.«

Sie hatte also auch seelische Narben, er war nicht der Einzige, den das Leben gezeichnet hatte. Dennoch wusste er nicht, was er darauf sagen sollte. Statt Worten hielt er sie einfach fest an sich gedrückt, gab ihr Halt, bis sie sich wieder gefasst hatte.

»Was wirst du tun, wenn ich weg bin?«, fragte sie schließlich.

»Ich weiß es noch nicht.«

Eine Schutzbehauptung. Natürlich hatte er einen Plan. Aber zuerst würde er sie in vier Stunden zum Flughafen bringen.

75
Nuneaton, Grossbritannien

Der Zug wurde allmählich langsamer, das beständige Rauschen leiser. Obwohl Renata ihr Gesicht an die Fensterscheibe drückte und die Augen gegen die Innenraumbeleuchtung abschirmte, konnte sie draußen so gut wie nichts erkennen. Hier und da flogen erleuchtete Fenster vorüber, eine Straßenlaterne, der Umriss eines Gebäudes.

Wallace erhob sich und schlüpfte in seinen Regenmantel. Sie waren die einzigen Reisenden in dem Großraumwagen.

»Komm, der Zug wird jeden Moment den Bahnhof erreichen. Wir haben sechs Minuten zum Umsteigen.«

»Müssen wir weit laufen?«

»Nein, es ist ein kleiner Bahnhof. Winzig im Vergleich zu Euston.«

Renata erhob sich und folgte ihm zum Ende des Waggons. Durch die Verbindungstüren konnte sie sehen, dass auch im nächsten Wagen gähnende Leere herrschte.

Ein langgezogenes Quietschen ertönte.

Der Zug wurde noch langsamer, ein schwach erleuchteter Bahnsteig kam in Sicht, ein Ruck ging durch den Waggon, Renata verlor das Gleichgewicht, taumelte gegen die Wand, der Zug hatte angehalten. Wallace beugte sich vor und entriegelte die Tür, dann stieg er die zwei Stufen hinunter, wandte sich um und bot Renata die Hand.

Eine verzerrte Frauenstimme aus dem Lautsprecher hieß sie in Nuneaton willkommen, eine Rückkopplung quietschte, ein Knacken, ein Pusten, dann das Ganze von vorn. Der Anschlusszug nach Birmingham hatte zehn Minuten Verspätung.

Ein Pfiff ertönte. Die Türen schlossen sich mit mehreren dumpfen Schlägen, der Zug fuhr langsam wieder an. Stille senkte sich über den Bahnsteig.

Renata blickte sich um. Außer ihnen war nur eine Handvoll

Menschen ausgestiegen. Ein Pärchen lief Hand in Hand auf die Treppe zu. Sie sah ihnen hinterher und wünschte, sie wäre ebenfalls schon am Ziel angekommen. Sie war müde, ihr Magen knurrte.

»Hast du Hunger?« Wallace sah sie fragend an.

»Ja.« Sie hatte auch an diesem Tag ausschließlich von Kaffee und Keksen gelebt.

»Warte hier, ich laufe schnell zu dem Süßigkeitenautomaten dort drüben und hole uns einen Snack. Möchtest du etwas Bestimmtes? Schokolade? Chips?«

»Ein Schokoriegel wäre fantastisch.«

»Ich bin gleich zurück.«

Wallace wandte sich ab. Renata beobachtete ihn, wie er hinter einem Pfeiler verschwand und nach einem Augenblick wieder auftauchte. Im Gehen zog er seinen Geldbeutel aus der Gesäßtasche. Er blieb vor dem Automaten stehen, warf Münzen ein, drehte sich zu ihr um.

»Mars? Snickers? Twix?«, brüllte er über den Bahnsteig in ihre Richtung.

»Egal.«

Er zuckte mit den Schultern und sah wieder zum Automaten, drücke eine Taste, warf erneut Geld ein, drückte eine andere Taste. Renata hatte den Eindruck, er wolle den Automaten leer kaufen. Sie lächelte. Er bückte sich und holte mit beiden Händen seine Beute aus dem Ausgabeschlitz. Dann richtete er sich wieder auf, hob den Kopf und sah triumphierend zu ihr. Plötzlich veränderte sich sein Gesichtsausdruck.

Entsetzen.

Renata fuhr herum, schaute in die Richtung, in die er starrte.

Ein Mann rannte auf sie zu, war nur noch wenige Meter hinter ihr. In seiner rechten Hand hielt er deutlich sichtbar eine Waffe.

Reflexartig warf sich Renata nach vorn in Richtung Bahnsteigkante, nahm Anlauf und sprang hinab.

Ein Schuss krachte.

Sie kam mit beiden Füßen auf dem Schotter auf, strauchelte, duckte sich. Ein zweiter Schuss. Der schmale Schatten des Bahnsteigs bot ihr keinen Schutz.

Sie rannte los.

Zickzack, wie Carlos es ihr einmal erklärt hatte. Zwei Meter nach links, dann abrupt nach rechts. Jedes Mal musste sie aufpassen, dass sie nicht über die Schienen stolperte. Hinter ihr ertönte ein Schrei. Wallace. Aus Angst zu stürzen wagte sie jedoch nicht, sich umzudrehen.

War der Mann allein gewesen oder gab es einen Komplizen? Sie wusste es nicht. Alles war viel zu schnell gegangen. Wieder krachte ein Schuss. Ihr Herz raste. Sie hatte das Gefühl, keine Luft mehr zu bekommen.

Sie erreichte das Ende des Bahnsteigs. Um sie herum wurde es dunkel. Der Mann würde sie nicht mehr sehen können – allerdings konnte sie nun auch nicht mehr erkennen, wohin sie lief. Sie hielt sich nach rechts, in der Einöde wäre sie verloren, sie musste versuchen, in die Stadt zu kommen, um ein Auto anzuhalten, oder sie fand eine Polizeistreife.

Ihr rechter Fuß blieb an einer Eisenbahnschwelle hängen. Sie verlor das Gleichgewicht, stürzte vornüber, fing sich mit den Händen ab, grober Schotter bohrte sich in ihre Handflächen, ein stechender Schmerz, warme Nässe lief über ihre Hände. Tränen traten ihr in die Augen. Ein leises Rauschen im Hintergrund. In der Ferne hörte sie Rufe, in der Nähe Schritte. Schnelle Schritte auf Geröll. Er würde sie einholen. Jeden Moment. Ihre Angst zwang sie, sich aufzurappeln, weiterzulaufen, jetzt quer zu den Schienen, es zählte nur noch, in den Ort zu kommen, unter Menschen, zur Polizei, zu jemandem, der sie schützen konnte.

Sie rannte, knickte um, schrie auf, lief weiter. Die Schritte hinter ihr wurden nicht leiser. Ihr Atem ging keuchend, sie hörte ein Rauschen, sah einen Lichtkegel von rechts näher kommen.

Hilfe oder der Komplize?

Plötzlich erfasste sie der Lichtschein, sie warf sich zur Seite, lief ein paar Schritte, machte eine abrupte Wendung in die andere Richtung, ein Schuss, das Rauschen wurde lauter, ein Zug. Er schnitt ihr den Weg ab. Wenn sie es nicht vor ihm über die Trasse schaffte, war sie ihrem Verfolger ausgeliefert. Sie mobilisierte alle Kraftreserven, ignorierte das Seitenstechen, das sich mittlerweile wie glühende Pfeile in ihre Taille bohrte. Der Zug kam näher, das Rauschen umfing sie. Es wurde knapp. Zumindest konnte sie jetzt keine Schüsse mehr hören. Ihr linker Fuß hob sich, streifte eine Schiene, ein gellendes Tuten zerriss die Nacht, dann ein knirschendes Quietschen. Renata warf sich nach vorn, ein Schritt, zwei, drei, vier, die zweite Schiene, die Schuhspitze blieb daran hängen, Renata fiel, hatte keine Kraft mehr, sich abzufangen, schlug mit dem Körper auf den Schotter, mit dem Gesicht, zog die Beine an, krümmte sich zusammen.

Ein starker Luftsog zerrte an ihrer Bluse, an ihrer Hose, an ihrem Körper, ließ den Schweiß auf ihrer Haut gefrieren, Gänsehaut überzog ihren Körper. Noch immer hallte dieses furchtbare Kreischen in ihrem Kopf. Eine Unendlichkeit. Minuten verstrichen – oder Sekunden? Dann war es verstummt. Dunkelheit umgab sie. Sie holte tief Luft, wollte sich aufrichten, aber ihre Muskeln versagten ihr den Gehorsam.

Der Zug war in einiger Entfernung zum Stehen gekommen. Taschenlampen leuchteten als stecknadelkopfgroße Punkte auf. Renata drückte sich in die Mulde neben dem Gleisbett, in der sie lag. Auf einmal hörte sie eine vertraute Stimme ihren Namen schreien. Verzweifelt. Wallace. Sie hob den Kopf.

»Hier. Ich bin hier. Neben den Schienen.«

Das schwache Licht einer Handykamera streifte sie.

»Hat dich der Zug …?«

»Alles okay, ich …« Sie versuchte erneut aufzustehen, keine Kraft. »Mir ist nur die Luft weggeblieben.«

Eine Hand schob sich unter ihre Schulter, eine andere unter ihre Knie, sie wurde hochgehoben und an einen warmen, weichen Körper gedrückt.

»Wir müssen hier weg. Wenn sie uns finden, haben wir einen Schlamassel am Hals, aus dem wir so schnell nicht rauskommen.« Wallace keuchte, trotz ihres Fliegengewichts war sie zu schwer für ihn.

»Lass mich runter, wenn du mich stützt, kann ich sicher wieder gehen.«

Er setzte sie ab, schlang ihren Arm um seinen Hals und seinen Arm um ihre Hüfte. »Komm, in wenigen Minuten wird es hier nur so von Polizisten wimmeln.«

»Was ist mit dem Kerl? Er muss noch irgendwo sein.« Sie machte ein paar vorsichtige, kleine Schritte.

»Hast du es nicht gemerkt?«

»Was?«

»Er liegt dort drüben, der Zug hat ihn erwischt.«

Renata blieb stehen und starrte in die Dunkelheit.

»Lauf!« Nervös blickte Wallace in die Richtung der Taschenlampen und zerrte Renata weiter. Schritt für Schritt, Meter für Meter, über Schotter und Bahngleise. Schließlich erreichten sie ein Gebüsch, auf der anderen Seite war eine Straße.

»Tu so, als wärst du betrunken und hingefallen, falls uns jemand begegnet.« Noch immer hielt Wallace sie umschlungen, weil sie allein nicht geradeaus laufen konnte. Sie musste tatsächlich wie eine Besoffene wirken. »Wir müssen raus aus dem Stadtzentrum, irgendwohin, wo wir unbemerkt eine Weile sitzen und uns ausruhen können. Ich rufe einen Freund in Coventry an, er soll uns abholen und nach Birmingham fahren. Einen Leihwagen bekommen wir hier um diese Zeit nicht und ein Taxi ist zu gefährlich, der Fahrer wird sich an uns erinnern.«

76
Estoril, Portugal

Kurz nach Mitternacht parkte Maxwell das Motorrad an der Stelle, an der sie am Vortag das Auto abgestellt hatten. Schnell lief er die kleine Straße entlang. Seine Augen wanderten über die Fassaden, niemand stand am Fenster, ein rascher Blick die Straße hinauf und hinunter, die Luft war rein. Lautlos stieg er auf die hinterste Mülltonne und weiter auf die Backsteinmauer. Hinlegen, horchen. Sein Atem ging so ruhig wie sein Puls. Sekundenlang blieb er flach auf der Brüstung liegen und spähte in den Hof. Nichts hatte sich seit dem Vortag verändert.

Er glitt die Mauer hinunter und rannte zur Lagerhalle. Fünf Sekunden. Die Schlösser bereiteten ihm keine Probleme, wie erwartet. Eine halbe Minute, dann zog er das Rolltor der Halle zurück. Ein Stück ging geräuschlos, plötzlich quietschte es, er hielt inne, quetschte sich hindurch, zog es wieder zu und schaltete die mitgebrachte Taschenlampe ein. Die aufgesteckte Schutzkappe tauchte alles in sanftes rotes Licht.

Vor ihm lag ein langgestreckter Raum, acht mal fünfzehn Meter, dunkle Fliesen, leere Kartonagen auf dem Boden. Rechts gab es zwei kleine Büros, durch eine Glaswand abgetrennt. An der gegenüberliegenden Schmalseite waren ein paar Tische zusammengeschoben, auf einem stand eine große elektronische Waage, daneben lagen verschiedene Verpackungsmaterialien, links davon stand eine Stretcher-Maschine, davor drei gepackte, mit Folie umwickelte Paletten.

Er wandte sich nach rechts, betrat das vordere Büro. Sein Blick glitt über eine Garderobe, einen Aktenschrank, den Schreibtisch, blieb an einem Etikett hängen. Seine Augen weiteten sich, das Blut pulsierte schneller. Vor ihm stand der durchweichte, rötlich verfärbte, zerrissene Karton, den er in die Mülltonne geworfen hatte. Darin lagen die Scherben der zerbrochenen Flaschen, daneben standen zwei mit angetrocknetem Wein verschmutzte. Offenbar hatten sie den Sturz unbeschadet überstanden. Maxwell presste die Kiefer hart aufeinander, Zähne knirschten. Er hätte nachsehen sollen, bevor er den Karton wegwarf. Zu spät.

Er ging zurück in die Halle. An der Längswand stapelten sich Weinkartons vom Boden bis gut über Schulterhöhe. Die Kisten waren von unterschiedlicher Größe, Höhe und Design. Im rötlich gedimmten Schein der Taschenlampe besah sich Maxwell einen Stapel nach dem anderen. Es gab verschiedene portugiesische Rotweine, aber auch brasilianische, chilenische und afrikanische Sorten. Trocken und halbtrocken. Nicht alle standen auf Paletten. Manche waren von Hand geschlichtet.

Den brasilianischen Rotwein, den er suchte, gab es doppelt. Die Kartons auf der rechten Palette trugen ein aufgemaltes X, die Kartons auf dem linken Stapel nicht. Noch ein Unterschied: Die Kartonagen mit dem X waren alle geöffnet und nur notdürftig wieder verschlossen worden, zum Teil waren sogar nur die überstehenden Flügel ineinandergeschlagen worden. Die Kisten ohne X waren dagegen ungeöffnet.

Maxwell hob erst eine Kiste vom rechten Stapel hoch, dann eine vom linken. Definitiv nicht gleich schwer. Er trug sie zur Waage. Auf einem der Tische fand er ein Teppichmesser und einen Abroller mit farblosem Klebeband. Beides nahm er mit. Er öffnete die zwei Kartons, zog je eine Flasche heraus und stellte sie nebeneinander. Absolut identisch. Schnell holte er eine der beiden intakten Flaschen aus dem Büro, stellte sie in die Mitte. Flaschenform, Etikett, Verschluss – kein Unterschied. Er machte ein Foto.

Auf der Waage war die Flasche aus dem Karton ohne X die leichteste, die beiden anderen waren wesentlich schwerer, wogen aber nicht gleich viel.

Maxwell testete alle. Die Differenz zwischen denen im ungekennzeichneten Karton betrug maximal zwanzig Gramm. Die Flaschen im Karton mit dem X wogen zweihundert bis zweihundertfünfzig Gramm mehr. Er packte alle wieder ein, verschloss den einen und verklebte den anderen Karton, trug sie zurück. Auch die einzelne Flasche brachte er wieder ins Büro.

Was war noch wichtig? Sein Blick glitt zu den Paletten, die in der Nähe des Stretchers standen. Reisefertig. Auf jeder fand er sechs bis zwölf der Kartons, die mit einem X gekennzeichnet waren. Reisefertig in welche Richtung? Waren sie heute hier angekommen? Er fand die Frachtpapiere. Zum Glück musste er kein Portugiesisch können, um die Bestimmungsorte zu lesen.

Eine Sendung ging nach Holland, eine in die Schweiz, eine nach Deutschland. Unterschiedliche Abholdaten, unterschiedliche Speditionen. Die Ware nach Deutschland sollte in wenigen Stunden auf die Reise gehen. Empfänger: ein portugiesisches Restaurant namens »Fadista« in Hamburg.

Was tun? Er starrte auf den Lieferschein.

Option 1: Der Palette nach Deutschland folgen und die Zusammenhänge zwischen den Drogen sowie den Lissaboner Piranha-Männern und Deutschland beleuchten.

Option 2: In Lissabon bleiben und herausbekommen, ob Tomislav Boksic in Deutschland auf ihn geschossen hatte.

Das Rauschgift als solches war ihm ziemlich egal – er suchte einen Mörder. Hier in Lissabon war er insofern fündig geworden, als dass er die Piranha-Männer aufgespürt hatte. Andererseits: Vielleicht gab es auch in Deutschland Mitglieder der Gruppe? Einen Mann, der auf ihn geschossen hatte?

Die Entscheidung war klar.

Er fotografierte alle drei Paletten, alle angehefteten Frachtbriefe, alle Liefer- und Zollpapiere. Dann malte er ein X an jede Ecke des Palettenholzes der für Hamburg bestimmten Ware. Nun konnte er sie auch aus der Entfernung von allen anderen unterscheiden. Er wandte sich zum Tor, hatte genug gesehen, jetzt zählte jede Minute, die ihm für seine Vorbereitungen blieb.

Ein rascher Blick, alles war wieder an seinem Platz. Er schaltete die Taschenlampe aus, griff nach dem Riegel, hörte ein scharrendes Geräusch, unmittelbar hinter sich. Erschrocken zuckte er zusammen, ging hinter der ersten Palette in Deckung, horchte. Sein Herz pumpte.

Alles war wieder still.

Er wartete, rief sich zur Ruhe, atmete flach durch den Mund, ließ die Lampe ausgeschaltet. Allmählich gewöhnten sich seine Augen an die Dunkelheit. Nichts geschah. Hatte er sich getäuscht?

Plötzlich hörte er es wieder. Ein Schmirgeln, als schiebe jemand einen Karton auf rauem Beton vor sich her. Er wandte den Kopf. Diesmal folgte ein leises Klirren, Glas auf Glas, danach ein Geräusch, das klang, als rolle eine kleine elfenbeinerne Kugel durch einen Roulettekessel. Ein Knall.

Maxwell zuckte zusammen, sein Herzschlag sprang auf Maximum. Aber nun wusste er, von wo das Geräusch gekommen war. Geduckt lief er zu der gläsernen Abtrennung, schnellte hoch, schaltete die Taschenlampe für einen Augenblick ein, ließ sie blitzschnell durchs Büro gleiten.

Zwei gelbe Katzenaugen starrten ihm in dem sanften, rötlichen Licht entgegen. Er machte einen Schritt darauf zu, das Tier bleckte die Zähne, fauchte, zog sich in die hintere Ecke des Raums zurück. Maxwell unterdrückte den Impuls, nach der Türklinke zu greifen und die Glastür zu schließen. Die Gefahr war zu groß, dass der Piranha-Mann stutzig wurde, weil er sich daran erinnerte, dass er die Tür am Abend nicht geschlossen hatte. Maxwell konnte nur darauf achten, dass die Katze nicht in den Hof entwischte, wenn er das Gebäude verließ, und hoffen, der Tätowierte werde den Zusammenhang erkennen.

Trotzdem ließ Maxwell der Anblick der zerbrochenen Weinflasche nicht los.

Er gab sich einen Ruck, lief zurück zu der Palette mit dem ungekennzeichneten brasilianischen Rotwein, holte eine vor den Kartons stehende Einzelflasche, ging wieder zum Büro, tauschte sie gegen die letzte noch unversehrt auf dem Schreibtisch stehende aus. Er holte tief Luft, streckte die leicht zitternde Hand aus. Dann gab er der Flasche einen vorsichtigen Stups mit dem Finger, so wie es die Katze mit ihrem Körper getan haben musste, und sprang zurück.

Die Weinflasche mit dem wertlosen Inhalt fiel um, rollte zur Schreibtischkante, stürzte hinab und zerschellte auf dem Steinboden neben der, die die Katze umgeworfen hatte.

77
Lissabon, Portugal

In seinem Hotelzimmer holte Maxwell seine Reisetasche aus dem Schrank und begann wahllos alles, was er mitgebracht hatte, hineinzustopfen. Dann ging er zur Minibar, nahm eine der kleinen Mineralwasserflaschen heraus, leerte ihren Inhalt im Badezimmer ins Waschbecken, öffnete die Flasche mit dem Koks-Wein und füllte mit großer Vorsicht die Hälfte davon in die kleine Plastikflasche.

Er sah sich noch einmal im Zimmer um, ob er auch nichts vergessen hatte. Sein Blick blieb am Bett hängen. Zögerlich nahm er Susanne Schirmers Kopfkissen und roch daran. Es duftete nach Honig und nach ihrem Körper. Rasch öffnete er seine Reisetasche und stopfte es auch noch hinein.

An der Rezeption hinterlegte er ein Briefkuvert für João Gonçalves' Bruder mit dem Schlüssel für dessen Motorrad. Nierengurt, Handschuhe und Sturzhelm hatte er nach seiner Rückkehr aus Estoril im Motorradkoffer verschlossen.

Danach nahm er ein Taxi, das ihn zum Flughafen brachte, wo die Mietwagenfirmen die ganze Nacht über geöffnet hatten. Es war nicht leicht, ein Unternehmen zu finden, das ihm gestattete, einen Wagen zu leihen, den er in Hamburg zurückgeben konnte. Aber nach einigem Verhandeln meisterte er auch diese Hürde.

78
Birmingham, Grossbritannien

Wallace schlug mit dem blankpolierten Türklopfer drei Mal kurz hintereinander gegen die blau lackierte Haustür des kleinen Backsteinreihenhauses. Tack. Tack. Tack. Renata kniff die Augen zu und atmete tief durch. Das Geräusch ging ihr durch Mark und Bein und verursachte eine leichte Panik. Als sie die Augen wieder öffnete, sah sie eine Bewegung hinter der Gardine an einem Fenster neben der Tür. Wallace schien sie ebenfalls bemerkt zu haben.

»Frau Buinho, bitte öffnen Sie. Wir wissen, dass Sie zu Hause sind.« Er klopfte erneut, diesmal mit den Fingerknöcheln. »Es ist wichtig. Wir müssen mit Ihnen sprechen.«

Schlurfende Schritte ertönten, die Tür wurde so weit geöffnet, wie es die Panzerkette erlaubte.

»Was wollen Sie?«, nuschelte die Frau, eine Zigarettenkippe im Mundwinkel.

»Wir müssen mit Ihnen reden, Frau Buinho.«

»Ich heiße Newman.«

»Verzeihung. Für einen Moment habe ich vergessen, dass Sie Ihren Mädchennamen wieder angenommen haben. Das ändert aber nichts an der Tatsache, dass wir uns unterhalten müssen.«

»Sind Sie von der Polizei?« Ihre Augen glitten über Wallace' Anzug und Krawatte.

Er schüttelte den Kopf. »Können wir reinkommen?«

»Sind Sie von der Versicherung?« In die Augen der Frau trat plötzlich ein gieriges Glitzern.

Wallace sah zu Renata und zuckte leicht mit den Schultern, dann sagte er: »Ja.«

Endlich nahm die Frau die Kette von der Tür. »Kommen Sie.« Sie gingen in eine unaufgeräumte Küche.

»Wollen Sie Tee?«

»Ja, bitte.« Wallace nahm auf einem wackeligen Plastikstuhl Platz. Auf dem Tisch lagen alte Tageszeitungen. Der Überfall auf das Restaurant in London beherrschte eine der Titelseiten.

»Sie interessieren sich noch dafür, was in der City passiert?«

Die Frau brummte etwas Unverständliches.

»Warum sind Sie nach dem Tod Ihres Mannes hierhergezogen?«

»Meine Tochter und meine Eltern leben in Birmingham. Wir hatten hier früher ein Geschäft, bevor wir nach London gegangen sind.«

»Einen Gemüseladen?«

»Ja.«

»Haben Sie damals schon brasilianischen Rotwein verkauft?« Wallace stellte die Frage beiläufig.

Die Frau antwortete nicht, dennoch spürte Renata, wie sich die Atmosphäre in dem Raum schlagartig veränderte.

»Uns wurde gesagt, dass Sie in Ihrem Laden in Islington brasilianischen Rotwein verkauft haben. Ist das richtig?«, hakte Wallace auf das Schweigen der Frau hin noch einmal nach.

»Was wollen Sie von mir?«

»Die Wahrheit, Frau Newman. Wir wollen wissen, warum Ihr Mann sterben musste. Was ist an dem Tag, als auf ihn geschossen wurde, wirklich geschehen? Was hat es mit dem Wein auf sich?«

»Verschwinden Sie!«

»Frau Newman –«

»Ich rufe die Polizei!«

»Tun Sie das. Dann werde ich denen alles erzählen, was ich weiß.« Renata hatte weder laut noch aggressiv gesprochen, dennoch war die Frau beim Klang der Worte zusammengezuckt, und ihre Gesichtsfarbe war sichtbar weißer geworden.

»Sie sprechen fast so wie er!«

»Wie wer?«, hakte Renata sofort nach.

»Der Kerl, der meinen Mann erschossen hat.«

»Er war Brasilianer?«

»Er hatte zumindest einen ausländischen Akzent.«

»Haben Sie das der Polizei gesagt?«, fragte Wallace.

Die Frau schüttelte rasch den Kopf. »Ich wollte nicht, dass er zurückkommt und mich ebenfalls umbringt.«

»Warum hätte er das tun sollen?«

»Damit ich ihn nicht identifiziere.«

»Hätten Sie das denn tun können?«

»Er trug ein Tattoo am Hals. Einen Fisch mit spitzen Zähnen und langen Flossen, wie in einem Cartoon.«

Renata runzelte die Stirn. Die Beschreibung weckte in ihr eine Erinnerung. Sie dachte einen Augenblick darüber nach, verwarf die Idee dann aber wieder. Stattdessen fragte sie: »Was hatte er mit dem Weingut zu tun?«

»Ich weiß es nicht!«

Die Antwort kam zu schnell. Eine Lüge. Wütend schlug Renata mit der flachen Hand auf das Titelblatt der Zeitung.

»Wie viele Unschuldige sollen noch sterben?« Ihre Augen fixierten die Frau. »In Brasilien wurde eine ganze Familie ausgelöscht. Ein Freund von mir wurde kaltblütig erschossen – wie Ihr Mann. Die Büroräume meiner Zeitung wurden in die Luft gesprengt. Ich werde gejagt.« Sie machte eine Geste zu ihrem Gesicht, zu den Verletzungen. Mit einem Mal schimmerten Tränen in ihren Augen. »Bitte helfen Sie mir. Ich muss diese Leute stoppen.«

»Das können Sie nicht.« Die Frau wandte den Kopf ab und verschränkte die Arme vor der Brust.

»Warum nicht?«

»Sie sind zu mächtig.«

»Eine Organisation?«

Sie nickte.

»Das PCC?«

»Was ist das?«

»Das Primeiro Comando da Capital.«

»Kenne ich nicht.«

»Eine sehr große und mächtige Verbrecherorganisation in São Paulo.«

»Geht es bei denen um Drogen?«

»Bestimmt, unter anderem.«

»Dann vielleicht.«

»Was hat der Wein mit Drogen zu tun?« Wallace sah zwischen den beiden Frauen hin und her.

Die Witwe antwortete nicht.

»Welche Drogen?«, fragte Renata.

»Kokain.«

»Ihr Mann hat Drogen verkauft?«

»Mein Mann wurde erschossen, weil er den Lieferweg nicht eingehalten hat. Er hat das Zeug direkt vom Weingut bestellt – ohne die Zwischenhändler in Portugal.«

»Wer ist das?«

»Ich weiß nichts davon. Er hat mir nicht mehr erzählt.«

»Aber Sie wussten, dass er Kokain verkauft?«

»Die Mieten in der City sind teuer.«

»Gibt es noch irgendwelche Unterlagen von damals? Mit wem hat er auf dem Weingut gesprochen?«

»Ich habe nach dem Tod meines Mannes alles verbrannt. Ich weiß nur, dass er in Brasilien angerufen hat.«

»Sagt Ihnen Casa Garibaldina etwas?«

»So hieß das Weingut.«

»Und in deren Rotwein war Kokain versteckt?« Renata fühlte sich wie vor den Kopf gestoßen. Moema Parzeres, eine Drogenhändlerin?

Die Frau nickte.

»Haben Sie einen Stift und ein Stück Papier für mich?«

Als die Frau nicht reagierte, reichte Wallace ihr einen Kugelschreiber. Renata griff nach der Zeitung und begann zu zeichnen. Sie malte ein schräg liegendes V, in dessen Innenteil viele spitze Dreiecke die Zähne des Fischmauls bildeten. Das äußere strichelte sie zu wulstigen Lippen und einem gezackten Kinn. Oberhalb des Fischkopfs skizzierte sie spitze Flossen, das Auge starrte den Betrachter böse an.

»Ja«, murmelte die Frau. »So hat das Tattoo ausgesehen.«

Wortlos legte Renata den Stift beiseite und stand auf.

79
Estoril, Portugal

Maxwell bezog oberhalb der Weinhandlung in einem Abbruchhaus Position. Es erinnerte ihn an ein Gebäude, in dem er in Mostar gewesen war: Die Front intakt, Fenster, Gardinen, Tapete, alles vorhanden. An der Rückseite klaffte jedoch ein riesiges Loch, als habe eine Granate eingeschlagen. Alles war voller Staub, Schutt, zerschlagenen Möbeln, Exkremente.

Von hier oben hatte Maxwell den Hof der Weinhandlung und einen Teil der Gasse gut im Blick. Kurz nach sechs rief er Gonçalves an. Der aggressive Tonfall des Tätowierers legte sich, als er ihm sagte, dass er im Begriff sei, Portugal zu verlassen und ihm vorher wichtige Informationen geben wolle.

Während er auf den verdeckten Ermittler wartete, rief er Henning Hansen in Hamburg an. Der Freund war noch nie ein Langschläfer gewesen – außerdem war es wegen der Zeitverschiebung in Deutschland schon eine Stunde später.

Seit seiner Entdeckung in der Weinhandlung hatte Maxwell mit sich gerungen: Es war eine Sache, wenn er als krankgeschriebener Polizeibeamter im Urlaub zufällig einen Hinweis auf Drogenschmuggel entdeckte. Aber eine ganz andere, wenn er das nicht den in Deutschland zuständigen Behörden meldete, sobald das Rauschgift deren Hoheitsbereich erreichte.

»Was soll ich konkret tun?«, fragte Hansen, nachdem Maxwell ihm die Lage erklärt hatte.

»Du musst die Hamburger Staatsanwaltschaft informieren, allerdings möglichst so, dass sich niemand dafür interessiert. Ich will an der Sache dranbleiben, aber mir darf keiner den Arsch aufreißen können, weil ich nichts gesagt habe.«

Hansen lachte. »Da weiß ich einen Weg: Hier passiert bei der Staatsanwaltschaft ohne ausführlichen Schriftsatz sowieso prinzipiell nichts. Bei uns herrscht der Grundsatz: Aktenklarheit, Aktenwahrheit. Das führt dazu, dass oft länger als nötig geprüft und dann schnell abgelehnt wird. Ich werde meinen Bericht so verfassen, dass er zwar inhaltlich zutreffend ist, sie ihn aber als Flausen eines gelangweilten Rentners abtun. Fakt ist, dass ein Ermittlungsverfahren nur auf deinen telefonisch übermittelten Erkenntnissen basieren würde, niemand anderes dafür eine Bestätigung liefern kann und die Rolle von Hamburger Tätern erst mal reine Spekulation ist. Damit gewinnt man bei uns keinen Blumentopf – es sei denn, es gäbe bereits aktuelle Ermittlungsergebnisse, zu denen deine Infos passen würden. Die bei der Staatsanwaltschaft werden sich denken: So ein Schwachkopf!, und daher kein Ermittlungsverfahren einleiten. Das wird dann üblicherweise mit einer fehlenden Zuständigkeit begründet.«

Eine Stunde später stand Gonçalves neben Maxwell am Fenster, versteckt hinter einer alten Gardine, beige, mit Blümchenaufdruck in Pink, Blau und Grün. Der Portugiese hörte ihm konzentriert zu, warf hin und wieder eine Frage ein, hakte nach, woher Maxwell dieses oder jenes Detail wusste. Von Zeit zu Zeit schüttelte er den Kopf, warf die Arme in die Luft, legte die Stirn in Falten, blies die Wangen auf.

»Es ist eine echte Herausforderung, der Bande all das nachzuweisen. Wir können doch nicht jeden Container kontrollieren, der aus Südamerika kommt!«

»Das ist nicht nötig. Es genügt, wenn ihr die im Auge behaltet, die an die Firma *Vinho António* gehen.«

»Ja, aber wenn das Kokain im Wein aufgelöst ist, dann nutzt es nichts, wenn wir die Fracht röntgen. Und aufs Gradewohl können wir nicht sämtliche Flaschen öffnen.«

Maxwell zuckte mit den Schultern. »Ihr werdet die Bande ja wohl überwachen und abhören.«

»Dafür müssten wir erst einmal etwas gegen sie in der Hand haben.«

Maxwell wandte sich vom Fenster ab und holte Susannes ehemals weißen Stoffrucksack aus einer Plastiktüte. »Hier! Ich habe ein paar Sachen, die euch helfen werden.«

Gonçalves fasste den verdreckten Stoff mit spitzen Fingern an und sah zwischen ihm und Maxwell hin und her. »Was ist damit?«

»Als die Kartons ins Rutschen kamen, ist einer heruntergekippt. Die meisten Flaschen darin sind zerbrochen, und meiner Begleiterin ist aus Versehen der Rucksack mitten in die Pfütze gefallen. Wenn ihr einen guten Chemiker habt, kann er euch das Zeug sicher irgendwie aus dem Rucksack waschen und dann einen entsprechenden Nachweis liefern. Ich habe aber noch was.« Er holte die kleine Wasserflasche aus seiner Tasche, in die er einen Teil des Koks-Weins gefüllt hatte und drückte sie Gonçalves in die Hand. »Während meine Begleiterin sich um den Verletzten gekümmert hat, habe ich eine Probe von dem Wein abgefüllt, weil mir der Geruch verdächtig vorkam. Ich hatte allerdings kein anderes Behältnis zur Hand als die Wasserflasche. Laut Etikett heißt das Weingut Casa Garibaldina – aber Papier ist ja bekanntlich geduldig. Keine Ahnung, ob es das wirklich gibt.«

Da Maxwell Gonçalves nicht erzählen konnte, dass er nachts in die Firma eingestiegen war, tischte er ihm eine geschönte Version auf. »Damit sollte euer Chemiker eigentlich die genaue Konzentration herausfinden können. Aber mach es offiziell – vielleicht müssen die deutschen Kollegen im Rahmen eines Rechtshilfeersuchens auf eure Ergebnisse zurückgreifen. Ich habe mir übrigens ebenfalls eine kleine Probe abgezapft, die ich mit nach Hause nehme.«

Gonçalves sah Maxwell scharf an. »Das kannst du nicht ma–«

»Natürlich kann ich das tun, ist zwar rechtlich nicht ganz sauber, aber wenn du davon weißt, habe ich doch so etwas wie den offiziellen Segen der portugiesischen Behörden. Du musst es nur entsprechend in deinem Bericht vermerken«, unterbrach Maxwell ihn grob.

Zähneknirschen. Es entstand eine längere Pause, beide Männer starrten angestrengt aus dem Fenster. Schließlich nahm Maxwell den Faden wieder auf.

»Da ist noch etwas: Ich bin überzeugt, dass Tomislav Boksic Pedro Ferreira umgebracht hat.«

»Wie kommst du darauf?«

Maxwell gab keine Antwort, starrte den jungen portugiesischen Kollegen nur sekundenlang durchdringend an. »Wenn ihr Boksic hochnehmt, sucht nach einer Heckler & Koch, neun Millimeter kurz. Wenn ihr sie findet, gib mir Bescheid.« Er wandte sich wieder dem Fenster zu. Seine Augenbrauen zogen sich leicht zusammen. »Da! Schau!«

Der Piranha-Mann lief die Straße entlang. Seine Hand war in einen dicken weißen Verband gewickelt. Er wandte sich zum Hoftor und sperrte auf.

Maxwell hörte, wie Gonçalves scharf die Luft einsog, er hatte das Tattoo am Hals entdeckt. »Gibt es noch mehr Männer?«

»Das müsst ihr herausfinden. Ich bin nur durch Zufall auf ihn gestoßen.«

Die Kirchturmglocke schlug, zwei tiefe, volle Töne. Halb neun. Der Piranha-Mann war inzwischen über den Hof gegangen und hatte das Rolltor der Scheune aufgeschlossen. Nun stemmte er sich dagegen. Mit einem durchdringenden Quietschen schob er es zurück. Maxwell war froh, dass er in der Nacht beim ersten Laut sofort innegehalten und sich durch den schmalen Spalt gezwängt hatte. Das ungeölte Tor war besser als jede Alarmanlage.

Maxwell starrte aus dem Fenster. Ohne es zu merken spielten seine Finger mit der Tapete, zupften winzige Fetzen ab und schnippten sie zu Boden.

Plötzlich hörten sie einen wütenden Schrei, dann Ruhe, dann ein Klirren, die Katze kam durch das offen stehende Tor herausgeschossen, der Piranha-Mann hinterher, eine Weinflasche in der unverletzten Hand. In vollem Lauf hob er den Arm und schleuderte sie in Richtung Katze. Das Glas explodierte in alle Richtungen, als es auf den Boden traf, Wein spritzte. Das Tier gab einen Schrei von sich, den nur Katzen ausstoßen können, sprang auf die Mülltonne, auf die Mauer und entkam.

Der Mann ging wieder zurück. Mehr passierte nicht.

Maxwell atmete langsam aus, seine Schultern sackten nach unten, die Muskeln entspannten sich. Sein nächtlicher Besuch in der Lagerhalle war unbemerkt geblieben.

Er trat einen Schritt vom Fenster zurück. Als er auf den Boden sah, entdeckte er einen kleinen Berg Tapetenfitzel neben seinen Schuhen.

Schließlich bog ein großer Lastwagen in die schmale Straße. Dunkelblaue Plane, weiße Schrift: *Marquês-transportes Internacionais.*

Maxwell musterte den Mann, der aus der Fahrerkabine sprang. Klein, Mitte fünfzig, Bauchansatz, kurze dunkle Haare, keine Tätowierung. Der Beifahrersitz war leer – ganz wie Maxwell gehofft hatte. Wären es zwei Fahrer gewesen, die sich auf der Reise abwechselten, hätte er ein Problem gehabt.

Kaum hatte der Portugiese die Laderampe heruntergelassen, zog der Piranha-Mann einen Hubwagen mit einer Palette aus dem Hof. Das Palettenholz war an den Ecken mit einem schwarzen X gekennzeichnet. Der mit Rauschgift vermengte Rotwein stand unmittelbar davor, seine Reise nach Deutschland anzutreten.

80

Birmingham, Großbritannien

Wallace dirigierte Renata zu einem Pub im Herzen Birminghams, das er von früheren Besuchen kannte und von dem er wusste, dass es dort ein kostenloses Wi-Fi gab.

Renata blieb einen Moment in der Tür stehen, bis sich ihre Augen halbwegs an das trübe Licht im Inneren gewöhnt hatten. Die Wände waren mit dunklem Holz vertäfelt, die Decke ebenfalls, der Tresen erstreckte sich über die gesamte Längsseite des Zimmers. Ein Fernseher plärrte in einer Ecke. Es roch nach verschüttetem Bier. Menschen waren nirgendwo zu sehen, weder Kunden noch Mitarbeiter. Während Wallace zum Tresen ging, suchte sich Renata einen Platz in einer Nische, die möglichst weit vom Fernseher entfernt war. Dann holte sie ihren Laptop aus dem Rucksack und machte sich an die Arbeit.

Als Erstes suchte sie im Internet ganz allgemein nach einer Verbindung zwischen einem Fisch-Tattoo und dem PCC. Zwar brachte die Suchmaschine viele Treffer zu den Einzelbegriffen, aber keinen einzigen zur Kombination – und die Tätowierungen, die ihr angezeigt wurden, hatten auch keinerlei Ähnlichkeit mit der, die sie vor Augen hatte. Sie sah aus dem Fenster, dachte nach.

Plötzlich kam ihr eine Szene auf Casa Garibaldina wieder in den Sinn: Zé stand vor dem kniehohen gemauerten Becken, in dem laut Moema die Trauben gewaschen wurden. Doch bei ihrem Besuch befanden sich silberglänzende Fische darin. Piranhas.

Sollte der Fisch ein Piranha sein? Aus einem Impuls heraus änderte sie die Schlagworte. Ein Treffer wurde angezeigt: Das PCC war am 31. August 1993 von acht Gefangenen in der Haftanstalt von Taubaté gegründet worden, die im Volksmund *Piranhão* hieß; großer Piranha. Aber Renata hatte noch nie von einer Piranha-Tätowierung der PCC-Mitglieder gehört.

Sie loggte sich auf die Archivseiten ihrer Zeitung ein und begann die Artikel über das PCC zu durchforsten. Sie fand nichts. Verwendete sie die falschen Schlagworte? Sie hob den Kopf. Erstaunt stellte sie fest, dass Wallace sich an der Bar niedergelassen hatte und nach wie vor mit dem Barmann fachsimpelte. Fußball. Sie stand auf und ging hinüber.

»Kann ich mit dem Münzsprecher ein Ferngespräch nach Brasilien führen?«

»Nimm das Handy.« Wallace griff in seine Jacketttasche.

Renata zögerte einen Augenblick. Rachel hatte sie davor gewarnt, ihr Mobiltelefon zu verwenden, und ihr eingeschärft, immer von einem öffentlichen Pub aus zu telefonieren. Doch dann gewann die Bequemlichkeit die Oberhand.

»Danke.« Sie ging zurück an ihren Platz.

»Hast du etwas gefunden?« Wallace folgte ihr. Ein Pint in der Hand.

Renata schüttelte den Kopf und wählte die Nummer ihrer Redaktion. Adriana meldete sich.

»*Oi!* Hier spricht Renata. Alles in Ordnung bei euch?«

»Hallo Renata. Wo bist du?«

»In England.«

»Wow! Du kommst ja durch die ganze Welt.«

»Ist Nicolás da?«

»Bleib dran.«

Der Chefredakteur meldete sich.

»Hast du schon einmal von einem Fisch-Tattoo im Zusammenhang mit dem PCC gehört?«

Stille am anderen Ende der Leitung.

»Hallo?«

»Ja, ich bin noch dran. Ich denke nach. Da war mal was«, antwortete Nicolás Ronaldo Barreto.

»Der Fisch hat ein aufgerissenes Maul und viele kleine spitze Zähne. Ein bisschen wie ein Piranha.«

»Ein Piranha. Lass mich nachdenken. Ein Piranha.« Schweigen. »Nein, Renata, ich komme im Augenblick nicht darauf.«

»Falls es dir doch noch einfällt, schreib mir eine Mail, ja?« Sie legte auf und wandte sich wieder ihrem Laptop zu.

»Lass dieses Tattoo außer Betracht. Es kann uns in die völlig falsche Richtung führen. Was wir dagegen sicher wissen, ist, dass es um Drogen ging.«

»Ja, und?« Renata sah Wallace abwartend an. »Kokain und Casa Garibaldina ergibt mit Sicherheit keinen Treffer.«

»Lass es uns versuchen.« Er setzte sich neben sie und zog ihren Laptop zu sich herüber, dann begann er Schlagworte einzugeben. Sie lasen die Ergebnisse, änderten die Suchbegriffe, Renata übersetzte wann immer nötig, rutschte ungeduldig auf der alten Sitzbank hin und her, das Holz knarrte.

Nichts.

Sie riss sich zusammen, holte Getränke, etwas zu essen, überlegte neue Schlagworte, suchte nach Zusammenhängen, recherchierte auf den portugiesischsprachigen Seiten.

Nach fast drei Stunden klickte sie auf das Vorschaufenster einer Tageszeitung und fand einen Bericht über die Verhaftung von Edmondo Bagula Guimarães.

Guimarães.

Der Name trieb Renata den Schweiß auf die Stirn.

Der Mann war einer von geschätzten viertausend Favela-Bossen, die den acht Bereichsbossen unterstanden, von denen einer Tiago da Moura Brandão gewesen war. Aus dem Artikel ging hervor, dass Guimarães Drogengeschäfte abgewickelt hatte. Ein Foto zeigte einen Mann in den Fünfzigern, mit krausem schwarzem Haar und einer Nase, die mehrfach gebrochen worden war. Am Hals trug er eine Tätowierung. Sie war nur fragmentarisch zu sehen, dennoch glaubte Renata die Flossen eines Fischs zu erkennen. Was sie jedoch viel mehr beunruhigte, waren die vertraut wirkenden Gesichtszüge des Mannes.

Edmondo Bagula Guimarães.

Renata gab den Namen als Suchbegriff ein, wollte seine Familienverhältnisse recherchieren. Wallace' Handy klingelte. Er nahm ab und reichte das Telefon wortlos an Renata weiter.

»Es gab mal einen Favela-Boss mit einem Piranha-Tattoo am Hals.« Die Stimme von Renatas Chef. »Er sitzt allerdings seit zwei Jahren im Knast.«

»Edmondo Bagula Guimarães. Ich habe ihn gerade selbst im Internet gefunden.« Renata machte eine Pause. »Weißt du, ob er einen Sohn oder einen Neffen hat, der in seine Fußstapfen getreten ist? Ich finde nur Angaben zu ihm selbst, aber nichts über seine Familie.«

»Nein, tut mir leid, die Frage kann ich dir nicht beantworten. Es ist schon schwer genug, den Überblick über diese Favela-Männer zu behalten.«

Renata legte auf, starrte das Handy an, rang mit sich. Sollte sie Rachel anrufen und warnen? Ihr Verdacht war vage, aber ... Sie tippte die Handynummer der Freundin ein. Sofort schaltete sich die Mailbox ein.

»Scheiße!«

In welchem Hotel hatte Rachel gesagt, dass sie untergekommen war? Renata überlegte, dann wählte sie die Nummer der Telefonauskunft und ließ sich durchstellen. Eine Rezeptionistin antwortete.

»Ich möchte Mrs. Sherman sprechen.«

»Tut mir leid, die Senhora ist vor einer halben Stunde weggegangen. Möchten Sie eine Nachricht für sie hinterlassen?«

»War sie allein?«

»Nein, in Begleitung eines jungen Mannes.«

»Erinnern sie sich, ob er ein Piranha-Tattoo am Hals hatte?«

Schweigen am anderen Ende der Leitung.

»Einen Fisch, im Comicstil?«

»Ich glaube nicht, dass ich befugt bin, Ihnen zu sagen, mit wem einer unserer Gäste –«

»Das ist schon in Ordnung. Ich bin Mrs. Shermans Nichte und der Typ mit dem Piranha ist ein Bekannter.« Renata räusperte sich. »Meine Tante hat nicht zufälligerweise gesagt, wann sie zurückkommt oder wohin sie wollte? Sie hat ihr Handy ausgeschaltet – ich müsste sie jedoch dringend erreichen.«

»Nein, tut mir leid.« Die Frau zögerte.

»Ja?«

»Sie hat geschimpft, dass der Wasserhahn in ihrem Badezimmer tropft, und darauf bestanden, dass ich umgehend einen Monteur schicke. Sie kann also nicht lang wegbleiben.«

Renata fühlte ein Kribbeln, das sich vom Nacken die Wirbelsäule hinabzog. Rachel war nicht der Typ, der sich wegen einer Lappalie so vehement beschwerte. Konnte sie Verdacht geschöpft und einen Hinweis in ihrem Zimmer hinterlassen haben? Ein absurder Gedanke. Renata schüttelte unwirsch den Kopf. Und doch: Rachel hatte einen anderen Blick auf Menschen, das hatte sie schon damals in der Flughafentoilette in Guarulhos bewiesen.

»Und? Haben Sie –« Sie brach ab, riss sich zusammen. »Haben Sie schon einen Klempner in das Zimmer geschickt?«

»Nein, der Hausmeister ist heute nicht mehr im Haus.«

»Hören Sie, es ist wichtig, dass jemand nachsieht, ob alles in Ordnung ist.«

Am anderen Ende blieb es still. Dann: »Was genau meinen Sie damit?«

»Wenn ich das wüsste!«, murmelte Renata. »Mrs. Sherman ist niemand, der grundlos auf einen Missstand hinweist. Wenn sie Sie gebeten hat, sofort jemanden in ihr Zimmer zu schicken, dann tun Sie das bitte. Nicht dass das Zimmer unter Wasser steht! Kümmern Sie sich auf der Stelle darum, schicken Sie das Zimmermädchen. Ich rufe in zehn Minuten noch einmal an.« Rasch legte sie auf.

Wallace sah sie fragend an. Er hatte nichts verstanden, da die Frauen Portugiesisch gesprochen hatten.

»Sie ist nicht da.« Renata versuchte, Haltung zu bewahren. Doch plötzlich traten ihr Tränen in die Augen. »Ich brauche sofort einen Flug zurück nach São Paulo.«

»Warum? Was ist passiert?«

»Ich glaube, sie haben Rachel gekidnappt.«

»Wie kommst du darauf? Das ist doch absurd!«

»Sie müssen irgendwie erfahren haben, dass der Kerl, der mich umbringen sollte, tot ist. Und jetzt haben Sie Rachel.« Auf einmal war sie sich sicher, dass es sich genau so zugetragen hatte. »Gibt es von Birmingham Flüge nach Brasilien?«

»Keine Ahnung. Ich denke, nicht.«

Renata wandte sich wieder ihrem Laptop zu, tippte eine Suchanfrage ein. Um neunzehn Uhr fünfzig gab es einen Flug mit der Air France von Birmingham über Paris nach São Paulo. Renata sah auf ihre Armbanduhr. Sie konnte es schaffen. Wenn alles klappte, wäre sie um sechs Uhr Ortszeit wieder zu Hause.

»Lass uns sofort zum Flughafen fahren.«

81
ERLANGEN, DEUTSCHLAND

Als sie mit dem Karton im Wohnzimmer stand, hatte sie plötzlich keine Lust mehr, sich die sechste Kassette anzuhören. Zum ersten Mal musste sie sich dazu zwingen. Ihre Haltung Maxwell gegenüber war eine andere geworden: Sie hatte bei ihm ihre all die Jahre wohlgehütete professionelle Distanz verloren. Zwar hatte sie schon einige außergewöhnliche Krankheitsbilder behandelt und durchaus den einen oder anderen attraktiven Patienten gehabt. Aber bei keinem war sie auf solche Monster in der Vergangenheit gestoßen. Gerade weil sie die imaginäre rote Linie überschritten hatte, war es nun jedoch wichtig, alles zu erfahren. Sie musste wissen, was in ihm vorging. Sie wollte ihn verstehen. Nur so konnte sie ihm helfen.

Schließlich gab sie sich einen Ruck und nahm den Rekorder mit ins Schlafzimmer.

23. Januar 1995

Der Gefangenenaustausch, auf den die Einheimischen hingefiebert haben, ist gescheitert, die Enttäuschung schlägt sofort in gewalttätige Wut um. Dabei handelt es sich nicht einmal um einen der üblichen Austausche, bei dem der humanitäre Gesichtspunkt im Vordergrund steht. Diesen Gefangenenaustausch haben die Kroaten und die Mos-

lems selbst eingeleitet, ohne Zutun des Roten Kreuzes. Es ging nicht darum, gefangen genommene und verschleppte Frauen und Soldaten beider Seiten gegeneinander auszutauschen. Bei den Gefangenen handelt es sich um Mörder, den Vergewaltiger eines vierzehnjährigen Mädchens und einen, der Kinder zerstückelt hat. Es sollen auch ein KZ-Leiter und ein Angehöriger der Mafiagang Stella dabei sein. Die EU soll jetzt die Schirmherrschaft übernehmen. Man will der EU alles in die Schuhe schieben können – auch das Scheitern.

Habe mit Henning Schnaps getrunken – langsam gewöhne ich mich an das Zeug, er schmeckt nicht mehr so ekelhaft.

24. Januar 1995

Heute wurde der verantwortliche EU-Justiziar von den Brüdern des Mafiahäftlings bedroht, damit er den Austausch sofort veranlasst. Die Brüder drücken sich im Bereich seiner Wohnung herum und kommen sogar ins Ero. Die Mafia hat auch Maßnahmen gegen die WEU-Polizei angedroht, wenn nicht sofort gehandelt wird. Sie wollen die Verbrecher freipressen.

25. Januar 1995

Die Lage spitzt sich immer weiter zu. Rund um das Ero wird viel geschossen. Am Abend wird gegen neunzehn Uhr die M 17 bei Buna blockiert und Fahrzeuginsassen als Geiseln festgehalten. Angehörige der Mafia und der HVO führen die Blockade durch. Die HVO ist die derzeitige Armee der Kroaten hier in Bosnien-Herzegowina. Henning und Jörn haben Ljilia nach Hause gefahren, sahen den Stau und haben gerade noch rechtzeitig gewendet.

Ich habe mit Doris telefoniert. Sie weint ständig. Bin frustriert.

26. Januar 1995

Vertreter der HVO sprechen hier im Ero im Beisein von KK mit dem EU-Justiziar und dem Polizeikommandanten wegen des Gefangenenaustausches und der Geiselnahme. Wenn die Gefangenen nicht freikommen, wollen sie das Hotel Ero niederschießen. Angeblich haben sie zirka zweihundertfünfzig Soldaten aus Kupres hinter sich stehen, die auch zwei Panzer haben.

Wir erhalten in KKs Büro ein Fax von Radio Kroatia: Darauf ist ein Indianer mit einem Messer zwischen den Zähnen und ein schüchterner Polizist mit erhobenem Zeigefinger. Darunter steht »Police on Patrol – Greetings from two Motherfuckers«.

Wegen der gespannten Lage um den Gefangenenaustausch findet ein Security Meeting für EU-Angehörige statt. KK und Sir Martin geben die Anordnung heraus, dass das Hotel nicht mehr allein verlassen werden darf und nachts am besten gar nicht. Außerdem soll jeder sein Notgepäck bereithalten. Wir beginnen umgehend mit unseren Sicherheitsmaßnahmen und bereiten uns darauf vor, uns im fünften und sechsten Stock zu verschanzen.

Gegen zweiundzwanzig Uhr sehe ich am Gürtel eines in grauer Uniform gekleideten kroatischen Soldaten eine Tasche hängen. Aus dieser schaut der Bügel einer Handgranate heraus. Angeblich ist der Soldat zum Schutz des Hotels abgestellt. Als ich mit Ljilias Hilfe versuche herauszubekommen, was alles in dem Beutel ist, sehe ich deutlich die Handgranate. Der Soldat aber behauptet, es befände sich nur Waffenreinigungsmaterial in der Tasche. Dabei wird er blass und seine Hand zittert. Er weigert sich, mir den Inhalt zu zeigen. Ich darf nichts unternehmen, sondern muss mit dem Leiter der WEU-Polizei Rücksprache halten. Ein Mann ohne Rückgrat. Er glaubt mir nicht, dass ich eine Handgranate erkannt hätte, er sagt: »Wer wird denn hier schon eine Handgranate tragen.« Dieser Vollidiot!!! Danach war der Soldat verschwunden.

Nachts döse ich ein und wache frierend wieder auf, habe eine Art Stressgefühl. Als ich wach bin, ist es wieder vorbei. Es war wohl nur unterbewusst, ich muss schlecht geträumt haben. Vielleicht auch, weil ich nicht weiß, ob wir den nächsten Tag überleben werden.

27. Januar 1995

Am Morgen herrscht höchste Sicherheitsstufe wegen der Verhandlungen über den Gefangenenaustausch. Die Verhandlungspartner aus Ost sind noch nicht da, sie müssen mit Panzerfahrzeugen und einer Eskorte des spanischen Bataillons abgeholt werden. Da die Straßen zu eng für die Panzerfahrzeuge sind, müssen parkende Pkw zur Seite geschoben werden; das dauert.

Vier Brüder des Mafiagefangenen kommen ins Ero, darunter die beiden, die den EU-Justiziar vor seiner Wohnung bedroht hatten.

Die Leute von Ost haben zwei Leibwächter mit Maschinenpistolen dabei. Es ist eine unheimliche Spannung zu spüren. Alle sind sehr nervös. Ein Funke genügt. Die Beteiligten ziehen sich in den Verhandlungsraum zurück. Kurz nach Beginn der Sitzung müssen die Serbenvertreter das Hotel verlassen.

Wir warten, sitzen vor den verschlossenen Türen. Ich versuche, nicht daran zu denken, was passiert, wenn die Verhandlungen scheitern.

Nach sechs Stunden gehen plötzlich die Türen auf: Der Austausch ist perfekt. Es wurde der Beschluss getroffen, dass die Gefangenen nach dem Austausch ein neues Verfahren bekommen und abgeurteilt werden, weil es keine normalen Kriegsgefangenen sind.

Da sich die deutschen Polizisten schon im Vorfeld geweigert hatten, den Austausch von Schwerverbrechern durchzuführen, übernimmt ihn die holländische Militärpolizei. Gegen zweiundzwanzig Uhr ist der Austausch bis auf einen durchgeführt. Wir trinken Schnaps und feiern.

Dr. Schirmer atmete tief durch. Sie brauchte eine Weile, bis das leichte Schwindelgefühl, das sie erfasst hatte, wieder verschwunden war.

Dann stand sie auf, ging auf direktem Weg ins Arbeitszimmer ihres verstorbenen Mannes und durchsuchte seinen Schreibtisch auf der Suche nach Zigaretten. Sie wusste, dass er immer ein Ersatzpäckchen dort aufbewahrt hatte. Bislang hatte sie es nicht angerührt. Seit seinem Tod hatte sie überhaupt keine Zigarette mehr geraucht, und auch vorher hatte sie nur ab und zu eine von ihm genommen. Wenn ihr langweilig gewesen war oder wenn sie zusammen ausgegangen waren. Es war ihr immer falsch vorgekommen, wenn Ärzte rauchten. Aber jetzt hatte sie das Bedürfnis, den beißenden Qualm in ihrer Lunge zu spüren.

82
Hamburg, Deutschland

Wo zum Teufel befanden sie sich? Maxwells Blick scannte die Fassaden, die Firmenlogos, die Rasenflächen und Bäume. Irgendwo in Hamburg, so viel war klar. Das Ortsschild hatten sie bereits vor anderthalb Stunden passiert. Aber was sagte das schon? Die Stadt war riesig. Früh hatte Maxwell feststellen müssen, dass das in den Mietwagen eingebaute GPS nur in Südeuropa funktionierte.

Sein Kopf pochte. Er griff nach der Wasserflasche auf dem Beifahrersitz, trank einen Schluck. Überlegte, ob er eine Tablette nehmen sollte, entschied sich dagegen. Er hatte nur noch drei.

Aus Angst, den portugiesischen Spediteur an einer roten Ampel zu verlieren, fuhr er inzwischen fast Stoßstange an Stoßstange hinter ihm her. Mit einer klassischen Observation, wie er sie von seinen SEK-Einsätzen kannte, hatte das, was er gerade machte, nicht das Geringste zu tun. Maxwell ließ die Scheibe auf der Fahrerseite herunter. Eine kalte Windbö drang herein, spielte mit den Zipfeln seiner Bandana, ließ ihn frösteln. Er schloss das Fenster wieder.

Die Bremslichter des Lkw leuchteten auf, Stillstand. Der Portugiese setzte den Blinker, Maxwell ebenfalls. Der Lastwagen fuhr an, Maxwell blieb dicht hinter ihm. Es ging auf die Gegenfahrbahn, drei Straßenbarken mitten auf der Fahrbahn: Asphaltarbeiten.

Rechts entdeckte er zwei Straßenschilder: Schöneberger Straße, Potsdamer Straße. Waren sie im Berliner Viertel gelandet? Gab es so etwas in Hamburg?

Wieder leuchtete das Bremslicht auf, wieder Blinker links. Diesmal bogen sie ab. Die Straße in der Zone Dreißig war so schmal, dass es nicht einmal einen Mittelstreifen gab. Maxwell ließ den Abstand zum Lastwagen größer werden.

Rechts: Mehrfamilienhäuser aus rotem Backstein, auf dem Gehweg eine Telefonzelle, alle vier Seiten verglast, ein leuchtend

magentafarbenes Dach, keine Graffitis, jungfräulich. Gab es das heutzutage überhaupt noch? Maxwell trat abrupt auf die Bremse, Warnblinker, Handbremse, Motor in den Leerlauf. Mit einem Satz war er aus dem Auto, rannte hinüber und riss die Kabinentür auf. Das Telefonbuch, ein Ruck und es gehörte ihm. Auch eine Form des Vandalismus. Zurück ins Auto, wo war der Lastwagen? Er bog rechts ab, Bremslichter, der Fahrer hielt mitten auf der Straße. Weit und breit war kein Geschäft zu sehen. Maxwell parkte vorschriftsmäßig.

Der Fahrer stieg aus und klingelte an einem Haus. Ein Fenster im zweiten Stock ging auf, jemand beugte sich hinaus, winkte. Der Portugiese ging zurück zum Fahrzeug. Er trug inzwischen keine kurzen Hosen mehr, sondern dunkelblaue Jeans und ein Sweatshirt. Maxwell sah, dass er rasiert war. Mit einem Finger strich er über sein eigenes Kinn: Bartstoppeln knisterten.

Der Portugiese ließ die Hebebühne herunter, kletterte ins Fahrzeug, fuhr eine Palette heraus. Maxwells Kopfhaut begann zu prickeln, seine Hände klammerten sich ums Lenkrad. Die Ecken des Palettenholzes waren mit einem X gekennzeichnet. Kein Zweifel. War das Restaurant auf den Lieferpapieren nur eine Scheinadresse?

Der Fahrer brachte eine zweite Palette voller Kartons heraus, ging zurück, eine dritte folgte. Die Hebebühne senkte sich, die Paletten wurden auf die Straße gestellt. Zwei Männer erschienen in der Haustür. Südländer. Der Fahrer winkte, stieg wieder in den Laderaum.

Um Maxwell herum wurde es dunkler. Regenwolken.

Als Nächstes schob der Fahrer ein Sofa auf die Hebebühne. Zwei Meter breit, roter Samt, dunkle Klauenfüße. Maxwell traute seinen Augen nicht.

Ein Wassertropfen traf die Windschutzscheibe. Dann ein zweiter und ein dritter.

Um den Lastwagen herum brach Hektik aus. Die Männer hoben das Sofa an, schleppten es in den Hausflur. Der Fahrer und der untersetztere der beiden Männer rannten zurück, tauschten Unterschriften auf einem Klippbord.

Inzwischen klatschte der Regen gegen die Scheibe. Der Wein

wurde wieder eingeladen, die zwei anderen Paletten ebenfalls, sie hatten nur dem Sofa im Weg gestanden. Maxwell blätterte im Telefonbuch, fand, was er suchte: Straßenkarten. Sie waren im Osten von Hamburg.

Der Lastwagen setzte sich wieder in Bewegung. Zumindest konnte Maxwell jetzt grob nachvollziehen, wohin sie fuhren. An jeder roten Ampel warf er einen Blick auf die Straßenkarten im Telefonbuch. Sie näherten sich dem Zentrum, hin und wieder erkannte er sogar eine der Hauptverkehrsstraßen, wenn sie ihre Route kreuzte.

Plötzlich tauchten die Landungsbrücken vor ihnen auf. Nach ein paar Metern fragte er sich, ob diese Ecke Hamburgs während des Sommermärchens 2006 in einen Dornröschenschlaf gefallen war: An vielen Fenstern hingen nach wie vor portugiesische Flaggen. Sie waren rote und grüne Farbkleckse im aschgrauen Himmel.

Die Bremslichter des Lkw warfen rote Streifen auf Maxwells Windschutzscheibe. Die Scheibenwischer hätten schon längst erneuert gehört. Der Lastwagen hielt, Maxwell fuhr vorbei, fand eine freie Parkbucht.

Im Rückspiegel sah er den Fahrer in einem beigefarbenen Gebäude verschwinden. Über dem Eingang prangte ein Schild: »Fadista«.

Endlich waren sie angekommen.

Der Fahrer kam in Begleitung dreier Kellner zurück. Die Laderampe wurde heruntergelassen, die Palette herausgeholt und schon packten sechs kräftige Arme zu.

Zehn Minuten später sah Maxwell den Lastwagen mit der dunkelblauen Plane und der weißen Schrift *Marquês-transportes Internacionais* zum letzten Mal.

Sobald er um die Ecke gefahren war und sich die Tür zum Restaurant geschlossen hatte, stieg Maxwell aus seinem Auto und ging hinüber zu Hansens silberfarbenem Passat.

»Hallo, Charly. Willkommen in Hamburg!« Aufmerksam glitten Hansens Augen über das Gesicht und die Kopfbedeckung des Freundes. »Gut siehst du aus: so braun gebrannt. Der Bart und das Kopftuch stehen dir.«

Wortlos zog Maxwell die Bandana herunter und drehte seinen Kopf so, dass Hansen nicht nur seine linke, sondern auch die rechte Seite mit den großen Narben sehen konnte.

»Findest du jetzt immer noch, dass ich gut aussehe?«

Hansen reagierte wie alle, die ihn zum ersten Mal mit blankem Schädel sahen, versuchte sein Erschrecken jedoch zu kaschieren: »Wie ein echter Krieger.«

»Wenn es nur so wäre. Aber ich Vollidiot lasse mich an einem Samstagmittag in einer Autowerkstatt niederschießen.«

»Kannst du dich wieder daran erinnern?«

Maxwell schüttelte den Kopf. Bevor Hansen das Thema vertiefen konnte, fragte er: »Hat mit der Staatsanwaltschaft alles geklappt?«

»Natürlich.« Hansen reichte ihm ein Kuvert mit dem Schreiben, in dem stand, dass das Ermittlungsgesuch abgelehnt wurde. »Was tun wir jetzt?«

»Am liebsten würde ich erst einmal den Mietwagen zurückgeben. Mit dem portugiesischen Kennzeichen fühle ich mich nicht einmal in diesem Viertel wohl.« Maxwell zögerte kurz. »Was hältst du davon, wenn du in der Zwischenzeit zum Mittagessen gehst?« Er nickte zum Restaurant hinüber. »Die portugiesische Küche hat ausgezeichnete Fischgerichte.«

83
Hamburg, Deutschland

»Während ich beim Essen war, haben sie die Weinkisten aus dem Windfang hinunter in den Keller getragen«, informierte Hansen Maxwell, sobald der von der Rückgabe seines Mietwagens zurückgekehrt war. »Auf der Suche nach den Toiletten bin ich auch mal runter. Der Chef war gerade dabei, die Kartons in den Vorratsraum zu stapeln. Er hat mir seinen portugiesischen Rotwein angepriesen. Ein Direktimport. Heute erst angekommen.« Hansen grinste. Es war ein asymmetrisches Lächeln, der rechte Mundwinkel höher als der linke. Hansen hatte, seit Maxwell ihn kannte, schon immer so gegrinst, als habe er einen Schlaganfall gehabt.

»Hast du gesehen, ob sie manche Kisten gesondert abgestellt haben?«

»Ja, zwölf Kartons, brasilianischer Rotwein. Alle haben ein X auf der Seite. Da ist aber noch etwas anderes«, sagte Hansen mit Bedacht. »Du hast mir doch von dieser Tätowierung erzählt, die die Männer in Portugal am Hals tragen.«

Maxwells Herz schlug schneller. »Ein Piranha.«

»Hast du ein Bild davon?«

Er zog die verknitterten Ausdrucke aus der Knietasche seiner Cargohose und hielt Hansen das oberste Blatt entgegen.

»Der Chef von dem Laden hat so eins.«

Ein Stromstoß schoss durch Maxwells Körper. Er riss den rechten Arm hoch und boxte die Faust gegen das gepolsterte Autodach. Ja! Es gab auch in Deutschland einen Piranha-Mann. Er hatte die richtige Entscheidung getroffen, als er beschloss, dem Lastwagen zu folgen.

»Ein korpulenter Typ, Ende fünfzig, höchstens einen Meter siebzig groß, Glatze.«

Die Worte wirkten wie eine kalte Dusche. Definitiv nicht der Kerl, der auf ihn geschossen hatte. »Weißt du, wie er heißt?«

»José Carlos Sousa.« Hansen zog eine bunte Visitenkarte aus der Tasche, gab sie Maxwell.

»Hast du ihn überprüft?«

»Natürlich. Ein unbescholtener Bürger. Keinerlei Einträge. Er ist in Portugal geboren, wohnt seit Mitte der siebziger Jahre in Hamburg, ist mit einer Deutschen verheiratet und hat zwei erwachsene Töchter. Wie sollen wir jetzt vorgehen?«

»Wir überwachen das Gebäude. Ich glaube nicht, dass sie den Wein lang hier lagern werden. Entweder reist er mittels Zwischenhändlern kisten- oder flaschenweise weiter oder sie gewinnen das Kokain irgendwie zurück und verticken es dann in der üblichen Form. Letzteres kommt mir einleuchtender vor, aber dazu müssten wir wissen, wie kompliziert die Rückgewinnung ist. Ich habe keine Ahnung, ob das jeder kann oder ob man dafür besondere Apparaturen benötigt.«

»Wir könnten Lars fragen.«

»Wen?«

»Lars Peters, den Chemiker, der auch deine anderen Fragen beantwortet hat.«

»Wie ist der Typ drauf?«, fragte Maxwell.

Hansen sah ihn mit seinem schiefen Grinsen an. »Hattest du schon jemals Anlass zur Klage, wenn ich dir jemanden empfohlen habe?«

»Wenn wir ihm etwas zum Analysieren geben, können wir uns darauf verlassen, dass er uns nicht verpfeift?«

»Heißt das, wir schauen uns das ›Fadista‹ nach Ladenschluss ein bisschen von innen an?«

»Nein. Ich habe in Estoril eine Weinhandlung im Mondschein besucht und ein kleines Andenken mitgebracht.« Er holte die Flasche aus seiner Reisetasche.

»Für Lars lege ich meine Hand ins Feuer. Er würde nur etwas Offizielles daraus machen, wenn wir ihm grünes Licht geben.« Hansen hielt inne, räusperte sich. »Trotzdem sollten wir uns gut überlegen, wie wir mit der Geschichte verfahren wollen. Fürs Erste haben wir zwar Zeit gewonnen, weil die Staatsanwaltschaft sich nicht für unsere Verdächtigungen interessiert. Aber wenn wir eine Weinflasche voller Rauschgift analysieren lassen, sieht die Sache anders aus.«

Maxwell presste die Lippen aufeinander, sein Kiefer bekam einen harten Zug. Er wollte die Ermittlungen nicht aus der Hand geben.

»Worum geht es dir bei der Sache, Charly?«

»Ich will den Kerl kriegen, der auf mich geschossen hat.«

»Wie soll das funktionieren, wenn du dich nicht an ihn erinnern kannst?«

»Ursprünglich habe ich geglaubt, dass es der Typ ist, der den Tätowierer in Lissabon umgebracht hat. Tomislav Boksic. Möglicherweise kommt er zum Einsatz, wenn es um Abstrafungen im Milieu geht. Andererseits gibt es bislang keine Verbindung zwischen ihm und Deutschland. Ich habe auch keine Vorstellung, wie die Tuningwerkstatt in Nürnberg in die Drogengeschichte verstrickt sein könnte.«

»Eigentlich gibt es da nur zwei Möglichkeiten: Entweder hat die Werkstatt als Drogenlabor gedient, in dem das Kokain aus dem Wein zurückgewonnen wurde, oder es war ein Verteilerknoten für den süddeutschen Raum.«

»Es läuft alles auf den Koks-Wein hinaus.«

»Wir müssen Lars ins Boot holen.« Hansen nahm das Handy aus der Mittelkonsole und führte ein kurzes Gespräch.

»Wer wäre hier bei euch offiziell für die Sache zuständig?«

»Die GER. Gemeinsame Ermittlungsgruppe Rauschgift. Ein Zusammenschluss aus Zoll und Polizei.«

»Kennst du den Chef?«

»Den Leiter Zoll. Ein netter Mann, sehr ruhig und zurückhaltend, intelligent und zuverlässig. Hanseatisch, könnte man sagen, tut nichts Unüberlegtes. Man kann mit ihm über alles reden.«

Maxwell sah Hansen mit hochgezogener Augenbraue an. »Du musst ihn mir nicht gar so schmackhaft machen. Ich sehe ja ein, dass wir das nicht bis zum Schluss allein durchziehen können. Trotzdem: Ohne konkreten Sachbeweis lässt sich eure Staatsanwaltschaft nicht überzeugen. Also müssen wir wohl oder übel noch ein bisschen auf eigene Faust weitermachen.« Er grinste.

84

Flughafen Charles De Gaulle, Paris, Frankreich

Ein Gong ertönte. Renata hob den Kopf und sah zu der jungen Stewardess hinter dem Schalter des Abfluggates.

»Sehr geehrte Damen und Herren, ich bitte um Ihre Aufmerksamkeit. Wir bedauern, Ihnen mitteilen zu müssen, dass sich der Abflug des Fluges AF454 von Paris, Charles de Gaulle nach São Paulo Guarulhos aufgrund eines technischen Problems um voraussichtlich anderthalb Stunden verzögern wird. Bitte entschuldigen Sie die dadurch entstehenden Unannehmlichkeiten. In unserer Lounge stehen Snacks und Getränke für Sie bereit.«

Der Lautsprecher wurde ausgeschaltet, die Mitarbeiterin wandte sich zum Gehen. Renata stand auf, lief zu ihr hinüber.

»Entschuldigung.«

Die junge Frau lächelte professionell. »Ja, bitte?«

»Wird es bei der Verspätung bleiben, oder ist es besser, den Flug auf eine andere Maschine umzubuchen?«

»Seien Sie unbesorgt. Unsere Techniker arbeiten schon an dem Problem. Sobald sie den Fehler behoben haben, können Sie an Bord gehen.«

85
Hamburg, Deutschland

Maxwell saß nach vorn gebeugt auf dem Beifahrersitz und starrte angestrengt durch die Windschutzscheibe. Er wusste, dass er trotz seiner Kopfschmerzen einschlafen würde, sobald er seinen Kopf gegen die Nackenstütze sinken ließ. Seine Augen brannten, er rieb sich mit Daumen und Zeigefinger über die Lider, unterdrückte ein Gähnen.

Ein kurzes schmatzendes Geräusch ertönte hinter ihm, die Innenraumbeleuchtung sprang an, sein Kopf schoss hoch, ein Luftzug streifte seinen Nacken, er fuhr herum. Eine schlaksige Gestalt glitt auf den Rücksitz und zog die Tür fast geräuschlos ins Schloss.

»Das ist Lars Peters«, sagte Hansen ruhig, er hatte den Mann im Spiegel beobachtet.

Maxwell entspannte sich wieder.

»Lars, darf ich dir Maxwell Schmidbauer vorstellen? Er ist das fränkische Urgestein, mit dem ich in Bosnien war.«

Der Chemiker zögerte einen Moment, Maxwell spürte deutlich, wie überrascht ihn sein Gegenüber musterte. Dann reichte er ihm die Hand. Peters hatte schwielige Hände und einen eisernen Griff, der mehr zu einem Landwirt als zu einem Akademiker passte.

»Lars, wir haben noch mal ein paar Fragen an dich«, begann Hansen.

»Ich bin ganz Ohr.« Belustigung in der Stimme. »Geht es wieder um euren Koks-Wein?«

»Ja. Diesmal interessieren wir uns dafür, wie aufwändig es ist, das Kokain aus dem Wein zurückzugewinnen. Braucht man dafür spezielle Apparate? Wie lang dauert es? Welche Kenntnisse sind dazu vonnöten?«

»Ich habe mich in das Verfahren eingelesen: Man lässt den Inhalt der mit Kokainhydrochlorid präparierten Weinflasche eindampfen, bis ein mehr oder weniger fester Rückstand bleibt. Eine pastöse Masse. Die versetzt man dann mit verschiedenen Chemikalien, um das Kokain herauszulösen und zu reinigen. Wenn man das Ganze gut schüttelt, bilden sich zwei Phasen. Das ist so ähnlich, wie wenn man Wasser und Öl in einem Glas zusammenbringt. Der eine Teil lässt sich problemlos abdekantieren. Wenn man ihn anschließend mit weiteren Chemikalien versetzt, fällt das Kokain-HCl als Reinstoff aus. Das muss man dann nur noch abfiltrieren und trocknen.«

»Wo bekommt man diese Chemikalien her?«

»Sie sind frei zugänglich – und über das Internet kann man heutzutage sowieso so gut wie alles bestellen, ohne dass jemand viel fragt.«

Mit einem Nicken bedeutete Maxwell ihm fortzufahren.

»Die Gerätschaften können recht einfach sein: ein Kochtopf zum Eindampfen, große Gläser zum Lösen, verschließbare Behälter zum Ausschütteln, Trichter und Tücher zum Abfiltrieren. Der Zeitbedarf liegt bei zirka einem halben bis einem Tag für einen Durchgang, je nach Erfahrung. Ein paar Chemiekenntnisse sollten vorhanden sein, insbesondere der Umgang mit Lösungsmitteln und Säuren und Laugen. Ich würde allerdings sagen, dass man diese Kenntnisse nach Chemie in der Schule und ein bisschen Internetrecherche erwerben kann. Leider hatten wir noch keinen solchen Fall, ich habe das also noch nie selbst gemacht.«

Maxwell zog die Weinflasche aus seiner Reisetasche. »Dann ist heute Weihnachten für dich. Wie lang brauchst du, bis du uns sagen kannst, was da drin ist?«

Der Chemiker griff danach, schraubte den Verschluss ab, roch daran. »Wenn ihr etwas gesagt hättet, hätte ich einen Schnelltest mitgebracht. Dann könnten wir hier und jetzt feststellen, ob es Kokain ist. Riechen tut es zumindest danach.«

»Es ist Kokain. Ich habe meinen Finger hineingesteckt und mein Zahnfleisch damit betäubt.«

Peters verdrehte die Augen. »Das sollte man niemals bei einer unbekannten Substanz tun!«

»Ich habe schon ganz andere Dinge überlebt. Wie lang brauchst du, um die Konzentration des Gemischs zu bestimmen?«

»Reden wir von einem gerichtsverwertbaren Gutachten oder von einer Schnelluntersuchung?«

»Erst Letzteres, dann Ersteres.«

»In ein, zwei Stunden kann ich euch Ergebnisse liefern.«

»Je eher wir inoffiziell Bescheid wissen, desto besser. Wir müssen einschätzen können, in welcher Größenordnung sich das Ganze bewegt. Die offizielle Version kann ich aber frühestens morgen, vielleicht auch erst in ein paar Tagen brauchen.«

»Was ist mit Weber?«, fragte Peters, Stimme völlig neutral.

»Wir reden mit ihm. Morgen. Oder so«, brummte Hansen, ihm war sein Unbehagen anzuhören. An Maxwell gewandt fügte er hinzu: »Björn Weber ist der Kollege vom Zollfahndungsamt, der die GER leitet.«

Der Chemiker verschwand so leise, wie er gekommen war.

»Willst du nicht eine Runde schlafen? Du musst doch müde sein«, stellte Hansen fest. »Ich habe einen Schlafsack im Kofferraum. Wenn wir die Sitzbank umklappen, hast du eine ganz passable Liegefläche. Und mit den abgedunkelten Scheiben kann dich niemand sehen. Vor Mitternacht wird sich wohl kaum etwas tun.«

»Und du?«, fragte Maxwell.

»Ich bin nicht tagelang durch halb Europa gefahren, ich behalte das Lokal im Auge. Vielleicht schaffe ich es, in eins dieser Häuser zu kommen. Wäre unauffälliger, als wenn wir ständig im Auto sitzen.«

Maxwells Handy piepte. Eine portugiesische Telefonnummer leuchtete im Display auf.

»Bist du noch an dem Lastwagen dran?« João Gonçalves.

»Die Ladung ist mittlerweile an den Inhaber eines Restaurants in Hamburg übergeben worden. Er heißt José Carlos Sousa.« Maxwell buchstabierte den Nachnamen. »Stammt aus Portugal, und lebt seit Mitte der siebziger Jahre hier in Hamburg. Schau mal, was du über ihn und seine Familie in Erfahrung bringen kannst. Irgendeine Verbindung muss es geben. Er hat auch einen Piranha am Hals.«

Gonçalves murmelte etwas auf Portugiesisch und legte auf.

Maxwell stieg aus, öffnete den Kofferraum, klappte eine Hälfte der asymmetrischen Rückbank um und rollte den Schlafsack aus. In einer Klappbox lag sogar ein Nackenkissen.

Ein rascher Blick, niemand beobachtete ihn. Er stieg in den Kofferraum, kniete sich hin, zog die Heckklappe von innen zu und machte es sich so bequem wie möglich.

86

Hamburg, Deutschland

Ein Piepen ertönte, ganz nah an seinem Ohr, Maxwell zuckte zusammen, fuhr hoch, Gänsehaut breitete sich auf seinen Armen aus. Um ihn herum war es dunkel. Er war allein. Was hatte ihn geweckt? Wieder das Piepen. Nur sein Handy. Offenbar hatte es ihn aus einem Traum gerissen, keinem guten, er schwitzte. Noch einmal ertönte das Piepen, er meldete sich.

»Volltreffer!« Es war Gonçalves, diesmal klang seine Stimme erregt. »Dieser José Carlos Sousa ist der Cousin von Raul Henrigues. Das ist der Kerl mit der Tätowierung, den du mir gezeigt hast. Ihm gehört die Weinhandlung in Estoril.«

»Danke.«

»Ich melde mich wieder, sobald ich mehr weiß.«

Maxwell lehnte sich zurück, schob das Nackenkissen in eine bequemere Position, schloss die Augen. Eine Minute später spürte er ein leichtes Vibrieren in seiner Hand, unmittelbar bevor das Handy erneut zu Piepen begann.

»Hier spricht Morais«, meldete sich die tiefe Stimme des *comissário* mit schwerem Akzent.

Maxwell zog die Augenbrauen zusammen. Woher hatte der portugiesische Beamte seine Handynummer?

»Guten Abend.« Maxwell versuchte, sich seine Überraschung nicht anmerken zu lassen.

»Wir haben Tomislav Boksic verhaftet. Heute Mittag.«

»Was?!« Maxwell fuhr hoch, stieß sich den Kopf am Dach, nicht schlimm, aber doch unangenehm. Seine Hand massierte die Stelle.

»Es gab eine anonyme Hinweis. Er war in die Tattoo-Studio von Pedro Ferreira. Kurz bevor Ferreira gestorben ist.«

»Aber …« Heiße Wut pulsierte durch Maxwells Adern. Er ballte die Hand zur Faust. Warum hatten die Stümper das getan? Sie hätten Boksic erst einmal beschatten sollen, sein Telefon abhören, Beweise sammeln.

»Boksic hatte eine Waffe in die Tasche. Eine neun Millimeter kurz. Eine Česká čz38, keine Heckler & Koch.«

Maxwells Atem ging stoßweise. Beruhige dich! Hör zu, was er sagt! Denk später darüber nach! Er presste die Augen zusammen, versuchte, die Stimmen in seinem Kopf auszublenden, die kreuz und quer durcheinanderschrien.

»Wir haben eine Untersuchung gemacht. Wir sind sehr sicher, auf Ferreira wurde mit die Česká geschossen. Wir haben die gleiche Spuren an die Hülsen gefunden.« Morais machte eine Pause, dann fügte er hinzu: »Spuren, die es nicht hat gegeben an die Hülsen in Deutschland.«

»Vielleicht war es Boksic zu heiß, die Waffe zu behalten, als er mitbekommen hat, dass er damit auf einen Polizeibeamten geschossen hat.« Der Advocatus Diaboli in Maxwell übernahm das Ruder, seine Stimme klang rau.

»Möglich. Im Moment wir haben keine Spur, dass er in Deutschland gewesen ist. Vielleicht wir finden eine Idee, wenn wir mehr begreifen über die Rauschgift in Deutschland und Portugal. Wir telefonieren.« Er legte auf.

Jeder einzelne Muskel in Maxwells Körper war angespannt, als er das Handy in die Hosentasche schob. Sein Herz pumpte wie nach einem Tausend-Meter-Spurt. Warum hatten die Portugiesen das getan? Nun konnte er Boksic keine Falle mehr stellen. Alles im Arsch. Am liebsten hätte er mit den Füßen gegen das Autodach gekickt. Sein Brustkorb hob und senkte sich ruckartig. Das Auto wurde zum Käfig, er stieg aus.

Eine Windbö peitschte ihm kalte Luft ins Gesicht. Ein Ahornblatt wurde gegen seine Brust geschleudert. Sekundenbruchteile blieb es an seinem Sweatshirt kleben, bevor es auf den Boden fiel. Maxwell zitterte, der Schweiß auf seinem Körper schien zu gefrieren. Plötzlich spürte er kein Verlangen mehr danach, gegen etwas zu treten. Seine Schultern sackten nach unten, der Kopf fiel auf die Brust. Er stützte die Hände gegen das Auto, hielt sich fest, als sei ihm schwindelig geworden. Sein Kopf schmerzte, dass es kaum noch auszuhalten war.

Schließlich gab er klein bei und nahm eine Tablette. Die Nacht würde noch lang werden.

87
Hamburg, Deutschland

Hansens Handy klingelte.

»Ich bin mit der Schnelluntersuchung fertig. Die Lösung enthält siebenunddreißig Prozent Kokain. Das entspricht dreihundertdreißig Gramm Rauschgift pro Weinflasche.« Lars Peters Stimme drang aus dem Lautsprecher.

»Wenn wir das auf die zwölf Kisten à sechs Flaschen hochrechnen, sind wir bei über zwanzig Kilogramm Kokain«, murmelte Maxwell.

Hansen pfiff durch die Zähne. »Gute Arbeit, Lars! Wir danken dir.«

»Wegen des offiziellen Gutachtens ...?«, fragte der Chemiker zögerlich.

Hansen sah Maxwell an. Die Menge war zu groß, das konnten sie nicht unter der Hand halten.

»Morgen. Schreib deinen Bericht morgen. Es wäre gut, wenn du es so einrichten kannst, dass er der zuständigen Abteilung erst nach der Mittagszeit zugeht.« Vielleicht können wir so noch einen weiteren Tag herausschinden, an dem uns niemand in die Quere kommt, dachte Maxwell.

Um halb zwölf verließen zwei Asiaten das Lokal; Hansen identifizierte sie als Küchenhilfen. Sie waren ein paarmal rauchend vor dem Hintereingang gestanden. Anderthalb Stunden später ging ein Licht nach dem anderen aus. Wenige Minuten nach eins kamen vier Männer heraus. Mitarbeiter. Als Letztes begleitete Sousa eine Frau zu einem silberfarbenen Mercedes SLK.

»Der Wagen gehört dem Chef.«

»Woher weißt du das?«

»Ich habe den Kollegen, der die Einwohnermeldedaten abgefragt hat, gebeten zu überprüfen, ob Sousa ein Auto angemeldet hat.«

Der Portugiese küsste die Frau auf die Wange. Sie stieg ein und fuhr weg, er wartete, bis die Rücklichter nicht mehr zu sehen waren, dann ging er ins Restaurant zurück, in dem nur noch eine letzte Lampe brannte.

Eine Viertelstunde verstrich. Maxwell wurde allmählich unruhig. Was tat Sousa um diese Zeit allein im Restaurant? Wollte er das Kokain selbst aus dem Wein extrahieren?

Zwei helle Halogenscheinwerfer bogen in die Straße, blendeten ihn im Rückspiegel, er kniff die Augen zusammen. Ein dunkler 5er-BMW-Kombi rollte langsam an ihnen vorüber, er hielt an exakt derselben Stelle, an der weniger als zwölf Stunden zuvor der Lastwagen aus Lissabon geparkt hatte. Warnblinker, keine Innenbeleuchtung, ein dunkler Schatten glitt heraus und lief zum Restaurant. Vermutlich ein Mann, nicht übermäßig groß, drahtig, dunkle Haare, schwarze Lederjacke, dunkle Jeans, helle Turnschuhe mit gelben Reflektoren. Vollidiot!

»Na, wer sagt's denn. Es geht los«, murmelte Hansen.

Als er das »Fadista« fast erreicht hatte, öffnete Sousa die Tür. Die Turnschuhe drehten um, kamen zurück zum Auto, Sousa sperrte ab, folgte, jeder trug einen Karton.

Maxwell runzelte die Stirn. Nur zwei Kisten? Was war mit den restlichen zehn? Er hatte auch nicht erkennen können, ob sie mit einem X gekennzeichnet waren. Er sah Hansen fragend an, doch der zuckte nur mit den Schultern, die Straßenlampe war zu weit entfernt und die Wegbeleuchtung zum Lokal schon lange ausgeschaltet.

»Dort drüben ... Jolly-Roger ... St. Pauli-Stadion ... Schanzenviertel ... Schlump Ecke Bundesstraße hat Herbert Wehner gewohnt ...« Hansen murmelte vermeintliche Sehenswürdigkeiten vor sich hin, während sie dem BMW kreuz und quer durch die Stadt folgten.

Maxwell hörte nur Wortfetzen. Alles in ihm war auf den anderen Wagen fixiert, der mal drei, mal vier Autos vor ihnen fuhr. Links, bremsen, große Straße rechts, geradeaus, kleine Straßen. Minute um Minute verstrich. Bremslichter. Der BMW hielt mitten auf der Straße. Nichts als Wohnhäuser. Hansen fuhr langsam vorbei, tat, als suche er einen Parkplatz.

»Wo sind wir hier?«

»Hast du mir überhaupt nicht zugehört? Eimsbüttel.«

Sousa stieg aus und öffnete eine Toreinfahrt, der Wagen verschwand, der Portugiese wandte sich um, lief die Straße entlang.

»Bieg ab und lass mich raus.«

Hinter geparkte Fahrzeuge geduckt, rannte Maxwell so leise wie möglich zur Kreuzung zurück. Sousa war am Ende des Blocks in die entgegengesetzte Richtung abgebogen. Maxwell lief über die Fahrbahn, Sousa wurde langsamer, Maxwell schneller. Schlüssel klirrten. Ein langgezogenes Schaufenster, eine Reinigung. Ein leiser Pfiff. Sousa drehte sich um, blickte den Gehweg auf und ab, machte ein Zeichen. Maxwell blieb stehen, hielt die Luft an, kein Laut, keine Bewegung, nur Herzklopfen. Sousa wandte sich zur Glastür, schloss auf. Aus dem Schatten einer Haustür löste sich eine schlaksige Gestalt. Maxwells Herz raste. Hatte der Kerl ihn gesehen?

Der Portugiese hielt seinem Begleiter die Tür auf, sperrte sie hinter sich wieder ab. Sekundenbruchteile später ging im rückwärtigen Teil des Ladens Licht an. Sonst geschah nichts.

Maxwell zückte sein Handy. »Sie sind in die Reinigung gegangen, behalte du die Vorderseite im Auge, ich schaue, ob ich von hinten über den Hof etwas sehe.«

Tief gebückt rannte er zurück, um die Ecke, über die Straße, zur Einfahrt, in der der BMW verschwunden war. Er atmete ein paarmal tief durch, zwang sich zur Ruhe. Um ihn herum war es dunkel. Eng an die rote Backsteinfassade gedrückt, schlich er die Toreinfahrt entlang, nur auf dem Ballen auftretend, mit der Leichtigkeit eines Tänzers.

Gemurmelte Stimmen, einige Meter weit entfernt, ein leises Klirren. Luden sie gerade die Kisten aus?

Millimeterweise schob Maxwell seinen Kopf um die Ecke. Der Hintereingang zur Reinigung stand offen. Eine Lampe über der Treppe warf diffuse Schatten. Sousa stand in der Tür. Der Schlaksige hob eine Tragebox aus dem Kofferraum, brachte sie zu Sousa, kam zurück. Der Typ mit den grellen Turnschuhen trug unterdessen erst die eine Weinkiste in die Reinigung, dann die andere. Nach der dritten Tragebox knallte der Schlaksige die Heckklappe des Wagens zu. Der Schall hallte von den engen Hauswänden. Es klang wie ein Schuss.

»Idiot!« Die gepresste Stimme des Turnschuh-Mannes.

»Leck mich!«

Die drei verschwanden im Inneren der Reinigung, schlossen die Tür hinter sich. Maxwell hechtete hinter das geparkte Fahrzeug, nutzte dessen Deckung, glitt über den zweiten Teil des rechteckigen Hofs in den Schatten der Hausfassade, tastete sich weiter zu zwei großen Müllcontainern und mehreren Altpapiertonnen, kauerte sich in die Lücke dahinter.

Schräg über ihm befand sich ein gekipptes Fenster, der Größe nach ein Toilettenfenster. Der schwache Schimmer warf einen rechteckigen Umriss auf den Asphalt des Hinterhofs. Die anderen Fenster waren verdunkelt. Maxwell horchte angestrengt auf die Geräusche, die aus dem Inneren drangen. Reißender Karton, das Klappern von Glas, gemurmelte Worte.

Plötzlich ging das Licht über dem Hintereingang wieder an. Im gleichen Moment wurde die Tür aufgerissen. Maxwell atmete flach durch den offenen Mund, nur so viel Sauerstoff wie nötig, Hände und Füße jederzeit einsatzbereit, sollte ihn jemand entdecken. Einer der Männer kam heraus, eilte die Treppe hinunter, kam direkt auf ihn zu. Er hielt den Atem an. Der Kerl war ganz nah, trotzdem konnte er sein Gesicht nicht erkennen, nur die reflektierenden Turnschuhe.

Ein Mülltonnendeckel flog auf, ein Fluch, Papierreißen. Maxwell atmete noch immer nicht. Dann knallte der Deckel wieder herunter, der Mann drehte sich um und ging zurück in die Reinigung. Die Tür blieb offen.

»Bis wann hast du die ersten Pakete fertig?«

»Morgen Abend.«

»Ich brauch eins bis morgen Mittag.«

»Bin ich Jesus? Kann ich übers Wasser gehen?«

»Der Berliner ist unterwegs.«

»Das Zeug muss trocken sein, bevor ich es presse. Morgen Abend um acht habe ich ein Kilo fertig. Den Rest bis Montagabend.«

»Hast du noch was auf Vorrat drüben in der Garage?«, fragte die erste Stimme nach einem Augenblick.

»Ja.«

»Gut, dann baust du das dem Berliner morgen Mittag ins Auto, wenn er kommt.«

Es entstand eine Pause.

»Bist du verrückt?«, zeterte die maulende Stimme plötzlich. »Kein offenes Feuer hier innen, oder soll uns alles um die Ohren fliegen?!«

»Geh vor die Tür, wenn du unbedingt eine rauchen musst!«

Auf dem Treppenabsatz erschien der Fahrer, blieb direkt unterhalb der Lampe stehen. Maxwell konnte ihn zum ersten Mal richtig sehen.

Er hatte ein kantiges Gesicht, kurzgeschorene dunkle Haare, einen südländischen Teint, eine Zigarette klebte in seinem Mundwinkel. Mit dem Feuerzeug in der Hand wandte er sich um, ein kurzes Zischen, mehrfach hintereinander, das Feuerzeug ging nicht an. Er schüttelte es, versuchte, die Flamme mit seinen Händen gegen den Wind zu schützen, aber sie erlosch, bevor er sie an die Zigarette halten konnte. Schließlich beugte er sich vornüber und hielt eine Seite seiner Jacke hoch.

Im Schein der aufflackernden Flamme blitzte ein Ohrring auf – und ein silberfarbener Armreif am linken Handgelenk.

Maxwell erstarrte. Entsetzt weiteten sich seine Augen. Eiseskälte kroch ihm von den Füßen her in die Glieder. Er kämpfte gegen die Panik an. Plötzlich begann sich ein Film hektisch wie in einem Zeitraffer in seinem Kopf abzuspielen.

Er lag am Boden, auf harten Fliesen, neben ihm ein Reifenstapel. Verschwommen sah er ein rundes, leicht abstehendes Ohr mit einem kleinen Strasssteinchen, Augenbrauen, die in der Mitte fast zusammengewachsen waren, einen dünnen Oberlippenbart, Haut mit tiefen Aknenarben. Auch die in einem schwarzen Lederhandschuh steckende Hand, die die Pistole hielt, und der schmale silberne Männerarmreif, der zwischen Handschuh und Jacke hervorschaute, tauchten vor ihm auf. Sogar an die nach kaltem Rauch stinkenden Kleider konnte er sich nun wieder erinnern.

Endlich brannte die Zigarette. Der Mann richtete sich auf, inhalierte tief, Rauch stob in alle Richtungen, er wandte sich zur Tür und rief etwas ins Innere. Maxwell starrte auf das Tattoo am Hals des Unbekannten. Kalter Schweiß trat ihm auf die Stirn, seine Hoden zogen sich zusammen. Er konnte nicht länger durch den Mund atmen, weil er seine Lippen fest aufeinanderpresste.

Der Mann, der keine drei Meter von ihm entfernt auf der Treppe stand und rauchte, war der Mann, der auf ihn geschossen hatte.

88

Flughafen Charles De Gaulle, Paris, Frankreich

Zwei Mitarbeiterinnen der Air France durchquerten den Wartebereich, gingen zum Gate, stellten sich hinter den Abfertigungsschalter. Eine hatte Listen bei sich, die andere ein Funkgerät. Der Lautsprecher wurde eingeschaltet, die jüngere der beiden Frauen beugte sich über das Mikrofon. Noch bevor sie etwas gesagt hatte, erhob sich Renata von ihrem Sitz. Endlich ging es weiter. Es war nach Mitternacht – und Renata war hundemüde.

»Sehr geehrte Damen und Herren, wir bitten um Ihre Aufmerksamkeit.«

Renata hob den Kopf, lauschte.

»Aufgrund eines Triebwerkdefekts verzögert sich der planmäßige Abflug des Fluges AF454 um voraussichtlich weitere sechs Stunden. Wir bitten die ...«

Die Stewardess hatte den Satz noch nicht beendet, da stand Renata am Schalter und redete auf deren Kollegin ein.

»Bitte buchen Sie mich auf einen anderen Flug um. Ich kann nicht bis morgen früh warten, ich muss schnellstmöglich nach São Paulo zurück.«

»Tut mir leid, Madame, aber –«

»Meine Tante liegt im Sterben«, log Renata, ohne zu zögern. »Ich habe den ersten Flug genommen, den es gab, ich muss wirklich sofort weiter.«

Die Stewardess musterte sie mit einem bedauernden Blick. »Die frühestmögliche Alternative wäre ein Flug mit KLM um sieben Uhr zwanzig mit einem Zwischenstopp in Amsterdam. Die Flugzeit beträgt vierzehn Stunden und fünfundvierzig Minuten. Ich würde Ihnen empfehlen, nicht umzubuchen. Wir haben für Sie ein Zimmer im Hotel hier am Flughafen reserviert, es liegt direkt gegenüber von Terminal 3. Ruhen Sie sich ein paar Stunden aus. Sobald die Ersatzmaschine eingetroffen ist, werden wir starten. Dann sind Sie immer noch früher in São Paulo als mit KLM.«

»Was ist mit einer anderen Maschine nach Brasilien?«

»Bedaure.« Die Stewardess schüttelt den Kopf. »Der reguläre Flugbetrieb beginnt erst in ein paar Stunden wieder. Darf ich Sie in das Hotel ...?«

Aber Renata hatte sich schon umgedreht. Ein Gefühl der Hilflosigkeit übermannte sie. Rachel. Was sollte sie tun? Mit einem Ruck wandte sie sich wieder um, drängte sich rüde an einem Mann vorbei, der inzwischen mit der Stewardess verhandelte.

»Ich muss in Brasilien anrufen.«

Die Frau schenkte ihr ein professionelles Lächeln und wies in Richtung einer Glastür. »In der Lounge können Sie kostenlos telefonieren.«

Renata folgte der Beschilderung. Der Raum war leer. Dennoch zog sie sich zu einem Apparat in einer Ecke zurück. Rasch wählte sie Rachels Handynummer. Es klingelte, schließlich schaltete sich die Mailbox ein. Obwohl sie wenig Hoffnung hatte, hinterließ Renata eine Nachricht, mit der Flugnummer und einer vagen Ankunftszeit. Danach rief sie im Hotel an. Dieselbe Rezeptionistin, mit der sie schon zweimal gesprochen hatte, meldete sich. Alles sei in bester Ordnung. Dann wurde das Gespräch unterbrochen.

Renata hielt den Telefonhörer gegen ihre Brust gedrückt. Sie fühlte nicht, dass alles in bester Ordnung war.

Aus einem Impuls heraus wählte sie die Nummer ihrer Redaktion. Wegen der Zeitverschiebung war es in São Paulo erst einundzwanzig Uhr. Nicolás Ronaldo Barreto meldete sich persönlich am anderen Ende der Leitung. Das hieß, dass Adriana schon nach Hause gegangen war.

Eindringlich berichtete Renata ihm von ihrem Verdacht, Rachel könne entführt worden sein, und bat ihn, im Hotel vorzusprechen und nach dem Rechten zu sehen.

89
Hamburg, Deutschland

Endlich löste sich Maxwell aus seiner Erstarrung. Wie lang das Auto mit Sousa und dem Piranha-Mann schon aus dem Hof gefahren war, wusste er nicht. Bruchteile von Sekunden oder eine halbe Minute? Die Hintertür zur Reinigung war geschlossen, im Inneren brannte nach wie vor Licht. Wenn der dritte Mann den Laden nicht durch den Vordereingang verlassen hatte, war er nun dabei, aus den ersten Flaschen Rotwein das Kokain zurückzugewinnen.

Mit einem schnellen Griff riss Maxwell den obersten Weinkarton aus der Altpapiertonne. Dann rannte er aus dem Hof, zurück auf die Straße, zu Hansens Passat. Der Kollege erwartete ihn schon mit laufendem Motor, bereit, dem Portugiesen zu folgen. Maxwell warf die zusammengedrückte Pappkiste auf den Rücksitz und sprang in den Wagen.

Der BMW war noch nicht weit gekommen. Geradeaus, abbiegen, Plattenbau auf der einen Seite, später eine Kirche mit Zwiebeltürmen. Maxwell verlor in der fremden Umgebung die Orientierung. Je weiter sie fuhren, desto stärker beunruhigte ihn, dass der Verkehr immer ruhiger wurde. Nach einer Bahnunterführung waren sie am Waldrand.

»Niendorfer Gehege«, murmelte Hansen. »Wir sind gleich da.«

»Wo?«

Anstelle einer Antwort fuhr Hansen an einer Kreuzung geradeaus weiter, an der der BMW abgebogen war. Dann nahm er die nächste Abzweigung und fuhr sie zügig entlang. Die Straße machte einen Bogen. Ein paar Meter vor einer weiteren Kreuzung hielt er hinter einem roten Volvo am Straßenrand an und schaltete Motor und Licht aus.

»Laut Meldedaten wohnt Sousa da vorn.« Er zeigte zur Querstraße. »Ich glaube, es ist besser, wenn wir zu Fuß nachsehen.«

»Bleib im Wagen, ich gehe allein.« Maxwell streifte sich die Bandana ab und stieg aus. Die Beifahrertür ließ er angelehnt, er wollte in der wie ausgestorben wirkenden Gegend keine unnötigen Geräusche verursachen.

Mit gegen den Wind hochgezogenen Schultern lief er die Straße entlang, leise, große Schritte, gleichmäßiger Atem. Dann bog er in die Seitenstraße ein, tat, als befände er sich auf dem Heimweg.

Ungefähr hundert Meter von ihm entfernt stand der BMW auf der Straße. Motor ausgeschaltet, Scheinwerfer abgeblendet, Beifahrertür geöffnet, aber beide Männer saßen noch im Fahrzeug.

Maxwell drückte sich sofort hinter eine Hecke, wartete und horchte. Eine Autotür schlug, der Motor wurde angelassen. Wenige Sekunden später leuchteten die gleißend hellen Halogenscheinwerfer des BMW die Straße aus. Erst als das Fahrzeug um die Ecke gebogen war, wagte Maxwell sich aus seiner Deckung und rannte zu Hansen zurück.

Der Passat wartete schon an der Kreuzung. Wieder hefteten sie sich an die Fersen des Mannes und folgten ihm.

»Gibt es jemand, den du um diese Uhrzeit eine Halterabfrage machen lassen kannst?«

Hansen griff zum Handy und wählte die interne Nummer der Einsatzzentrale.

»Sag ihm, er soll sämtliche Routineabfragen machen. Ich will wissen, ob gegen den Typ etwas vorliegt.«

Hansen nickte, stellte auf Freisprechen. Nach einem kurzen Vorgeplänkel gab er dem Beamten das Kennzeichen des BMW durch und bat um die Überprüfung.

»Da bist du hinter einem ganz schönen Früchtchen her, Henning! Der Kerl ist ein gewisser Fatmir Rexha. Gebürtiger Albaner. Wohnt in Billstedt.« Dann rasselte der Beamte die genaue Adresse und ein ansehnliches Vorstrafenregister herunter.

»Der war ja länger im Bau als draußen!«, brummte Hansen, dankte dem Kollegen und beendete das Gespräch.

Es blieb eine Weile still, dann räusperte sich Maxwell. »Henning, Fatmir Rexha ist unser Mann.«

Etwas in seiner Stimme ließ Hansen aufhorchen. »Wie meinst du das?«

»Rexha ist der Kerl, der auf mich geschossen hat.«

»Bist du dir sicher, Charly?«

»Er hat sich im Hof der Reinigung runtergebeugt, um sich eine Zigarette anzuzünden, auf einmal war meine Erinnerung wieder da.«

»Aber vorhin hast du doch gesagt, du glaubst, es wäre der Kerl in Lissabon gewesen, der den Tätowierer umgebracht hat.«

»Das war nur ein Bauchgefühl, jetzt sehe ich wieder alles genau vor mir.«

»Und wie geht es nun weiter?« Hansen klang unsicher.

»Wir verfolgen ihn bis nach Hause. Ich will wissen, ob er wirklich da wohnt, wo er gemeldet ist. Danach rufst du diesen Weber an.«

»Charly, es ist mitten in der Nacht! Außerdem haben wir doch mit Lars Peters ausgemacht, dass wir erst morgen –«

»Es gibt eine Änderung im Programm. Bis Mittag ist nicht mehr viel Zeit.« Als Hansen ihn fragend ansah, erzählte Maxwell von dem Gespräch, das er im Hinterhof belauscht hatte.

»Gibt es sonst noch etwas, das du mir vorenthalten hast?«, fragte Hansen ironisch.

»Für den Moment nicht.«

90
Hamburg, Deutschland

Der Sonntagmorgen schickte schon die ersten Dämmerungsstreifen über den Horizont, als sich Maxwell und Hansen in der Dienststelle mit Björn Weber trafen. Ein mittelgroßer Mann mit einem sehr schmalen Oberlippenbart, der ihn wie Errol Flynn aussehen ließ. Sein Dreißigerjahre-Kurzhaarschnitt, der markante Seitenscheitel und die aus dem Gesicht gegelten Haare unterstrichen diesen Effekt. Ob er genauso viel soff? Nein, wohl eher nicht. Keine geplatzten Äderchen im Gesicht, keine Säufernase.

Maxwell fühlte die musternden Augen des wortkargen Zollfahnders über seine Erscheinung gleiten, in ihn bohren, ihn fragen, ob er trotz seines Aussehens vertrauenswürdig war.

Weber war überrascht gewesen, als Hansen ihn mitten in der Nacht aus dem Bett geklingelt hatte. Doch er fragte nicht einmal, ob es wirklich derart dringend sei, dass er persönlich erscheinen müsse und Hansen nicht nur den Bereitschaftsdienst informieren könne. Er kam einfach in die Dienststelle.

»Was hast du für mich, Henning?« Lange schlanke Finger füllten die Kaffeemaschine. Siegelring am linken kleinen Finger. Webers Bewegungen waren knapp, energieoptimiert, gelassen.

»Zirka zwanzig Kilo Kokain. Davon geht das erste Paket voraussichtlich heute Mittag oder Nachmittag auf die Reise nach Berlin.«

Webers Augen weiteten sich einen Augenblick, aber er sagte nichts.

»Bevor wir ins Detail gehen: Ist euch ein Fatmir Rexha oder ein José Carlos Sousa schon mal begegnet?«, fragte Maxwell.

Weber dachte nach, schüttelte dann den Kopf.

»Und das ›Fadista‹ bei den Landungsbrücken?«

»Nein.«

»Dann gibt es ein paar Überraschungen.« Maxwell berichtete von seinen in Portugal gewonnenen Kenntnissen, wie die mit Kokain versetzten Weinflaschen zusammen mit normalem Rotwein von Übersee nach Lissabon gebracht, die Fracht dort bei einem Großimporteuer gelöscht und anschließend die gekennzeichneten Kartons mit der präparierten Ware zu der kleinen Weinhandlung in Estoril transportiert worden waren, von wo aus sie in ganz Europa verteilt wurden. Diesen Teil der Geschichte hielt er mit dem Verweis auf die ermittelnden Lissabonner Kollegen so knapp wie möglich. Ausführlich wurde er erst, als es darum ging, was er seit seiner Ankunft in Hamburg zusammen mit Hansen erlebt hatte. Dass Rexha bei der ganzen Sache eine größere Rolle spielte, behielt er vorerst für sich.

Weber beobachtete Maxwell mit wachen Augen. »Eine Wahnsinnsgeschichte. Es gibt da allerdings etwas, was ich noch nicht so ganz verstanden habe: Wie hast du all das herausgefunden? Da steckt doch mehr dahinter als ein gewöhnlicher Urlaub!« Weber hatte die Schwachstelle der Geschichte erkannt.

Maxwell hatte gewusst, dass dieser Moment kommen würde, auch wenn er sich gewünscht hatte, er würde noch etwas auf sich warten lassen. Seine Augen bohrten sich in Webers, der retournierte den Blick, ohne zu blinzeln. Maxwell holte tief Luft. Ein Kloß bildete sich in Sekundenbruchteilen in seinem Hals, er schluckte, versuchte, ihn zu vertreiben, räusperte sich.

»Es war an einem dienstfreien Wochenende Mitte April. Mein Kühlschrank war leer und ich hatte keine Lust, einkaufen zu gehen. Also habe ich am späten Vormittag eine DVD zurückgegeben, die ich am Abend zuvor angesehen hatte, und auf dem Rückweg habe ich beim Thailänder meines Vertrauens gehalten. Ich hole mir dort öfter etwas zu essen.«

Obwohl es in dem Zimmer nicht sonderlich warm war, fühlte Maxwell, wie sich ein dünner Schweißfilm auf seiner Stirn bildete, Gänsehaut überzog seine Unterarme.

»Auf dem Grundstück gegenüber ist eine alte, baufällige Werkstatt, in der ich noch nie einen Menschen gesehen habe. Bis zu dem Tag hatte ich angenommen, sie stünde leer. Aber als ich aus dem Thailaden herausgekommen und zu meinem Auto zurückgelaufen bin, habe ich von dort erst einen Schrei gehört und dann ein sehr lautes Krachen. Es klang, als wäre eine Werkbank umgekippt und der ganze Inhalt herausgefallen. Also bin ich zu der Halle hinüber, um nachzusehen.«

Seine Hände zitterten so stark, dass er die Arme vor seiner Brust verschränkte. Er musste nicht einmal die Augen schließen, damit sich der Film in seinem Kopf abspielte.

»Ich habe die Tür aufgerissen und zwei Schritte in die Halle gemacht. Schräg vor mir stand ein Mann mit dem Rücken zu mir. Ungefähr drei Meter von ihm entfernt lag ein zweiter vor einer Tür auf dem Boden. Ich habe die Blutlache gesehen, wollte mich umdrehen, aus der Halle rennen, aber der Kerl war schneller und hat auf mich geschossen.«

Maxwell streifte die Bandana vom Kopf. Beim Anblick des vernarbten Schädels zuckte Weber zurück. Maxwells Atem ging stoßweise, er fühlte, wie erregt er war. Allein der Gedanke an die Situation ließ seinen Körper so viel Adrenalin ausschütten, dass er nicht mehr still sitzen konnte. Er sprang auf, lief zum Fenster.

»Das Projektil ist in die Schläfe eingedrungen, hat aber nicht die Abkürzung durchs Gehirn genommen, sondern ist darum herumgezischt und auf der anderen Seite wieder ausgetreten.«

Wie eine gefangene Raubkatze lief er unruhig vor dem Fenster auf und ab.

»Bevor der Kerl hinausgegangen ist, hat er sich über mich gebeugt und mir die Augen zugedrückt. Ich wurde bewusstlos und bin erst eine Woche später in der Klinik wieder aufgewacht.«

Er fuhr sich mit der Hand über das Gesicht. Es war schweißnass. Schnell wischte er die Finger an seiner Hose ab. Beruhige dich! Es ist vorbei! Für ein paar Sekunden schloss er die Augen, konzentrierte sich aufs Atmen, nur durch den Mund, flach. Dann warf er einen kurzen Blick zu den beiden Männern. Weber starrte ihn fassungslos an, Hansen hielt den Kopf gesenkt.

Als Maxwell sich wieder unter Kontrolle hatte, berichtete er Weber noch knapp von seiner Amnesie, die ihn seit dem Krankenhausaufenthalt bis zu dieser Nacht geplagt hatte, und wie es dazu gekommen war, dass er überhaupt nach Lissabon gefahren war. Danach blieb es eine Weile still im Zimmer.

»Danke für die offenen Worte«, murmelte Weber schließlich. Seine Stimme war tiefer als bisher. Er räusperte sich. »Wir werden die Reinigung observieren, um weitere Erkenntnisse zu gewinnen. Außerdem werden wir dem Kilo folgen, das nach Berlin geht. Dann können die Kollegen dort vor Ort eine Kontrolle durchführen. Das fällt nicht auf und vor allem bekommen es unsere Tatverdächtigen hier nicht mit. Ich werde sofort alles Nötige veranlassen. Fahrzeuge zu beschatten und herauszubekommen, wohin das Rauschgift gebracht wird, ist unser Tagesgeschäft.«

»Das genügt mir nicht.« Maxwell packte mit beiden Händen die Rückenlehne des Besucherstuhls. »Wenn es dumm läuft, kommt Rexha da als vermeintlich kleiner Fisch davon: Im besten Fall wandert er wegen Rauschgifthandel für ein paar Jahre in den Bau. Und hier bei euch in Hamburg bekäme er nicht einmal annähernd so viel dafür wie bei uns in Bayern.« Maxwell starrte Weber an, doch der wich seinem Blick nicht aus. »Ich will, dass Rexha wegen Mordes verurteilt wird.«

»Das kann ich nachvollziehen.«

»Das wird aber nicht einfach werden. Am Tatort gibt es außer den Patronenhülsen keine verwertbaren Spuren.«

»Was schwebt dir also vor?« Weber ließ sich nicht aus der Ruhe bringen.

»Ich will, dass wir einen Scheinkauf inszenieren.«

Weber runzelte die Stirn. »Wozu?«

»Der Inhaber des ›Fadista‹ ist der Kopf der Bande hier in Hamburg, und Rexha ist seine rechte Hand. Er kümmert sich um die Abwicklung. An dem Punkt setzen wir an: Wir fädeln einen Scheinkauf ein und zur Übergabe werde ich als Käufer hingehen. Wenn Rexha mich sieht, wird er mich wiedererkennen, und dann haben wir ihn.«

»Das wäre absoluter Wahnsinn!« Weber schüttelte entschieden den Kopf.

»Was soll denn passieren? Bei der Übergabe wimmelt es doch nur so von Kollegen. Bis der seine Pistole zieht, liegt er fünfmal auf der Straße. Aber bei einem Deal mit einem Unbekannten wird er garantiert seine Waffe dabei haben. Und mit etwas Glück verplappert er sich in der ersten Aufregung auch noch und gibt zu, dass er mich kennt.«

Weber sah Maxwell zweifelnd an. »Wenn wir das wirklich so

durchziehen wollten, bräuchten wir als allererstes jemanden, der bereits in Sousas Umfeld agiert und den Deal in die Wege leiten könnte. Wir haben hier keine solche Vertrauensperson. Wie sieht es in der Nürnberger Szene aus?«

»Keine Ahnung.« Maxwell zuckte mit den Schultern.

»Schade, dass wir nicht wissen, warum Rexha den Werkstattbesitzer umgebracht hat.« Weber schürzte die Lippen. »Ich muss das alles in Ruhe überdenken. Lasst mich jetzt erst einmal die Überwachung der Reinigung organisieren. Dann sehen wir weiter.«

91
Erlangen, Deutschland

Im Morgengrauen sperrte Susanne Schirmer ihre Haustür auf. Sie hatte mit einem Kollegen den Bereitschaftsdienst getauscht und war prompt in die Klinik gerufen worden. Ruhelos tigerte sie durchs Haus. Sollte sie sich vor dem Schlafengehen noch etwas zu essen machen? Aber dann lief sie ins Wohnzimmer, setzte sich aufs Sofa und holte den Rekorder aus dem Karton.

Plötzlich stand sie wieder auf, ging ins Esszimmer und schenkte sich einen Obstbrand ein, obwohl sie ihn eigentlich gar nicht mochte; er würde ihr beim Einschlafen helfen. Einen Moment überlegte sie, ob es eine solidarische Geste Maxwell gegenüber war oder ob sie allein aufgrund des Gehörten in seine Fußstapfen trat.

27. Februar 1995

Henning und ich haben den Auftrag, den stellvertretenden Vorsitzenden des Auswärtigen Ausschusses des Deutschen Bundestags nach Sarajevo zu bringen. Aufbruch ist gegen dreizehn Uhr. Eine Ost-Polizeistreife begleitet uns bis zur Abfahrt über den Igman.

Die Straße über den Berg ist einspurig, eher wie ein schlechter Feldweg, völlig vereist, gefährlich zu fahren. Henning und ich wechseln uns ab.

Der Dolmetscher des Abgeordneten erzählt, dass hier 1984 Teile der Olympischen Winterspiele von Sarajevo stattfanden. Zu Beginn der Belagerung von Sarajevo war der Berg stark umkämpft. 1992 waren serbische Truppen kurz davor, den Igman vollständig einzunehmen, wurden jedoch von den Amerikanern daran gehindert. Inzwischen ist der Feldweg, den wir befahren, zeitweise die einzige Verbindungsstraße nach Sarajevo.

Schließlich erreichen wir die Vororte der Stadt, fahren am Flughafen vorbei, die berüchtigte Sniper-Allee entlang Richtung Holiday Inn. Während wir die knapp dreihundert Meter zurücklegen, hören wir Schüsse. Später wird uns gesagt, dass an dem Tag sechs Menschen verletzt wurden, als auf eine Straßenbahn gefeuert wurde.

Das Holiday Inn ist zirka hundertfünfzig Meter von den Serben entfernt. Vor dem Hotel gibt es die meisten Sniper-Vorfälle. Obwohl Waffenstillstand herrscht, wird die ganze Nacht geschossen. Man hört schweres Maschinengewehrfeuer, Panzerfaustbeschüsse und Leuchtspurgeschosse.

Eine Nacht im Holiday Inn kostet zweihundertdreißig D-Mark, obwohl Plastikfolien das Fensterglas ersetzen.

28. Februar 1995

Wir begleiten den Abgeordneten zu Terminen in Sarajevo. In den Pausen sehe ich mir die Stadt an und setze mich in ein Café. Die Leute hier sind sehr offen, versuchen, mit der Belagerung zu leben. Ein Dolmetscher erzählt, dass seine Frau zweimal von Snipern angeschossen wurde. Einmal schwer. Sie war wochenlang im Krankenhaus. Dieses besichtigen wir einige Zeit später. Es ist sehr schlecht ausgerüstet, man kann nur hoffen, es nicht zu brauchen. Viele psychisch gestörte Leute laufen auf den dunklen Gängen herum.

Auf dem Schwarzmarkt kaufen wir Benzin. Ein Kilo Zucker kostet siebzehn D-Mark, für hundert Gramm Fleisch zahlt man achtzehn D-Mark. Anschließend machen wir noch eine Stadtrundfahrt mit dem Abgeordneten, bevor wir ihn zum Flughafen von Sarajevo bringen. Als er abfliegt, wird sein Flugzeug beschossen. Danach wird der Flughafen gesperrt.

Der Rückweg nach Mostar über den Igman ist eine Tortur. Als wir das Auto zurückgeben, macht der für den Fuhrpark verantwortliche WEU-Polizist Schwierigkeiten, weil eine Delle im Fahrzeug ist. Als *ob es nichts Wichtigeres gibt. Wir wissen nicht, wie die da hingekommen ist.*

1. März 1995

Heute wurden auf der Straße in der Nähe der Kathedrale in Mostar-West eine dreiundsiebzig und eine dreiundachtzig Jahre alte moslemische Frau auf offener Straße erschossen. In einem Lebensmittelladen an der Avenue wurde mit einer Panzerfaust geschossen. Zwei Moslems sind vermisst. Serben haben Flugabwehrraketen über Mostar explodieren lassen.

Der Polizeioberrat erzählt, dass ein Fahrer Geld von der Bank holen sollte, als er aus dem Gebäude kam, wurde er von der West-Polizei festgenommen, einen Tag festgehalten und mit dem Tod bedroht, weil er für die EU arbeitet. Der Moslem hat jetzt gekündigt, die EU hat nichts unternommen.

Jörn und Henning waren Pizza essen. Zwei Betrunkene kamen ins Lokal, wurden hinausgeworfen, dann gingen zwei Gäste auf die Straße und schlugen die am Boden Liegenden. Henning ging hinaus und feuerte in die Luft, daraufhin hörten sie auf.

Stromausfall im Ero. Wir trinken Schnaps und spielen Doppelkopf.

Dr. Schirmer nippte an ihrem Obstbrand. Er schmeckte scheußlich. Sie stand auf und holte sich eine Zigarette aus dem Schreibtisch ihres verstorbenen Mannes.

92
Hamburg, Deutschland

Draußen war es schon seit ein paar Stunden hell, als sich Maxwell nach einer ausgiebigen Dusche in Hansens Gästezimmer ins Bett legte. Er hatte erwartet, dass ihm sofort die Augen zufallen würden, sobald sein Kopf das Kissen berührte, aber dem war nicht so.

Minute um Minute verstrich, während er an die weiße Zimmerdecke starrte. Gedanken jagten kreuz und quer durch seinen

Kopf. Immer wieder schoben sich ihm Szenen aus der Werkstatt vor Augen, wickelten sich wie ein Knäuel um ihn und machten ihn bewegungsunfähig.

Als er schließlich doch einschlief, verfolgten ihn die Sequenzen im Traum. Nürnberg, Hamburg, Lissabon, Mostar, die Werkstatt, der Hinterhof, das Tattoo-Studio, das Ero, Hansen, Ferreira, Boksic, Rexha, eine Handgranate, eine Pistole mit Schalldämpfer, verschmiertes Blut an der Wand, eine Blutlache am Boden, abgerissene Körperteile, Schreie.

Maxwell fuhr hoch. Etwas hatte ihn geweckt. Er horchte. Während er seinem stoßweise gehenden Atem lauschte, merkte er, dass sein Mund offen stand. Beschämt presste er die Lippen aufeinander und ließ sich ins Kissen zurückfallen. Hatte er wirklich geschrien? Er rieb sich mit der Hand über das Gesicht. Es war nass. T-Shirt und Unterhose klebten ihm wie eine zweite Haut am Körper. Sein Kopf pochte.

Er wälzte sich noch eine Weile im Bett hin und her, schaffte es jedoch nicht mehr einzuschlafen, aus Angst, er könnte noch einmal schreiend erwachen. Schließlich gab er es auf und nahm die vorletzte Tablette gegen die Kopfschmerzen.

Hansen saß in der Küche an einem alten schweren Holztisch und las Zeitung.

»Moin Moin. Hast du zumindest ein bisschen schlafen können?«

Maxwell nickte kurz angebunden und starrte auf den Tisch. Es war ihm unangenehm, dass Hansen ihn gehört hatte.

Hansen stand auf, schenkte ihm eine Tasse Kaffee ein. »Das ist nichts, wofür du dich schämen musst, Charly.« Er legte ihm die Hand auf die Schulter und drückte sie einmal kurz. »Erinnerst du dich noch an die Nacht in Mostar, von der wir geglaubt haben, dass wir sie nicht überleben? Kurz nachdem der Gefangenenaustausch gescheitert war und die Kroaten das Hotel stürmen wollten? Wir hatten uns im fünften und sechsten Stock verbarrikadiert. Jeder von uns hat einen Abschiedsbrief nach Hause geschrieben. Du nicht. Du hast einfach nur auf dem Dach gesessen, dir die Stadt angesehen und gesagt, dass wir da lebend rauskommen. Ich habe dich für diese Einstellung immer bewundert.«

Maxwell starrte in die Tasse. In seinem Magen hatte sich ein großer schwerer Klumpen geformt.

»Ich habe Jahre gebraucht, bis die Albträume aufgehört haben«, gestand Hansen. »Fast wäre meine Ehe daran zerbrochen. Schlussendlich hat Erika mich vor die Alternative gestellt: Psychologische Behandlung oder sie packt ihre Sachen. Da habe ich dann endlich eingesehen, dass ich etwas ändern muss. Und dass ich nicht so hart im Nehmen bin, wie ich immer gedacht habe.« Zum ersten Mal sprach er Dinge aus, über die sie bislang eisern geschwiegen hatten. Noch einmal legte er Maxwell die Hand auf die Schulter und drückte sie, dann wechselte er abrupt das Thema. »Sobald du fertig bist, können wir los. Ich habe mit Weber telefoniert. Wir sollen zu ihm in die Dienststelle kommen.«

»Ich würde lieber zur Reinigung fahren.«

»Ich weiß, Charly, aber Webers Leute haben die Observation übernommen. Es ist besser, wenn uns dort niemand sieht.«

»Genau *das* sollte nicht passieren!« Maxwell fuhr so heftig hoch, dass sein Stuhl mit einem lauten Krachen umkippte. »Ich will nicht, dass irgend so ein Wichtigtuer alles an sich reißt und mich außen vor lässt.«

»Charly! Schalt mal einen Gang zurück, keiner tut das. Was sollen wir denn im Umfeld der Reinigung tun, was Webers Leute nicht genauso gut erledigen können? Hören wir uns lieber an, was er sich überlegt hat.«

93
Hamburg, Deutschland

Webers Handy klingelte. Er nahm das Gespräch an, wechselte ein paar Worte und legte wieder auf. Dann ging er zur Tür und schloss sie. Maxwells Kiefer mahlten, als kaue er Kaugummi. Sämtliche Muskeln in seinem Körper waren angespannt. Hansen beugte sich vor und griff nach der Kaffeetasse.

»Ich habe mit ein paar Kollegen in Nürnberg gesprochen.« Weber sah zwischen den beiden Männern hin und her.

Maxwells Augen verengten sich zu Schlitzen. Was in aller Welt hatte diesen Hamburger Idioten dazu gebracht, denen zu Hause brühwarm seine Geschichte zu stecken? Nun war es nur eine Frage von Stunden, bis sein Chef ihn zurückpfiff.

»Ich habe mit Zollfahndern von der GER Nordbayern gesprochen, nicht mit der Polizei«, präzisierte Weber ruhig. »Dein Name ist nicht gefallen. Ich habe lediglich nachgefragt, ob sie Informationen darüber haben, dass in der Werkstatt etwas mit Drogen gelaufen ist.«

Maxwell entspannte sich ein wenig.

»Und? Gibt es Verbindungen in die Drogenszene?«, fragte Hansen, nachdem Maxwell keine Anstalten machte, etwas zu sagen.

Weber sah kurz zu seinem hanseatischen Kollegen, wandte sich dann aber wieder an Maxwell: »Wie du wahrscheinlich weißt, war der Werkstattinhaber nicht einschlägig vorbestraft. Er hatte jedoch einen homosexuellen Lebensgefährten, für den das nicht zutrifft.«

»Bei Locke ging es bloß um ein paar Gramm Haschisch für den Eigenverbrauch.« Maxwells Stimme klang rau. »Ein Konsument, kein Händler.«

»Das dachten die Kollegen auch, bis er ihnen im Raum Selb vor zwei Wochen bei einer Zollkontrolle auf der Autobahn ins Netz gegangen ist. Er war in Tschechien einkaufen. Fünfzig Gramm Crystal. Der Vorgang wurde im Rahmen der Nachermittlung an die GER Nordbayern abgegeben. Und das ist der Punkt, an dem wir ansetzen wollen.«

Weber griff nach seiner Kaffeetasse. Der Siegelring an seinem linken kleinen Finger blitzte im Schein der Neonleuchte kurz auf. Im Zimmer war es so still, dass Maxwell die Schluckgeräusche hören konnte. Weber stellte die Tasse zurück, dann sah er Maxwell offen an.

»Wenn wir einen Scheinkauf einfädeln wollen, brauchen wir jemanden, den Sousa bereits kennt. Wir haben hier keine Vertrauensperson, die sich in seinem Umfeld befindet. Der Nürnberger Kollege meinte dagegen, er könnte sich durchaus vorstellen, dem Lebensgefährten ein Geschäft im Rahmen der kleinen Kronzeugenregelung vorzuschlagen: Einstellung des Ermittlungsverfahrens wegen der Sache in Selb, wenn er einen Kontakt zwischen einem verdeckten Ermittler und Sousa herstellt.«

Maxwell betrachtete Weber aufmerksam. Bislang waren es ausgezeichnete Nachrichten, sie standen in krassem Widerspruch zu Webers angespannter Körperhaltung.

»Wo ist der Haken an der Sache?«

»Jemand, der den Sachverhalt kennt, muss die Nürnberger Kollegen bei den Vorbereitungen unterstützen.«

»Und dieser Jemand bin ich.« Maxwell fühlte, wie sich seine Gesichtshaut spannte. »Das habt ihr euch ja schön ausgedacht!«, zischte er.

»Herrgott noch mal!« Zum ersten Mal wurde Weber laut. »Darum geht es doch gar nicht! Wir bei der GER arbeiten als Team zusammen. Nur deswegen haben wir die Erfolge, die wir regelmäßig verbuchen können. Das ist doch bei euch beim SEK nicht anders. Ich will dich nicht aus Hamburg wegbekommen. Wenn wir einen Scheinkauf einfädeln wollen, brauchen wir einen Mann, der den Nürnberger Kollegen den Sachverhalt erläutert und bei dem Gespräch mit Paul Locke, dem Lebensgefährten, dabei ist – und dafür bist du am besten geeignet.«

Noch während Weber sprach, drehte sich Maxwell um und starrte aus dem Fenster. Blut rauschte in seinen Ohren. Hinter ihm quietschte ein Bürostuhl, Schritte waren zu hören, dann wurde die Tür geöffnet und wieder geschlossen, sanft, kein wütendes Schlagen. Maxwell drehte sich nicht um, und Hansen war klug genug, nichts zu sagen, auch wenn Maxwell an der Art, wie er atmete, merkte, dass er es gern getan hätte.

Was sollte er machen? Nach Nürnberg fahren und die Kollegen unterstützen oder hierbleiben? Hatte er eine Wahl? Kein Scheinkauf, keine Möglichkeit, Rexha zu überführen. Solange der Kerl nicht hinter Gittern war, würde er keine Ruhe finden.

Ein paar Minuten später kam Weber ins Büro zurück.

Endlich drehte sich Maxwell um. »Einverstanden«, sagte er in den Raum hinein. »Ich fahre nach Nürnberg und rede mit den Kollegen und diesem Typ. Aber in zwei Tagen bin ich wieder hier.«

94
São Paulo, Brasilien

Die Schiebetüren öffneten sich, Renata trat hinaus in die Ankunftshalle. Es war kurz vor vierzehn Uhr, das Leben in Guarulhos pulsierte. Rasch glitt ihr Blick über die wartende Menschenmenge.

Rachel war nicht gekommen.

Enttäuscht wandte sich Renata ab. Sie hatte trotz allem gehofft, die Amerikanerin würde sie abholen. Was sollte sie nun tun? Nicolás Ronaldo Barreto anrufen oder in Rachels Hotel fahren? Sie war hundemüde nach der schlaflosen Nacht und elfeinhalb Stunden Flug.

»Senhora Teixeira?« Ein großer, gutaussehender Mann kam auf sie zu.

Instinktiv wich Renata vor ihm zurück. Er blieb stehen, lächelte sie freundlich an.

»Mrs. Sherman schickt mich. Mein Name ist Aaron Tagger. Ich arbeite für das amerikanische Konsulat. Sie hat mich beauftragt, Sie vom Flughafen abzuholen und zu ihr zu bringen.«

Erst jetzt bemerkte Renata den Ausweis in der rechten Hand des Mannes. Sie musterte ihn gründlich.

»Was ist mit ihr?« Die aufkeimende Panik vor dem Fremden wich einer Angst um die Freundin.

»Ein Unfall, nichts Schlimmes. Draußen steht ein Wagen, ich werde Sie zu ihr bringen. Sie macht sich große Sorgen um Sie, wegen der Dinge, die Ihnen in London zugestoßen sind.«

»Was ist mir denn in London zugestoßen?« Eine Kontrollfrage, wenn auch eine plumpe.

»Auf Sie wurde ein Attentat verübt, in einem Restaurant an der Themse. Rachel wies Sie daraufhin an, Ihr Handy zu vernichten. Deshalb konnte sie Sie nicht darüber informieren, dass ich Sie abholen werde. Sie hat jedoch Ihre Nachricht auf ihrer Mailbox abgehört und mir die Flugnummer genannt.«

Die richtigen Antworten, ausführlicher als nötig. Renata entschied, dem Mann zu vertrauen.

»Wir sollten uns beeilen.« Tagger hakte sie unter und bugsierte sie in Richtung Ausgang.

Der dunkle Mercedes, der mit laufendem Motor und einem Fahrer vor dem Flughafen stand, fuhr mit quietschenden Reifen los, sobald sie eingestiegen waren.

Renata blickte aus dem Fenster, sah die vertrauten Straßen, fühlte sich zu Hause. Am liebsten wäre sie ausgestiegen und die Gehwege zu Fuß entlanggelaufen. In einem Anflug von Verzweiflung fragte sie sich, was sie tun sollte, wenn es ihr nicht gelänge, den Kerl zur Strecke zu bringen, der den Killer auf sie angesetzt hatte. Sie wollte hier nicht weg. São Paulo war ihr Zuhause.

In raschem Tempo fuhren sie durch verschiedene Stadtteile, bis sie schließlich in Jardins ankamen, dem Nobelviertel. Der Wagen wurde langsamer, steuerte auf ein Anwesen zu, das von einer hohen Mauer umgeben wurde, die mit Natodraht gegen Eindringlinge gesichert war.

Tagger drückte den Knopf einer Fernbedienung. Das metallene Tor rollte zur Seite, sie fuhren in einen mit Palmen bestandenen weitläufigen Innenhof. Renata sah sich um und bemerkte den Wagen, der unmittelbar hinter ihnen zum Stehen kam. Dunkel gekleidete Männer in Anzügen stiegen aus, sie trugen Sonnenbrillen, die Schädel waren fast kahlgeschoren. Renata bekam eine Gänsehaut. Das Tor glitt bereits lautlos wieder zu. Keine Chance zur Flucht.

Die Tür des Mercedes wurde geöffnet, Renata stieg aus und folgte Tagger zu dem dreistöckigen Gebäude. Am Eingang standen zwei bewaffnete Wachmänner.

»Ist das ein privates Krankenhaus?«, fragte Renata.

»Nein, unser Dienstsitz. Kommen Sie.« Er griff sie am Ellbogen und führte sie durch eine geräumige Eingangshalle, Marmorboden und Stuckdecke, sehr repräsentativ, mit geschmackvollen Möbeln eingerichtet. Dann ging es eine Treppe in den ersten Stock hinauf, Tagger klopfte an eine Tür, öffnete und ließ Renata den Vortritt.

In dem Zimmer saßen drei Personen: zwei Männer und eine

Frau in Renatas Alter; von Rachel war nichts zu sehen. Der Älteste hinter dem Schreibtisch erhob sich und kam auf sie zu.

»Frau Teixeira, schön Sie endlich persönlich kennenzulernen.«

»Ich glaube nicht, dass ich schon mal mit Ihnen zu tun hatte.«

»Sie haben recht, das war bislang in der Tat eine einseitige Sache.«

»Wer sind Sie?«, beendete Renata die Höflichkeiten. »Und wo ist Rachel?«

Der Mann musterte sie. Er hatte stechende Augen. Ein Blau, so intensiv wie das Meer im Indischen Ozean. Durchdringend.

»Mein Name tut nichts zur Sache. Es genügt, dass Sie Herrn Taggers Namen wissen. Wir haben Sie zu uns gebeten, weil wir Ihre Hilfe benötigen.«

Renata drehte sich abrupt um und wollte das Zimmer verlassen. Der Weg wurde ihr jedoch von Aaron Tagger verstellt. Er lehnte lässig an der Tür und schüttelte leicht den Kopf, als wolle er ihr sagen, dass es eine schlechte Idee war.

»Ich will zu Mrs. Sherman.«

»Das wollen wir auch«, hörte sie die Stimme des Mannes mit den ozeanblauen Augen sagen.

Renata fuhr herum.

»Rachel wurde aus ihrem Hotelzimmer entführt.«

Renata fühlte sich, als habe ihr der Kerl einen Schlag in den Magen versetzt. Für Sekundenbruchteile blieb ihr die Luft weg, dann begann die Gestalt vor ihren Augen zu verschwimmen. Sie hatte es befürchtet, aber die unumstößliche Gewissheit barg eine ganz eigene Qualität.

Mit wenigen Schritten war Tagger bei ihr, umfasste sie und zog sie auf einen Stuhl.

»Wir müssen Ihnen im Grunde genommen sehr dankbar sein, dass Sie von Birmingham aus im Hotel angerufen und Alarm geschlagen haben. Sonst hätten wir sicher erst einige Stunden später von ihrem Verschwinden erfahren. So konnten wir sofort reagieren und vieles überprüfen.«

»Was ist passiert? Wer hat Rachel entführt?« Sie umklammerte den Träger ihres Rucksacks so fest, dass die Knöchel ihrer Hand weiß hervortraten.

»Wissen Sie das nicht?«

Renata schüttelte den Kopf. Die durchdringenden Augen des Mannes schienen sie aufspießen zu wollen.

»Frau Teixeira, wir sind die Guten, uns müssen Sie nichts vormachen. Wir wollen Rachel genauso dringend wohlbehalten wiederfinden wie Sie.«

Renata presste die Lippen zusammen.

»Vor Ihrem Anruf im Hotel haben Sie Rachel eine Nachricht auf der Mailbox hinterlassen. Sie haben sie vor einem Mann namens Carlos Guimarães gewarnt.«

»Woher wissen Sie das?«

»Wir haben Rachels Mailbox abgehört.«

»Sie hat ihr Handy nicht mitgenommen?«

Tagger nahm auf einem Stuhl gegenüber von Renata Platz und beugte sich zu ihr vor. »Nach Ihrem Anruf hat die Empfangsdame das Zimmermädchen nach dem Rechten sehen lassen. Es hat im Badezimmer eine Nachricht gefunden. Die Polizei kam, und wir wurden eingeschaltet.«

Renata fluchte innerlich. Zu ihr hatte die Rezeptionistin gesagt, mit dem Zimmer sei alles in Ordnung.

»Zu dem Zeitpunkt hatten Rachel und ich bereits herausgefunden, dass Carlos Guimarães Drogen nach Casa Garibaldina brachte, die dann mit dem Wein in die ganze Welt verschifft wurden.«

Renata starrte Tagger an. »Woher wissen Sie das?«

»Wir haben mit dem Bauern auf dem Einödhof gesprochen, bei dem Sie Zuflucht gesucht haben.«

»Die Sache mit den Drogen scheint Sie nicht sonderlich zu überraschen«, stellte der Mann mit den stechenden blauen Augen fest.

»Ich bin nach London geflogen, um mit den Kunden des Weinguts zu sprechen, die –«

»Das wissen wir alles. Rachel hat uns sogar die Fotos gegeben, die sie von der Liste mit den Abnehmern gemacht hat.«

Renata schluckte. »In Birmingham habe ich mit der Witwe eines Gemüsehändlers gesprochen. Sie sagte mir, dass ihr Mann erschossen wurde, weil er eine Lieferung direkt beim Weingut bestellt hatte und nicht über die Mittelsmänner in Portugal. Sie sagte, der Kerl, der ihren Mann erschossen hat, trug ein Fisch-Tattoo am Hals.«

»Einen Piranha.«

Renata nickte.

»Eins, wie Carlos Guimarães es trägt.«

Renata nickte erneut.

»Wusste Guimarães, dass Sie eine Reportage über das Weingut machen wollten?«

»Ich habe es ihm erzählt.« Das war eine der Erinnerungen, die Renata während des Rückflugs gequält hatte. »Als ich von meinem ersten Besuch auf dem Weingut nach Hause kam, war mein Auto völlig verdreckt. Deshalb habe ich es vor dem Haus abgestellt. Carlos hat es gesehen und gefragt, ob er es für mich waschen soll. Er hat sich immer gern etwas dazuverdient. Ich war froh, dass ich es nicht selbst machen musste und habe ihm den Autoschlüssel gegeben.

Als er ihn mir zurückgebracht hat, habe ich ihn zu einem Bier eingeladen und wir haben uns unterhalten. Er fragte, wo man ein Auto derart schmutzig macht. Also habe ich ihm von meinem Ausflug nach Casa Garibaldina erzählt, von der Reportage, die ich über das Weingut machen wollte.« Renata hielt inne, dachte zurück. »Ich war völlig begeistert von dem Weingut und habe ihm sogar eins der Prospekte gezeigt, das Moema mir mitgegeben hatte.«

»Hat er auch die anderen Unterlagen gesehen?«

»Ich nehme es an, sie lagen auf meinem Schreibtisch.«

»Er muss geglaubt haben, die Winzerin hätte alles verraten. Deswegen hat er Sie auf das Weingut gelockt und einen Killer geschickt und anschließend die Wohnungen und die Redaktionsräume verwüstet. Er hat die Unterlagen gesucht, um sie zu vernichten.« Zum ersten Mal sprach die einzige noch anwesende Frau. Sie hatte eine tiefe, rauchige Stimme, die so gar nicht zu ihrem zarten Aussehen passen wollte. »Leider macht das auch deutlich, dass er versuchen wird, jeden zu töten, der von der Geschichte weiß. Sie, Rachel und auch dich, Aaron.«

»Falls Rachel nicht schon längst in einem Straßengraben liegt«, murmelte der dritte Mann.

»Das halte ich für ziemlich unwahrscheinlich«, entgegnete Tagger scharf. »Ich nehme vielmehr an, dass er sie als Lockvogel verwenden will. Er wird sie zwingen, Renata anzurufen, um sich mit ihr an irgendeinem abgelegenen Ort zu treffen.«

95
Nürnberg, Deutschland

Maxwell schloss die Tür auf und ließ den Blick durch das Loft gleiten. Der Eimer am dritten Pfeiler war übergelaufen, Wasser war in die alten Holzbretter gedrungen, hatte sie aufquellen lassen. Er lief hinüber, um sich den Schaden anzusehen.

»Scheiße!«

Vorsichtig balancierte er den Behälter zum nächsten Fenster und kippte ihn in den Hinterhof. Dann holte er seine Tasche herein.

Draußen wurde es allmählich dunkel. Langsam ging er zum Schrank, der seine CD-Sammlung enthielt, und griff mit geschlossenen Augen hinein. *Leonard Cohen – Live in London.* Fast hätte er die Doppel-CD zurückgelegt, aber dann überlegte er es sich anders. Je älter der Kanadier wurde, desto ausdrucksstärker klang seine Stimme. Maxwell legte die CD ein und drehte den Lautstärkeregler bis zum Anschlag.

Technoklänge erfüllten den Raum. Erst nach dreißig Sekunden erkannte man die Melodie: *First we take Manhattan*. Maxwell setzte sich in seinen Sessel am Kopfende des Esstischs, legte die Füße auf die Ahornplatte und den Kopf zurück. Mit geschlossenen Augen lauschte er den Klängen.

Nach dem ersten Song stand er wieder auf und packte seine Reisetasche aus, stopfte eine Ladung Wäsche in die Maschine. Schnell griff er sich den Stapel leerer Pizzakartons und lief damit zur Altpapiertonne. Danach räumte er die Flaschen in eine große Kiste in der Küche, um sie demnächst zum Altglascontainer zu bringen. Gleich sah alles viel ordentlicher aus.

Sein Handy vibrierte. Eine Erlanger Nummer. Er nahm das

Gespräch an, ging zur Stereoanlage, stellte die Musik leiser. Dann erst konnte er die Anruferin verstehen.

»Eine Krankenschwester hat mir ausgerichtet, dass du angerufen hast. Wo bist du?« Es war Susanne.

»Zu Hause.«

»Heißt das, du willst einen Termin ausmachen?«

Maxwells Magen zog sich in Sekundenbruchteilen zusammen. »Einen Termin?«

»Für das CT.«

Er entspannte sich wieder. »Bald, Prinzessin. Was hältst du davon, wenn du fürs Erste einfach zu mir kommst?«

»Bin schon unterwegs.«

Maxwell drehte die Musik auf eine moderate Lautstärke und sah nach, was er außer Whiskey dahatte. Die Getränkeauswahl bestand aus Leitungswasser und Leitungswasser. Nach etwas Essbarem musste er gar nicht erst suchen. Schnell schnappte er sich seinen Autoschlüssel und rannte die Treppen hinunter.

Zur nächsten Tankstelle und zurück brauchte er eine knappe Viertelstunde. Aber dann hatte er nicht nur einen ganz passablen Rotwein besorgt, sondern auch Mineralwasser, Cola, Saft, Toastbrot, Butter und Marmelade sowie mehrere Tiefkühlpizzen, die er in seinem Gefrierschrank versenkte. Er hatte gerade erst Leonard Cohens CD wieder eingeschaltet, als es klingelte. Susanne stand vor der Tür. Erhitzt, das Gesicht leicht gerötet. Vor Freude?

Während im Hintergrund Cohens rauchige Stimme nach einem kurzen Intro in »*I'm your man*« erklärte, dass er alles erdenklich Mögliche für seine Angebetete tun würde, vergrub Maxwell sein Gesicht in ihrer Halsbeuge, küsste ihre weiche Haut. Seine Fingerspitzen berührten ihre Schultern, glitten auf ihren Rücken, er zog sie an sich und schloss die Augen, sog ihren Duft nach Honig ein. Seine Zungenspitze glitt über ihre Unterlippe, saugte sie in seinen Mund und spürte, wie sein Penis hart wurde. Er zog ihre Hüften fester an sich, damit sie es auch fühlte.

Als der Kanadier erklärte, er würde jeden Millimeter des Körpers seiner Liebsten untersuchen, falls sie sich einen Arzt wünschte, ließ Maxwell seine Hände zu den Knöpfen ihrer Bluse gleiten. Aufreizend langsam öffnete er einen nach dem anderen, hielt immer wieder inne, um die darunter zum Vorschein kommende Stelle zu küssen und mit seiner Zunge darüberzulecken. Er streifte die Bluse von ihren Schultern, ließ sie auf den Boden fallen. Ein paar schnelle Handgriffe und Rock und Unterwäsche lagen daneben.

Im nächsten Moment fielen sie beide nackt auf sein Bett.

Er liebkoste jeden Millimeter ihres Körpers, dann drehte er sich auf den Rücken, zog sie über sich. Sie richtete sich auf, griff hinter sich, umfasste ihn, drückte ihn, hielt ihn und senkte sich schließlich zeitlupenhaft auf ihn herab, pfählte sich an ihm.

Maxwell schloss die Augen. Er steckte so tief wie menschenmöglich in ihr. Konnte es ein schöneres Gefühl geben? Sie beugte sich zu ihm hinab, küsste ihn, verschlang seinen Mund, richtete sich wieder auf und konzentrierte sich auf die kreisenden Bewegungen ihres Beckens.

Als sie schließlich kurzatmig, verschwitzt und befriedigt über ihm zusammensank, umfasste er sie, presste sie eng an seinen Körper. Anschließend zog er seine langen Beine an, drehte sich mit ihr, bis sie unter ihm auf dem Rücken lag, richtete sich halb auf und stieß leidenschaftlich in sie. Ein Mal. Zwei Mal. Beim vierten Mal kam auch er.

96
Nürnberg, Deutschland

»Ich habe Paul Locke für zehn-null-null vorgeladen.« Markus Tomski, ein Drogenfahnder der Nürnberger GER erhob sich. »Er wartet oben im Vernehmungszimmer.«

Maxwell runzelte die Stirn. Zehn Uhr war vor einer halben Stunde gewesen.

Tomskis kleine Augen bekamen einen listigen Glanz. »Es hat noch keinem geschadet, ein bisschen im eigenen Sud zu schmoren.«

Sie stiegen die Treppe hinauf, der Beamte öffnete die Tür, Maxwell verzog angewidert das Gesicht. Im Zimmer stank es nach Schweiß. Der Mann, der an einem einfachen Holztisch saß, trug einen schlecht sitzenden, dunklen Anzug. Eine Speckrolle quoll über den Hemdkragen, sein Gesicht glänzte, auf seinem kahlrasierten Schädel hatte er einen großflächigen, rötlichen Ausschlag mit weißem Schorf. Er hörte Musik aus Kopfhörern, der Kopf nickte zu kreischenden Gitarren, die Finger spielten nervös mit dem Smartphone auf dem Tisch.

»Ich habe mit dem Staatsanwalt wegen der Sache in Selb gesprochen«, eröffnete Tomski das Gespräch. »Was du uns bislang an Informationen gegeben hast, ist zwar schön und gut, reicht aber nicht, damit das Verfahren gegen dich eingestellt wird.«

»Mehr weiß ich aber nicht. Wirklich.« Schrille Stimme, viel zu hoch, echte Verzweiflung. Maxwell wurde klar, dass es in dem Zimmer so stank, weil der Mann Angst hatte. »Wenn ich wieder in den Knast muss, das halte ich nicht aus. Gerade jetzt, wo ich eine neue Arbeit gefunden habe.«

»Vielleicht kannst du uns ja in einer anderen Sache weiterhelfen«, beschwichtigte Tomski. Seine Augen wurden dunkler.

Lockes linker Zeigefinder glitt zu seinem Mund, er begann am Fingernagel zu beißen.

»Es geht um die Werkstatt von deinem ehemaligen Lebensgefährten und das, was dort passiert ist.«

Locke zuckte zusammen, der feucht glänzende Finger schnellte aus dem Mund, zog einen dünnen Speichelfaden, bis er riss. »Damit habe ich nichts zu tun!«

»Das heißt aber noch lange nicht, dass du uns nichts dazu sagen kannst.«

Eine breite rosa Zungenspitze schoss aus Lockes Mund, fuhr nervös über die Lippen. »Das war allein Romans Sache. Ich weiß nicht viel.«

Tomski warf Maxwell einen fragenden Blick zu. Er antwortete mit einem Nicken: Roman Maier war der Name des Werkstattinhabers.

»Erzähl uns von der Hamburg-Connection und dem, was in der Werkstatt passiert ist.«

Locke zog die Schultern hoch und den Kopf an, die Speckrolle wanderte vom Nacken unter das Kinn.

»Schau, wenn du willst, dass der Staatsanwalt das Verfahren wegen dem Crystal gegen dich einstellt, musst du ihm etwas bieten. Anders funktioniert die Sache nicht.« Tomski redete wie mit einem Kind, das nicht verstand, warum es keine Süßigkeiten bekam.

»Und was ist, jetzt mal angenommen, wenn ich mich damit selbst belasten würde?«

»Das kommt darauf an, wie schlimm du in der Sache drinsteckst. Wenn es nur um einen geringen Tatbeitrag geht, wird sich der Staatsanwalt sicher überzeugen lassen, keine Anklage zu erheben.«

Der Zeigefinger glitt wieder in den Mund. Stille senkte sich über den Raum. Nichts war zu hören außer den knackenden Geräuschen, die entstanden, wenn Lockes Zähne an der harten Hornplatte seines Nagels abglitten und aufeinanderprallten.

»Warum hat Fatmir Rexha deinen Freund umgebracht?«, brach Maxwell schließlich das Schweigen. Er ließ die verschränkten Arme sinken und lehnte sich leicht vor. Erschrocken fuhr Locke zurück und musterte ihn. Die Frage, woher der Beamte Rexhas Namen wusste, stand ihm ins Gesicht geschrieben. Demonstrativ streifte sich Maxwell die Bandana ab.

»Ich bin der Kerl, dem Rexha an dem Tag in der Werkstatt in den Kopf geschossen hat. Und ich gebe nicht eher Ruhe, bis er verurteilt ist.«

Locke starrte Maxwells Narben mit weit aufgerissenen Augen an. »Roman wollte den Stoff billiger einkaufen und hat versucht, die Quelle direkt anzuzapfen. Das ist dem Portugiesen zu Ohren gekommen«, murmelte er. »Deshalb hat er seinen Lieutenant geschickt.«

»Woher weißt du das?« Maxwell klang gelassener, als er sich fühlte. »Gibt es Beweise dafür?«

Locke schüttelte den Kopf. »Habe ich mir so zusammengereimt. Definitiv wissen tue ich es nicht.«

»Der Staatsanwalt hat vorgeschlagen, dass du uns eine Verbindung zu Sousa herstellen sollst, damit wir einen Scheinkauf einfädeln können. Im Gegenzug stellt er das Verfahren gegen dich ein.«

Locke sah Tomski entsetzt an, dann schüttelte er den Kopf. Die Beamten warteten, ließen das Schweigen wirken. Locke begann unruhig auf seinem Stuhl hin und her zu rutschen.

»Das ist mir zu heiß.« Lockes Stimme klang wie ein Quieken.

»Warum? Wie hängst du in der Sache drin?« Tomskis Augen bohrten sich in Lockes.

»Ich war bloß der Chauffeur.«

»Wissen die Hamburger, dass zwischen dir und ihrem Abnehmer etwas gelaufen ist und du nicht nur sein Fahrer warst?«

»Nein, das wusste so gut wie niemand.«

»Wo ist dann das Problem? Wenn die Hamburger dich schon öfter gesehen haben, kennen sie dich. Sie werden denken, dass du ihnen einen neuen Großabnehmer vermitteln willst.« Tomski war wieder ganz sachlich geworden.

»Das Ding ist: Wenn was schiefgeht, hetzt der mir seinen Lieutenant auf den Hals, und wie das endet ...« Er schluckte hörbar.

»Das wird nicht passieren. Wenn sie deinen Namen bisher nicht kennen, werden sie ihn auch nicht erfahren. Wenn wir dir den Status einer Vertrauensperson geben, unterliegt alles in Bezug auf deine Person der Geheimhaltung. Das kann ich dir garantieren. Außerdem würde es bei dem Zugriff so aussehen, als ob auch du und der Käufer festgenommen werden würden.«

Wieder herrschte Schweigen. Locke kämpfte sichtbar mit sich. »Was ist das für ein Typ, für den ich den Deal einfädeln soll?«, fragte er nach einer Weile zögerlich.

»Er hat ein kleines Fuhrunternehmen in der Nähe von Hof. Ein Zehntausend-Seelen-Kaff. Seine Lastwagen fahren wöchentlich nach Holland und holen Holzbalken. Einer seiner Männer ist besonders vertrauenswürdig und bringt ihm immer eine Extraladung in einem Hohlbalken mit.« Tomski sah ihn eindringlich an. »Das Angebot des Staatsanwalts ist so was wie ein Sechser im Lotto. Ich an deiner Stelle würde keine Sekunde zögern.«

Locke schnitt eine Grimasse, fuhr sich mit der Hand über das verschwitzte Gesicht, seufzte. »Dann schreib mir mal ein paar Angaben zu dem Kerl auf, die ich weitergeben kann«, murmelte er schließlich. »Es kann aber sein, dass Rexha seine Steuernummer haben will und die Gewerbeanmeldung überprüft.«

Der Fahnder schob ihm eine Visitenkarte des Unternehmers über den Tisch. »Alles vorhanden. Wann rufst du in Hamburg an?«

»Heute Abend. Muss ich hierherkommen zum Telefonieren oder kann ich es von zu Hause aus allein machen?«

»Was dir lieber ist. Wir werden das jetzt so lange durchsprechen, bis du genau weißt, was du sagen sollst.«

97
São Paulo, Brasilien

Eine Hand legte sich auf Renatas Mund. Sofort war sie wach, riss die Augen auf, sah nichts als schwarze Dunkelheit, Hitze wallte durch ihren Körper, Adrenalin, sie begann zu strampeln, wollte schreien, sich wehren, aber die Bettdecke engte sie ein, federte jeden ihrer Tritte ab.

Der Druck auf ihren Mund verstärkte sich. Sie roch einen Hauch Aftershave, fühlte ein leichtes Kratzen an ihrem Ohr. Bartstoppeln.

»Halten Sie still! Ich bin's. Sie müssen keine Angst haben. Ich hole Sie hier raus.« Portugiesische Worte, eine vertraute Stimme. Carlos.

Sie bewirkten das genaue Gegenteil, Renata verdoppelte ihre Anstrengungen, versuchte, sich unter dem schweren, muskulösen Körper wegzurollen, zog das Bein an, trat ihm so fest es ging gegen das Schienbein. Die Hand lockerte sich kurz. Renata öffnete ihren Mund, biss ihn in den Finger.

»Senhora Renata! Ich bin's, Carlos. Seien Sie still oder die werden uns entdecken, und dann ist alles aus. Ich will Ihnen helfen. Ich weiß, wo Rachel festgehalten wird. Wir müssen sie befreien, sie werden sie sonst umbringen, jetzt wo sie Sie endlich haben.«

Renata zitterte vor Wut. Sie holte mit dem Ellbogen aus und rammte ihn mit aller Kraft nach hinten, traf Carlos' Rippen. Kein Schmerzenslaut, er zuckte nicht einmal zusammen. Stattdessen verlagerte er sein Gewicht nach vorn, presste sie mit seinem ganzen Körper bäuchlings aufs Bett. Sie versuchte, die Arme unter den Körper zu bekommen, sich gegen ihn zu stemmen, aber er hielt ihr rechts Handgelenk umklammert. Panik machte sich in ihr breit, er war zu schwer, sie bekam kaum noch Luft, ihr Brustkorb hatte nicht genug Platz, um sich zu heben und zu senken. Hektisch sog sie die Luft in kurzen Zügen durch die Nase ein.

»Senhora Renata, hätte ich Ihnen etwas antun wollen, hätte ich es doch damals in Ihrer Wohnung gemacht. Ich weiß nicht, was die Ihnen über mich erzählt haben, aber es ist gelogen, Sie müssen mir glauben. Sie kennen doch das PCC, die können jeden kaufen, auch hier in der Botschaft. Die werden Sie umbringen.«

Sie wimmerte, stöhnte, wollte nur noch das Gewicht von ihrer Brust loswerden. Die Luft wurde immer knapper. Nebel begann sie zu umhüllen, sie gab den Widerstand auf.

»Versprechen Sie, ruhig zu sein, wenn ich die Hand von Ihrem Mund nehme?«

Ein leichtes Nicken. Carlos ließ ihr Handgelenk los, rollte sich von ihrem Körper, verharrte neben ihr, die Finger seiner linken Hand begannen sich zu lockern, gaben zögerlich ihren Mund frei. Luft strömte wieder in ihre Lungen. Renata keuchte und konzentrierte sich aufs Atmen.

»Kommen Sie, wir müssen abhauen. Wir haben schon zu viel Zeit verloren.« Er griff nach ihr, richtete ihren schlaffen Körper auf. »Ich kann Sie nicht wegbringen, wenn Sie nicht mitmachen. Sie müssen es wollen.« Seine Hände klammerten sich um ihre Schultern, schüttelten sie leicht. »Senhora Rachel geht es gut, sie ist stark. Zeigen Sie mir, dass Sie es auch sind. Ziehen Sie etwas über, und dann gehen wir.«

Renata gehorchte, schlüpfte in ihre Jeans. Ihre Gedanken waren bei Rachel. Egal, was passierte, sie hoffte, sie würde sie noch einmal sehen.

»Von jetzt an kein Wort mehr!« Carlos öffnete die Tür und sah in den Gang. Alles war ruhig. Er machte ihr ein Zeichen, sie folgte ihm, wagte kaum zu atmen. Katzengleich schlichen sie durch das Treppenhaus in das oberste Stockwerk. Dort gab es eine Luke aufs Dach. Sie stand offen.

»Ich helfe Ihnen, halten Sie sich am Rand fest, ich schiebe Sie hinaus.« Ein leises Flüstern, die Lippen ganz nah an ihrem Ohr, sein warmer Atem auf ihrem Nacken.

Renata zitterte, nickte. Er umfasste ihre Hüfte und hob sie hoch, als würde sie nichts wiegen. Sie klammerte sich mit den Händen an der rauen Dachpappe fest und versuchte, sich aus eigener Kraft hochzuziehen, doch Carlos' Hand glitt schon zu ihren Knien, stemmte sie höher, zu schnell, sie verlor das Gleichgewicht, knallte mit dem Ellbogen gegen die Luke. Ein dumpfes Geräusch. Schmerz, sie presste die Lippen noch fester zusammen, gab keinen Laut von sich. Carlos hatte innegehalten, nun schob er sie weiter nach oben. Sie lehnte den Oberkörper vor, flach aufs Dach, zog die Beine nach, robbte ein Stück zur Seite.

Carlos' Finger erschienen in dem Loch hinter ihr. Er machte einen Klimmzug, hangelte sich hoch, Renata wandte sich ihm zu, griff unter seine Achsel, versuchte, ihn zu heben, aber er hatte schon eine Schulter auf dem Dach, stützte sich ab, zog die andere nach und stemmte sich heraus.

Wie in Zeitlupe schloss er die Luke, kein Geräusch, dann drehte er sich um, robbte über das Flachdach bis zum Rand, sah hinab. Alles ruhig. Die Wachmänner saßen immer noch in ihrer Kanzel. Er glitt zurück, erhob sich, zog Renata auf die Füße. Zusammen liefen sie tief gebückt über das Dach, erreichten eine Brüstung mit Stacheldraht. Jemand hatte ein Loch hineingeschnitten. Renata kroch hindurch, Carlos folgte. Auf der anderen Seite ging es zwei Meter tief hinunter.

»Wir müssen springen. Ich zuerst.« Er hatte kaum ausgesprochen, da stieß er sich schon mit den Beinen ab. Renata sah, wie er auf Händen und Füßen lautlos aufkam, wie eine Katze. Er drehte sich zu ihr um. Machte ihr ein Zeichen, ihm zu folgen.

Plötzlich bekam sie Angst, zitterte. Umständlich drehte sie sich um, wollte sich mit den Fingern am Mauervorsprung festklammern und langsam hinunterlassen, aber der Ziegelstein war porös, bröselte, sie verlor den Halt, fiel, schrie erschrocken auf.

Noch bevor sie das Dach unter sich berührte, umfing Carlos sie mit seinen Armen, seine Hand presste sich wieder auf ihren Mund. Sie keuchte. Im Nachbarhaus flammten Scheinwerfer auf, Männerstimmen erklangen, Kies knirschte im Hof.

Carlos ließ Renata keine Zeit, Atem zu schöpfen, rannte mit ihr zu einer offenen Dachluke, diesmal gab es eine Leiter. Sie stiegen hinab, er zuerst, dicht gefolgt von ihr. Unten angekommen, packte er ihr Handgelenk, zog sie zur Treppe.

»Laufen Sie! Hier ist niemand.«

Sie rannten ins Erdgeschoss. Kurz bevor sie es erreichten, hörten sie einen Schlüssel, die Eingangstür flog auf. Renata fühlte einen Stoß, verlor das Gleichgewicht, fiel auf den Boden, der Schwung ließ sie über die Holzdielen in eine Ecke schlittern. Ein ohrenbetäubender Knall, ein Schuss gefolgt von einem Klirren, etwas fiel krachend zu Boden. Renata sah, wie Carlos sich auf den Mann im Türrahmen stürzte. Eine hochgewachsene, schlanke Gestalt mit dunklen Haaren. Wieder ein Schuss. Ein Stöhnen, die Männer gingen zu Boden.

Renata zog die Beine an und hielt sich die Ohren zu. Tränen rannen ihr über das Gesicht. Sie wollte nur, dass der Albtraum endlich aufhörte. Eine Hand packte ihren Arm, zog sie auf die Füße.

»*Vamos!*« Es war Carlos.

Die Gestalt auf dem Boden stöhnte. Das Licht der Straßenlaterne fiel durch ein Fenster auf sein Gesicht.

Aaron Tagger.

Carlos gab der Tür einen Tritt, sie fiel ins Schloss.

»Kommen Sie, Senhora Renata!« Carlos wandte sich zum rückwärtigen Teil des Hauses. Als sie ihm folgen wollte, rappelte sich Tagger plötzlich vom Boden hoch, fasste nach ihr. Renata schrie auf, Carlos fuhr herum, schlug dem Mann mit der Faust gegen die Schläfe, er sackte in sich zusammen und stürzte bewusstlos zu Boden.

Renata stand mit schreckgeweiteten Augen da, unfähig, sich zu rühren. Carlos umfasste sie, zog sie mit sich.

Durch eine Flügeltür gelangten sie auf eine Terrasse. Der verwilderte Garten war von einer Mauer umgeben. Im Schatten eines Baumes gab es eine Stahltür, sie schwang lautlos auf. Direkt davor stand ein Jeep. Carlos stieg ein, schlüpfte über den Beifahrersitz auf die Fahrerseite, ließ den Motor an, gab Gas.

98
Nürnberg, Deutschland

»Eure Vertrauensperson hat gerade Kontakt zu Rexha aufgenommen.« Webers hanseatisch steife Stimme. »So weit ist alles gut gelaufen. Er hat Rexha gesagt, dass er jemanden an der Hand hat, der regelmäßig eine größere Menge braucht. Rexha war interessiert und wollte wissen, von wem er redet. Nach einigem Geplänkel hat Locke ihm den Namen des Fuhrunternehmers weitergegeben, erzählt, wo er herkommt, und dann hat er auch gleich ein paar Geschäfte erwähnt, die er mit ihm bereits abgewickelt hat. Rexha hat ihm gesagt, dass er sich um zwölf Uhr mittags wieder bei ihm melden soll.«

»Was heißt das im Klartext?«

»Bis dahin hat er den Typ abgecheckt und mit Sousa gesprochen.«

»Hattest du den Eindruck, dass er zwischen Locke und dem ermordeten Werkstattinhaber eine Verbindung gesehen hat?«

»Natürlich. Er hat sich sofort daran erinnert, dass er der Chauffeur war, der seinem Chef auf Schritt und Tritt gefolgt ist. Er hat ihm sogar gedroht, dass er ja nun wüsste, was passiert, wenn man versucht, sie zu hintergehen.«

»Habt ihr das auf Band?«

»Natürlich.«

»Das ist so gut wie ein Geständnis!«

»Sehe ich genauso.«

Maxwell war erleichtert. Damit war er einen großen Schritt weitergekommen.

»Wenn alles so läuft, wie wir es uns erhoffen, musst du möglicherweise schon am Mittag nach Hamburg zurückkommen.«

»Je eher, desto lieber.«

»Wir bleiben in Kontakt.«

Nachdem er das Gespräch beendet hatte, stand Maxwell auf und zog sich an.

»Was ist los? Wo willst du hin?«, murmelte Susanne schlaftrunken.

»Ich muss etwas in meiner Dienststelle holen.« Er tastete im Dunkeln nach seinen schwarzen Turnschuhen, fand sie, schlüpfte hinein.

»Kann das nicht bis morgen früh warten?«

»Schlaf weiter, Prinzessin. Ich bin bald zurück.«

Der Bedienstetenparkplatz war nachts zu weniger als einem Drittel gefüllt. Nasser Schotter, eine Straßenlampe an jeder Ecke des Rechtecks, ziemlich hell.

Maxwell öffnete die Schranke mit seinem Transponder und parkte. Dann lief er zu einer kleinen Pforte im Zaun, wieder benutzte er den Chip. Sollte jemand die Daten auslesen, würde er sehen, dass er das Gelände um ein Uhr siebenunddreißig betreten hatte.

Zehn Meter vor ihm war ein schwarzer Umriss, ein Haus, dreistöckig, in keinem Zimmer brannte Licht. Er ging über den nassen Asphalt zur Tür. Ein leises Geräusch, der Bewegungsmelder hatte ihn registriert, helles Halogenlicht blendete ihn, er kniff die Augen zusammen, tastete blind nach dem Schließzylinder, schob seinen Schlüssel hinein. Die Metalltür öffnete sich mit einem leisen Schaben.

Sofort umhüllte ihn der Geruch, der für ihn jahrelang ein Synonym für Zuhause gewesen war. Doch etwas war anders. Ein neues Putzmittel? Trotzdem machte sich ein Gefühl der Heimkehr in ihm breit.

Idiot! Es gibt kein Zurück.

Er unterdrückte den Impuls, in den ersten Stock zu steigen und nachzusehen, was sich verändert hatte. Stattdessen lief er in den Keller, den langen kalten Flur entlang. An seinem Ende befand sich die Waffenkammer.

Mit leicht zitternden Fingern tippte er sechs Ziffern ein.

Das war der heikle Punkt in seinem Plan: Die Stahltür war zusätzlich zum Schlüssel mit einem Zahlencode gesichert, der die letzten zwei Jahre nicht geändert worden war. Gedankenlosigkeit. Faulheit des Chefs. Maxwell hoffte inständig, Peter hatte nicht ausgerechnet während seiner Abwesenheit seine Gewohnheiten geändert.

Maxwells Herz pochte. Er wartete auf das erlösende Geräusch, wenn die Bolzen die Tür freigaben. Es kam nicht. Sein Puls beschleunigte sich.

Wen konnte er anrufen, um den Code zu erfahren? Mickey?

Klack.

Maxwell atmete hörbar aus, er war zu ungeduldig gewesen. Schnell steckte er seinen Schlüssel ins Schloss und sperrte die schwere Tür auf.

Seine Waffen lagen unberührt an ihrem Platz auf dem Regal. Seine MP5, seine Glock, sein Holster mit dem Messer. Keine Schließfächer, viel zu umständlich, außerdem hätten dort die großen Taschen für die Maschinenpistole nicht hineingepasst. Er nahm die Glock und wog sie in der Hand. Das vertraute Gefühl stellte sich sofort wieder ein. Schnell steckte er auch noch die zwei Ersatzmagazine und Munition ein.

Als er wieder im Erdgeschoss war, rang er erneut einen Augenblick lang mit sich. Sollte er hinaufgehen und seine ballistische Unterziehschutzweste aus seinem Spind holen? Aber dann verwarf er den Gedanken, er wusste, wie mies er sich fühlen würde, wenn er seine Diensträume betrat. Die, in denen er nie wieder arbeiten würde.

Zu Hause versteckte er die Pistole in seiner Reisetasche, bevor er sich leise zurück zu Susanne ins Bett legte. Sie atmete ruhig und gleichmäßig. Behutsam schob er seine kalten Hände unter ihre Decke, berührte ihre Brüste mit den Fingerspitzen, streichelte sie, rieb sein Gesicht daran, saugte eine Brustwarze zwischen seine Lippen, wechselte zur anderen.

Susanne wandte sich ihm zu. Zärtlich ließ sie ihre Hand über seine Glatze gleiten, über die Wange, den Hals, seine muskulösen Schultern, ihre Fingernägel kratzten verlangend über seinen Rücken. Sein Glied reagierte auf den Reiz, erhob sich. Mit Freude küsste und verwöhnte er sie, bis er schließlich in sie drang und sie liebte, als gäbe es kein nächstes Mal: leidenschaftlich und doch behutsam. Mit Genuss. Bis sie beide auf einer Welle der Lust davongetragen wurden.

99
São Roque, Brasilien

Carlos schaltete die Scheinwerfer aus und bog von der Landstraße in einen Feldweg ab, der durch die Weinberge führte. Schon nach wenigen Metern musste er auf Allradantrieb umschalten. Der steile Pfad war voller Schlaglöcher und kleiner Geröllteilchen.

Renata wurde in ihrem Sitz hin und her geworfen. Einmal schlug sie mit dem Kopf gegen das Seitenfenster. Niemand sagte ein Wort. Die Minuten dehnten sich. In der nächtlichen Dunkelheit grenzte es an ein Wunder, dass Carlos nicht vom Weg abkam.

Endlich erreichten sie ein terrassenförmiges Plateau. Carlos wendete den Wagen und schaltete den Motor aus. Renata wandte ihm den Kopf zu. Der sanfte Mondschein brach sich im Fenster und erhellte nur das Armaturenbrett und seine Brust. Das Gesicht blieb im Dunkeln.

»Ich werde jetzt Senhora Rachel befreien. Sollte ich in einer Stunde nicht zurück sein, müssen Sie abhauen. Ich lasse die Wagenschlüssel stecken.« Er lehnte sich leicht zu ihr. »Sobald ich weg bin, verriegeln Sie die Türen und verstecken sich im Fußraum. Ich werde niemanden mit einer Nachricht zu Ihnen schicken, sollte Sie hier jemand finden, fahren Sie weg.«

Renata zitterte.

Carlos griff nach ihrer Hand, fuhr mit dem Daumen über die Finger, dann drehte er die Hand um und küsste die Innenseite. Behutsam. Renatas Herz klopfte wild, Gänsehaut bildete sich auf ihren Armen. Als er sich wieder aufrichtete, sah sie ihm in die Augen.

»Die werden mich töten, nicht wahr?«

Carlos schüttelte den Kopf.

»Sie sind einer von ihnen, Sie haben mich hierhergebracht, damit sie mich erschießen.« Sie hob ihre Hand, berührte den Piranha an seinem Hals. »Ihr Vater ist ein Verbrecher, ein Favela-Boss, ein Mitglied des PCC. Er sitzt im Gefängnis.«

»Ja.« Carlos wandte den Blick nicht ab.

»Auf dem Weingut wurde nicht nur Wein abgefüllt, sondern auch mit Kokain gehandelt.«

»Ja.« Noch immer sah er sie unverwandt an.

»Seit Ihr Vater im Gefängnis sitzt, haben Sie seine Geschäfte übernommen.«

Carlos zögerte, dann ein leises: »Ja.«

Schweigen.

»Haben Sie den Mann geschickt, der die Parzeres und Zé erschossen hat? Der mich in London gejagt hat?«

»Nein.«

»Lügen Sie mich nicht an!«

»Ich habe den Platz meines Vaters eingenommen, weil es der einzige Weg war, Menschen zu beschützen. Aber die rechte Hand meines Vaters hat mich durchschaut. Er hat die Parzeres umbringen lassen, als er von Ihrem Zeitungsartikel erfuhr. Ich konnte es nicht verhindern, er hat mich nicht in seinen Plan eingeweiht.«

»Aber Sie haben Rachel aus dem Hotel entführt.«

»Es war zu Ihrer beider Besten.«

Renata lachte spöttisch auf.

»Hätte ich es nicht getan, hätte er ein Rollkommando geschickt. So konnte ich ihn überzeugen, dass wir Senhora Rachel lebendig brauchen, um Sie zu schnappen. Er hat mir geglaubt, als er gehört hat, dass der Killer versagt hat, den er Ihnen nach London hinterhergeschickt hat. Ich bin so lange wie möglich hiergeblieben und habe dafür gesorgt, dass es Senhora Rachel gut geht.«

Renata schloss die Augen, horchte in sich hinein. Sie wollte ihm glauben. Der Gedanke war einfach zu verlockend, denn dann hätte sie ihre Menschenkenntnis nicht völlig im Stich gelassen.

»Warum haben Sie mich heute Nacht aus dem Konsulat geholt? Ich wäre dort sicher gewesen.«

Carlos schüttelte den Kopf. »Ich dachte, Sie kennen das PCC. Ich habe es Ihnen doch schon gesagt: Die kaufen sich überall ihre Leute. Sie sind nirgendwo sicher. Ich glaube, der große, dunkelhaarige Kerl, der mit Senhora Rachel unterwegs war, arbeitet für sie. Sobald ich Ihre Freundin aus dem Weingut befreit habe, werde ich genauso auf der Todesliste stehen wie Sie. Dann müssen wir abhauen und Brasilien für immer verlassen. Wir müssen unsere Namen ändern und unser Aussehen. Wir müssen weit weg in ein Land gehen, in dem sie uns nicht vermuten, wo sie keine Statthalter haben. Und dennoch werden wir bis ans Ende unserer Tage vorsichtig sein müssen.«

»Warum erschießen Sie mich nicht einfach?«

Er sah sie schweigend an. Schließlich beugte er sich vor und küsste sie auf die Stirn. »Sie werden leben.«

Rasch wandte er sich ab und öffnete lautlos die Tür. Wie ein Greifvogel an seiner Beute, so krallte sich Panik an Renata fest, ihre Hand schoss vor, die Fingernägel gruben sich in Carlos' T-Shirt.

»Ich will mit. Wenn Rachel etwas zustößt, werde ich mir das nie verzeihen – und Ihnen auch nicht.«

Einen Moment saß er reglos da, dann beugte er sich mit einem Ruck zum Handschuhfach und nahm eine Pistole heraus.

»Können Sie damit umgehen?«

Sie schüttelte den Kopf.

100
Nürnberg, Deutschland

Sonne schien auf Maxwells Gesicht. Auf dem Kopfkissen neben ihm lag ein weißes Blatt mit dem Abdruck zweier mit weinrotem Lippenstift geschminkter Lippen; die untere etwas voller als die obere. Und ein neues Päckchen Tabletten. Susanne war bereits zum Dienst gegangen. Kein langer, tränenreicher Abschied. Sie wusste, dass er zu ihr zurückkommen würde.

Maxwell packte seine Reisetasche mit frischer Wäsche. Auch Susannes Kussmund faltete er rasch zusammen und verstaute ihn in einer Tasche seiner schwarzen Cargohose. Dann wartete er auf Webers Anruf, der kurz nach Mittag kam.

»Alles läuft nach Plan. Rexha hat heute Morgen ein paar Telefonate geführt und die Identität des Fuhrunternehmers überprüft. Der Scheißkerl hat seine Cousine die Einwohnermeldeamts- und Gewerbedaten kontrollieren lassen. Sie arbeitet in der Behörde.

Wenn die Kollegen da nicht ganze Arbeit geleistet hätten, hätten wir ein Problem bekommen. Das wird die Dame nun demnächst mit ihrem Chef haben.«

»Dann steigt die Sache also?«

»Ja. Rexha hat Locke gesagt, dass Sousa ihn in Hamburg treffen will. Das ist die übliche Vorgehensweise: Die beiden werden sich euren Mann zur Brust nehmen, hinterfragen, was seine Interessen bei dem Deal sind, und ihn vielleicht noch einmal daran erinnern, dass sie keinen Spaß verstehen. Dann werden sie ihn anweisen, den Fuhrunternehmer zu verständigen. Bei Geschäften dieser Größenordnung ist es üblich, dass derjenige, der es anbahnt, beim ersten Mal dabei ist. Quasi als Pfand, dass es keine Falle ist. Sie haben ein Treffen für heute Abend um halb zehn im ›Fadista‹ vereinbart.«

»Ich mache mich sofort auf den Weg.«

»Es wäre gut, wenn du den Kollegen von der GER mitnehmen könntest.«

»Tomski kommt mit nach Hamburg?« Maxwell runzelte die Stirn.

»Natürlich. Er fungiert als Kontaktmann zu eurem Fuhrunternehmer. Außerdem ist er der Betreuungsbeamte und damit Ansprechpartner für eure Vertrauensperson.«

»Gut, ich spreche mich mit ihm ab.«

101
São Roque, Brasilien

Renata lag bäuchlings in einer Mulde in den Weinbergen. Obwohl ihre Augen an die Dunkelheit gewöhnt waren, konnte sie nur ahnen, wo sich Carlos ungefähr befand. Schwarze Kleidung, schwarze Haare, braungebrannte Haut ließen sich hier draußen nicht von der Erde und den Reben unterscheiden. Sie wartete, versuchte, ihren Atem unter Kontrolle zu halten. Nicht zu schnell und nicht zu langsam. Wenn das Zeichen kam, musste sie losrennen.

Ein lautes Krächzen ertönte. Nachdem es wieder verstummt war, Flügelschlagen. Der Riesentukan. Als sie ihm zum ersten Mal begegnet war, hatte er auf einem Dachfirst gesessen. Das Zuschlagen der Autotür hatte ihn aufgescheucht. Und jetzt? Hatte einer von Rachels Bewachern das Farmhaus verlassen? Carlos hatte ihr erklärt, dass die Männer abwechselnd immer wieder eine Runde drehten.

Sie wartete, horchte angestrengt auf weitere Geräusche.

Ein helles Knirschen, als würden viele kleine Murmeln zusammenstoßen. Jemand lief über den Kies im Hof. Die Schritte wurden lauter. Ein Motor sprang an, Scheinwerfer erhellten das nächtliche Dunkel. Ein gedämpfter Ruf. Eine Männerstimme. Renata konnte die Worte nicht verstehen, im nächsten Moment erlosch das Licht wieder, der Motor tuckerte weiter.

Einen Augenblick später nahm sie einen schwachen Lichtreflex an der Mauer wahr. Das Tor musste geöffnet worden sein, sodass sich der Mond nun in dem glänzenden Firmenschild brach.

Ihr Blick glitt zurück zu der Stelle, an der sie Carlos vermutete. Sie glaubte, eine Bewegung wahrzunehmen. Eine gebückte Gestalt schlich am unteren Saum der Weinberge in Richtung Tor. Mit einem Mal richtete sie sich auf und rannte über das offene Gelände. Im selben Moment trat jemand aus dem Tor. Ein Ruf erscholl. Der Mann hatte Carlos bemerkt.

Renata zuckte zusammen, ihr Herz pumpte, als sei sie diejenige, die über die Einfahrt rannte.

Carlos änderte im Laufen die Richtung, warf sich auf den Mann, zusammen rollten sie in den Schatten der Mauer. Nichts war zu hören.

Konnte ein Mensch lautlos sterben? Renata biss sich auf die Unterlippe, bis sie einen metallischen Geschmack im Mund wahrnahm.

Ein weiterer Schatten erschien im offenen Tor. Die Scheinwerfer flammten wieder auf. Zwei Silhouetten hoben sich jetzt deutlich von der Umgebung ab. Ein Pistolenschuss ertönte, und dann noch einer. Ein Mann stieß einen Schrei aus und sackte zusammen. Der Riesentukan krächzte, das Licht erlosch, im selben Augenblick hörte Renata das mittlerweile vertraute Tack! Tack!

Tack! eines Sturmgewehrs. Diesmal konnte sie sogar die kleinen Flammen sehen, die der Feuerstoß auslöste.

Renatas Magen krampfte sich zusammen. Sie wartete auf einen Schrei. Carlos. Aber alles, was sie hörte, war der Vogel. Wieder erklang das Tack! Tack! Tack!

Sie musste etwas tun, den Kerl von Carlos ablenken. Ihre Finger glitten über den Boden, ertasteten einen Stein. Sie richtete sich auf, schleuderte ihn mit aller Kraft in die Richtung des Mannes. Ein dumpfer Gong, sie hatte das Tor getroffen. Zitternd warf sie sich wieder flach auf den Boden, drückte ihr Gesicht in die Erde, wartete auf den Feuerstoß, hörte ein Zischen ganz in ihrer Nähe, fühlte die Erde aufspritzen.

Dann ein einzelner Schuss, ein Schrei, noch ein Schuss. Er klang anders als das Tack! Tack! Tack! des Sturmgewehrs. Carlos' Pistole. Renata hob den Kopf, konnte jedoch nichts erkennen. Sie richtete sich ein Stück weit auf, begann von der Stelle wegzurobben, die letzten Meter den Weinberg hinunter bis an den Weg.

Auf halber Strecke merkte sie, dass das Motorengeräusch lauter geworden war. Sie hielt inne, hob den Kopf. Zu ihrem Entsetzen sah sie zwei Männer mit Gewehren aus dem Hof laufen. Sie feuerten in die Richtung, aus der Carlos geschossen hatte, während ein Jeep aus der Einfahrt raste. Motordröhnen. Carlos erwiderte das Feuer. Eine ungeheure Geräuschkulisse. Renata riss die Hände zu den Ohren. Der kleinere der beiden Männer ging zu Boden, der andere ballerte wie von Sinnen sein gesamtes Magazin leer, dann duckte er sich zurück hinter den schützenden Mauervorsprung. Von Carlos keine Reaktion.

Renata sprang auf und rannte die letzten Meter den Abhang hinunter. Sie musste das Auto aufhalten. Aber wie? Sie hätte die Waffe annehmen sollen, die Carlos ihr angeboten hatte – aber sie hätte sie nicht einmal entsichern können, geschweige denn würde sie damit etwas treffen.

Sie erreichte den Rand der Weinberge. Das grelle Halogenlicht der Scheinwerfer erfasste sie, das Fahrzeug war nur noch wenige Meter entfernt. In ihrer Verzweiflung lief Renata auf die Straße. Schloss die Augen, wartete auf den Aufprall, wie ein waidwundes Reh auf den Todesstoß. Ein Knirschen. Steinchen spritzten in alle

Richtungen, etwas traf Renata seitlich an der Schulter, schleuderte sie von den Füßen. Entsetzt riss sie die Augen auf.

Der Fahrer des Jeeps musste reflexartig versucht haben, dem unerwarteten Hindernis auszuweichen, sodass sie nur mit dem Außenspiegel kollidiert war. Dennoch fühlte sie einen stechenden Schmerz in der Schulter, der ihr den Atem raubte und sie wie einen Käfer mit strampelnden Beinen auf dem Rücken liegen ließ, unfähig, wieder auf die Füße zu kommen. Tränen des Schmerzes traten ihr in die Augen.

Während sie noch um Atem kämpfte, hörte sie ein langgezogenes, lautes Hupen. Ein Knall, Metall auf Metall, Rufe, Schüsse. Ruhe.

Mit einem lauten Schmerzensschrei quälte sie sich auf die Seite und weiter auf die Knie. Als sie den Kopf hob, stand Aaron Tagger neben ihr. Entsetzt wich Renata zurück, verlor das Gleichgewicht, wollte mit den Armen rudern, aber der Schmerz in ihrer Schulter ließ sie nur nach Luft schnappen.

Sie fühlte, wie Tagger sie auffing, schrie vor Schmerzen, Tränen rannen über ihr erdverkrustetes Gesicht. Behutsam legte er sie auf den Boden. Sie fühlte seine kalten Finger über ihren Arm gleiten, ihre Schulter, das Schlüsselbein. Sie schrie auf.

»Wenn Sie mich umbringen wollen, dann tun Sie es endlich!«

»Warum sollte ich Sie töten wollen?«

»Sie stecken mit denen unter einer Decke.«

»Mit wem?«

Sie nickte in Richtung der Männer, die Carlos erschossen hatte.

»*Bullshit!* Ich habe Ihnen schon einmal gesagt: Wir sind die Guten.«

Jemand rief Taggers Name.

»Bleiben Sie liegen, ich bin gleich zurück, dann kümmere ich mich um Ihre Verletzung.« Er erhob sich.

Renata starrte in den Nachthimmel. Waren da oben schon immer so viele funkelnde Sterne gewesen? Oder war es ein Zeichen? Sollte sie die Zelte hier abbrechen und … Sie schloss die Augen, sah die Gesichter ihrer Eltern vor sich, wie sie um sie herumstanden, während sie sich über eine selbst gebackene Torte ihrer

Mutter beugte, tief Luft holte und die zwölf Kerzen in einem Zug auspustete. Ihr Vater klatschte, ihre Mutter klatschte, Tante Adélia klatschte. Ein Berg von Geschenken lag auf dem Tisch – alle in buntes Papier verpackt mit großen Schleifen. Renata grübelte, aber ihr fiel nicht ein, was sie enthielten. Die späteren Geschehnisse hatten die Erinnerung daran ausgelöscht. Wahrscheinlich waren es Bücher gewesen. Sie hatte sie verschlungen, seit sie lesen konnte. Es war der letzte unbeschwerte Geburtstag ihres Lebens gewesen. Einen Monat danach hatte ihr Vater seinen verhängnisvollen Kneipenbesuch gemacht und war ins Gefängnis gekommen. Auf den Monat genau zwei Jahre nach seinem Tod in Carandiru war ihre Mutter an Krebs gestorben und Tante Adélia folgte ihr fünf Jahre später in den Fluten des Atlantiks. Sie war die letzte Überlebende ihrer Familie.

Kälte kroch Renata in die Glieder, sie zitterte.

»Senhora?«

Jemand berührte ihren Arm. Sie schrie auf. Sofort war die Hitze in ihrer Schulter zurück. Sie öffnete die Augen, blinzelte im Schein der Taschenlampe. Tagger.

»Beißen Sie die Zähne zusammen, ich muss Sie hochheben. Hier können Sie nicht liegen bleiben, bis der Krankenwagen kommt.«

»Doch ... lassen Sie mich einfach ... in Ruhe.«

»Wollen Sie gar nicht wissen, wie es Rachel geht?«

Renata fühlte die Hände des Mannes unter sie gleiten, dann ein Ruck. Sie schrie, so gellend, wie sie noch nie geschrien hatte. Als sie wieder zu Atem kam, merkte sie, dass sie am Boden saß. Tagger kauerte hinter ihr und drückte ihr beide Ellbogen hinter dem Körper zusammen. Es tat weh, war aber kein Vergleich zu dem, was sie zuvor gefühlt hatte.

»Sie haben sich das Schlüsselbein gebrochen«, sagte Tagger. »Kleiner Knochen, großer Schmerz. Ich werde Ihnen jetzt einen Verband anlegen, der den Zug vom Schlüsselbein nimmt. Wenn die Knochenenden nicht mehr aneinander reiben, ist das Schlimmste vorüber.«

Sie versuchte, sich aufs Atmen zu konzentrieren, während er ihre Schultern mithilfe von zwei Schlaufen nach hinten band.

»Was ist mit Rachel? Und Carlos?«, fragte sie schließlich, als sie sicher war, vor Schmerz nicht wieder schreien zu müssen.

»Rachel ist bewusstlos, die Kerle haben sie mit irgendetwas betäubt, bevor sie versucht haben, sie von hier fortzuschaffen.«

In der Ferne waren Sirenen zu hören.

»Und Carlos?«

»Der Kerl, der Sie heute Nacht entführt hat?«

»Er hat gesagt, Sie stehen auf der Gehaltsliste des PCC.«

»Das hätte ich an seiner Stelle ebenfalls gesagt.«

Die Sirenen kamen näher.

»Was ist mit ihm?« Renatas Augen glitten über Taggers Gesicht. Er wandte den Blick ab. Auf einmal verschwamm alles um sie herum. Sie fühlte, wie sich Flüssigkeit an ihrem Augenlid sammelte, aus einem flachen See formte sich eine Perle, die über das Lid rollte und eine erste feuchte Linie über ihre Wange zog. Eine zweite folgte und dann so viele, dass sie nicht mehr zu zählen waren.

Obwohl Renata es in dem Moment, in dem sie vor den Jeep sprang, bereits geahnt hatte, traf sie die Erkenntnis mit voller Wucht.

102
Hamburg, Deutschland

»Ihr seid schon da?« Weber erhob sich, schüttelte Maxwell und Tomski die Hand. Der Siegelring blitzte auf. »Hattet ihr eine gute Fahrt?«

Tomskis borstige Augenbrauen zogen sich zusammen. »Wenn es nach mir gegangen wäre, hätten wir uns etwas mehr Zeit gelassen.«

Hansen grinste sein schiefes Grinsen. Er kannte Maxwells Fahrstil aus Bosnien.

Weber ging zur Tür. »Möchte jemand Kaffee?«

»Danke, ich habe schon Herzrasen.« Tomski klang immer noch verärgert.

Maxwell zuckte mit den Schultern. »Ich nehme gern einen.«

Sie schwiegen, während sie darauf warteten, dass Weber zurückkam. Er stellte zwei Tassen und eine Thermoskanne auf den Tisch. »Falls du doch noch einen möchtest.«

Tomskis Handy klingelte. Er sah aufs Display und runzelte die Stirn. Als er das Gespräch annahm, war seine Stimme wieder so geduldig, als spreche er mit einem Kind. »Locke, was gibt es? Bist du schon da?« Sein Blick verdüsterte sich. »Wo genau bist du?«

Weber schob ihm Block und Stift zu.

»Und was ist passiert?«

Maxwell strengte sich an mitzuhören, aber er konnte nur ein Murmeln verstehen.

»Jetzt beruhige dich erst mal. Du schaffst es schon noch rechtzeitig hierher. Hast du den Pannendienst gerufen? ... Doch, tu das. Das geht auf unsere Kappe. Geh zur nächsten Notrufsäule und informiere die Autobahnmeisterei, dann wissen sie ganz genau, wo sie dich finden ... Nein, nimm nicht das Handy. Sobald du abgeschleppt worden bist, meldest du dich wieder bei mir.« Er legte auf.

»Probleme?«, fragte Weber unnötigerweise.

»Lockes Auto ist irgendwo auf der Autobahn liegengeblieben.«

»Scheiße!«

»Genau. Hast du eine Straßenkarte?« Tomski griff zur Thermoskanne und schenkte sich nun doch einen Kaffee ein.

Weber kramte in einer Schreibtischschublade, ging hinaus und kam nach einer Weile mit einem Autoatlas zurück.

Tomski griff wieder zum Handy.

»Hast du angerufen? ... Gut, wann kommen sie?« Seine Mundwinkel sackten nach unten. »Bleib ruhig, wir haben alles im Griff. Da kann man nichts machen. Wo genau bist du?« Er schrieb etwas auf den Block. »Okay, ruf an, wenn du weißt, wo sie dich hinbringen.« Er beendete das Gespräch und griff zum Autoatlas. Während er blätterte, saugte er die Unterlippe in den Mund. »Hier, er ist kurz vor Bockenem.«

Maxwell beugte sich vor und schaute, wohin der Finger zeigte. Tomskis Nägel waren für einen Mann zu lang. Man konnte das Weiße an den Rändern sehen.

»Das ist gut sechzig Kilometer südlich von Hannover! Da ist er aber noch verdammt weit weg.« Weber klang nicht mehr ganz so ruhig wie üblich.

»Das bekommen wir schon hin.« Tomski strahlte Zuversicht aus.

Für wen?, fragte sich Maxwell.

Tomski zückte sein Smartphone, rief Bahnverbindungen auf, sah in den Atlas, schürzte die Lippen, griff wieder zum Telefon.

»Pass auf: Egal, was mit deinem Auto ist, sag dem Fahrer vom Pannendienst, dass er dich nach Hildesheim schleppen soll ... Doch! Wenn alles voller Öl ist, ist das kein gutes Zeichen. Lass das Auto Auto sein! Darum kümmern wir uns später. Wichtig ist, dass wir dich pünktlich nach Hamburg bekommen. Von Hildesheim aus brauchst du knappe zwei Stunden ... Hast du genug Geld dabei? Das Ticket kostet ungefähr fünfzig Euro ... Was ist mit deiner Scheckkarte? Kannst du das so zahlen? Wir erstatten dir das Geld.« Tomski seufzte. »Nein, lass, ich kümmere mich drum.«

Alle sahen ihn fragend an.

»Er hat nur zwanzig Euro einstecken und mit der Scheckkarte bekommt er auch nichts.«

Maxwell sprang auf. »Bevor wir hier lang rum tun, hol ich ihn.«

»Nein!« Zweistimmig, Weber und Tomski.

»Ich buche ihm ein Ticket auf meine Kreditkarte und lasse es am Schalter in Hildesheim hinterlegen.«

103
Hamburg, Deutschland

Um Viertel nach neun meldete eine Mitarbeiterin des Observationsteams, dass Locke sein Hotel verlassen habe und ins Taxi gestiegen sei. Die Fahrt durch Hamburg verlief ereignislos. Locke war gut fünf Minuten zu früh am Lokal. Während er wartete, rauchte er zwei Zigaretten.

Um Punkt halb zehn betrat er schließlich das »Fadista«. Wenige Minuten später stieg Rexha aus seinem vor dem Restaurant geparkten BMW und ging ebenfalls hinein. Er hatte Locke seit seiner Ankunft im Taxi beobachtet und war dabei von den ihn observierenden Beamten bespitzelt worden.

Im Lokal wurde Locke an einen reservierten Tisch geführt, Rexha setzte sich zu ihm, Speisekarten wurden gebracht. Es wirkte, als hätten sich die beiden Männer zu einem gemeinsamen Abendessen verabredet. Schließlich stand Locke auf und ging in den Keller.

Auf dem Weg wäre er fast mit einer jungen Frau vom übernächsten Tisch zusammengestoßen, die in deutlich ausgelassener Stimmung das stille Örtchen im Untergeschoss aufsuchen wollte. Die Beamtin sah, wie Locke hinter der Tür mit der Aufschrift Büro verschwand, bevor sie sich in einer Kabine der Damentoilette einschloss und mittels technischen Schnickschnacks das Gespräch in Webers Büro übertrug.

Sousa: *Was ist das für ein Typ, für den du das Geschäft anbahnen willst?*

Locke: *Ein Großabnehmer. Wir kennen uns schon eine Weile.*

Sousa: *Woher?*

Locke: *Ich bin viel in der Ecke Selb/Weiden unterwegs.*

Sousa: *Was macht der Kerl so?*

Locke: *Er kriegt seine Ware hauptsächlich aus Holland.*

Sousa: *Und du?*

Locke: *Ich kauf manchmal was von ihm. Er ist zuverlässig. Ich hab ihn schon zwei, drei Mal beim Einkaufen begleitet.*

Sousa: *Warum sollen wir ihm was geben?*

Locke: *Euer Stoff hat astreine Qualität.*

Sousa: *Was ist für dich drin?*

Locke: *Ein bisschen was für mich selbst.*

Es entstand eine Pause.

Locke: *Er ist zuverlässig und hat immer großen Bedarf.*

Sousa: *Mehr als dein alter Chef?*

Locke sagte nichts.

Sousa: *Dir ist klar, was wir mit dir machen, wenn uns der Kerl nicht ganz koscher vorkommt?*

Locke, leicht zitternde Stimme: *Das wird nicht passieren.*

Sousa: *Also gut, dann sag ihm, dass ich mich mit ihm treffe. Ich will das Geld vorab sehen.*

Locke: *Kein Problem.*

Sousa: *Dass wir gute Ware liefern, weißt du. Wenn mir der Kerl gefällt, bekommt er was. Ansonsten hast du ein Problem.*

Jemand zog geräuschvoll den Rotz in der Nase hoch.

Sousa: *Wir treffen uns morgen Nachmittag um halb vier auf dem Autobahnparkplatz Wendlohe an der A 7. Du kommst mit deinem Chef, ich bringe Rexha mit. Mehr Leute will ich dort nicht sehen, hast du verstanden?*

Locke: *Ja.*

Sousa: *Gut, dann hau jetzt ab.*

»Was ist das für ein Rastplatz?« Maxwell sah Weber fragend an.

»Wäre nicht meine erste Wahl gewesen, lässt sich aber nicht ändern.«

Weber kramte in seinen Unterlagen eine Straßenkarte heraus und legte sie vor Maxwell auf den Schreibtisch.

»Der Parkplatz liegt nördlich von Hamburg auf holsteinischem Gebiet. Vonseiten des Zolls gibt es keine Probleme. Die GER Hamburg ist für ganz Norddeutschland zuständig, aber das uns unterstützende SEK ist Ländersache. Das heißt, wir müssen jetzt diese Kollegen auch noch mit ins Boot nehmen.«

Maxwell verzog das Gesicht. Zu viele beteiligte Gruppen waren ganz und gar nicht nach seinem Geschmack.

»Vom Aufbau her ist der Parkplatz in zwei Hälften geteilt: In der Mitte ist eine Grünfläche mit Picknickbänken und Toilettenhäuschen. An der breitesten Stelle dürfte der Rasen um die dreißig Meter haben. Linker Hand gibt es zehn bis fünfzehn Stellplätze für Lastwagen und auf der anderen Seite halbkreisförmig angeordnete Buchten für rund dreißig Pkw. Dahinter ist ein Waldgürtel, an den sich Felder anschließen. Das Gebiet ist von außerhalb der Autobahn schlecht zu erreichen. Von hinten gibt es nur die Möglichkeit, sich zu Fuß durch den Wald zu schlagen.«

104
Erlangen, Deutschland

Susanne Schirmer schenkte sich ein Glas Wein ein, machte sich ein Käsebrot, aß, spülte den Teller, räumte auf. Endlich fand sie keinen Vorwand mehr, das Unvermeidliche noch länger hinauszuzögern.

Die Berichte auf den Kassetten wurden für sie immer bedrückender. Dazu kam, dass Maxwell selbst zugegeben hatte, dass das, was noch kam, schlimmer werden würde, als das, was sie bislang gehört hatte. Sie klemmte sich den Karton unter den Arm, ergriff ihr Glas und setzte sich in den Wintergarten.

3. April 1995

Das neue kroatische Konsulat wird eröffnet. Präsident Tudjman ist gekommen. Die Kroaten sind sehr arrogant, behandeln KK herablassend. Ich ärgere mich. Auch wollen sie Jörn und mich aus dem Konsulat werfen, sodass KK ohne Schutz wäre. Wir tricksen sie aber aus: Wir gehen aus dem einen Raum heraus und gleich in einen anderen wieder hinein und bleiben so im Nebenzimmer.

Am Abend erzählt Klaus, dass die HVO von gestern Nacht auf heute Morgen die M 17 gesperrt hat und sechzig Pkw festhielt. Grund dafür war, dass die Ost-Polizei vier betrunkene West-Leute verhaftet hatte. Der Ort der Sperre war außerhalb der blauen Zone, in der die WEU zuständig ist. Die HVO hatte Panzerfäuste dabei.

Ich trinke Schnaps mit KK.

4. April 1995

Wir sollen Briefe aus Italien an Moslems verteilen und nehmen Ljilia mit; offiziell zum Dolmetschen, tatsächlich aber, weil ihr Schwiegervater noch bei Jablanica auf moslemischen Gebiet wohnt.

Früher haben dort einige Kroaten gelebt, die dann vertrieben wurden. Während des Kriegs wurde ein Massaker an zehn bis zwölf Kroaten durch die Moslems verübt. Der Schwiegervater hatte ein neues

Hüftgelenk bekommen und konnte nicht fliehen. Er wird im Ort geduldet, aber schikaniert, beschimpft und geschlagen.

Knapp einen Kilometer vor dem Ort, wir können das Haus schon sehen, dürfen wir einen Checkpoint nicht passieren. Nach langem Hin und Her sollen wir in Jablanica bei der 4. Brigade um Erlaubnis bitten. Wir drehen um. Ljilia ist fix und fertig und heult. Wir versprechen ihr, dass wir alles probieren werden.

In Jablanica gehen wir zur Kommandantur, nach zwanzig Minuten erhalten wir die Erlaubnis. Fahren zurück, werden am Checkpoint von einem Sheriff abgeholt. Er begleitet uns bis ins Haus. Als Ljilia dem Moslem etwas zu trinken anbietet, sieht man den Hass in seinen Augen. Er nimmt nichts an, reißt sich aber zusammen. Wir bleiben eine halbe Stunde und fahren wieder zurück. Der Abschied ist schwer, vielleicht werden sich beide nie wiedersehen. Der Mann ist alt, sein Gesundheitszustand schlecht. Auf der Heimfahrt merken wir, dass Ljilia Zweifel kommen, ob es richtig war, den Besuch zu machen. Wir hoffen, dass der alte Mann nicht wegen uns geschlagen wird.

Doris verlangt, dass ich den Einsatz abbreche, sonst will sie mich verlassen. Ich trinke zehn doppelte Schnäpse mit Jörn und Henning.

5. April 1995

Wir haben erfahren, dass im slowenischen Fernsehen von einem geplanten Attentat auf KK gesprochen wird. Ähnliches haben wir auch von unseren Informanten erfahren. Bei der Pkw-Übergabe an den Blindenverband Mostar vor dem Ero lege ich mich daher als Posten aufs Dach. Aber alles bleibt ruhig.

Danach fahren Henning und ich zum kroatischen Konsulat nach Medjugorje. Wir sollen ein Visum für einen moslemischen Jungen bekommen, damit er in Deutschland operiert werden kann. Als ich dem Posten am Konsulat erzähle, dass wir von der EU kommen, spuckt er mir vor die Füße. Henning hält mich zurück. Nach einer Weile erhalten wir das Visum.

Wir erfahren, dass eine Frau mit durchgeschnittener Kehle gefunden wurde. Die Sache hat eventuell einen politischen Hintergrund, da ihr Sohn in Sarajevo ein Interview gegeben hat.

In Kroatien wurden zwei Deutsche ermordet. Sie waren in ein

Waffengeschäft verwickelt. Das Auto der beiden wurde bei Široki Brijeg gefunden, als es einer verkaufen wollte.

Gegen null Uhr zehn wird O'Neal im Ero entdeckt. Er ist Ire, war Major der britischen Armee und ist dann als Söldner zur HVO gegangen, wo er Sniper ausbildet. Er soll in einer sehr extremen, verbotenen Organisation Mitglied sein. Ein Posten aus dem ersten Stock begleitet ihn, angeblich ist er zu einer Geburtstagsparty eingeladen. Wir observieren ihn, gegen halb zwei verlässt er das Ero wieder.

Dr. Schirmer schloss die Augen und legte den Kopf zurück. Noch immer sah sie eine imaginäre Frau mit durchgeschnittener Kehle vor sich. Das Bild würde sie sicher noch eine Weile verfolgen.

Warum?, fragte sie sich. Warum setzten ihr die Bilder, die Maxwells Stimme in ihrem Kopf entstehen ließen, so viel mehr zu als die Patienten, die sie tagtäglich behandelte?

Erst nach einer Weile wurde ihr klar, dass es vor allem ihre eigene Hilflosigkeit war, die sie wie ein Mühlstein hinunterzog. Sie konnte nichts für diese Menschen tun, konnte nicht um ihr Leben kämpfen, sie nicht vor der Gewalt schützen, die um sie herum herrschte.

105
São Paulo, Brasilien

Ein sanftes Klopfen an der Tür. Mit einem Stöhnen richtete sich Renata im Bett auf. Ihre Schulter tat weh, auch wenn sie sich nicht bewegte, aber sie fühlte nicht mehr den stechend scharfen Schmerz ihres gebrochenen Schlüsselbeins.

Der Arzt im Krankenhaus hatte Taggers Provisorium abgenommen und ihr einen richtigen Schlingenverband angelegt. Dann hatte er sie, mit einer Schachtel Schmerzmittel ausgerüstet, an den geduldig wartenden Amerikaner übergeben und gesagt, die Zeit werde alle Wunden heilen. Renata hatte sich gefragt, ob er damit auch die seelischen meinte.

»Herein!«

Die Tür öffnete sich, Tagger schob Rachel in einem Rollstuhl herein. Renata sog scharf die Luft ein.

»Oh mein Gott! Was haben sie mit dir gemacht?«

»Alles halb so wild«, winkte die Amerikanerin rasch ab. »Ich bin nur noch etwas wackelig auf den Beinen. Das Schlafmittel, das sie mir gegeben haben, sollte wohl einen Stier umhauen und nicht nur eine alte Frau.« Dann wandte sie sich an Tagger: »Lass uns eine Weile allein.«

Erst nachdem sich die Tür geschlossen hatte, beugte sie sich vor und ergriff behutsam Renatas Hand. »Es tut mir sehr, sehr leid, dass Carlos ums Leben gekommen ist.«

»Woher ...?«

»Aaron Tagger hat mir erzählt, was sich gestern Abend zugetragen hat. Nachdem Carlos dich hier aus dem Botschaftsgebäude ›befreit‹ und ihn niedergeschlagen hat, war er außer sich und ist mit ein paar Sicherheitsmännern nach Casa Garibaldina gefahren.«

»Warum? Woher wusste er, dass du dort warst?«

Hatte sich Tagger doch vom PCC kaufen lassen?

»Ich bin letzte Woche mit ihm nach São Roque gefahren, um mit Aurelio Buarque zu sprechen, dem Polizisten, dem du in die Arme gelaufen bist.«

Renata nickte zum Zeichen, dass sie wusste, wen Rachel meinte.

»Vor dem Besuch in der Polizeistation haben wir einen Abstecher zum Weingut gemacht. Durch Zufall haben wir beobachtet, wie Buarque aus dem verlassenen Weingut herausgefahren ist. Das hat mich argwöhnisch gemacht, zumal er später behauptet hat, schon lange nicht mehr dort gewesen zu sein. Tagger hat sich daran erinnert – und weil er keine andere Spur hatte, ist er in seiner Angst um uns dorthin gefahren. Zum Glück, sonst wäre Buarque mit mir im Fond entkommen, was meinen sicheren Tod bedeutet hätte.«

»Er ist einer von denen?«

Rachel nickte. »Er bereut es inzwischen bitterlich, dass er dich nicht gleich an dem Abend getötet hat, als du ihm vors Auto gelaufen bist. Aber damals wusste er noch nicht, dass Carlos' Vater den Befehl gegeben hatte, Casa Garibaldina zu überfallen und die Winzer und dich und Zé zu töten.«

Renatas Unterlippe begann unkontrolliert zu zittern. »Carlos war kein schlechter Mensch. Bitte glaub mir, er –«

»Ich weiß«, unterbrach Rachel und streichelte wieder ihre Hand. »Ich habe einen Fehler gemacht, einen entsetzlichen Fehler. Und glaube mir, ich würde alles tun, ihn ungeschehen zu machen, wenn das ginge.« Sie holte tief Luft. »Nachdem Carlos mich vom Flughafen abgeholt hatte, habe ich ihn von Tagger überprüfen lassen. Mein Bauchgefühl hat mir gesagt, dass mit ihm etwas nicht stimmt. So haben wir herausgefunden, dass er der Sohn des Favela-Bosses war. Als der Mann der Bäuerin, die dich nach dem Überfall auf Casa Garibaldina nicht über die Schwelle lassen wollte, dann auch noch sagte, er würde regelmäßig aufs Weingut fahren, war für mich klar, dass er die Position seines Vaters innerhalb des PCC übernommen hat.« Sie senkte den Blick. »Dass ich damit einen Fehler gemacht habe, wurde mir erst klar, nachdem er mich aus meinem Hotelzimmer entführt hat.«

»Warum?«

»Er hat mir Zeit gegeben, ins Bad zu gehen und dort mit Lippenstift eine Nachricht auf den Spiegel zu schreiben. Auf dem Weg nach Casa Garibaldina wurde mir klar, dass er mich durchschaut hatte, aber trotzdem einverstanden war, als ich ihn bat, die Toilette benutzen zu dürfen.«

»Er hat mir gesagt, dass er dich nur entführt hat, damit es kein anderer macht, der dir wehtun würde.«

Rachel nickte. »Er hat dafür gesorgt, dass es mir gut ging.«

»Was ist gestern Abend passiert? Warum wollten sie flüchten?«

»Sie erhielten einen Anruf von Carlos' Vater aus dem Gefängnis. Er hat ihnen befohlen, mich wegzubringen. Offenbar hat er seinem eigenen Sohn nicht mehr getraut.«

»Woher weißt du das? Du sprichst doch kein Portugiesisch – oder etwa doch?«

»Taggers Leute haben es geschafft, Buarque und einen weiteren Mann lebendig festzunehmen. Sie wurden verhört und haben ein Geständnis abgelegt. Dabei kam auch heraus, dass sie es waren, die den Killer nach London geschickt haben.«

»Aber woher wussten sie, dass ich in London war?«

»Der indische Weinhändler, bei dem du dich nach dem Rotwein erkundigt hast, hat Alarm geschlagen. Und weil du ihm deine Handynummer gegeben hast, konnten sie dich auf Schritt und Tritt verfolgen. Aaron Tagger hat die britischen Behörden informiert, damit gegen den Inder vorgegangen wird.«

»Was ich nicht verstehe, dieser Tagger –«

»Das kannst du auch nicht, denn dazu müsstest du wissen, dass ich früher bei der DEA gearbeitet habe. Ich war eine Mitarbeiterin der *Drug Enforcement Administration*.«

Renata sah sie überrascht an.

»Und Levi, mein Mann, war bei der CIA.« Sie lächelte. »Aaron Tagger ist kein echter Botschaftsmitarbeiter.«

Renata verschlug es die Sprache.

»Als wir nach dem Überfall in Lagos in der amerikanischen Vertretung waren, habe ich den Botschafter um Hilfe gebeten und Kontakt zur ehemaligen Dienststelle meines Mannes aufgenommen. Ich kannte dort noch einen Mitarbeiter, der als junger Einsteiger von Levi ausgebildet wurde und ihm zeitlebens tief verbunden war. Er hat sich darum gekümmert, dass ich mit dem Leiter der hiesigen Zelle sprechen konnte, sobald ich in São Paulo ankam. Und der hat mir Aaron Tagger zur Seite gestellt.«

»Das klingt wie eine Geschichte in einem Hollywoodfilm«, murmelte Renata. Sie schloss die Augen. Hätte sie gewusst, dass Tagger ...

»Du verstehst doch, dass ich dir das nicht verraten durfte, oder?« Rachels Stimme klang unsicher. »Auf der Jorge Amado gab es ein paar Situationen, in denen ich gefürchtet habe, du würdest durchschauen, dass ich schon mit dem Geheimdienst zu tun hatte. Aber ich durfte es dir nicht anvertrauen.«

»Ist die Geschichte von deinen in Nazi-Deutschland verschollenen Eltern ebenfalls Teil deiner Legende?«

Rachel schüttelte den Kopf. »Das ist nicht ausgedacht, sondern die traurige Wahrheit. Ich habe meinen Levi in Israel kennengelernt, und zusammen sind wir in die USA ausgewandert. Das war damals kein Problem.«

»Warum erzählst du mir das alles dann jetzt?«

»Ich möchte, dass du verstehst, warum passiert ist, was passiert ist.«

»Aber damit ist Tagger enttarnt.«

»Das stimmt. Er wollte allerdings schon vor dieser Geschichte zurück in die USA.«

Es entstand eine Pause.

Renata starrte aus dem Fenster.

Hätte es etwas geändert, wenn Rachel ihr auf der Jorge Amado von ihrer beruflichen Vergangenheit erzählt hätte? Wohl kaum. Und wenn sie ihr am Telefon von Tagger berichtet hätte? Genauso wenig, denn dann hätte sie Carlos wohl trotzdem geglaubt, dass das PCC Tagger gekauft hatte. Sie sah Rachel fest an.

»Du kannst nichts dafür, dass Carlos tot ist. Der Kerl, der ihn erschossen hat, ist schuld – und Carlos' Vater.«

»Genau so ist es.« Die Männerstimme ließ die beiden Frauen auffahren. Aaron Tagger stand in der Tür. »Damit ist die Geschichte aber noch nicht zu Ende. Und ich glaube, das wissen Sie.«

»Das PCC wird erst Ruhe geben, wenn sie mich getötet haben«, murmelte Renata.

Tagger nickte.

»Ich wünschte, ich und nicht Zé hätte damals die Wohnzimmertür auf Casa Garibaldina geöffnet.«

Mit einem Mal war Renatas Energie verpufft. So viel war passiert – und alles umsonst. Die einzige Möglichkeit, am Leben zu bleiben, war, ihre Zukunft an Bord eines Containerschiffes zu verbringen. Doch auch dort war nicht gesagt, dass der neue Killer, den das PCC auf sie ansetzen würde, sie nicht irgendwann aufstöberte.

»Ich möchte, dass du mit mir kommst.« Rachels Stimme riss sie aus ihren Gedanken.

»Nach Amerika?«

»Ich habe bei der Einwanderungsbehörde vorgefühlt. Es gäbe keine größeren Probleme, wenn Agent Tagger dich mit einem Schreiben ausrüstet, das besagt, wie sehr du die CIA hier in São Paulo bei einer Mission gegen eine Terrororganisation unterstützt hast. Auch in Amerika werden fähige Journalistinnen gebraucht.

Du könntest bei mir wohnen. Wie du weißt, habe ich keine Familie mehr – und dich hält hier doch auch niemand, oder?«

Renata nickte.

106
Hamburg, Deutschland

»Was hat sich seit heute Nacht getan?« Maxwell musterte Weber, er war der erste Mann, den er kannte, der einen Siegelring zu Jeans und T-Shirt trug. Es sah albern aus.

»Nichts. Sousa und Rexha verhalten sich wie gesetzestreue Bürger. Der Portugiese ist ins ›Fadista‹ gefahren und beaufsichtigt seine Bedienungen. Der Albaner ist noch nicht vor die Tür gegangen.« Weber schürzte die Lippen. »Aber er hat einen Mann auf dem Parkplatz postiert, der ihn regelmäßig anruft und mitteilt, dass vor Ort alles ruhig ist.«

Maxwell zog alarmiert die Augenbrauen hoch.

»Wir konnten ihn identifizieren. Ein Typ in einem silberfarbenen BMW mit Lübecker Kennzeichen. Er sitzt seit über drei Stunden abwechselnd im Auto oder auf einer Picknickbank, liest Zeitung oder glotzt dumm herum.«

»Woher wisst ihr das?«

»Wir haben ein Zweierteam als Forstarbeiter getarnt und in den Wald neben der Autobahn geschickt.«

»Sind die Kollegen authentisch?«

»Authentischere wirst du nicht finden.«

»Tomski?«

»Kümmert sich um seine Schützlinge. Der verdeckte Ermittler ist eingetroffen und macht sich gerade mit Locke bekannt, schließlich sollen die beiden laut Legende schon eine ganze Weile befreundet sein. Da wäre es fatal, wenn sie sich auf dem Parkplatz nicht einmal erkennen würden.«

»Fahren sie nicht zusammen?«

»Tomski hat Locke einen Mietwagen besorgt.«

»Was ist mit dem Vorzeigegeld?«

»Das haben wir hier.« Weber deutete auf einen Safe hinter sich. »Gezählt, kopiert, registriert. Ein Team SEK-Beamte wird es dem verdeckten Ermittler in der Hotelgarage übergeben und ihn dann nicht mehr aus den Augen lassen.«

»Werdet ihr Locke und ihn verkabeln?«

Weber schüttelte den Kopf. »Das ist beim ersten Treffen zu gefährlich. Wir haben für solche Zwecke einen speziell ausgerüsteten Lastwagen. Überwachungskameras, Abhörtechnik, schallisoliert. Die Beamten im Inneren können die gesamte Umgebung kontrollieren, ohne dass es außen jemand merkt. Niemand schöpft Verdacht, wenn der Fahrer die Vorhänge im Führerhaus zuzieht und seine vorgeschriebene Ruhepause hält.«

»Wirst du den Einsatz von dem Lastwagen aus führen?«

»Nein. Die Tarnung des Fahrzeugs darf nicht auffliegen. Wenn man einmal drinsitzt, kommt man erst wieder raus, wenn es hier zurück auf dem Hof ist. Wir bleiben da. Im Büro habe ich genügend Telefone, um den Kontakt zu den jeweiligen Einsatzkräften zu halten. Außerdem können wir das Bild- und Tonmaterial als Livestream aus dem Lastwagen auf die Bildschirme übertragen.«

107
Hamburg, Deutschland

Der Raum wurde vom dunkelvioletten Licht der Monitore erhellt. Zu fünft saßen sie vor den Bildschirmen. Maxwell, Hansen, Weber und noch zwei seiner Lakaien.

Maxwells Finger massierten seine Schläfe, ohne es zu merken. Jeder beobachtete schweigend das Geschehen. Weber hielt ein Telefon ans Ohr gepresst.

Der Parkplatz war so gut wie leer. Nur drei Lastwagen, ein Wohnmobil und sechs Pkw standen dort. Lockes Mietfahrzeug erschien auf einem Monitor. Langsam rollte der silberfarbene Golf an den Parkbuchten entlang, Bremslichter, Rückwärtsgang, einparken. Ein Mann ging an ihm vorbei in Richtung Toilettenhäuschen. Seine Lederjacke wurde mit einem Ruck aufgerissen, aus den Lautsprechern war ein pfeifend-prustendes Geräusch zu hören, der Wind war dort draußen sehr heftig.

Locke blieb im Auto sitzen. Ein Minivan fuhr durchs Bild, dunkelgrün, zwei Männer mit kurzen Haaren, einer trug eine Sonnenbrille.

Dann erschien der Mercedes des verdeckten Ermittlers. Der angebliche Fuhrunternehmer stieg aus. Rasierte Glatze, Springerstiefel, schwarze Bomberjacke, oranges Innenfutter. Er wäre problemlos als Fußballhooligan, Rocker oder Neonazi durchgegangen.

Maxwell fragte sich, wo zum Teufel die Polizei ihn akquiriert hatte.

Locke stieg ebenfalls aus, sie gingen aufeinander zu, begrüßten sich, High five, siegessicher, alte Kumpels, vertrauter Umgang. Eine Showeinlage, die sie für Rexhas Observanten in dem BMW mit Lübecker Kennzeichen gaben.

Plötzlich stellte Webers Kollege, der Rexhas Telefon abhörte, den Lautsprecher an seinem Computer lauter.

Männerstimme: *Die beiden Typen sind da. Der Parkplatz ist sauber.*

Rexha: *Du bleibst auf deinem Posten, bis wir alle wieder weg sind, und beobachtest den Parkplatz noch eine Weile.*

Männerstimme: *Verstanden.*

Zwei Pkw fuhren auf den Parkplatz. Der vordere stellte sich neben den aus Lübeck, ein Mann und eine Frau stiegen aus, hoben eine Kühltasche aus dem Kofferraum, diskutierten, Hände fuchtelten in der Luft. Dann setzten sie sich doch wieder ins Auto, holten ihre Vesper heraus. Das andere Auto hielt neben Lockes Leihwagen.

Rexhas BMW fuhr auf den Parkplatz, hielt auf der verkehrten Seite der Grünfläche, genau neben dem Übertragungsfahrzeug.

Die Männer links und rechts neben Maxwell sogen erschrocken die Luft ein.

»Warum …?«

»Denkst du, er hat …?«

»Der braucht bloß einen Frauenparkplatz«, brummte Hansen lapidar.

Maxwell kniff sich mit Daumen und Zeigefinger in den Nasenrücken, unterdrückte den Impuls, laut loszulachen, die Bauchmuskeln zuckten trotzdem. Hansen *at his best.*

Autotüren knallten. Rexha und Sousa gingen zu einem der verwaisten Picknicktische. Locke und der verdeckte Ermittler kamen von der anderen Seite, Letzterer trug die Sporttasche mit dem Geld.

Rexha machte Locke ein Zeichen, sie zogen sich in Richtung Toiletten zurück.

Sousa: *Hast du die Kohle?*

Der verdeckte Ermittler stellte die Tasche auf den Tisch.

Wie selbstverständlich zog Sousa sie zu sich heran, öffnete den Reißverschluss und warf einen kurzen Blick hinein.

Sousa: *Wie viel?*

Ermittler: *Hundertsechzig Mille.*

Sousa nickte, fasste hinein, blätterte ein paar Bündel durch, besah sich die Scheine. Dann legte er sie zurück, machte die Tasche wieder zu und schob sie von sich.

Ermittler: *Wann machen wir die Übergabe?*

Sousa: *Heute wird nichts aus dem Geschäft.*

Ermittler: *Warum nicht?*

Sousa: *Ich habe keinen Stoff da.*

Ermittler: *Was soll das heißen?*

Sousa: *Was ist daran so schwer zu verstehen? Ich habe nichts hier.*

Ermittler: *Ich glaub, du spinnst! Ich bin wegen dem Deal heute extra fünfhundert Kilometer hier raufgefahren!*

Sousa: *Das ist nicht mein Problem.*

Ermittler: *Okay. Ich mach dir einen Vorschlag. Ich bin hundemüde. Ich such mir jetzt ein Hotel für die Nacht. Und du überlegst dir in der Zwischenzeit noch mal, ob du das Geschäft nicht doch durchziehen willst. Gib Locke Bescheid, wie du dich entscheidest. Du hast bis Mitternacht, dann kriegt ein anderer mein Geld.*

Der Fuhrunternehmer stand auf, packte die Tasche und ging zu seinem Auto zurück.

Das Treffen hatte keine fünf Minuten gedauert.

108
Hamburg, Deutschland

»Was machst du gerade, Max?«, fragte ihn eine hohle Stimme.

»Die Frage sollte wohl eher ich dir stellen. Schwimmst du in einem U-Boot durchs Mittelmeer?«

Ein Knacken in der Leitung. »So besser?«

»Jetzt hörst du dich wieder wie die Frau Doktor an, die ich kenne.«

»Du hast meine Frage nicht beantwortet.«

»Ich sitze im Polizeipräsidium und warte darauf, dass der Fisch anbeißt.«

»Ich würde es mal in einem Fluss versuchen, da ist die Wahrscheinlichkeit größer, dass einer vorbeischwimmt, als in einem Gebäude.«

»Man merkt gleich, dass du studiert hast.«

»Nein, ich war nur früher oft mit meinem Vater beim Angeln.«

»Wirklich?«

»Ja. Ich glaube, er hatte sich immer einen Stammhalter gewünscht, der mal seine Apotheke übernimmt. Und als er dann mit mir vorliebnehmen musste, hat er bei vielem einfach so getan, als sei ich ein Junge.«

»Und deine Schwester?«

Er hörte Susanne seufzen. »Sie war die zweite große Enttäuschung seines Lebens. Danach hat er es aufgegeben. Was ist mit deinem Vater? Warum hast du nie versucht, ihn ausfindig zu machen?«

Maxwells Mund wurde trocken, seine Hand begann zu zittern. »Ich habe dir doch gesagt: Ich bin mit dem Thema durch.« Sie würde es verstehen, sobald sie sich alle Kassetten angehört hatte.

Eine Tür wurde aufgerissen, er fuhr herum, Hansen machte ihm ein Zeichen.

»Ich muss auflegen, Prinzessin. Hier tut sich was.« Eilig ging er zurück ins Zimmer. Aus dem Lautsprecher erklangen Stimmen.

Rexha: *Komm um halb eins ins »Fadista«.*
Locke: *Okay, ich sag meinem Kumpel Bescheid.*
Rexha: *Wir wollen dich allein sprechen.*
Locke: *Warum?*
Rexha: *Der Chef will dir einen Vorschlag machen.*

Maxwell sah Weber mit gerunzelter Stirn an. »Ist das normal?«

Weber zuckte mit den Schultern. »Was ist bei Rauschgifthändlern schon normal?«

»Denkst du, sie haben Verdacht geschöpft?«

»Nein. Dafür gibt es keinen Grund, die Legende ist astrein. Es ist wohl ihre Art, die Übergabe in die Wege zu leiten.«

»Hast du das SEK informiert?«

»Natürlich.«

109
Hamburg, Deutschland

Maxwell saß auf dem Rücksitz des Touran und beobachtete, wie der Techniker vom MEK an ein paar Knöpfen drehte. Im Auto war es so dunkel wie auf der Straße. Vielleicht noch dunkler, wegen der getönten Fensterscheiben. Ein Hundebesitzer hastete die Straße entlang, zerrte seinen Mischlingsrüden von Laterne zu Laterne.

»Es kann sein, dass es nicht klappt. Wenn sie in den Keller gehen, haben wir ein Problem.«

Sie hatten Locke diesmal mit einer Wanze ausgestattet, dezent, ohne dass er es gemerkt hatte, es hätte ihn nur unnötig nervös gemacht.

Motorengeräusche, Türknallen, Schritte.

»Es funktioniert!«

Weber hob die Hand und machte ein Zeichen. Der Techniker drehte den Lautstärkeregler höher.

Locke: *Was ist los? Warum willst du mich allein sprechen?*
Sousa: *Ich habe keinen Bock auf den Kerl. Der ist mir zu arrogant.*

Pause.

Sousa: *Ich habe aber einen anderen Vorschlag für dich.*

Locke: *Und zwar?*

Sousa: *Wir treffen uns mit dem Kerl, nehmen ihm die Kohle ab und teilen. Siebzig-dreißig.*

Locke: *Einen Rip-Deal? Vergiss es!*

Sousa: *Sechzig-vierzig.*

Locke: *Da mach ich nicht mit.*

Sousa: *Warum nicht? Das ist schnell verdientes Geld!*

Locke: *Wie stellst du dir das vor?*

Sousa: *Der würde nicht merken, dass du mit uns gemeinsame Sache machst.*

Locke: *Aber dann könnte ich nie wieder ein Geschäft mit ihm durchziehen.*

Sousa: *Du kannst das Kokain von mir kaufen.*

Locke: *Das ist nicht meine Größenordnung. Ich bin nicht Roman.*

Stille. Jemand zog den Rotz in der Nase hoch.

Locke: *Der Typ ist echt in Ordnung. Ich habe schon einige Geschäfte mit ihm abgewickelt. Gute Ware gegen gutes Geld. Den will ich nicht verlieren.*

Sousa, lachend: *Also gut. Dann machen wir es morgen. Rexha ruft dich an.*

»Was für ein elendiges Katz-und-Maus-Spiel!«, knurrte Maxwell. »Hoffen wir, dass sie sich nicht gerade morgens um fünf zur Übergabe durchringen. Dann können wir wenigstens ein bisschen schlafen.« Geistesabwesend drückte er eine Schmerztablette aus dem Blister und spülte sie mit Kaffee hinunter.

110
Erlangen, Deutschland

Dr. Schirmer ging in die Küche. Sie hatte das Päckchen Zigaretten aus dem Schreibtisch ihres Mannes nicht wieder an seinen ursprünglichen Platz zurückgelegt. Sie zog die Schublade der Anrichte auf und stellte verwundert fest, dass es nicht dort lag. Rasch sah sie in den anderen Schubladen nach. Nichts.

Schließlich entdeckte sie die zusammengeknüllte Verpackung neben dem Aschenbecher im Wohnzimmer. Wann zum Teufel hatte sie die alle geraucht? Missmutig nahm sie Kassette Nummer neun aus der Hülle und legte sie in das alte Diktiergerät.

15. Mai 1995

Wir fahren zu Branco, dem Besitzer einer Pension und ehrenamtlichen Bürgermeister von Posedarje. Er erzählt über den Krieg. Man spürt sofort den Hass, der noch in dem Land und in den Leuten steckt. Dazu kommt die Wut über das Verhalten der Schutztruppe der Vereinten Nationen, da die angeblich nichts unternehmen und nur Geld kosten. Der kroatische Präsident, Franjo Tudjman, steht unter Druck des eigenen Volkes, da er ihnen mithilfe der UNO viel versprochen hat, sich aber seit Jahren nichts verbessert. Deshalb soll die UNO jetzt raus aus Kroatien oder das Mandat zweckmäßig ändern. Viele der Vertriebenen werden sich sonst gegen Tudjman stellen. Am liebsten würden die Kroaten die Sache selbst durch Krieg ändern, denn laut Branco haben sie inzwischen genügend Waffen. Wenn die UNO raus ist, werden sie im Kampf die Serben in zwei, drei Monaten aus ihrem Land werfen. Er erzählt, wie kroatische Soldaten in den Bergen eine alte Frau fragten, ob sich serbische Soldaten im Haus befinden. Sie verneinte, aber kurz darauf kam ein Serbe heraus und tötete einen Kroaten. Dass dann auch die alte Frau ihr Leben verwirkt hat, ist in ihren Augen nicht Mord an der Zivilbevölkerung. Man bekommt den Hass und die Mentalität hart zu spüren.

Es ist ein komisches Gefühl, man neigt dazu, Verständnis für die Leute zu haben, aber gleichzeitig ist man angewidert und irgendwann sind sie einem scheißegal. Ich habe das Verwirrspiel der Leute und der Medien einfach satt. Die Menschen sind von ihrer Art her mindestens hundert Jahre zurück. Wieso immer nur Hass und Töten? Die Schwachen trifft es stets am meisten. Man kann hier niemandem trauen, denn der Fanatismus kann schnell in Taten umschlagen. Die ganze Propaganda, ob Ost, West, Moslems, Kroaten, Serben, jeder lügt den Leuten auf seine Weise etwas vor, um sie aufzuheizen. Die Wichtigen versuchen nur, Geld für sich beiseitezuschaffen.

Das alles lässt sich bloß mit Schnaps ertragen.

16. Mai 1995

In der Nacht schießt ein Betrunkener unter dem Fenster von KK. Ein Auto kommt angefahren, die Insassen beschimpfen den Schützen, daraufhin schießt er auf den Pkw.

Übergabe von ASB-Krankenwagen in Mostar-West und -Ost; wir haben den derzeitigen Vorsitzenden der WEU zu Gast.

Am Abend machen wir einen Spaziergang in den Osten. Ich gehe voran. Nähe Tito-Bridge werde ich von einem aufspringenden kroatischen Soldaten angesprochen. Er richtet sofort seine Kalaschnikow auf mich, ich zeige meine ID-Card, sie interessiert ihn nicht. KK kommt hinter mir, auf einmal ist alles wieder in Ordnung.

Ich habe den Hochzeitstag vergessen. Als ich Doris anrufe und mich entschuldige, legt sie wortlos auf. Wäre es ihr lieber gewesen, wenn ich sie angelogen und ihr gesagt hätte, dass wir keinen Strom hatten? Ich werde mich vorerst nicht wieder melden.

17. Mai 1995

Ich trainiere mit Henning, er zeigt mir wieder einmal genau meine Deckungsfehler.

Während des Mittagessens mit einer EU-Delegation weist uns jemand darauf hin, dass sich ein ehemaliger Kriegsheld im Hotel aufhält. Man kann ihn leicht erkennen: einen Meter dreiundachtzig groß, muskulös, kahlgeschorener Kopf mit Narben. Er soll etwas verrückt sein und leicht durchdrehen.

Alle machen einen Bogen um ihn. Henning und ich kümmern uns um den Kerl, da KK auf der Veranda sitzt. Der Verrückte hat eine Waffe bei sich und stänkert die Soldaten des spanischen Bataillons an der Theke an. Dann geht er durch den Speisesaal und verlässt das Hotel. Ich folge ihm, bis er im Haus gegenüber verschwindet.

Gegen siebzehn Uhr kommt er ins Hotel zurück. Er ist ganz offensichtlich betrunken, säuft an der Bar weiter.

Als er das Hotel erneut verlässt, braucht er alle vier Fahrbahnen, um abzuhauen.

Nachts wird hinter dem Hotel wieder geschossen. Betrunkene singen bis zwei Uhr morgens. Um vier Uhr beginnt ein Hupkonzert. Ich schlafe wenig, fühle mich leer und verbraucht.

18. Mai 1995

In der Nacht wurden zwei Mafiaangehörige in der Nähe der Avenue im Auto erschossen und ein Kiosk gesprengt. Es soll ein Krieg zwischen Stella und einer anderen Mafiagruppe geben, bei dem heute im Bereich der Avenue abgerechnet werden soll. Die WEU-Polizei hat Anordnung, den Bereich nicht anzufahren.

Es ist schwül. Die Heizung im Auto ist defekt, sie läuft auf vollen Touren. Draußen hat es bereits über zwanzig Grad. Wir fahren zu einem Außentermin mit dem ZDF nach Ost-Mostar.

Am Abend sitzen Henning, Jörn und ich auf der Terrasse. Gegen zweiundzwanzig Uhr dreißig springt eine alte Frau aus dem dritten Stock. Ein Suizidversuch. Sie landet direkt vor unseren Füßen, wir übernehmen die Erstversorgung. Sie hat schwere Verletzungen, wahrscheinlich wird sie nicht überleben.

Dr. Schirmer hielt den Kopf in ihre Hände gestützt. Wie viel konnten Menschen in einem Kriegsgebiet ertragen – und wann war es einfach zu viel?

III
São Paulo, Brasilien

Ein kurzes Klopfen an der Tür. Bevor Renata reagieren konnte, trat Tagger ins Zimmer.

»Wir haben einen Anruf von Ihrer Redaktion erhalten.«

Renata runzelte die Stirn. »Woher wissen die, dass ich hier bin?«

Tagger lachte. »Sie haben Ihren Beruf verfehlt, Sie hätten zu einer Ermittlungsbehörde gehen sollen.« Dann wurde er wieder ernst. »Ihr Chefredakteur hat Rachel angerufen – sie ist die einzige Kontaktperson, über die er Sie erreichen kann, seit Sie kein Handy mehr besitzen.«

»Ich werde ihn gleich zurückrufen.«

»Das ist nicht nötig, er befindet sich auf dem Weg zu uns hierher.«

»Warum? Was ist passiert?«

»In der Redaktion ist ein Kuvert für Sie angekommen. Carlos Guimarães muss es am Nachmittag aufgegeben haben, bevor er Sie entführt hat. Offensichtlich war ihm klar, dass das, was er plante, einem Himmelfahrtskommando gleichkam. Lassen Sie uns hinuntergehen.«

Sie stiegen die Treppe hinab in den ersten Stock und betraten dasselbe Zimmer, in das Tagger sie gebracht hatte, nachdem er sie vom Flughafen abgeholt hatte. Diesmal warteten jedoch nur Rachel und der Mann mit den stechenden blauen Augen.

Renata ging zu Rachel hinüber und setzte sich neben sie.

»Was hat das zu bedeuten?«

»Ich habe nicht die leiseste Ahnung, aber wir werden es bald erfahren.«

Wie aufs Stichwort, öffnete sich die Tür und ein Mann führte Nicolás Ronaldo Barreto herein.

Renata erhob sich und lief ihm entgegen. In der Hand hielt er einen großen, wattierten Umschlag. Er wollte ihn Renata geben, aber der Mann mit den ausdruckstarken Augen hob abwehrend die Hand.

»Wurde das Kuvert geröntgt und auf Sprengstoff geprüft?«

»Ja, *sir*«, bestätigte der Wachmann, woraufhin Tagger Renata zunickte. Sie griff nach dem Brief, den ihr der Chefredakteur entgegenhielt, und betrachtete einen Augenblick die elegant geschwungenen Buchstaben, in denen ihr Name geschrieben war. Sie hätte Carlos eine solche Handschrift nicht zugetraut.

Sekundenbruchteile lang zog sich beim Gedanken an ihn ihr Innerstes zusammen.

»Wollen Sie nicht nachsehen?« Tagger sah sie auffordernd an.

Renata schob den Finger unter die Lasche und zog sie auf. Zum Vorschein kamen Kopien von Listen – und ein handschriftlicher Brief.

Carlos Guimarães hatte eine Art Testament hinterlassen, in dem er detailliert die Geschehnisse auf Casa Garibaldina aufgeschrieben und mithilfe von Frachtbriefen untermauert hatte. Sie enthielten nicht nur die Namen von Personen, die in Brasilien in den Drogenhandel verstrickt waren, sondern weltweit.

»Mit diesen Unterlagen können wir sie fertigmachen.« Tagger sah Renata in die Augen. »Damit haben Sie mich überzeugt, dass Carlos doch kein so übler Kerl war, wie ich bislang trotz allem geglaubt habe.«

112
Hamburg, Deutschland

Wieder ein Anruf.

Rexha: *Du holst jetzt das Geld bei dem Kerl ab und bringst es zum Chef ins »Fadista«. Danach treffe ich mich mit dir und gebe dir das Zeug.*

Locke: *Ich will den Stoff sehen und prüfen, bevor wir bezahlen.*

Rexha: *Traust uns wohl nicht?*

Stille. Ein Rascheln, ein Schmirgeln, tiefes Inhalieren.

Rexha: *Hellkamp, drittes Haus links nach der Osterstraße. Fahr durch die Toreinfahrt in den Hinterhof. Sechzehn Uhr. Dann kannst du dir die Ware ansehen und prüfen.*

Locke: *Und das Geld?*

Rexha: *Ich sagte: Ansehen und prüfen, nicht mitnehmen!*

Weber hatte die Ellbogen auf seinem Schreibtisch aufgestützt und rieb sich mit den Handballen über die Augenhöhlen. Heute trug er ein Hemd zum Siegelring.

»Können wir den Zugriff nicht in dem Hinterhof machen?« Hansen klang hoffnungsvoll, er hatte das lange Warten satt. »Wenn wir durch die Einfahrt kommen und den Ausgang von der Reinigung sichern, sitzt er in der Falle.«

Weber schüttelte den Kopf. »Ich will Sousa und Rexha gleichzeitig hochnehmen, zusammen mit dem Geld und dem Rauschgift. Wenn wir Pech haben, zerpflückt uns sonst einer ihrer Anwälte das Ganze. Du weißt doch, wie das heutzutage läuft.«

»Können wir Lockes Auto präparieren? Minikamera und Mikrofon?«

Weber nickte.

Maxwells Handy piepte. Eine portugiesische Nummer.

»Boksic hat ein Geständnis abgelegt.« Gonçalves sparte sich wie immer die Einleitung.

Maxwell ging auf den Flur.

»Er hat zugegeben, dass er in Ferreiras Studio war. Allerdings erst nachdem wir nachgewiesen hatten, dass die tödlichen Schüsse aus seiner Pistole abgegeben worden waren, sein Handy zum Tatzeitpunkt in einer Funkzelle des Viertels eingeloggt war und wir seine DNA an dem Toten gefunden haben.«

»Hat er ein Motiv genannt?«

»Eine Frauengeschichte. Ferreira hat Boksics Freundin gebumst.«

»Ist das glaubwürdig?« Maxwell dachte an die große Schwarzhaarige in dem enganliegenden Kleid und den knallroten High Heels, die mit Boksic aus dem Haus gekommen war.

»Sie hat zugegeben, ein Verhältnis mit Ferreira gehabt zu haben.«

»Könnte eine Schutzbehauptung sein.«

»Ferreira war ein Weiberheld.«

»Woher weißt du das?«

»Teresa. Sie sagt, er hat sie ständig mit einer anderen betrogen.«

Maxwell schwieg einen Moment. »Dann hat der Mord also nichts mit dem Kokain zu tun?«

»Scheint so.« Gonçalves hustete. »Morais hat ihn auch gefragt, warum er in Deutschland auf die beiden Männer in der Werkstatt geschossen hat.«

»Und?«

»Er bestreitet, jemals in deiner Stadt gewesen zu sein.«

»Ich denke, das könnt ihr ihm glauben. Er ist nicht derjenige, der auf mich geschossen hat.«

»Bist du dir sicher?«

»Wir versuchen gerade, den Mann festzunehmen, der es getan hat.«

113
Hamburg, Deutschland

Weber hatte in seinem Zimmer die Jalousien heruntergelassen. Wieder waren sie zu fünft. Maxwell lehnte sich gegen die Wand und verschränkte die Arme, er war zu unruhig, um sich hinzusetzen.

Die beiden Bilder auf dem Monitor zitterten wie in Filmen, die mit einer Handkamera gedreht wurden. Locke fuhr mit dem Mietwagen durch Hamburg. Von Zeit zu Zeit hörten sie das GPS eine Anweisung geben. Der einzige Anhaltspunkt, wo er sich derzeit befand.

Dann hörte das Wackeln auf, das Motorgeräusch nicht, Locke zog die Handbremse, lehnte sich zur Beifahrerseite, öffnete die Tür von innen. Rexhas Gesicht erschien.

Rexha: *Dort drüben in der Garage.*

Locke: *Für wie blöd hältst du mich? Ich geh doch nicht mit dir in einem Hinterhof in einen Schuppen! Bring es her.*

Rexha verschwand aus dem Bild, Locke zündete sich eine Zigarette an. Die zehnte, seit er losgefahren war.

»Weiß er, dass das Auto voller Kameras ist?« Maxwell sah Weber fragend an.

»Nein, Tomski hat ihm lediglich eingeschärft, dass er den Wagen nicht verlassen soll. Aber wenn der Kerl nicht völlig umnachtet ist, wird er sich denken können, dass das einen Grund haben muss.«

Rexha erschien wieder im Bild, setzte sich auf den Beifahrersitz, ließ die Tür offen. Er hielt ein Paket in der Hand. Fünfundzwanzig Zentimeter lang, zehn Zentimeter breit, vier Zentimeter hoch, umwickelt mit Klarsichtfolie und Klebeband.

Rexha: *Ein Kilo erstklassige Ware, ungestreckt, über neunzig Prozent Wirkstoffgehalt.*

Locke zog ein Taschenmesser aus seiner Jacke und schlitzte die Folie an einer Seite auf. Dann schabte er vorsichtig eine kleine

Menge von der Kante des Blocks auf einen Handspiegel, befeuchtete seinen kleinen Finger, nahm eine geringe Portion auf und tupfte sie auf sein Zahnfleisch.

Rexha: *Wie gesagt, reines Kokain, nicht so ein gestreckter Dreck wie den, den ihr weitervertickt.*

Locke schloss die Augen, wartete, nickte und zog zwei kleine Marmeladengläschen mit durchsichtiger Flüssigkeit aus seiner Jackentasche, gab jeweils eine Messerspitze hinein, schüttelte sie. Wartete.

Maxwell runzelte die Stirn. »Was tut er da?«

»In einem Glas ist Wasser, im anderen Chloroform. Damit kann man testen, ob das Kokain mit Phenacetin oder Laktose versetzt ist. Das sind die häufigsten Streckmittel. Um eine Beimengung von Lidocain zu erkennen, braucht man einen Dünnschichtchromatographen«, erklärte Weber.

Locke: *Der Stoff ist okay. Wann machen wir die Übergabe?*

Rexha: *Du bringst jetzt das Geld ins »Fadista« und kommst danach wieder hierher. Ich warte so lange.*

Locke: *Wer sagt mir, dass ihr uns nicht immer noch aufs Kreuz legen wollt? Wir treffen uns wieder auf dem Autobahnparkplatz. So wie gestern. Ihr bringt den Stoff, wir das Geld.*

Rexha: *Ich rede mit dem Chef und ruf dich an.*

Locke nickte, Rexha nahm das Kokain und stieg aus, das Bild begann wieder zu wackeln.

Maxwells Muskeln entspannten sich allmählich. Er hatte gar nicht bemerkt, wie sehr er sich verkrampft hatte. Nun begann er ganz bewusst, einen Körperteil nach dem anderen zu dehnen. Sein Rücken knackte.

»Hoffen wir, dass Sousa dem Plan zustimmt.« Weber griff nach der Thermoskanne, schüttelte sie, schraubte den Deckel ab, sah mit einem Auge hinein. »Kann mal jemand frischen Kaffee kochen?« Niemand reagierte. »Dann eben nicht.« Weber stellte die Kanne zurück.

Hansen erhob sich, griff danach.

»Nimm nur halb so viel Pulver wie üblich, Henning. Wir können den Deal schlecht auf der Intensivstation machen.« Maxwell grinste.

Hansen hob die Hand, überlegte es sich mitten in der Bewegung anders, ließ sie wieder sinken.

Beide hatten die Szene von damals vor Augen: Während des Empfangs einer EU-Delegation hatte Hansen im Ero auf ihrem Flur wie üblich Kaffee gekocht. Deutschen Kaffee. Ein älterer Abgeordneter aus Wales wollte sich solidarisch zeigen und trank zwei Tassen mit ihnen – eine Stunde später brachten sie ihn mit Brustschmerzen ins Krankenhaus. Verdacht auf Herzinfarkt.

»Aufpassen!« Webers Kollege drehte den Lautsprecher seines Computers lauter.

Alle wandten sich zu ihm um.

Rexha: *Ich habe ihm die Ware gezeigt, das Geschäft steigt.*

Sousa: *Wann kommt er mit dem Geld?*

Rexha: *Er hat immer noch Schiss, dass wir ihn aufs Kreuz legen wollen. Besteht darauf, dass wir uns wie gestern Nachmittag auf dem Parkplatz treffen.*

Sousa: *Du weißt, dass ich das Zeug nicht in meiner Nähe haben will.*

Schweigen.

Sousa: *Ich will eine andere Variante: Du triffst dich mit ihm auf dem Parkplatz, auf dem wir gestern waren, und ich treffe mich mit diesem anderen Typ auf dem in der Gegenrichtung. Sobald ich das Geld habe, rufe ich dich an. Dann gibst du ihm den Stoff. Übergabe ist heute Nacht um eins. Sag den Jungs Bescheid, ich will nicht, dass einer von uns allein unterwegs ist.*

Rexha: *Soll ich mich darum kümmern, dass die Parkplätze überwacht werden?*

Sousa: *Nein, die zwei sind allein in Hamburg. Deswegen sind sie so darauf bedacht, Geld gegen Ware zu tauschen.*

»Das ist sogar noch besser als unser Plan. Sobald Sousa Rexha angerufen hat, nehmt ihr ihn hoch. Bei der Festnahme dürfte es keine Probleme geben und dann konzentrieren wir uns ganz auf Rexha.« Maxwell klang enthusiastisch. Endlich war die Zeit des Wartens vorüber.

Weber blies die Wangen auf. »Die Zugriffe müssen praktisch gleichzeitig erfolgen, nicht dass der eine es schafft, den anderen zu warnen.«

»Denk daran, was wir abgesprochen haben, wie ich ins Spiel komme. Es ist besser, wenn wir ein klein wenig zeitversetzt arbeiten. Zwanzig, dreißig Sekunden dürften reichen«, insistierte Maxwell.

114
Hamburg, Deutschland

Eine Nebelschwade waberte vorüber. Sie bewegte sich so anmutig wie langsam ausgestoßener Zigarettenrauch. Filigran und hauchdünn, fast durchsichtig an einer Stelle, rollte sich um ihre eigene Achse, zog sich zusammen, wurde eine massive, undurchdringliche Wolke, zog sich wieder auseinander, wurde durchscheinend. Sie war eine Kundschafterin, gierig, das neue Territorium zu erkunden. Die erste, die es vom Himmel bis hinunter in den ersten Stock geschafft hatte.

Maxwell stand seit einer halben Stunde bewegungslos am Fenster und beobachtete, was um ihn herum geschah. Sein Kopf pochte trotz Tablette. Warum, verdammt noch mal, regnete es nicht? Es hätte ihm nichts ausgemacht, nass zu werden. Er war hunderte Male in seinem Leben bis auf die Haut nass geworden. Aber Nebel war ein Gegner. Er verhüllte Freund und Feind, machte blind.

Sein Blick glitt zum Himmel oder dorthin, wo eigentlich die Sterne zu sehen sein sollten. Nun war da eine geschlossene Wolkendecke, die wie von einem riesigen, unsichtbaren Stempel Meter für Meter herabgedrückt wurde. Er konnte nicht einmal mehr das Dach des Polizeipräsidiums sehen, auch das Baccardi-Haus war verschwunden.

»Wenn das so weitergeht, können wir die Übergabe in die Tonne treten.«

Niemand antwortete. Der Polizeifunk in seinem Rücken knackte. Von Zeit zu Zeit gaben Streifenbesatzungen, die außerhalb ihren Dienst verrichteten, Sichtverhältnisse durch. Es waren widersprüchliche Angaben, die sich stetig änderten. Mal lag die Sichtweite deutlich unter zwanzig Metern, mal bei zweihundert.

Unruhe bemächtigte sich seiner. Er beugte und streckte seine Finger, hatte ein ungutes Gefühl. Sein Herz schlug plötzlich schneller. Warum? Mit einem Ruck wandte er sich vom Fenster ab.

»Das bringt nichts. Wir müssen den Einsatz auf morgen verschieben.«

»Und mit welcher Begründung?«, fragte Weber ironisch. »Weil die Zugriffsbeamten nicht genug sehen?«

Maxwell holte tief Luft. Hansen legte ihm die Hand auf die Schulter.

»So dichten Nebel gibt es hier im Herbst öfter«, erklärte Weber, Stimme wieder ruhig. »Er kann auch ein Vorteil sein. Wir wissen, was wir sehen werden, Sousa und Rexha nicht. Wir ziehen das heute Nacht durch. Wenn wir es jetzt absagen, würden sie misstrauisch werden.«

115
Erlangen, Deutschland

Ein neues Päckchen Zigaretten lag vor ihr, genauso wie die vorletzte Kassette. Dr. Schirmer hoffte, dass das Päckchen, das sie sich im Schutz der Dunkelheit verschämt an einem Automaten gezogen hatte, das erste und letzte selbst gekaufte sein würde. Sie sollte wirklich nicht mit dem Rauchen anfangen. Sie hielt inne, korrigierte sich in Gedanken: Sie sollte mit dem Rauchen sofort wieder aufhören, bevor es zu einem ernsthaften Problem wurde.

Ihre Hand griff nach der Kassette, legte sie ein, dann zupften ihre Finger am Zellophanbändchen der Zigarettenschachtel.

14. Juni 1995

Es ist ein komisches Gefühl, im Fernsehen etwas über Deutschland zu sehen. Ich merke, wie es mich nach Hause zieht. Noch einen guten Monat, dann ist es überstanden. Ich hätte nie gedacht, dass ich so viel Schnaps trinken kann, ohne besoffen zu werden.

15. Juni 1995

Nachts detonieren Granaten an der moslemisch-serbischen Grenze zirka zwei Kilometer von uns entfernt. Ein Haus wird total zerstört, ein Kind stirbt.

Die achte Schuleinweihung steht auf dem Programm. Auf dem Rückweg erfahren wir von einem tödlichen Unfall, an dem ein WEU-Fahrzeug beteiligt ist. Der Tote hatte eine unübersichtliche Kurve geschnitten und war auf das WEU-Fahrzeug geprallt.

Am Abend fallen mir vier Personen im Ero auf. Die Beschreibung der Männer trifft auf die Brüder des Toten zu. Wir observieren sie. Offensichtlich suchen sie nach dem Kollegen. Ich informiere den zuständigen Befehlshaber. Der Fahrer des WEU-Unfallfahrzeugs soll nach Deutschland zurückgehen, die Brüder des Toten werden ihn sonst umbringen.

Kein Wasser im Hotel.

16. Juni 1995

Die Situation um uns herum spitzt sich immer weiter zu. In Bosnien herrscht Krieg. Ich weiß nicht, was wir hier noch tun. Der Einsatz ist gescheitert. Ein WEU-Fahrzeug wurde unter Waffengewalt geraubt und auch eine grüne ID-Card. Wir sehen ein Kampfflugzeug über Mostar. Es wirft Infrarot-Täuschkörper ab, da es offensichtlich vom serbischen Radar erfasst wurde.

Am Nachmittag stellt Henning fest, dass der Bunker im Hotel abgesperrt wurde. Wir brechen das Vorhängeschloss auf.

Habe Pizza mit Mayonnaise gegessen und Durchfall bekommen. Wir trinken Schnaps und spielen Doppelkopf.

17. Juni 1995

Um vier Uhr dreißig beginnt der Granatenbeschuss auf Blagaj und den Checkpoint 5, wo das spanische Bataillon steht. Um elf Uhr fünfundvierzig treffen zwei Granaten die Kathedrale in Mostar. Die Kroaten schießen vom Berg Hum mit Panzern zurück.

Alarm in Mostar-Ost.

Am ganzen Nachmittag hört man Grollen und Einschläge aus Blagaj und Potoci. Gegen neunzehn Uhr ein Granateinschlag fünfhundert Meter gegenüber am Berghang. Fünf Minuten später eine

Granate Nähe Polizeistation Ost. Habe beide Detonationen vom Dach des Ero aus gesehen. Erneuter Alarm Ost. KK sagt das Essen mit der Presse in einem Ost-Restaurant ab.

Die Kroaten haben Knin angegriffen, ein von Krajina-Serben besetztes Gebiet. Die Briten haben schwere Waffen für die Eingreiftruppe nach Split gebracht. Die Serben drohen, Split zu beschießen.

18. Juni 1995

In der Nähe des Restaurants Carla hat ein Einheimischer durchgedreht und ist Amok gelaufen. Er hat zwei Personen erschossen und mehrere verletzt. Dann: Selbstmord.

Einhundertzwanzig UN-Soldaten werden von den Serben gefangen genommen.

Habe seit über einem Monat nicht mehr mit Doris telefoniert.

19. Juni 1995

Einem Kollegen vom THW wurde in Potoci zum zweiten Mal das Auto gestohlen.

Kroaten haben in Slowenien die Autobahn freigekämpft. Die Antwort der Serben: Raketen auf Zagreb, es gibt viele Tote.

Die UN-Soldaten werden wieder freigelassen. Wir feiern in der Bar – mit Schnaps.

20. Juni 1995

Seit zehn Uhr herrscht Alarm in Mostar. Die Schulen sind geschlossen. Bei Potoci wird der Panzer des spanischen Bataillons von einer Granate getroffen und brennt aus.

Sarajevo steht unter heftigem Beschuss, auch in der Nähe des Flughafens, dort wo ich schon war. Ein UN-Soldat wird auf der Sniper-Allee erschossen.

Ich rufe Doris an, bekomme aber nichts als Vorwürfe zu hören. Ihr Gejammer und Geflenne ist nicht mehr auszuhalten. Ich trinke Schnaps.

1. Juli 1995

Jörn und ich sind beim Mittagessen, als wieder der Verrückte ins Hotel kommt. Henning ist noch oben bei KK. Der Kerl ist ange-

trunken, setzt sich an die Bar und pöbelt die Soldaten vom spanischen Bataillon an. Eine Weile diskutiert Jörn mit ihm herum, dann begleitet er ihn vor die Tür. Plötzlich höre ich einen Schrei. Jörns Stimme. Viel zu hoch. Ich renne zur Tür des Speisesaals, ziehe meine Waffe, bin auf alles gefasst. Im selben Moment gibt es einen ohrenbetäubenden Knall. Die Wände zittern, Glas splittert, Putz fliegt mir um die Ohren, etwas wirft mich um. Ich falle auf den Rücken und bekomme einen Moment lang keine Luft. Als ich wieder auf die Füße komme, herrscht Totenstille um mich herum, dann bricht das Chaos los. Menschen schreien. Im Foyer sind große und kleine Blutlachen. Ich sehe zerfetzte, abgetrennte Körperteile, kümmere mich aber nicht um die Verletzten, laufe hinaus, vor das Hotel. Vom Verrückten ist nur noch der Torso in einem Stück übrig. Jörn hat es beide Beine weggerissen. Er muss auf der Stelle tot gewesen sein. Ein paar Meter von ihm entfernt liegt Ljilia. Ihr fehlen ein Arm und ein Fuß. Sie schreit. Schrille, hohe Töne. Ich habe noch nie jemand so schreien hören. Auf einmal steht Henning neben mir. Entsetzen im Gesicht. Er reißt seinen Gürtel aus der Hose und versucht, die Blutung an Ljilias Bein zu stoppen, aber noch während er auf sie einredet, werden ihre panischen Bewegungen immer ruhiger, der Körper erschlafft. Ich taste nach ihrem Puls, aber da ist nichts mehr.

Danach erklang minutenlang nur noch Rauschen. Schließlich schaltete sich das Band ab. Das leise Klacken ließ Susanne Schirmer zusammenfahren. In Zeitlupe nahm sie die Kassette aus dem Gerät und steckte sie zurück in ihre Hülle. Ihr Herz klopfte so sehr, als habe sie alles aus unmittelbarer Nähe miterlebt.

116

Autobahn 7, Parkplatz Wendlohe, Deutschland

Kälte kroch Maxwell in die Glieder. Er rieb seine Hände über das Gesicht, den Kopf, den Nacken. Sein Audi stand in der letzten

Bucht des Parkplatzes, danach kam nur noch die Auffahrt. Nicht weit entfernt kroch ein Lastwagen auf der Autobahn mit fünfzig Stundenkilometern vorüber, vielleicht noch langsamer. An die Sichtverhältnisse angepasste Fahrweise.

Der Nebel. Der verdammte Nebel.

Maxwell ließ den Kopf gegen die Nackenstütze fallen. Er hatte kein gutes Gefühl.

»Achtung!« Hansens Stimme klang angespannt.

Zwei große verschwommene Lichtkegel tauchten in der Dunkelheit am entgegengesetzten Ende des Parkplatzes auf, kamen langsam auf sie zu. Hansen duckte sich in den Fußraum, von außen sah man jetzt nur noch den vagen Umriss eines schlafenden Mannes auf dem zurückgeklappten Fahrersitz.

Maxwell blinzelte durch die Wimpern. Drei Parkbuchten von ihnen entfernt hielt ein Audi. Paradiesgrün-metallic. Sonderlackierung. Eine Frau stieg aus, blond, orangefarbene Bluse, kurzer Rock, ging in Richtung des Toilettenhäuschens. In einem Moment war sie klar zu sehen, im nächsten wurde sie von einer Nebelwolke verschluckt.

»Das darf doch wohl nicht wahr sein!«

»Bleib ruhig, Henning. Es sind noch mehr als zehn Minuten bis zum Treffen.«

»Wir können jetzt hier keine Unbeteiligten gebrauchen.«

»Was willst du tun? Du kannst der Frau nicht verbieten, pieseln zu gehen! Und den Parkplatz sperren können wir auch nicht.«

»Schau!«

Scheinwerfer.

»Runter, Henning!«

Die Scheinwerfer kamen näher. Maxwell bewegte sich nicht, hielt den Atem an. Durch die Wimpern sah er einen silberfarbenen BMW, Lübecker Kennzeichen, zwei Insassen. Langsam rollte der Wagen an ihnen vorüber, bog dann in entgegengesetzter Fahrtrichtung in den Lastwagenbereich ein, die Rücklichter wurden zu verschwommenen roten Punkten, dann verschluckte sie der Nebel.

»Zielperson angekommen«, murmelte Maxwell leise. Mit einem Mal ließ das ungute Gefühl nach.

Sie warteten.

Maxwell öffnete behutsam die Tür einen Spaltbreit.

Zwei Schatten huschten unter der Lampe beim Toilettenhäuschen vorbei, gingen auf die Wiese, einer trug helle Turnschuhe mit gelben Reflektoren.

»Das ist gegen die Abmachung! Keine Begleitpersonen!« Lockes Stimme, laut, zeternd, unverkennbar ängstlich.

»Halt's Maul! Ruf deinen Typ ... dem Chef die Kohle ...« Rexha war nur undeutlich zu verstehen, sprach nicht laut genug.

»Zeig mir erst die Ware.« Ein Kreischen. Locke hatte sich nicht im Griff.

Zwei Schatten erschienen im Lichtkreis der Lampe, liefen in das Backsteinhäuschen. Zwei Männer, nicht drei. Wo war Rexhas Fahrer?

In der Ferne ertönte ein Martinshorn. Maxwell sah nur noch verschwommen, rieb sich mit Daumen und Zeigefinger über die Augen, spähte wieder angestrengt in die wabernde, weiße Masse. Etwas quietschte, Metall auf Metall, ungeölte Scharniere. Das Martinshorn wurde lauter.

Maxwell konzentrierte sich, um die anderen Geräusche zu hören. Eine Gestalt kam aus dem Nebel, der das Toilettenhäuschen umschloss. Oranges Oberteil, die Frau, auf dem Weg zurück zu ihrem Wagen. Plötzlich röhrte ein Dieselmotor auf, ein Lastwagen, Lichter sprangen an, im selben Moment hob sich eine Nebelschwade. Sekundenlang wurde die Frau in grelles Scheinwerferlicht getaucht. Sie fuhr herum, blieb stehen, mitten auf der Fahrbahn, wie ein Kaninchen beim Anblick einer Schlange.

Maxwells Magen krampfte sich zusammen, Adrenalin raste durch seinen Körper. Geh weiter! Geh zu deinem Auto! Hau ab! Das Martinshorn war nicht mehr weit entfernt.

Zögerlich drehte sie sich um, machte ein paar Schritte auf ihr Fahrzeug zu. Hinter ihr löste sich eine Gestalt aus dem Schatten, helle Turnschuhe mit gelben Reflektoren, rannte auf sie zu, packte sie. Ein kurzer Lichtreflex, etwas blitzte neben dem Oberschenkel der Gestalt auf, Metall, eine Waffe.

Maxwell stieß die Tür auf. Rexha sah in seine Richtung, hob die Hand, ein Knall zerriss die Nacht.

Maxwell ging in Deckung, zielte, schoss aber nicht, zu gefährlich, er hätte die Geisel verletzen können.

Rexha hielt die Frau gepackt, drückte sie in ihr Auto, glitt hinter das Steuer. Der Lastwagen auf der anderen Seite des Parkplatzes setzte sich in Bewegung, stampfte langsam in Richtung Ausfahrt, nahm Fahrt auf.

Auf der Gegenfahrbahn fuhr ein Rettungswagen mit Blaulicht und Martinshorn im Schneckentempo an ihnen vorbei.

Mit quietschenden Reifen raste der Audi los, ohne Licht einzuschalten. Maxwell glitt zurück in seinen Wagen, der Motor heulte auf, Maxwell gab Gas, heftete sich an die vage Silhouette des paradiesgrünen Fahrzeugs.

Plötzlich wimmelte es rund um das Toilettenhäuschen von vermummten Gestalten. Jemand schrie nach dem Sanitäter, ein anderer gab Anweisung, das Nagelband zu ziehen.

Maxwell trat das Gaspedal durch. Es wurde knapp. Von links kam der Lkw, er musste schneller sein, sonst würde der ihm den Weg abschneiden.

Er schaffte es um Haaresbreite.

Hinter ihnen ertönte ein Knall. Es klang, als habe jemand eine Nadel in einen Luftballon gestochen, nur zehnmal so laut. Die Reifen des Lastwagenanhängers waren von dem Nagelband zerfetzt worden, der Anhänger schlingerte, kam von der Fahrbahn ab, durchpflügte das unbefestigte Bankett, die Zugmaschine geriet ins Schlingern, der Fahrer lenkte dagegen, bremste zu scharf, knallte gegen Maxwells linken Kotflügel, schleuderte den Pkw in die Autobahnauffahrt, der Anhänger verkantete sich, kippte zur Seite und riss die Zugmaschine mit sich.

Maxwell hörte Hansen schreien, wie in Bosnien, als die Granate in der Kirche eingeschlagen hatte. Für Sekundenbruchteile kamen sie im rechten Winkel zur Autobahn zum Stehen, dann war Maxwell wieder im Hier und Jetzt, schaltete, trat das Gaspedal durch und nahm die Verfolgung des Audis auf, in dem Rexha mit seiner Geisel flüchtete.

117
Autobahn 7, Deutschland

»Hast du dich angeschnallt, Henning?« Maxwell hielt den Blick starr auf die Straße gerichtet. Seine Hände umklammerten das Lenkrad, die Fingerknöchel traten weiß hervor. Er versuchte, seinen Herzschlag zu beruhigen, atmete nur durch die Nase. Er kannte solche Hochstresssituationen, hatte sie im Training zigmal geübt.

Rexha hatte das Licht eingeschaltet. Maxwell sah, wie der Nebel die Rücklichter des Audis verschluckte, wieder preisgab, zu verwaschenen Punkten verformte. Sie rasten mit fast zweihundert Stundenkilometern über die Autobahn. Ein Himmelfahrtskommando. Das erste Auto, das an die Sichtweite angepasst vor ihnen fuhr, würde ihr letztes sein.

Hansen brummte etwas Unverständliches.

»Was sagst du?«

»Kannst du vielleicht ein bisschen langsamer fahren?«

»Sollen wir die Frau etwa mit diesem Scheißkerl alleinlassen?« Maxwell presste seine Kiefer aufeinander, knirschte mit den Zähnen, versuchte, tief durchzuatmen.

Hansen schwieg.

Endlich schaffte Maxwell es, sich in seinen SEK-Modus zu klicken: Der anfängliche Hochstress legte sich, Routine kehrte ein. Er wurde zum Bluthund, der sich in den Angreifer verbissen hatte und um keinen Preis mehr loslassen würde. Er musste diesen Mann zur Strecke bringen.

»Hast du das Kennzeichen?«

»Nur den ersten Teil.« Hansen klammerte sich mit der rechten Hand am Deckengriff fest.

»Gib es Weber durch. Die anderen wissen wahrscheinlich noch weniger als wir.«

Ohne den Griff loszulassen, zog Hansen mit der linken Hand sein Handy aus der Hosentasche, wählte, das Besetztzeichen ertönte. Bei Weber war kein Durchkommen, egal, unter welcher Nummer Hansen es probierte. Nach fünf Minuten gab er es auf.

»Versuch es in der Einsatzzentrale!«

Hansen wählte die Eins-Eins-Null. Ein Beamter der Polizeidirektion Bad Segeberg meldete sich, schickte Hansen in die Warteschleife, sobald er verstanden hatte, dass er wegen der Aktion auf dem Parkplatz anrief. Erneut verstrichen wertvolle Minuten.

»Wenn ihr mit eurer hanseatischen Gemütlichkeit alle so lange braucht, sind wir an der dänischen Grenze, bis überhaupt mal einer weiß, worum es eigentlich geht!«

Endlich meldete sich wieder jemand am anderen Ende der Leitung. Der Kollege stellte eine Frage nach der anderen, Hansen antwortete, erklärte, seine Stimme wurde eindringlicher, wütender, schriller, brüllte: »Jetzt kümmert euch um Verstärkung! Der Kerl muss aufgehalten werden!«

Die Leitung wurde unterbrochen. Ein Funkloch.

Plötzlich tauchte die Leitplanke unvermutet ein wenig zu nah aus dem Nebel auf. Hansen schrie, Maxwell verspürte nur ein kurzes Bitzeln im Rückenmark, korrigierte sachte die Richtung. Jede abrupte Bewegung wäre ihr Aus.

»Wann kommt die nächste Ausfahrt?«

Hansen reagierte nicht.

»Henning?«

»Dauert noch ein paar Kilometer.« Hansens Stimme klang heiser, seine Nerven lagen blank.

»Und danach? Wie viele Ausfahrten sind es bis nach Flensburg?

»Keine Ahnung.«

»Henning, es ist wichtig!«

»Ich kenn mich hier nicht aus! Hast du eine Straßenkarte?«

»Unter dem Beifahrersitz.«

Hansen wühlte mit der linken Hand blind zwischen Kaugummipapieren, leeren Bäckereitüten und anderem Müll, ertastete Maxwells Autoatlas, zog ihn hervor. In der Dunkelheit fand er nicht einmal die richtige Seite.

Maxwell zwang sich, ruhig zu bleiben und ihm nicht zu sagen, er solle endlich die rechte Hand von dem Deckengriff nehmen und das Handylicht einschalten, um die Karte zu sehen.

»Kannst du diesen Menschen in der Einsatzzentrale anrufen und fragen, wo die Kollegen abgeblieben sind?«

»Wir sind hier schon im Zuständigkeitsgebiet von einer anderen Leitstelle.«

»Dann versuch es noch einmal bei Weber.«

Hansen wählte. Eine Nummer nach der anderen. Endlich erwischte er ein Freizeichen. Einer der zwei Beamten, die zusammen mit ihnen vor Webers Bildschirmen gesessen hatten, meldete sich. Hansen begann zu sprechen. Ein paar Augenblicke später sagte er nichts mehr, hörte nur noch zu, dann legte er auf. »Wie es aussieht, sind wir ziemlich allein.«

»Was soll das heißen?« Maxwells Finger packten das Lenkrad fester, die Knöchel traten erneut weiß hervor.

»Uns sind nur zwei Fahrzeuge gefolgt, und die haben einen kilometerweiten Rückstand. Wegen dem Nebel können sie nicht so schnell fahren.«

»Scheiße!«

Schweigen.

»Was ist mit den anderen?«

»Die haben ihre Reifen am Nagelband ruiniert.«

Maxwell knirschte mit den Zähnen.

»Wir sollen dranbleiben, Weber versucht, was zu organisieren.«

»Wie viele Kilometer sind es Pi mal Daumen von dem Parkplatz bis zur dänischen Grenze?« Seine Stimme klang ruhiger, als er sich fühlte.

»Hundertvierzig bis hundertfünfzig.«

»Scheiße!« Sie fuhren zu schnell, fraßen die Kilometer nur so auf. »Wenn Weber nicht bald etwas zaubert, kann er es ganz bleiben lassen.«

Es klarte auf, die Nebelschwaden wurden weniger. Maxwell sah nicht mehr nur verschwommene Rücklichter, sondern das ganze Auto messerscharf vor sich. Er nahm den Fuß vom Gaspedal, ließ sich ein paar Wagenlängen zurückfallen, hoffte, Rexha habe auf dem Parkplatz nicht auf sein Kennzeichen geachtet. Wenn er den Albaner so deutlich sehen konnte, galt das auch für ihn.

Um sie herum war alles ruhig, keine anderen Fahrzeuge, kein Blaulicht, keine Hilfe.

Zehn Kilometer später kehrte der Nebel zurück. Zuerst waren es nur vereinzelte Wolkenfetzen, die auf sie zurasten, sie umhüllten, ihnen sekundenbruchteilelang vollständig die Sicht nahmen, den Wagen schließlich wieder freigaben, nur um ihn ein paar Sekunden später erneut zu verschlingen. Aber der Abstand verkürzte sich, aus einer Nebelschwade wurde eine Wand. Die Rücklichter des Audis verschwanden, die Sichtweite verringerte sich auf unter fünfzig Meter.

Rexha raste dennoch weiterhin in einem Tempo über die Autobahn, das jenseits jeglicher Verantwortung lag. Maxwells Kiefer waren fest aufeinandergepresst. Er beschleunigte, wollte den Abstand wieder aufholen. Ein Hinweisschild flog an ihnen vorbei: fünfzehn Kilometer nach Dänemark.

»Was passiert, wenn wir an die Grenze kommen?«

»Ich weiß es nicht«, murmelte Hansen, räusperte sich, holte Luft. »Die Dänen sind recht eigen. Sie erlauben keine bewaffneten deutschen Kräfte auf ihrem Gebiet. Aber wenn man sie um Unterstützung bittet, übernehmen sie und kümmern sich um den Zugr–« Hansen schrie gellend auf.

Sehr nah vor ihnen leuchteten wie aus dem Nichts zwei hellrote Bremslichter auf. Der Wagen schleuderte über die Fahrspuren nach rechts, schaffte es in allerletzter Sekunde auf die Abfahrt Richtung Flensburg. Maxwell trat die Bremse durch, das ABS griff. Noch während sich das Auto verlangsamte, riss er das Steuer herum. Das Heck brach aus, Hansen schrie erneut auf, klammerte sich mit beiden Händen an den Deckengriff, das Fahrzeug drehte sich um die eigene Achse, kam entgegen der Fahrtrichtung auf dem Standstreifen zum Stehen. Orientieren, Gas geben. Sie rasten die zweihundert Meter zur Abfahrt zurück. Scharf abbremsen, wieder ein Richtungswechsel, hundertachtzig Grad. Hansen schrie nicht mehr. Maxwell fuhr die sanfte Kurve zur Ausfahrt hinauf und hielt an der Einmündung zur Bundesstraße. Wegweiser: links Husum, rechts Flensburg.

Obwohl sie das Manöver nicht mehr als eine gute halbe Minute gekostet hatte, war der paradiesgrüne Audi verschwunden. Verschluckt von der Nacht und dem Nebel. Rexha hatte gemerkt, dass er verfolgt wurde, kein Zweifel.

Wenn er schlau ist, hat er einfach nur das Licht ausgeschaltet, um es uns schwerer zu machen, dachte Maxwell.

»Links oder rechts?«

Hansen starrte auf die Straßenschilder.

»Henning!«

»Rechts. Bei Kruså gibt es einen kleinen Grenzübergang nach Dänemark. Vielleicht versucht er es dort.«

Maxwell trat das Gaspedal durch.

118
Wassersleben, Deutschland

Sind wir hier richtig? Oder hätten wir die andere Richtung nehmen müssen? Maxwells Atem ging angestrengt, so, als sei er einen zu langen Sprint gelaufen. Der Herzschlag pulsierte im Unterkiefer. Rund um sie herum gab es nur Nebelschwaden. Vom Audi war nicht das Geringste zu sehen.

»Er muss den Weg genommen haben. Die andere Richtung ergibt keinen Sinn!« Trotzdem klangen Zweifel in Hansens Stimme.

»Wir fahren jetzt die ganze Strecke bis zur Grenze ab«, entschied Maxwell. »Kann ja nicht mehr weit sein.«

Schweigend rasten sie weiter.

»Schau, dort drüben! Das Auto!« Hansens linke Hand schoss hoch, deutete nach rechts vorn. Maxwell stand schon auf der Bremse. Der Audi parkte am Straßenrand einer Abzweigung. Fahrer- und Beifahrertür standen offen. Trotzdem konnte Maxwell nicht erkennen, ob sich noch jemand darin befand.

Wie in Hunderten von Trainingseinheiten geübt, hielt er schräg vor dem Wagen. In Sekundenbruchteilen blendete er das Licht voll auf, zog die Handbremse, nahm den Gang heraus, ließ den Motor laufen. Hansen hatte sich gerade erst abgeschnallt, als Maxwell schon mit gezogener Waffe zum Audi rannte.

Auf dem Beifahrersitz saß die Frau. Schnell riss er die Fondtür auf, der Rücksitz war leer, der Kofferraum ebenfalls. Rexha hatte sich nicht im Wagen versteckt. Maxwell wandte sich der wimmernden Frau zu. Sie war nackt bis auf die Unterhose. Ihre Knöchel hatte der Albaner mit der orangefarbenen Bluse zusammengebunden, die Hände hinter dem Sitz mit ihrer Nylonstrumpfhose gefesselt, den BH hatte er ihr als Knebel in den Mund gestopft und hinter der Kopfstütze verknotet. Sie war hysterisch, konnte kaum atmen, fror, aber zumindest war sie am Leben. Rexha hatte sie nicht erschossen, aus welchem Grund auch immer.

»Polizei! Ihnen kann nichts mehr passieren. Sie sind in Sicherheit. Bleiben Sie ganz ruhig. Ich schneide Ihnen jetzt die Fesseln durch.« Er zog sein Messer aus dem Holster.

Sie versuchte, den Kopf zu drehen, ihn zu sehen, begann sich im Sitz noch stärker zu winden und schrie gegen den Knebel an. Hansen kniete sich neben sie auf den Fahrersitz.

»Fixier sie an den Schultern! Das Messer ist scharf. Ich will sie nicht verletzen.«

Doch anstatt die Frau gewaltsam festzuhalten und sie damit in noch größere Panik zu versetzen, legte Hansen seine Jacke schützend über ihren nackten Oberkörper, nahm ihr Gesicht in seine Hände und redete beruhigend auf sie ein. Es war wie in Mostar, damals, als Maxwell die Serbin aus dem Fluss gerettet hatte.

Die verzweifelte Anspannung im Körper der Frau ließ nach, sie begann zu schluchzen. Mit einem schnellen Schnitt befreite Maxwell sie von ihrem Knebel. Dann löste er die Fesseln an ihren Händen und Knöcheln.

»Was ist passiert?« Hansens Stimme klang sanft, keine Spur von Heiserkeit.

»Uns ist das Benzin ausgegangen«, wisperte sie.

»Wo ist der Mann?«

»Weggelaufen. Die Straße runter. Er wollte zum Ufer. Auf der dänischen Seite gibt es einen kleinen Hafen und Boote. Er wollte damit weiter auf eine der Inseln.«

»Woher wissen Sie das?«

»Er hat telefoniert.«

Maxwell sah Hansen scharf an. »Warum haben wir davon nichts erfahren? Die werden doch wohl sein Handy abhören!«

»Er hat meins benutzt. Seines hat er auf der Autobahn aus dem Fenster geworfen.«

»Wo ist Ihr Handy jetzt?«

»Er hat es mitgenommen.«

»Henning, ruf die Kollegen an. Sieh zu, dass sie eine Peilung veranlassen. Außerdem sollen sie Suchhunde und einen Hubschrauber mit Wärmebildkamera schicken.« Maxwell richtete sich auf.

»Und du?«

»Ich schau, ob ich ihn finde.«

»Charly, du kannst nicht allein in den Nebel ...«

Doch Maxwell hatte sich schon umgedreht und war losgerannt.

119
Erlangen, Deutschland

Dr. Schirmer drückte den Play-Button, schloss die Augen, rollte sich auf dem Sofa zusammen und wappnete sich für das, was auch immer auf dem letzten Tonband kommen mochte.

2. Juli 1995

Im Geldbeutel des Verrückten haben wir eine amerikanische ID-Card auf den Namen Maxwell Seth King gefunden. Der Name ist ein Schock. Ich sitze den ganzen Tag am Telefon. Niemand kann oder will mir Auskunft zu dem Kerl geben, am allerwenigsten die Military Police.

Langes Rauschen.

3. Juli 1995

Henning und ich wollen zu Ljilias Beerdigung gehen. Als ihr Vater uns sieht, spuckt er uns vor die Füße und droht uns mit dem Tod. Er wollte nie, dass seine Tochter für die EU arbeitet. Die Mutter steht noch immer ganz offensichtlich unter Schock. Wir müssen unverrichteter Dinge wieder gehen, stecken der Schwester aber vorher noch einen Umschlag mit Geld zu.

Wieder rauschte das Band lange Zeit.

4. Juli 1995

Ich setze durch, dass Henning und ich Jörns Sarg zurück nach Deutschland begleiten.

Das Schweigen, das auf die Ansage folgte, war das bislang längste. Dr. Schirmer wollte schon das Band ausschalten, als es erneut knackte.

31. Juli 1995

Bin zurück in Deutschland.

Zu Hause.

Aber es fühlt sich nicht so an. Doris löchert mich ständig mit Fragen, will mit mir auf Partys gehen. Ich will lieber allein sein und meine Ruhe haben. Ständig sehe ich Jörns Frau vor mir; Henning und ich haben sie am Flughafen in Bremen getroffen. Sie ist völlig fertig – jetzt steht sie allein mit zwei kleinen Kindern da.

Hoffentlich kann ich bald wieder zurück in meine Dienststelle, ich brauche Ablenkung. Leider muss ich zuerst meinen angesammelten Urlaub abfeiern.

Ich habe mir eine Flasche Whiskey gekauft, er schmeckt besser als der Schnaps in Bosnien.

Rauschen.

1. Oktober 1995

Ich habe wieder angefangen zu arbeiten. Die Jungs in meiner Gruppe haben ganz schön gestaunt, was ich zum Einstand alles weggesoffen habe.

Vom Büro aus habe ich einen Bekannten bei der Military Police in Vilseck angerufen, den ich von früher vom Taekwondo-Training in Ansbach kenne. Er will den Namen Maxwell Seth King durch den Computer laufen lassen.

Rauschen.

20. Oktober 1995

Doris ist ausgezogen.

Das Band knackte, so als ob jemand mehrmals den Aufnahmeknopf gedrückt und dann doch wieder abgeschaltet hätte.

23. Oktober 1995

Maxwell Seth King ist mit einem Sperrvermerk gekennzeichnet. Mein Kontakt mutmaßt, dass er in einem Geheimauftrag in Bosnien war.

Rauschen.

1. November 1995

Ich habe mit dem Polizeipfarrer gesprochen – er hat auch eine Verschwiegenheitspflicht, ist aber besser als der offizielle Polizeipsychologe. Bei dem muss man aufpassen, sonst nehmen sie einem die Knarre schneller weg, als einem lieb ist, und dann ab in den Innendienst. Tja, die im Innenministerium hätten mal besser auf mich gehört und uns jemanden zur Betreuung zur Verfügung gestellt.

Der Pfaffe ist eigentlich ganz nett. Er ist neu bei uns und nicht so abgedreht wie sein katholischer Kollege, er bombardiert einen nicht mit Bibelsprüchen, wenn man ihm sagt, dass man mit dem Quatsch nichts anfangen kann.

Ich erzähle ihm von meinen Panikattacken.

Er sagt: »Erinnern und Denken sind Tätigkeiten, die nicht immer gut sind.«

Aber er versteht, dass ich hin und her gerissen bin, ob ich mehr über Maxwell Seth King herausbekommen soll.

Rauschen.

31. Dezember 1995

Ich habe entschieden, dass ich die Sache nicht weiterverfolge. Ich will nicht wissen, ob er möglicherweise mein Halbbruder war. Bei über zweihundertsechzig Millionen US-amerikanischen Einwohnern spricht die Wahrscheinlichkeit dagegen. Jörn und Ljilia wird so-

wieso niemals Gerechtigkeit widerfahren. Aber ich werde von jetzt an auch nie wieder nach meinem Vater forschen. Allein die Möglichkeit, dass er diesen Kerl in die Welt gesetzt hat, ist unerträglich.

120
Flensburger Förde, Deutschland

Die Straße war schnurgerade. Alle fünfunddreißig Meter wurde sie von einer Straßenlaterne erhellt, in der Nebelsuppe ein verschwommener orangefarbener Lichtball, der kaum bis zum Boden reichte. Keine Häuser, keine geparkten Autos, keine Spaziergänger. Ruhe. Die Glock auf Hüfthöhe haltend, tastete Maxwells linke Hand nach den Ersatzmagazinen. Alles da. Auch das Messer im Holster. Nur die ballistische Unterziehschutzweste, die Weber ihm geliehen hatte, saß nicht gut. Selbst schuld. Hätte er seinen inneren Schweinehund besiegt und wäre zu seinem Spind gegangen. Er verdrängte den Gedanken.

Seine Augen versuchten, den Nebel zu durchdringen. Keine Chance. Er musste sich ganz auf sein Gehör verlassen, aber es gab nichts zu hören. Alles um ihn herum wirkte wie in Watte gepackt. Scheiße! Er biss die Zähne zusammen.

Wie viel Vorsprung mochte Rexha haben? Zwei Minuten? Fünf? Mehr konnten es nicht sein. Er hatte wertvolle Zeit vergeudet, als er die Frau gefesselt und geknebelt hatte. Warum mochte er das getan haben, anstatt sie zu erschießen? War er abergläubisch und tötete keine Frauen?

Maxwell horchte. Nichts. Warum hörte er nichts? Lief er in die falsche Richtung? War Rexha abgebogen? Wo? In den Wald?

Die Frau hatte gesagt, er wolle zum Meer. Maxwells Instinkt sagte ihm, dass er sich nicht von seiner Entscheidung abbringen lassen durfte. Sobald er am Strand war, würde er Rexhas Fußabdrücke im Sand sehen. Der Gedanke gab ihm Kraft weiterzurennen.

Die Straße machte eine Kurve nach rechts, ein Feldweg ging geradeaus weiter. Maxwell blieb stehen, vernahm endlich ein Geräusch, ein leises Rauschen. Das Meer. Er nahm den Schotterweg. Mit jedem Schritt, den er gleichmäßig atmend weiterjoggte, kehrte sein Vertrauen in sich selbst zurück. Er konnte Rexha kilometerlang verfolgen, er hatte die bessere Kondition.

Das Geräusch des Wassers wurde lauter. Aus dem Rauschen wurde ein Schwappen, dann ein Plätschern. Der Nebel war mittlerweile so dick, dass Maxwell seine eigenen Füße nicht mehr sehen konnte.

Mitten im Laufen prallte er mit dem Schienbein gegen ein Rohr, konnte sich nicht bremsen, fiel nach vorn, prallte mit der Hüfte gegen ein weiteres, wurde zurückgeworfen. Schmerz durchzuckte ihn, er verlor das Gleichgewicht, landete auf dem Hintern, schnellte wieder hoch, wie eine Marionette, die an unsichtbaren Fäden gezogen wurde. Seine rechte Hand hielt die Glock umklammert, die linke tastete. Ein Geländer. Wäre es nicht gewesen, wäre er ins Wasser gestürzt.

War das schon die Grenze zwischen Deutschland und Dänemark? Er hatte keine Ahnung.

Zu seiner Linken hörte er das aufgebrachte Schnattern von Enten. Er fuhr herum und lief in die Richtung des Geräuschs. Ein schmaler Weg führte auf einen Damm, der zum Wasser hin sanft abfiel. Er konnte etwas Dunkles ausmachen. Ein Anleger. Das Holz unter seinen Füßen knarrte, aber er wagte nicht, am Rand zu laufen aus Angst, er könne bei einem Fehltritt ins Wasser fallen. Neben ihm waren Boote vertäut. Vorsichtig tastete er sich weiter.

Plötzlich zerriss ein lauter Knall die Stille. Maxwell warf sich auf die Planken, rührte sich nicht. Sekunden später piepte sein Handy. Er hatte vergessen, es auf Vibrationsalarm umzuschalten.

»Alles in Ordnung? Hast du geschossen?« Hansens Stimme klang wieder heiser.

»Nein, Rexha, aber er hat mich nicht erwischt.« Maxwell flüsterte so leise er konnte.

Ein Boot löste sich vom Steg und glitt auf das Wasser hinaus.

»Ich bin gleich bei dir, die Kollegen sind da. Wo bist du?«

»Am Wasser. Immer geradeaus, den Feldweg entlang. Rexha hat sich ein Boot geschnappt und rudert jetzt ans andere Ufer.«

Maxwell beendete den Anruf, rappelte sich von den feuchten Holzbohlen hoch und zog das erstbeste Boot zu sich heran, das längsseits neben ihm festgemacht war, kappte die Leine, sprang hinein. Es schaukelte gefährlich. Schnell setzte er sich, griff nach den Rudern und begann mit kräftigen Zügen den Wasserarm zu überqueren.

Unterwegs wurde der Nebel ein wenig lichter. Er konnte wieder einzelne Schwaden sehen, nicht nur eine weiße Wand. Trotzdem erkannte er den Steg am gegenüberliegenden Ufer erst, als er mit dem Bug dagegenkrachte. Erschrocken klammerte er sich an das Holz des Bootes. Es schwankte stark. Auf den Knien rutschte er nach vorn, hielt sich am Steg fest, hangelte hinüber. Kaum hatte er sich auf dem Anleger aufgerichtet, ertönte erneut ein Schuss.

Diesmal hörte Maxwell sogar ein scharfes Zischen. Das Geschoss war mit weniger als einem Meter Abstand an ihm vorbeigeflogen. Er wusste, wie es klang; es hatte zu ihren Mutproben beim SEK gehört. Wieder warf er sich auf den Steg, rollte zur Seite, in den Schutz des Nebels, horchte.

Alles still.

Dann hörte er Schritte auf den knarzenden Bohlen. Sie entfernten sich.

Er sprang auf, ertastete ein Geländer, hielt mit der linken Hand ständigen Kontakt, lief in gebückter Haltung am äußersten Ende des Holzes, lautlos, erreichte das Festland.

Wieder machte sich sein Handy bemerkbar. Das erste Piepen war noch nicht verklungen, da hatte Maxwell schon die Sprechtaste gedrückt.

»Alles in Ordnung.«

»Wo bist du?«

»Am anderen Ufer.«

»Es gibt eine Brücke. Wir sind gleich bei dir.«

Der Nebel kam und ging in dicken Schwaden. Maxwell rannte ins Ungewisse. Er joggte einfach den Geräuschen hinterher, von denen er annahm, dass Rexha sie verursachte. Sein Atem war ruhig und gleichmäßig, genau wie sein Puls. Sand knirschte hin und wieder unter seinen Füßen, einen Moment später fühlte er, wie Wasser in seine Schuhe drang.

Einen Augenblick lang dachte er an den Tag in Estoril zurück, an dem er mit Susanne am Atlantik entlangspaziert war. Ihre Fußspuren im Sand.

Die Geräuschkulisse um ihn herum veränderte sich. Von rechts kam das Rauschen der Brandung, unter ihm quietschte es leise, seine Schuhe, schräg vorn ein angestrengtes Atmen, aber da war noch etwas anderes. Menschen. Mehrere Personen. Die Kollegen? Maxwell duckte sich in den nassen Sand und horchte.

Wie sollte er Rexha von den Einsatzkräften unterscheiden?

Nach einem Augenblick schlich er weiter, versuchte, in der Dunkelheit etwas zu erkennen. Der Strand war nicht sonderlich breit. Maximal fünfundzwanzig Meter. An der Böschung sah er etwas Weißes. Rexhas Turnschuhe? Im selben Moment hörte er ganz nah hinter sich ein Geräusch.

»Stehen bleiben, Polizei!« Eine unbekannte Stimme.

Maxwell fuhr herum.

Einen Wimpernschlag später zerriss ein Knall die Luft. Die Gestalt an der Böschung hatte geschossen. Maxwell hatte das Mündungsfeuer gesehen. Ein Schrei. Hatte Rexha den Polizisten getroffen? Maxwell hob seine Waffe, zielte knapp oberhalb der hellen Turnschuhe.

Kaum war der Explosionsknall seiner Glock verklungen, traf ihn ein scharfer Schmerz auf der rechten Seite knapp unterhalb der Achsel, raubte ihm den Atem. Er taumelte zwei Schritte zurück, fing sich, schwankte, bekam keine Luft, seine Beine gaben nach, und er kippte rückwärts in den Sand. Eine weiche Landung.

Nicht zwei Mal! Nicht zwei Mal derselbe Täter!

Seine rechte Hand klammerte sich um seine Waffe. Reflexartig versuchte er, sich zur Seite zu rollen, wieder aufzurichten. Es ging nicht. Er war am Boden festgenagelt. Der Schmerz breitete sich wie Feuer in seiner Brust aus. Zögerlich betastete seine Linke die Stelle, an der er getroffen worden war. Klebrige, warme Feuchtigkeit empfing seine Finger.

Er hörte noch mehr Schüsse, einzelne und Feuerstöße einer Maschinenpistole, laute Rufe, danach Stille.

Die Schmerzen in seiner Brust wurden unerträglich.

Er schloss die Augen und konzentrierte sich aufs Atmen. Flach, gleichmäßig, durch den Mund, nur so viel wie zum Überleben absolut nötig war. In seinen Ohren rauschte es, er hörte seinen Puls.

Mit jedem Atemzug fiel ihm das Luftholen schwerer. Seine Lunge spannte sich, als stünde sie kurz davor zu platzen. Er hatte das Gefühl, jemand drücke ihn unter Wasser.

Dann war das also das Ende.

Hier im nassen, kalten Sand. Ein schlechter Ort zum Sterben, aber immerhin besser als in einer Autowerkstatt. Ob Ljilia dasselbe gedacht hatte, als sie mit abgerissenem Arm und Fuß vor dem Ero im Straßenstaub lag?

Susanne.

Warum hatte er sie nicht schon früher kennengelernt? Mit ihr hätte er sein Leben wieder in den Griff bekommen.

»Charly?«

Eine Hand presste sich hart auf die Wunde.

»Charly ... Notarzt ... durchhalten.«

Er hörte nur noch Wortfetzen. Das Rauschen in seinen Ohren war so laut.

Er zwang sich, noch einmal die Augen zu öffnen. Verschwommen sah er Hansens Gesicht, das sich über ihn beugte.

121
Flensburg, Deutschland

Eine Hand strich über seine Wange. Es dauerte eine Weile, bis sein Gehirn realisierte, dass es nicht seine eigenen Fingerspitzen waren, die er auf seiner Haut spürte.

Langsam schlug er die Augen auf und starrte minutenlang in das Gesicht, das über ihn gebeugt stand. Es verbarg sich hinter einem grünen Mundschutz.

Schließlich drang das monotone Piepen seines Herzschlags zu ihm durch. In Zeitlupe drehte er den Kopf zur Seite, beobachtete den grellen grünen Punkt neben sich auf und ab springen. Er konnte ihn klar und deutlich erkennen.

Als er den Kopf zurückdrehte, war das Gesicht immer noch da.

»Kannst du mich verstehen?«

Er sah in ein Paar ausdrucksstarke graublaue Augen. Innen hell, mit einem dunklen Rand um die Iris. Niemals würde er den Anblick dieser Augen vergessen. Er lächelte und nickte leicht.

»Gut. Das ist sehr gut.« Kleine Fältchen entstanden um ihre Augen herum. Erneut strichen ihre Fingerspitzen über seine Wange. »Wie heißt du?«

Sein Mund war trocken, er versuchte zu schlucken. »Maxwell Charles Schmidbauer.« Seine Stimme war leise, aber sie hörte sich doch wie seine eigene an.

»Kannst du mir auch dein Geburtsdatum sagen?«

»The day the music died.« Er schaute noch immer in die wundervollen Augen, sah, wie sie zu glänzen begannen, sich Flüssigkeit am unteren Rand des linken Lids sammelte, darüberschwappte, als Träne langsam hinabglitt, bis sie unter dem Mundschutz verschwand.

Langsam hob er seine linke Hand, sie zitterte leicht, als seine Finger ihre weiche Haut berührten und die Träne aus dem zweiten Auge wischten.

»Wo bin ich, Susanne?«

»Im Krankenhaus in Flensburg.«

»Was ist passiert?«

»Kannst du dich nicht daran erinnern?«

»Das Letzte, was ich weiß, ist, dass Rexha auf mich geschossen und getroffen hat. Ich habe keine Luft mehr bekommen, lag im nassen Sand und habe an dich gedacht, Prinzessin.«

Sie beugte sich näher zu ihm, zog den Mundschutz herunter und küsste ihn auf seine spröden Lippen.

»Dieses Mal hat er deine Rippen und die Lunge erwischt. Du hattest einen Spannungspneumothorax. Der Notarzt musste dir eine Drainage legen, damit du atmen konntest. Anschließend haben sie dich hierhergebracht und operiert.«

»Was auch immer sich hinter deinem Kauderwelsch verbirgt, es klingt, als ob ich jetzt noch ein paar Narben mehr hätte.« Seine Augen lächelten sie an. Er hob den Kopf, drückte seine Lippen auf ihre.

»Wie kommst du hierher?«, fragte er sie nach einer Weile.

»Ich habe dich auf deinem Handy angerufen. Henning ging ran. Er hat mir alles erzählt. Ich habe mich sofort ins Auto gesetzt und bin hergefahren.«

»Was ist mit Rexha?«

»Das soll dir am besten Henning erzählen, er wartet vor der Tür.«

Sie richtete sich auf und verließ das Zimmer. Als sie zurückkehrte, hatte sie einen ebenso vermummten Mann untergehakt.

»Mensch, Charly. Du hast mir dort draußen am Strand wirklich einen Schrecken eingejagt.« Hansen, heisere Stimme, Tränen in den Augen. »Es war wie damals, als ...« Seine Stimme versagte.

»Ich weiß, ich habe ... ich habe auch an Ljilia und Jörn gedacht.« Ein rascher Blick zu Susanne, sie biss sich auf die Unterlippe, sie hatte seine Kassetten zu Ende gehört, wusste, wovon sie sprachen. »Aber jetzt ist alles gut.« Er drückte Hansens Hand.

Sie schwiegen eine Weile.

»Habt ihr Rexha verhaftet?«

»Rexha ist tot. Ein Kollege hat ihn erschossen.« Hansen hielt einen Moment inne, bevor er weitersprach. »Locke ist auch tot. Er ist im Toilettenraum auf dem Parkplatz verblutet. Rexha hat ihm ein Messer in den Hals gestoßen. Er muss Panik bekommen haben, als er das Martinshorn des Rettungswagens gehört hat. Wahrscheinlich dachte er, er wäre in eine Falle getappt.«

»Und Sousa?«

»Der wurde festgenommen.« Hansen sah Maxwell in die Augen. »Weber macht sich die allergrößten Vorwürfe, weil der Einsatz dermaßen schiefgegangen ist. Aber er kann nichts dafür, dass ausgerechnet in dem Moment der Rettungswagen an dem Parkplatz vorbeigefahren ist und Rexha die Nerven verloren hat. Weber wünscht dir gute Besserung. Eigentlich wollte er herkommen, aber ich habe ihm gesagt, dass er derzeit im Büro mehr gebraucht wird als hier.« Hansen zögerte kurz, dann sprach er weiter.

»Weber hat gestern ein Fax erhalten. Es stammt aus den USA und wurde ihm vom BKA weitergeleitet. Offenbar haben in São Paulo ansässige Ermittler der amerikanischen Drogenbehörde ein Kokainkartell aufgedeckt, das auf einem Weingut namens Casa

Garibaldina Rauschgift mit Wein versetzt hat, um es sodann in aller Herren Länder zu exportieren. Genau, wie du es herausgefunden hast, war Lissabon ihr Haupteinfallstor nach Europa. Die Portugiesen wurden ebenfalls informiert und noch mehrere andere europäische Staaten, in die der Wein von Portugal aus ging. Es wurde eine länderübergreifende Sondereinheit gebildet, um die Ermittlungen zu koordinieren, sodass die Zugriffe möglichst zeitgleich erfolgen können, damit keiner Wind von der Sache erhält und untertauchen kann. Weber hat allerdings durchblicken lassen, dass die Informationen, die du beschafft hast, wesentlich brauchbarer und detaillierter sind.«

Maxwell machte ein beeindrucktes Gesicht. »Wenn du mir vor ein paar Monaten erzählt hättest, dass ich mich mal für Rauschgiftdelikte interessieren werde, hätte ich dich ausgelacht.« Dann drehte er sich wieder zu Susanne. »Wie lange muss ich im Krankenhaus bleiben, Frau Doktor?«

»Wir werden sehen. In dieser Klinik habe ich nichts zu entscheiden. Aber dass nach deiner Entlassung ein langer Reha-Aufenthalt unter meiner Aufsicht ansteht, dürfte wohl außer Frage stehen, oder?«

Maxwell grinste sie verschmitzt an. »Du tust wohl alles, um endlich an ein paar CT-Bilder von meinem Schädel zu kommen, was?«

»Das, mein Lieber, habe ich gestern schon erledigt.« Sie wies auf einen Bogen mit vielen kleinen Bildern, der an einem Leuchtkasten an der Wand hing. »Ich habe die Gunst der Stunde genutzt, dass du nicht widersprechen konntest, und die Kollegen gebeten, Aufnahmen von deinem Kopf zu machen. Vordergründig, weil ich natürlich sicherstellen wollte, dass durch das erneute Trauma in deinem Gehirn kein Schaden entstanden ist.«

»Heißt das, du hast ab sofort jegliches Interesse an mir verloren?«

Sie beugte sich zu ihm, zog noch einmal den Mundschutz vom Gesicht und küsste ihn als Antwort.

Anmerkung

Dieser Roman ist reine Fiktion. Das heißt, die Figuren, ihre Vor- und Nachnamen, sowie die Situationen, in denen sie sich befinden und handeln, sind frei erfunden. Dennoch kann es vorkommen, dass jemand glaubt, sich in einer der Romanfiguren oder in einer der geschilderte Situationen wiederzuerkennen; bei über sieben Milliarden Menschen lässt sich dies leider nicht völlig ausschließen. In einem solchen Fall handelt es sich jedoch um einen unglücklichen und absolut unbeabsichtigten Zufall. Ich darf Ihnen versichern: Die Geschichte ist allein meiner Fantasie entsprungen.

Dannie Wegener und Elke Wiesner haben mich auf die Idee für den Plot gebracht, Mike Müller hat Maxwell den amerikanischen Touch gegeben, Jürgen Thiel war so freundlich, mich gründlich über den Kokainhandel aufzuklären – dass die Geschichte trotz allem in Portugal und nicht in Spanien spielt, habe allein ich zu vertreten –, Dr. Rainer Fritsch hat mir Tipps gegeben, wie man verflüssigtes Kokain erkennt und aus dem Wein wieder herausbekommt, Rudolf Herbst vermittelte mir Einblicke in die damalige Situation in Bosnien, Jan Hohmeier hat mich mit Hamburg vertraut gemacht, Elke Seegräber verdanke ich mein Wissen über Speditionsabläufe sowie Lagerhaltung, mein Schwager, Christian Heißler, hat in Maxwell die Liebe zur Musik entfacht, Heerscharen von Testlesern haben mir mit sehr konstruktiver Kritik beigestanden, Dr. Petra Kirsch und Elke Ringler haben dem Text den letzten Schliff gegeben. Euch allen: herzlichen Dank.

Besuchen Sie uns im Internet:
www.edition-gelbes-sofa.de